Constance

Anne Loréal

Constance

INCARTADE(S) ÉDITIONS

Ce récit est une œuvre de pure fiction. Par conséquent, toute ressemblance avec des situations réelles ou avec des personnes existantes ou ayant existé ne saurait être que fortuite.

Incartade(s) Éditions
31 rue du Val de Marne, Paris

ISBN : 978-2-37610-065-2

Première partie

1

Un magnifique dimanche de juin

Les frênes formaient une voûte vert tendre au-dessus de ma tête. Percé çà et là de trous de lumière, le feuillage s'agitait doucement dans la brise tiède et jouait avec la lumière chaude du soleil. Allongée de tout mon long dans les herbes blondes, j'étais plongée dans la contemplation de ce tableau vivant.

Au sol, mes pieds nus jouaient avec les hautes herbes déjà desséchées par le soleil de printemps. Le vent les agitait doucement et le léger crissement des tiges sèches les unes contre les autres emplissait mes oreilles. Quelques mètres plus bas, le clapotis de la Loire dans les branches mortes ajoutait à la quiétude de l'instant.

C'était le tout début de l'été et je n'avais pu résister à l'envie de profiter des bords du fleuve par une si belle journée. Savourant l'instant, je m'étais assoupie dans la fraîcheur ombragée des arbres, bercée par le bruissement des feuilles et le doux ruissellement du fleuve. J'avais délaissé mon livre d'anglais depuis… je ne savais plus trop combien de temps.

Je pris soudain conscience de ma longue paresse et me redressai pour évaluer la position du soleil au-dessus de l'horizon : les reflets sur l'eau étaient toujours aveuglants et le soleil toujours haut dans le ciel. L'après-midi ne touchait pas encore à sa fin…

J'entrepris de me lever, époussetai ma robe de mousseline blanche, ramassai mon livre et mes chaussures puis descendis jusqu'au banc de sable blond qui tenait lieu de plage. Au loin, en aval, j'apercevais le quai du port de Bourg-le-Vieil. Le calme et le silence y régnaient en ce dimanche après-midi.

Soudain, un cri de victoire provenant du milieu de la rivière me tira de ma rêverie.

— Mademoiselle Constance ! Ça y est, j'en ai un !

C'était Gabriel.

Nous étions venus tous deux ici, à une demi-heure de marche du village, passer notre dimanche après-midi entre pêche et baignade, comme à l'accoutumée. C'était notre plage préférée. Nous l'avions découverte au cours d'une de nos premières escapades dominicales, il y a fort longtemps déjà, dans notre tendre enfance.

Au milieu du fleuve, à une vingtaine de mètres de la plage, le jeune homme blond se tenait debout sur son fûtreau et tirait sur sa ligne comme un forcené. De taille moyenne, trapu, Gabriel ne paraissait pas ses dix-huit ans mais faisait déjà preuve d'une grande force dont il aimait donner la démonstration dès que l'occasion s'en présentait.

C'était le fils unique de ma nourrice Justine et nous avions grandi ensemble. Celle-ci était femme de pêcheur de Loire et complétait les maigres revenus de son mari par son emploi chez mes parents.

Gabriel l'avait suivie chez nous et avait passé son enfance à la maison jusqu'à l'âge de dix ans, entre les livres de mon père et les menus travaux que lui confiait sa mère. Dès l'âge de onze ans, son père le reprit sur son fûtreau pour lui apprendre le métier de pêcheur en Loire alors que je poursuivais de mon côté une existence insouciante d'enfant gâtée par la vie.

J'avais alors huit ans et on m'envoya à l'école.

Gabriel n'eut pas cette chance mais, de son côté, développa des talents qui forçaient mon admiration. Si, pour ma part, je faisais mon éducation académique dans les livres, je ne cessais d'envier Gabriel dans tout ce qu'il apprenait : pêcher habilement, manœuvrer son fûtreau, réparer toutes sortes de choses, créer de ses mains une multitude d'outils.

Alors, tous les dimanches, nous nous retrouvions le long du fleuve et je m'appliquais à apprendre toutes ces choses à ses côtés. Une solide amitié nous unissait depuis toujours et, malgré nos différences, nous étions inséparables. Il était devenu pour moi le frère aîné que je n'aurais jamais.

Piégé au bout de la ligne et en pleine panique, le poisson s'agita violemment à la surface avant d'être projeté sur le plancher de la barque.

Gabriel bondit, le saisit avec célérité, sortit son couteau et trancha la chair à la base de la tête.

J'admirai son geste sûr et enviai sa technique. Malgré nos nombreuses parties de pêche dominicales pendant lesquelles Gabriel me montrait les gestes adéquats, j'arrivais rarement à sortir mes prises de l'eau sans les abîmer. Des félicitations s'imposaient…

— Bravo, Gabriel ! criai-je au jeune homme. Qu'est-ce que c'est ?

— Un sandre, pardi ! hurla-t-il. Et de belle taille encore ! Y a à manger pour quatre au moins ! C'est ma meilleure prise de la journée !

Maintenant complètement sortie de ma torpeur, j'avais envie de me rafraîchir. Je décidai d'aller voir de plus près sa prise et de tremper mes jambes dans l'eau fraîche, quitte à mouiller ma robe de fine mousseline.

Je laissai tomber mon livre et mes bottines et commençai à m'enfoncer dans l'eau en choisissant le passage le moins profond parmi les bancs de sable. La Loire était déjà très basse pour la saison et il était presque possible à cet endroit d'atteindre le milieu de la rivière à pied avec de l'eau jusqu'aux genoux.

L'éternelle beauté de ce fleuve tient pour beaucoup à la nature de son lit sablonneux. L'eau ne contient que très peu de terre en suspension et est, de fait, immaculée et transparente. Il m'était très facile d'y choisir le meilleur chemin et de poser le pied sur les bancs de sable en évitant les cailloux, rochers et autres branches d'arbres.

La sensation de fraîcheur de l'eau sur mes jambes nues et le doux crissement du sable entre mes doigts de pied était l'un des plaisirs les plus délicieux que je connaissais…

Je m'arrêtai à cinq mètres environ du bateau, là où le sable s'enfonçait profondément et où l'eau devenait vert sombre.

Gabriel, fier, les yeux pétillants et un large sourire sur son visage rond, tenait sa prise à bout de bras.

— C'est-y pas beau ça, hein, M'selle Constance ?

— C'est sûr ! Il fait au moins cinq livres, ton poisson ! Dis, Gabriel, je te propose un marché : je t'invite officiellement à souper ce soir à la maison si tu nous l'offres en plat de résistance ! Qu'en dis-tu ?

Le jeune homme était ravi :

— Vendu ! J'accoste et je vous suis, M'selle Constance.

Il déposa le sandre dans le panier prévu à cet effet et plongea sa bourde dans l'eau. D'une longueur de trois mètres, cette longue perche permettait de diriger et de faire avancer le fûtreau, ce bateau de pêche à fond plat, très maniable, utilisé par la plupart des pêcheurs de Loire.

En quelques poussées, ledit fûtreau s'échoua sur l'un des bancs de sable éblouissants sous le soleil. Gabriel sauta avec agilité de l'embarcation, l'attacha à l'aide d'une longue corde à l'arbre le plus proche, récupéra son panier à poissons et me rejoignit.

Pendant ce temps, je m'appliquai à sécher mes pieds, à essorer autant que possible ma robe trempée et remis mes souliers.

Nous gravîmes la levée de terre qui longeait la berge nord de la Loire et suivîmes le chemin pavé qui était en son sommet. La levée, c'était ce long talus de cinq mètres de haut environ, couvert d'une lande d'herbes hautes et blondes qui ondoyaient sous le vent. Elle bordait la rive nord du fleuve, de l'ouest de Sully jusqu'à Bourg-le-Vieil, en passant par Saint-Benoît. Le chemin pavé qui se trouvait en son sommet tenait lieu de route vers Orléans.

La levée avait été bâtie au siècle précédent pour endiguer les fréquentes crues de la Loire sur la rive nord. Las, elle s'avéra cruellement insuffisante à contenir les deux crues les plus récentes qui restaient encore dans toutes les mémoires : celle de l'automne 1846 et la dernière, toute récente, seulement deux ans avant le début de mon récit, le 2 juin 1856. Cette crue, dramatique pour la région, avait inondé plus de cent mille hectares de terres, rompu les digues sur plus de vingt kilomètres, ravagé les villages et tué une trentaine de personnes. Toutes les familles avaient été touchées et nombre de nos voisins ou amis avaient tout perdu.

Deux ans plus tard, les stigmates de la catastrophe étaient encore bien visibles dans le paysage. Sur les murs de toutes les maisons aux abords du fleuve était venu se rajouter ce trait peint en rouge à côté duquel on lisait, gravé dans la pierre : « Crue du 2 juin 1856 ».

Alors que nous cheminions dans les hautes herbes, Gabriel me demanda, inquiet :

— M'selle, vous ne m'avez pas dit pourquoi M. Louis n'est pas venu avec nous aujourd'hui ?

— Oh, Papa se porte bien, lui répondis-je. Il avait trop de travail pour venir cette fois-ci. Il n'a pas quitté son bureau de la matinée et je suppose que je vais le retrouver au même endroit en rentrant. Ces longues journées le fatiguent de plus en plus et je crains que cela n'épuise ses yeux. Il n'y voit plus très bien, tu sais.

— Pour sûr, c'est pas un problème que j'aurais, moi ! répondit-il, en riant. Ça fait ben longtemps que j'ai pas ouvert un livre… Pour ce que ça me sert ! Ça remplit pas le ventre de lire. Heureusement que je peux attraper de belles prises comme celle-ci parce que ce mois-ci, il n'y a qu'une seule commande en cours au lieu des trois ou quatre habituelles… J'ai été payé que quarante sous par jour. Vous vous rendez compte ? C'est cinq sous de moins que l'hiver passé !

Gabriel travaillait depuis quatre ans déjà dans une manufacture de chaudières pour les sucreries, à Orléans. Il avait perdu successivement sa mère et son père à quelques mois d'intervalle alors qu'il n'était âgé que de quatorze ans et avait dû trouver un travail en ville par la force des choses.

— Je sais, répondis-je, préoccupée. Ils ont dû baisser les salaires et Papa dit qu'il y a des rumeurs de grève un peu partout…

— Mouais. Tout c'que je sais, c'est que va falloir probablement que j'trouve du travail ailleurs si ça continue.

Après un bref silence, je lui demandai :

— Si tu devais partir, où aimerais-tu aller, Gabriel ?

— J'sais pas trop, me dit-il, songeur. C'est tentant d'imaginer partir à la découverte de la capitale. Et pis, depuis qu'y a plus ni l'père ni la mère ici, y a pas grand-chose qui m'oblige à rester… À part nos parties de pêche, j'entends ! J'aime bien ma vie ici, vous l'savez bien… La ville, c'est pas trop pour moi. Depuis que j'travaille à Orléans, je m'en rends bien compte, allez ! Les gens, y sont pas pareils. Et puis… ça pue !

Je souris.

— Ça, bien d'accord ! Rien ne vaut notre Bourg-le-Vieil, sa Loire et ses poissons !

À ce moment, j'aperçus un grand cormoran noir, perché sur un banc de sable à seulement quelques dizaines de mètres de nous. Il venait d'ouvrir grand ses ailes, sans pour autant chercher à s'envoler. Son envergure faisait au moins un mètre cinquante. Quelques mouettes voletaient bruyamment autour de lui, au-dessus des multiples bancs de sable qui s'étiraient paresseusement dans le fleuve. De hautes herbes vert sombre y poussaient en bouquet çà et là, offrant aux oiseaux des nichages jusqu'à la prochaine crue.

C'était magnifique.

Mon amour pour ce fleuve avait grandi au fil des ans, au gré des saisons, animé par les tableaux vivants et changeants que nous offrait le cours d'eau. Je pouvais passer des heures à observer les oiseaux, admirer les reflets du soleil sur l'eau, le scintillement des vaguelettes un jour de grand vent ou les différentes teintes du ciel se reflétant dans les eaux claires. Cela avait suffi, jusqu'alors, à emplir ma vie d'enfant et de jeune fille.

Cependant, depuis peu, d'autres sentiments m'animaient. Comme une envie d'ailleurs, une impression qu'il y avait tant à découvrir au-delà de l'horizon du fleuve. Cette existence paisible, bien que délicieuse, me laissait maintenant sur ma faim. Il faut dire que mes lectures me portaient à croire que le monde regorgeait d'intrigues, d'aventures et de lieux tous plus merveilleux les uns que les autres. Eugène Sue, Dickens, Gaskell, sans compter les journalistes de *L'Illustration* nourrissaient mon imagination. J'y découvrais un monde de merveilles, d'histoires extraordinaires et palpitantes, tant et si bien que je trouvais à présent mon existence bien pâle et terne. Je m'imaginais maintenant découvrir les grandes capitales d'Europe, à commencer par Paris et Londres, avant d'entreprendre des expéditions bien plus risquées, en Afrique ou en Asie.

Je me souviens à présent : cela m'avait pris trois ans auparavant. À l'aube de mes treize ans, la curiosité me poussait à feuilleter de temps à autre les revues périodiques que recevait Papa et qu'il gardait précieusement, classées par date de parution. Je ressentais alors, comme beaucoup d'enfants de cet âge, la soif de la découverte et l'exaltation procurée par la transgression des interdits.

Un jour, je tombai sur le dernier numéro de *L'Illustration.* On y trouvait des articles de politique, de sciences et techniques, de mode, de littérature, en bref, de toute l'actualité du moment. Le numéro en question, daté de juin 1855, était entièrement consacré à la grande Exposition universelle qui avait ouvert ses portes à Paris le 1er mai de cette année-là.

Vingt-cinq pays avaient envoyé des délégations à la capitale où se bousculèrent 24 000 exposants. On y attendait plusieurs millions de visiteurs sur les six mois qu'allait durer l'événement. Tout un chacun se pressait pour venir admirer les dernières nouveautés industrielles, artistiques, agricoles ou horticoles. Le monde en effervescence s'était alors rassemblé en un même lieu pour partager les dernières inventions et mon imagination s'envolait littéralement à la lecture des articles sur le sujet.

Papa partageait avec moi cette passion de la modernité. Depuis la mort de Maman, trois ans auparavant, il se chargeait lui-même de mon éducation. Il me dispensait des cours presque chaque jour dans les matières qui lui étaient chères : mathématiques, physique, chimie, astronomie, étude des matériaux, techniques des machines à vapeur… Diplômé de l'École des mines de Saint-Étienne en 1825, Papa avait conservé tous ses cours de cette prestigieuse institution. Cela constituait l'essence même des enseignements que je recevais alors.

Il me semblait cependant vivre bien loin de tout ce fourmillement intellectuel dans mon petit village du bord de Loire.

Je soupirai profondément quand Gabriel interrompit mes pensées.

— Allons, rien ne presse. Pour l'instant, on a du travail chez Morel. J'aurai bien le temps de penser à ça quand y nous mettront au chômage. Et pis vous, z'êtes pas partie non plus. C'est pas à seize ans qu'une demoiselle décide de son destin, d'abord. En plus, faut être raisonnable : votre avenir, c'est devenir une dame, trouver un bon mari et vous occuper de ses enfants !

Il me dévisageait en souriant de toutes ses dents et attendait ma réaction. Je n'allais pas le décevoir.

— Alors ça… pas question ! Ça suffit ! criai-je, menaçant de le frapper de mon livre.

Il éclata de rire. Il savait bien que mon sang ne faisait qu'un tour à cette idée. Cet avenir tout tracé, imposé à ma condition, me mettait hors de moi. C'en était devenu un jeu pour Papa et Gabriel : c'était à celui qui me taquinerait le plus sur le sujet. Tous deux se moquaient de mon total manque de talent pour tout un ensemble de choses : le crochet, la couture, le piano… et s'amusaient de me voir refuser cet avenir, pourtant si évident, d'épouse bien sage.

Il me saisit les mains sans pour autant s'arrêter de rire :

— Allez, calmez-vous… Je plaisantais !

— C'est une plaisanterie que je ne trouve pas à mon goût et tu le sais très bien, répondis-je, fâchée. N'en parlons plus, veux-tu ? Nous voilà arrivés.

Chemin faisant, je restai perdue dans mes pensées tandis que Gabriel s'amusait à fouetter les herbes hautes avec un bâton.

À cette époque de ma vie, je me prenais souvent à rêver que tout avenir était encore à ma portée : rien n'était écrit, rien ne me serait impossible. Papa, en homme résolument moderne, m'encourageait à nourrir des rêves auxquels les jeunes filles n'ont, d'ordinaire, aucun droit et mon cœur se gonflait à l'idée de pouvoir devenir un jour moi-même ingénieur, médecin, ou qui sait, explorateur ?

Papa était néanmoins le seul à me soutenir. Nos quelques amis de Bourg-le-Vieil s'amusaient de me voir porter un tel intérêt à ces métiers masculins, sans me prendre le moins du monde au sérieux. Après tout, je n'avais que seize ans et les jeunes filles sont parfois bien excentriques à cet âge, n'est-ce pas ? D'ordinaire, cela passe avec le temps et fort heureusement, la plupart d'entre elles se rangent à l'avis général une fois leur majorité atteinte, aidées par un cœur avide de romances et leurs premières amours. Ces esprits bien-pensants étaient persuadés que tout rentrerait dans l'ordre pour moi aussi : il fallait juste s'armer de patience…

Je ne voyais pas du tout les choses sous cet angle. Ma détermination n'avait d'égale que l'originalité de mes rêves ainsi que mon aversion pour la vie rangée que l'on souhaitait me voir mener.

Imaginez, cher lecteur : les jours se succédant, identiques les uns aux autres, mornes et tristes, sans aventure, avec pour seule occupation les tâches quotidiennes réservées aux dames : couture, crochet, collation chez Mme X, dîner chez Mme Y, promenade avec Mme Z, choix des menus quotidiens, gestion de l'argent du ménage… Jardinage ? Oui, avec un peu de chance. Lecture ? Certainement, par dépit. Ce serait alors peut-être mon unique source d'inspiration pour survivre à une vie sans horizon. Mais j'oubliais… J'aurais bien entendu la chance d'avoir toute une palette de loisirs à ma disposition : les immanquables travaux d'aiguille, activité créatrice s'il en est, la décoration d'intérieur, le loisir de contribuer aux œuvres de bienfaisance locales, sans oublier de participer au maintien des relations de voisinage les plus cordiales qui soient…

Il me faudrait m'intéresser à la vie de voisins ennuyeux et certainement, en fonction du rang tenu par mon mari, m'impliquer dans l'organisation d'une foule d'événements communaux. Sans oublier quelques jeux de cartes, pour rompre la monotonie de ces journées toutes identiques.

Bien sûr, si je devais être comblée par quelque chose, ce serait évidemment de rendre mon futur mari heureux. En supposant que ce mari, comme tous les hommes de nos campagnes, ne fût pas ennuyeux à mourir. Il me faudrait lui jouer du piano, un peu, malgré mon manque évident de talent pour cela, en espérant qu'il me dispense de chanter, sans quoi je finirais de vider notre salon de tout mélomane. Mais, plus que tout, il me faudrait certainement – je n'ose dire le mot tellement il me déplaît – enfanter.

J'avais vu si souvent ces petits êtres, pourtant si fragiles, si dépendants, dont la survie ne tenait finalement qu'à la force de l'amour que leur portait leur mère, aliéner complètement l'existence de leurs parents. Ces jeunes vies, s'interrompant fréquemment avant l'âge de savoir marcher, volaient le sommeil et la vitalité de leur famille sans la moindre considération pour elle. Bruyants, sales, affamés, leurs cris et leurs plaintes restaient cruellement énigmatiques, laissant désarmée leur mère toujours épuisée, parfois désespérée, croyant trop souvent leur dernière heure arrivée.

Était-ce là le bonheur ? Certainement pas !

On m'assurait pourtant que leurs gazouillis, leur maladresse, leur ignorance, leurs grands yeux clairs étonnés les rendaient irrésistibles…

Balivernes !

Étais-je sans cœur pour autant, cher lecteur ? On me l'avait fait comprendre, bien souvent. Ce manque d'attirance pour les enfants me valait l'incompréhension la plus totale de mon entourage et il me fallait depuis longtemps la dissimuler. Pire encore que ne pas rêver d'un beau mariage, ne pas aimer les enfants restait un crime pour toute femme honnête et dénotait un dramatique manque de cœur.

Je gardais donc pour moi ces sentiments peu charitables.

Nous entrâmes au village par les quais : la levée de Loire débouchait sur le port. Bourg-le-Vieil était de ces villages de quelques centaines d'âmes, quelques milliers pour certains, qui s'étaient établis le long de la Loire, la plupart du temps autour d'un château et d'une route qui longeait invariablement le fleuve.

Mon village à moi comptait trois mille habitants, ce qui en faisait un bourg d'importance. Il s'étalait le long de la route Gien-Orléans, au nord du fleuve, sur une colline qui dominait la campagne. Son port au sud et ses vignes à l'ouest en étaient les principaux poumons d'activité.

Papa, Zélie notre cuisinière et moi habitions une petite maison de bourg de six pièces, modeste mais confortable, dans la rue qui descendait vers le port, nommée fort à propos « rue d'En-Bas ». La façade grise mais propre, les encadrements de pierre blanche des portes et des fenêtres, tout concourait à donner l'impression d'un ensemble bien entretenu. Zélie, l'unique domesticité de la maisonnée, y veillait.

J'ouvris la porte donnant sur la rue et entrai dans la pénombre de la maison, suivie de Gabriel et de ses poissons.

— Papa ?

Pas de réponse.

Je m'engouffrai, Gabriel sur mes talons, dans la première pièce du rez-de-chaussée sur ma gauche.

C'était le bureau de Papa. Son antre. De taille modeste, sombre, il ne comprenait que peu de meubles : un bureau avec son fauteuil à bras à l'étoffe de velours rouge usée, et deux chaises disposées face à face, trônant au milieu d'un tapis sans âge dont on ne devinait plus le motif.

La pièce semblait étouffer sous le poids de centaines de livres. Ils étaient entassés pêle-mêle sur les étagères qui couraient le long des murs, jusqu'au plafond, dans un désordre que seul mon cher Papa parvenait à déchiffrer. Les planches, ployant sous le poids de tant de savoir, menaçaient de rompre à tout instant. De toutes tailles, de tous âges, ces livres traitaient de mathématiques, de chimie, de médecine, mais aussi d'histoire, de poésie ou de botanique.

L'unique fenêtre, donnant sur la rue, laissait entrer une lumière qui peinait à éclairer la pièce, projetant un pâle rai de soleil sur le bureau, là où Papa usait ses yeux durant de longues heures. Il y était justement attablé, un plan technique deux fois plus large que le bureau déplié devant lui. Il leva les yeux par-dessus les verres de ses lunettes rondes qui pendaient sur le bout de son nez.

Mon cher Papa était à présent un vieil homme aux cheveux blancs mi-longs et ébouriffés en auréole autour de sa tête. Il avait gardé de sa jeunesse des yeux noisette très doux, à présent encadrés d'une multitude de rides ajoutant un air éternellement rieur à son regard. Il n'avait jamais été corpulent et restait alerte malgré son âge, même s'il avait maintenant tendance à se voûter lorsque la fatigue lui pesait. D'un naturel affable, peu contrariant, Papa avait passé sa vie derrière son bureau à peaufiner des plans techniques pour les ponts et chaussées, pour des industriels divers ou pour des architectes. Peu enclin à la vie mondaine, que son rang et son diplôme auraient pourtant pu lui offrir, il s'était construit une existence paisible de gentilhomme de campagne aux modestes moyens et aux plaisirs simples. Sa bonhomie notoire avait fait de lui, au fil des ans, un personnage respecté du village et tout un chacun savait qu'il pouvait compter sur l'aide de mon père en diverses occasions, ainsi que sur sa bonne humeur pour égayer une triste journée d'automne.

Ses yeux malicieux se posèrent sur le panier à poissons de Gabriel.

— Aha ! s'écria-t-il. Vous voilà de retour, mes enfants… Bonne pêche, Gabriel ?

Celui-ci sortit de derrière lui son panier et l'ouvrit fièrement. Il en extirpa la plus belle pièce.

— Magnifique ! s'écria Papa en tapant dans ses mains comme un enfant, complimentant en pêcheur averti la prouesse de notre ami.

Ne voulant pas être en reste, j'annonçai moi-même la bonne nouvelle :

— Papa, Gabriel reste à dîner ! Et le sandre aussi !

— Oho ! Bien, bien, ma petite Constance ! Il se trouve que nous avons à souper ton oncle Charles, arrivé il y a à peine une heure. Il se repose au salon. Va donc porter ce poisson de suite à Zélie. Il est déjà cinq heures passées et elle est dans tous ses états de devoir préparer au pied levé un dîner pour ton oncle…

Puis, se tournant vers Gabriel :

— Dis-moi alors, où l'as-tu pris, ce sandre ?

Je quittai mon père et Gabriel pour me diriger vers la cuisine où, probablement, se trouvait déjà Zélie.

Mon oncle Charles était donc en visite chez nous…

Cela faisait bien longtemps que nous ne l'avions vu.

Charles Manceau était le frère aîné de Maman. Il avait choisi à vingt ans d'embrasser une carrière militaire, non par vocation, mais par nécessité. Mes grands-parents maternels, pour une raison qui m'était inconnue, faisaient face à de sérieuses difficultés financières à cette époque. Mon grand-père poussa alors oncle Charles à « remplacer » le fils d'un patron de filature d'Orléans qui avait été tiré au sort pour effectuer son service militaire. En échange, le riche industriel proposa mille francs à ma famille qui accepta sans discuter.

Charles vendit en quelque sorte sept années de sa vie pour mille francs.

C'était chose commune à cette époque où le service militaire durait sept longues années. L'État, indifférent au drame qui se jouait alors dans les familles, arrachait les jeunes hommes à leurs foyers au moment où ils leur étaient le plus utiles. Les familles avaient cruellement besoin de leurs fils dans la force de l'âge, soit pour prendre la relève d'un commerce florissant, soit pour se former à la conduite de l'industrie familiale ou tout simplement pour aider la famille à travailler sa terre. Mais l'État en avait décidé autrement : le tirage au sort choisissait au hasard ses victimes dans la population des jeunes hommes et imposait aux malheureux d'abandonner leurs parents dans le besoin pour rejoindre les rangs de l'armée pendant sept longues années.

Bien évidemment, la parade ne se fit pas attendre. Ceux qui en avaient les moyens cherchèrent à contourner le système et monnayèrent la liberté de leurs enfants, proposant une forte somme d'argent à des jeunes hommes moins aisés afin que ceux-ci « remplacent » leur fils chéri dans les rangs de l'armée.

Toute une organisation se développa autour de ces « remplacements ». Des agences avec pignon sur rue ouvrirent pour faciliter la recherche des remplaçants. Certains en avaient même fait leur seule source de revenus, sans pour autant en faire une profession. Ils étaient devenus remplaçants de manière permanente, tous les sept ans, cherchant un fils de bourgeois qui ne souhaitait pas faire son service.

Charles n'était pas de ceux-là. Si, au début, cet engagement avait été pour lui un sacrifice, il se découvrit rapidement un réel goût pour la vie militaire. À cinquante-huit ans maintenant, il avait accédé au grade tout à fait honorable de commandant du régiment d'artillerie de Bonneval.

Après avoir porté à Zélie la magnifique prise de Gabriel, je retrouvai Charles au petit salon, notre seconde pièce à vivre du rez-de-chaussée. Il se tenait face à la fenêtre, accoudé au manteau de la cheminée, plongé dans ses pensées. Il se tourna d'un bond vers moi.

Sa physionomie trahissait une vie sportive et passée au grand air. Grand, sec, cheveux et favoris grisonnants, affichant un je-ne-sais-quoi de rigueur militaire, mon oncle n'était pas ce que l'on peut appeler un personnage avenant. Son premier coup d'œil, d'un bleu acier, était un examen de pied en cap sans complaisance. Ensuite, un jugement sévère se peignait invariablement sur son visage. Enfin, se rappelant son éducation et sachant qu'il était de bon ton de se montrer aimable, mon oncle finissait par se confondre en amabilités de rigueur :

— Chère Constance ! Quel plaisir de vous voir ! dit-il, son regard se promenant de mes pieds à la racine de mes cheveux. Comme vous avez grandi depuis l'année dernière ! Vous voilà aussi grande que moi à présent.

— Merci, mon oncle. C'est le propre des enfants que de grandir d'une année à l'autre, répondis-je, quelque peu résignée devant tant de banalités.

— En revanche, ma chère, que vous est-il arrivé ? me demanda-t-il, tout à coup fortement contrarié. Votre robe est toute chiffonnée et vous avez de l'herbe dans les cheveux.

Je m'attendais à ce reproche.

— Oh, ce n'est rien, répondis-je sur un ton léger. Je suis allée cet après-midi en bord de Loire pour pêcher. Vous savez bien comme j'aime tant profiter des berges de Loire…

— Allons ! Vous me forcez à modérer le compliment que je vous ai adressé en entrant, dit-il en faisant une moue réprobatrice. Votre mise tient de l'enfant qui se laisse aller au chahut alors que votre taille tient de la jeune femme… Mais laissons cela, dit-il, écartant ce sujet d'un revers de la main.

Je rougis, vexée, et restai muette.

Oncle Charles m'indiqua le fauteuil qui lui faisait face afin que j'y prenne place et s'assit sur le sofa. Il sortit une pipe d'une poche de son uniforme et l'alluma avant de tirer deux fois dessus.

— Ma chère, votre cousine m'a chargé de prendre de vos nouvelles, annonça-t-il. Elle s'épanouit et devient une véritable jeune femme. Savez-vous qu'elle développe un don pour le piano ?

— Ah ? m'étonnai-je poliment. J'espère avoir la chance de l'entendre jouer bientôt, dis-je, sans réel enthousiasme. Comment se porte-t-elle ? demandai-je, bien plus sincère cette fois-ci.

— Fort bien comme je vous le disais, elle s'épanouit. Elle est venue nous rendre visite pour la semaine de Pâques. Je dois dire que nous avons été émerveillés par son maintien et ce nouveau don qu'elle montre pour le piano. Elle était enchantée des compliments que nous lui avons faits. Ne voudriez-vous pas venir lui rendre visite en août ? Elle sera de retour à la maison jusqu'au 1er octobre, pour ses deux mois de vacances. Vous pourriez passer plusieurs semaines à la maison. Je sais que cela fera plaisir à Marie-Isméry.

Je n'osai le lui dire, mais je n'étais guère enthousiaste à cette idée. J'avais certes passé un agréable mois de juillet l'an passé dans leur maison proche de Bonneval. Cependant, j'avais constaté qu'avec les années, ma cousine et moi avions développé des goûts forts différents. Je n'avais à présent que peu de choses en commun avec elle : cette très jolie jeune fille blonde était tout simplement mon opposé. J'aimais les jeux d'extérieur et tout ce qui ressemblait de près ou de loin à un défi ou à une aventure et, autant que faire se peut, suivre les garçons dans tous les jeux qu'ils pouvaient inventer. De son côté, elle ne jurait que par des activités très féminines, posées, calmes, portant sur la poésie, le dessin, la musique, sans compter un goût immodéré pour les cancans.

Mais, par-dessus tout, je craignais maintenant de voir ma cousine complètement transformée après une année entière en pension. Car je n'étais pas dupe. Oncle Charles ne vantait auprès de moi les mérites récents de Marie-Isméry que pour mettre en valeur l'éducation de qualité de cette pension.

Je restai pensive. Le silence me mit mal à l'aise et je décidai de remettre de l'ordre dans ma tenue, en vue du dîner. Je m'excusai auprès de mon oncle, gravis l'escalier étroit qui menait à l'étage et retrouvai ma petite chambre, mon chez-moi. Dans le grand miroir ovale sur pieds, mon image me fit face et je constatai la nature du désordre de ma tenue.

J'étais assez grande pour une femme. Un long cou surmontant de larges mais fines épaules, une taille étroite, j'étais en général plutôt fière de mon allure, même si je trouvais mon visage un rien disgracieux. Un nez que je jugeais insuffisamment fin, des lèvres un peu trop pleines et un visage que je trouvais encore trop ovale, gardant la marque de l'enfance, manquant de finesse à mon goût, me laissaient régulièrement insatisfaite devant ce miroir. Seuls mes grands yeux marron vert, doux comme ceux de mon père, rattrapaient l'ensemble. Je passais donc le moins de temps possible devant le susdit miroir.

Soit, ce soir-là, mes cheveux étaient en bataille et ma robe était trempée. Je n'étais pas présentable pour un dîner en ville mais il n'y avait rien d'insurmontable.

Disciplinée, je me changeai et passai une robe de mousseline jaune dont on m'avait fait compliment à plusieurs occasions.

Quand je descendis au bout d'une heure entière, se trouvaient au salon Papa, Gabriel et mon oncle Charles. J'interrompis une discussion animée sur les meilleurs endroits de pêche en Loire entre Gien et Orléans. Discussion à laquelle Gabriel avait peine à prendre part alors que c'était lui, et de loin, le plus expérimenté des trois.

Papa et moi aimions tendrement Gabriel, avec qui nous passions tous nos dimanches. Nous lui faisions la lecture les jours de froid ou de pluie et lui nous prenait les meilleurs poissons des environs, en plus d'aider à nombre de tâches que mon pauvre Papa ne pouvait plus assumer, comme de menues réparations dans la maison.

S'il manquait d'élévation d'esprit et parfois de raisonnement construit, privilégiant l'action, voire la précipitation, il ne manquait ni de courage ni d'adresse et sa bonté naturelle avait eu tôt fait de conquérir le cœur de mon père. Papa était ravi de sa présence aussi souvent que l'occasion se présentait.

Ce n'était pas le cas de mon oncle. Celui-ci avait déjà sermonné mon père sur la présence, trop fréquente à son goût, de Gabriel à la maison. Et je savais bien pourquoi. Imaginez-vous, cher lecteur, que mon oncle Charles ne vivait que pour s'élever dans le monde… Issu de la petite bourgeoisie, il avait lutté toute sa vie pour quitter les rangs des bourgeois miséreux en faillite. À force de courage et de discipline, il multiplia les hauts faits dans l'armée et finit par obtenir successivement les grades de lieutenant, de capitaine et enfin de commandant. Cela lui prit plus de trente ans là où d'autres, bien nés, pouvaient y parvenir en quelques années seulement. Mais cela ne lui suffisait pas. Il lui fallait aussi faire partie des meilleurs cercles de la ville de Bonneval : être reconnu comme l'égal des notables de la ville, être reçu par le maire, les riches industriels, etc.

En conséquence, il choisissait très soigneusement ses amitiés et fuyait toute personne d'un rang inférieur. Il allait même jusqu'à imposer cette exigence aux membres de sa famille les plus proches. À ce titre, il ne pouvait tolérer que son beau-frère se compromette dans une relation avec un simple ouvrier d'usine, fils de petit pêcheur de Loire, tout honnête qu'il fût. Fort heureusement, Papa avait bataillé âprement, signifiant à Charles son attachement à Gabriel et surtout l'absence totale de légitimité de mon oncle à se mêler de ses amitiés.

En fidèle humaniste, mon cher Papa m'avait enseigné qu'aucun homme ne devrait être jugé sur ses origines sociales ou son rang, mais uniquement sur ses actes et la nature de son cœur. Il était donc hors de question de priver Gabriel de notre amitié.

À chacune de ses visites, mon oncle continuait néanmoins de battre froid à Gabriel et refusait de s'adresser à lui. En fins diplomates, Papa et moi nous étions adaptés à la situation et Gabriel, peu regardant, faisait mine d'ignorer celle-ci. Ce soir-là, nous échangeâmes poliment sur mes progrès en diverses matières puis Charles et Papa parlèrent politique.

Nous dînâmes du délicieux sandre préparé par Zélie alors que Charles, comme prévu, monopolisait la conversation de Papa. Gabriel et moi, de notre côté, bâtissions le programme du dimanche suivant : si le temps le permettait, nous envisagions de rendre visite à la tante de Gabriel en aval du fleuve.

Vers dix-neuf heures, Gabriel prit congé. Il devait retourner à Orléans le soir même et comptait trois heures de voyage sur son fûtreau, la brise étant toujours assez forte. Le soleil était encore haut en cette fin juin et il pouvait encore profiter de quelques heures de lumière mais il ne devait pas s'attarder.

Je le raccompagnai et nous nous fixâmes rendez-vous au dimanche suivant.

2

Où mon avenir fut remis en question

Comme chaque dimanche d'été bien rempli, la fatigue me prit de bonne heure et j'informai Papa que je souhaitais me coucher dès après le départ de Gabriel. Je le saluai donc, ainsi que mon oncle Charles.

Ils se dirigèrent tous deux vers le petit salon alors que je montais me coucher. Ma chambre, à l'étage, donnait sur la petite rue en pente qui cheminait jusqu'au fleuve. Elle était située au-dessus du petit salon et j'entendais, en me déshabillant, les bribes de conversation qui montaient du rez-de-chaussée.

Je peinai à m'endormir ce soir-là, tournant et retournant dans mon lit au bruit sourd des voix de Papa et de Charles. Je prêtai l'oreille car il me sembla entendre mon prénom à plusieurs reprises. Même si la curiosité passe pour un vilain défaut, je n'y résistais jamais bien longtemps et y cédais souvent avec plaisir…

Il y avait ce petit conduit qui montait de la cheminée du salon et qui donnait au pied du mur de ma chambre, en face de mon lit, sur un regard fermé par une grille métallique noire. Je décidai de me relever et de me rapprocher du conduit pour mieux entendre la conversation. Je m'assis au sol, ramenai mes genoux vers moi et me calai dos au mur.

Je reconnus la voix grave et posée de mon oncle :

— Je suis très préoccupé, dit-il. Je t'assure que c'était flagrant !

— Hum. Allons, que me chantes-tu là ?

— C'est bien simple : j'ai cru voir apparaître une fille de ferme tout à l'heure. Constance s'est présentée à moi les cheveux défaits, la robe mouillée et froissée, et a fait irruption dans la pièce comme un charretier. Ça m'a fait un choc !

— Tu ne crois pas que tu exagères un peu, non ?

— Pas le moins du monde… Il faut dire que je ne l'avais pas revue depuis six mois et que, dans le même temps, j'ai vu la mienne se transformer.

— Comment cela ?

— C'est bien simple… L'été dernier, Marie-Isméry et Constance étaient deux enfants, à n'en pas douter. Or, comme tu le sais, Marie-Isméry est rentrée au pensionnat de jeunes filles du Saint-Esprit en septembre dernier. J'ai vu une formidable transformation s'opérer… Une transformation à laquelle je m'attendais, certes, et que je souhaitais aussi, mais un père est toujours surpris et ému de voir son enfant changer.

— J'en suis heureux pour toi…

— Merci… C'est à Pâques que je réalisai l'ampleur de cette transformation : une enfant s'était muée en jeune fille. Même si elle a toujours été coquette, cette qualité s'est joliment accentuée. Nous l'avons autorisée à porter le chignon et non plus la longue tresse que porte encore Constance, c'est te dire…

— Vous en avez fait une jeune fille prête à marier, dis-moi ?

— N'est-ce pas là leur destin à toutes, Louis ?

— Certainement, certainement, répondit Papa.

— Ma Marie devient une dame et c'est un vrai bonheur…

— Tu me sembles extrêmement fier…

— Je le suis, mon ami, je le suis.

— Et où veux-tu donc en venir ?

— Eh bien, ce sont tous ces petits signes que je ne vois pas encore chez Constance alors qu'elles ont toutes deux le même âge. Constance est presque une femme maintenant. Elle a déjà une haute taille et tous les attributs d'une femme : à bien des égards, on pourrait lui donner beaucoup plus que seize ans. Or, son comportement est resté celui d'une gamine insouciante qui vient de jouer dans les foins. Trop spontanée, trop démonstrative, trop entière dans ses réactions : elle apparaît gauche. Il devient pressant de corriger ces petits défauts…

Je ne pouvais voir l'expression sur le visage de mon père, mais il resta silencieux quelques instants.

— Constance grandit, il est vrai, dit-il. Elle a certainement pour l'instant gardé la candeur de l'enfance, tu as raison. Pourtant, elle développe son esprit de la meilleure manière, je t'assure.

— Oh, je n'en doute pas. Je n'ai jamais mis en question son intelligence !

— Et tu fais bien. Elle est exceptionnelle. Elle a une curiosité dévorante qui peut la plonger des heures dans la lecture et, dans la même journée, la faire participer à mes travaux de calcul. Elle s'intéresse à des domaines très variés et se révèle particulièrement perspicace dans les sciences. Tu conviendras que seuls les esprits les plus élevés peuvent embrasser des matières aussi diverses et en apprécier la complexité...

— Certes, je te l'accorde. Là n'est pas le problème. Encore une fois, je ne dénigre pas ses qualités d'esprit ni son intelligence. Il s'agit plus du choix des matières avec lesquelles tu le développes qui me préoccupe.

— Comment donc ?

— Voyons... tout ceci est bien inutile à une jeune fille. Je comprendrais, si tu avais un fils, que tu le prépares à son entrée à l'École des mines, dont tu es toi-même diplômé, ou bien à l'École centrale. Mais dans le cas de ta fille, cela ne mènera à rien ! Ce sera surtout bien inutile si elle ne sait pas se comporter en société... Qu'espérais-tu donc en lui enseignant les mathématiques avant même qu'elle n'en ait acquis les bases ?

— Je transmets à ma fille le goût des passions qui me sont chères, reprit mon père d'une voix froide. Elle a un réel don pour l'expérience et l'analyse. Pourquoi ne pas développer ce talent dès maintenant ? Son esprit est en éveil et a besoin d'être nourri et alimenté par des défis intellectuels. Il n'est pas temps de lui apprendre de stupides travaux d'aiguilles !

— Tu fais erreur...

— Du tout. J'aurais trop peur de l'endormir avec des foutaises ! Nous sommes à une époque charnière, mon ami. Les progrès modernes s'accélèrent partout en Europe, mais aussi aux Amériques. Ces domaines ne sont plus réservés aux seuls hommes. Vois l'exemple de Florence Nightingale outre-Manche...

— Allons ! Cette Anglaise excentrique ?

— Excentrique peut-être, mais infirmière de génie ! C'est elle qui a développé cette doctrine révolutionnaire sur la conduite des hospices !

Ses études sur le rôle de l'hygiène pour endiguer les épidémies ont fait progresser la médecine de manière déterminante ! Ses recommandations ont joué un rôle crucial pendant la guerre de Crimée !

Un nouveau silence embarrassé.

— Louis, ce n'est pas raisonnable. Tu imagines déjà un destin d'exception pour Constance, mais tu oublies que Miss Nightingale est une riche héritière et qu'elle jouit d'une fortune considérable. Elle a les moyens de se laisser guider par ses excentricités. Ce n'est pas le cas de ta fille.

— Avec une forte détermination, rien n'arrêtera Constance.

— Louis, tu es un doux rêveur… As-tu pensé que Miss Nightingale, j'en suis certain, a reçu la meilleure des éducations ?

— Oui, certainement, mais ce n'est pas ce qui a forgé son destin.

— Tu te trompes. C'est son éducation qui lui a permis de défendre ses idées lorsque c'était important. Je crains que Constance ne soit pas aussi favorisée par le destin. Nous devons, pour son salut, nous assurer qu'elle ait la meilleure éducation. Cela lui permettra de faire le meilleur des mariages tout d'abord. Si elle souhaite se plonger dans les études à ses heures perdues, grand bien lui fasse. Mais de grâce, avant tout, nous devons lui donner les bases…

Je retins ma respiration.

Papa gardait le silence.

Il avait parfois tendance à se sentir décontenancé devant certaines contrariétés. Il lui arrivait de perdre tous ses moyens en situation difficile. D'un caractère doux et posé, il se murait dans le silence devant quelqu'un qui s'emportait ou qui manifestait sa colère, ou simplement qui le contredisait.

Charles insista : « Loin de moi l'idée de blesser Constance. Je t'assure que je me soucie du futur de ma nièce comme de celui de ma propre fille. »

Papa restait toujours silencieux.

— Louis, je vois bien que tu conviens des carences de ta fille…

— J'en conviens. J'en conviens, finit-il par répondre. Mais tu me demandes d'envisager pour elle un avenir auquel je ne peux me résoudre. Ma petite n'est pas faite pour s'enfermer dans une vie domestique. Elle rêve de voyages, d'histoire, de sciences, de mathématiques, de botanique et se désespère de la couture, de la cuisine, du choix des étoffes, de l'élaboration des menus du soir ou de l'arrangement de sa toilette.

— Mais enfin, vas-tu laisser son goût excentrique guider sa vie au prix de tout avenir raisonnable ? Je ne te demande pas de la marier dès à présent ! Je te demande de consentir à lui offrir les bases d'une éducation qui lui sera indispensable. Elle doit acquérir un maintien irréprochable, doit apprendre la mesure dans le langage mais aussi dans ses transports. Pitié ! Fais les choses dans l'ordre. Pour cela, il faut en passer par les bases que sont le maintien, la tempérance, les travaux d'aiguille, le latin et l'anglais...

— Voilà le pauvre menu de l'enseignement d'une petite pension de jeune fille telle que nous la trouvons partout en France.

— C'est le *minimum minimorum*. Si tu souhaites développer chez elle d'autres talents, tu auras tout le temps pendant ses congés. Ces jeunes filles ont deux mois entiers de vacances à occuper ! Fournis-la en livres de toutes sortes, qu'elle étudiera à ses heures perdues. Mais de grâce, ne lui ôte pas le socle d'une éducation féminine de qualité.

Mon père eut un long soupir. Il semblait vaincu.

— Ah ! Je vois bien que c'est par souci d'offrir le meilleur à Constance que tu me harcèles... Cependant... comprends que je ne prenne pas de décision précipitée ce soir. Je dois y réfléchir.

— Soit. Je ne te bousculerai pas plus loin.

Un nouveau silence s'installa.

Je sentis ma poitrine oppressée : mon avenir se jouait. Je retenais ma respiration dans l'attente de la suite, ne sachant si elle allait venir.

J'entendis alors le bruit d'un fauteuil que l'on poussait. Papa annonça :

— Il me semble que j'ai eu mon compte pour ce soir. Je préfère te souhaiter la bonne nuit. Nous pourrons revenir sur ces sujets plus posément demain. Bonsoir, Charles.

— Bonne nuit, Louis.

J'entendis le bruit d'un autre fauteuil que l'on recule, une porte s'ouvrir, puis l'escalier grincer. Je restai pétrifiée, assise sur le parquet froid de ma chambre, attendant que le silence se fasse dans la maison pour aller me recoucher.

Consciente de l'importance du moment, il m'était impossible de m'endormir. Je me remémorais la teneur de la conversation. À cette période de ma vie, j'en étais encore à rêver ma vie en imaginant toutes sortes d'aventures et je pensais que le choix de mon avenir ne se ferait pas dans l'immédiat. Je croyais avoir tout mon temps… Mais voilà que mon oncle précipitait les choses.

C'est ce soir-là que, pour la première fois, je réalisai que, peut-être, ma vie ne serait pas celle que j'imaginais… Mon oncle m'avait ramenée à la réalité et la déception était de taille. Pourtant, mon père m'avait inculqué une profonde confiance dans la capacité de chacun à construire son propre destin. Il m'était donc très difficile d'accepter que l'on m'enferme dans une vie que je n'avais pas choisie. Je devais trouver en moi les ressources nécessaires à ma détermination.

Plus les minutes s'écoulaient, plus je comprenais néanmoins le raisonnement de mon oncle. Mes manières seraient-elles un obstacle à l'aventurière ou à la grande scientifique que je souhaitais devenir ? Peut-être. Fallait-il en passer par trois longues années dans un pensionnat pour ne pas me fermer les portes ouvrant sur le destin ambitieux dont je rêvais ? Ne pouvais-je éviter ce passage obligé, même si, au fond de moi, je m'estimais déjà bien au-dessus de ce que ce type d'institution pouvait m'apprendre ?

Je commençais à me dire qu'il était possible que je ne puisse y échapper. Je devais avouer aussi, écoutant mon oncle parler de cette école, que le début d'un sentiment de curiosité naissait en moi. Ne serait-ce pas là aussi, après tout, une nouveauté séduisante ? N'était-ce pas là le changement que j'attendais ? Quitter Bourg-le-Vieil, même pour une terne école de jeunes filles, était peut-être, en soi, le début d'une aventure… Eh bien soit. Le premier pas vers mon destin serait celui-ci. Après tout, mes rêves d'aventure devaient bien commencer par un changement, même infime.

Déterminée à expliquer à Papa dès le lendemain mon souhait de souscrire à la demande de mon oncle sans pour autant renoncer à mes rêves, je m'endormis apaisée, avec en tête un plan qui me semblait sans faille.

3

Une page se tourne

C'était déjà la fin de la matinée. Je fixai la dernière épingle immobilisant mon chapeau de paille. La longue tresse de mes cheveux noirs tombait élégamment sur la mousseline blanche de ma robe. Face à mon reflet dans le miroir, j'avais l'impression de faire mes adieux à cette première partie de ma vie et à cette Constance qui avait vécu ses seize premières années ici, dans la petite maison de Bourg-le-Vieil.

La veille, j'avais soigneusement préparé ma malle avec l'aide de Zélie. Mes trois robes y avaient pris place, ainsi que mon manteau d'hiver, ma seconde paire de bottines et mes affaires de nuit. Mais ces effets n'étaient pas ce qui remplissait la malle et de loin. J'avais commencé par y mettre au fond mes futurs sujets d'étude, rangés rigoureusement par catégorie : d'abord des traités de géométrie, d'algèbre, d'analyse, puis les cours sur les calculs simples de résistance des matériaux, sur la thermodynamique, sur les machines à vapeur et enfin une pile de cahiers noircis de l'écriture de mon père : le cher homme m'avait confié l'ensemble de ses notes de première année de l'École des mines.

Papa avait tout d'abord été surpris, puis affligé, au lendemain de la visite de mon oncle, de mon intention de suivre les recommandations de celui-ci. C'était tout naturel… Rien ne l'avait préparé à un tel revirement de ma part. À l'étonnement succéda le questionnement, puis l'incrédulité. Parmi une foule de questions, l'une d'entre elle résonne encore à mon esprit :

— Constance, je ne comprends pas… Notre vie à tous les deux ne te suffit-elle pas ? Ne me crois-tu pas capable de t'enseigner tout ce que tu as à savoir ?

Il était perdu et cela me peina. Je savais cependant son esprit rationnel, ouvert et en appelai à sa raison, ce qui porta ses fruits :

— J'essaie de comprendre, ma fille. J'essaie. Il me semble aussi tout bonnement qu'avec mon exemple, tu aurais appris naturellement toutes ces choses, en grandissant, tout simplement. Il m'est décidément très difficile d'admettre que tu ne vas pas perdre ton temps dans cette école où l'on farcit les jeunes esprits de lieux communs.

Je pris tendrement son bras sous le mien et posai ma joue sur son épaule.

— Oh Papa… Ne vous inquiétez pas. Je suis sûre de faire le bon choix. Et puis, peut-être pouvons-nous trouver une solution. Pourquoi ne pas continuer à m'enseigner comme vous le faites aujourd'hui, mais à distance ? Construisez-moi un programme d'étude pour les prochains mois et correspondons régulièrement sur le sujet ! Je pourrais emporter des livres que vous me choisiriez, emprunter vos cours sur lesquels nous travaillons actuellement et étudier une fois ma journée d'école terminée ? Qu'en pensez-vous ?

Je détaillai à nouveau mon image dans le miroir. J'allais partir ce midi par la malle-poste et serais à Bonneval tard dans la soirée. C'était donc la dernière fois que je contemplais dans ce miroir l'image de cette Constance dont l'univers s'était limité jusque-là au fleuve de Loire, à ses bateaux, aux parties de pêche, aux longues promenades pieds nus dans le sable et au petit monde de Bourg-le-Vieil, paisible et tranquille. Une foule de question me vint : serais-je la même Constance la prochaine fois que je reviendrais dans cette chambre à la Noël ? Aurais-je toujours ces mêmes grands yeux, le même visage, la même allure ? Allais-je aussi me transformer comme l'avait mentionné mon oncle Charles ? Que de questions auxquelles je n'espérais pas trouver de réponse sur l'instant ! Je parcourais ma chambre qui avait été le point d'ancrage de ma vie jusqu'ici. J'étais à la fois triste et exaltée par mon départ.

L'exaltation prédominait largement cependant, il me faut l'avouer ! J'allais découvrir une nouvelle ville, un nouveau cadre de vie, faire une foule de nouvelles connaissances. C'était une fin, mais aussi un commencement. Mon premier pas vers la découverte du monde ! Ce n'était ni Paris, ni Londres, mais Bonneval était, à ce que Papa en disait, une ville industrielle en plein essor…

Je quittai ma chambre enfin et descendis l'escalier pour rejoindre Papa au petit salon. Je le trouvai enfoncé dans son fauteuil, les yeux fermés, un volume du *Catéchisme des industriels* de Saint-Simon dans les mains. C'était l'heure de sa sieste. Pauvre Papa. Le poids des années commençait à être perceptible. Il approchait des cinquante-neuf ans maintenant et c'est à ce moment-là que j'allais le quitter et le laisser seul…

— Papa ? C'est bientôt l'heure, dis-je à mi-voix.

Il ouvrit les yeux doucement.

— Hmm ? Constance. Ma petite. Déjà ? Il serait déjà l'heure ?

Il se leva, puis me prit par le bras affectueusement. Il m'adressa un sourire doux et fatigué.

— Ma toute petite. Te voilà donc partie… J'ai toujours beaucoup de mal à m'y faire, tu sais. Je reste persuadé que… Mais non, il est trop tard pour te dissuader. Je ne vais donc pas partager avec toi mes pensées contrariées…

Je fis une moue réprobatrice.

— Papa… Nous en avons déjà trop parlé. Il n'est plus temps de me dire ce que je ferai ou ne ferai pas là-bas. Souhaitez-moi bonne chance. Et puis, je dois vous écrire régulièrement pour vous rendre compte de mes progrès… Allons, il me faut y aller maintenant.

Je sortis sur le pas de la porte, Papa à ma suite, lui-même suivi de Zélie. M. Mercier et son fils, nos voisins pêcheurs, nous attendaient dehors avec ma malle qu'ils avaient chargée sur une petite charrette. Nous remontâmes tous les cinq la rue d'En-Bas, longeâmes les Halles et arrivâmes sur la place de l'église. La malle-poste était déjà là. M. Mercier et le cocher chargèrent la malle à l'arrière de la voiture. Une vieille dame et un homme bedonnant d'une cinquantaine d'années allaient être mes compagnons de voyage.

Les adieux furent courts : nous ne sommes pas très expansifs dans la famille. Papa me serra dans ses bras, m'embrassa sur le front et me gratifia d'un « Bon voyage ma fille ». Zélie fut encore moins démonstrative, reniflant cependant et se mouchant tour à tour, mais ne pipant mot. Je l'embrassai affectueusement malgré son absence d'encouragements, puis remerciai et fis mes adieux à nos voisins, messieurs Mercier et fils, pour enfin grimper dans la voiture. J'entendis Papa régler le prix de ma course et donner l'adresse de ma destination au cocher : « École du Saint-Esprit, rue de la Grande-Sellerie à Bonneval ».

Une fois les autres passagers installés, la malle-poste se mit en branle. Nous avions environ une centaine de kilomètres à parcourir, tout d'abord en longeant la Loire jusqu'à Gien qui serait notre première étape puis, après avoir franchi le fleuve sur ce pont du XVe siècle, nous ferions halte aux relais de poste de Saint-Martin, la Chapelle, Châtillon et enfin, Bonneval.

Il était onze heures du matin quand nous quittâmes Bourg-le-Vieil. Je me calai dans le fond de la voiture et fermai les yeux. Je me préparais à passer la journée entière dans cette voiture exiguë et n'avais aucune envie d'entamer la conversation avec mes compagnons de voyage. Je fis donc mine de m'endormir, laissant libre cours à mes pensées… Les premières furent pour Papa. Je l'imaginai rentrer à la maison à cet instant précis, avec pour seule compagne Zélie.

Qu'allait-il faire ce matin ? Certainement reprendre ses travaux pour la modernisation de l'usine du baron de Villeneuve. Puis, ce midi, il déjeunerait avec Zélie. L'après-midi, il n'aurait pas à me faire travailler pendant deux heures comme à notre habitude. Je pris soudain conscience que, avec mon départ, son quotidien allait changer. Était-ce aussi cela qui le préoccupait ? Pauvre Papa. Je me sentis un peu coupable de ne pas y avoir pensé plus tôt. Toute à la construction de mon avenir, je n'avais pas songé à lui et à quel point ma décision allait transformer sa vie.

Le trajet me parut interminable. Nous traversâmes nombre de forêts, de champs, montâmes nombre de collines pour les redescendre ensuite, aperçûmes nombre de fermes isolées, de bourgs sans nom, le tout par des chemins chaotiques et fort peu confortables. Je fus en mesure de me dégourdir les jambes à chaque arrêt de relais de poste. Les pauses ne duraient pas plus d'une demi-heure pendant lesquelles le cocher déchargeait les sacs de courrier qui étaient arrivés à destination et en chargeait d'autres. Finalement, nous arrivâmes au soleil couchant devant Bonneval. C'était une belle journée de septembre ensoleillée et les feuilles jaune et marron virevoltaient au passage de notre diligence. Il n'avait pas plu depuis longtemps et la poussière se soulevait sur le chemin. La diligence rentra dans la ville par la porte nord et s'arrêta au relais de poste principal.

L'école était située rue de la Grande-Sellerie, à l'est du centre-ville, à deux rues du relais de poste où je descendis. Le cocher et le postillon déchargèrent les malles et les entreposèrent au relais. Le personnel me ferait parvenir la mienne à l'école dès le lendemain. Une dame aux cheveux grisonnants se tenait là, immobile au milieu de la place, dans le soleil couchant. Elle était vêtue d'une robe noire de toile simple et avait un air que j'aurais qualifié d'austère. Elle se dirigea vers moi :

— Constance Deschanel ?

J'acquiesçai.

— Je suis Mlle Vaguet, professeur de langue française et de littérature à l'école du Saint-Esprit. On m'a chargée de vous conduire à l'école, mademoiselle.

Son regard était inexpressif et froid. À moins qu'elle ne fût tout simplement fatiguée et peu encline à montrer une quelconque chaleur à la nouvelle venue que j'étais. D'allure très respectable, sa personne dégageait une rigueur et une droiture qui étaient assez intimidantes.

— L'école n'est qu'à dix minutes de marche, mais il est tard. Nous devons nous dépêcher si nous voulons arriver avant la nuit noire.

De fait, elle tourna vivement sur elle-même et adopta un pas rapide que j'eus du mal à suivre. Lors de ce court trajet, je pus néanmoins me faire une première idée de la ville. Les rues étaient étroites, mais correctement pavées. Les façades propres étaient de style moyenâgeux pour certaines et nombre d'entre elles à colombages. L'ensemble me parut pittoresque et fort joli.

En quelques minutes, nous y étions effectivement. Nous longeâmes un long et haut mur de pierre en assez bon état jusqu'à une impressionnante grille de fer forgé bleue. Une plaque de laiton parfaitement polie apposée sur le pilier droit indiquait « École du Saint-Esprit, institution de jeunes filles, 1817 ». Mlle Vaguet poussa le battant droit de la large grille et nous entrâmes dans la propriété.

Je devinai dans la pénombre du soleil couchant les formes du bâtiment principal. Une magnifique façade classique de deux étages, percée de larges et hautes fenêtres à deux battants, surmontée de soupentes ponctuées de chiens-assis. Nous étions dans une vaste cour qui occupait toute la largeur de la propriété et, face à nous, une grande porte de bois trônant au-dessus d'une volée de cinq marches semblait indiquer l'entrée de l'école. Notre entrée ne pouvait pas être discrète : nos pas faisaient crisser l'épaisse couche de gravillons recouvrant le sol et, dans la nuit naissante, le bruit semblait résonner et emplir toute la cour.

Elle ouvrit la grande porte et nous nous trouvâmes dans un vestibule sombre dont je ne voyais pas clairement la dimension, mais qui me fit penser à l'entrée d'une église, tant le bruit de nos pas sur les dalles résonnait. Le sol était constitué de ces larges pierres usées et polies par des milliers de pas que l'on trouve dans les châteaux ou les édifices religieux. Mlle Vaguet tourna à notre droite et emprunta un long corridor longeant la façade du bâtiment, orné d'une série de grandes fenêtres donnant sur la cour principale. La faible lumière du crépuscule jetait de lugubres ombres sur le sol. Au bout de ce corridor, elle ouvrit une petite porte donnant sur une salle de grandes dimensions, meublée de quatre longues tables disposées en deux rangées pouvant accueillir chacune une bonne vingtaine de convives.

Mlle Vaguet s'arrêta devant un vaisselier pour y prendre une lampe à huile et l'alluma. Un faible halo de lumière éclaira la pièce.

Elle annonça :

— Il est trop tard pour le dîner. Je vais vous amener en cuisine pour que vous puissiez manger un petit quelque chose avant de vous coucher.

L'office se trouvait de l'autre côté de cette salle à manger et nous y accédâmes par une petite porte latérale, si basse que je dus incliner la tête. Cette cuisine était impressionnante : tout en longueur, on aurait pu y inclure toutes les pièces du rez-de-chaussée de notre maison de Bourg-le-Vieil. Mlle Vaguet me donna un morceau de pain, un morceau de fromage de chèvre et une pomme. Elle m'invita à m'asseoir pour prendre ce dîner frugal, mais tout à fait rassérénant. « Je vous laisse la lampe, me dit-elle. Je reviens vous chercher dans quelques minutes. »

Je trouvai l'accueil austère et sans chaleur, mais correct et honnête. Je mangeai mon repas le plus rapidement possible et Mlle Vaguet vint me chercher pour me conduire à ma chambre.

Nous parcourûmes alors plusieurs longs corridors, gravîmes un escalier de chêne, montâmes deux étages, parcourûmes à nouveau un petit corridor flanqué d'une série de portes grises, jusqu'à l'une d'entre elles. Elle s'arrêta et m'intima l'ordre de ne pas faire de bruit. Elle me fit attendre devant la porte quelques minutes et revint avec une chemise de nuit de coton grossier. « Voici votre chambre et une chemise pour cette nuit. Votre lit se trouve au fond, près de la fenêtre. Vos camarades dorment déjà. Faites le moins de bruit possible en vous changeant. Vous serez réveillée demain matin à six heures. Bonne nuit, mademoiselle. » Sur ce, elle me quitta, emportant avec elle dans le long couloir le halo de lumière de la lampe à huile et me laissa dans le noir. Je la regardai disparaître au bout de ce long couloir et l'entendis ouvrir une porte que je supposai être celle de sa chambre.

Je tournai doucement la poignée de la porte et me glissai dans la mienne. Les volets du chien-assis n'étaient pas fermés et la pâle lueur de la nuit éclairait faiblement la pièce. Je distinguai avec peine deux rangées de trois lits répartis à ma droite et à ma gauche, m'avançai au milieu et trouvai mon lit, le seul inoccupé. Après m'être déshabillée en hâte, je pus me glisser sous les draps et la couverture rugueuse.

J'étais épuisée et mon corps fourbu par la journée de voyage. Je ne tardai pas à m'endormir, ayant à peine la force de me demander durant quelques minutes à quoi allait ressembler ma journée du lendemain, véritable plongée dans l'inconnu.

4

L'École du Saint-Esprit

Je dormis du sommeil du juste cette nuit-là. Aucun rêve ne vint perturber mon sommeil. Aussi, lorsque la cloche sonna, je ne l'entendis pas immédiatement. Il fallut que l'on me secoue doucement pour m'extirper de cette torpeur. Lorsque j'ouvris péniblement les yeux, je découvris une jeune fille blonde aux yeux noisette qui se tenait au-dessus de moi, l'air amusé. C'était elle qui essayait de me réveiller en me secouant légèrement les épaules.

— Bonjour Mademoiselle ! Il faut vous réveiller. La cloche a sonné il y a déjà un moment…

Je me frottai les yeux et m'assis péniblement sur le lit.

— Bonjour, répéta la jeune fille aux yeux noisette. Comment vous appelez-vous ?

— Constance, balbutiai-je. Constance Deschanel.

J'étais encore trop étourdie pour faire la moindre phrase construite et ne pouvais à ce stade en dire plus.

— Bienvenue au Saint-Esprit, Constance. Je suis Marie-Louise Mernier. Il faut nous dépêcher : les autres élèves sont déjà habillées, lavées et sont descendues prendre le petit déjeuner. Faites vite !

Elle se releva et se dirigea vers une armoire que je n'avais pas remarquée dans la pénombre de la veille. Elle retira sa chemise devant moi sans aucune pudeur, dévoilant son corps à demi nu, vêtu seulement de ses culottes de la taille au genou. Je détournai vivement le regard vers la fenêtre et décidai de m'habiller aussi vite que possible.

— C'est le grand jour de la rentrée aujourd'hui, me dit-elle. Je crois que vous êtes au moins six ou sept nouvelles élèves cette année, mais je ne sais pas de quel âge, ni à quelle classe vous allez être affectées. Quel âge avez-vous ?

— J'ai eu seize ans le quinze septembre.

— Hum. Vous irez probablement en seconde classe. Je viens d'avoir dix-sept ans. J'entame déjà ma troisième année au Saint-Esprit. Vous verrez, ce n'est pas si mal ici.

Je ne sus que répondre. Je n'avais encore aucun préjugé sur l'école et encore moins d'appréhension sur la façon dont nous serions traitées entre ces murs.

Une fois toutes deux habillées, elle m'entraîna à sa suite à travers le dédale de couloirs et d'escaliers vers la salle à manger du rez-de-chaussée. Nous arrivâmes dans cette grande salle que j'avais découverte la veille, vide et lugubre. Mais ce matin-là, une véritable cohue l'animait : environ quatre-vingts jeunes filles étaient attablées devant leur petit déjeuner dans un joyeux brouhaha. Trois des quatre tables étaient occupées par des jeunes filles en uniforme sombre et la quatrième visiblement réservée au personnel de l'établissement. Nous nous assîmes à la seule table où il restait de la place. Le petit déjeuner s'annonçait bien : il y avait au menu café, tartines de pain frais, beurre et fruits.

Mon arrivée suscita de nombreux chuchotements et regards de travers. Je les affrontai, sans timidité. Puis, tout en buvant mon café, je cherchai du regard ma cousine, sans succès. Marie-Louise, à côté de moi, dégustait une tartine de beurre et cela semblait absorber toute son attention. En face de moi, une jeune fille aux cheveux châtains, petite et menue, que je supposais de mon âge, me regardait. L'air inquisiteur et peu avenant, elle ne semblait pas vouloir engager la conversation. À côté d'elle, une fille plus jeune aux cheveux roux m'adressait un grand sourire. J'eus l'impression qu'elle attendait de rencontrer mon regard pour pouvoir me demander qui j'étais.

Elle n'en eut pas le temps. Une dame de petite taille mais d'un fort gabarit qui se tenait debout entre les deux rangées de tables venait de prendre la parole. Elle était habillée de noir, dans une robe simple mais de qualité. Ses cheveux châtain clair étaient rassemblés en un chignon sobre mais dans l'air du temps et encadraient un visage rond empreint de sévérité. Elle n'était plus tout à fait jeune. Je lui donnai entre quarante et quarante-cinq ans, mais mon estimation était certainement influencée par l'autorité qui se dégageait de sa personne.

— Mesdemoiselles ! Faites silence ! entonna-t-elle.

Silence se fit, immédiatement.

— Je vous souhaite la bienvenue. Nous sommes aujourd'hui le 1er octobre, journée officielle d'ouverture de l'école du Saint-Esprit pour cette année scolaire 1858-1859. Je suis heureuse de vous informer que nous avons cette année quatre-vingt-deux élèves en notre établissement. Nous aurons, comme les années précédentes, trois classes de niveau. La plupart d'entre vous connaissent déjà leur affectation. Voici les quelques indications quant au programme de cette première journée. Tout d'abord, j'invite les sept nouvelles élèves à me suivre dans mon bureau à l'issue de ce petit déjeuner. Je pourrai vous informer des règlements en vigueur dans cet établissement et vous répartir ensuite dans vos classes respectives. Je demande aux autres élèves de se rassembler par classe de niveau dans la cour. Mlle Vaguet, professeur de langue française et littérature, prendra ce matin en charge la première classe. M. Jaffray, professeur d'histoire et géographie, prendra en charge la seconde classe. Enfin, Mlle McCormick, professeur d'anglais, se chargera de la troisième classe pour ce matin. Mais pour l'heure, ne perdons pas les bonnes habitudes. Je désigne la seconde classe pour remettre en ordre et nettoyer le réfectoire. Les première et troisième classes, veuillez vous rendre à la chapelle dès maintenant.

S'ensuivit un brouhaha de bavardages, de chaises que l'on tirait sur le dallage et de vaisselle que l'on empilait bruyamment. En quelques minutes, le réfectoire se vida. Je compris que je devais me présenter à la dame qui avait prononcé ce discours, ce que je fis immédiatement après avoir adressé un regard de regrets à mon pain beurré que j'abandonnai sur la table. Je me postai devant elle, dans l'attitude la plus respectueuse que je pouvais adopter : les yeux baissés, les mains jointes. Je faisais une bonne tête de plus qu'elle, ce qui rendit l'exercice d'humilité difficile…

Je vis six autres jeunes filles se joindre à moi : la plus jeune pouvait avoir treize ans à peine, les autres ayant à peu près mon âge. La dame s'adressa à nous en ces termes : « Mesdemoiselles, je suis Mlle de Bretteville, directrice de cette institution pour jeunes filles. Je suis aussi le professeur de morale et de musique de cette école. Suivez-moi, je vous prie. » Nous quittâmes le réfectoire à sa suite et empruntâmes le long corridor qui donnait sur la façade. À la lumière du jour, la magnificence du bâtiment se révéla à moi : ce long couloir était agrémenté d'une enfilade de grandes fenêtres en arc de voûte insérées dans une structure aux allures gothiques. Le plafond en ogives donnait une dimension religieuse à l'édifice. L'ensemble était d'une blancheur immaculée. Ce bâtiment aurait-il été un cloître dans une autre vie ?

Nous arrivâmes au vestibule d'entrée. Il était majestueux, lui aussi. De forme carrée, il occupait la partie centrale du bâtiment et donnait de part et d'autre sur les deux longs couloirs de la façade. En son centre, face à la porte d'entrée, un immense escalier de pierre blanche montait en quart tournant. Les quatre-vingts élèves auraient pu tenir debout dans ce vestibule, au pied de l'escalier, sans être serrées.

Mlle de Bretteville monta jusqu'au premier étage, vérifiant que nous suivions toujours. Sur le palier, face à l'escalier, elle ouvrit une large porte donnant sur une pièce de taille moyenne, que je devinai être son bureau. Peu de décoration, presque pas de livres : décevant et austère. Elle contourna un bureau large et encombré de piles de documents et de cahiers puis s'assit face à nous. Nous attendions qu'elle prenne la parole, dans l'expectative. Elle prit son temps pour nous observer, nous détailler tour à tour, puis chaussa de petites lunettes rondes et ouvrit un grand registre qui se trouvait devant elle.

— Bien. Laquelle d'entre vous est Anne Chevallier ?

La jeune fille aux cheveux roux qui était à ma table s'avança vers le bureau.

— Je suis Anne Chevallier, Mademoiselle, dit-elle en faisant la révérence.

— Mlle Chevallier. Pouvez-vous me décliner votre identité, votre âge, la profession de votre père et votre niveau d'étude ?

— Oui Mademoiselle. Anne Chevallier, fille de François et Marie Chevallier. Je suis née le 17 février 1843 à Bonneval, où ma famille vit toujours. Mon père, François Chevallier, est médecin. J'ai suivi les cours de l'école primaire jusqu'à treize ans. Puis ma mère poursuivit mon éducation en choisissant mes lectures de littérature française, m'enseigna le piano et des rudiments de dessin.

— Rien sur les travaux d'aiguille ?

— Pas encore, Mademoiselle.

— Des notions de morale ?

— De nombreuses discussions sur ce qu'il convient de faire et ce qu'il convient d'éviter.

— Bien. Je vous remercie. Vous avez été affectée à la seconde classe, Mlle Chevallier.

Mlle de Bretteville nous interrogea de la même manière l'une après l'autre. J'appris que mes compagnes étaient fille d'industriel, fille de colonel du régiment d'artillerie de Bonneval, ou encore fille de vicomte. Elles venaient toutes de Bonneval et de sa région. Quand vint mon tour, je me présentai ainsi :

— Constance Deschanel, fille de Louis et Joséphine Deschanel, née le 15 septembre 1842 à Bourg-le-Vieil, dans le Loiret. Mon père est ingénieur des mines. J'ai suivi les cours de l'école primaire de Bourg-le-Vieil de six à treize ans. Je suis orpheline de mère depuis cet âge. Mon père m'a enseigné les mathématiques, des notions de mécanique, des cours de base sur les machines à vapeur, de chimie, de latin et d'anglais.

Mlle de Bretteville leva ses yeux vers moi au-dessus de ses lunettes, puis les retira pour m'observer avec attention, d'un air pincé.

— Allons donc ! Voilà qui est original. Qu'espérait donc votre père en vous enseignant ces matières ? s'étonna-t-elle.

— Il souhaitait avant tout partager avec moi son goût pour les sciences.

— Grand bien lui fasse ! Votre mère étant décédée, a-t-il pris soin d'engager une gouvernante ?

— Non, Mademoiselle.

— En dehors des enseignements prodigués par votre père, qui vous seront complètement inutiles ici et inutiles aussi pour votre future entrée dans le monde, quelles notions avez-vous en matière de morale, de travaux d'aiguille, de musique et de dessin ?

— En ce qui concerne la morale, mon père m'a fait lire certains philosophes grecs, M. Saint-Simon, M. Rousseau et…

— Mon Dieu ! s'écria-t-elle, ouvrant grand ses gros yeux ronds. Cessez immédiatement ! Sachez que M. Rousseau n'est pas le bienvenu entre ces murs. Décidément, il me semble que nous allons devoir remédier à certaines lacunes, voire corriger certaines erreurs de votre éducation passée, Mlle Deschanel.

Le ton était donné. Je me contins et pris le parti de l'obéissance, même si je trouvais à cette directrice un manque d'ouverture d'esprit certain…

— Je vois que vous avez été affectée à la seconde classe, malgré les évidentes lacunes que je viens d'observer. Vous devrez travailler avec beaucoup d'application pour rattraper vos camarades de classe.

— Oui, Mademoiselle, répondis-je.

— Fort bien. Voyons, qui reste-il ? Mlle Susanne Prieur. Voulez-vous décliner votre identité, la profession de votre père, et votre niveau d'études…

La dernière jeune fille de notre groupe à ne pas s'être exprimée fit un pas vers le bureau de la directrice. De taille moyenne, de constitution fine, de longs cheveux blonds bouclés, elle avait tout d'une poupée de porcelaine. Elle était douée d'une élégance naturelle que je lui enviai sur le moment.

— Je suis Susanne, Marie, Joséphine Prieur, fille d'Eugénie et Jacques Prieur, directeur adjoint de la fonderie de Bonneval. Je suis née le 19 août 1841, à Bonneval. J'ai bénéficié de leçons particulières avec notre gouvernante depuis l'âge de six ans, en français, anglais, littérature, dessin, piano et harpe.

— Ma foi, si vous aviez une gouvernante à demeure, pourquoi donc êtes-vous inscrite à l'école du Saint-Esprit ?

— Notre gouvernante s'est mariée et nous a quittés cet été. Maman a jugé qu'il serait préférable, notamment pour mes frères, d'intégrer un établissement d'enseignement général. Mes frères et moi avons donc dû être placés dans des institutions afin de parfaire notre éducation.

— Merci, Mlle Prieur. Vous avez obtenu une affectation en première classe, qui me semble tout à fait méritée.

Mlle de Bretteville posa ses lunettes, se leva et prit une pose solennelle, face à nous, les deux mains en appui sur le bureau, pour nous annoncer :

— Mesdemoiselles, je vais vous donner les règles majeures de l'établissement que vous intégrez aujourd'hui. Je vous remettrai à chacune un livret qui sera votre guide entre ces murs. Sachez tout d'abord que la devise de cette institution est la suivante : *Si l'instruction donne la science et les talents, l'éducation donne des vertus et des principes.*

Visiblement fière de cet adage, elle marqua une pause afin que nos modestes cerveaux s'imprègnent de ladite maxime. Puis, joignant les mains sur son ventre, elle reprit :

— L'école du Saint-Esprit a pour vocation de vous donner une éducation des plus solides et de développer chez vous toutes les vertus et les principes qui feront de vous des jeunes filles accomplies. Pour garantir le succès de cette entreprise, les règles de vie de cet établissement se veulent strictes, mais justes : premièrement, nous exigeons de votre part un comportement exemplaire à tout point de vue : obéissance, tempérance, modestie, ordre et propreté. Tout manquement à ces vertus sera sévèrement réprimandé. Deuxièmement, tous les horaires doivent être strictement respectés, que ce soit les horaires de classe, des déjeuners, dîners, soupers ou d'activités communes. Tout manquement aura des conséquences. Troisièmement, sachez que l'école ne tolère aucune visite aux élèves en dehors des vacances qui sont accordées au rythme d'une semaine entre la Noël et le Jour de l'an et la semaine précédant Pâques. Aucune sortie de l'établissement sans professeur accompagnant n'est autorisée. Vous ne manquerez pas néanmoins d'occasions de sortie, car nous organisons des classes pratiques en dehors de ces murs. De plus, nous effectuons tous les dimanches après-midi une promenade dans les environs immédiats de l'institution.

Elle reprit son souffle quelques instants avant de poursuivre :

— Votre semaine sera organisée de la manière suivante : la cloche sonne le réveil à six heures tous les jours, dimanche compris. Vous devez faire vos ablutions et prendre le petit déjeuner entre six heures et sept heures. Tous les jours, une classe est désignée pour nettoyer le réfectoire matin, midi et soir. Vous vous rendrez ensuite à la chapelle tous les jours à sept heures pour laudes. Les cours commencent à huit heures. Chaque classe de niveau a une salle qui lui est affectée, à laquelle vous devez vous présenter tous les jours sauf le dimanche à huit heures moins cinq. Chaque classe dure deux heures et la journée de cours se termine à dix-sept heures. Vous aurez tous les jours temps libre de dix-sept heures à dix-huit heures, heure à laquelle vous devez vous rendre au réfectoire pour le dîner. Il vous est fortement recommandé d'utiliser ce temps à vous perfectionner dans les différentes matières dont l'enseignement est dispensé ici. Vous devrez vous rendre tous les soirs à la chapelle pour complies à dix-neuf heures précises et le coucher est à vingt heures. Vous trouverez le règlement détaillé dans ce petit livret.

Elle nous tendit un fascicule relié portant le titre *Institution du Saint-Esprit, Règlement de vie intérieure.*

— Mesdemoiselles, il est sept heures trente. Hâtez-vous d'aller à la chapelle pour vos prières. Je vous rappelle que vous devez être à huit heures moins cinq devant votre classe.

Voilà que je basculais dans un monde où les heures et les minutes étaient omniprésentes… Quelle organisation ! Jamais je n'avais eu à me soucier de l'heure qu'il était ! Papa et moi vivions à l'heure du soleil : nos horaires étaient souples et variaient beaucoup en fonction du temps, de son travail, de mon humeur… Sur l'instant, ces nouvelles contraintes horaires m'apparurent comme une perte de liberté.

Je dus suivre mes consœurs vers la chapelle en toute hâte. On nous distribua un missel, qui lui aussi portait en en-tête la mention « École du Saint-Esprit ». Nous récitâmes des psaumes et des évangiles jusqu'à l'heure dite. Encore un exercice auquel je ne me pliai que par discipline…

Cher lecteur, je ne suis guère pieuse, il me faut l'avouer. Depuis ma tendre enfance, j'avais toujours suivi ma mère le dimanche matin, à l'office, alors que Papa se disait toujours trop débordé pour nous accompagner. J'avais donc commencé à avoir de sérieux doutes sur la réelle nécessité de tant de dévotion, puisque Papa s'y soustrayait régulièrement. Or, Papa était un savant, un homme d'une grande sagesse : il ne pouvait commettre de grave erreur, du moins le croyais-je à l'époque. Lorsque j'eus douze ans, je le questionnai sur ce point : était-il si important de passer toute une matinée chaque semaine à écouter notre curé ? Sa réponse avait été, comme à son habitude, empreinte de bon sens :

— Ma fille, que penses-tu, de ton côté, des sermons de notre curé ?
— Eh bien, parfois, je trouve ses jugements un peu trop sévères.
— Soit. Mais penses-tu qu'ils doivent l'être ?
Je pris quelques instants pour réfléchir, et finis par répondre :
— Oui, parce que sinon, tout le monde ferait des bêtises.
— Exact.
— Mais toutes ces choses, je veux dire, bien se comporter et ne pas faire de bêtise, vous me l'apprenez déjà, Maman et vous.
— J'en conviens, ma fille, mais ce n'est peut-être pas le cas dans toutes les familles… Certains adultes eux-mêmes ont besoin d'être guidés.
— Oh, je vois.
— Mais ce n'est pas tout n'est-ce pas ? Notre curé parle aussi de Dieu et de son histoire. .
— Oui, beaucoup.
— Et que penses-tu de cela ?
— Je ne sais pas trop. Cette histoire de création de l'homme et du monde… Et puis, vous m'avez parlé de tous ces peuples qui ne croient pas au même dieu que nous… Même les Égyptiens, qui ont vécu avant Jésus, croyaient en des dieux différents…
— C'est exact. Vois-tu, ma fille, c'est pour cela que je ne vais plus à l'office depuis longtemps. L'Église catholique est restée coincée dans une époque archaïque et refuse toute évolution, toute modernité. Elle a certainement une utilité publique : celle de prêcher l'amour de son prochain, le pardon et la fraternité. Quant à nous enseigner leur histoire du monde à dormir debout, à l'heure où les sciences et l'industrie prennent le pouvoir, c'est autre chose…

Papa avait donc une approche bien à lui de la religion et je l'adoptai sans réserve, me fiant à son jugement. Lui et moi avions foi en la bonté de l'homme et notre Dieu chrétien en était la manifestation par essence. En ce sens, nous respections les enseignements de l'Église et reconnaissions à la religion catholique une utilité publique dans la mesure où elle contribuait à l'élévation de la nature profonde des hommes.

Aussi, en ce lundi matin, la récitation de psaumes fut-elle pour moi vide de sens. Comme tous les moments qui me furent par la suite imposés dans cette chapelle de l'école du Saint-Esprit, d'ailleurs. Encore une fois, je ne me pliais à l'exercice que par pure discipline.

J'observai, deux rangs devant moi, Susanne Prieur récitant ses prières. Une ferveur certaine l'habitait. Cette jeune fille vivait sa foi d'une manière intense, du moins dans sa façon de réciter ses prières, les yeux fermés, l'émotion perceptible sur son visage. Je trouvai décidément à cette jeune fille d'admirables qualités, notamment dans des domaines qui me faisaient cruellement défaut.

À l'heure dite, une cloche sonna dans le bâtiment principal et l'ensemble des élèves quittèrent la chapelle dans le calme. Nous nous rassemblâmes en rang par deux dans la cour. Nos professeurs nous y attendaient. Il y avait là un homme et deux dames, dont l'une que je connaissais déjà : Mlle Vaguet. L'homme, de taille moyenne, m'apparut de nature avenante. D'une trentaine d'années, d'allure svelte, de petits yeux bleus souriants se cachaient derrière ses petites lunettes rondes. Son costume gris contrastait avec les robes de lin noires des deux dames à ses côtés. Ce devait être M. Jaffray, notre professeur d'histoire.

Je me plaçai dans la longue rangée d'élèves qui faisait face au professeur. J'aperçus enfin Marie-Isméry, trois rangs devant moi.

M. Jaffray nous invita à le suivre à travers le vestibule, puis dans le corridor qui longeait la façade. Il ouvrit la deuxième porte sur notre gauche et nous entrâmes dans une vaste salle de classe. La première chose que je remarquai fut le mur du fond de cette salle, entièrement recouvert d'une immense bibliothèque. J'accueillis cette découverte avec une grande satisfaction. Que d'ouvrages et de savoir à notre portée ! Le reste de la pièce ne comportait rien de remarquable : une quinzaine de tables où nous pouvions nous asseoir par deux faisaient face à une estrade sur laquelle était disposé le grand bureau de nos professeurs. Un grand tableau noir couvrait le mur derrière ce bureau.

Je fus ravie de ce premier cours : M. Jaffray s'avéra être un professeur passionnant. Le thème abordé ce matin-là fut une entrée en matière de géographie. Il nous rappela les notions de base de la géographie française et nous interrogea sur ce que nous savions des pays européens. Je devinai que, ne connaissant pas notre niveau, il se devait de trouver une manière de nous évaluer. Il nous interrogeait avec bienveillance et agrémentait le cours solennel d'anecdotes qui lui donnaient vie.

Je me souviens notamment, ce matin-là, alors qu'il évoquait la Grande-Bretagne et qu'il nous montrait sur un globe les différentes colonies de l'Empire britannique, d'une remarque audacieuse qu'il fit à propos de la reine Victoria. Il nous expliqua que cet été là, le 2 août 1858, la Grande-Bretagne venait de promulguer le *Government of India Act*, visant à mettre fin au pouvoir de la Compagnie anglaise des Indes, par trop indépendante et n'ayant pas su empêcher la révolte des Cipayes. Ce *Government Act* visait à transférer ce pouvoir directement à la couronne britannique. «Cela correspondait, nous dit-il, à l'insatiable appétit de conquête qu'avait cette grosse dame, la reine Victoria, d'avoir toutes les rênes du pouvoir dans sa propre main». À ce commentaire, je ne pus m'empêcher de rire à gorge déployée. Un certain nombre d'élèves se retournèrent sur moi, surprises et choquées par ma liberté d'expression. La plupart d'entre elles se contentèrent de sourire, d'autres montraient de la désapprobation tant pour la remarque de M. Jaffray que pour mon rire par trop franc. Je me serais sentie confuse si M. Jaffray ne m'avait adressé un franc sourire à son tour. Cela finit de me convaincre que j'allais apprécier les cours d'histoire et de géographie.

La journée se poursuivit par d'autres leçons d'intérêt bien inégal. Si le cours d'anglais de Mlle McCormick me captiva, tant par les sujets de lecture choisis que parce que cet apprentissage me semblait très utile pour ma vie future, le cours de Mlle de Bretteville me fut particulièrement pénible. En voici la teneur:

— Mesdemoiselles, veuillez, je vous prie, prendre une feuille de papier et votre plume. Je vous demanderai, à l'avenir, de prendre en note scrupuleusement le contenu des cours de morale que je vous dispenserai. Il va sans dire que le soin que vous porterez à votre écriture a toute son importance. Ce premier cours s'intitule: «Vertu et Morale, qualités de la jeune fille chrétienne».

Elle s'éclaircit la voix avant d'entamer une longue tirade:

— Le modèle de la jeune fille chrétienne de ce siècle se doit d'être en tout point supérieur à ce qu'il a pu être au siècle précédent. Les tourments du XVIIIe siècle, que sont la guerre civile, la famine, le chaos, ont pris racine dans des esprits qui n'avaient que trop peu de valeurs chrétiennes et trop peu de vertu. Il est impératif d'éviter de telles dérives, pour le bien de la nation. La paix et la prospérité de la France moderne doivent donc pouvoir s'appuyer sur des vertus et des valeurs morales infaillibles au sein de chaque foyer du pays. Or, je vous le demande, mesdemoiselles : qui est l'élément fondateur de la famille, celle sur qui repose l'éducation des enfants, celle qui détermine par ses actes chaque jour l'humeur avec laquelle son époux se rend au travail ? La maîtresse de maison, bien entendu ! Il nous incombe donc, au sein de l'institution du Saint-Esprit, de dispenser aux jeunes filles de bonne famille une éducation solide, afin que ces futures femmes soient, pour leurs maris et leurs enfants, le roc de vertu sur lequel pourront se développer les jeunes pousses françaises des siècles futurs et la bouée d'amarrage à laquelle leur mari pourra s'accrocher, alors qu'il sera malmené par les tourments de cette société moderne. De fait, si l'homme combat contre vents et marées au quotidien, en politique, en économie, dans les nouvelles activités industrielles ou même dans les fonctions traditionnelles de l'État pour la grandeur de la France, le rôle de la femme est de lui fournir un havre de paix en son foyer, un refuge où les valeurs chrétiennes font loi, où l'ordre règne en maître, et où son épouse soumise lui offrira les plus délicieuses scènes domestiques.

Elle s'arrêta enfin pour reprendre son souffle. Mlle de Bretteville avait déclamé son discours comme un sénateur l'aurait fait dans l'hémicycle du palais du Luxembourg : tout en solennité et en emphase… Elle reprit :

— À cet effet, l'éducation du Saint-Esprit comportera pour cette seconde classe de niveau des cours sur les vertus cardinales que sont : en tout premier lieu la Modestie, en second lieu la Tempérance, puis l'Ordre et enfin l'Acceptation de la Souffrance.

Suivirent des explications détaillées, agrémentées d'exemples, de chacune de ces vertus. Je me souviens notamment de l'un de ces exemples que je dus par la suite recopier quelques dizaines de fois en punition de ma mauvaise conduite. C'était un extrait de l'œuvre de Mme Marie Curo, *Études morales et religieuses, ou Éducation pratique des jeunes filles*, de 1853.

Mme Curo mettait en scène deux jeunes filles, Louise et Cécile, toutes deux cousines germaines. Si la famille de Louise était fortunée, celle de Cécile, malgré ses origines, se trouvait dans un certain embarras financier. Louise était très cultivée et recevait les meilleures louanges de son précepteur mais s'enorgueillissait de ses qualités et se montrait prétentieuse, hautaine et ambitieuse. L'autre, Cécile, était moins douée pour retenir les enseignements de son école mais se révélait pourtant douce, naturellement gentille, polie et modeste.

Dieu, voyant cela, ne pouvait laisser commettre une telle injustice : les parents de Louise furent rapidement ruinés puis décédèrent prématurément, laissant Louise seule et sans moyens. Cécile, de son côté, s'épanouissait par ses vertus de modestie et d'acceptation de son sort. Par charité, elle prit Louise à son service, alors que celle-ci se trouvait démunie. Louise, comprenant son erreur, opéra un revirement dans son attitude et prit modèle sur Cécile. La conclusion de cette morale était sans aucun doute que la connaissance et l'instruction ne sont rien sans une éducation chrétienne solide et sans les fondations d'une morale sans faille. Cet exemple cependant n'était pas sans donner quelque espoir : une jeune fille dans l'erreur par manque d'éducation peut toujours s'amender…

Tout ceci m'était pénible au plus haut point. Mlle de Bretteville faisait l'apologie d'une morale étriquée et conservatrice à l'opposé de mes valeurs. J'étais encore jeune, mais j'avais déjà l'effronterie de penser que tout ceci appartenait au passé et que la modernité nous appelait à ouvrir notre esprit au lieu de l'enfermer… Je décidai que les cours de la directrice ne retiendraient pas mon attention à l'avenir.

Ainsi se conclut ma première matinée. À midi trente, l'ensemble des élèves se pressa au réfectoire. C'est là que j'aperçus enfin ma cousine. Je ne l'avais pas vue depuis plus d'un an et je la trouvai décidément magnifique : presque aussi grande que moi, les cheveux blonds bouclés virant au roux, son teint très pâle mettait ses yeux bleu-gris en valeur. Elle avait tout d'une fleur délicate et fragile : très mince, le teint diaphane, les gestes gracieux… Elle avait cependant hérité de sa mère Thérèse un air réservé et quelque peu sévère avec ses lèvres un peu trop fines et ses pommettes saillantes. Je la rejoignis en pressant le pas et lui pris doucement le bras afin de lui signaler ma présence discrètement. Elle se retourna sur moi et me gratifia du grand sourire que je connaissais bien. Elle m'accueillit chaleureusement, ravie de me voir rejoindre les rangs de sa chère école.

Marie-Isméry était aux anges et ne tarissait pas d'éloges sur l'institution. Selon elle, nous y recevions la meilleure des éducations et, ce qui ne gâtait rien, nous y étions en excellente compagnie. Elle s'y était fait de très bonnes amies, du meilleur monde, était exaltée à l'idée de les retrouver et avait hâte de me les présenter.

J'observai ma cousine avec attention, à la recherche des éléments de transformation décrits par mon oncle. Effectivement, je comprenais maintenant ce qu'avait voulu dire Charles. Je ne pensais pas me tromper en affirmant que chaque geste de ma cousine avait un but précis : charmer et séduire son entourage. Était-ce cela, devenir femme ? Rien n'était plus innocent dans son maintien, dans ses sourires, dans ses battements de cils et je la soupçonnais de calculer en permanence quelle contenance prendre en fonction des circonstances, afin d'en tirer le meilleur parti. C'était vraiment tout mon opposé…

Je me remémorai alors le regard dédaigneux qu'elle posait souvent sur moi lorsque nous étions enfants et que je rentrais de mes escapades dans les bois, à la recherche de la plus belle épée en bois ou du plus bel arc, ayant sali ma robe et crotté mes souliers. Un pincement au cœur me saisit, ravivant ce sentiment de honte qu'elle avait su susciter en moi alors. Serait-elle toujours aussi hautaine et altière maintenant que nous approchions de l'âge adulte ? Aimable cependant, elle me demanda des nouvelles de Papa et je lui demandai en retour comment se portait tante Thérèse que je n'avais pas revue depuis plus d'un an. Le récit de mes dernières journées de pêche en Loire avec Gabriel et Papa lui arracha un sourire que je devinai de façade : elle non plus n'avait jamais apprécié Gabriel…

De mon côté, je tentai de m'intéresser à sa fierté du moment : le récital qu'elle avait donné au mois de juin précédent, lors de la fête de l'école. Non que je n'aie été contente pour elle qu'elle ait pu briller lors de cet événement, mais elle m'assomma par nombre de détails insignifiants. Elle énuméra par le menu les différents morceaux qu'elle avait hésité à choisir pour ce récital, son choix se portant finalement sur Vivaldi. Puis elle mentionna chacun des compliments qu'elle avait reçus, tant de ses professeurs que de ses amies, ou de sa famille. Je la félicitai bien entendu, mais cet épanchement de flatteries ne réussit pas à retenir mon attention plus longtemps et je craignais de n'avoir pas su lui dissimuler mon ennui.

Lorsque la journée de classe se termina, à dix-sept heures, on m'indiqua que ma malle m'attendait dans ma chambre et que j'étais priée de bien vouloir ranger mes effets dans l'une des armoires à ma disposition. Puis s'enchaînèrent les prières, le dîner – une soupe agrémentée de pain et de fromage – une toilette sommaire et le coucher à vingt heures.

Nos chambres, somme toute assez confortables, comportaient, outre nos six lits, trois armoires et trois commodes, ainsi que trois nécessaires de toilette. Nous devions nous organiser au mieux pour avoir le temps chacune de faire nos ablutions avant l'heure du coucher. Ce soir-là, en m'endormant, je songeai avec satisfaction que le monde dans lequel je venais de plonger n'était ni inquiétant ni tout à fait inconnu et pouvait même s'avérer stimulant. Certains professeurs m'avaient agréablement surprise et avaient réussi à capter mon attention. J'en attribuais le mérite à leur seul talent.

Mon séjour à l'institution du Saint-Esprit s'annonçait donc sous les meilleurs auspices à la fin de cette première journée et je m'endormis apaisée et avide de nouvelles découvertes.

5

Susanne

Alors que je m'imaginais partager une grande partie de mon temps libre avec ma cousine Marie-Isméry, il n'en fut rien. Mes journées étaient rythmées par la cloche de l'institut qui sonnait au réveil, sonnait au début des cours, sonnait à l'heure du déjeuner et du dîner. Notre liberté se résumait en tout et pour tout à une heure de temps libre par jour, du lundi au samedi, entre dix-sept et dix-huit heures et à la journée complète du dimanche. J'avais promis à Papa d'utiliser au mieux mes loisirs pour continuer à étudier les cahiers qu'il m'avait confiés. Je m'y employais avec assiduité, chaque jour, à dix-sept heures. Mathématiques, calculs de structure étaient mes matières préférées. Une salle d'étude était à notre disposition pour cette heure de liberté. De nombreuses élèves utilisaient ce temps libre pour des petits travaux de broderie, un peu de lecture ou bien pour écrire de longues lettres à leur famille.

Mes premières semaines furent très studieuses. J'avais commencé mes leçons personnelles par un cours de mathématiques de Papa et, éprouvant quelques difficultés, lui écrivais beaucoup sur le sujet. Je le questionnais aussi dans mes lettres sur sa vie sans moi, sur la santé de Zélie et sur les visites de Gabriel. Il me répondait très régulièrement – je recevais une lettre tous les deux jours – et ne me sentais ainsi pas si éloignée de mon ancienne vie de Bourg-le-Vieil.

En ce mois d'octobre, Marie-Isméry prenait soin de m'inviter presque chaque jour à les accompagner, elle et ses amies, pour une promenade dans le parc de l'école. C'était un parc à la française de belles dimensions, avec fontaines, parterres de buis, allées de gravillons et rangées de grands platanes longeant les murs de la propriété.

Nous déambulions une bonne demi-heure, pendant laquelle ma cousine et ses amies bavardaient sans discontinuer. De mon côté, n'étant pas encore très à mon aise avec ces étrangères, j'écoutais patiemment en gardant le silence. Les discussions portaient invariablement sur des sujets que je trouvais bien futiles et inconsistants : les dernières modes de chapeaux, de manchons, la qualité des étoffes d'Angleterre ou d'Italie. Mais cela ne s'arrêtait pas là, malheureusement. Les quatre jeunes filles aimaient plus que tout passer en revue les élèves de l'école et se délecter de l'énumération de leurs carences ou de petits scandales entourant vaguement la réputation de leur famille. Très vite, elles s'intéressèrent aux nouvelles arrivantes :

— Mes chères amies, commença ma cousine, que pensez-vous donc de nos sept nouvelles ?

Elle posa immédiatement sa main gantée sur mon bras :

— Bien évidemment, Constance, nous te considérons à part dans cette catégorie, comme tu es de ma parenté… Nous avons donc six nouvelles pensionnaires, si je ne me trompe. L'une en première classe, deux en troisième classe et trois nous ont rejointes en seconde classe.

— C'est exact, répondit l'une de ses amies. Je ne pense pas qu'il faille s'attarder sur les pensionnaires affectées à la troisième classe de niveau, ce sont des petites filles sans intérêt. Êtes-vous d'accord ?

Les trois autres répondirent de concert par l'affirmative dans ce qui ressembla à un pépiement de mouettes.

— Bien, reprit Marie-Isméry. Que dire de la nouvelle élève de première classe ? Connaissez-vous son nom ?

— Oui, tout à fait, répondit une autre. Il s'agit de Susanne Prieur. Son père est directeur adjoint de la fonderie.

— Tiens donc ? s'étonna ma cousine. Il est surprenant que je ne l'aie pas rencontrée auparavant… En tout état de cause, je trouve cavalier de la part de notre directrice de faire rentrer dans notre école, pour sa première année, une élève directement dans la classe de plus haut niveau. Quelle que soit l'éducation qu'elle a pu recevoir auparavant, il me semble présomptueux de considérer qu'elle nous surpasse dans toutes les matières enseignées ici, ne trouvez-vous pas ?

— Absolument ! Je suis tout à fait d'accord avec toi, Marie ! répondit l'autre. Cela ne peut être qu'une demande appuyée par sa famille qui a d'ailleurs dû être accompagnée d'un don substantiel pour l'école. C'est la seule explication plausible…

— J'aimerais en avoir le cœur net. Il pourrait être intéressant de se renseigner sur ce point, non ?

Les suppositions sur l'arrivée de Susanne Prieur en première classe continuèrent et plusieurs scénarios furent échafaudés. Lorsqu'elles eurent tout dit sur ce premier sujet, elles s'intéressèrent aux nouvelles élèves de notre classe, à commencer par Anne Chevallier.

— Oh, mon Dieu ! s'indigna ma cousine. Comment peut-on être affublée de cheveux aussi horribles ? Elle porte non pas une chevelure, mais une crinière rouge orange indisciplinée et terne. Elle a manifestement dû renoncer à se coiffer dignement et nous allons devoir subir ce spectacle tous les jours !

— Et avez-vous remarqué son teint ? questionna l'une. Sa peau est laiteuse, mais parsemée de petits points rouges sur le visage et le cou.

— Je me demande si tout son corps est taché de la même manière, rit une seconde. Savez-vous que les rousses portent une odeur particulière ?

— Cette Anne Chevallier est décidément d'une laideur repoussante, conclut ma cousine. Je la fuirai et je vous conseille d'en faire autant. Elle pourrait nous porter préjudice si l'on nous voyait en sa compagnie !

Je restai muette de consternation. Ma cousine se révélait fort peu chrétienne et me décevait profondément. Malgré nos différences, je pensais la connaître et étais loin d'imaginer qu'elle eût pu être si méprisante et sans compassion. Je me demandai alors si mon oncle Charles était conscient de la vilaine nature de sa fille, de son excès d'orgueil et de son manque d'indulgence.

Il me vint à l'esprit qu'il me fallait devenir méfiante moi aussi : rien ne me disait qu'à l'avenir, ce ne serait pas mon tour d'être l'objet de leurs médisances. Elles s'acharnèrent ensuite sur une autre élève de première classe, dont l'allure un peu gauche leur paraissait ridicule, puis sur une autre encore, dont la mise passait pour campagnarde aux yeux du petit groupe.

C'en était trop. En quelques jours, je décidai d'espacer ces promenades, prétextant mon envie d'écrire une lettre à Papa, puis une autre fois la nécessité de travailler telle lecture, ou encore simplement de la lassitude. C'est ainsi qu'au fil des semaines, je m'éloignai de Marie-Isméry. Cette distance que je mis entre nous ne lui déplut pas, du moins ne m'en a-t-elle jamais fait la remarque ni ouvertement le reproche. De fait, nos échanges se limitèrent à des politesses, alors même que nous

nous voyions par la force des choses tous les jours en classe, au déjeuner et au dîner.

En revanche, je ne tardai pas à lier connaissance avec les élèves qui, assidues, se retrouvaient comme moi en salle d'étude entre dix-sept et dix-huit heures tous les soirs. Susanne Prieur était de celles-ci. Malgré le tableau que m'en avaient fait ma cousine et ses amies, je pressentais que j'allais l'apprécier infiniment.

Comme moi arrivée cette année-là au Saint-Esprit, Susanne était légèrement plus âgée, mais infiniment plus fine en toutes choses. D'une grande beauté, elle représentait à mes yeux tout ce que je ne serai jamais : de longs cheveux blonds comme la paille, des yeux d'un bleu profond, petite et menue, élégante, un teint de porcelaine, de jolies lèvres fines et roses, elle captait le regard de l'assistance dès qu'elle entrait dans une pièce. Elle était de plus d'un naturel affable et semblait porter sur son entourage un regard bienveillant en toutes circonstances. Comme je l'appris le premier jour lorsqu'elle se présenta à Mlle de Bretteville, elle avait développé nombre de talents avant d'entrer à l'école du Saint-Esprit. Sans que je cherche à les égaler, ces talents forçaient mon respect. Car si je lui portais une réelle admiration, je n'étais ni envieuse, ni jalouse de ses qualités.

Nous étions si opposées en tout qu'il ne m'était pas envisageable de lui ressembler : Susanne était petite et menue, blonde et au teint de porcelaine ? J'étais grande, brune, fine mais robuste, large d'épaules et avais le teint légèrement mat. Elle savait capter l'attention d'une assemblée par des regards pétillants, un sourire franc et doux et flattait chacun par une écoute attentive mais sincère ? Je cherchais à me faire discrète, écoutais mais parlais peu et restais le plus souvent en retrait des discussions animées. Elle était délicate et fragile, d'une nature douce et posée ? Je m'enorgueillissais de ma vitalité, de ma force physique et étais d'une nature exaltée et parfois exubérante. Elle faisait preuve de talent en musique, dansait divinement et savait marier le plus joliment du monde les étoffes, châles et chapeaux ? Je m'épanouissais dans les lectures de romans modernes ou de traités de mathématiques et ne portais que peu d'intérêt à la musique, à la danse ou aux choix des toilettes, mes robes étant toutes grises ou sombres pour l'hiver et blanches en été : confortables avant tout.

Comment, me direz-vous, cher lecteur, fut-il possible qu'une amitié réelle, profonde et sincère puisse naître entre deux personnes aussi différentes ? Je suis maintenant certaine, après réflexion, que cela tenait à l'admiration que nous avions l'une pour l'autre. Susanne s'émerveillait de me voir si curieuse, si moderne et enviait ma soif d'aventures et d'exploration lointaine. Elle admirait ma nature indépendante et déterminée. De mon côté, j'admirais sa maîtrise du savoir-vivre et les talents qu'elle avait su développer, au contraire de ma cousine, de manière tout à fait innée. Tout chez elle semblait naturel : elle avait un don pour la musique et pour rendre les choses belles mais aussi pour prendre soin de son entourage. Je ne me lassais pas de l'entendre parler avec bienveillance du monde qui nous entourait. Sa pensée était si fine, si délicate qu'elle voyait toujours le meilleur de chacun et toujours le côté positif des événements.

Susanne était issue, du côté de sa mère, d'une des plus vieilles familles de drapiers de Bonneval. Elle était extraordinairement fière de sa petite ville. De fait, en cette seconde moitié du XIXe siècle, c'était une ville prospère et en pleine expansion. L'arrivée du chemin de fer onze ans plus tôt, l'installation d'une école d'artillerie militaire et la prospérité de la fonderie d'art attiraient les nouveaux habitants et la population allait croissant.

Lorsqu'elle ne me faisait pas l'article sur Bonneval, Susanne ne tarissait pas d'éloges sur sa famille. Elle avait deux frères, de respectivement treize et dix-neuf ans. L'un avait rejoint le lycée ce même automne et l'autre poursuivait une préparation aux concours des écoles d'État à Paris en vue d'intégrer, plus tard, Saint-Cyr. Une grande complicité semblait les unir et il lui tardait de me les présenter.

Elle mit peu de temps à me confier aussi le penchant qu'elle nourrissait pour un jeune officier, Maximilien Huard, originaire de Nancy, qui était en garnison au 95e régiment d'infanterie, à la caserne Condé. Lointain parent du maire de la ville, ce jeune homme avait été présenté à Susanne un an plus tôt et les deux jeunes gens se rencontraient de manière répétée depuis plusieurs mois. Une douce inclination était ainsi née entre eux. Susanne me parlait de lui en termes élogieux comme d'un jeune homme des plus charmants, prévenant et délicat, de belle prestance, partageant sa passion pour la musique. Elle me raconta comment tout s'était accéléré lors de la fête de la Saint-Jean alors que Susanne et sa famille participaient aux festivités. À la faveur de la fête, Maximilien avait osé lui prendre la main et y avait « déposé un baiser tendre mais appuyé et lourd de sens », m'avait-elle dit… Je reconnaissais bien là mon amie : un tantinet trop émotive et certainement trop romantique !

Susanne désespérait de n'avoir pu le revoir depuis lors et, maintenant que nous étions enfermées au pensionnat jusqu'aux prochaines vacances et qu'elle ne pouvait ouvertement entretenir une relation épistolaire avec un jeune homme sans qu'ils soient officiellement engagés, elle se languissait. Je m'amusais souvent à ses dépens de cette langueur amoureuse, mais toujours avec bienveillance. Je finissais toujours par la dérider…

Au cours de ce mois de novembre, j'eus le plaisir de participer à la première sortie culturelle organisée par le professeur d'histoire, M. Jaffray. Il s'agissait de visiter le palais Louis Hart, dans le centre historique de la ville. Je découvris une véritable merveille d'architecture gothique flamboyant. Mes connaissances en la matière avaient été jusque-là purement théoriques et encyclopédiques. Le palais, construit au XVe siècle, préfigurait le style renaissance dont j'avais admiré les gravures dans les livres d'histoire de Papa. C'était aussi ma toute première visite d'un palais et j'étais éblouie par la dimension des pièces, la magnificence des décors, la hauteur des plafonds, etc. J'en revins enchantée. De nombreuses élèves me parurent bien peu impressionnées, peut-être parce qu'elles l'avaient déjà visité auparavant, ou parce qu'en jeunes filles de la ville, tout ceci ne les étonnait plus. J'avais cette candeur de la fille de campagne qui découvre la ville, mais je m'en moquais. Il me semblait plonger dans le décor du roman d'Alexandre Dumas *Les Trois Mousquetaires* et cette visite ne fit que me rendre plus accessibles mes rêves d'aventure.

Décidément, ma nouvelle vie regorgeait de surprises et de merveilles et, avec pour compagne ma nouvelle amie Susanne, il me semblait que j'allais passer de passionnantes années à Bonneval.

6

Eugène

Le mois de novembre qui suivit nous sembla long et froid. Je continuais à entretenir une correspondance nourrie avec Papa, portant tant sur mes progrès en mécanique des structures, cette fois, que sur mes cours d'histoire. Ma passion pour cette matière se confirmait et j'échangeais beaucoup avec Papa qui en était féru lui aussi.

Les vacances de Noël approchaient cependant et nous devions quitter l'institut pendant près de dix jours pour regagner nos familles. J'avais écrit à Papa pour lui annoncer mon arrivée le jeudi 23 décembre. De son côté, Susanne avait écrit à sa mère pour lui demander la permission de m'inviter à passer trois jours dans la maison familiale, les trois derniers jours de ces vacances. Ce projet était né dans son esprit quelques semaines auparavant, alors que nous étions assises toutes les deux sur un banc au fond du parc. Elle me parlait alors de son frère Eugène, dont elle venait de recevoir une lettre et avec qui elle me trouvait des points communs, notamment ce goût pour les mathématiques et cette envie de voyages et de nouveaux horizons. Il avait quitté la maison familiale pour Paris un an auparavant : Susanne était particulièrement heureuse de retrouver son frère aîné, qu'elle n'avait pas revu depuis le printemps précédent. Toute à la joie de ces retrouvailles, elle me confia qu'elle souhaitait maintenant m'associer à son bonheur : ne serait-ce pas une merveilleuse idée que je puisse venir passer quelques jours à la maison Prieur ? Elle aimerait tant me présenter à sa famille, à qui elle ne cessait d'écrire à mon sujet depuis deux mois maintenant.

J'étais bien évidemment touchée et le lui fis savoir. Je promis d'obtenir la permission de Papa pour cette visite de trois jours. De fait, il consentit sans difficulté à réduire le temps de nos retrouvailles de quelques jours afin que je puisse faire connaissance de la famille de mon amie. Il souhaitait néanmoins pouvoir rendre cette invitation à Susanne à l'occasion de prochaines vacances. Et voilà comment, cet hiver-là, je refis le voyage de Bonneval à Bourg-le-Vieil, heureuse à la perspective de retrouver Papa, Zélie et Gabriel, mais aussi impatiente de pouvoir rencontrer la famille de mon amie quelques jours plus tard.

Ce fut par une journée d'un froid sec que je rentrai à Bourg-le-Vieil après une absence de presque trois mois. La malle-poste me déposa sur la place des Halles vers dix-huit heures alors que Papa et Zélie m'y attendaient, assis tous deux sur les marches dans la nuit froide. Je trouvai Papa fatigué et vieillissant, alors que Zélie, elle, n'avait pas changé. Cela dit, il eût été difficile pour elle de paraître plus âgée que lorsque je l'avais quittée, tant il me semblait impossible d'avoir un visage plus ridé que le sien.

Papa avait manifestement négligé certains aspects de sa personne : je pouvais lire le menu de plusieurs repas sur son veston. Nous nous embrassâmes chaleureusement, effaçant ainsi les effets de cette première longue séparation. Il occupa la première journée à me raconter par le menu ses derniers petits tracas quotidiens : son mal de dos, la perte d'une paire de lunettes une semaine auparavant et le dernier ragoût de Zélie qu'il avait trouvé insipide. Il me questionna sur Susanne, sa famille, ses goûts, ses aspirations, mais aussi sur mes avancées dans les leçons qu'il m'avait confiées et ne tarda pas, dès le lendemain, à me faire travailler plus avant telle ou telle leçon sur laquelle il jugeait que je piétinais.

À l'occasion du réveillon de Noël, le vendredi suivant, Gabriel se joignit à nous. Je brûlais de lui parler de l'École, de Susanne et de la ville de Bonneval, du moins le peu que j'en avais vu. Nous dînâmes tous trois ce soir-là et il fut question de la fabrique à laquelle travaillait Gabriel, de son déclin annoncé, du palais Jean Hart et du mal de dos de Papa.

Je trouvai Gabriel changé lui aussi : il était posé, plus sérieux, en un mot, plus adulte que l'été précédent. Il avait toujours ce visage rond encadré de boucles blondes indisciplinées et ses yeux bleu clair rieurs, mais une sorte de solennité habitait son visage. Il eut une longue discussion avec Papa sur la gravité de la situation de la fabrique où il travaillait et il nous expliqua qu'il était sur le point de se résoudre à quitter Orléans. Il ne savait cependant encore trop où aller et cela le travaillait.

Papa et moi partîmes en pensée pour un tour de France des villes les plus belles et les plus prospères. Nous étions tous d'accord pour lui éviter Paris, car notre cher Gabriel s'y perdrait, et il nous semblait trop difficile pour quelqu'un de Bourg-le-Vieil, s'étant difficilement acclimaté à Orléans, de survivre dans une ville aussi grande. Non, décidément, Paris n'était pas une bonne idée. Nous lui proposâmes Rouen, qui était encore en plein développement économique grâce à l'activité de son port et de ses filatures de coton. Gabriel ne tarda pas à ronchonner devant la réputation de la ville : « le pot de chambre » de la Normandie, où il pleuvait plus que partout ailleurs ! Nous évoquâmes Le Creusot, ville industrielle par excellence, avec ses multiples fonderies… puis, finalement, Bonneval me vint à l'esprit. C'était une ville de taille moyenne, accessible à un garçon de la campagne et, apparemment, en plein essor. À la fin du repas, si nous n'avions pas emporté son suffrage pour une ville plutôt qu'une autre, au moins avions-nous réussi à redonner à Gabriel le sourire que nous lui connaissions et le réveillon s'acheva sur une note légère.

Je repris vite mes habitudes dans cette maison que j'avais toujours connue, même si je m'y sentais un peu moins chez moi à présent. Ma vie n'était plus tout à fait ici et je réalisai que je ne souhaitais pas y rester trop longtemps. J'étais déjà impatiente de retourner à l'école et de faire la connaissance de la famille de Susanne. Sur le moment, je me sentis coupable… Quoi ! Je venais d'être séparée de ma famille depuis plus de trois mois et déjà je souhaitais les quitter à nouveau ? Ce sentiment passa vite cependant : la fougue de mes jeunes années ne me permit pas de m'appesantir longtemps sur ces remords et je préparai mon léger sac de voyage avec joie dès le mardi suivant.

La malle-poste me ramena, ce dernier mercredi de l'année 1858, vers Bonneval, avec toutes ses promesses de nouveauté et de découvertes.

Comme la première fois, trois mois plus tôt, quelqu'un que je ne connaissais pas m'attendait à mon arrivée. Il faisait déjà nuit noire lorsque je descendis de la voiture mais distinguai cette fois-ci un homme de petite taille, rond, les joues rebondies et les yeux rieurs, qui me fit un accueil beaucoup plus chaleureux que celui auquel j'avais eu droit en septembre. Il se présenta comme étant Georges, cocher de la maison Prieur, et me conduisit jusqu'à un léger cabriolet dans lequel il m'invita à monter. J'ignorais dans quel quartier de la ville se trouvait la maison de Susanne et ne savais à quelle durée de trajet m'attendre. Je profitai de cette nouvelle promenade dans la ville pour découvrir à la lueur des quelques réverbères à gaz de nouvelles rues, façades et devantures de boutiques.

Nous quittâmes le centre-ville rapidement et atteignîmes les faubourgs. La nuit y était d'un noir d'encre : plus aucun réverbère ne venait éclairer les rues et seule la lune, cachée par d'épais nuages, éclairait faiblement notre route. Nous pénétrâmes dans un quartier dont les maisons étaient espacées, chacune ceinte d'un parc arboré et rivalisant d'élégance.

Quelque vingt minutes après notre départ, le cocher arrêta notre voiture devant l'une de ces très jolies maisons de maître, rue des Tilleuls, face à une belle grille de fer forgé. La maison, toute de pierres blanches, se trouvait isolée de la route par un joli parc élégamment aménagé. Nous pénétrâmes dans le parc, la voiture faisant crisser les gravillons de l'allée menant au perron. J'étais ravie et impressionnée par la stature de la maison. Elle comportait deux niveaux en tout, dont un rez-de-chaussée auquel on accédait par un escalier central d'une vingtaine de marches. L'ensemble s'ouvrait sur le jardin par de grandes fenêtres blanches. L'escalier était orné de chaque côté de deux énormes buis taillés en ogive qui ajoutaient à la symétrie de l'ensemble. Je me fis la remarque que la maison de Papa semblait bien modeste en regard de celle-ci.

La porte principale, en haut de l'escalier, s'ouvrit et je vis apparaître mon amie dans la lumière du vestibule. Tout sourire, Susanne était décidément ravissante dans une robe de velours d'un bleu azur soutenu qui mettait en valeur ses boucles blondes et son teint pâle. Une dame, que je devinai être sa mère, la rejoignit sur le palier. Leur accueil fut des plus chaleureux et amical, l'une me demandant si j'avais fait bon voyage, l'autre si je souhaitais un rafraîchissement ou au contraire un bouillon bien chaud pour me réchauffer.

La maman de Susanne était en tout point celle à laquelle je m'attendais, à savoir... une image de Susanne plus âgée. D'une extrême prévenance, elle mettait de la douceur dans tout ce qu'elle faisait et était l'exemple même de la bienveillance. Elle n'avait pas quarante ans, me semblait-il, et même si les rondeurs de l'âge étaient visibles, elles ne gâtaient en rien son allure et sa beauté.

Elles m'invitèrent à m'asseoir au salon : une pièce de belles dimensions meublée de plusieurs divans et fauteuils, d'un piano et de fort jolies commodes. Mme Prieur posait sur moi un regard rieur :

— Ma chère Constance, Susanne m'a beaucoup parlé de vous. Elle ne tarit pas d'éloges à votre sujet. Il me semble qu'il y a longtemps que ma fille ne s'est liée d'une amitié aussi profonde.

Ce à quoi mon amie, gênée, répondit en rougissant.

— Voyez-vous, nous avons toujours trouvé notre Susanne trop sélective dans ses amitiés, ajouta Mme Prieur, et de fait, nous n'avons jusque-là reçu que trop peu de ses amies. J'étais donc absolument ravie lorsque je reçus la lettre dans laquelle elle me demandait s'il était possible d'accueillir l'une des pensionnaires de l'école du Saint-Esprit. Mais je manque à tous mes devoirs : peut-être souhaitez-vous vous reposer quelques instants après cette longue route ? Je vais vous montrer votre chambre pour les trois prochains jours...

Je n'étais pas fatiguée, mais je souhaitais effectivement pouvoir me rafraîchir après cette journée passée dans l'inconfort, l'humidité boueuse et froide de la malle-poste. Nous montâmes l'escalier principal, deux fois plus large que celui de ma maison de Bourg-le-Vieil et orné d'une jolie rambarde de fer forgé, puis atteignîmes le premier étage. Susanne me montra où se trouvait sa chambre et désigna la chambre d'amis que l'on m'avait octroyée, en face de la sienne. Elle souhaitait me faire visiter la maison, mais il était déjà tard et le dîner serait servi d'ici une demi-heure. Elle me laissa m'installer et me rafraîchir, me promettant de venir me chercher pour le repas.

C'est donc ce soir-là que je fis connaissance de la famille Prieur. Lorsque je descendis accompagnée de Susanne au salon, se trouvaient là Mme Prieur, accompagnée d'une dame très âgée, un jeune garçon que je devinais être son plus jeune frère Joseph, un homme d'une cinquantaine d'années, M. Prieur père sans doute, et un jeune homme occupé à fumer la pipe. Susanne me présenta à cette assistance. Son plus jeune frère Joseph, encore un enfant de treize ans, s'arracha à sa lecture pour me saluer. De petite taille, cet enfant blond semblait de constitution fragile, même pour son âge. Je le comparai à Gabriel, qui au même âge devait faire déjà dix kilos de plus.

M. Prieur était un homme affable mais réservé, au visage sec et aux cheveux grisonnants. Il me souhaita la bienvenue dans sa maison puis retourna aussitôt à la lecture de son journal. Mme Prieur me présenta sa mère, Mme Hubert, qui accusait bien soixante ans. D'une grande élégance, cette vieille dame, si elle semblait souffrir de cécité partielle, n'avait rien perdu de son panache. Enfin, Mme Prieur termina les présentations par son fils aîné, Eugène.

Celui-ci était un jeune homme de taille moyenne, peut-être légèrement plus petit que moi, blond aux yeux gris-bleu comme toute sa famille, portant de petites lunettes rondes. Élégant sans être dandy, il ressemblait en tout point à l'image que je me faisais d'un jeune homme de la haute bourgeoisie : de tournure agréable, il avait cependant un je-ne-sais-quoi de hautain. Ses manières me détrompèrent rapidement :

— Eh, voilà donc la trouvaille de notre petite Susanne ! s'exclama-t-il avec un large sourire. Mademoiselle, je suis enchanté de faire la connaissance de celle qui, au quotidien, contribue à embellir la vie de ma petite sœur.

— Merci, Monsieur, répondis-je, ravie. Je ne sais pas si j'ai vraiment ce pouvoir et resterai donc modeste.

— Ne le soyez pas. Susanne nous a beaucoup écrit sur vous, le saviez-vous ?

— J'ai cru le comprendre, dis-je, en adressant à mon amie un sourire complice.

Il nous invita à s'asseoir à ses côtés. Ce soir-là, je trouvai en Eugène un interlocuteur particulièrement captivant : nous parlâmes de Paris et de ses étudiants mais aussi de ses études, sujet qui m'intéressait au plus haut point. J'étais curieuse de savoir en quoi consistait cette « préparation aux concours » et si j'allais y retrouver les mêmes leçons que celles que Papa m'avait données cette année. J'osai le questionner sur le sujet :

— Oh, Je suppose que les titres de ces cours ne vous diront rien ou peu de chose, répondit-il. Je serais étonné que vous ayez des cours de mathématiques à l'école du Saint-Esprit, n'est-ce pas ? s'amusa-t-il en faisant un clin d'œil à sa sœur.

Susanne le détrompa :

— Effectivement, nous n'avons pas de cours de mathématiques au Saint-Esprit et j'en suis bien aise ! Mais Constance pourrait te surprendre…

— Tiens donc…, fit-il, flegmatique.

— Constance étudie les mathématiques, reprit sa sœur, faisant mine de livrer un secret inavouable.

Elle poursuivit à voix basse :

— Figure-toi qu'elle passe de nombreuses heures à étudier ses précieux cahiers remplis de formules obscures… N'est-elle pas extraordinaire ?

J'étais gênée mais aussi grisée par une certaine fierté. Eugène me jeta un regard vif et curieux, bien qu'incrédule :

— « De formules obscures ? » Allons donc !

Je minimisai les révélations de mon amie :

— Il ne s'agit que de quelques livrets d'analyse… Vous savez bien : les fonctions numériques et dérivables, ce genre de choses…

Il fit des yeux ronds.

— Ah ! Tout à fait singulier ! Mais, voulez-vous dire que vous y entendez quelque chose ?

— Bien entendu, sinon pourquoi passer mon temps dans ces cahiers, dis-je, légèrement piquée.

— Pardon, se reprit-il. Je ne voulais pas… mais d'où vous vient cet intérêt ? Vous impose-t-on cela ?

— Non, du tout ! Au contraire… J'ai la chance d'avoir un père très cultivé et aux vues modernes. Il m'a offert d'entrevoir ce que je n'aurai jamais la chance d'étudier dans une école comme la vôtre.

— Hum, je vois, conclut-il, craignant de m'avoir froissée. Ma foi, c'est un passe-temps très original. Et…

Il hésita, ne sachant trop sur quel terrain il allait s'aventurer.

— N'est ce point trop ardu ?

Je le rassurai par un large sourire :

— Non, j'adore cela. Et puis, c'est un peu plus qu'un passe-temps, vous savez…

— Tiens… et que voulez-vous donc en faire, plus tard ?

— Oh, je garderai cela pour moi pour ce soir, si vous le voulez bien. Nous en reparlerons une autre fois.

Cela ne me disait rien de dévoiler mes rêves et mes ambitions à tout va. Je craignais d'être trop originale ou pire, ridicule.

— Soit, je ne vous embêterai pas plus. Mais savez-vous que l'on dit qu'il est néfaste pour vous, mesdames, de mettre trop de logique dans vos jolies têtes ? Nous, Messieurs, vous aimons d'une manière générale tellement portées vers l'émotion et les transports !

Il glissa une œillade à sa sœur.

— Ah, tu nous connais bien ! s'amusa-t-elle. Je suis de ces esprits-là et je l'assume entièrement. Je ne pourrais jamais me consacrer à d'aussi fastidieux exercices de réflexion.

Puis, se tournant vers moi, elle ajouta :

— Vois-tu, je t'ai observée, Constance, lorsque tu travailles. Tu es tellement concentrée que rien ne peut venir te perturber, et ce toute une heure durant. Tu as une capacité à te couper du monde dans ces moments-là que je n'ai pas observée ailleurs. J'ai une nature toute différente, je le crains…

Eugène lui prit la main avec douceur et j'observai dans ce geste tout l'amour qu'il lui portait.

— N'en sois pas désolée, Susanne. Tu as bien d'autres qualités !

Je ne pouvais laisser passer ce compliment sans abonder dans le sens d'Eugène :

— Tout à fait d'accord avec vous. Notre Susanne est unique. Elle n'a strictement rien en commun avec les autres élèves du Saint-Esprit qui me font penser à un véritable panier de crabes !

— Aha ? Là, vous m'intéressez, releva-t-il. Donnez-moi un peu de ces histoires croustillantes de pensionnat de jeunes filles, Constance…

— Oh, rien de bien intéressant, fis-je, ayant peur d'en avoir trop dit.

— Allons, j'insiste !

— Bon, soit. Mais j'en appelle à votre indulgence, avant de vous dire de quoi il retourne.

— Vous voilà bien prudente… mais j'y consens. Parlez sans crainte, je ne vous condamnerai pas, ni ne me moquerai.

— Ce n'est guère flatteur pour la gent féminine, vous savez… voilà de quoi il s'agit : j'ai observé nos consœurs au cours des derniers mois et… c'est d'une banalité déconcertante, mais toutes ces jeunes femmes peuvent être classées en deux catégories. Enfin, trois, pour être exacte. Pas une de plus.

Ses yeux pétillaient :

— Oh ? C'est-à-dire ?

— Eh bien, la première, la plus peuplée des catégories, regrouperait les jeunes filles qui ne sont ni particulièrement cultivées, ni foncièrement méchantes, sans être pour autant des modèles de vertu et de conscience chrétienne. Elles ont un goût commun pour les bavardages, les sujets superficiels tels que les étoffes, la toilette, les coiffures etc. Elles ont cependant une nature cordiale et aimable qui les rend agréables à vivre. J'avoue qu'elles n'ont pour moi aucun intérêt et je ne recherche guère leur compagnie, n'ayant que trop peu de goûts communs avec elles.

— Vous voilà bien peu charitable, Mademoiselle, s'amusa-t-il à nouveau.

— Oui, je l'avoue, répondis-je. Je vais cependant poursuivre par la deuxième catégorie. C'est la deuxième par le nombre de ses représentantes au Saint-Esprit. Elle regroupe des jeunes filles souvent plus cultivées, parfois d'un milieu social plus élevé, mais qui sont cruellement dépourvues de bonté, de bienveillance et de tout sentiment chrétien. Bien sûr, elles ont appris à dissimuler cette nature au grand jour, mais dans le quotidien d'un pensionnat où nous vivons en communauté pendant de longs mois, cette nature ne peut rester invisible longtemps. Au quotidien, ces jeunes femmes se complaisent dans la médisance, les petits jeux d'influence ou les manœuvres pour obtenir les faveurs de tel ou tel professeur.

— Ah, bon sang ! Est-il possible qu'un pensionnat d'une si grande réputation abrite de tels dragons ? s'étonna-t-il.

— Je vous l'assure… répondis-je le plus sérieusement du monde.

Puis, je poursuivis :

— Je finirai par la troisième et dernière catégorie, à laquelle tu appartiens, ma chère Susanne. Tu en es la seule représentante au Saint-Esprit. Il s'agit de jeunes filles à la fois cultivées, accomplies, mais aussi d'une bonté et d'une affabilité rare. Le contraste entre cette dernière catégorie et la deuxième est saisissant, croyez-moi !

Cette tirade fit sourire Eugène.

— Ma foi, comme vous y allez ! Vous ne vous contentez pas d'analyse en mathématiques : vous donnez aussi dans l'ethnologie ! Vous avez pris des risques aussi : j'aurais très bien pu être intimement lié à l'une de ces pensionnaires. Elles sont pour la plupart issues de familles que nous fréquentons.

Il s'interrompit pour tirer sur sa pipe.

— Néanmoins, je suis heureux que vous trouviez toutes ces qualités à ma chère sœur. Vous ne pouviez mieux les décrire.

Sans me laisser m'appesantir sur le demi-reproche qu'il venait de me faire, Eugène me posa une question à laquelle je ne m'étais pas préparée :

— Et vous, Constance, dans quelle catégorie vous mettriez-vous donc ?

Je pris une profonde inspiration, ne sachant quoi répondre.

— Ma foi, je n'y ai pas réfléchi. Je n'ai pas les qualités de Susanne et je ne crois pas appartenir à la deuxième catégorie. Je me mettrais donc par défaut dans la première.

Il sourit, et ajouta en plantant ses yeux droit dans les miens :

— Ne soyez pas modeste. Il faudrait certainement créer une quatrième catégorie rien que pour vous, Mademoiselle, et vous le savez fort bien.

À ce moment, la maîtresse de maison nous indiqua que nous pouvions passer à table. Nous quittâmes le salon pour la salle à manger, pièce attenante au salon et donnant sur l'arrière de la maison. Je fus placée entre Susanne et Eugène. Le jeune Joseph ayant soupé plus tôt, nous étions six convives : M. et Mme Prieur, Mme Hubert, Susanne, Eugène et moi. M. Prieur s'adressa à moi pour la première fois de la soirée comme s'il venait de découvrir ma présence :

— Mademoiselle Deschanel : vous venez d'Orléans à ce que l'on m'a dit ? Quelles sont les nouvelles ?

Il était évident que ma réponse n'était pas tant attendue pour les révélations sur la ville que pour entendre le timbre de ma voix. Je pris quelques instants pour réfléchir :

— La situation est compliquée. La ville peine à trouver de nouvelles industries pour remplacer les filatures et le transport fluvial. Des rumeurs de grève courent un peu partout.

— Ah, c'est bien triste… Nous sommes bien plus fortunés ici, à Bonneval. Je dirais même que c'est tout le contraire !

Il remplit son verre de vin, comme pour célébrer la réussite de la ville :

— Nous peinons à trouver de la main-d'œuvre tellement les carnets de commandes sont pleins !

Visiblement satisfait d'avoir eu l'occasion de vanter la réussite de son industrie, M. Prieur changea de sujet et oublia aussitôt ma présence.

Au dessert, Mme Prieur nous proposa divers lieux de promenade pour le lendemain et tenta de bâtir un programme idéal de visite à mon intention, entre cathédrale et rues médiévales, ou promenade dans les marais environnants. Eugène promit de nous accompagner dans l'une ou l'autre de ces visites suivant son emploi du temps, et M. Prieur ajouta que nous devrions à tout prix emmener Joseph qui serait ravi de se joindre à la compagnie. Mme Prieur précisa que nous devions tenir compte du fait que toute la famille était invitée à la soirée du Nouvel An organisée par M. le maire, comme chaque année, au palais Louis Hart. Les dames seraient occupées une grande partie de l'après-midi du vendredi 31 décembre, afin de se préparer pour ce bal. De même, dans la liste de nos activités, nous ne devions rien prévoir pour le samedi matin, car nous serions probablement tous fatigués de la soirée précédente. Cette information qui semblait aller de soi pour tout le monde me mit dans tous mes états.

Je n'avais absolument pas anticipé un quelconque bal et, en plus du fait que je n'avais aucune robe appropriée pour un tel événement, je doutais de mes capacités à faire bonne figure dans un tel contexte. Je n'avais aucune expérience en la matière. Rien que l'idée d'y participer m'angoissait. Cependant, sur l'instant, je ne fis part à personne de mon trouble, mais me promis d'aborder la question avec mon amie avant le coucher.

C'est ainsi que le dîner s'acheva. Les messieurs rejoignirent le salon et Mme Prieur fut invitée à les rejoindre, alors que Susanne et moi fûmes priées d'aller nous reposer. Je pus ainsi aborder la question avec mon amie qui s'en étonna :

— Que veux-tu dire, Constance ? Il est bien évident que tu nous accompagnes au bal, voyons.

— C'est bien là le problème ! Je crains de n'avoir pas anticipé un tel événement. Au-delà du fait que je n'ai aucune robe pour l'occasion, je serais horriblement gênée d'y participer. J'aimerais tout autant ne pas y aller…

— Allons, Constance, voilà une idée bien saugrenue, me répondit-elle, étonnée. Les bals ne sont-ils pas les événements les plus recherchés par nous toutes ? Nous n'allons pas te priver parce que tu n'aurais pas de robe. La femme de chambre de Maman trouvera bien une solution à partir d'une de mes robes qu'il faudra manifestement rallonger…

Je n'insistai pas, ne voulant pas me distinguer par mon manque d'expérience dans ce domaine, mais quittai mon amie avec cette nouvelle inquiétude au ventre.

7

Visite de la ville

Le lendemain matin, je priai mon amie d'aborder au plus tôt avec sa mère la question qui me taraudait depuis la veille, à savoir : devrais-je absolument assister au bal du Nouvel An ? Elle aborda la question dès le petit déjeuner, en ma présence.

— Bien évidemment, Susanne, répondit Mme Prieur. J'ai d'ailleurs répondu en ce sens à l'invitation de M. le maire. Pourquoi cette question ?

— En fait, peut-être ai-je commis une erreur, Maman, mais j'ai omis d'en faire part à Constance avant son arrivée et il se trouve qu'elle n'a pas avec elle de toilette adéquate pour un tel événement, précisa mon amie.

— Oh, je vois. Nous avons donc jusqu'à demain soir pour trouver une solution, ma fille.

Elle me couva du regard, un sourire aux lèvres.

— Constance, je vais vous remettre entre les mains de ma femme de chambre, Augustine, qui est capable de vrais miracles. Vous êtes certes beaucoup plus grande que moi ou Susanne, mais elle trouvera une solution. Je vais lui demander de prendre vos mesures avant que nous ne partions en promenade ce matin, ce qui lui donnera le temps de faire le nécessaire.

— Je vous remercie, Madame. Cependant, je ne veux causer aucun dérangement… Je ne me sentirai absolument pas offensée de ne pas y aller. Je n'ai, à vrai dire, aucun goût particulier pour ces sorties…

— Ne soyez pas aussi prudente, mon enfant. Vous viendrez avec nous demain soir et Augustine pourvoira à vos besoins. Soyez dans votre chambre d'ici un quart d'heure.

Je n'osai répondre qu'un « Merci beaucoup, Madame », cette affirmation ne souffrant aucun refus. C'est ainsi qu'une femme de chambre d'une cinquantaine d'années frappa à ma porte quelque vingt minutes plus tard, portant une boîte à coudre sous le bras. Elle me fit me mettre en jupons et prit mes mesures de la tête aux pieds, en moins de dix minutes. Je fus ainsi rapidement disponible pour partir en promenade.

Celle-ci nous occupa toute la matinée et une bonne partie de l'après-midi. Mme Prieur commença la visite par la fameuse cathédrale Saint-Étienne que, d'après elle, toute la région enviait à Bonneval. C'était un édifice grandiose, il est vrai, datant du XIIe siècle, comportant de magnifiques vitraux. Elle nous entraîna ensuite dans les jardins de l'évêché, un bel ensemble de jardins à la française, rassemblant de grandes variétés de fleurs au printemps, avant de nous conduire par les rues médiévales, vers les maisons à colombages les plus remarquables. Nous déjeunâmes dans une auberge du centre-ville, afin de reprendre des forces, car cette visite tenait autant de l'exploit sportif que du cours d'histoire.

Nous rentrâmes rue des Tilleuls sur le coup des dix-sept heures, fourbus par cette journée entière de marche et Mme Prieur, pour nous remettre, nous fit servir une collation au salon. C'est alors qu'Eugène fit son apparition. Il venait de faire irruption au salon en coup de vent, après que nous eûmes entendu claquer porte d'entrée. Il était d'humeur massacrante et parlait haut.

— Susanne, Constance ! Quel beau tableau vous faites là ! Si je devais lui donner un titre, ce serait… voyons : la tranquillité domestique à l'abri de la tempête !

Susanne regarda son frère, étonnée.

— Que t'arrive-t-il, Eugène ? D'où viens-tu ainsi ? Tu me sembles bien agité.

Eugène se laissa tomber sur le sofa en face de nous.

— Je viens tout droit du Café Granger. Nous étions trois amis (Susanne, tu les connais, il s'agissait de François et Julien) attablés devant un jeu de cartes lorsqu'une rixe éclata entre deux soldats et quelques mauvais garçons, pour une sombre histoire que je n'ai pas comprise. Nous dûmes intervenir, sans quoi tout le Café aurait été retourné et, ma foi, la partie fut difficile à remporter. Nous portâmes secours aux soldats et à nous cinq, nous avons réussi à maîtriser deux des brigands, le troisième ayant pris la fuite.

— Mon Dieu, Eugène, quelle histoire ! N'es-tu pas blessé ?

— Non, merci, je me porte tout à fait bien. En revanche un de mes amis a le nez cassé et sera quitte pour garder un hématome au milieu de la figure les deux semaines à venir…

— Mais comment donc se peut-il que trois brigands se soient retrouvés dans une auberge du centre-ville de Bonneval ? Notre ville est si calme d'ordinaire !

— Ah, ça, je crains que ce ne soit un effet de la dernière campagne de recrutement de Papa. Depuis quelques mois, les contremaîtres de la fonderie ont peiné à trouver des ouvriers qualifiés de la région et ont dû faire venir de la main-d'œuvre d'Orléans, de Nevers, ou même des faubourgs parisiens. J'ai cru comprendre que ceux qui se sont présentés ont été peu nombreux et ne produisaient pas tous de bonnes références. Cependant, le carnet de commandes est tel que les contremaîtres ont dû se rabattre sur une main-d'œuvre qu'ils n'auraient jamais engagée auparavant. Nombre de ceux-là se retrouvent après la fin de la journée de travail, à dix-huit heures, au café pour boire tout leur maigre salaire…

— C'est une mauvaise nouvelle pour la sécurité des rues de notre bonne ville, s'inquiéta Susanne. J'espère que ces trois-là vont être au moins emprisonnés pour trouble à l'ordre public ?

— Absolument ! Lorsque nous les eûmes maîtrisés, du moins deux d'entre eux, les gendarmes sont enfin arrivés et nous ont débarrassés de ces affreux. Mais l'un d'entre eux court toujours. Ma chère sœur, je crois que j'ai bien mérité un remontant… Peux-tu me servir un verre de vin, Susanne ?

La chère Susanne en question s'exécuta. Dans ce laps de temps, Eugène s'intéressa aux cahiers que j'avais posés sur le guéridon. Il se leva, se pencha sur les cahiers et commença à déchiffrer l'écriture de Papa.

— Constance, je vois que vous faites des dérivées ? De premier degré d'ailleurs.

— Oui…

— Alors c'était donc vrai… Et comment vous en sortez-vous ?

— Plutôt bien : c'est toujours le même raisonnement et la même mécanique.

Il sourit :

— Oui, vous avez raison. Une fois que l'on a compris, cela se fait tout seul…

Il soupira, semblant pris soudain d'une certaine lassitude. Il avala d'un trait son verre de vin et annonça :

— Eh bien, Mesdemoiselles, je vais me changer pour le dîner. Mes aventures d'aujourd'hui m'ont épuisé ! Au dîner, donc ! conclut-il en s'extirpant de son fauteuil, avant de prendre congé.

La journée se solda par le dîner familial traditionnel de la maison Prieur au cours duquel Eugène fit part à ses parents de son aventure du jour, avec force détails sanglants. Mme Prieur partagea avec M. Prieur la teneur des visites que nous avions pu faire en ville : je fus interrogée sur l'attrait que je pouvais trouver à la cathédrale et au centre Renaissance. Mme Prieur annonça qu'elle nous emmènerait le lendemain matin nous promener dans les marais qui se situent au nord-est de la ville et demanda à Eugène de nous accompagner.

Les marais de Bonneval n'avaient rien à voir avec l'image traditionnelle que l'on se fait de marais. Tout à l'opposé de vastes étendues d'eau vaseuses et nauséabondes, je découvris un ensemble de canaux aménagés, de jolis potagers et vergers ombragés fort bien tenus. Eugène m'invita à monter dans une barque et me conduisit à travers un dédale de petits canaux sur une eau verte, calme et immobile. Nous glissâmes sur l'eau silencieuse dans la quiétude la plus apaisante. Rien n'était plus agréable cet après-midi-là que ce silence, hors du monde et du tumulte de la ville.

Nous rentrâmes pour un déjeuner tardif, accueillant avec un plaisir non dissimulé le bouillon chaud préparé par la cuisinière de la maison. Nous avions ainsi tout l'après-midi afin de nous préparer pour la soirée au palais Jean Huart. Au milieu de l'après-midi, Augustine vint me chercher afin de faire l'essayage final et les derniers ajustages de ma toilette du soir. Je découvris alors la robe qu'elle avait travaillée pour l'ajuster à ma taille : il s'agissait d'une robe de taffetas d'un gris perle chatoyant. La femme de chambre de Mme Prieur avait fait un miracle : elle l'avait rallongée d'une vingtaine de centimètres avec un bandeau de velours noir et avait diminué la taille pour l'adapter à la mienne, bien plus fine que celle de Mme Prieur.

Susanne salua ma transformation :

— Mon Dieu, Constance : te voilà métamorphosée ! Ce gris perle te va à ravir !

Puis, prenant une moue soupçonneuse, elle ajouta :

— Mais dis-moi, tu nous cachais cette taille si fine et ces gracieuses épaules… il va nous falloir mettre tout cela en valeur avec ta coiffure !

Susanne n'en démordit pas : elle m'interdit formellement de porter la longue tresse que j'avais l'habitude d'arborer. Elle confectionna une coiffure à la mode dégageant mon cou et mes épaules, encadrant mon visage de nombreuses boucles noires. Elle complimenta à nouveau mes cheveux noirs, qu'elle trouva soyeux et brillants.

J'étais fin prête, mais n'étais pas sereine pour autant. Mon unique ambition serait de rester la plus discrète possible dans les heures qui allaient suivre.

8

Sir Samuel Wallace

Mon manteau de laine gris me protégeait à peine du froid humide de cette nuit de la Saint-Sylvestre. Le cocher de M. Prieur nous avait laissés à quelques pas du palais Louis Hart pour éviter la cohue des fiacres qui se pressaient devant l'entrée du bâtiment. Une foule stationnait devant l'entrée dans une folie bousculade, pressée de fuir le froid saisissant.

La façade gothique du palais était mise en valeur par de nombreuses torches flamboyantes et des lampes à huile avaient été accrochées aux fenêtres Renaissance. On pouvait, même par cette nuit froide, admirer les sculptures et les balustrades richement décorées de lierres et de roses. La grande grille en fer forgé noire de l'entrée principale avait été décorée de guirlandes de houx. En pénétrant dans la cour intérieure, on découvrait un jeu de lumières savamment disposées mettant en relief une galerie à arcades. Nous entrâmes dans la grande salle d'apparat du palais, au rez-de-chaussée, où aurait lieu le dîner, puis le bal. Nous pûmes y accéder après que M. Prieur se fut annoncé et que nous eûmes déposé nos manteaux au vestiaire.

Cette salle était tout simplement magnifique. Le plafond très haut, ornée de poutres apparentes et peintes, le sol dallé de carreaux rouges anciens, les boiseries au mur, tout concourait à donner une dimension prestigieuse à la pièce. Elle avait été meublée pour l'occasion d'une immense table en U recouverte d'une nappe immaculée qui occupait la moitié de la pièce. À l'autre bout de la salle avait été montée une estrade de bois couverte de feutre sur laquelle étaient placés les instruments et les chaises des musiciens. Une cinquantaine de convives se tenaient déjà là, un verre de vin de Champagne à la main. Susanne, Eugène et moi suivions sagement M. et Mme Prieur qui saluèrent successivement plusieurs familles de leur connaissance. J'étais présentée comme « Constance, une amie de Susanne ». Celle-ci me faisait discrètement, à voix basse, l'article sur chacune des personnes qui m'étaient présentées : M. le comte d'Anglémont, sous-préfet de l'arrondissement de Bonneval, Mme son épouse, M. et Mme Joseph Vernay, magistrat au tribunal civil ainsi que leurs deux fils, Achille et Alfred, et enfin le colonel Charles Jolivet, chef de corps du 95e régiment d'infanterie de ligne.

Je ne retenais ni les noms ni les fonctions de toutes ces sommités mais étais émerveillée des costumes de ces messieurs, des toilettes de ces dames, de la profusion de décors de la salle, de la quantité de chandeliers qui éclairaient la pièce et du nombre de valets qui proposaient là des coupes de vin de Champagne, ici de délicieux canapés. Je restais sagement aux côtés de Susanne et Eugène et fuyais timidement les regards qui pouvaient se poser sur nous. Le fait était que mon amie semblait évoluer avec aise, saluant avec sa chaleur habituelle tout un chacun et attirant les regards admiratifs des convives par sa grâce et sa beauté. Eugène s'éloignait déjà, s'excusant pour se diriger vers un jeune homme de sa connaissance.

M. et Mme Prieur souhaitèrent alors saluer de nouveaux arrivants : deux hommes et une dame venaient d'entrer dans la salle. La dame en question, d'une cinquantaine d'années, petite et ronde, semblait en terrain conquis dans cette salle de réception. Elle promenait un regard assuré sur l'assemblée et semblait dire à quel point elle se savait attendue par les convives. Des deux hommes, je devinai que le plus petit, qui accusait une soixantaine d'années, devait être son époux. C'était à n'en pas douter un homme de pouvoir : je le devinai à son maintien et sa façon de saluer l'assistance, sans ciller. Le second homme, beaucoup plus jeune, accusant entre vingt-cinq et trente ans, aurait pu être leur fils s'il n'avait été si différent des deux autres. Si les deux personnages précédents étaient petits et ronds, celui-ci était grand et mince. Si l'on pouvait supposer à leur allure que le couple menait une vie de bonne chère dans un environnement citadin trahi par leur teint pâle et gras, le jeune homme avait l'allure alerte et vigoureuse, le teint clair mais hâlé comme celui d'un militaire en campagne. Il avait un air tout à fait saisissant qui accrochait les regards : de longues mèches indisciplinées de cheveux châtain clair cachaient une partie de ses yeux, mais on les devinait jetant sur l'assistance un regard incisif et aiguisé. Un léger sourire poli sur ses lèvres fines ne réussissait pas à lui donner l'air aimable.

M. Prieur saluait déjà le petit homme rond et son épouse : il adressa un poli « Monsieur Fleury, comment allez-vous ? » puis se courba formellement en deux avec un « Mme Fleury, mes respects », que celle-ci prit de haut.

— Prieur ! Ravi de vous voir ici ce soir, lui répondit chaleureusement le petit homme rond.

Puis, s'inclinant vers Mme Prieur, ajouta, mielleux :

— Eugénie, vous êtes toujours aussi charmante…

Enfin, se tournant vers l'inconnu, le petit homme rond annonça fièrement :

— Puis-je vous présenter Sir Samuel Wallace qui nous arrive tout droit de Londres aujourd'hui même ? M. Wallace est un investisseur industriel d'une importance tout à fait significative en Angleterre et vient explorer les possibilités d'affaires en notre bonne ville.

L'étranger répondit avec un fort accent, mais dans un français sans faute, s'adressant tout d'abord à Mme Prieur :

— Madame, mes respects.

— M. Wallace, je suis ravie. Laissez-moi vous présenter ma fille, Susanne… ainsi que son amie, Constance Deschanel.

Un bref salut nous fut adressé, M. Wallace s'inclinant de sa haute taille dans notre direction. Le personnage, de près, n'était guère plus affable que de loin. Un visage régulier mais fermé, un sourire qui, s'il voulait être aimable, n'arrivait qu'à renforcer la dureté du regard et surtout des yeux d'un vert trop clair pour être chaleureux.

Susanne me donna un léger coup de coude qui eut pour effet de me sortir de mon hébétude et je réussis à faire une timide révérence mais l'attention de l'individu était déjà ailleurs.

Ils se dirigèrent tous trois vers M. le sous-préfet et nous laissèrent, la famille Prieur et moi, livrés à nous-mêmes. Mme Prieur nous invita à rejoindre Eugène qui se trouvait en grande conversation avec deux jeunes hommes, manifestement de ses amis, que l'on me présenta : François de Ferrières et Achille Vernay.

Le dénommé François prit les devants :

— Mademoiselle, je suis enchanté. Enfin une charmante nouveauté dans ce paysage de Bonneval qui, bien que fort joliment doté de belles fleurs du pays, manquait, jusqu'à votre arrivée, quelque peu d'éclat.

— François, je t'en prie, laisse mon amie, lui répondit Susanne. Ne l'assomme pas de tes circonvolutions florales. Constance n'est pas femme à se laisser berner par de tels boniments.

— Comment Susanne, moi, des boniments ? s'offusqua-t-il, faussement outré. Quelle opinion veux-tu que ton amie ait de moi à présent ?

Je le rassurai tout de go :

— Oh, Monsieur, ne vous formalisez pas ! Susanne commence à bien me connaître et elle sait effectivement que je ne ferai que m'amuser à vos dépens des compliments compliqués que vous m'adresseriez. Elle vous rend service, vous évitant ainsi de perdre votre temps.

— Mon Dieu, quel tempérament ! Ne seriez-vous pas censée me remercier des jolis compliments que je viens de vous faire et me montrer toute la gratitude embarrassée d'une jeune fille émue ?

Je ne pus retenir un éclat de rire. Décidément, celui-là m'amusait. Je le trouvai fort agréable.

— Voyez-vous, Monsieur, je ne suis pas de celles qui s'émeuvent facilement. J'ai la prétention d'être d'une nature pragmatique avant tout. Mais peut-être Susanne serait-elle plus encline à écouter vos louanges ?

— Oh, non, Constance, se défendit celle-ci. Je connais François depuis bien trop longtemps pour me laisser prendre à ses façons. C'est bien là son grand désespoir. Je ne connais pas de demoiselle de Bonneval, un tant soit peu charmante s'entend, qui n'ait déjà eu droit à ses tirades lyriques sur la couleur de ses yeux, de ses cheveux, etc.

— Allons Susanne, je te trouve bien injuste ! répondit Eugène qui venait au secours de son ami. Je réclame le droit à l'indulgence pour un jeune homme désespéré !

— Oh, Eugène, ne me dis pas que François est désespéré. Il n'en a ni l'air, ni la chanson… Si vous cherchez à mimer le désespoir, prenez donc exemple sur cet Anglais à la mine sinistre que l'on vient de nous présenter… N'est-ce pas, Constance ?

— Certainement… Enfin, tout ce que l'on peut affirmer, c'est que ce personnage a un air antipathique.

— Ah, Mademoiselle, vous concédez que vous me trouvez plus sympathique que cet Anglais ! rétorqua François, voyant là un espoir, mi-amusé, mi-sérieux.

— Ne vous enflammez pas, Monsieur, ne vous enflammez pas, répondis-je. Il n'y aurait personne au monde que je trouverais moins sympathique que cet individu.

Puis j'ajoutai, en riant :

— Mais vous viendriez en seconde place !

— Ah, ça, c'est par trop fort ! s'écria-t-il. Je suis mort ! Susanne, ton amie est décidément bien hardie !

Reprenant son sérieux, il s'adressa à moi :

— Dois-je m'en offenser, Mademoiselle ?

— Non, ne vous offensez pas, Monsieur, le rassurai-je avec un grand sourire. Voyez-vous, ma nature impulsive me fait dire tout haut ce que souvent tout le monde penserait tout bas, sans prendre le temps de réfléchir aux conséquences. Mais cela n'est possible que parce que somme toute, vous me paraissez bien divertissant…

— Ah, enfin, j'entrevois un espoir. Je vous suis infiniment reconnaissant. Vous venez d'embellir ma soirée. Mademoiselle, puis-je vous demander, afin de parfaire ce moment de félicité, de me réserver l'une de vos danses ?

— C'est que, voyez-vous, je ne danse guère Monsieur, et…

— Bien sûr qu'elle accepte, François ! répliqua Susanne. Constance, cela n'appelle aucune discussion, je t'en prie.

— Eh bien, François, voilà une affaire rondement menée, ajouta Eugène. Constance, je me dois de vous offrir une seconde danse. L'accepterez-vous ?

— Messieurs, vous ne savez pas à quoi vous vous exposez… Vos pieds sont-ils bien solides, au moins ? Car ils doivent l'être pour survivre à mes piètres talents de danseuse. Mais, oui, Eugène, je vous accorderai la seconde danse.

C'est alors qu'à l'entrée de la salle apparurent mes parents les plus proches : les Manceaux. Charles, Thérèse et Mary-Isméry s'avançaient dans la foule des convives. Je vous ai déjà décrit mon oncle et ma cousine, cher lecteur, et il me faut maintenant brosser le portrait de ma tante Thérèse. C'était une grande dame blonde de constitution fine. Elle accusait bien une quinzaine d'années de moins que son mari et portait assez bien la quarantaine. On voyait à son maintien et à son allure, raide et précieuse, qu'elle prenait soin de son apparence et qu'elle était soucieuse de l'image qu'elle donnait d'elle-même en société. Son visage, quant à lui, était le reflet de son caractère : anguleux, un menton prononcé, des pommettes saillantes, des lèvres fines et pincées et enfin des yeux dénués de toute douceur. Ma tante « en imposait », comme aurait dit Gabriel.

Ils constatèrent avec surprise ma présence et vinrent tous trois à ma rencontre immédiatement. Je fus félicitée pour ma toilette et accueillie chaleureusement, puis ma tante souhaita savoir qui me chaperonnait pour la soirée : je pus la rassurer en lui présentant Susanne et lui précisant que j'avais été invitée par M. et Mme Prieur. Mon oncle, de son côté, se dit heureux de me voir dans des dispositions bien différentes de notre dernière rencontre à Bourg-le-Vieil. Suivirent de traditionnels échanges de politesses. C'est alors qu'un mouvement général de foule se fit vers les tables. Le dîner serait servi d'un instant à l'autre. Mme Prieur vint nous chercher, Susanne, Eugène et moi-même, afin de nous guider vers nos places respectives. Je fus installée entre d'Eugène et Achille Vernay. Je perdis de vue ma tante, mon oncle et Marie-Isméry sans grand regret. J'en appris un peu plus sur mes voisins de table. François et Achille, amis d'enfance d'Eugène, se destinaient respectivement à la finance et à la magistrature. Achille suivait la voie familiale en poursuivant des études de droit à Bonneval et François à Paris… Eugène se révélait être le plus pragmatique des trois jeunes hommes et le plus raisonnable aussi. François monopolisait souvent la conversation, enchaînant les plaisanteries, les compliments aux demoiselles présentes, voire badinant ouvertement. Achille était beaucoup plus réservé mais semblait ravi des dialogues pimentés entre François et Eugène.

De mon côté, je passais véritablement un bon moment : on m'avait accueillie sans façon et la compagnie d'Eugène et de ses amis était fort divertissante. Vers vingt-deux heures, le bal fut annoncé. On nous fit lever de table et, alors que les musiciens accordaient leurs instruments, de petits groupes se formèrent ici et là autour des fauteuils et chaises disposés le long des murs de la pièce. Je m'assis sur l'une de ces chaises en compagnie de Susanne. Elle me demanda si la soirée correspondait à ce que j'avais pu en imaginer, à défaut éventuellement de répondre à mes attentes. N'espérais-je pas être invitée par un jeune homme plutôt qu'un autre ? Ne souhaitais-je pas danser avec Eugène et François, puis d'autres galants ? Au risque de la décevoir, je restai franche avec mon amie :

— Sincèrement, je n'y tiens pas particulièrement, Susanne. Je n'ai aucun talent pour tout ça…

— Constance ! Chère modeste, pragmatique, rationnelle Constance. Ne me dis pas que tu préférerais être à la maison ce soir, devant un livre ou l'un de tes cahiers, plutôt qu'ici, avec moi, avec cette musique et ces galants qui te promettent une danse !

— Je pense que si je te réponds par l'affirmative, je vais te décevoir, mais répondre le contraire serait te mentir.

— Ce n'est qu'un manque d'habitude, j'en suis certaine… et peut-être de courage.

— Que veux-tu dire ?

— Eh bien, j'espère ne pas être trop dure avec toi en te disant cela, mais effectivement, nous sommes plus exposées ici, voire mises en danger, que dans notre confort domestique. Exposées au regard des autres d'abord, exposées à d'éventuelles invitations à danser ensuite, mais aussi exposées à l'absence d'invitation, ce qui est le pire de tout. Je te concède que rester dans un salon isolé avec un livre est beaucoup plus confortable et beaucoup moins dangereux pour notre orgueil…

Je ne sus que répondre. Elle voyait certainement juste, mais je ne souhaitai pas le lui confirmer.

— J'essaie simplement de te rendre un peu moins sauvage, Constance. Savoure le moment présent, sans arrière-pensée et sans retenue.

À ce moment, Eugène nous rejoignit et invita sa sœur à danser. Elle me quitta avec un large sourire et je me retrouvai seule avec mes pensées. La musique faisait virevolter les danseurs à travers toute la pièce dans un ensemble de mousselines de couleur et de costumes noirs. J'observais, enfoncé dans un fauteuil en face de moi à l'autre bout de la salle, cet aristocrate anglais si peu affable. Il semblait, comme moi, ne pas tout à fait goûter le plaisir de la soirée. Stoïque, il était assis dans ce fauteuil comme un conquérant, observant le petit peuple s'amuser à ses pieds avec un air mi-condescendant, mi-indifférent. Je me fis la réflexion que sans cet air acrimonieux, il pouvait inspirer un sentiment d'admiration, tant il se dégageait de sa personne une certaine élégance et un ascendant naturel sur ceux qui l'entouraient.

À ce moment, mon attention fut attirée par une discussion non loin de moi, entre M. Prieur et M. Fleury. Par bribes, j'en saisis la teneur.

— Comme vous le savez, Prieur, nous ne pouvons pas nous passer de son financement. Certes, il nous imposera certaines modifications techniques sur les hauts-fourneaux, mais cela peut s'avérer être un avantage pour nous. S'il nous fait bénéficier des dernières techniques britanniques, nous pourrions gagner en productivité et améliorer nettement la qualité de production.

— Je n'ambitionne qu'une chose, M. Fleury, répondit M. Prieur : il pourrait nous aider à importer le fameux procédé Bessemer dont tout le monde parle. À quelle hauteur le pensez-vous prêt à investir dans notre manufacture ?

— Trente pour cent de la capitalisation actuelle de la fonderie.

— C'est non négligeable ! Nous pourrions enfin engager les réparations dont nous parlions le mois dernier. Il me semble que nous avons tout à y gagner, même si le personnage ne semble pas facile.

— Ah ça, vous pouvez le dire, Prieur. Figurez-vous qu'il était à peine descendu du train aujourd'hui qu'il me demandait d'aller visiter la fonderie, séance tenante, alors que nous étions à l'heure du déjeuner. J'avais prévu de le recevoir à la maison et de l'installer dans une chambre que nous avions fait préparer à cet effet, mais cet Anglais a souhaité descendre à l'auberge, sans daigner faire honneur à notre hospitalité. Mon épouse ne s'en est toujours pas remise et je crains qu'elle ne lui batte froid pendant toute la durée de son séjour parmi nous.

— Que savez-vous de lui, M. Fleury ? Il serait plus facile d'anticiper ses attentes si nous avions des informations sur son expérience, ou son histoire.

— J'en sais très peu pour l'instant... À la suite de nos échanges de courrier, j'ai demandé à M. Duedal de prendre des renseignements sur la santé financière de ses actifs. Il s'avère qu'il est propriétaire de pas moins de deux importantes fonderies : l'une à Newcastle, dans le Nord-Est de l'Angleterre, et l'autre à Édimbourg, en Écosse. Ses bilans sont en croissance depuis un an, après une dizaine d'années sans réelle progression du chiffre d'affaires. M. Duedal a insisté : cette progression est réellement de son fait, ayant pris les rênes de la compagnie Wallace Steel depuis seulement deux ans, après un héritage. Avant cela, il me semble qu'il était en Crimée, mais je n'en sais guère plus.

— Ce bilan est rassurant sur ses qualités de gestionnaire, répondit M. Prieur. Mais peut-être devrions-nous poursuivre cette conversation lundi, Monsieur, dit-il en baissant la voix, apercevant M. Wallace qui se dirigeait vers eux d'un pas rapide.

Je pensai à Gabriel. Une manufacture dans laquelle un industriel étranger souhaitait investir était certainement en bonne santé économique. Gabriel cherchait justement à quitter les Établissements Morel, en difficulté grandissante. Je me promis de lui écrire pour lui signaler que la fonderie de Bonneval embauchait. C'était aussi tout à fait cohérent avec ce qu'Eugène avait pu nous expliquer l'après-midi même, à savoir que la fonderie cherchait de la main-d'œuvre dans les villes environnantes.

Vint alors le moment où Eugène m'invita à danser. Comme promis, il découvrit à ses dépens mon peu de talent pour cet exercice. Il fut néanmoins indulgent et nous fîmes bonne figure :

— Allons, ne vous excusez pas, vous faites bien. Continuez à suivre mon pas et tout se passera bien. Vous ai-je dit que vous faites tourner les têtes, ce soir ? Je dois vous apprendre que François m'a demandé si je vous connaissais un galant, à quoi je n'ai su que répondre.

— Ah, nous y voilà, les ennuis commencent…

— Comment cela, les ennuis ? Quelle drôle d'idée ! Que voulez-vous dire ?

— Eugène, dites à François que j'ai effectivement un galant, en mon village de Bourg-le-Vieil, répondis-je, avec assurance.

— Ah ? Est-ce vrai ?

— Non, bien sûr que non. Mais cela lui retirera de la tête des idées dont je ne veux pas.

— Vous m'intriguez. N'êtes-vous pas flattée que François ait souhaité vous courtiser ?

— Flattée, oui, peut-être. Heureuse, non. J'ai des projets précis, Eugène, et un avenir à construire. Je ne souhaite en aucune façon m'embarrasser d'un galant qui chercherait à me détourner de mon objectif. Je serai donc inflexible sur ce point : galants, passez votre chemin ! m'amusai-je à lui dire.

— Voilà qui est original... Reconnaissez que cela peut être difficile à comprendre, Constance.

— Pour un homme comme François dont la vie est faite de plaisirs et d'insouciance, je peux le concevoir en effet. Mais je compte sur vous pour le dissuader.

— Il me faudra probablement me dissuader moi-même en premier lieu, Constance, dit-il avec un timide sourire.

J'en restai muette et le regardai avec des yeux certainement plus ébahis que je ne l'aurais souhaité. Je voyais qu'il scrutait mon visage pour y déceler les sentiments qui m'animaient. Il dut y lire la surprise et peut-être la peur. La peur de voir une belle amitié naissante tourner court.

— Mais ne vous alarmez pas, je n'en suis pas là, ma chère, reprit-il. Vous faites bien de me prévenir, je serai sur mes gardes et ferai en sorte de ne pas m'engager dans une voie qui serait, si je comprends bien, sans issue.

Je souhaitai le rassurer :

— Prenez la voie de l'amitié. Elle est riche, pleine d'avenir, et tout aussi intense.

— Riche, pleine d'avenir, je peux le croire. Intense, certainement pas, non. C'est votre ignorance qui vous porte à le croire. Mais laissons cela, la musique cesse, rejoignons Susanne, conclut-il, quelque peu embarrassé.

Nous rejoignîmes donc Susanne, François et ma cousine Marie-Isméry qui s'était jointe au petit groupe. Elle riait aux éclats. En m'approchant, je compris qu'elle s'amusait à mes dépens :

— Mon Dieu, ma chère Constance, il me semble que tu as mis en danger les pieds de M. Prieur plusieurs fois, proclama-t-elle fièrement.

Je l'avouai bien volontiers sans embarras :

— Je n'ai fait qu'obéir aux ordres de Susanne, reconnaissez-le, Eugène !

— Absolument ! confirma ce dernier. Puis, avec gentillesse, il me rassura à son tour :

— Cette danse a été un enchantement, malgré quelques légers faux pas…

— Ma pauvre Constance, ajouta alors ma cousine avec une mine déconfite, il faut reconnaître que mon oncle Louis t'a confinée dans une existence étriquée qui te laisse bien gauche…

— Je vous trouve injuste avec votre cousine, répliqua Eugène, piqué. Constance a développé des capacités exceptionnelles dont j'ai pu juger par moi-même. Il est vrai qu'elles ne sont pas d'ordinaire l'apanage du sexe, mais elles sont autrement plus stimulantes qu'une simple danse ou un exercice de chant.

J'étais surprise et ravie qu'Eugène prenne ainsi ma défense. François renchérit :

— Eugène, tu éveilles ma curiosité. De quels talents cachés parles-tu ? Ce sont des talents avouables, j'espère ?

— Tout à fait avouables, mon ami ! dit-il fièrement. Figure-toi que tu as devant toi une femme que j'ai surprise hier après-midi faisant des dérivées de fonction. Imagines-tu une tournure d'esprit aussi rationnelle dans un corps de jeune fille ?

Ne percevant pas l'approbation tacite d'Eugène, Marie-Isméry y vit une occasion de me dénigrer plus avant :

— Oh, je vois ! Constance, dis-moi que ce n'est pas vrai… Tu n'as pas abandonné tes mauvaises habitudes ? Quelle tristesse… Ma pauvre cousine est quelque peu excentrique, voyez-vous : elle a encore la prétention de s'élever là où, nous les femmes, on ne nous attend pas, à savoir exercer un métier hors du foyer familial. Mes parents et moi le déplorons, et c'est pourquoi nous espérons que l'éducation du Saint-Esprit puisse remédier à tout cela.

Je la fusillai du regard. De quel droit jetait-elle en pâture à des inconnus un sujet qui m'était tout à fait personnel ?

Eugène devint rouge de colère :

— Marie-Isméry, les charmes qui sont les vôtres nous ravissent mais celui que je chéris entre tous est la mansuétude. Il semble malheureusement que vous en soyez totalement dépourvue. Comme je le disais à l'instant : ne condamnez pas l'originalité de votre cousine. Elle est tout à fait rafraîchissante.

C'est à ce moment qu'Eugène m'invita de nouveau à danser. J'acceptai son invitation comme une fuite devant l'agressivité de ma cousine.

— Nous nous sommes échappés, commença-t-il.

— Oui : je suis bien contente d'avoir l'occasion de vous remercier.

— Me remercier ?

— Vous avez pris ma défense. Ma cousine n'a pas été tendre avec moi et je suis désolée qu'elle vous ait importuné au point que vous vous soyez senti obligé de répondre.

— Je l'ai trouvée fort mal avisée. Avez-vous quelque différend avec elle ?

— Non, pas à ma connaissance. Je crois que c'est bien simple : elle a probablement hérité de l'ambition dévorante de ses parents et ne comprend pas les choix de mon père ni les miens. Je représente une branche de la famille quelque peu encombrante pour leurs ambitions.

— Que voulez-vous dire ?

— Ils n'ont qu'une idée en tête : s'élever en société. Mon père et moi représentons tout ce qu'ils cherchent à fuir. Papa aurait pu monter à Paris, travailler pour l'État et progresser dans l'échelle sociale. Au lieu de cela, il s'est toujours contenté de peu et préfère aller à la pêche ou lire que de chercher à s'enrichir. Seul le défi intellectuel le stimule.

Eugène m'adressa un franc sourire :

— Votre père me semble digne d'être connu. Le mien est de ceux qui dirigent le monde. Il peut être très difficile à vivre car il exige autant de nous que de ses contremaîtres. C'est aussi pour cela que j'ai choisi de ne pas marcher dans ses pas…

— La manufacture ne vous intéresse pas ?

— Non, du tout. Papa nous fait un rapport quasi quotidien des activités de cette fabrique, que ce soient les problèmes de personnel, les défis techniques, la recherche de productivité etc. Cela m'assomme, à son grand désespoir.

— Moi, je rêverais de visiter cette fonderie, au contraire. Je n'ai jamais eu l'occasion de visiter une manufacture mais je serais très curieuse de pouvoir comprendre les différentes étapes de production.

— Oh, c'est bien simple à organiser, si vous le souhaitez… je pourrai en parler à mon père.

Une promesse à ce sujet fut échangée.

Plus tard, Eugène constata avec plaisir mes progrès : ses pieds étaient maintenant épargnés. Je ne craignais donc plus d'accepter ses invitations à danser. J'étais décidément ravie de cette sortie qui, contre toute attente, m'avait comblée à bien des égards. Susanne, Eugène et ses amis m'avaient offert une des plus belles soirées de ma vie.

9

Gabriel

Susanne et moi étions retournées à notre vie studieuse et disciplinée de l'institut en ce mois de janvier 1859. Le lever en pleine nuit, le petit déjeuner à la chandelle dans le réfectoire sombre, les laudes dans la chapelle glacée à sept heures du matin, tout cela nous était particulièrement difficile en cette période de l'année.

Comme à l'automne, je passais d'agréables moments avec Susanne, chaque jour, lors de notre unique heure de liberté. Nous échangions sur le monde qui nous entourait, cerné des murs de l'institut, mais aussi sur ce monde qui était hors de notre portée, au-delà des remparts du Saint-Esprit, loin derrière nos frontières. Je continuais à consacrer une grande partie de mon temps libre à l'étude des cahiers de Papa et correspondais avec lui toujours aussi régulièrement. Nos échanges étaient maintenant hebdomadaires et non plus quotidiens : une routine s'était installée. Je crois que nous évitions de manière consciente, mais sans le dire, d'échanger dans nos lettres sur la vie qu'il pouvait avoir sans moi à Bourg-le-Vieil, lui ne souhaitant pas m'inquiéter, moi ne sachant comment rompre la monotonie que mon départ avait dû créer dans son quotidien. À la mi-janvier, je souhaitai prendre des nouvelles de Gabriel et questionnai Papa à ce propos dans ma lettre, lui demandant s'il savait comment se portait la fabrique de chaudières à vapeur dans laquelle il travaillait. J'informai Papa que j'écrirais probablement dans le courant du mois suivant à Gabriel pour savoir ce qu'il en était, tout en l'informant que la fonderie d'art de Bonneval recherchait de la main-d'œuvre en grand nombre en ce moment. Il me fallait savoir s'il était résolu à quitter enfin Orléans.

De fait, je lui envoyai une lettre simple et courte, consciente des difficultés que pouvait présenter pour lui la lecture d'une longue lettre :

Gabriel n'avait pas suivi de manière très assidue les leçons de lecture de la petite école de Bourg-le-Vieil. Cela ne l'empêchait cependant pas d'être économe, discipliné et bon ouvrier. Cette missive, dans laquelle je lui demandais s'il souhaitait que je glisse un mot pour lui à la manufacture de Bonneval, partit fin janvier. Je n'eus pas de réponse avant les premiers signes du printemps, au milieu du mois de mars. Il avait dû se faire aider par quelqu'un, car je ne connaissais pas l'écriture dont était couverte l'enveloppe. Sa réponse était, comme je m'y attendais, très courte :

« Mademoiselle,

Merci beaucoup. La réponse est oui.

Gabriel »

Une lettre tout aussi courte, portant en en-tête le nom de la fabrique de machines à vapeur, était jointe. Elle disait : « *Lelièvre est un bon ouvrier, de bientôt quatre ans d'expérience en façonnage et chaudronnerie. Sérieux, ponctuel et appliqué.* » Elle était signée d'un certain M. Amelot, contremaître des Établissements Morel.

C'était une lettre de références. Gabriel avait anticipé les choses ! Voilà qui était parfait. Je m'empressai d'écrire à Eugène, avec qui j'avais au cours des deux mois précédents échangé deux lettres déjà : je lui donnais des nouvelles de Susanne, lui de son côté partageait avec moi les difficultés de la vie parisienne et m'encourageait dans mes études. Je lui écrivis tout d'abord en lui présentant Gabriel comme étant le fils de ma nourrice et lui expliquant la situation dans laquelle il se trouvait. Je n'étais pas avare de compliments à son égard et précisais que j'avais en mains une lettre de recommandation de son employeur actuel. Je lui demandais enfin s'il pensait possible de glisser un mot à son père pour Gabriel. Le destin de celui-ci serait peut-être bientôt scellé. Si tout se déroulait comme je le souhaitais, je l'aurais bientôt auprès de moi, en cette ville de Bonneval, employé dans une manufacture prospère.

Eugène me répondit en moins d'une semaine :

« Constance,

Votre lettre m'a fait particulièrement plaisir, car vous m'offrez un moyen de vous rendre un modeste service. Je vous confirme pouvoir placer un mot, à travers mon père, auprès du contremaître en charge des embauches, M. Morin, pour votre ami Gabriel Lelièvre. Pouvez-vous, à cet effet, m'envoyer la lettre de références dont vous faites part dans votre courrier et je vous promets d'écrire sans délai à mon père pour obtenir que votre ami soit reçu lorsqu'il se présentera à l'embauche. Faites-lui savoir au plus tôt qu'il devra s'y présenter sous quinzaine. Vous pourrez préciser à votre ami que la fonderie offre des logements pour les ouvriers, moyennant un loyer que je suppose raisonnable.

Je saisis l'occasion de vous écrire pour vous demander de vos nouvelles. J'espère de tout cœur que vous vous plaisez toujours autant au Saint-Esprit. Puisque nous parlions de la fonderie, il m'est venu à l'esprit, en repensant à votre demande de la visiter, qu'il serait particulièrement opportun que vous puisiez dans vos cours de chimie avant les vacances d'août, la production d'acier étant un excellent cas d'application de réactions chimiques. Il vous serait très utile pour la bonne compréhension de la production de fonte, du moins si vous en aviez la possibilité, de vous informer sur ce sujet au préalable. De mon côté, je vais écrire à mon père pour organiser cette visite. Je ne vous cache pas qu'il sera surpris de ma demande, n'ayant pour ma part jamais manifesté aucun intérêt envers son usine…

Dans l'attente de votre prochaine lettre, veuillez transmettre à ma chère Susanne mes plus affectueuses pensées et recevoir pour vous-même l'expression de mon amitié dévouée. »

La semaine de vacances de Pâques approchait. Papa attendait ma venue, j'en étais certaine, avec impatience. Voilà plus de trois mois que je l'avais quitté, et je me demandais si j'allais trouver chez lui, lors de ces prochains jours de vacances, autant de changements que lors de mon dernier voyage à Bourg-le-Vieil. J'étais, comme à la Noël, partagée entre mon souhait de revoir Papa et mon désir de passer quelques jours avec Susanne et Eugène, ces derniers m'ayant à nouveau invitée à passer deux ou trois jours en leur compagnie lors de ces vacances.

Comme à la Noël, je cédai néanmoins à mon envie première et demandai la permission à Papa de pouvoir passer les deux derniers jours de cette semaine de vacances chez mon amie Susanne. Je souhaitai, de plus, mettre à profit ces deux jours pour rencontrer, s'il était effectivement arrivé à Bonneval, mon cher Gabriel.

Le printemps s'annonçait particulièrement clément et je me réjouissais de revoir le fleuve de Loire sous de si beaux cieux. J'arrivai à Bourg-le-Vieil le dimanche en fin d'après-midi et fus surprise de ne trouver à l'arrivée de la malle-poste que Zélie. La vieille femme au visage ridé était toujours aussi courbée par le poids des années mais gardait un regard perçant et vif. Elle me dit avec sa brusquerie habituelle : « Vot' père est au lit. L'a une fluxion de poitrine depuis trois jours. » Je ne m'alarmai pas outre mesure mais pressai le pas vers notre maison, rue d'En Bas.

Je trouvai mon père atteint d'une légère fièvre et respirant mal, mais conscient et heureux de me revoir enfin. À peine installée, je savais d'ores et déjà comment j'allais occuper mes premières journées de retour à la maison familiale : au chevet de notre malade. De fait, je passai les deux jours suivants aux côtés de mon père, lui racontant le bal du Nouvel An, ma nouvelle amitié avec Susanne et Eugène. Je lui faisais la lecture aussi, durant de longues heures. Papa n'était pas coutumier de la maladie et avait toujours été d'une nature robuste : cela faisait de lui un très mauvais patient. Il se plaignait toujours du manque de coussins, de la soif ou de la douleur dans sa poitrine. Au bout de deux jours, même s'il était toujours faible, il se sentit suffisamment remis pour quitter la chambre. Le mercredi, nous nous promenions enfin le long de notre magnifique fleuve. Le printemps était là et les berges de la Loire revivaient, comme tous les ans à cette époque.

Le fleuve était gonflé par la fonte des neiges là-bas, dans le Massif central et nombre d'arbres habituellement au sec avaient ce jour-là les pieds dans l'eau. Le fleuve, puissant, charriait des branchages, des troncs d'arbre parfois qui s'arrêtaient sur les piliers du pont, provoquant des remous et des vagues bruyantes. L'eau était trouble, mélangée à la terre des berges et dans de petits renflements au calme de ce tumulte s'accumulait une mousse blanche provoquée par ces remous. Les oiseaux virevoltaient à nouveau, survolant le fleuve parfois dans un grand ballet aérien où l'on pouvait reconnaître plusieurs espèces : de nombreuses mouettes et aigrettes, de rares hérons cendrés, quelques cormorans. Je compris qu'au-delà de mon affection pour le village qui m'avait vu grandir, j'étais profondément attachée à ce fleuve de Loire qui était pour moi l'image même de la quiétude, le havre de paix qui pouvait apaiser mes rares tourments, un point d'ancrage enfin où j'aimerais me ressourcer tout au long de ma vie, où que mon destin m'emmène, aussi loin que fût mon avenir.

Papa et moi allions bras dessus bras dessous, marchant sur la levée depuis plus d'une heure quand il aborda avec moi une question à laquelle je ne m'attendais pas :

— Ma fille, comme tu le vois, je me sens vieillissant. Il est temps d'aborder ensemble certaines questions.

— Papa, vous exagérez. Une simple fluxion de poitrine ne fait pas de vous un vieillard. Vous êtes robuste et encore vaillant !

— J'insiste, ma petite. Constance… J'ai pris certaines dispositions, au cas où, dans un avenir même lointain, il m'arriverait malheur.

Je me raidis, ne souhaitant pas aborder une telle éventualité avec lui. Cependant, Papa continua :

— Comme tu le sais, je n'ai que peu de bien. Notre maison est notre unique possession, mais j'ai quelque argent placé à la banque Guichard d'Orléans qui me rapporte un faible revenu. Mes forces s'amenuisant, cette faible rente suffira à subvenir à mes besoins quotidiens lorsque je n'aurai plus la force de travailler. Comme tu le sais, mes besoins sont très modestes. Il se peut qu'à terme je doive vendre la maison pour en acheter une plus petite, qui suffirait amplement pour Zélie et moi et qui me permettrait de placer le fruit de cette vente et d'augmenter maigrement ma faible rente.

Il fit une pause, afin de reprendre son souffle.

— Se pose, dans ce contexte, la question de ton avenir, ma fille. Ton oncle Charles a eu la bonté de prendre en charge les frais de ton inscription à l'école du Saint-Esprit que je ne pouvais honorer. Il faudra envisager ensuite, une fois ces trois années révolues, un projet de situation pour toi. Ton oncle, dans sa grande mansuétude, a offert de te garder chez lui.

Je ne savais que répondre à cela, si ce n'était que je me refusais à envisager l'avenir sous cet angle. J'étais cependant consciente que les dispositions qu'évoquait papa à l'instant étaient les plus raisonnables et les plus sages. Il fallait bien, après tout, que Papa me trouve un point de chute dans l'éventualité où il ne pourrait plus subvenir à mes besoins. Ce qui m'inquiétait bien plus, en revanche, était de ne pas trouver trace dans son discours de nos projets pour mon avenir : mes études, le concours des grandes écoles d'État. C'était certainement l'absence complète de ce projet dans son discours, plus que l'éventualité de vivre chez mon oncle, qui provoqua le plus grand désarroi chez moi. Je le questionnai à ce propos.

Il ne répondit pas immédiatement, reprenant son souffle. La fatigue dont l'avait accablé la maladie était encore présente et je lisais dans son regard une grande lassitude.

— Constance, j'ai toujours cette ambition pour toi, n'en doute pas. Mais reconnais que le contexte se complique et que cela prendra certainement plus de temps que prévu. Je ne renonce pas, ayant bien sûr évoqué ce point avec ton oncle. Garde espoir, ma fille. Tu auras certainement besoin de toute ta constance et de toute ta force de caractère pour y arriver. Cette force, je ne l'ai plus guère, maintenant, en admettant que je l'aie jamais eue. Alors que toi, tu as cette énergie et cette rare détermination. Tu es si forte Constance, ma fille, alors que moi, je suis si fatigué…

Quelle ingrate j'étais ! Papa était malade, se sentait affaibli, avouant à regret ne plus avoir la force de travailler pour maintenir notre niveau de vie, mais je ne songeais qu'à mon avenir et, comme l'aurait dit mon oncle, à mes excentricités. Il était visiblement blessé d'avoir à me faire cet aveu et je ne m'inquiétais que de ne pouvoir satisfaire mes propres ambitions.

— Papa, il s'agit en tout premier lieu de te remettre de cette fluxion de poitrine, lui répondis-je. Et de rentrer à temps pour le gigot mitonné pour ce soir par Zélie, souhaitai-je conclure, nous ramenant à l'instant présent.

Le sourire timide que je vis sur les lèvres de mon père me rassura pour les heures qui suivirent.

Mon séjour serait court : je devais déjà repartir le vendredi suivant vers midi, afin de passer les deux journées du samedi et du dimanche chez Susanne. Le jeudi soir, je lui confiai mon sentiment de gêne. Comment pouvais-je le laisser deux jours plus tôt, alors qu'il se remettait à peine de sa maladie ? Je lui proposai d'envoyer un courrier à M. et Mme Prieur m'excusant de ne pouvoir me présenter chez eux comme convenu. Il opposa un refus catégorique à ma démarche, argumentant qu'il refusait de voir la jeunesse perdre son temps à jouer les gardes-malades pour un vieil homme qui n'était même plus souffrant. L'affaire fut dite en quelques mots et il m'ordonna de me rendre chez Susanne comme prévu.

Je quittai donc à nouveau Bourg-le-Vieil le vendredi à midi, par une douce journée ensoleillée de fin avril. J'emportais avec moi ma culpabilité et un sentiment de gratitude.Ce fut avec une joie non dissimulée que je retrouvai le soir même Susanne et Eugène, rue des Tilleuls.

Eugène, que je n'avais pas revu depuis presque quatre mois, m'accueillit chaleureusement. Son visage était maintenant orné d'une fine moustache qui le vieillissait légèrement et atténuait ce côté juvénile que pouvaient lui donner ses boucles blondes et ses petites lunettes rondes. Il me demanda où en était mon affaire relative à cet ouvrier que je souhaitais faire embaucher à la fabrique et s'il avait commencé ou non à y travailler. Je lui confiai que, justement, je n'avais pas de nouvelle et que je souhaitais, si cela était possible, profiter de mon séjour pour vérifier auprès du contremaître si Gabriel s'était bien présenté à l'embauche. À cet effet, je demandai à Eugène et Susanne si une promenade pouvait nous mener jusqu'à l'entrée de la fabrique, le lendemain après-midi. Eugène me conseilla d'en parler d'abord avec son père lors du dîner, afin qu'il nous conseillât sur la meilleure façon de découvrir ce qu'il en était.

Toute la famille attendait M. Prieur au salon pour le dîner depuis une bonne heure, Mme Prieur et Eugène jouant aux échecs, Joseph lisant, Susanne et moi échangeant sur le déroulement de nos quelques jours de vacances. M. Prieur arriva vers vingt heures, alors que la nuit encore longue de ce début de printemps était déjà tombée. Il était visiblement de mauvaise humeur : le front bas, le pas décidé, il jeta un bref « Bonsoir » en entrant au salon. Le silence se fit et Susanne et moi interrompîmes notre discussion. Mme Prieur vint l'accueillir en s'enquérant du déroulement de sa journée :

— Compliquée, ma chère Eugénie, compliquée ! Je ne vais pas rentrer dans les détails ici, mais nous travaillons avec cet énergumène d'Anglais, pardonnez mon langage, sur l'implantation d'un nouveau procédé et il nous demande des délais impossibles à tenir et ne comprend pas nos difficultés ! À moins qu'il ne les comprenne très bien, mais qu'il ne souhaite rien entendre, ce dont je le soupçonne !

— Mon pauvre ami, il vous met dans un tel état ! Venez-vous asseoir, je vais vous apporter un cognac.

Mme Prieur se précipita dans la salle à manger alors que M. Prieur s'affalait dans son fauteuil et allongeait ses jambes sur le tabouret capitonné. Une fois installé, un verre à la main, il remarqua ma présence.

— Ah, Mademoiselle, je ne vous avais pas vue ! Vous arrivez un bien mauvais jour ! Je ne vais pas être d'humeur à faire la conversation pendant le dîner, je le crains. Vous arrivez cependant à point nommé pour distraire ma petite Susanne qui se languissait de vous. N'est-ce pas Eugénie ? N'avons-nous pas entendu depuis une semaine des plaintes d'impatience de notre fille ?

Susanne rougissait alors que sa mère confirmait.

— C'est ma foi bien vrai, mon ami. Je gage que Susanne a déjà préparé un programme pour les deux journées que vous allez passer ensemble. Constance, vous remercierez Monsieur votre père d'avoir consenti, encore une fois, à ce que vous écourtiez votre séjour chez lui pour permettre à Susanne de profiter de votre présence ici.

— Je le ferai sans aucun doute, Madame. Papa a en effet insisté pour que je puisse être présente ce soir, malgré une fluxion de poitrine qui l'a tenu au lit jusqu'à mercredi inclus. Cela nous a malheureusement empêchés de profiter pleinement de nos retrouvailles, mais il m'a priée de ne pas différer ou annuler mon séjour chez vous.

— Comme c'est aimable de sa part ! Susanne, il me semble que tu devrais écrire à M. Deschanel pour le remercier et t'enquérir de son rétablissement. Il a sacrifié ses retrouvailles avec sa fille pour ton bonheur. N'est-ce pas très délicat ?

Susanne fut sincèrement touchée d'apprendre que Papa avait été malade et promit effectivement de lui écrire, ce dont je la remerciai.

Le dîner fut rapidement servi après que M. Prieur eut pris son cognac. Eugène aborda la question de l'emploi de Gabriel à un moment où M. Prieur semblait plus détendu.

— Papa, vous souvenez-vous du mot que je vous avais glissé à propos de l'ami de Constance, qui cherchait un emploi ? Savez-vous si l'embauche a pu se faire ?

M. Prieur redressa le dos, reprit une attitude plus détachée, comme si le fait d'aborder un sujet touchant à la fonderie le faisait changer de personnalité, et faisait qu'en un instant, alors que nous étions face à un chef de famille au dîner, nous nous retrouvions face au chef d'entreprise, personnage bien plus solennel.

— Ma foi, non, du tout. Comme tu le sais, Eugène, je ne connais pas chacun de mes quatre cents employés, et je n'en ai pas l'intention. C'est d'ailleurs impossible, car ils vont et viennent chaque semaine. Je me rappelle avoir transmis les références à Morin voilà peut-être deux semaines, c'est tout. Si tu souhaites en savoir plus, ou j'imagine, si vous, Constance, souhaitez en savoir plus, je vous invite à passer voir Morin demain dans la journée. Présentez-vous à l'entrée vers midi, à l'heure de sa pause déjeuner et demandez Morin, il vous recevra. N'allez cependant pas le déranger plus de cinq minutes, il a bien d'autres choses à faire.

Eugène remercia son père et la conversation reprit un cours plus léger, Susanne et Eugène ayant proposé à leur mère de m'emmener faire une promenade dans les marais le dimanche après-midi.

C'était donc le lendemain que nous devions nous rendre à l'usine. J'étais doublement exaltée par le programme de la journée. Tout d'abord, j'allais enfin pouvoir voir un site industriel en grandeur nature. Jusqu'à présent, je n'avais fait qu'imaginer à quoi cela pouvait ressembler, à la lecture des descriptions de *l'Illustration*. Ensuite, j'avais une infime chance de voir Gabriel et de savoir s'il avait effectivement été embauché.

Après une matinée occupée entre jeux et lectures, nous quittâmes la rue des tilleuls en fiacre vers onze heures trente, Eugène assis aux côtés du cocher, nous ayant laissé, à Susanne et moi, les places confortables intérieures. Le trajet ne devait durer qu'une vingtaine de minutes, et nous arrivâmes à l'usine un peu avant midi. Elle se situait à trois kilomètres environ du cœur de la ville, dans un paysage alternant quelques modestes maisons et des prairies encore inoccupées. L'usine longeait le canal du Berry au Sud-Ouest, par lequel étaient acheminées les matières premières, coke et minerai de fer.

Le fiacre s'arrêta devant une grande grille de fer, encadrée à droite par un long mur et à gauche par un bâtiment qui se prolongeait par le même long mur. Ce bâtiment ressemblait à une maison dont le pignon était intégré au mur d'enceinte, une lourde porte de bois donnant sur la rue. On voyait, au-delà de ce mur, le long toit d'un bâtiment qui devait faire plus d'une centaine de mètres de long et deux hautes cheminées rondes culminant à environ vingt mètres de haut. De l'autre côté de cette rue non pavée s'alignaient de modestes maisons, toutes identiques, regroupées sur trois rues perpendiculaires à la grille d'entrée. Par l'entrée ouverte, on distinguait une forte activité dans la cour. Eugène demanda au cocher de nous attendre et nous dirigea, Susanne et moi, vers la petite porte qui donnait sur la rue. Un homme d'une quarantaine d'années en large chemise et veste de toile, une casquette sombre vissée sur le crâne, apparut. Il jeta, d'un air méfiant :

— Qu'est-ce que c'est ?

Puis, confus, reconnaissant Eugène :

— Ah, M'sieur Prieur. Entrez donc.

Il porta sa main à la visière de sa casquette en signe de salut :

— M'selle Prieur… M'selle. Vous voulez voir vot' père, Monsieur ?

— Bonjour. Non je souhaite voir M. Morin, le contremaître de l'atelier. Je n'en ai pas pour longtemps. Pouvez-vous nous conduire à lui ?

— Euh… oui, pour sûr. Ça va être la pause déjeuner dans cinq minutes, M'sieur. Y doit s'trouver devant l'entrée de l'atelier. Suivez-moi.

Nous pénétrâmes dans le bâtiment à la suite de l'individu. Le rez-de-chaussée n'était pas grand : une pièce principale avec un grand comptoir, une rangée de meubles à tiroir derrière ce comptoir et une seconde pièce à l'arrière. L'ensemble était bien tenu : les bâtiments semblaient récents, en bon état et respiraient la modernité.

Notre petite troupe traversa la cour en pleine effervescence : des charrettes croulaient sous les caisses en bois et une bonne dizaine d'hommes à la mine sombre s'affairaient autour, qui à sangler le précieux chargement à l'aide de cordages, qui à caler telle caisse, etc. Nous nous fîmes discrets, tant pour éviter de les gêner dans leurs manœuvres que pour mettre une distance de sécurité suffisamment grande entre eux et nous. Nous arrivâmes devant le grand bâtiment dont j'avais aperçu le toit depuis l'extérieur. Très récent lui aussi, il était construit avec les dernières techniques modernes : la façade de briques claires ornée de larges et hautes baies vitrées surmontées d'une verrière en demi-disque, le tout orné de briques rouges contrastant avec les murs. La porte de l'atelier vers laquelle nous nous dirigions était constituée de deux grands panneaux de bois d'au moins quatre mètres de haut qui coulissaient sur un rail de fer en partie supérieure.

Un homme en veston de toile se tenait devant la porte, regardant sa montre à gousset. Notre guide le héla :

— Oh là, M'sieur Morin, M'sieur Prieur fils vous demande !

L'homme nous jeta un œil surpris et nous salua d'un hochement de tête. Il avait une cinquantaine d'années, une grande moustache grise sur un visage large et des cheveux grisonnants cachés sous une casquette crasseuse. D'une allure autoritaire, le regard franc, il portait sur lui sa fonction de chef d'atelier. Il jeta d'un air bourru :

— M'sieur. Mesdemoiselles…

— Bonjour Morin, annonça Eugène. Nous venons aux renseignements. Je vous ai fait passer voilà peut-être deux semaines, via mon père, des recommandations pour un ouvrier des environs d'Orléans. Pouvez-vous nous dire s'il s'est présenté à vous ?

Son visage s'éclaircit tout à coup et l'homme se détendit :

— Ah, oui, tout à fait. Lelièvre, c'est ça ? Il a commencé il y a deux jours. Il m'a l'air d'être travailleur, même s'il manque d'expérience, du moins à première vue.

Eugène se retourna vers moi et m'adressa un clin d'œil :

— Fort bien ! C'est justement ce que nous cherchions à savoir.

Mon cœur avait fait un bond. Gabriel était là et avait commencé à travailler. Je m'adressai au nommé Morin pour en savoir plus.

— Monsieur, M. Prieur a fait cette recommandation sur ma demande. Je souhaiterais prendre des nouvelles de cet ouvrier. Pensez-vous possible de le rencontrer aujourd'hui ou, à défaut, savez-vous à quelle adresse je pourrai lui écrire ?

— Mademoiselle, si vous voulez le voir, y a rien de plus simple : il va sortir dans quelques instants pour la pause déjeuner avec tous les autres. Mettez-vous donc de côté : je vais ouvrir les portes et ils pourraient vous bousculer en sortant. Ils sont pressés de prendre leur casse-croûte, vous savez !

J'adressai à Eugène un regard interrogateur. Il me confirma que nous n'étions pas venus jusqu'ici pour ne pas rencontrer mon ami Gabriel s'il était effectivement sur place. Nous attendîmes donc quelques instants supplémentaires, le temps que M. Morin ouvre grand les portes et sonne une cloche que je n'avais pas remarquée auparavant, sur le côté.

C'est alors que le bruit sourd que l'on pouvait entendre à travers la porte nous assaillit par l'entrée béante avant de mourir en quelques instants. Le bruit des outils se tut et des voix s'élevèrent. Quelques hommes se présentèrent sur le seuil, saluant Morin, et se dirigèrent vers la grille d'entrée des fonderies. Un autre groupe d'une dizaine d'hommes les suivit, puis encore un autre, et enfin un flot continu de travailleurs, tous en large chemise sale, pantalon de toile, sabots et casquette, quitta le bâtiment. Des hommes et des adolescents de tous âges, certains très jeunes, d'autres semblant porter plus de soixante ans. Certains arboraient de grands tabliers de cuir noirci descendant au genou, mais la majorité d'entre eux portaient le pantalon de toile et la veste de velours à la couleur indéfinie, noircie par le temps ou l'absence totale de lavage, la grande chemise large, jadis claire, mais maintenant du même gris uniforme et le mouchoir autour du cou. Leurs visages, sombres aussi, étaient pour la plupart vides d'expression et on ne pouvait y lire peut-être que la fatigue du réveil déjà lointain et des heures de dur labeur avalées depuis l'aube. Leurs yeux clignaient à la lumière du soleil.

C'était une marée humaine, grise, sale, hébétée et en sueur qui retrouvait l'air libre. Je cherchai Gabriel du regard dans cette foule exclusivement masculine, examinant les têtes blondes sous les casquettes. C'est alors que je le vis, riant à gorge déployée avec un autre jeune homme brun, occupé à bourrer sa pipe de tabac. M. Morin héla Gabriel pour nous. Lorsqu'il se tourna vers notre groupe, je lus la surprise et la joie sur son visage. Il courut jusqu'à nous, fendant la foule qui continuait à sortir des ateliers.

— Mademoiselle Constance ! Pour ça, si je m'attendais ! Ça, c'est une surprise !

— N'oublie pas, Lelièvre, lui rappela M. Morin : une heure de pause déjeuner. Sois à l'heure.

— Oui, M'sieur Morin. J'y serai, affirma Gabriel, portant la main à sa casquette.

Je lui fis signe de me suivre, Eugène et Susanne nous emboîtant le pas. Je voulais tout savoir de son embauche, de son voyage, de son logement, de la façon dont il avait pu quitter son ancien patron, s'il n'avait pas fait de difficultés, etc., mais jugeai que nous n'aurions pas assez de temps. Aussi, je commençai par lui présenter Susanne et Eugène et lui expliquai que c'était à lui qu'il devait son embauche. Gabriel, planté sur ses jambes solides, ses deux bras crasseux mais puissants croisés sur le ventre, toisa Eugène qui n'était pas plus grand, mais deux fois moins épais. Ses cheveux étaient en bataille sous sa casquette et sa sueur avait manifestement trempé sa grande chemise. Il s'essuya la main sur son pantalon avant de la tendre à Eugène :

— Merci Monsieur ! J'vous dois une fière chandelle ! Dois dire que j'ai bien de la chance que vous et Mademoiselle Constance ayez bien voulu m'aider. C'est pas tous les jours qu'on peut avoir un mot par le fils du patron…

Je l'interrompis, consciente du peu de temps que nous avions, pour lui demander si nous pouvions nous donner rendez-vous le lendemain, afin de prendre respectivement de nos nouvelles plus longuement. Susanne me rappela que le lendemain, nous avions prévu de nous promener dans les marais et je proposai à Gabriel de nous y rejoindre, si cela convenait aussi à mes nouveaux amis. J'eus leur assentiment poli, quoiqu'un peu gêné, et le rendez-vous fut pris pour le lendemain, à la croisée de deux chemins visiblement connus dans les marais. Gabriel se débrouillerait pour trouver l'endroit en question.

Sur le chemin du retour, après un long silence, Eugène me demanda si j'envisageais de voir Gabriel régulièrement :

— Vous comprenez, nous n'avons pas pour habitude d'avoir des relations suivies avec les ouvriers. Il y a certaines familles chez qui Susanne et Mère se rendent régulièrement, au titre d'œuvres de charité, mais cela s'arrête là. J'ai bien l'impression que vous faites plus qu'œuvre de charité auprès de ce jeune homme, n'est-ce pas ?

Sa question m'offensa, même si je me doutais qu'il ne désirait pas me blesser. Je rougis, et répondis sur un ton quelque peu agressif malgré moi :

— Gabriel est le fils de ma nourrice, Eugène. Je l'aime comme mon frère. Nous avons grandi ensemble et je n'envisage pas un instant de changer la nature de nos relations. Si vous souhaitez vous en donner la peine, vous pourriez faire connaissance avec lui et apprécier ses qualités. Il ne s'exprime peut-être pas très bien, ne sait ni lire ni écrire mais il est courageux, travailleur et fiable. Il a ma totale confiance. De plus, il n'a pas son pareil pour pêcher le sandre en Loire et cela ne gâche rien…

Eugène me regarda avec des yeux ronds et, contre toute attente, se mit à rire.

— Ma foi, Constance, reprit-il, je ne pensais pas déclencher une telle colère ! Vous mordriez presque, dites-moi !

— Constance, reprit à son tour Susanne, je suis certaine qu'Eugène ne voulait pas te blesser. Il faut comprendre que nous ne sommes pas habitués à côtoyer les ouvriers en dehors d'un cadre bien précis et nos parents y tiennent, tant pour leur image que pour préserver le statut de notre père à la fonderie. Son métier est en grande partie un combat permanent contre ses ouvriers et il lui faut pour cela maintenir une certaine distance avec eux. Comprends-tu ?

— Non, pas très bien, je vous l'avoue, répondis-je. Gabriel est mon ami et je n'ai pas l'intention de changer d'attitude vis-à-vis de lui. Je vous en prie, ne m'en veuillez pas, mais je ne changerai pas d'avis, quitte à devoir vous laisser demain matin au cours de notre promenade afin de rencontrer Gabriel…

— Eh bien, Constance, quelle obstination ! reprit Eugène, visiblement plus amusé que fâché. Je m'incline et nous trouverons bien un moyen, soyez en assurée.

Après un long silence, il ajouta :

— J'espère que ce Lelièvre a conscience de sa grande fortune d'avoir trouvé en vous une amie aussi fidèle… j'en suis presque jaloux, voyez-vous.

10

Une fin soudaine

Le dimanche suivant, à l'heure où les moins vaillants sombraient dans le délicieux abandon d'une petite sieste, Mme Prieur, Eugène, Susanne et moi-même nous retrouvâmes à l'entrée du marais pour la promenade promise. Nous n'étions pas les seuls à avoir eu cette idée : de nombreux habitants de Bonneval avaient choisi eux aussi la quiétude du marais pour profiter de cet après-midi de printemps. Mme Prieur emprunta un chemin de sable blanc, nous entraînant à sa suite. Nous longeâmes l'un de ces canaux paisibles à l'ombre des saules, là où de nombreuses barques de maraîchers amarrées à de simples piquets de bois invitaient le promeneur à poursuivre son chemin en bateau.

L'instant était d'une quiétude rare. L'eau, sans être stagnante, était presque immobile et les promeneurs, écoutant le chant des oiseaux, parlaient à voix basse et déambulaient doucement en harmonie avec cette nature paisible. Eugène, Mme Prieur, Susanne et moi-même marchions depuis déjà une bonne demi-heure dans le marais lorsque j'aperçus Gabriel, à l'endroit appelé le barrage des Trois Pioches. Je ressentis un sentiment de fierté lorsque je le vis : il avait mis ses habits du dimanche et plus rien ne paraissait de l'ouvrier sale, couvert de graisse noire et trempé de sueur que nous avions rencontré la veille. Il avait même fière allure, ses cheveux blonds bouclés et ses yeux bleus contrastant avec son teint cuivré par le soleil. Il avait maintenant, à vingt ans passés, la carrure d'un homme athlétique et avançait sur ce chemin la tête haute, d'une démarche énergique et volontaire, de celles qu'ont les hommes d'action prêts à en découdre. Je le présentai à Mme Prieur. Elle me félicita pour mon intervention visant à lui obtenir un emploi. Elle y voyait une action fort charitable et le devoir de tout bon chrétien. Je lui demandai la permission de prendre des nouvelles plus détaillées de mon ami et de son installation. Elle y consentit sans difficulté et nous nous fixâmes rendez-vous une demi-heure plus tard au même endroit.

— Enfin, Gabriel : tu vas pouvoir tout me raconter de ton arrivée ici ! lui dis-je, une fois que nous nous fûmes éloignés du petit groupe de la famille Prieur.

— Eh, dites, lança-t-il tout de go, jetant un œil en direction des Prieur : vous vous êtes fait de beaux amis ici, on dirait ? Comment y sont avec vous, ceux-là ?

— Comment cela, « comment sont-ils avec moi » ?

— Eh bien vous savez, ils ont l'air d'être de la haute… J'ai bien vu que le jeune M. Prieur me regardait de travers. Doit pas être facile ç'ui là… Mlle Prieur a l'air gentille par contre…

— Oh, pour ça, ne t'inquiète pas, Gabriel. J'ai trouvé en Susanne et Eugène des amis vraiment sincères. Susanne et moi passons presque tout notre temps libre ensemble à l'institut. D'ailleurs…

— Oui ?

— Tu connais ma cousine, Marie-Isméry, n'est-ce pas ?

— L'aut' pécore ?

— Gabriel ! dis-je, fâchée.

— Pardon… ça m'a échappé…

— Bon… repris-je, plus doucement. En fait tu as raison, c'est une vipère…

— Eh ben, vous voyez ?

— Bon, eh bien imagine son opposé : c'est Susanne !

— Bien, bien… et son frère ?

— Il me traite en égale, pour l'instant. Et c'est bien là tout ce que je lui demande. Il a même une conversation intéressante. Il n'est pas fier, ni dédaigneux. Et si Eugène a pu te sembler froid, il s'agit, je le crains, peut-être, de simple rivalité masculine.

Cela le fit sourire et je vis son œil pétiller.

— Aha ? Auriez-vous trouvé un galant, Mademoiselle ? Et il serait jaloux de l'intérêt que vous me portez ? Le drôle !

— Je ne sais pas… En tout cas, je ne l'encourage pas. Je ne veux pas de lui comme galant, mais comme ami.

— Bah ! Ça, c'est pas facile, pour un homme, vous savez. Nous, on est comme qui dirait frère et sœur, mais j'suis pas sûr que je pourrais avoir une amie aussi proche, autre que vous, j'entends, sans vouloir l'épouser. Faut être honnête. Une amitié comme la nôtre, faut vraiment avoir grandi ensemble…

— Nous verrons bien. Mais ce n'est pas pour parler d'Eugène que je souhaitais te voir. Dis-moi tout de ton arrivée ici, et comment est le travail à la fonderie, j'ai hâte de savoir…

Gabriel me raconta son cheminement depuis Orléans jusqu'à Bonneval. Son ancien patron n'avait pas fait de difficulté. Il avait signé son livret d'ouvrier et y avait même écrit quelques recommandations. Tous les patrons n'étaient pas obligés de faire de telles recommandations et il était beaucoup plus fréquent d'avoir sur son livret – ce laissez-passer indispensable à tout ouvrier – des mises en garde destinées aux futurs employeurs que des recommandations favorables. Gabriel avait donc été fier et heureux d'avoir pu montrer son livret à M. Morin.

Il logeait à présent dans la soupente d'une maison d'ouvrier s'occupée par un jeune couple pour l'instant sans enfants. Il leur versait un loyer modeste de quinze sous par semaine. Avec son salaire, un peu moins élevé qu'à Orléans, de trente-cinq sous par jour, il lui restait de quoi vivre correctement. Il me communiqua son adresse, chez M. et Mme Loiseau, au 7, rue des Ursulines.

Le travail à la fonderie était harassant, mais Gabriel était heureux : il pouvait apprendre de multiples métiers dans cette usine. La fonderie avait deux activités : les pièces de fonderie d'art, produites à partir de moules ouvragés, comme des fontaines, des plaques de cheminées, le mobilier urbain. Une autre partie de la manufacture produisait des éléments de charpente métallique, pièces souvent énormes, pour les gares de chemin de fer en construction à travers toute l'Europe.

Gabriel découvrait les différentes étapes d'élaboration de la fonte et du fer puddlé, cette qualité particulière indispensable à tout type de construction métallique. Il apprenait à façonner les éléments de charpente, des pièces de jonction, des rivets. On lui avait confié une tâche très simple demandant peu de qualifications au début : retirer les bavures de fonte une fois la coulée effectuée dans le moule. Il était ébarbeur, c'était le terme consacré. Sa journée commençait à six heures et se terminait à vingt heures. Il avait une heure de repos de neuf à dix heures, la pause déjeuner de treize heures à deux heures, puis une nouvelle pause vers dix-sept heures. Gabriel ne se plaignait pas : il était ambitieux et n'envisageait pas de rester simple ouvrier non qualifié toute sa vie. Pour ça, il endurerait le temps qu'il faudrait cette vie assommante. Il s'imposait une discipline de fer et ne s'accordait des loisirs que le dimanche. D'ailleurs, il évitait soigneusement ceux qui, le soir venu, au lieu de prendre un repos bien mérité, allaient se perdre dans la gargote la plus proche pour y boire une mauvaise eau-de-vie et y perdaient la moindre chance d'épargne qui leur était offerte. J'étais très fière de mon Gabriel, de sa droiture et de son ambition.

La famille Prieur venait de réapparaître au bout du chemin et nous rejoignit en quelques instants. Susanne vint à notre rencontre, souriante comme à l'ordinaire, visiblement heureuse. Contre toute attente, Mme Prieur ne montra aucune difficulté à tolérer la présence de Gabriel, prenant même son opinion sur la fonderie qu'il venait de découvrir. Eugène montra quant à lui une certaine tolérance à sa présence, sans pour autant être tout à fait aimable. La promenade se poursuivit donc comme elle avait commencé, paisiblement, dans la quiétude du marais. J'avais à mes côtés Gabriel et Eugène et ressentais, ainsi encadrée par les deux jeunes hommes, un sentiment de sécurité mêlé à une certaine fierté.

Ce dimanche resterait dans ma mémoire comme un des moments les plus heureux de ma vie, entourée de mon frère de cœur, de mon nouvel ami, et de Susanne. Je savais que je n'aurais pas de pareil moment avant longtemps. Il me faudrait attendre le mois d'août pour réunir à nouveau ces êtres chers à mon cœur.

Dès le lundi suivant, Susanne et moi reprîmes, à nouveau, le cours de notre vie disciplinée de pensionnaires de l'Institut du Saint-Esprit. Cette vie de rigueur, même si elle pouvait nous paraître bien austère, nous convenait tout à fait. Je compris au cours de ces longs mois que le fait de ne pas se demander ce dont serait fait le lendemain, puisque le lendemain serait identique au jour précédent, nous apportait un certain sentiment de sécurité. Même si nos libertés étaient entravées constamment, car nous n'avions aucun choix sur la façon dont allait se dérouler notre quotidien, nos esprits se développaient.

Vous rappelez-vous, cher lecteur, comme j'avais été choquée, à mon arrivée, de la place omniprésente des heures et des minutes dans notre emploi du temps ? Nous ne choisissions à aucun moment ce que nous allions faire de notre temps : l'heure précise du réveil, l'heure du déjeuner, l'heure de la prière, l'heure des cours, le déroulement des cours, tout cela nous était dicté par le règlement de l'institut. Il me restait cette unique heure journalière avant vêpres, pendant laquelle je pouvais choisir de lire, d'écrire à papa, ou simplement de discuter avec Susanne dans le parc, suivant la saison. Néanmoins, au fil des mois, je m'adaptai totalement à cette vie et à ce quotidien tellement minuté. Le respect des horaires était devenu un réflexe. Par certains côtés, je trouvai efficace de ne plus gaspiller mes pensées à me bâtir un emploi du temps et de garder mes réflexions et mon intelligence pour des activités autrement plus enrichissantes.

Ainsi s'écoulait ma vie en cette première moitié d'année 1859. Je ne savais pas alors que cette douce existence, à la fois heureuse et monotone, allait être bousculée par un événement tragique. C'est au milieu du mois de juillet que je reçus une lettre de Papa qui m'alarma : il me demandait de me rendre auprès de lui car il était au plus mal. Son mot était court, impérieux et ne laissait place à aucun refus possible. Je montrai cette lettre à Susanne, qui me conseilla d'en faire part sans délai à Mlle de Bretteville, ce que je fis dans l'instant. Je lui demandai un congé exceptionnel qu'elle m'accorda sans discuter à la lecture de la lettre. J'écrivis dans le même temps un court billet à mon oncle et ma tante pour les informer de mon départ précipité et de l'état de santé de Papa.

La malle-poste m'emmena le jeudi suivant, 20 juillet, par une forte chaleur vers Bourg-le-Vieil. Je trouvai, comme en avril précédent, Zélie à mon arrivée, seule à m'attendre sur la place des Halles. Elle était encore moins loquace qu'à son habitude, ce qui la rendait proche du mutisme complet. Je me précipitai rue d'En Bas, jetai mon petit sac de voyage dans le couloir de l'entrée et grimpai quatre à quatre l'escalier, soulevant ma robe jusqu'au genou. J'arrivai devant la porte de la chambre de Papa essoufflée et pris quelques instants pour me calmer avant de pénétrer dans la pièce.

C'était le milieu de l'après-midi mais la chambre était dans la pénombre : les lourds rideaux avaient été tirés. J'essayai de ne pas faire de bruit en m'approchant du lit, ne sachant si Papa dormait ou non. Le bruit de sa respiration emplissait le silence de sa chambre. Une respiration difficile, sifflante et lente. Il me semblait entendre à chaque inspiration se déplier une à une les pauvres bronches épuisées, certaines refusant de faire leur office à la première demande et s'ouvrant dans un sifflement plus fort tout d'un coup. Je distinguai Papa allongé dans son lit. Il portait son habituelle chemise de nuit de coton léger et les draps avaient été rejetés jusqu'à sa taille, certainement pour mieux supporter la chaleur.

Il tourna la tête vers moi alors que je m'asseyais dans le fauteuil à côté du lit : « Constance… Te voilà », souffla-t-il. Sa voix était faible et rauque. L'émotion m'assaillit et je dus retenir des larmes qui montaient inexorablement. Je ne pus que répondre un léger « oui ? », afin de ne pas trahir par un sanglot mon manque de sang-froid.

— Me voilà bien affaibli, n'est-ce pas ? murmura-t-il. Je crains que cette fluxion de poitrine ne m'ait pas quitté depuis le printemps et qu'elle ne soit en passe de gagner la partie…

— Comment est-ce possible, Papa ? demandai-je alarmée. Lorsque je vous ai quitté à Pâques, vous étiez presque guéri ? Et vous ne m'aviez pas écrit à ce sujet ?

— Je sais, ma fille, je sais… Je pensais moi aussi que ce mauvais rhume s'en irait comme il est venu, mais je le sentais toujours présent. Le médecin pensait que l'été le chasserait définitivement, mais voilà, c'est comme si la chaleur n'avait fait qu'aggraver mon mal. Le docteur m'a conseillé de te prévenir et de te faire venir sans délai. Il pense que… je ne passerai pas l'été.

À ces mots, je ne pus retenir un sanglot, tout en protestant vertement à ce que venait de m'annoncer Papa :

— Comment ? Ce n'est pas possible ? Il se trompe certainement… Avez-vous songé à faire venir un autre médecin ?

— Constance, non. Je t'assure qu'il est trop tard. Mon corps me le dit. Je ne souffre pas trop, mais mes forces m'abandonnent. Il faut nous préparer… Il faut te préparer, ma fille.

Je ne savais plus que dire. J'étais perdue. Je pris la main de mon père et la serrai dans les miennes, incapable de prononcer un mot. Je restai ainsi de longues minutes, Papa demeurant, lui aussi, silencieux. Nous nous comprenions à travers ce silence, lui et moi. Il nous semblait superflu d'essayer d'apaiser la peine de l'autre, ou vain de prononcer des mots se voulant rassurants, car notre peine, nous le savions, était profonde et commune. Mon père et moi étions presque seuls au monde et étions tout l'un pour l'autre. Je n'avais ni frère ni sœur et lui avait perdu tous les membres de sa famille. Cette séparation s'annonçait des plus cruelles : je me retrouverais désespérément seule et lui souffrirait de devoir m'abandonner si tôt alors que ma vie n'était pas encore faite. Je m'avisai que la seule autre personne qui serait affectée par la perte de Papa serait Gabriel, que je me devais de prévenir immédiatement. Mon oncle et ma tante Manceau devaient être prévenus, eux aussi, plus par respect des convenances que parce que la perte de mon père représenterait pour eux un quelconque chagrin.

Mon esprit vagabondait donc ainsi, alors que je tenais toujours la main de mon père serrée dans les miennes. Il s'était endormi. Une fois le choc passé, je le laissai se reposer et descendis au salon. Zélie m'y retrouva et me proposa un café. Je la remerciai et lui demandai quand était prévue la prochaine visite du médecin : je souhaitais m'entretenir avec lui. Il venait tous les soirs aux alentours de dix-huit heures, me dit-elle. Zélie me demanda si l'état de Papa était sérieux, ce que je lui confirmai. Elle retourna dans sa cuisine sans piper mot. Je me fis la réflexion qu'il me faudrait lui trouver une autre situation dans l'éventualité où Papa viendrait à nous quitter précipitamment. Un nouveau sanglot m'étreignit. Il me fallait cependant écrire sur-le-champ deux billets : l'un à Gabriel, l'autre à mon oncle, pour les informer de l'urgence de la situation.

Vers dix-huit heures, le médecin frappa à la porte et Zélie l'amena dans le bureau où je me trouvais encore. Cet homme maigre et courbé, à fine moustache grise, m'avait soignée maintes fois lorsque j'étais enfant et son visage familier me rassura.

— Constance, vous voilà enfin arrivée. Vous avez bien fait de venir si vite…

— Dites-moi, Docteur, je ne comprends pas comment son état a pu s'aggraver autant, alors qu'au mois d'avril, lorsque je le quittai, il me semblait aller mieux ?

— Constance, on ne peut prédire comment va tourner une fluxion de poitrine. Cela dépend de beaucoup de facteurs. Dans le cas de votre père, effectivement, une affection qui semblait bénigne au printemps s'est muée en mal incurable.

— Combien…

Je m'éclaircis la voix avant de reprendre :

— Combien de temps pensez-vous que nous ayons ?

— Quelques jours. Peut-être une semaine.

Je portai les mains à ma bouche, étouffant un cri silencieux.

— Mon Dieu ! Si vite ?

— Je le crains, oui. Je vais monter le voir maintenant. Nous pourrons en reparler lorsque je redescendrai.

Le docteur me laissa seule avec l'émotion qui me terrassait. Comment, dans une semaine, Papa ne serait plus ? Une foule de pensées égoïstes m'assaillit : Qu'allais-je devenir ? Pourrais-je rester à l'institut du Saint-Esprit ? Devrais-je organiser le règlement des affaires de mon père ? Mon oncle me serait-il d'une aide quelconque ? Je me repris, ayant honte de moi-même. Il n'était pas temps de penser à mon propre sort alors que Papa avait besoin de moi dans ses derniers instants. Une nouvelle fois, je me laissai aller à mon chagrin.

Au bout d'une heure, le médecin redescendit et m'indiqua que mon père souhaitait me voir. Je le saluai sans lui poser de question supplémentaire. Je retrouvai Papa toujours aussi faible. Dans un souffle, il me demanda de m'asseoir près de lui :

— Constance, il nous faut aborder certaines questions, à présent. Comme a dû te le confirmer le docteur, il se pourrait que je vous quitte sous peu. Or, je dois m'assurer que la plupart de mes affaires sont en ordre. Ma première priorité est ton avenir, mon enfant.

Il s'interrompit pour reprendre son souffle. Une phrase longue comme celle-ci semblait l'épuiser.

— J'ai déjà écrit à Charles. Il devrait nous rejoindre d'ici à demain. Je lui ai demandé de m'assister dans le règlement de toutes mes affaires. En premier lieu, il deviendra ton tuteur légal jusqu'à ce que tu sois établie, ou jusqu'à ta majorité si elle intervient avant.

Papa ponctuait son discours de pauses régulières pour reprendre son souffle ou boire un peu d'eau.

— Il m'a confirmé pouvoir continuer à subvenir à tes besoins et s'assurera que tu puisses mener à bien ta scolarité à l'institut jusqu'à son terme. Ensuite, il a accepté de te prendre chez lui et de prendre soin de toi comme de Marie-Isméry. Dans l'immédiat, il se chargera de la vente de la maison et du placement de Zélie chez un autre employeur. Il sera donc gestionnaire du petit héritage que constituera le fruit de cette vente, ainsi que des quelques avoirs qui sont placés à la banque Guichard.

Sa respiration était de plus en plus irrégulière. Je ne l'interrompis à aucun moment, cependant.

— Ce n'est pas tout, ma fille. Il faut que je te parle de Gabriel… Tu sais bien que j'aime particulièrement ce garçon. Nous l'aimons tous les deux… n'est-ce pas ?

— Bien sûr, Papa. Je lui ai écrit pour le prévenir. Je sais qu'il fera tout son possible pour venir.

— Je n'en doute pas. Cependant, son patron ne lui permettra peut-être pas… Mais ce n'est pas la question… Il faut que je te dise… Mais d'abord, veux-tu bien aller chercher quelque chose dans mon secrétaire, s'il te plaît.

Je me levai pour aller ouvrir le secrétaire qui était en face de son lit.

— Prends les deux lettres qui se trouvent dans le petit tiroir du dessus, à gauche. Oui, celles-ci. Apporte-les-moi, s'il te plaît… Merci. Assieds-toi à côté de moi.

Ce que je fis.

— Voilà, Constance, ce sont deux lettres que je vais te demander de remettre l'une à Charles, l'autre à Gabriel, au cas où je décéderais avant qu'il ne puisse arriver.

— Bien sûr Papa.

— Ne me demandes-tu pas ce qu'elles contiennent ?

— Je suppose que vous allez me le dire ?

— Oui… il s'agit de Gabriel et de son avenir. Je me dois de lui laisser de quoi s'établir.

— Bien, sûr, c'est tout à fait normal. Je le considère comme faisant partie de la famille.

— Voilà. C'est ce que je lui écris. J'ai environ cinq mille francs chez Guichard et je souhaite lui en donner la moitié. Moi parti, il se retrouvera seul au monde et sans appui financier, car je sais bien que ton oncle ne l'aidera pas.

— Je suis d'accord, Papa. C'est très bien.

— Oui. Cependant, ma fille, ton oncle Charles sera mon exécuteur testamentaire. Tu connais le peu d'égard que Charles a pour Gabriel. Or, même si je pense ton oncle tout à fait honnête, je te demande de veiller à ce que cette volonté soit respectée. Comme tu le sais, il peut subir des influences qui l'entraîneraient à prendre de mauvaises décisions.

Papa pensait sans aucun doute à ma tante Thérèse.

— Bien entendu. Je veillerai aux intérêts de Gabriel, Papa, vous pouvez me faire confiance.

Papa, le souffle court, me prit la main.

— Merci, ma fille.

Il était épuisé. Je lui proposai un verre d'eau, lui passai sur le front un linge humide et lui pris la main. Il était brûlant et faible… Il tourna la tête pour se reposer et me demanda de le laisser.

Dès le lendemain, mon oncle Charles arriva vers midi. Il avait fait le trajet à cheval depuis Bonneval le matin même et était fourbu. Néanmoins, il insista pour monter voir mon père immédiatement. Il resta plus d'une heure avec Papa. Je supposai qu'ils devaient échanger sur les dispositions dont Papa m'avait parlé la veille.

Quand Charles descendit me rejoindre au salon où je l'attendais, il fut très aimable et compatissant à ma douleur. Il m'assura que j'avais tout son soutien, ainsi que celui de ma tante et de ma cousine. Il m'indiqua ne pouvoir rester très longtemps, mais, s'il pouvait m'être d'un quelconque secours, me proposa de rester jusqu'au lendemain, car je devais, dit-il, rester seule le moins possible. Je le remerciai mais lui assurai que je pouvais rester seule avec mon père. Je me sentais la force de l'accompagner dans ses derniers instants sans moi-même fléchir. Je lui promis de lui écrire tous les deux jours, afin qu'il puisse suivre l'évolution de son état de santé.

Je me demandai si mon cher Papa avait eu le courage de parler à Charles de Gabriel. Au risque de paraître bien peu indulgente à l'égard d'un pauvre homme qui se mourait, cela ne m'aurait guère étonnée que Papa élude le sujet. Comme à son habitude, lorsqu'il pouvait éviter un conflit, Papa l'évitait. J'anticipais effectivement une réaction vive de mon oncle, persuadé qu'il était que le jeune homme n'avait rien à faire dans notre vie, lui, un vulgaire fils de pêcheur et ouvrier non qualifié de surcroît. Il me faudrait donc choisir le moment opportun pour annoncer la nouvelle à mon oncle. Il nous quitta deux heures seulement après son arrivée. Je lui trouvais du courage de cumuler autant d'heures à cheval dans la même journée, mais me demandais aussi pourquoi il avait tant de hâte à partir.

Les deux semaines qui suivirent furent parmi les plus longues de ma courte existence. Papa avait perdu conscience plusieurs fois et ne revenait parmi nous que durant de rares et courts moments. Zélie et moi nous relayions pour le veiller jour et nuit. Nous observions l'inexorable détérioration de son état, même si certains jours étaient meilleurs que d'autres. Le médecin passait nous voir quotidiennement en fin de journée et nous confirmait que la fin était proche. Sa respiration se faisait plus faible. Trois jours après mon arrivée, je reçus un billet de Gabriel, m'indiquant que M. Morin lui avait refusé sa demande de congés et qu'il avait dû renoncer à venir. Il me demanda de transmettre toute son affection à Papa et de lui envoyer un billet dès que son état évoluerait.

Au bout d'une semaine, je continuais à lui faire la lecture mais Papa ne réagissait déjà plus. Il semblait dormir mais d'un sommeil de souffrance : la bouche ouverte, son torse se soulevant péniblement, chaque inspiration était à elle seule un effort de plus en plus pénible. Dix jours après mon arrivée, il ne s'alimentait plus, ni ne buvait et ne reprenait plus conscience. Il nous quitta dans la nuit du samedi 30 juillet, alors que Zélie le veillait.

Cette agonie m'avait en quelque sorte permis de me faire lentement à l'idée de la disparition de Papa. Le choc du jour de mon arrivée se dissipait déjà et sa lente agonie ne lui apportait que souffrances : il fallait que tout cela cesse.

Le 1er août, lorsque tout fut fini, je me devais déjà d'être dans l'action. Je fis venir le médecin pour qu'il constate le décès, écrivis à mon oncle Charles et sollicitai son aide pour mettre de l'ordre dans les affaires de Papa et organiser les obsèques. Je fus alors prise dans un tourbillon d'événements. Charles arriva accompagné de ma cousine à Bourg-le-Vieil. Ils m'aidèrent à organiser les obsèques puis à trier, ranger, emballer les affaires de Papa. L'absence de ma tante ne me surprit qu'à moitié. Je ne connaissais pas la raison de son absence et ne questionnai pas mon oncle sur le sujet. Soit qu'elle ait jugé sa présence superflue, ce qui était l'hypothèse la plus optimiste, soit qu'elle ait définitivement refusé d'assister aux obsèques de Papa et confirmait par là son mépris pour ma famille. Quant à Marie-Isméry, elle avait adopté une attitude répondant en tout point aux attentes de son père : elle ne chômait pas, aidant à ranger ou trier les affaires, me questionnait régulièrement sur mon état et montrait beaucoup de prévenance à mon égard. Je m'interrogeais sur sa sincérité : était-elle versatile à ce point ou bien tout cela n'était-il que calcul et simulation ?

Je décidai de ne pas m'attarder sur le sujet : j'avais bien d'autres choses auxquelles penser. Je souhaitais conserver certains souvenirs de famille et surtout ses livres et ses cours. Mon oncle offrit gentiment de les faire livrer chez lui. Il prit soin de Zélie, lui donna de quoi subsister le temps de lui trouver une place et s'occupa de trouver preneur pour la maison. Les deux semaines qui suivirent les obsèques de Papa furent ainsi occupées et je ne vis pas le temps passer. Je n'avais pas un moment à moi pour réaliser que je venais de franchir une nouvelle étape dans ma vie, sans retour en arrière possible. La maison serait vendue, Zélie trouverait une autre place et il me serait impossible de revenir sur les lieux de mon enfance, de retrouver la sécurité du foyer qui m'avait vue grandir et de revoir avec un doux sentiment les lieux auxquels étaient attachés tant de souvenirs.

C'est au moment de quitter les lieux, à la moitié du mois d'août, que m'assaillit ce sentiment d'impossible retour en arrière. Ma vie serait maintenant inexorablement tournée vers un avenir loin de Bourg-le-Vieil, loin de mon cher fleuve de Loire et comprenait une part d'incertitude grandissante quant à l'accomplissement du destin que je m'étais fixé.

Mon oncle prenait ma vie en charge à présent et mon avenir était entre ses mains.

Deuxième partie

11

Confrontation

Je quittai ma maison de Bourg-le-Vieil un vendredi matin ensoleillé de fin août. Je regardai une dernière fois cette maison qui m'avait vue grandir : elle serait bientôt vendue ou louée à des étrangers. Il me fallait à présent graver dans ma mémoire cette image, comme celle de Papa, de Maman aussi, devant cette façade si familière dont j'avais l'impression de connaître chaque détail. Ce souvenir me serait précieux à l'avenir, où que j'aille.

Je détaillai les recoins, les fissures, les défauts de cette façade, les neuf grandes fenêtres blanches aux volets gris souris, les pierres de craie blanche formant des créneaux sur leur pourtour et la porte à simple battant, gris souris elle aussi. Voilà, ça y était. Elle serait imprimée pour toujours dans ma mémoire, j'en étais certaine. Je remontai la rue d'En Bas – je sais, c'est amusant à dire, et cela faisait toujours sourire Papa - dont j'avais foulé le pavé tant de fois en courant lorsque j'étais enfant, il y a bien longtemps, avec Gabriel déjà. Je me retournai pour regarder ces pavés dévaler la pente vers le fleuve. Cette rue étroite, descendant de manière abrupte vers la Loire, avait été tout au long de mon enfance la promesse d'après-midi de rêve, entre partie de pêche, jeux ou promenade, avec Papa et Gabriel.

Je ne m'attardai pas plus longtemps : le départ de la malle-poste était imminent. Je n'avais alors pour tout bagage que mon petit sac de voyage avec lequel j'étais revenue de Bonneval environ un mois plus tôt. Tout ce qui restait de notre vie de famille serait envoyé dans les semaines suivantes chez mon oncle, à Vouzay. C'est là que je me préparais à passer le mois de septembre me séparant de la réouverture de l'école du Saint-Esprit. Cette perspective ne m'enchantait guère, même si j'étais profondément reconnaissante à mon oncle et ma tante de m'offrir un second foyer.

La malle-poste me ramena donc par cette belle journée vers Vouzay. Ce petit village, à quatre kilomètres du centre de Bonneval, se trouvait au bord de la rivière Yvres et du canal du Berry. Il ne comportait que quelques fermes et une poignée de maisons bourgeoises récentes, à seulement vingt minutes en fiacre du centre-ville. Là s'étaient établis les Manceaux, dans une jolie maison bourgeoise entourée d'un grand jardin paysager.

Ce ne fut pas ma tante que je trouvai à la descente de la diligence quelques heures plus tard, après les multiples arrêts en relais de poste et les innombrables cahots de la route de Bonneval, mais un homme d'une cinquantaine d'années, en pantalon et veste de laine noire soignés. Il se présenta à moi comme « Georges, majordome de M. et Mme Manceau ». C'était curieux : je ne me rappelais pas qu'ils aient eu un majordome et trouvais ce titre bien pompeux, car somme toute leur maison n'était pas si grande. Je suivis cependant ce monsieur jusqu'à un fiacre dans lequel nous montâmes tous deux. Le trajet ne dura qu'une quinzaine de minutes et, après avoir quitté les plus proches faubourgs de Bonneval et traversé un bois puis longé quelques fermes, je reconnus la haie de laurier et le portail de fer forgé.

La maison des Manceaux avait été une des grandes victoires d'oncle Charles. Il avait enfin pu acheter grâce à la dot de sa femme, dix-huit ans plus tôt, une maison digne de ses ambitions. C'était une belle demeure de deux niveaux dans le style de la première moitié du siècle avec un vaste salon, une bibliothèque, un bureau et une salle à manger au rez-de-chaussée, l'office étant relégué à l'arrière de la maison. Six grandes chambres occupaient tout l'étage et, au-dessus, en soupente, étaient logés les gens de maison.

À mon arrivée, ma tante et ma cousine m'attendaient au salon : l'une lisait, l'autre brodait et toutes deux formaient ainsi le tableau convenu du foyer idéal d'une maison de qualité. Ma tante, que je n'avais pas revue depuis deux ans, fut polie et accueillante. Elle me demanda si j'avais fait bon voyage et me présenta ses condoléances officielles depuis le fond de son fauteuil. Il eût été trop lui demander de prendre la peine de venir à ma rencontre me témoigner un peu de compassion pour la perte que je venais de subir. Il était aussi au-dessus de ses forces d'avoir l'air peiné ou de manifester une quelconque empathie pour ma douleur. Ma cousine, dans une attitude similaire, leva à peine les yeux de son livre. Elle paraissait avoir complètement oublié toute la sollicitude dont elle avait fait preuve la semaine précédente, en public.

Ma tante était une femme d'une quarantaine d'années, assez grande, mince, sèche, aux cheveux blonds grisonnants. Son visage était sec et froid et ses lèvres fines, presque absentes, toujours pincées, ne souriaient que rarement. Elle avait une allure altière et hautaine qui ne la quittait pas, décourageant ainsi tout un chacun de lui porter toute marque d'affection déplacée et prohibant définitivement toute familiarité. Je lui prêtais une absence totale de sentiment charitable, mais une entière dévotion au respect des convenances et des règles du bien vivre. Voler au secours d'une nièce dont le père venait de décéder faisait tout à fait partie de ces bonnes actions dont elle aimerait se prévaloir auprès du voisinage.

Vous me trouverez, cher lecteur, certainement bien peu indulgente vis-à-vis de cette dame qui, malgré tout, avait eu la bonté de m'accueillir sous son toit. De fait, je lui reprochais toujours de nous avoir rejetés, mon père et moi, quelques années plus tôt, et de ne cacher à personne le mépris qu'elle éprouvait pour Papa, mépris qu'elle avait confirmé en ne venant pas à ses obsèques. Elle refusait de nous rendre visite à Bourg-le-Vieil depuis de longues années et elle n'acceptait de me recevoir de temps en temps chez elle que parce qu'elle me croyait encore malléable et pensait pouvoir influencer mes manières. Grossière erreur. J'eus cependant droit à un accueil des plus conventionnels : elle m'affirma que je devais, dès à présent, considérer cette maison comme la mienne et qu'étant ma plus proche parente, elle se sentait à présent responsable de mon avenir et de mon confort. Elle finit quand même par concéder du bout des lèvres un timide regret de n'avoir pu se rendre aux funérailles de mon défunt père, des affaires urgentes l'ayant retenue à Vouzay la semaine passée.

Une fois les amabilités de rigueur épuisées de part et d'autre, un court silence s'installa. Elle pria alors sa fille de m'accompagner jusqu'à ma nouvelle chambre afin que je puisse m'y installer. Cette pièce se trouvait au premier étage. Je la reconnus immédiatement: c'était l'ancienne nurserie qui avait été réaménagée afin d'y placer un lit d'adulte, une commode et une armoire. La pièce était confortable et je remerciai mes hôtes de leur prévenance.

Mon installation fut rapide et je m'empressai d'écrire deux lettres: l'une à mes amis Susanne et Eugène, et l'autre à Gabriel. Je n'avais en vérité qu'une hâte: revoir Susanne et Eugène. Eux seuls pouvaient me procurer le réconfort dont j'avais tant besoin. Je les informai de mon nouveau logement et les pressai de m'inviter officiellement à leur rendre visite, sans quoi, il nous serait impossible de nous rencontrer. En revanche, il me faudrait certainement attendre le dimanche suivant pour voir Gabriel.

Ma tante vit d'un très bon œil l'invitation que je reçus de Susanne dès le lundi pour le mercredi suivant et me complimenta, comme je m'y attendais, sur le fait que je savais choisir mes amitiés. Elle ne put s'empêcher d'ajouter combien il était important, pour une jeune fille bien née, de prêter une attention toute particulière au choix de ses connaissances. Elle m'encouragea à poursuivre cette relation avec Mlle Prieur, car elle était « d'une famille très en vue » et dont la fréquentation ne pouvait que m'aider à corriger mes défauts.

Ce fut avec beaucoup d'émotion que je retrouvai mon amie Susanne après ce mois de séparation et, surtout, après le malheur qui m'avait frappée. Prise dans l'enchaînement des événements après les funérailles, ma peine s'était comme endormie quelque part, au fond de moi, attendant qu'un nouvel événement la réveille. J'avais eu tellement de choses à faire, à penser, à organiser, que mon esprit s'était ancré dans la réalité et le présent, et refusait de laisser libre cours à mon affliction. La vue de ce visage amical, celui de ma Susanne, fut l'élément déclencheur. Tout à coup, mon cœur se brisa et une douleur immense, brutale, me déchira le cœur. Susanne me réconforta avec toute la douceur dont elle était capable, et c'était beaucoup.

Nous étions dans le jardin de leur propriété, où était aménagé un joli salon d'été. Il y avait là quelques bancs aux arabesques de fer forgé, disposés autour d'une table basse aux mêmes motifs, des fauteuils de rotin et une balançoire un peu plus loin, pendue à un immense tilleul. Le soleil, encore chaud en ce début septembre, inondait le jardin et invitait à la paresse. Je repris peu à peu mes esprits et Susanne, soucieuse de me divertir, me fit part de ses projets :

— Constance, nous allons prendre soin de toi. Eugène est ici, et il compte bien m'aider à te distraire pendant les quelques semaines à venir. Nous y avons déjà réfléchi et avons pensé à un programme varié pour occuper tes journées. Bien entendu, nous devrons obtenir l'accord de M. et Mme Manceau, mais je ne doute pas un instant qu'ils ne nous accordent leur bénédiction dans cette entreprise, car elle vise à rendre le moins pénible possible cette période de deuil.

L'enthousiasme de mon amie m'avait revigorée. L'étau qui m'enserrait la poitrine se desserrait enfin.

Nous étions au milieu de l'après-midi quand Eugène apparut sur la terrasse, à l'arrière de la maison et descendit les escaliers afin de nous rejoindre. Égal à lui-même, il était d'une élégance sans faute : il portait une redingote blanche sur un pantalon gris clair et une cravate de soie noire sur sa chemise de lin blanc. Son maintien, impeccable, était celui d'un citadin qui connaissait sa position dans la société et qui ne doutait pas de son avenir. Son assurance était réconfortante et sécurisante. Il afficha un sourire timide mais chaleureux et je devinais que son cœur hésitait entre la joie de me revoir et la tristesse de me trouver ainsi frappée par le malheur.

Eugène s'assit près de moi et me prit la main :

— Constance, il n'y a certainement pas de mot pour adoucir votre peine. Sachez que je suis de tout cœur avec vous. Vous avez en moi un ami fidèle. Le savez-vous ?

Je rougis.

— Oui, je le sais maintenant.

Il continua, toujours grave, comme s'il allait prêter un serment.

— Soyez assurée que vous ne serez jamais seule dans cette épreuve. Vous pouvez compter sur moi, je pense que vous le savez…

— Merci infiniment. Je sais que je peux compter sur votre bienveillance. Même si…

— Si quoi ? demanda Susanne.

— Même si je ne sais trop ce que j'ai fait pour mériter une telle amitié. Me voilà une orpheline à l'avenir plus qu'incertain. Ma famille est bien plus modeste que la vôtre et je crains que ma nouvelle famille d'adoption, les Manceaux, ne soit d'une nature encore bien différente de la vôtre. Tout nous sépare…

— Ne dis pas de bêtise, reprit Susanne. Tu sais bien que cela m'est égal. Que cela *nous* est égal, ajouta-t-elle, regardant son frère de côté.

— Ne doutez pas, ajouta Eugène. Cela ne vous va pas. Vous êtes une femme déterminée, et forte. Certes, vous voilà affaiblie par ce drame, mais je ne crois pas un instant que vous soyez de celles qui s'enferment dans la mélancolie. Vous êtes une femme d'action et vous ne mettrez pas longtemps à vous relever de cette triste perte. Écartez ces doutes ridicules de votre esprit : vous méritez plus que toute autre notre affection, par vos talents et vos qualités de cœur.

J'acquiesçai par un sourire franc. Eugène se pencha à nouveau vers moi et me regarda droit dans les yeux :

— Constance, savez-vous que Susanne et moi avons été particulièrement prolifiques avant votre arrivée ? Nous avons réussi à faire une liste de visites, de promenades et d'activités qui devraient vous divertir pour tout le mois qui vient !

— Vous feriez cela pour moi ?

— Évidemment, répondit Susanne.

— Je vous reconnais bien là tous deux, même si je ne pensais pas que vous iriez jusque-là…

— C'était mal nous connaître, affirma Eugène.

Il se renversa en arrière et prit un air dégagé et suffisant. Une envie de le taquiner me reprit, comme j'aimais tant à le faire :

— Êtes-vous si désœuvré, M. Prieur, que vous n'ayez pas d'autre activité prévue pendant vos vacances que de prendre soin d'une orpheline ? À moins que vous ne soyez d'humeur si taciturne que ce soient vos amis qui vous fuient ?

Il apprécia la pique et, sourire en coin, prit sa sœur à témoin :

— Ma foi, Susanne, voilà qu'elle recommence ! Je crois qu'elle est déjà guérie de son chagrin, ne crois-tu pas ?

Et Susanne de rire, ajoutant à ce moment de gaîté qui était pour moi le premier depuis une éternité. Susanne entreprit alors de me présenter ses projets pour ce dernier mois de vacances : le premier, une idée d'Eugène, était l'excursion à la fonderie, qu'elle pourrait faire suivre par une visite aux nécessiteux du quartier des ouvriers. Sa mère visitait régulièrement des ouvriers malades ou blessés, qui, ne pouvant plus travailler durant de longues périodes, avaient recours à la charité pour survivre. Un cercle formé de quelques dames des meilleures familles de Bonneval s'était organisé pour se rendre dans les différents quartiers de la ville au rythme d'une fois par mois environ. Eugène proposa ensuite des promenades à cheval dans la campagne environnante, agrémentées d'un pique-nique. Il croyait savoir que je ne montais pas à cheval, ce qui était vrai (cher lecteur, c'était l'une de mes nombreuses lacunes), et souhaitait y remédier en me proposant de m'apprendre l'équitation. Susanne renchérit en me proposant à son tour de nouvelles promenades dans le marais. Les idées s'enchaînaient à un tel rythme que je finis par ne plus contenir un rire joyeux :

— Mes amis, je vous remercie mille fois. Pensez-vous que nous aurons assez de sept jours par semaine et de vingt-quatre heures par jour pour faire tout cela ?

— Constance, nous préférons te voir fatiguée plutôt qu'inoccupée !

— Absolument, reprit Eugène. Et puis, au vu de vos lacunes en certaines matières, il nous faut les combler au plus tôt. Nous ne pourrons pas attendre les quelques jours des vacances de la Noël ou la semaine de Pâques pour faire disparaître de votre joli visage cet air de tristesse et, du même coup, ce je-ne-sais-quoi de trop provincial.

Le voilà qui, lui aussi, me taquinait. Je me fis un plaisir de le moucher à mon tour :

— Mais Eugène, si j'ai un « je-ne-sais-quoi de trop provincial », je puis vous assurer que vous avez, vous, un je-ne-sais-quoi de trop citadin ! Vous êtes tiré à quatre épingles, au point que je me demande parfois s'il vous arrive d'être négligé, ne serait-ce que pour faire du sport, ou… je ne sais pas moi .. Avez-vous d'ailleurs une quelconque activité en dehors de votre salon ?

— Touché, Mademoiselle ! Effectivement, je crois pouvoir me vanter d'être un homme d'esprit avant tout. L'équitation est la seule activité physique qui ait à mes yeux un quelconque intérêt...

— Me voilà édifiée ! Vous avez de nombreux points communs avec Papa. C'était incontestablement un homme d'intérieur...

Voyant poindre une ombre sur mon visage à l'évocation de Papa, Susanne décida de nous entraîner sur un autre terrain :

— Que pensez-vous de retrouver un peu de légèreté ? Ne devrions-nous pas organiser cette prochaine visite de la fonderie ?

Ce fut le premier projet qui fut mis à exécution. Lorsque l'après-midi toucha à sa fin, nous avions établi notre programme et la fonderie venait en tête. Nous nous quittâmes alors que le soleil déclinait déjà à l'horizon, enchantés à la perspective de nous revoir très bientôt.

12

La manufacture

Mes deux amis étaient passés me prendre vers huit heures trente en cabriolet léger. Je m'étais tout particulièrement préparée pour cette excursion : des vêtements confortables et résistants, des chaussures anciennes qui ne craignaient plus rien et une veste de toile grossière. Je souhaitais pouvoir fureter partout sans craindre d'abîmer ma toilette… C'était tout le contraire de Susanne qui, toujours élégante, était ravissante dans une mousseline vaporeuse de soie vert amande.

C'était une magnifique journée de septembre, chaude et ensoleillée. Je l'attendais avec impatience depuis une longue semaine maintenant et j'avais entrepris, afin d'en profiter pleinement, de me documenter en détail sur la transformation de minerai en acier. J'avais trouvé, dans les cahiers de Papa, ce qui se rapportait à la production de fonte et d'acier : un cours complet sur les différents procédés en vigueur, les étapes de production et les principes chimiques qui l'expliquaient. Cette activité avait été un bon dérivatif tout au long de la semaine. Eugène et Susanne n'avaient jamais visité la fonderie dirigée par leur père. L'occasion ne s'était pas présentée, mais ils n'en avaient pas non plus manifesté l'intérêt. Ce dernier accueillit donc la demande d'Eugène avec surprise et enthousiasme. Il serait lui-même notre guide et nous précisa qu'à cette même période, un nouvel appareil serait en cours de montage : cela pouvait compliquer les conditions de visite.

Comme lors de notre première escale à la fonderie, six mois plus tôt, nous entrâmes par la petite porte qui donnait dans le bâtiment de réception où devait se présenter tout visiteur, livreur, ou nouvel employé à son arrivée. Le même homme nous reçut, mais cette fois-ci, il nous dirigea vers un autre bâtiment de la cour d'entrée, perpendiculaire à l'atelier principal, dans lequel se trouvaient les bureaux des ingénieurs et de la direction. Nous gravîmes un escalier de bois menant à un palier donnant lui-même sur quatre portes. Trois d'entre elles portaient d'étincelantes plaques de laiton verni donnant les noms des occupants et leur fonction : M. H. Fleury, directeur, M. G. Prieur, directeur adjoint, la dernière ne portant qu'un nom : Sir S. Wallace. La quatrième porte, ouverte, ne comprenait pas d'inscription mais laissait voir une grande pièce meublée d'une longue et large table entourée d'une douzaine de sièges. Notre guide toqua à la porte de M. Prieur et nous entrâmes à sa suite. M. Prieur se leva de derrière son grand bureau encombré de papiers, de cahiers, de plans en rouleaux, d'encriers et de plumes. Il exprimait une réelle joie de voir notre petit groupe arriver :

— Mes enfants, bienvenue ! Eugène, tu as pu amener jusqu'ici ces demoiselles sans encombre… Fort bien, fort bien, dit-il, tapotant son veston tendu sur son ventre.

Il me jeta un regard affligé :

— Mademoiselle Deschanel, je vous présente tout d'abord mes condoléances, pour le décès de votre père. Je compte sur mes enfants pour vous aider à passer cette épreuve, qui, si elle est dans l'ordre des choses, reste pénible…

Il s'éclaircit la voix avant de reprendre :

— Je suis néanmoins ravi. J'ai cru comprendre que vous êtes à l'origine de cette visite ? Notre travail vous intéresse donc ? Je trouve admirable que la jeunesse s'intéresse à ce qui fait maintenant tourner le monde : l'acier !

Je ne reconnaissais pas l'austère M. Prieur que j'avais pu rencontrer rue des Tilleuls. Ici, dans son élément, c'était un homme passionné et exalté… Je brûlais de découvrir avec lui la manufacture.

M. Prieur nous demanda de le suivre, en nous mettant en garde de bien rester à ses côtés lors de la visite, de ne pas gêner le travail des ouvriers et surtout, de ne toucher à rien. Nous quittâmes le bâtiment des bureaux, longeâmes le hangar long de plusieurs centaines de mètres, le contournâmes et découvrîmes, au bout, deux montagnes noires. Les matières premières : le charbon de houille et le minerai de fer. Tout commençait ici. La fonderie avait été construite au bord du canal du Berry pour y acheminer facilement ces matières premières : le charbon de houille, ou coke, de Commentry, à quelques kilomètres de Montluçon, et le minerai de fer, acheminé jusqu'ici par voie fluviale aussi, en provenance du Berry.

Nous pénétrâmes alors dans le bâtiment, où commençaient les différentes étapes de production. Je n'avais jamais rien vu d'aussi grand, à part la cathédrale d'Orléans : un hall d'une cinquantaine de mètres de large sur une quinzaine de mètres de haut s'ouvrait devant nous, sans que l'on puisse en voir le fond, perdu dans la pénombre et l'enchevêtrement des pièces, des outils ou des machines qui accrochaient le regard, de tous côtés. C'était cela : une cathédrale immense et sombre, aux murs de briques rouges, percés de vitraux sans couleur et aux formes désespérément rectilignes, projetant sur la forêt de poutrelles métalliques s'élevant jusqu'au toit une lumière blafarde insuffisante. Le toit, lui-même percé par endroits de verrières, était noirci des fumées de charbon et finissait de plonger cet enfer dans les ténèbres. Au sol, la terre battue se confondait avec des montagnes de matériel enchevêtré, entreposé sans logique ou ordre apparent.

En entrant, on était saisi par le bruit, assourdissant et par la chaleur étouffante. Le marteau-pilon tout d'abord, qui faisait trembler le sol lorsqu'il retombait. Les fours ensuite, dans lesquels les ringards, ces longs crochets d'acier manœuvrés à bout de bras, brassaient inlassablement la matière en fusion. Les outils manuels enfin : marteaux, burins, masses, etc., couvraient à peine le crépitement de la matière en fusion qui se déversait continuellement des creusets avec force étincelles et gerbes de flammes.

Susanne porta immédiatement son mouchoir à son visage pour se protéger de cet air irrespirable. Peu à peu, nos yeux s'adaptèrent à la pénombre. On distinguait maintenant combien cet atelier était une fourmilière. Les hommes s'affairaient, avec force et célérité, malgré la touffeur ambiante. Chemises ouvertes, bras de chemise retroussés, leur peau luisait à la lueur rougeoyante de la matière en fusion. Les plus exposés d'entre eux qui manœuvraient les creusets ou les ringards, au fond des fours à réverbère, étaient nus de la tête jusqu'à la ceinture, le torse protégé seulement par un long tablier de cuir descendant jusqu'aux genoux. Ceux-là portaient des sabots, isolant leurs pieds de cette chaleur insupportable. D'énormes pièces étaient en mouvement dans tout l'atelier : des creusets remplis de fonte, des pièces de charpente, d'autres dont je ne devinais pas l'usage.

M. Prieur, criant pour se faire entendre par-dessus le vacarme, nous expliqua les différentes étapes de la production : le minerai de fer devait être acheminé au sommet du haut-fourneau – une tour énorme, sur notre droite – pour y être mélangé avec le coke, le tout porté à une température de plus de 1 200 °C. Le produit de cette fusion, appelé fonte, coulait sous forme liquide dans des creusets à la base du haut-fourneau et était récupéré, soit pour la réalisation d'objets en fonte à l'aide de moules en sable, soit pour être réutilisé en vue de la production d'acier. Toute une partie de l'atelier était dévolue à la production d'objets en fonte : fontaines de ville, poêles et casseroles, grilles, plaques de cheminées, etc. On pouvait observer les moules qui s'étalaient sur une grande surface à droite du haut-fourneau, à la lumière des baies vitrées. D'après ce que j'avais compris de Gabriel, il devait travailler dans cette partie de l'atelier. L'autre partie de la production de fonte allait être utilisée pour la production des grandes pièces de charpente métallique, en passant par l'étape cruciale de l'affinage. La fonte refroidie en barres était introduite dans des fours à puddler, où un mélange oxydant chauffé à plus de 1 300 °C purifiait la fonte de toutes ses impuretés pour la changer en fer. Dès que la fonte entrait en fusion, l'ouvrier répondant au nom de « puddleur » intervenait. Son travail consistait à brasser cette même fonte en fusion pour la mettre en contact avec les matières oxydantes, tout en contrôlant la température du four. Ce travail semblait exiger une force physique importante et un évident savoir-faire. Une fois l'affinage terminé, le « puddleur » extrayait du four des boules de fer solides qui allaient être martelées pour former des barres, qui elles-mêmes seraient ensuite laminées pour devenir des rails ou des poutrelles de charpente.

Nous suivîmes ces différentes étapes les unes après les autres, sinuant entre les ouvriers noirs de graisse et de fumée. Beaucoup nous dévisageaient avec des yeux ronds, d'autres baissaient simplement la tête à notre approche, comme fuyant le regard du patron. Susanne n'était pas à son aise : elle agrippait fermement le tissu de sa robe et scrutait le sol avec angoisse, craignant de buter à chaque pas sur une pièce, une machine, ou pire, de tomber dans un trou qu'elle n'aurait pas vu à temps. Eugène, quant à lui, était suspendu aux lèvres de son père, finalement très intéressé par la visite. De mon côté, j'étais aux anges. Loin de m'effrayer, cet endroit était pour moi un lieu magique. Je voulais tout savoir et tout comprendre. J'osai poser quelques questions assez techniques sur le rendement du procédé de puddlage dont j'avais lu une description dans les cahiers de Papa.

— Ma foi, Mademoiselle, vous me semblez bien au fait de la chose, me répondit M. Prieur… Auriez-vous déjà visité une fonderie auparavant ?

— Non, Monsieur, je me suis seulement documentée avant de venir aujourd'hui.

— Eh, bien, félicitations. Vous paraissez non seulement avoir retenu ce que vous avez lu, mais aussi en avoir compris le sens… Oui, nous produisons du fer puddlé. Le rendement que vous donnez était celui d'il y a une vingtaine d'années, utilisant le procédé de Cort, dit de « puddlage sec ». De nos jours, nous utilisons le « puddlage gras », qui s'est substitué au puddlage sec dont le rendement était faible. Les fonderies ont nettement amélioré leurs chiffres grâce à ce procédé.

Au vu de l'accueil favorable que reçut ma première question, je me risquai donc à en poser une seconde en rapport avec la première, ce dont j'avais envie depuis que j'avais entendu M. Prieur et M. Fleury en discuter lors du bal du Nouvel An :

— Et ce nouveau procédé Bessemer dont tout le monde parle, Monsieur, en quoi consiste-t-il ?

— Ah ! Très bonne question ! Il se trouve que nous sommes en ce moment même en cours d'installation d'un convertisseur Bessemer. C'est un procédé anglais, déposé il y a trois ans par l'ingénieur éponyme et dont nous avons la chance de pouvoir profiter ici, aux fonderies de Bonneval. À ma connaissance, nous sommes la première fonderie française à investir dans ce procédé, grâce à une association fructueuse avec une compagnie anglaise ayant acheté les droits. Mais venez, je vais vous emmener voir cela de près.

M. Prieur nous dirigea vers le cœur de l'atelier. Nous passâmes les deux hauts fourneaux, les fours à puddler, le marteau-pilon et nous retrouvâmes devant un énorme vase en fer (je ne trouvai alors pas d'autre mot pour qualifier cette énorme construction) d'environ six mètres de haut et trois mètres de large. Il était assemblé sur un axe horizontal lui permettant de s'incliner et de déverser son contenu. L'axe reposait lui-même à chaque extrémité sur des poutrelles métalliques formant un triangle au sol. Une énorme roue dentelée et une crémaillère de même dimension étaient posées au pied de cette construction. Je devinai que ces éléments devaient être assemblés sous peu à l'une des extrémités de l'axe de rotation.

Un groupe d'une dizaine d'hommes s'affairait autour de la roue dentelée. Parmi ces hommes, je remarquai la présence de cet Anglais qui nous avait été présenté lors du bal du Nouvel An. Je fis un effort néanmoins pour reconnaître le personnage : alors que neuf mois auparavant il avait tout du gentleman guindé en costume noir tiré à quatre épingles, comme aurait dit Zélie, il portait ce jour-là une simple chemise blanche largement ouverte, à moitié débraillée et les bras de chemise retroussés. Seul son pantalon gris de toile fine le différenciait des ouvriers qui l'entouraient. Comme eux, il était en sueur, comme eux, des traces noires de graisse grossière, de celles que l'on emploie sur les essieux de charrettes, lui couvraient les mains et les avant-bras. Ses cheveux châtain clair mi-longs collaient à son front et à sa nuque, achevant le tableau d'un homme qui venait de fournir en effort physique important. Ils entamaient une manœuvre délicate, à ce que je compris : l'accouplage de la roue dentelée aux engrenages de l'axe horizontal.

Nous fûmes autorisés à observer le déroulement de l'opération, d'une redoutable précision : il fallait que l'emboîtement des engrenages soit parfait et qu'aucun des éléments, de plusieurs tonnes chacun, ne soit détérioré par l'assemblage. L'Anglais, dans un français parfait, commandait à la dizaine d'hommes qui étaient à la manœuvre. Concentré sur les gestes précis de chaque homme, il ne remarqua notre présence qu'une fois l'opération terminée. Manifestement satisfait du résultat, il félicita les hommes qui avaient participé à l'opération et distribua des accolades, serra les mains et leur octroya une pause bien méritée d'une trentaine de minutes avant de poursuivre. Il se tourna vers nous, l'œil étincelant, manifestement animé d'un plaisir intense.

— Prieur, vous arrivez au bon moment ! Comme vous venez de le voir, nous avons réussi à la troisième tentative ! *I'm exhausted!*

Son œil se posa sur Eugène, Susanne et moi. Il eut une mimique incrédule :

— Mais que nous amenez-vous là ? Voilà de biens étranges travailleurs !

— Mes enfants, répondit M. Prieur, vous avez déjà été présentés à Sir Samuel Wallace, il me semble. Wallace, voici mes enfants, accompagnés d'une amie. Ils ont émis le souhait de visiter la fonderie. Nous arrivons à point nommé voyez-vous, car la jeune demoiselle que vous voyez là a des questions précises sur le convertisseur.

M. Wallace prit un air dubitatif.

— Allons donc, Prieur. Je n'ai pas de temps pour les discussions de salon… Nous devrons finir l'assemblage avant midi. Laissez-moi d'abord me rafraîchir et peut-être vous accorderai-je cinq minutes, mais pas plus. Je vous retrouve dehors.

Une fois parti, Eugène, visiblement choqué, s'écria :

— Quel grossier personnage ! Père, comment tolérez-vous un tel comportement ?

— Eugène, lui répondit son père, tu apprendras qu'il faut savoir être conciliant lorsque cela est nécessaire et ferme ou intransigeant à d'autres moments. M. Wallace est un ingénieur brillant, doublé d'un investisseur d'importance pour notre fonderie. Il est vrai, c'est un rustre… à tel point que cela le rend parfois à la limite du supportable. Heureusement, il n'est parmi nous que quelques mois par an seulement…

Captivée par la visite, je n'en avais pas pour autant perdu de vue mon objectif de voir Gabriel. Je demandai donc à M. Prieur de pouvoir voir la production d'objets en fonte, à l'aide de moules en sable. Cet atelier était tout aussi fascinant : les pièces pouvaient aller de la simple poêle au réverbère urbain, en passant par nombre de pièces techniques d'engrenages. Certains moules étaient énormes. C'est penché sur un moule de roue d'engrenage que je reconnus Gabriel. Je me risquai à demander à M. Prieur d'aller le saluer. Il accepta de bon cœur, y voyant là, comme sa femme, une action charitable. C'était tout à mon honneur, seulement, je ne devais pas y rester plus de cinq minutes, pour ne pas interrompre son travail trop longtemps.

Je me rapprochai de Gabriel alors qu'il ébavurait la coulée d'une pièce à l'aide d'un racloir. Il était lui aussi en sueur, concentré sur son opération. À mon approche, certains ouvriers jetaient un œil aussi furtif que peureux vers moi pour replonger de suite sur leur tâche. D'autres me dévisageaient avec plus d'insistance, tout en gardant un œil sur M. Prieur. Je surpris même certains regards insolents, détaillant ma tenue de pied en cap. Un ou deux sifflements me firent sursauter. Ayant traversé plusieurs îlots composés de moules en cours d'élaboration, je rejoignis enfin Gabriel. Surpris, il faillit en lâcher son outil pour prendre mes mains dans les siennes, mais se ravisa, conscient de l'endroit où nous nous trouvions et des dizaines de paires d'yeux rivés sur nous.

— M'selle Constance ! Mais qu'est-ce que vous faites là ?

— Parle plus bas, je ne voudrais pas que tes collègues nous entendent. Je suis venue prendre de tes nouvelles, voyons ! Tu ne m'en donnes pas… je t'ai écrit que je suis arrivée il y a une dizaine de jours à Bonneval et que je suis maintenant logée chez mon oncle et ma tante.

— Je sais bien ! Mais vous savez tout comme moi que j'suis pas le bienvenu dans cette maison.

— Viens donc le soir, une fois la maisonnée endormie. Je dois te parler de Papa. La maison est en pleine campagne et on peut y accéder par le bois à l'arrière. Qu'en dis-tu ?

— Topez là, M'selle. C'est dit alors. Quel jour ? Quelle heure ?

— Disons demain soir, vers neuf heures. Les journées raccourcissent et il fera presque nuit, mais nous y verrons quand même.

— Bon, ça va… À demain alors, M'selle Constance.

Je retournai vers M. Prieur et ses deux enfants qui m'attendaient. J'annonçai que « Lelièvre » était content du travail qu'il avait trouvé ici et qu'il mettait tout son cœur à l'ouvrage.

M. Prieur nous fit sortir de l'atelier et rejoignit M. Wallace que l'on trouva dans un coin de la cour, à se laver les mains à une pompe à eau. Il s'était manifestement rafraîchi à grande eau : il avait les cheveux et la chemise trempée. Il se redressa de toute sa taille à notre approche, dans une attitude arrogante mais dégoulinante qui me fit sourire. J'entendis Eugène maugréer : « Décidément, aucune tenue… On dirait un chien s'ébrouant au sortir d'une rivière. Mais où se croit-il donc ? »

M. Wallace s'essuya le visage avec un linge grossier avant de s'adresser à M. Prieur et de lui demander ce que ses enfants voulaient savoir :

— Mademoiselle Deschanel, répondit M. Prieur, je vous en prie…

Le personnage m'intimidait quelque peu.

— Voilà, Monsieur, il me semble avoir bien compris qu'il y a plusieurs façons de procéder à l'affinage de la fonte…

— Tiens donc ? fit-il, levant imperceptiblement un sourcil interrogateur.

— Oui. La fonte doit être nettoyée de différents composants, comme le carbone, à l'aide de scories oxydantes, c'est bien ça ? J'ai cru comprendre que le puddlage nécessite six heures et que cela consomme énormément de combustible, par déperdition de chaleur dans les fours…

M. Wallace m'interrompit, à moitié riant sous cape :

— Oh là… on ne vous a pas demandé de réciter une leçon !

— Pardon, Monsieur… Je cherche à savoir si ma compréhension du phénomène est la bonne…

Il retrouva son sérieux.

— Alors ? insistai-je avec une pointe d'effronterie.

— Jusque-là, c'est exact, confirma-t-il.

— Est-il vrai qu'il y a un problème d'incompatibilité du puddlage avec le phosphore ?

Je vis maintenant que j'avais retenu son attention.

— C'est toujours exact… Où voulez-vous donc en venir ?

— J'ai entendu parler du procédé Bessemer qui résoudrait ces problèmes. Je voudrais en savoir plus.

Distrait, il s'essuya le visage et le cou avec le linge grossier.

— Ma foi, ce procédé ne résout pas tous les problèmes… Son avantage principal est qu'il ne nécessite aucun autre combustible que l'air envoyé sous pression. C'est beaucoup plus économique que le puddlage. Pas de scorie oxydante ou d'oxyde de fer nécessaire. C'est aussi beaucoup plus rapide : cela ne prend que vingt minutes. En revanche, ce procédé n'élimine toujours pas le phosphore…

— C'est fantastique ! Mais quelles sont les réactions chimiques qui s'opèrent dans le convertisseur ?

— Allons donc, allez-vous y entendre quelque chose ? s'amusa-t-il, d'un air moqueur. Quelles notions de chimie avez-vous donc, Miss ? Je n'ai pas le temps de vous dispenser un cours…

— Ne prenez pas cette peine, je sais déjà ce qu'il faut savoir…

— Balivernes… jeta-t-il, méprisant.

— J'insiste, Monsieur. Je sais parfaitement ce qu'est une oxydation !

Sans me gratifier d'un sourire, son regard s'adoucit néanmoins :

— Seriez-vous un animal savant, Mademoiselle ?

Puis, se tournant vers son associé :

— À moins, Prieur, que vous ne m'ayez caché que l'éducation des jeunes françaises est orientée vers l'industrie et non la musique ou le dessin ?

Celui-ci partit d'un rire sarcastique :

— Oh, du tout, Wallace !

Puis se tournant vers moi :

— Mademoiselle, je salue vos connaissances, mais il ne faut pas que cela vous porte à trop de suffisance. L'originalité peut parfois passer pour du mauvais goût. Souvenez-vous en !

— Ça va, Prieur, laissez-la faire ! l'interrompit Wallace, Elle est finalement amusante… Elle mérite du moins notre considération et des réponses à ses questions…

Un éclair traversa son regard :

— D'ailleurs, en réfléchissant un instant, Miss, vous pourriez trouver vous-même la réponse à votre question, si vous êtes si savante. Voyons, ce nouveau procédé consiste à insuffler de l'air sous pression dans le mélange de métal fondu, sans autre additif. À votre avis, que se passe-t-il ?

Je pris quelques instants de réflexion.

— Alors, une idée, Miss ? me défia-t-il.

— Il se pourrait que le phénomène soit une combustion, du moins si la température est suffisante pour atteindre la température de combustion du carbone, du manganèse et du soufre ?

— *Not so bad.* C'est en partie le cas, mais pas seulement. Vous réfléchissez bien, Mademoiselle… Cependant, avant d'atteindre cette température de combustion, une oxydation directe de l'oxygène de l'air s'opère sur le silicium et le manganèse. N'est-ce pas étonnant ? Le fait d'envoyer simplement de l'air à haute pression suffit à déclencher un phénomène d'oxydation. C'est ce qui a étonné tout le monde lorsque Bessemer a présenté sa découverte.

— C'est vrai ? m'exaltai-je, battant presque des mains… Effectivement, quand on y pense : tous les matériaux sont naturellement exposés à l'air ambiant et donc à l'oxygène sans pour autant entrer en oxydation. C'est tout à fait extraordinaire que la pression, mais aussi peut-être une température minimum, puisse déclencher ce phénomène… Et concernant le phosphore, M. Bessemer mène-t-il actuellement des expériences pour résoudre ce problème ?

Wallace était sur le point de me répondre lorsque M. Prieur l'interrompit : « Allons… il est temps maintenant de laisser ces enfants rentrer. Ils nous ont pris suffisamment de notre temps, ne croyez-vous pas, Wallace ?

Celui-ci prit conscience de nous avoir consacré beaucoup plus de temps que prévu et se rembrunit aussitôt. Il porta simplement sa main au front, fit mine de baisser une casquette imaginaire et s'en retourna vers l'atelier, sans autre forme de politesse. Il ne prit la peine de saluer ni Susanne ni Eugène, confirmant sa grossièreté. Eugène ne contenait plus sa colère :

— C'est un rustre, à n'en pas douter, dit-il à part à M. Prieur. J'espère qu'il ne prétend pas être un gentleman, père. Quelles sont ses origines, le savez-vous ?

— Une vague idée, oui. Il serait l'héritier d'une grosse fortune d'Angleterre ou d'Écosse. Mais cela ne veut rien dire : les fortunes, en ce moment, se font et se défont là-bas en l'espace d'une génération.

— Tout s'explique. C'est un parvenu. N'êtes-vous pas d'accord avec moi, Mesdemoiselles ?

Susanne confirma, avec détachement. Cette chère Susanne venait d'un monde où les hommes étaient d'ordinaire si prévenants ! J'étais plus réservée quant à mon opinion sur M. Wallace. Certes, il avait une capacité déroutante à simplement ignorer l'existence des personnes qui ne l'intéressaient pas. Cependant, c'était manifestement un homme de convictions et d'action, et cela méritait mon respect…

13

Les Manceaux

J'étais comblée et fascinée. Ce monde de la fonderie ne ressemblait à rien de ce que j'avais pu voir auparavant. Tant de puissance dans les mains de quelques hommes, tant d'ingéniosité rassemblée en un même lieu… et cette matière inerte qui se transformait en métal en fusion ! Et même si on pouvait, à s'y tromper, se croire aux portes de l'Enfer dans cet atelier sombre, chaotique et baigné d'une chaleur insupportable, des flammes meurtrières jaillissant aux quatre coins du bâtiment, ces hommes réussissaient l'exploit de créer, à grande échelle, des pièces de toutes formes, de toutes tailles et façonnaient un monde nouveau au fond des creusets, dans les fours et sous les coups du marteau-pilon. J'étais comblée aussi parce que j'avais pu parler presque d'égal à égal avec un homme brillant, de l'aveu de M. Prieur, sans me ridiculiser : mon cœur se gonflait d'orgueil et de plaisir y en repensant…

Je rentrai à Vouzay en milieu d'après-midi, ayant terminé l'excursion par un déjeuner rue des Tilleuls et retrouvai ma tante et Marie-Isméry au jardin, attablées devant une collation. Elles attendaient manifestement ma venue avec impatience : mon arrivée déclencha une foule de questions. Avais-je passé une bonne journée ? Souhaitais-je une tasse de thé ? Un petit gâteau ? Comment se portait Eugène aujourd'hui ? Que portait Susanne ? Pouvais-je m'asseoir avec elles pour enfin tout leur dire de ma journée ? Je leur devais bien un résumé de ma sortie, ne serait-ce que par égard pour ma tante qui avait bien voulu m'autoriser cette excursion.

Je leur décrivis ce que j'avais vu de l'usine : le bruit, la puissance des machines, les hommes en sueur et noirs de graisse et de poussière, mais réalisai rapidement que cela ne présentait aucun intérêt pour elles. Je fus priée de passer vite sur cette fastidieuse description industrielle car elles n'y entendaient rien. On me demanda de dire plutôt si M. Eugène ou Mlle Susanne avaient pris des nouvelles de ma coquette cousine. J'étais bien embarrassée de ne pouvoir leur dire la vérité, à savoir que non, mes amis n'avaient même à aucun moment souhaité prendre de ses nouvelles... Je fus contrainte de décrire la toilette de Susanne, tout à fait imparfaitement, n'ayant pas su donner les détails qu'en attendait ma cousine. Mon récit ne combla pas les attentes de mes interlocutrices, et j'eus droit à une réprimande de ma tante Thérèse sur le fait que «je n'entendais décidément rien à ce qui était important» et que «j'étais bien gauche pour tout ce qui touchait à la toilette». Elle conclut qu'elle devrait absolument me dégourdir, malgré mon peu de prédispositions en ce domaine, mais doutait que je puisse jamais perdre cet air gauche campagnard. Enfin, elle finit par revenir à des questions pragmatiques:

—Parlons maintenant de ton emploi du temps, mon enfant. Je t'ai laissé faire cette visite uniquement parce que tu étais bien accompagnée. Je suppose que c'était une de tes idées farfelues, n'est-ce pas?

—Eh bien, je...

—Ne m'interromps pas, je te prie. Bon, je passerai sur le fait que je trouve un peu cavalier que tes amis n'aient pas eu la délicatesse d'inviter Marie-Isméry, mais elle n'a pas dû manquer grand-chose cette fois-ci. Il vaudrait mieux pour ton éducation, ma petite, que tu assistes ta cousine dans ses activités: les visites qu'elle rend à ses amies, les quelques commissions que j'ai à lui confier, etc. Le temps où tu réalisais tous tes caprices est révolu, Constance.

Elle fit une pause pour s'assurer d'avoir toute mon attention. Ses lèvres fines étaient si pincées qu'elles disparaissaient presque complètement, achevant de donner à son visage un air des plus sévères. Ses yeux bleu-gris, froids et perçants, portaient toute la dureté de son caractère.

—Néanmoins, reprit-elle, je veux bien concéder que tu rencontres les enfants Prieur de temps à autre, mais pas seule. En compagnie de ta cousine uniquement. Fais donc en sorte de faire inviter Marie-Isméry à vos excursions. Tu lui dois bien cela et elle le mérite bien plus que toi, ayant bien mieux que toi l'éducation requise pour fréquenter les enfants Prieur…

Ah ! Nous y étions. Cette femme cherchait à tout prix un moyen de créer des liens avec cette excellente famille Prieur dont la place parmi les notables de la ville faisait des envieux… quitte à imposer la présence de sa fille là où elle n'était manifestement pas désirée. Connaissant maintenant les défauts et le peu d'élévation d'esprit de ma tante et de ma cousine, les raisons pour lesquelles les Manceaux n'étaient pas reçus dans les meilleurs cercles étaient évidentes. Cependant, cela ne semblait pas arrêter ma tante… Sur l'instant, je pris le parti de ne pas me laisser affecter par l'étroitesse d'esprit de mes parentes, voire de m'accommoder au mieux de mon envahissante cousine. Pour être tout à fait honnête, la perspective de voir Gabriel dès le lendemain occupait déjà toutes mes pensées… Entrevue qui devait rester secrète, soit dit en passant. Pensez-vous : recevoir un simple ouvrier pour le thé chez les Manceaux aurait été un crime de lèse-majesté !

La maison de mon oncle était isolée de la ville par plusieurs champs et bosquets, mais l'on pouvait parcourir la courte distance entre le centre-ville et le village de Vouzay en moins d'une heure à pied, pour un bon marcheur, comme l'était Gabriel. Elle était entourée d'un grand jardin qui donnait d'un côté sur la rue, ou plutôt sur la route qui tenait lieu de rue, et sur un petit bois à l'arrière. Une simple haie de lauriers d'une hauteur d'un mètre séparait le jardin de la rue, et la lisière du bois délimitait l'arrière de la propriété. C'est ce petit bois qui me parut propice à ma rencontre avec Gabriel, car facile d'accès, mais aussi à l'abri des regards de la maison. De mon côté, je savais qu'il me serait possible, en toute discrétion, de quitter ma chambre du premier étage, de descendre l'escalier jusqu'au vestibule et de là, gagner directement l'office dont la porte donnait sur l'arrière du jardin.

C'est ainsi que le lendemain soir, alors que la nuit tombait, je retrouvai Gabriel à la lisière du bois. Il m'attendait déjà lorsque j'arrivai à sa hauteur, m'accueillant avec un reproche : « Franchement, qu'est-ce que vous nous faites pas faire… hein ? On se cache comme si on faisait quelque chose de criminel…

— Allons, viens, allons nous asseoir par ici (je lui indiquai un tronc d'arbre couché). Écoute, je sais que nous n'avons rien à nous reprocher, mais tu connais mon oncle Charles…

— Oui, j'sais bien. Mais quand même. Vous auriez tout simplement pu demander l'autorisation de me voir, non ?

— S'il te plaît, Gabriel… Il est vrai que je n'ai pas osé. Je suis persuadée que cela m'aurait été refusé de toute façon. Tu n'imagines pas ce que je supporte depuis que je suis ici. Tous les jours, c'est une litanie de reproches sur ce que je fais mal ou sur ce que je ne fais pas suffisamment.

Il me regarda avec des yeux ronds incrédules.

— Vous plaisantez ?

— Du tout… Ces deux sorcières passent le plus clair de leur temps à m'expliquer que je ne serai jamais de leur monde, et combien je suis inférieure à Marie-Isméry. Et s'il n'y avait que cela…

— Quoi d'autre ?

— Elles ne sont que manigances… Tout n'est que calcul, et tu peux être sûr qu'aucune de leurs actions n'est désintéressée.

— Allons donc. Ça ne peut pas être si noir que ça quand même ?

— Oh, si. Elles n'ont que mépris pour moi et Papa.

Il eut un rire sarcastique :

— Vous voilà bien. Remarquez, vous devrez bientôt les quitter pour retourner à l'école. En attendant, vous qui avez toujours été si transparente et, pardonnez-moi de vous le dire, un peu naïve, vous allez apprendre à faire semblant… ! s'amusa-t-il.

Il m'arracha un timide sourire.

— Je me contente d'être polie et de répondre à leurs attentes autant que je le peux. Mais ce n'est pas pour parler d'elles que je souhaitais te voir rapidement. Je voulais te parler de Papa. Il est décédé voilà un mois déjà et nous n'en avons même pas parlé depuis, toi et moi.

— Bah, votre pauvre père, je l'ai vu commencer à dépérir, vous savez. En fait, la dernière fois que je l'ai vu, c'était en mars, avant que vous ne me proposiez cet emploi à la fonderie. J'étais allé lui rendre visite un dimanche, comme à mon habitude dès le printemps arrivé et que les jours rallongent. On avait fait une petite virée sur mon fûtreau : pas grand-chose, allez, deux ou trois heures. Il avait déjà pris un sacré coup cet hiver, vous savez. Vous allez me dire, c'est normal, c'est l'âge. Ça lui faisait quel âge d'ailleurs ?

— Il allait sur soixante ans tout ronds.

— C'est un bel âge, dites donc ! Il peut être content d'avoir eu une longue et belle vie, non ?

— Oui, je crois que l'on peut dire ça. Une longue, belle et douce vie. Il a juste regretté d'avoir perdu Maman trop tôt. Je peux dire qu'il n'a pas trop souffert, mais que plus la fin s'approchait, plus c'était difficile. À ce moment-là, il n'était déjà plus conscient et n'a, je pense, pas senti ses forces l'abandonner. Mais laissons cela. Je voulais aussi te voir pour ça.

Je lui tendis la lettre de Papa.

— Pour moi ?

— C'est une lettre qu'il t'a écrite et qu'il m'a demandé de te remettre au cas où il n'aurait pu te revoir avant de nous quitter. Cette lettre est très importante. Il faut absolument que tu la lises.

— Je suis touché que M. Louis ait pensé à moi au moment de partir, quoi qu'il y ait dans cette lettre. Je vous promets de la lire, Mademoiselle Constance.

— Gabriel…

— Quoi ?

— Mon père a souhaité te léguer une somme importante. C'est ce qu'il écrit dans cette lettre. Je dois remettre la même lettre à mon oncle et m'assurer que ses dernières volontés sont bien respectées.

Il en resta coi un instant, avant de reprendre :

— C'est vrai, il me laisse quelque chose ? Je n'ai jamais rien demandé, vous savez…

— Je sais bien. Mais tu as toujours fait partie de la famille et ce n'est que justice.

— Vous êtes bien gentille, Mademoiselle. Merci, dit-il, gêné. Mais faut pas vous en faire : je ne compte pas sur ce qu'il a laissé pour moi. J'ai besoin de rien.

— Que tu en fasses quelque chose ou non, cet argent te revient, Gabriel. Je me chargerai de te le faire verser.

Ses grands yeux bleus me regardaient avec douceur. Il prit mes mains dans les siennes, confirmant ainsi, sans qu'il y ait besoin de parler, notre attachement mutuel. Nous n'avions pas de lien de sang, mais c'était tout comme… Il me quitta dans la nuit noire comme il était venu : sans bruit et à travers bois.

Je me dirigeai vers la maison pour rentrer me coucher tout aussi discrètement que j'en étais sortie. Je montais l'escalier menant à la porte de la cuisine, quand une voix sur ma droite me fit sursauter : « Qu'est-ce que tu faisais au fond du jardin à cette heure ? » Ma cousine se tenait là, dans le noir, sur la terrasse.

J'eus la présence d'esprit de lui retourner la question :

— Et toi, que fais-tu ici à cette heure ?

— Je te surveillais. Je t'ai entendue descendre et je t'ai suivie. J'ai bien vu que tu parlais à quelqu'un. Un homme. Tu imagines ce que je pense, dit-elle d'un air entendu… Qui est-ce ?

— Marie… Cela ne te regarde pas, s'il te plaît, dis-je, d'un air peiné.

Elle prit son air favori : pincé et dédaigneux.

— Fort bien, répondit-elle. Il faudra donc que j'en informe Papa et Maman !

Son ton péremptoire finit de m'agacer.

— Bien sûr, fais donc ! lui jetai-je. Je devais de toute façon leur en parler. Bonsoir.

À cet instant, les masques étaient tombés. Nous nous détestions, c'était évident… Elle resserra son châle autour de ses épaules, me jeta un regard noir accompagné d'un rictus de mépris et rentra, sans rien ajouter. Je restai quelques minutes dehors, sur la terrasse, à respirer l'air frais de la nuit. Il faisait complètement noir à présent et l'on n'entendait que le vent dans les feuillages du petit bois, au fond du jardin. Pas un oiseau, pas un bruit ne venait troubler la quiétude du crépuscule. Je rentrai alors, apaisée malgré tout.

Le lendemain, la journée fut longue : je n'échangeai pas un mot avec ma cousine alors même que, par la force des choses, nous étions constamment amenées à nous croiser. Tout au long de la journée, je me demandai si ma cousine avait informé ma tante de notre rencontre nocturne et par là même, de mon inconduite. J'imaginais déjà le sermon auquel j'allais avoir droit : quelle indécence ! Une jeune fille bien élevée rencontrer, de nuit, au fond d'un jardin, un homme inconnu ! Les conséquences pouvaient être dramatiques aussi bien pour ma réputation que pour celle de mes parentes ! Mais où avais-je donc la tête, etc. À dix-neuf heures, je fis mon entrée au salon où se tenait déjà ma digne famille. Mon oncle dégustait un verre de cognac alors que ma tante brodait et que ma cousine lisait un roman à la mode. C'était le moment ou jamais de prendre l'initiative et de demander un entretien avec mon oncle.

Celui-ci posa sur moi des yeux interrogateurs. Ma tante posa son ouvrage sur ses genoux avec un soupir de dépit. Ma cousine coula un regard entendu vers sa mère.

— Une affaire particulière ? De quoi s'agit-il ?

— Je souhaiterais vous entretenir seul à seul, mon oncle.

Un sourcil sur son visage impassible traduisit l'effet de surprise provoqué par ma demande.

— Allons donc, vous faites bien des manières, jeune fille. Je n'ai pas de secret pour Thérèse et Marie-Isméry, voyons…

— Il s'agit des dernières volontés de mon père, insistai-je.

— Ah ! lâcha-t-il.

Le sujet fut jugé suffisamment important pour lui faire poser son verre de cognac. Il se leva, ouvrit une porte à double battant et m'invita à passer devant lui dans la pièce attenante. Il referma les portes derrière nous.

— Eh bien ? dit-il, se retournant sur moi.

— Mon oncle, Papa m'a remis cette lettre pour vous. Il m'a fait part de son contenu. L'importance de l'information nécessite que nous en parlions.

Il me regarda d'un air intrigué et se saisit d'un coupe-papier afin de décacheter le pli. Il prit quelques minutes pour en déchiffrer le contenu. Un rictus se peignit sur son visage.

— Il ne manquait plus que cela ! Louis vous a donc fait part du contenu de cette lettre ?

— Oui.

— Il ne manquait plus que cela ! répéta-t-il. Vous rendez-vous compte, ma pauvre fille, que votre père nous… enfin, *vous* dépossède de la moitié de ses avoirs mobiliers ?

— Cela m'est égal… Gabriel le mérite. Par ailleurs, je l'ai déjà informé.

— Allons donc. Louis vous aurait, qui plus est, chargée d'informer tout le monde ? Ma pauvre enfant ! Quel manque de courage de sa part ! Bon, revenons à ce Gabriel Lelièvre. Vous l'avez informé, dites-vous ? Nous impose-t-il une échéance pour le versement ? Ou toute autre condition qui pourrait nous causer quelque tracas ?

— Non, que voulez-vous dire, mon oncle ?

— Oh, rien, mon enfant. C'est juste que les formalités administratives auprès des banques peuvent s'avérer très longues en pareil cas, vous savez…

— Ah. Mais non, Gabriel n'a rien mentionné de tel. Comme je vous l'ai dit, il ne s'attendait à rien et n'attend pas après cet argent. Il me semble néanmoins indispensable de l'informer de l'avancée de vos démarches et de lui donner une idée du délai.

— Bien sûr, bien sûr… Dites-moi, répondez-vous de cet homme et de son honnêteté ? Je ne souhaite pas avoir à me confronter à un individu qui contesterait la valeur de ce qui lui revient, ou demanderait à connaître tous les détails de mes démarches.

— Je réponds entièrement de Gabriel. Comme vous le savez, je le connais très bien.

— Bien, j'en suis heureux. Ma foi, si cela peut se régler en toute cordialité, ce sera mieux. Pouvez-vous me confier son adresse, afin que je l'informe moi-même sur la progression de ces démarches ? Cela vous épargnerait la peine de devoir faire l'intermédiaire.

— Oh, bien, sûr. C'est une excellente idée.

— Bon, bon, dit-il, pensif. Cela ne s'annonce pas trop mal malgré tout. Rejoignons ces dames. Nous en reparlerons ultérieurement.

Mon oncle me semblait faire preuve ce soir de beaucoup plus de jugement que je ne m'y attendais. Je trouvai son raisonnement posé et pragmatique. Il ne voulait pas que cette affaire me cause plus de tracas que nécessaire. C'est donc satisfaite de la tournure qu'avait prise cette discussion que je le suivis au salon.

Nous y retrouvâmes mes parentes, en pleine discussion. À notre entrée, le silence se fit, comme si nous interrompions quelque conciliabule secret. Ma tante, lèvres scellées, suivait mon oncle d'un regard courroucé :

— Eh bien, Charles ! Allons-nous enfin savoir ce qui se trame dans cette maison ?

— Il s'agit d'un point précis de la succession de Louis, Thérèse. Nous aborderons le sujet ultérieurement.

Ma tante contenait visiblement la rage qui bouillait en elle. Ses narines étaient écartées par l'air qui rentrait et sortait bruyamment de son nez, dans un rythme saccadé. Elle protesta :

— Mais, Charles… !

— Nous en reparlerons plus tard si vous le voulez bien, Thérèse, dit-il avec fermeté.

Ma tante était rouge de colère. Elle entendait savoir immédiatement, et pas le lendemain ou plus tard, de quoi il s'agissait et ne tolérait pas que son époux fasse preuve à ce point d'indépendance et d'autorité. D'ailleurs, ce n'était pas son habitude. D'ordinaire, il laissait ma tante en faire à sa tête pour toute question domestique. Soudainement, elle changea de physionomie. Son visage se détendit, elle retrouva une respiration normale, redressa son buste et annonça :

— Marie-Isméry, il me semble que c'est le moment de révéler à ton père ce que tu m'as appris aujourd'hui. Mon ami, je n'ai pas de secret pour vous, *moi*. Il me paraît crucial pour la bonne conduite de cette maison que vous et moi sachions ce qui s'y trame, afin de prendre les dispositions adéquates.

Puis, d'un coup de menton sec en direction de sa fille, elle ajouta :

— Marie, je te prie ?

Ladite Marie prit un air à la fois solennel et contrit, comme si le fait de révéler ce qui allait suivre la mettait à la torture :

— Papa, j'ai, hier soir, vers dix heures, aperçu Constance au fond du jardin, discutant avec un homme. Ils s'étaient manifestement donné rendez-vous. Tous deux étaient proches, assis sur un tronc d'arbre. L'homme en question avait pénétré sur notre propriété en secret…

Ce à quoi ma tante, avec un air offusqué, répondit :

— Merci, ma petite chérie. Que pensez-vous de cela, Charles ? Quand je vous disais que cette… « fille », lâcha-t-elle avec mépris, nous donnerait du souci, nous y voilà ! Quel déshonneur, quelle peine ! Comment ose-t-elle, sous notre toit, alors que nous faisons preuve de tant de charité à son égard !

Ma tante se gardait bien de s'adresser à moi où même de poser les yeux sur moi. Cela ne m'impressionna pas : j'entendais bien prendre ma défense moi-même :

— Ma tante, il ne s'agit pas de ce que vous pouvez imaginer. J'ai effectivement rencontré quelqu'un hier soir. Il s'agissait de Gabriel Lelièvre, le fils de ma nourrice. Je n'ai été poussée à cette extrémité que par anticipation de votre refus à me laisser le voir. Ce garçon n'a pu se rendre au chevet de mon père, qui lui était si proche. J'avais une lettre de mon père à lui remettre.

Elle se tourna vers moi et me jeta un regard furieux. Elle souffla entre ses dents :

— Allons donc, gardez vos sornettes pour vous. Marie sait bien ce qu'elle a vu. C'était un rendez-vous galant ! Une honte, vous dis-je !

Mon oncle restait impassible. Il devait être coutumier des colères de son épouse et semblait attendre le moment propice pour prendre la parole. Il le fit d'une voix calme et posée :

— Constance, pouvez-vous m'assurer que ce que vous venez de dire est la vérité et que c'est bien Gabriel Lelièvre que vous avez vu hier soir ?

— Oui, mon oncle.

— Mais enfin, Charles ! Qu'est-ce à dire ? cria Thérèse, les yeux exorbités.

— Thérèse… commença-t-il doucement, comme pour calmer le courroux de son épouse.

Charles n'eut pas le temps d'aller plus loin, sa femme continua :

— Vous n'allez tout de même pas préférer croire cette *fille de rien* plutôt que votre propre fille ?

À ces mots, oncle Charles changea de ton. Les mâchoires, serrées, les yeux furieux, il jeta :

— Thérèse, je vous rappelle que cette jeune fille, qui ne vous est peut-être rien, *à vous*, est la fille de ma défunte sœur Joséphine. Elle m'est donc beaucoup, *à moi*. Je suis profondément déçu de vous voir tenir si peu compte de mon attachement pour la seule enfant de ma regrettée Joséphine. Par ailleurs, je puis vous assurer que si c'est bien ce M. Lelièvre que Constance a rencontré hier soir, l'objet de cette rencontre n'avait rien de malhonnête.

Ma tante devint écarlate.

— Mais enfin… ! Mais enfin… Charles ! dit-elle d'une voix hachée et ridiculement aiguë, comme cherchant son souffle désespérément. Comment pouvez-vous assurer que…

— Ce sujet est clos. Nous n'y reviendrons plus ce soir, conclut-il, avant de s'asseoir dans son fauteuil et de prendre un journal.

Un silence lourd, où tout le monde semblait retenir sa respiration, s'installa. Ma tante, toujours rouge de colère contenue, le dévisageait en silence puis coulait un regard d'incompréhension vers sa fille, avant de reposer son regard perdu sur son mari. Ses yeux allaient et venaient de l'un à l'autre sans qu'aucune réponse vienne l'apaiser d'aucune part. Je me fis la plus discrète possible, assise sur une chaise, muette pour le reste de la soirée.

Le dîner qui suivit fut solennel et muet. L'animosité latente entre ma tante et moi-même venait d'éclater au grand jour, alors même qu'une haine froide se dressait maintenant entre ma cousine et moi. Les masques étaient tombés, les sourires de façade n'étaient plus de mise. Je n'étais pas accablée à proprement parler, car la situation s'était clarifiée, au moins… mais surtout, j'avais pu mesurer l'attachement réel que me portait mon oncle. Je n'étais pas si seule dans cette nouvelle famille, après tout.

14

Une proposition que l'on ne peut refuser

Ce n'est que le lendemain, dans le courant de l'après-midi, que ma tante daigna à nouveau m'adresser la parole. Toute la matinée s'était déroulée dans un silence pesant, moi fuyant la compagnie de mes parentes pour ma chambre ou le jardin, elles persévérant dans un mutisme obstiné, même au cours du repas que nous dûmes partager.

Je travaillais sur un cahier de mathématiques de Papa lorsque ma tante me fit appeler par sa femme de chambre au salon. Elle m'attendait, assise dans un fauteuil dos à la fenêtre, le regard noir, droite et solennelle comme un juge qui doit annoncer sa sentence à un accusé. Je n'osai m'asseoir, m'attendant à recevoir une série de remontrances.

— Constance, nous devons avoir une discussion, dit-elle, posément.

J'acquiesçai d'un mouvement de tête.

— L'altercation que nous avons eue hier, conséquence de votre inconduite, nous met dans une position très délicate.

— Cette altercation n'était pas de mon fait, ma tante, osai-je répondre.

— Il suffit ! cria-elle, tapant du plat de la main sur le bras du fauteuil. Ne commencez pas à être insolente !

Puis, lissant les plis de sa robe sur ses genoux d'une main nerveuse, elle reprit, plus posée :

— Cette altercation, dis-je, ne doit pas se reproduire. Vous devez être consciente, Constance, que je fais preuve d'une grande mansuétude en vous hébergeant sous mon toit. J'hésite à le rappeler en présence de Charles, car cela est fort indélicat, mais c'est la fortune de ma famille qui nous fait vivre et j'ai, à ce titre, droit de regard sur tout ce qui se passe sous ce toit. J'entends obtenir de votre part, en toutes circonstances, le respect qui m'est dû ainsi qu'une entière obéissance. Il est notamment hors de question que vous mettiez en cause la réputation de notre famille par un comportement irréfléchi et coupable. Nous ne pourrons cohabiter que dans ces conditions, Constance. Il me serait pénible d'en venir à certaines extrémités que je n'ose même pas évoquer… Mais passons, me dit-elle, chassant d'un geste de la main ces idées. Pour l'heure, j'exige que vous me présentiez des excuses pour votre conduite irresponsable.

Je n'avais que de la haine et du mépris pour cette femme. Sa physionomie reflétait parfaitement ce qu'elle était : froide, dure, revêche, étroite d'esprit, sans aucune bienveillance. Je n'avais sur le moment aucune envie de reconnaître mes torts devant cet être dénué de bon sens et d'élévation d'esprit, voire d'honnêteté intellectuelle. Cependant, à quoi bon croiser le fer avec elle ? Cette femme avait tout pouvoir dans cette maison et elle pouvait, si elle le souhaitait, faire de ma vie un enfer sur terre. À la réflexion, il me semblait bien plus efficace, pour obtenir la paix et recouvrer ma liberté, d'accéder à ses demandes. Je m'exécutai donc, avec un « Je vous demande pardon, ma tante », mais n'en pensai pas moins. Elle pouvait obtenir de moi une attitude conforme en tout point à ses attentes, mais ne pouvait dompter ma liberté de pensée. Elle répondit à mes brèves excuses par un long sermon sur l'attitude que je devais avoir et sur le rang que je devais tenir, maintenant que je faisais partie de la famille Manceau. Elle comptait sur mon bon sens, disait-elle, allant jusqu'à faire appel à la mémoire de Maman qui souhaitait certainement, de là où elle était, que tout se passe le mieux du monde entre nous.

Comme je m'y attendais, cet incident eut de fâcheuses conséquences… La première, et la plus significative, fut que je ne fus plus autorisée à participer aux sorties que m'avaient aménagées mes amis Eugène et Susanne, sans y imposer la présence de Marie-Isméry. Ma tante y voyait là un moyen sûr de contrôler mes faits et gestes. Cette perspective ne m'enchantait guère et je savais maintenant que la présence de ma cousine me retirerait tout plaisir. Je pris donc la décision d'annuler ces excursions, renonçant du même coup à revoir Eugène et Susanne pour le reste du mois de septembre.

J'écrivis à Susanne. Je lui confiai la tournure que prenaient les événements, la dégradation de ma relation avec mes parentes et les conséquences sur le programme qu'elle et son frère avaient élaboré pour moi. Je commençai par lui avouer mon erreur d'avoir rencontré Gabriel en secret, le fait que ma cousine avait découvert mon forfait et la scène qui en découla. Je terminai par la décision de ma tante de m'imposer Marie-Isméry en tant que chaperon pour le reste des vacances. Enfin, je lui expliquai que je ne souhaitais pas les contraindre à une telle extrémité. J'étais consciente que son manque de finesse, son agressivité permanente à mon égard et son obséquiosité ôteraient toute spontanéité à nos escapades. D'autre part, notre animosité maintenant révélée au grand jour nous interdisait tout simplement d'espérer trouver quelque agrément à une activité commune. C'était donc la mort dans l'âme, mais décidée, que je souhaitais reporter à d'autres vacances.

Je ne fus pas en mesure de revoir Gabriel avant mon retour au Saint-Esprit mais lui écrivis une lettre, l'informant de la volonté de mon oncle de lui écrire directement pour l'informer de la progression du règlement des instructions de Papa. Je restai cloîtrée à Vouzay, partageant mon temps entre lecture et études des cahiers de Papa. J'avais reçu, bien entendu, une lettre de Susanne en réponse à la mienne dans les quarante-huit heures. Ce cher cœur tendre laissait transparaître sa peine de me voir affligée de parents aussi peu compréhensifs et se consolait à la perspective de me revoir sous une quinzaine de jours. Je reçus aussi une lettre d'Eugène qui m'assura de son soutien, tout en tournant à la dérision la situation dans laquelle je me trouvais. La voici :

« Très chère amie,

Susanne m'a fait part de cette fort déplaisante nouvelle. Quoi, on vous prive de sortie ? Me serais-je trompé ? Seriez-vous une enfant docile que l'on consigne dans sa chambre, ou que l'on affuble d'un affreux chaperon et non cette jeune fille qui m'a semblé si audacieuse et indépendante ?

J'imagine déjà votre air amusé à cette pique. Ma chère Constance, comprenez que je ne vous tourmente que parce que je suis, moi-même, très déçu. Je suis affligé et courroucé de l'attitude de votre parente, me privant du plaisir de votre présence. Moi qui me faisais une joie de pouvoir vous enseigner quelques notions d'équitation et ainsi partager avec vous de délicieux après-midi avant mon retour sur Paris…

Je suis sincèrement révolté de l'étroitesse d'esprit de cette Mme Manceau, qui, si elle eût fait preuve d'un peu d'intelligence, favoriserait l'éclosion du papillon que vous êtes, au lieu de l'enfermer dans un bocal de convenances et d'interdits.

Soyons patients, ma chère amie, et écrivez-moi aussi souvent que vous le souhaitez. Soyez assurée que je vous lirai avec le plus grand des plaisirs.

Bien à vous,

Eugène. »

Ce nouvel ami, que je pouvais maintenant qualifier de fidèle, avait décidément ce don particulier de tout à la fois me distraire et me redonner courage. Quelque peu revigorée par ces lettres, je me jetai dans les échanges épistolaires avec Susanne et son frère, y trouvant un dérivatif supplémentaire qui me permettait de m'évader sans encourir les foudres de ma tante. Mon supplice devait durer moins d'une dizaine de jours.

Les cours reprirent au Saint-Esprit début octobre, ainsi que la vie réglementée de l'institution. Au contraire de l'année précédente qui avait eu pour moi l'attrait de la nouveauté et de la découverte, j'appréhendais maintenant quelque peu la routine qui nous était imposée. Il n'était plus question d'agrémenter mon heure de liberté quotidienne par la rédaction de lettres pour Papa et je réalisai que l'étude de ses cahiers représentait pour moi de moins en moins d'attrait.

Une certaine mélancolie m'assaillit. Était-ce le contrecoup de la perte de mon cher Papa, la morosité ambiante de ce début d'automne, ou les multiples interrogations que je pouvais avoir sur mon avenir ? À moins que ce ne fût tout à la fois ? De fait, je n'étais plus certaine de grand-chose. Mon avenir tout tracé, pour lequel j'avais eu le soutien entier de Papa, s'éloignait petit à petit. Ma famille, qui était jusqu'alors constituée uniquement de Papa et Gabriel, n'existait plus telle que je l'avais connue, et me manquait. Gabriel, mon ami de toujours, était hors de ma portée et je n'avais guère le moyen de le voir. Enfin, cette nouvelle famille

Manceau qui avait, semblait-il, tout pouvoir de décision sur mon destin était loin d'être un refuge…

Je me raccrochai tant que je pus à l'amitié de Susanne d'abord qui, chaque jour, me témoignait son affection mais s'inquiétait aussi du changement qui s'était opéré en moi, ne trouvant plus cette force de conviction à laquelle je l'avais habituée. L'amitié d'Eugène, ensuite, qui par ses lettres régulières réussissait parfois à réveiller en moi cette nature combative qui me caractérisait, me fut d'un grand secours.

La semaine de vacances de Noël arriva vite et avec elle le retour à Vouzay. J'appréhendais ce retour, ne voyant aucune perspective agréable dans le fait de passer sept longues journées en compagnie de ma cousine et de ma tante. Je fus agréablement surprise de trouver à mon arrivée un accueil qui, s'il ne fut pas chaleureux, fut néanmoins cordial. Mon oncle était déjà là et notre premier dîner fut plus animé que ce à quoi je m'attendais. Ma tante annonça d'emblée le programme chargé de la semaine entre dîners, réception et bal de la Saint-Sylvestre. C'est alors que mon oncle annonça vouloir nous présenter un officier de son régiment qui, venant de perdre son père, se trouvait isolé pour les fêtes. Il leur avait semblé opportun, à lui et à Thérèse, de l'inviter pour la Noël.

C'est ainsi que deux jours plus tard, mes parents nous présentèrent le lieutenant Gauthier. Cet homme d'une trentaine d'années était petit, du moins plus petit que moi, quelque peu disposé à l'embonpoint et affublé de cheveux blonds clairsemés coupés court se dressant tout droit sur sa tête. Son visage n'était pas disgracieux, mais pas agréable non plus : il avait des yeux gris, des joues rebondies et un tout petit nez. Il me faisait penser à une souris. Il me parut s'entendre fort bien avec ma tante : tous deux partageaient la même exigence en tout, la même intransigeance sur beaucoup de choses et le même intérêt pour la défense des bonnes mœurs.

Je ne pus m'empêcher de plaindre le petit homme : son apparence étant en complète contradiction avec les grands airs qu'il voulait se donner. Il fut poli et attentionné, voire prévenant. Il nous questionna, ma cousine et moi-même, sur nos distractions préférées, notre goût pour la région de Bonneval etc. Très vite, Marie montra de l'impatience et une certaine réticence à lui faire la conversation. Je me dévouai donc : le bonhomme ne méritait pas qu'on lui batte froid à sa première visite.

— Voyez-vous, je découvre votre charmante ville, m'assura-t-il. Je suis originaire de Rouen, en Normandie, où je possède un vaste domaine. Je viens de perdre mon père et me voilà en charge du domaine familial, en plus de ma charge militaire. J'aurais certainement des difficultés à tout faire seul…

— N'êtes-vous pas marié, lieutenant ? demanda ma cousine, du fond de son fauteuil.

— Non, Mademoiselle, pas encore… mais je ne désespère pas. Il est vrai que j'aurais bien besoin d'une épouse pour gérer le domaine en mon absence. Je n'ai que peu de confiance dans le régisseur de feu mon père.

— Souhaitez-vous poursuivre votre carrière militaire malgré ce récent héritage ? lui demandai-je.

— Ah ! tout à fait. Je ne me sens pas prêt à abandonner la vie de caserne… J'ai été en garnison un peu partout et cela m'a permis de découvrir le pays.

— Vous avez bien de la chance, lui répondis-je. Il me tarde de pouvoir, moi aussi, un jour, voyager.

Il souleva un sourcil curieux.

— Ainsi donc, vous aimez les voyages, Mademoiselle ? Et quel attrait y trouvez-vous ?

— La découverte, Monsieur, la découverte ! lui répondis-je avec enthousiasme. J'ai beaucoup lu et certains auteurs m'ont donné le goût des voyages.

— Vous ennuieriez-vous donc dans une existence sédentaire, de celles qu'ont souvent nos gentilshommes de province ?

— Je ne saurais vous répondre, ne connaissant pas ce mode de vie. Cependant, je peux imaginer que dans l'existence, il faut un temps pour tout. Ma jeunesse me porte à présent à l'aventure et la découverte, mais j'imagine qu'à une autre période de ma vie, j'aurai d'autres aspirations.

— Vous voilà bien sage et bien réfléchie pour votre âge, Mademoiselle Deschanel.

Il trempa les lèvres dans son verre de vin blanc.

— Votre tante m'a informé que vous étiez actuellement dans une institution visant à parfaire votre éducation, reprit-il. Appréciez-vous l'enseignement que l'on vous y dispense ?

— En partie, oui. Je suis passionnée par l'histoire et la géographie, j'aime l'étude des langues et la littérature. Je n'ai, en revanche, que peu de goût pour les travaux domestiques et les cours bien ennuyeux de morale…

Il sourit.

— C'est tout naturel, il me semble. J'imagine que pour un jeune esprit tel que le vôtre, être enfermée toute l'année dans une telle institution doit vous peser ?

— Oui, c'est vrai. J'ai hâte de pouvoir retrouver ma liberté, même si je crains de n'en retrouver guère en sortant de l'institut.

— Ah ça, c'est l'inconvénient majeur de votre condition. Seule la patience pourra venir vous soulager, en attendant un changement plus profond dans votre vie.

— Absolument. Mais parlez-moi un peu du sud de la France. Y avez-vous vécu ?

Effectivement, il y avait vécu. Il ne fut pas avare de détails sur Marseille et Toulon où, me disait-il, la côte et la mer Méditerranée étaient un véritable enchantement. Il décrivit l'activité fourmillante des ports, la douceur du climat, voire la forte chaleur qui rendait la vie pesante parfois en été. Il me sembla, bien qu'un peu fat, somme toute assez intelligent et il avait, après tout, une conversation qui n'était pas dénuée d'intérêt.

J'étais quelque peu étonnée que mes parents me laissent ainsi prendre entièrement soin de leur hôte : pas un instant dans la soirée ils ne cherchèrent à accaparer sa conversation. Il nous quitta tard dans la soirée, indiquant que nous devrions nous revoir lors de la réception organisée par le colonel Jolivet d'ici quelques jours. Ma tante et mon oncle semblaient ravis. Comble de l'étonnement, ma tante se montrait particulièrement aimable avec moi. Décidément, ces vacances allaient peut-être mieux se passer que ce à quoi je m'étais attendue.

Je profitai de la fin de soirée pour m'enquérir des formalités administratives relatives à l'héritage de Gabriel. Malheureusement, j'appris de mon oncle que l'administration d'Orléans était très lente et que le dossier n'avait pas encore abouti. Je devais donc, comme Gabriel, m'armer de patience… Cette nouvelle me contraria, mais je ne trouvai pas de raison de m'alarmer, ni Gabriel ni moi n'ayant alors besoin de cet argent.

Comme annoncé, nous nous rendîmes quelques jours plus tard, la famille Manceau et moi-même, à la réception qui avait lieu chez le colonel Jolivet. Nous fîmes le déplacement jusqu'au centre-ville, où le colonel possedait un joli hôtel particulier. Je fus étonnée de constater que les convives étaient au moins au nombre d'une quarantaine, ce qui faisait de ce dîner une véritable réception. Étaient présents une vingtaine d'officiers, certains accompagnés de leurs familles, d'autres seuls. Cette assemblée d'hommes en vareuse bleue et pantalon rouge, portant l'épée au côté, avait fière allure. Je reconnus le lieutenant Gauthier qui nous salua avec beaucoup de prévenance, ainsi que le colonel Jolivet que j'avais rencontré un an plus tôt au bal de la Saint-Sylvestre. Les autres convives m'étaient inconnus.

Le lieutenant Gauthier ne tarda pas à me rejoindre, prenant de mes nouvelles. Le pauvre homme. Je ne pouvais m'empêcher de le trouver ridicule, ses cheveux tout droit dressés sur la tête se trouvant à la hauteur de mes yeux… Cela ne l'empêchait pas d'avoir toujours l'attitude digne, fière, de l'homme qui se savait nanti et entendait être respecté comme tel. Il était placé à mes côtés pour le dîner et je fus donc contrainte de garder mon sérieux, en lui faisant la conversation, tout au long du dîner. Il me parla de son domaine de Normandie, de ses fermes, de son cheptel de vaches et de la douceur du climat normand. Je l'écoutais avec application mais ne trouvais, quant à moi, rien de bien intéressant à lui dire. Ce dîner, puis la soirée qui suivit, furent malgré tout assez agréables et eurent le mérite de me distraire pour un soir.

Un voile de givre s'abattit les jours suivants sur la campagne environnante. Les arbres figèrent leur ramure dans le gel, prenant une couleur entre le gris et le bleu et les champs, encore verts une semaine auparavant, blanchirent soudainement. Je sortais alors assez peu : le froid me décourageait de faire de longues promenades. Je lisais beaucoup, étudiais un peu et correspondais avec Susanne. Les lettres d'Eugène s'étaient quelque peu espacées ces derniers temps et j'espérais les voir tous deux au bal de la Saint-Sylvestre, afin de savoir comment se portait mon ami.

La veille du bal, mon oncle me fit appeler dans la bibliothèque, en fin de matinée. L'événement était suffisamment rare pour que, de ma chambre à la bibliothèque, je retournasse plusieurs fois dans ma tête les divers sujets qui auraient pu provoquer cette invitation. Je songeai à Gabriel en premier lieu. Peut-être mon oncle allait-il enfin me confirmer la fin de la procédure administrative visant à verser à Gabriel le montant lui revenant ?

Lorsque j'entrai, je me retrouvai face à une scène des plus formelles. Mon oncle était assis à son bureau, ma tante debout derrière lui, la main sur son épaule. Malgré ce tableau solennel, je leur trouvai la mine réjouie. Mon oncle m'invita d'un geste de la main à m'asseoir dans un fauteuil leur faisant face.

— Ma petite Constance. C'est une excellente nouvelle que j'ai à vous annoncer…

Je me détendis.

— Constance… J'ai promis à Louis de veiller sur vous et de vous procurer le meilleur avenir possible. Je suis heureux car aujourd'hui, j'ai la possibilité de le faire.

— Vous m'intriguez, mon oncle… répondis-je.

— Constance, j'ai le plaisir de vous annoncer que le lieutenant Gauthier vient de me demander votre main et que je la lui ai accordée.

Le coup fut rude. Mon sourire s'effaça instantanément.

— C'est une plaisanterie ? jetai-je d'une voix rauque.

Mon oncle, gardant sa sérénité et son sourire, prit ma réponse pour un excès de modestie :

— Du tout, mon enfant, c'est tout ce qu'il y a de plus sérieux. Il est encore au salon. Il est venu voilà une demi-heure pour faire sa demande.

Je me levai et, le visage grave, lui annonçai :

— Mon oncle, c'est tout simplement hors de question.

À son tour, son sourire s'effaça.

— Je ne comprends pas, Constance. Comment cela, hors de question ?

— C'est très simple, je n'épouserai pas ce monsieur. Je ne comprends d'ailleurs pas ce qui a pu lui laisser imaginer que je serais disposée à accepter une telle demande !

Mon oncle perdit son air impassible. Ma tante, restée silencieuse jusque-là, prit la parole :

— Mon enfant, il me semble que vous n'avez pas compris. Il ne s'agit pas de savoir ce que vous seriez disposée à accepter ou non. Notre devoir est de vous offrir une situation acceptable, à tous points de vue, comme nous l'avons promis à Louis. Il est bien évident que vous ne pouvez rester à notre charge indéfiniment et votre oncle et moi-même avons cherché un parti honorable qui ne serait pas rebuté par votre dot, somme toute assez ridicule, et prêt à accepter votre caractère un peu particulier. Le lieutenant Gauthier, gentilhomme de bonne famille, possède de larges revenus provenant de diverses propriétés et, de plus, occupe une place tout à fait enviable parmi les notables de la province de Normandie. Il a daigné s'intéresser à vous, prendre le temps de faire votre connaissance et enfin, nous honore de sa demande formelle. Nous ne sommes pas, et vous non plus, en mesure de refuser cette offre. Une chance comme celle-ci ne se présentera pas deux fois en dix ans. Vous épouserez donc le lieutenant Gauthier, Constance.

Je restai sans voix, ne réalisant qu'à moitié ce que ma tante venait de me dire.

— Ma chère petite, ajouta mon oncle, je comprends que vous puissiez être abasourdie, car cela est très soudain. Je comprendrais aussi que vous ne souhaitiez pas le rencontrer maintenant et que vous preniez tout d'abord le temps de vous faire à cette idée. Sachez que l'événement en lui-même pourra être décalé au printemps prochain, vous laissant le temps de finir votre année à l'institution du Saint-Esprit. Le lieutenant, dans sa magnanimité, conscient aussi de votre jeune âge, m'a déjà confirmé n'envisager le mariage qu'au printemps de l'année prochaine…

Ma tante m'observait, guettant sur mon visage un quelconque signe lui indiquant le cours de mes pensées. Je vis dans ses yeux passer plusieurs expressions et constatai qu'elle avait abandonné son air fermé, froid et solennel pour une expression bienveillante que je ne lui avais pas vue souvent. Elle pressa l'épaule de son mari et ajouta :

— Effectivement, mon ami, je ne pense pas qu'il soit opportun qu'elle rencontre le lieutenant Gauthier sur l'heure. Je vais lui indiquer qu'il serait plus propice d'attendre demain ou dimanche.

Ma tante sortit de la bibliothèque et nous laissa. Mon oncle était toujours à son bureau et scrutant mes réactions. J'étais livide, muette et pour l'instant sans réaction. Une foule de pensées assaillait mon cerveau qui se trouvait comme paralysé. Mes pires craintes venaient de se réaliser et je n'y étais pas préparée. J'étais révoltée que l'on tienne si peu cas de mes aspirations et que tout s'efface devant des considérations matérielles. Tout disparaissait devant l'impérieuse nécessité d'assurer ma subsistance. Mais alors, serais-je capable de me résoudre à consentir à une telle union ? La réponse était, dans mon esprit, immédiate. Non, définitivement non. Cela me serait trop insupportable. C'était une double peine. Non seulement on me forçait à renoncer à l'avenir auquel j'aspirais, mais on m'imposait le plus ridicule des époux. Ce petit homme bouffi, à la tête de souris, aux cheveux clairsemés et hirsutes, dont je ne savais que très peu de chose, si ce n'était qu'il possédait plusieurs fermes prospères en Normandie, méritait tout juste mon amitié, mais certainement pas que l'on m'enchaîne à lui pour la vie. Mais avais-je seulement la possibilité d'y échapper ?

J'en étais là de mes pensées, lorsque mon oncle, me voyant à ce point désemparée, m'invita à regagner ma chambre afin que je prenne un peu de repos. Je m'exécutai, incapable encore de formuler la moindre protestation. Une fois dans ma chambre, mes nerfs me lâchèrent. Je tombai sur le bord du lit, les yeux dans le vide, ne pouvant refouler les larmes qui inondaient mon visage. Comment avais-je pu en arriver là ? Étais-je à ce point impuissante à décider de mon destin ? N'y avait-il aucune échappatoire ? Quoi ! J'avais de l'instruction, je n'étais pas sotte, j'avais même développé, selon l'aveu de Papa, de nombreux talents et étais loin d'avoir exploré toutes les possibilités qui pouvaient s'offrir à moi, mais il me faudrait renoncer à tout cela pour épouser un grotesque petit bonhomme ? Après le désarroi vint la colère… Comment pouvait-on me demander de renoncer à tout ce à quoi je rêvais ? J'en voulus à mon oncle, puis au monde entier, et même à Papa de m'avoir abandonnée si tôt.

Je restai plusieurs heures ainsi, refusant de rejoindre la famille pour le déjeuner et le dîner, tournant et retournant dans ma tête ces funestes pensées. Je ne m'endormis, épuisée, qu'au milieu de la nuit, sans pour autant avoir trouvé d'issue à cet avenir si sombre.

15

Une décision difficile

Ce dernier jour de l'année 1859 fut un jour froid, humide et triste. Le ciel bas, balayé par un vent glacial, semblait faire écho à la peine qui m'habitait, écrasant l'horizon de sa noirceur. De ma chambre, je percevais les bruits de la maison, l'agitation étant à son comble ce matin-là : ces dames étaient en pleins préparatifs pour le bal qui devait avoir lieu le soir même, au palais Louis Hart. Je me sentais on ne peut plus étrangère à cette agitation, n'ayant aucune envie de sortir de mon lit et refusant d'affronter cette journée. À quoi bon me lever, pour entendre tout un chacun me demander si j'avais passé une bonne nuit, puis voir mon oncle ou ma tante (je me demandais lequel des deux en aurait le courage) me demander si j'avais pu penser à l'offre que l'on m'avait faite la veille et si j'étais disposée à voir le lieutenant ce jour même pour lui confirmer mon accord.

Je fus tout à fait réveillée vers dix heures du matin et me levai, poussée par l'ennui, mais aussi par le constat que rester cloîtrée ainsi ne résoudrait rien. J'étais d'ailleurs étonnée que ma tante n'eût pas envoyé plus tôt sa femme de chambre pour me tirer de mon lit, une heure aussi tardive n'étant tout simplement pas admis dans cette maison.

Le salon était vide lorsque j'y descendis et cela me convint tout à fait. J'appréhendais de croiser mes parents ou ma cousine et de devoir faire bonne figure. La première personne que je rencontrai fut ma tante, bien une heure plus tard, qui annonça justement me chercher afin de vérifier avec moi le choix de ma robe pour le soir même. Évidemment, je lui avouai ne pas avoir réfléchi à la question, étant quelque peu perturbée ce matin-là. Elle me sourit, puis prit les devants en me demandant de l'accompagner dans ma chambre, afin de faire ce choix sur-le-champ. Devant mon armoire, dans laquelle j'avais rangé les deux robes que j'avais emportées pour cette semaine de vacances, elle fit le constat que « le choix serait vite fait et que c'était aussi bien ». La robe gris clair, à laquelle il fallait découdre la dentelle du col afin de dégager mon cou et ma gorge, ferait l'affaire et elle me fournirait quelques rubans assortis afin de les mettre dans mes cheveux. Elle repartit aussitôt avec cette robe, la portant à sa femme de chambre pour qu'elle puisse réaliser en temps et en heure ces légères modifications.

Je passai le reste de la journée telle un automate : je fis ce qu'on me demandait sans rechigner, participai au déjeuner, m'habillai pour le bal. Il me semblait que je n'arrivais pas à détacher mon esprit du drame que j'étais en train de vivre et que j'étais incapable de reprendre pied dans la réalité.

J'étais dans cet état lorsque nous arrivâmes dans la grande salle d'apparat du palais Louis Hart sur le coup des dix-neuf heures. Prise, une fois de plus, dans le tourbillon des compliments, des révérences et des cérémonies d'accueil, je faisais bonne figure, même si j'étais, en réalité, toujours absente.

Ce n'est qu'à l'arrivée de Susanne qu'il me sembla me réveiller de ce cauchemar. À la vue de mon amie, à l'autre bout de la salle, ma peine se réveilla, elle aussi. Susanne était, comme à son habitude, la jeune fille la plus radieuse de l'assemblée. Son bonheur se lisait sur son visage, lui donnant du rose aux joues, l'embellissant encore, si cela était possible. Eugène était là aussi, à ses côtés, égal à lui-même : toujours fin, élégant, droit comme un « i », ses yeux bleus malicieux derrière ses petites lunettes rondes scrutant la foule à la recherche de quelque chose ou quelqu'un. Il m'aperçut. Très vite, tous deux furent sur moi, me harassant de questions : pourquoi n'étais-je pas encore venue leur rendre visite ? Où étais-je donc passée, etc. Je ne pouvais articuler un mot, contenant mon émotion avec peine. Susanne perçut mon trouble et me prit la main.

— Constance, que t'arrive-t-il ?

— Peut-on se mettre à l'écart ? lui soufflai-je.

Elle acquiesça et m'entraîna dans le vestibule du palais, vers une galerie déserte. Eugène n'osa nous suivre, ne sachant si sa présence serait opportune. Il semblait désemparé. Je le vis rejoindre un groupe de jeunes gens et se retourner plusieurs fois pour me regarder m'éloigner en compagnie de sa sœur.

— Susanne, commençai-je. J'ai l'impression que mon monde s'écroule une seconde fois après le décès de Papa…

— Allons, dis-moi…

Je pris une grande inspiration.

— Mon oncle me somme de me marier, au plus tard au printemps. De surcroît, leur choix est arrêté et s'est porté sur un personnage grotesque, pour couronner le tout.

Susanne en resta tout d'abord muette.

— Mais, comment ? Nous nous sommes quittées il y a une semaine, et il n'était pas question de cela ?

— Non. Effectivement, il y a une semaine, il n'était pas question de cela. Il s'agit d'un homme qu'ils m'ont présenté cette semaine et qui vient de faire sa demande hier. Mon oncle a accepté sur-le-champ.

— Mais enfin Constance, pourquoi tant de précipitation ? Pourquoi ont-ils accepté dès la première demande, aussi vite ? Et puis, comment a-t-il pu développer des sentiments aussi rapidement ? Cela n'a pas de sens !

— C'est une question qui ne m'est pas venue à l'esprit… C'est avant tout un arrangement qui convient à toutes les parties, sauf moi. Ce lieutenant vient d'hériter d'un domaine prospère, mais souhaite continuer sa carrière militaire. Il veut se marier pour s'assurer que ses affaires seront bien gérées sur son domaine, à ce que j'ai compris.

— Soit, cela peut se comprendre. Mais pourquoi une jeune fille sans dot, rencontrée il y a seulement quelques jours ?

— Ça, je pense que seuls ma tante et mon oncle peuvent répondre à cette question… Je les crois bien capables d'avoir comploté dans mon dos depuis des mois, vantant mes mérites au lieutenant. Il ne lui manquait que de pouvoir confirmer que ma tournure serait à son goût…

— C'est tout à fait possible en effet. Mais pourquoi tes parents feraient-ils cela ? Pourquoi tant de précipitation de leur part ? Tu n'as que dix-sept ans, c'est bien jeune…

— Ma tante ne peut me garder à sa charge éternellement… Il me faut une situation au plus tôt. Cet officier répondrait en tout point à leurs attentes. Selon elle, une telle opportunité est une chance pour moi. Ma dot…

— Est un handicap certain, oui.

— C'est cela. Alors, ils ne font pas les difficiles.

— Oh, Constance… Je suis tellement désolée… Mais, et tes projets ? Tes études ?

— Oubliés. Abandonnés.

Nous restâmes silencieuses : toutes deux prenions la mesure de ce qui s'annonçait comme irréversible.

— Voilà vingt-quatre heures que je débats avec moi-même pour déterminer quelle conduite tenir. Ai-je le choix ? Que se passera-t-il si je m'obstine à refuser ? Quelles peuvent être les conséquences ? Peuvent-ils me marier de force ? Ai-je une alternative ?

— Je ne sais pas, Constance. Ce cas de figure est malheureusement très courant. Je sais que ton père t'a inculqué des valeurs très modernes qui ne t'aident pas à comprendre une situation pareille. Tu es tellement convaincue que chacun a le droit de choisir son destin qu'accepter une telle situation t'est mille fois plus difficile qu'à nous toutes… Il faut reconnaître que beaucoup de mariages se déroulent ainsi, car rares sont celles qui peuvent y échapper. Et ma foi, toutes se résignent, car on leur a enseigné l'obéissance et le renoncement comme valeurs fondamentales. Et puis, il faut reconnaître que les désirs du cœur doivent souvent s'effacer devant l'impérieuse nécessité de survivre… Tu pensais pouvoir t'y soustraire, mais c'était bien peu raisonnable en vérité.

Elle eut un soupir de résignation.

— Je me sens d'autant plus coupable de te dire cela, car j'aurai probablement la chance d'échapper moi-même à ce sort. Cela me fait prendre conscience de ma grande fortune. Tu ne voudras probablement pas l'entendre, mais s'ils ne souhaitent pas subvenir à tes besoins plus longtemps, la seule alternative pour eux, et pour toi, serait de prendre le voile.

— Allons donc, répondis-je dans un rire sarcastique. Échanger une prison contre une autre ! La belle alternative ! Tu penses donc que je devrais me résigner ?

— Je n'ai pas dit cela. J'essaie juste de te faire comprendre que tu n'es pas la seule à qui ce sort est réservé. Cependant, plus qu'à tout autre, ce sort t'est insupportable…

— Je vois. Cela ne m'aide pas à trouver une issue, mais cela me facilite la compréhension de la situation…

Elle me regarda avec compassion et toute l'empathie dont elle était capable, et c'était beaucoup.

— Rejoignons Eugène. Tu dois le prévenir. Il aura peut-être une idée ?

— Oui, dis-je, résignée. Mais je ne veux pas l'embarrasser avec tout cela.

— Balivernes… il serait vexé que tu ne l'appelles pas à l'aide dans une telle situation ! Mon frère t'adore, tu sais…

— Je sais. C'est peut-être justement ce qui me fait craindre sa réaction…

Susanne balaya d'un revers de main et d'un grand sourire mes objections. Eugène accueillit la nouvelle, comme je le craignais, avec une colère non dissimulée.

— Je vous demande pardon ? Mais… Quelle fumisterie ! hurla-t-il presque. Il est hors de question que nous laissions cela arriver !

— Eugène, calme-toi… tempéra Susanne.

— Mais enfin, c'est grotesque ! cracha-t-il, hors de lui.

Puis, se tournant vers moi :

— Constance, vous êtes bien trop jeune pour convoler ! Avec un homme de deux fois votre âge qui plus est ! Ce qu'il vous faut, c'est continuer à vous instruire et à votre majorité, vous pourrez faire votre choix, comme Susanne.

— Si seulement je pouvais, dis-je dans une plainte.

— Laissez-moi réfléchir… Attendez… dit-il, tournant sur lui-même, faisant les cent pas dans trois mètres carrés.

— Eugène, lui répondit Susanne, M. Manceau est le tuteur de Constance, elle est donc sous son autorité. Nous ne pouvons rien faire…

— Comment, ne rien faire ? Nous pouvons dissuader le rustaud qui prétend nous enlever Constance, nous pouvons aussi parler à son oncle…

— Je crains que ma famille ne change pas d'avis, Eugène. C'est peine perdue.

— Bien ! Nous allons vous soustraire à votre tuteur !

— Et ensuite, Eugène ? Est-ce toi qui vas prendre en charge Constance ? Est-ce toi qui répondras à la justice pour avoir soustrait une mineure à l'autorité de son tuteur ?

Susanne était, comme toujours, la voix même de la raison.

— Allons Susanne, reprit-il. Nous pouvons tout de même influencer le prétendant, lui expliquer combien il serait dans l'erreur... Nous pouvons vous inventer des défauts insurmontables, Constance. Mieux, il s'agit de l'effrayer, de l'épouvanter par d'inavouables secrets de famille, qui feraient de vous un danger, qui vous rendraient inapte à tenir le rôle de bonne épouse.

— Eugène, Eugène, que vas-tu chercher là ? le reprit Susanne. Et puis ensuite, reconduirais-tu cette manœuvre à chaque nouvelle demande ?

— Non, bien sûr que non... On finirait par nous découvrir. Il s'agit de ne pas éveiller les soupçons de votre tuteur et de votre tante. Cela nous permettrait de gagner du temps néanmoins...

— Cela me paraît être surtout une entreprise bien extravagante.

Il s'emporta presque contre sa sœur.

— Susanne, pourquoi me décourager ? Aurais-tu renoncé à sortir notre Constance des griffes de ce... de cet individu, quel qu'il soit ?

C'en était trop. Je ne pouvais endurer plus longtemps de voir Eugène se débattre ainsi.

— Eugène, Susanne a raison, le coupai-je. Nous pourrions peut-être décourager ce prétendant. Et ensuite ? Cela signifierait que je devrai supporter les foudres de ma tante. Elle est capable de me faire payer très cher l'échec de cette tentative.

— Quoi ? Renonceriez-vous, Constance ? Je n'imagine pas une seule seconde que vous puissiez vous résigner... Détrompez-moi !

— Non, je ne dis pas cela. Je dis simplement qu'il nous faut y songer posément et ne rien tenter d'irréfléchi.

Tous deux étaient interloqués. Je soupirai, épuisée.

— Oh, mes amis, votre soutien me fait le plus grand bien... je vais déjà mieux...

À ce moment, ma tante s'approcha de notre trio isolé et m'invita à les rejoindre pour le dîner. Tout le monde prenait place. Je lançai un regard triste et résigné à mes amis et les laissai seuls. Le dîner fut long, morne et sans intérêt. J'étais absorbée par ma mésaventure et n'étais guère de bonne compagnie. Je saluai comme une délivrance l'ouverture du bal qui me permit de m'échapper. Eugène me rejoignit presque immédiatement, quittant François de Ferrières et Achille Vernay. Il nous excusa auprès de ses amis et m'emmena précipitamment à l'écart. Il prit mes deux mains dans les siennes :

— Constance, mon amie, ne désespérez pas. Gagnez du temps et nous trouverons peut-être une solution. Il y en aurait bien une à laquelle je pense, mais qui, je le crains, n'aura ni votre suffrage, ni celui de mon père… J'aimerais pourtant l'envisager, si je pouvais avoir votre assentiment.

— À quoi pensez-vous donc, Eugène ?

— Essayez d'imaginer, Constance, comment je pourrais, moi, vous éviter ce mariage, mais peut-être vous en proposer un autre, qui vous déplairait moins… du moins je l'espère. Ah ! Je n'ose vous le dire moi-même…

Il était embarrassé, mais ses yeux exprimaient un feu que je ne lui connaissais pas. Il jeta :

— Constance, voulez-vous m'épouser ?

— Oh… dis-je à voix basse, comprenant soudain.

Il poursuivit, posant les yeux sur mes mains emprisonnées dans les siennes.

— Songez qu'au moins je serai un mari conscient de votre besoin d'indépendance, soucieux de votre avenir. Et puis, avec le temps, je pressens que notre amitié pourrait se muer en quelque chose de plus profond…

Il me sourit avec chaleur.

— Songez aussi que vos parents n'y verraient aucune objection. Cela répondrait certainement à leurs attentes, dit-il, un sourire en coin.

— Oui, mais certainement pas à celles de votre père, ironisai-je.

— Il faut essayer… insista-t-il.

— Eugène, je suis profondément et sincèrement touchée, mais… je ne peux accepter ce sacrifice.

— Oh, non, Constance : n'y voyez aucun sacrifice de ma part. Au pire, je me prive d'une dot conséquente à laquelle j'aurais pu prétendre… Mais, en revanche, je gagnerais une épouse des plus stimulantes, dit-il avec un sourire malicieux.

Je restai silencieuse quelques instants. Tout espoir d'échapper à ce mariage, sans pour autant en accepter un autre, n'était pas mort en moi. Je ne voulais pas renoncer si tôt. Il n'était pas question de renoncer à ma liberté aussi facilement.

— Eugène, laissez-moi tenter de me soustraire à ce mariage par moi-même, avant de me proposer un tel arrangement. Je ne souhaite pas nous enfermer, ni vous ni moi, dans une vie que nous n'aurions choisie que par dépit… et sur un coup de tête.

— Bien sûr, bien sûr, bredouilla-t-il. Réfléchissez-y, ma douce amie. Je sais bien que… vous fuyez le mariage plutôt que le marié.

— Touché ! répondis-je dans un sourire chaleureux. Vous me connaissez bien maintenant… Comprenez que je vais tout tenter pour éviter ce mariage sans pour autant vous priver de votre liberté. Vous méritez mieux que cela, Eugène.

Puis, souhaitant dédramatiser la situation, j'ajoutai :

— De plus, je ne veux pas être votre débitrice pour le restant de mes jours… Vous en profiteriez et ma vie serait un enfer ! dis-je, en souriant.

— Vous voilà bien maligne. Je ne saurai donc peut-être jamais si j'aurais pu faire votre bonheur ou non. Ni si vous auriez pu faire le mien.

— En matière de sentiments, répondis-je, il me semble qu'il vaut mieux s'abstenir là où il y a un doute, non ?

— Peut-être. Vous êtes parfois bien trop sage…

Il porta ma main à ses lèvres, y déposa un baiser et conclut, dans un sourire espiègle :

— Adieu, pour ce soir, Constance. Faites-moi savoir, d'une manière ou d'une autre, si vous avez besoin de moi.

— Adieu, confirmai-je. Pour le moment, du moins, M. Eugène Prieur.

Le lendemain de ce réveillon, ce fut avec le cœur toujours lourd que je me levai. C'était le premier jour de cette année 1860 et je trouvais que ma situation en ce Premier de l'an était de bien mauvais augure pour le reste de l'année. C'était un dimanche. Toute la famille se leva de bonne heure pour aller à la messe, comme tous les dimanches, à neuf heures trente. Je m'attendais à passer le dernier après-midi de ces vacances seule, à rapidement préparer mes affaires car je devais rejoindre, comme ma cousine, l'institut du Saint-Esprit le soir même. C'était compter sans l'empressement du lieutenant Gauthier à obtenir une réponse à sa demande.

Il se présenta vers dix-sept heures le jour même. Ma tante le reçut tout d'abord, puis me fit appeler au salon. Lorsque je me présentai, je trouvai ma tante assise dans son fauteuil, le lieutenant occupé à détailler du regard les flammes dans la cheminée, un coude appuyé au manteau. Il se tourna à mon arrivée, un grand sourire aux lèvres, se précipitant pour prendre ma main dans les siennes :

— Chère Constance, comment allez-vous ?

Je retirai ma main sans brusquerie : il ne fallait pas me montrer plus sauvage que nécessaire.

— Je vais bien, je vous remercie. Je suppose que vous êtes venu chercher une réponse, monsieur ?

— Oh ! Constance, reprit ma tante, que tu es brusque ! Voyons, lieutenant, pardonnez sa franchise maladroite.

— Ce n'est rien, ce n'est rien, répondit-il, balayant d'un revers de main mon indélicatesse.

Un court silence s'installa, chacun attendant qu'un autre prenne la parole. Ma tante choisit de rompre ce silence, empêchant le malaise de s'installer.

— Lieutenant, mon époux et moi vous avons déjà fait part de l'immense plaisir que nous a fait votre demande. Nous en avons informé Constance vendredi dernier mais, comme vous pouvez vous en douter, cette annonce lui causa une grande émotion que vous lui pardonnerez certainement.

— Sans aucun doute, répondit-il en s'inclinant respectueusement.

Ma tante poursuivit avec prudence. Je devinai qu'elle guettait mes réactions du coin de l'œil.

— Constance est une jeune fille, comme vous avez pu le constater, qui a un caractère affirmé mais n'en est pas moins émotive et fragile.

— Certainement, convint-il, un sourire suspendu aux lèvres.

C'est alors que ma tante se lança d'une traite :

— Vous serez donc ravi d'apprendre que Constance se rangera sans difficulté à notre décision, à mon époux et moi. Elle aura néanmoins besoin d'un peu de temps, vous le comprendrez, car enfin, elle n'a que dix-sept ans.

Ma tante retint sa respiration, espérant que je ne réagirais pas. Je restai muette, réfléchissant au même instant à la conduite à tenir. J'avais repris courage la veille en voyant la colère d'Eugène et le sacrifice auquel il était prêt à se soumettre. Grâce à lui, j'avais retrouvé mon humeur combative. Mais je n'avais pas encore la moindre idée de comment j'allais pouvoir m'en sortir… il me fallait plus de temps. Je m'étais donc résolue, en premier lieu, à ne pas refuser la demande en mariage de ce ridicule petit bonhomme. C'était un de ces mensonges qui pouvaient m'apporter la paix un certain temps, le temps nécessaire pour m'organiser. Un mensonge plus important que les autres, aux conséquences certes notables, mais il s'agissait tout simplement de sauver mon destin.

Au bout de quelques instants de silence, tante Thérèse retrouva ses couleurs et se détendit. Le lieutenant, apprenant de ma tante ma docilité et mon assentiment, crut son bonheur assuré et se précipita vers moi :

— Très chère Constance, me dit-il en reprenant ma main dans les siennes, vous me comblez ! Prenez votre temps, mon enfant. Bien sûr, votre extrême jeunesse mérite ma patience et je ne souhaite en aucun cas brusquer les choses…

Puis, se tournant vers ma tante :

— Chère Mme Manceau, il est inutile, encore une fois, de vous décrire le bonheur qui m'est donné d'unir nos deux familles. Peut-être pourrions-nous nous revoir sous peu afin de fixer les termes de cet arrangement ?

— Bien sûr, lieutenant. Constance, peux-tu nous laisser je te prie, nous avons à parler, le lieutenant et moi.

Je les saluai et laissai là : ils avaient l'air de si bien s'entendre… Ma foi, ils allaient si bien ensemble que c'est Mme Manceau que M. Gauthier aurait dû épouser ! Je montai dans ma chambre avec la hâte de ceux qui souhaitent en découdre. Je n'avais plus rien à perdre. Ah ! C'était ainsi : on pensait se débarrasser de moi facilement…

Soit, je devrais mener cette bataille. Mais quelle bataille ! Je n'avais que peu de moyens à ma disposition, si ce n'étaient mon intelligence, ma détermination et mon éducation. J'étais donc maintenant déterminée à refuser ce mariage, mais comment faire ? Rester sous la tutelle de mon oncle signifiait plier un jour ou l'autre et, en attendant, subir leur courroux au quotidien. Et dans un avenir plus ou moins lointain, une autre offre, peut-être bien plus épouvantable que celle-ci, viendrait. Il ne servirait à rien de refuser ce prétendant, aussi ridicule fût-il, car le prochain pouvait être pire : idiot, sénile, boiteux, ou que sais-je. Ma tante avait dévoilé son jeu et il était clair : tôt ou tard, elle finirait par me forcer à me marier, car c'était pour elle le seul avenir auquel j'avais droit.

La solution n'était pas là, du moins, pas uniquement. Je n'envisageais pas non plus de céder à la proposition d'Eugène. J'avais bien trop de respect pour lui. Je ne pouvais lui promettre un mariage heureux alors que mon cœur était ailleurs. Je ne pouvais m'y résoudre. C'était comme si, d'un coup, à dix-sept ans, ma vie prenait fin. Comme si mon destin allait, au même instant, être scellé à jamais : mon avenir serait tracé, le foyer auquel j'appartiendrais serait déterminé, le lieu où je vivrais serait fixé, bref : il n'y aurait plus d'inconnue, plus de surprise, plus de découverte. Il était bien trop tôt pour tout cela…

Non, ma décision était prise. Pour garder ma liberté, je devais fuir, disparaître et quitter les Manceaux, voire quitter Bonneval et ce, au plus tôt.

16

Un nouveau départ

La lune était pleine et lumineuse, ce que j'accueillis comme un heureux présage. Il devait être entre deux et trois heures du matin. Je pouvais entendre les respirations tranquilles des cinq jeunes filles qui occupaient le même dortoir que moi. Aucun bruit ne venait troubler le silence de la grande bâtisse, si ce n'était le souffle léger du vent à travers les huisseries des portes et fenêtres. C'était une nuit glaciale de février et j'appréhendais de devoir affronter la morsure du froid sec qui régnait depuis plus de deux semaines dans la région. J'avais rassemblé le strict nécessaire dans mon petit sac de voyage : deux robes, les sous-vêtements indispensables et mon nécessaire de toilette. Je ne pouvais pas me permettre de me surcharger : une longue marche m'attendait.

Je me levai sans faire grincer le lit, m'habillai à la hâte, attrapai mon sac dissimulé sous mon lit et entrepris de quitter cette chambre de dortoir que je ne reverrais jamais plus. Le parquet grinçait et menaçait de révéler ma présence, alors j'avançais avec précaution. Je fus rapidement dans le couloir et frissonnai au contact du dallage de pierre froid à travers mes bas. Il me fut facile de parcourir le long couloir qui menait à l'escalier dans une complète obscurité car j'en connaissais parfaitement la longueur : ici la position de la porte de la chambre de Mlle Vaguet, ensuite la porte de la lingerie et, au bout d'une quarantaine de pas, le pommeau de la rambarde de l'escalier. Il ne me fallut que quelques instants pour descendre cet escalier en comptant les marches dans l'obscurité la plus totale. Ce n'est qu'en arrivant dans le vestibule que je commençai à percevoir la lumière de la lune à travers les grandes baies vitrées du couloir qui menait au réfectoire.

Il me fallait sortir par les cuisines qui, seules, avaient une porte donnant sur l'extérieur non verrouillée. Dehors, le froid me traversa jusqu'aux os. J'enfilai mes bottines à la hâte, contournai le bâtiment à pas feutrés et parcourus prestement la distance qui me séparait de la grille principale. J'y étais. La rue déserte était éclairée de réverbères qui jetaient sur la chaussée des halos blafards à intervalles réguliers, comme des taches de lumière peintes sur le sol. Entre les réverbères, l'espace se noyait dans un abîme de ténèbres inquiétant. Je me ressaisis et me mis en marche. Mon objectif était d'atteindre le logement de Gabriel avant cinq heures du matin : trois kilomètres à parcourir…

L'obscurité me rattrapa dès les premiers faubourgs, lorsque les réverbères citadins disparurent. Au fur et à mesure que les maisons se faisaient plus rares, le pavé laissait place aux chemins caillouteux et mes pas devenaient moins sûrs… Je butais tous les trois pas dans les ornières ou les pierres et plongeais les pieds de temps à autre dans une flaque d'eau glacée. La lune éclairait cependant ma fuite à travers de fins nuages et me guidait à travers les rues que je reconnaissais au fur et à mesure.

Au bout d'une heure, la fatigue s'abattit sur moi : mon sac se faisait plus lourd et le froid transperçait mes bottines et mes gants jusqu'à geler mes extrémités. Je ne devais plus être très loin de l'usine de M. Prieur cependant… J'aperçus enfin le mur interminable qui longeait la fonderie. En face de ce mur, de l'autre côté de la route, je devinai quelques maisons, puis, un peu plus loin, plusieurs rangées de maisons toutes identiques, alignées en rang d'oignon. J'y étais presque. Je cherchai le sept, rue des Ursulines. Je pouvais apercevoir une trentaine de maisons en enfilade dans cette rue. Toutes identiques, elles présentaient en façade une porte d'entrée simple et une seule fenêtre au rez-de-chaussée. Un chien-assis indiquait la présence d'une pièce à l'étage. Ces logements étaient petits, mais neufs. Je trouvai rapidement le numéro 7. Pas de clôture ou de haie pour délimiter le terrain au fond duquel j'aperçus un grand potager. En contournant la maison, je trouvai l'escalier qui, sur le pignon, menait à la porte des soupentes. Je montai le plus silencieusement possible. Je ne souhaitais pas réveiller le couple qui logeait Gabriel : il faudrait d'abord que l'on s'accorde pour savoir quoi leur dire.

Je dus frapper doucement à la porte et attendis patiemment dans le silence. Je n'entendais aucun bruit. Un faible craquement de l'autre côté du battant de bois me donna espoir. La porte s'ouvrit sur Gabriel, en chemise, les jambes nues, une chandelle à la main. Il peinait à ouvrir les yeux et rapprocha la chandelle de mon visage. Je lus la stupeur dans ses yeux : « Bon sang, Constance ! Mais qu'est-ce que vous faites là, dehors, à cette heure ? Venez, rentrez vous réchauffer. » Je le suivis dans la soupente. Je ne voyais pas grand-chose jusqu'à ce qu'il allume une lampe à huile posée sur une vilaine table. La seule et unique pièce était de taille raisonnable, d'environ quatre mètres de large sur une profondeur de cinq ou six mètres, mais l'on ne pouvait se tenir debout qu'au milieu, ce qui réduisait considérablement l'espace habitable. Gabriel avait arrangé son logement de manière propre et ordonnée. Un cadre de bois surélevé garni de paille tenait lieu de lit, une table et trois chaises devant la fenêtre constituaient sa salle à manger et un poêle tiédissait avec peine la pièce. Une malle à côté de son lit servait de support au broc d'eau et à la bassine. Il tira une chaise et me pria de m'asseoir.

— Alors, Constance, que diable faites-vous là à quatre heures du matin ?

— Je suis venue chercher un refuge, Gabriel. Je me suis enfuie…

— Pardon ? jeta-t-il, les yeux écarquillés encore embués de sommeil.

— J'ai quitté l'école du Saint-Esprit. Je n'y retournerai pas et ne retournerai pas non plus chez mon oncle.

Gabriel se réveillait petit à petit. Les cheveux en bataille, mal rasé, il s'habituait peu à peu à la lumière mais je voyais dans son regard qu'il ne comprenait pas ce que je venais de lui dire.

— Mais, enfin, vous avez perdu la raison ? Et c'est chez moi que vous débarquez ?

Je n'y allai pas par quatre chemins.

— Ils veulent me marier de force. Je n'avais pas d'autre issue.

— Alors, ça, il ne manquait plus que ça…

Il se grattait le sommet de la tête et aggravait le désordre de ses cheveux. Il se leva pour prendre un pantalon plié sur la malle et l'enfila en me tournant le dos.

— Et donc, vous vous êtes dit, « Allons donc chez Gabriel, il saura quoi faire », c'est ça ?

— Pas exactement, non. Ce n'est pas une décision prise sur un coup de tête, tu sais. Voilà plus d'un mois déjà que j'ai réalisé que je n'avais pas d'alternative. Tu me connais, je ne pouvais pas me laisser conduire docilement à… ça !

Sur le moment, il ne fut pas d'un grand réconfort :

— Constance, pardonnez-moi, mais vous avez bien des problèmes de bourgeoise. Ici, c'est autre chose, vous savez. Il s'agit de manger à sa faim tous les jours avant tout, en évitant la maladie et les accidents. Là, vous êtes en train de me dire que vous venez de quitter un bon lit, trois bons repas par jour et un mariage avec certainement un gentilhomme riche pour atterrir ici, dans cette mansarde… j'ai pas l'impression que vous ayez conscience de la réalité des choses…

Puis, après un long soupir, il ajouta :

— Bon, écoutez, il est quatre heures. J'arrive pas à aligner deux pensées à cette heure-ci. Si ça vous fait rien, j'aimerais finir ma nuit et vous, vous devez vous reposer, vous aussi. Je vous laisse ma paillasse. Moi, je vais dormir sur une couverture par terre. La première cloche sonne à cinq heures trente, pour le démarrage à six heures.

Il se leva, débarrassa le dessus de la grande malle pour l'ouvrir et en sortit une seconde courtepointe épaisse qu'il étala sur le plancher, au pied du poêle. Il s'en enveloppa et me jeta un bref « À tout à l'heure Constance ».

Assise sur ma chaise, seule avec la lampe posée sur la table à côté, la fatigue m'assaillit. Je pris conscience de l'embarras que mon arrivée pouvait représenter pour lui et ne souhaitais pas le déranger davantage. Je soufflai la chandelle et allai m'allonger sur la paillasse. J'avais envie de formuler un « Merci Gabriel » mais me ravisai : il dormait déjà. De mon côté, je ne pouvais pas fermer l'œil, malgré la fatigue. Je repensai à ce qui m'avait amenée ici, dans cette mansarde, par une nuit glaciale de février. J'avais pris cette décision au lendemain du Nouvel An, à la veille de rejoindre l'école du Saint-Esprit. Mon sort semblait alors scellé : le lieutenant Gauthier était reparti avec une promesse de mariage et tout semblait on ne peut plus clair dans l'esprit de ma tante et de mon oncle.

De mon côté, tout était clair aussi : ce mariage ne se ferait pas et pour cela, il me faudrait disparaître. Cependant, je n'avais alors aucune idée de la façon de procéder. Partir était une chose, survivre en était une autre… C'est alors que je pensai à Gabriel. Lui qui menait une existence indépendante, libre de toute contrainte, ne devait rien à personne et ne se laissait enfermer dans aucune prison, si dorée soit elle. Gabriel saurait, lui. C'était vers lui que je devais me tourner. Il m'apprendrait.

La cloche sonna au milieu du silence de la nuit. On ne pouvait pas y échapper : elle aurait pu réveiller un mort. Gabriel était déjà levé et se tenait debout, torse nu et en pantalon, les bretelles pendantes, au-dessus du broc. Il se lavait le visage avec un pain de savon en pestant contre l'eau glacée. Il était toujours aussi robuste mais son corps imberbe n'était plus celui de l'adolescent que j'avais connu. Ses bras avaient épaissi et étaient devenus musculeux, sa cage thoracique s'était élargie, certainement à cause de son travail. Avec ses cheveux blonds comme les blés, bouclés comme ceux d'un enfant, il était beau. Un sentiment de fierté m'envahit.

« Eh bien, vous voilà réveillée à l'heure des travailleurs ! », me dit-il, amusé de me voir la mine défaite et tout ensommeillée. Je soufflai, encore à demi consciente et me frottai les yeux.

— Faudra qu'on parle ce soir, Constance. Là, j'ai pas le temps, je dois partir à l'usine. Essayez de pas vous faire voir si vous sortez, on a des consignes strictes pour avoir droit à un logement ici. Je suis pas marié, alors une demoiselle qui sort de ma chambre, ça va me causer des problèmes…

— Bon. Je ne sortirai pas, alors. À quelle heure finis-tu ?

— Dix-neuf heures. Si vous avez faim, il me reste un pain, du fromage et j'ai des harengs saurs dans la jarre sous la table. J'espère que ça vous ira…

Il jeta sur ses épaules une chemise grise de laine épaisse et une méchante veste qui portait les stigmates de la fonderie : brûlures, traces de graisse, etc. Dix minutes plus tard, il était parti en me laissant à nouveau seule.

Je ne savais pas ce que je m'étais imaginé. Un accueil plus chaleureux ? Une oreille attentive à ma situation ? De la compassion ? Je ne vis rien de tout cela dans ses yeux ce matin-là. Juste de la fatigue et de l'incompréhension. Je pensai alors à Susanne et Eugène, que j'avais quittés sans un mot d'explication. Leur réaction avait été toute différente, toute en empathie, voire, dans le cas d'Eugène, allant jusqu'à être protectrice... Un sentiment de culpabilité me prit au ventre. J'avais en effet pris la précaution de ne prévenir personne ni de mon départ, ni de ma destination. Susanne ne savait donc pas où j'étais et elle ne tarderait pas à s'inquiéter. Ma pauvre Susanne devait déjà se ronger les sangs, elle qui était si sensible. Je m'en voulus... Il me faudrait lui écrire d'ici quelques semaines, ou quelques mois, en trouvant un moyen de ne pas révéler l'origine de ma lettre. Eugène ne manquerait pas non plus d'apprendre bientôt ma disparition, lui qui était prêt à tout pour me sauver des griffes du lieutenant Gauthier.

Étais-je lâche ? Abandonner ainsi mes amis, ne pas affronter ma famille, choisir la fuite... N'était-ce pas là le comportement d'une petite fille apeurée et non d'une adulte déterminée et responsable ? Les doutes m'assaillaient, les uns après les autres, facilités par l'épuisement. Je doutais de tout : de ma décision, de l'aide que pouvait m'apporter Gabriel et de mes forces. Épuisée, je me rallongeai sur la paillasse et me rendormis.

Ce n'est qu'en début d'après-midi, alors que le soleil était haut sur l'horizon, que je me réveillai. Après un frugal repas, je fis une toilette sommaire et me changeai. Il ne me restait qu'à attendre Gabriel pour lui faire part de mes projets. Car, oui, cher lecteur, j'avais conçu un projet. Je ne m'étais pas enfuie sans aucune idée de ce que j'allais faire une fois dehors. Mon ambition, ce vice qui, selon ma tante, était l'un de mes principaux défauts, était de construire ma vie par moi-même avec pour seules ressources mon intelligence et mon énergie. Je n'étais pas sotte, j'avais une solide éducation et je pouvais certainement trouver du travail. Il me fallait néanmoins, si je restais à Bonneval dans un premier temps, ne pas être reconnue : ma famille chercherait certainement à me retrouver.

J'étais donc résolue à me déguiser en homme pour obtenir un travail à la fonderie. Farfelue, cette idée ? Pas tant que cela... Rosa Bonheur m'avait inspirée… J'avais tant lu sur cette femme qui avait obtenu la permission de travestissement quelque trois ans plus tôt au grand dam des âmes bien pensantes de l'époque. Ce déguisement, outre l'avantage de me procurer l'anonymat, aurait l'intérêt de m'offrir un salaire double de celui que j'aurais pu toucher en tant que femme ! Qui plus est, je n'avais pas le choix : la fonderie n'employait aucune femme. Cette situation, certes précaire, très modeste, serait un début… Une fois quelques économies réalisées, j'envisageais ensuite, sans que mes idées sur ce point soient vraiment encore arrêtées, de monter à Paris ou ailleurs, pour trouver un emploi plus à ma mesure.

La cloche de fin de journée sonna alors qu'il faisait déjà nuit depuis bien longtemps. Comme je m'y attendais, Gabriel ne tarda pas. La porte s'ouvrit dans un coup de vent froid sur un homme courbé, casquette vissée sur la tête, emmitouflé dans sa veste de velours. Il se dépêcha de refermer le battant et retira machinalement ses souliers de cuir et sa casquette avant de faire quoi que ce soit d'autre. Seulement alors, il s'aperçut de ma présence. Il me jeta un regard éberlué.

— Constance ! vous êtes toujours là… je me suis demandé pendant toute la journée si je n'avais pas rêvé, tellement c'est bizarre de vous avoir là…

— Oui, je suis toujours là.

— Bon… Chaque chose en son temps. Je vais commencer par me faire un bouillon chaud. Ce sera mieux pour causer. Vous en voulez ?

— Oui, merci.

— Vous avez mangé aujourd'hui ?

— Oui, oui, ne t'inquiète pas. J'ai trouvé, comme tu me l'as dit, le hareng et le pain.

Il prit de l'eau dans le broc et la versa dans un petit chaudron. Il coupa un bout de lard et un oignon en lamelles puis versa le tout dans l'eau. Il s'assit face à moi. Ses yeux clairs étaient remplis de questions.

— Bon, Bon. Alors… racontez-moi votre histoire.

Je poussai un long soupir.

— Comme dit mon amie Susanne, c'est une histoire banale. Je suis une dépense de trop pour mon oncle et ma tante et leur priorité est de me trouver un mari acceptable, financièrement s'entend, pour se débarrasser de moi.

— Oui, c'est dans l'ordre des choses, tout ça. Rien d'extraordinaire…

— C'est ce que m'a dit Susanne.

— Je savais bien qu'elle avait du bon sens, cette demoiselle… pas comme vous, on dirait ! dit-il, un sourire en coin.

— Peut-être. Il en ressort néanmoins que l'on ne me laisse pas le choix de mon avenir. Et ça, tu sais bien que je ne peux le tolérer.

— Ça, c'est bien des idées de M. Louis. Il n'aurait pas dû vous mettre tout ça dans la tête : le libre arbitre, le droit à chaque homme de choisir son destin… C'est bien joli, mais faut manger d'abord…

— Que tu es sarcastique ! J'y ai beaucoup réfléchi, tu sais. Je suis prête. Prête à affronter le froid, la faim, du moment que je me donne une chance d'accomplir mon destin.

— Ah, ça, pour sûr, vous allez y renoncer, au confort ! Mais dites-moi, qu'imaginez-vous faire à présent que vous vous êtes enfuie, hein ?

— Je vais chercher du travail, pardi ! Rassure-toi, je ne pense pas vivre à ton crochet. Il n'est pas question que je dépende de qui que ce soit.

— Bon, vous fâchez pas, Constance. Je vois bien que je vous ai fâchée, avec mes questions. Alors… c'est quoi votre idée pour la suite ?

— Je ne veux pas être un fardeau pour toi. Tu verras que j'ai pensé à tout. Tout d'abord, il me faut un travail… Mais je ne veux pas que l'on me trouve, non plus.

— Logique.

— Bon, j'ai donc pensé que je pourrais travailler à la fonderie, mais en homme. J'aurai un salaire d'homme, ce qui est plus intéressant, et personne ne me reconnaîtra.

— Allons donc, de plus fort en plus fort ! Vous savez que c'est interdit par la loi ?

— Oui.

— Et qu'on risque de voir que vous êtes une fille ?

— Non.

— Enfin, vous êtes grande comme un homme, d'accord, mais vous avez… enfin… tout ce qu'il faut, là où il faut… Je veux dire, on voit bien… vous ne ressemblez pas à un homme, bon sang !

— Je souhaite essayer tout de même.

— Obstinée… Vous avez toujours été obstinée… On pourrait vous reconnaître aussi… Vous êtes déjà venue à l'usine… c'est risqué. Et puis vous feriez quoi ? C'est assez dur, vous savez, à la fonderie. C'est pas pour rien qu'y a pas de femme.

— Oui. C'est pour cela que j'ai besoin de toi. Selon toi, quel serait l'emploi le plus approprié ?

— Oh, c'est pas l'emploi qui manque, c'est pas le problème. Mais il faut quelque chose où vous n'avez pas trop à soulever de lourdes charges par exemple. Quelque chose où vous n'êtes pas exposée à la chaleur, non plus, parce que si vous devez retirer votre chemise, ça va faire du chahut !

Et il se trouvait drôle, maintenant !

— Ça va aussi dépendre du besoin. En ce moment, il y a de l'ouvrage en fonderie d'art : on a une grosse commande pour une série de colonnes de réverbères. Je vous parle de fonderie d'art, parce que c'est du travail minutieux et de précision. Il faudrait certainement commencer à l'ébarbage, comme moi. C'est pas bien payé, mais c'est pas trop dur. La production de fer, c'est autre chose, surtout le puddlage : c'est le plus dur, mais c'est le mieux payé. J'ai la chance d'être passé puddleur depuis deux mois. Je gagne maintenant quarante sous par jour. Je suis encore en train d'apprendre…

— Félicitations !

— Il va y avoir un autre problème : vous n'avez pas de livret ouvrier, bien sûr.

— Bien sûr.

— Bon, il faudra aller à la mairie en faire un. Cela ne coûte qu'un sou et je devrai me porter garant de votre identité.

— L'affaire me semble entendue.

— Entendue, comme vous y allez… faut voir, Constance. Vous me faites mentir et vous me rendez complice d'une fraude… j'irai pas par quatre chemins : ça me plaît pas, mais pas du tout, votre affaire.

— Gabriel… Je ferai tout cela avec ou sans ton aide. Bien évidemment, ce sera plus facile avec.

En regardant son bol, il constata qu'il avait fini son bouillon. Il se leva pour se resservir. Alors qu'il me tournait le dos, immobile devant le poêle, j'entendis :

— Soit. Je vous aiderai, Constance, au début du moins. Vous savez que je tiens à vous comme à ma propre sœur… c'est pour ça que je vais pas vous laisser tomber. Mais vous m'empêcherez pas de penser que vous faites une énorme erreur. Vous devriez retourner dans votre monde. Vous seriez moins heureuse, peut-être, mais en sécurité. Ici, vous allez voir qu'il faut se battre tous les jours pour survivre. Je dis pas que vous y arriverez pas, mais je sais que je vais me faire du souci tous les jours. Je peux vous héberger quelques jours, mais après il faudra partir et trouver une chambre pour vous, sinon ça va jaser.

— Bien. Tu penses à tout. Je savais bien que je frappais à la bonne porte en venant chez toi… Merci.

Il se retourna et me gratifia d'un grand sourire :

— De rien. Après tout, même si ça me plaît pas, je vous dois bien ça, à vous et à M'sieur Louis. Et pis, faut bien s'entraider entre amis, pas vrai ?

17

La naissance de Constant Pinel

Devenir un homme n'était pas si simple.

Gabriel était allé chez le chiffonnier pour m'acheter un « déguisement d'homme », selon son expression. Il me ramena un pantalon de toile grise, deux chemises, l'une de gros coton, l'autre de laine, une cravate et une casquette. L'ensemble n'avait pas été lavé depuis longtemps et portait une odeur épouvantable. Ma première tâche fut donc de laver le tout au savon dans une eau glacée. Gabriel s'amusa de ma délicatesse, arguant que je devrais m'accoutumer au fait que dans son monde, on ne pouvait pas changer de vêtements tous les jours, et que les occasions de les laver entièrement étaient rares.

Par ce froid, il fallut deux jours entiers pour que les vêtements sèchent complètement dans la mansarde de Gabriel et je ne pus ajuster mon accoutrement que trois jours après mon arrivée. Il me fallait reprendre la taille du pantalon qui, s'il avait la bonne longueur, était bien trop large pour mes hanches. Gabriel n'avait aucun nécessaire de couture, bien évidemment. Tout devenait si compliqué… Je lui demandai donc de se procurer du fil, même grossier et une aiguille, afin que je puisse faire ce travail, ce qui me contraignit à rester une journée de plus enfermée dans cette mansarde, à attendre, toujours attendre… Enfin, je pus, au bout de quatre jours, travailler à réajuster les vêtements à ma taille. Je n'eus finalement à reprendre que le pantalon. Les chemises, amples et très larges, permettaient de dissimuler mes formes féminines et la cravate cachait efficacement la finesse de mon cou. Les tricots de peau que me prêtait Gabriel me protégeraient du froid. J'utilisais un morceau de corde usée pour toute ceinture. Je dus reconnaître que cet accoutrement, s'il était fort disgracieux, était très confortable et libérait les mouvements. Je tressai mes cheveux, les rassemblai en un chignon et cachai le tout sous la casquette à large visière que m'avait procurée Gabriel. C'est ainsi que j'attendis mon ami fidèle le quatrième jour, à son retour de l'usine. Je souhaitais évaluer l'effet produit par mon déguisement.

Son air ébahi lorsqu'il ouvrit la porte me procura la plus grande satisfaction. Il me demanda de me lever, tourna autour de moi, puis dit, en tombant sur une chaise :

— Pas mal ! Pas mal du tout !

Puis, après un silence, ajouta :

— Bon, vous ressemblerez jamais à un homme costaud, c'est sûr… Mais un gamin de seize ou quinze ans, un peu trop grand, un peu trop maigre, ça peut passer.

Il pouffa de rire :

— Je vous avouerai que j'y croyais pas ! J'voyais pas comment il était possible de cacher que vous étiez une fille, surtout que vous êtes quand même bien jolie, faut le dire. Ça aurait été plus facile si vous aviez été grosse et laide, pour sûr !

Je détournai le regard.

— Gabriel, tu vas me gêner… Penses-tu donc que cela pourra faire l'affaire ?

— Oui. Ça va être un peu juste pour faire croire que vous avez plus de seize ans, mais on peut le tenter.

J'étais ravie. La première étape de ma nouvelle vie devenait concrète, tangible. Dès le lendemain, nous avions prévu de me présenter à l'embauche : Gabriel me présenterait comme son cousin, venant aussi de Bourg-le-Vieil. Il m'accompagnerait ensuite à la mairie pour attester de mon identité et obtenir mon tout premier livret d'ouvrier. Il restait à régler un dernier détail : il fallait que je me choisisse un nom d'emprunt. Ce nom n'avait guère d'importance, car je n'avais pas l'intention de rester un homme très longtemps. Cependant, il me vint à l'esprit qu'il devait être le plus proche possible de mon nom véritable, afin que je m'habitue au plus vite à répondre à l'appel de ce nouveau patronyme. J'avais pu consacrer beaucoup de temps à y réfléchir, les heures passées à attendre Gabriel étant interminables. Mon choix s'était porté finalement sur *Constant Pinel.*

Nous nous présentâmes le lendemain matin dix minutes avant six heures, à l'ouverture de la manufacture. J'y découvris mes futurs compagnons de peine. Les hommes silencieux se pressaient à l'entrée de l'usine, dans l'obscurité glacée de la nuit. Les travailleurs, à moitié endormis encore, avançaient lentement, leurs sabots raclant la terre, serrant leur veste contre leur ventre pour se protéger du froid. Leur mine était sombre, leur regard rivé au sol. Leurs visages, vides d'expression pour la plupart, étaient marqués par la fatigue, mais aussi pour beaucoup par l'abus d'alcool.

Morin était là, à contrôler l'entrée des troupes. Gabriel l'aborda une fois à sa hauteur :

— M'sieur, j'ai amené mon cousin, Constant Pinel, ce matin. Il cherche de l'ouvrage. J'ai pensé que vous pourriez lui en donner, surtout qu'on vient d'avoir cette commande de fontaines…

— Lelièvre ! Tiens donc… Tu vas pas nous ramener toute ta famille, dis ? Qu'est-ce qu'il sait faire, ton cousin ?

M. Morin me détaillait de la tête aux pieds, d'un air dubitatif.

— Il n'a jamais travaillé à l'usine. C'est un fils de pêcheur, comme moi. Il n'est peut-être pas très costaud, mais il est courageux et ne ménage pas ses efforts.

— Eh bien, c'est de famille, ça, on dirait ! répondit le contremaître, goguenard. Bon, reste là mon gars. Comment dis-tu que tu t'appelles ?

C'était ma première épreuve. Ma voix trop aiguë me trahirait sans doute. Gabriel répondit à ma place : « Constant Pinel. Il ne parle pas beaucoup, lui en veuillez pas.

— Bon. Allons, mets-toi sur le côté, je dois pointer les présents.

Je m'écartai du flot des ouvriers qui entraient. Cette masse avançait silencieusement, tous au même rythme, tous plus ou moins sales, plus ou moins gris et plus ou moins encore endormis. Au bout d'une dizaine de minutes, ce qui me sembla extrêmement long mais, à la réflexion, plutôt rapide lorsque l'on songeait que plus de quatre cents personnes venaient de passer les portes de l'usine, c'était fini. M. Morin regarda l'heure à sa montre gousset et alla sonner la cloche pour la deuxième fois. Il était six heures et le travail commençait. L'usine reprenait vie. Les machines démarraient, les unes après les autres, et divers sons, dont celui de marteaux, montaient du grand bâtiment dont les portes étaient maintenant fermées.

M. Morin appela trois contremaîtres : Bourdon, Delorme et Camus, puis leur donna l'instruction de faire le tour des postes de leur secteur pour vérifier les présents et le manque de personnel éventuel. La main-d'œuvre ouvrière était très volatile. Beaucoup d'entre eux travaillaient à l'usine en hiver, mais retournaient aux champs en été afin de s'occuper d'un lopin de terre pour leur propre subsistance. D'autres encore cherchaient de meilleurs salaires ailleurs, ou trouvaient une place moins pénible chez un artisan et repartaient au bout de quelques semaines. Il fallait donc pointer les présents tous les jours et reconstituer les équipes et la répartition du travail tous les matins. Seuls ceux qui maîtrisaient une opération particulière – les ouvriers qualifiés – constituaient une main-d'œuvre stable sur laquelle le contremaître pouvait compter tous les jours. Ceux-là étaient aussi les mieux payés.

Ce matin-là, on avait besoin d'un couleur et d'un décocheur. On m'affecta au décochage. C'était une opération très simple qui consistait à sortir les pièces moulées du châssis à l'aide de masses, marteaux et burins. Tâche simple, mais éprouvante. Je ne pouvais manier les masses, bien trop lourdes pour moi et me concentrai sur l'emploi du marteau et du burin. Je me rendis compte assez vite que rien ne servait de frapper avec beaucoup de force : une frappe de précision au bon endroit s'avérait plus efficace, sans compter que l'on abîmait ainsi beaucoup moins la pièce. Le contremaître Camus passa observer mon travail dans le courant de la matinée et repartit sans faire aucune observation. Je supposai que je remplissais correctement ma tâche, puisque j'étais autorisée à poursuivre.

À la manufacture, on parlait peu. J'eus droit à un bref salut lorsque je pris mon poste, entourée des décocheurs, des ébarbeurs ou des couleurs de fonte qui vidaient le creuset dans les moules. Seul un autre décocheur, un certain Burgevin, s'adressa à moi pour m'indiquer de frapper comme ci ou d'incliner le moule comme ça. À la pause de neuf heures, il engagea la conversation et me demanda d'où je venais, ce que j'avais fait avant, s'il me restait de la famille. Il connaissait Gabriel et me dit que j'avais là un « bon gars comme cousin » et qu'il espérait pour moi que je mettrais le même cœur à l'ouvrage. Il me donna son avis sur la fonderie : le travail n'était pas pire qu'ailleurs et le patron avait même fait l'effort d'investir dans le logement ouvrier et dans une école pour les enfants. « C'est pas un mauvais patron, mais ça reste un patron… », conclut-il.

Ce Burgevin devait avoir une quarantaine d'années. Il était petit, maigre, moustachu, le teint gris et portait une forte odeur de tabac et d'alcool… à tel point que lorsqu'il me parlait, je préférais retenir ma respiration. Il avait cependant des yeux noirs brillants et malicieux qui respiraient l'honnêteté. Il n'était pas avare de conseils, tant sur les bons gestes du décocheur que sur des petits secrets qui pouvaient rendre le travail moins pénible, ou encore pour éviter les amendes qui pouvaient être nombreuses : ne pas être en retard ni le matin, ni après chaque pause, ne pas aller aux lieux d'aisance si un autre ouvrier s'y trouvait déjà, ne pas bavarder, etc.

Il s'arrêta un moment, regardant mes mains : « T'as des mains de bourgeois, petit. Non mais, regarde-moi ça. On dirait qu'elles n'ont jamais travaillé. Elles sont plus douces que celles de ma femme ! Tu vas souffrir si tu restes au décochage. Trouve-toi de la graisse, même de la graisse d'essieu, pour t'en mettre sur les mains. Sinon, demain, elles seront en sang et tu seras plus bon à rien. » La paume de mes mains était effectivement déjà rouge après seulement une matinée de travail et me faisait souffrir. En plus de les graisser, il me faudrait les bander le lendemain si je devais recommencer la même journée de treize heures, à employer marteau et burin. En fin de journée, mes jambes et mes bras tremblaient d'épuisement. Debout ou à genou, frappant toute la journée les moules, manipulant les pièces pour les sortir des coffrages posés à même le sol, les portant à l'ébarbeur afin qu'il élimine les imperfections dues à l'opération de coulage… Je n'en pouvais plus !

Papa m'avait toujours trouvée robuste : il est vrai que je ne craignais ni le froid ni la fatigue et ne rechignais jamais devant un dur labeur. Je proposais toujours mon aide à Zélie pour porter tout ce que la pauvre femme devait soulever chaque jour. Qui plus est, jusqu'à l'adolescence, je croyais fermement en ma capacité à égaler Gabriel en force, en agilité et en rapidité. Je dus me faire une raison au fil des années : il développait une musculature bien plus solide que la mienne, à mon grand désarroi…

Ces premières journées de travail à la fonderie avaient néanmoins eu raison de mes forces. Éreintée, le corps douloureux, je tombais de sommeil chaque soir, une fois la soupe avalée. Au bout d'une semaine, je pus obtenir une petite chambre par l'intermédiaire du contremaître Camus. C'était, sur le même principe que celle de Gabriel, une mansarde dans une maison d'ouvriers, pour quinze sous par semaine.

Mon premier salaire, dont j'étais fière malgré sa maigreur, était de vingt-cinq sous par jour. Avec le loyer de quinze sous par semaine, il me restait pour vivre cent trente-cinq sous par semaine. Pour me nourrir, j'en dépensais soixante-douze puis, pour mon entretien, nécessaire de toilette, huile pour la lampe, bougies, bois pour le feu etc. il fallait compter quarante-cinq sous. Il me restait donc dix-huit sous à la fin de chaque semaine. Ridiculement mince, mais c'était quand même quelque chose… En un an, je pourrais espérer économiser environ cent quatre-vingts francs. Peut-être pourrais-je alors quitter Bonneval et tenter l'aventure ailleurs ?

La chambre que j'avais louée était meublée. Je disposais d'un poêle, d'un lit garni de paille, d'une table et deux chaises et d'un nécessaire de toilette… Comme toute mansarde, elle était difficile à chauffer l'hiver et je n'avais pas alors de couverture à moi. J'empruntai à Gabriel au début ce qui me manquait : couverture, bougie, savon, le temps que je puisse économiser.

Vous trouverez certainement ce début dans la vie quelque peu misérable, cher lecteur… Ce n'était pas mon avis. Cette modeste chambre était la première chose que je pouvais payer avec mon argent, résultat de mon propre travail. C'était le début de ma vie de femme libre et indépendante. J'étais maître de mon destin, libre de mes choix, libre de mes actions et cela remplissait mon cœur de fierté. J'avais, de plus, la chance de ne pas être abandonnée à moi-même.

L'entraide était de mise dans le quartier ouvrier. Outre l'appui de Gabriel, je pouvais compter sur Mme Brugères qui occupait le rez-de-chaussée de la petite maison où se trouvait ma chambre. Cette veuve vivait avec son fils, veuf aussi, un homme d'une quarantaine d'années, et ses trois garçons, de dix-huit, douze et sept ans. Ouvriers à la fonderie, M. Brugères et ses deux aînés rapportaient l'argent du ménage, mais cela ne suffisait pas, car il fallait nourrir deux bouches qui ne travaillaient pas. La pauvre femme portait le poids des années sur son dos et ne pouvait plus se redresser, semblant faire une révérence en permanence. Elle n'avait plus guère la force de travailler à l'usine. La sous-location de la mansarde de leur petite maison était devenue indispensable à la famille pour pouvoir manger tous les jours.

J'avais été étonnée que ces maisons toutes identiques puissent loger aussi bien des familles nombreuses que de jeunes couples sans enfants. C'était que l'attribution d'un logement par l'usine dépendait non pas du nombre d'enfants mais de la qualification de l'ouvrier qui l'avait demandé… Le fils Brugères travaillait à l'atelier des laminoirs. Il y était cisailleur. C'était un travail exigeant un certain niveau de qualification et il était fier d'avoir droit à une maison de deux pièces. Ils vivaient donc à cinq dans cette petite maison.

La mère Brugères ne se plaignait pas : les logements étaient propres et en bon état. Elle avait connu bien pire au Creusot, lorsqu'elle était plus jeune, dix ans plus tôt. Là-bas, il n'y avait pas de quartier ouvrier. Les travailleurs devaient se loger en ville, dans des caves humides, des soupentes ou des chambres insalubres. Ils n'avaient pas les moyens de s'offrir un appartement digne possédant au moins une chambre séparée de la pièce à vivre, quelques meubles et des moyens de chauffage décents. Ils se levaient à quatre heures du matin, dans le froid de la nuit et par tous les temps, parcouraient les trois ou quatre kilomètres qui séparaient leur chambre de l'usine pour être à six heures à l'œuvre. Le soir, après treize heures de travail, ils reprenaient le même chemin en sens inverse, de nuit toujours, pour regagner leur masure vers vingt et une heures. Leur temps de sommeil était diminué de manière dramatique. C'était dur pour les jeunes enfants surtout, qui peinaient à grandir normalement. Son petit-fils aîné avait commencé à travailler à huit ans dans ces conditions : Gustave Brugères, une vraie force de la nature, avait survécu et avait grandi en santé et en force, à défaut d'intelligence et de bonté. D'ailleurs, de ma soupente, il m'était arrivé d'entendre des cris sourds provenant du rez-de-chaussée. Certainement de vagues disputes entre les deux derniers petits-fils de Mme Brugères… les jeunes enfants sont souvent d'un naturel bagarreur.

Un matin, Mme Brugères était venue, le cœur sur la main, m'apporter un reste de ragoût. Cela lui arrivait de temps en temps : elle me trouvait bien poli et je crois qu'elle aimait bien Constant Pinel… Ce matin-là, elle boitait méchamment. Je la questionnai, m'inquiétant de sa santé. Elle fit un geste de la main pour chasser ma question comme une mouche gênante :

— Mon bon garçon, t'inquiète donc pas, c'est seulement Gustave qui s'est un peu énervé hier soir en rentrant de l'estaminet. Penses-tu, il était bien trop éméché et n'avait pas toute sa tête.

— Que voulez-vous dire ?

— M'a cogné dessus, pardi !

Je n'en croyais pas mes oreilles.

— Mais, comment ça ? Votre petit-fils ? Et son père l'a laissé faire ?

— L'était pas encore revenu du troquet lui non plus. Et puis, il ne lui dit plus rien… Gustave est devenu bien plus costaud que son père et mon Georges n'ose plus rien lui dire.

D'un air de s'excuser, elle ajouta :

— Faut reconnaître que Gustave n'a pas un très bon fond…

— Pour oser frapper une vieille dame, cela me paraît évident, oui ! m'écriai-je.

— Bah, il tape sur tout le monde, tu sais, même ses petits frères. Moi, passe encore, j'en ai vu d'autres. Mais les petits, c'est pas bien. Vivement qu'il parte, j'te dis. Y va bien se trouver une coquette qui lui donnera envie de partir. On mangera un peu moins parce qu'il a un bon salaire, le rustaud, mais au moins, y nous cognera plus !

La pauvre vieille femme peinait à tenir debout sur ses jambes. Le dos voûté, la jambe douloureuse, elle ne payait pas de mine. Quelle pitié… Elle prit humblement congé et je restai seule face à mon sentiment de révolte. Que c'était sordide ! Comment cela pouvait-il se produire sous le toit même où je logeais ? Je ne pouvais laisser faire sans me couvrir de honte. Pire, je serais incapable de me regarder en face dans un miroir sans dégoût si je n'empêchais pas de telles horreurs ! Je me jurai d'intervenir au moindre soupçon de récidive…

Un jour, Gabriel me signala que les gendarmes étaient venus le voir, la veille au soir. Ils me cherchaient. Ma disparition avait été signalée et mon oncle avait engagé une procédure pour me retrouver. Les gendarmes interrogeaient toutes les personnes susceptibles de savoir ce que j'étais devenue. Il n'avait eu aucun mal à les berner en leur conseillant de chercher du côté de Bourg-le-Vieil où vivait encore notre ancienne femme à tout faire, Zélie Vacher.

Ce fut un choc. Le danger avait été si proche ! Tout à coup, mon ancienne vie se rappelait à moi comme une gifle que l'on reçoit en plein visage. J'avais passé les dernières semaines dans un brouillard dense qui m'avait rendue aveugle : je n'y voyais pas plus loin que le bout de la journée, épuisée de pause déjeuner en dîner, comptant chaque sou chichement gagné, le nez sur mes mains douloureuses de travailleur... Bon sang ! Comment avais-je pu tout oublier à ce point ? Quelle ingrate je faisais : accaparée par ma nouvelle vie, j'avais si vite effacé de ma mémoire ceux qui m'avaient tant soutenue : Gabriel, Susanne et Eugène. Étais-je abrutie par mes journées de travail harassantes au point de tout oublier ? Voilà que j'étais réduite à l'état léthargique de ces ouvriers épuisés, affamés, à la mine grise et aux yeux éteints, sans avenir et sans ambition. Je m'étais laissé engloutir par le poids de cette lutte quotidienne pour survivre, au point d'oublier d'où je venais et, surtout, où j'allais...

C'était déjà le mois de mars 1860. Le printemps était sur le point de venir radoucir nos nuits et rallonger nos journées. Il était temps que je sorte de cette léthargie. De nouvelles idées me venaient... Je savais lire, compter, j'avais quelques notions de mécanique, de physique et de chimie : il était urgent de tenter de mettre à profit tout cela ! Ma résolution était prise, j'en parlerais au contremaître de la fonderie d'art, M. Camus, pour lui demander conseil...

18

Le convertisseur Bessemer

Comme chaque matin, la cloche qui sonnait à cinq heures trente me réveilla en sursaut. Ce jour-là, le réveil fut plus difficile que d'ordinaire… j'avais tourné et retourné dans ma tête les meilleures façons d'aborder M. Camus. Voyez-vous, cher lecteur, j'avais une idée en tête : je voulais travailler à l'atelier qui était encore en expérimentation à la fonderie : là où l'on mettait au point le fameux convertisseur Bessemer. Cette machine moderne, à la pointe du progrès, était une révolution… J'en étais persuadée et je ne voulais pas passer à côté d'une pareille occasion.

J'abordai donc M. Camus à la pause du matin, à neuf heures, tremblante et exaltée à l'idée de pouvoir approcher la bête de plus près… M. Camus était un petit homme nerveux et grisonnant qui œuvrait à la fonderie depuis sa création, cinq ans plus tôt, en qualité de contremaître. Il avait été artisan forgeron dans une autre vie mais, la pratique disparaissant, avait cherché à se reconvertir dans une activité proche de son savoir-faire. La fonderie d'art était tout indiquée.

M. Camus était pointilleux et exigeant. Il distribuait régulièrement des amendes d'un sou pour des retards de cinq minutes, pour des bavardages ou quand il surprenait un ouvrier traînant trop longtemps aux lieux d'aisance… Il n'avait, à ma connaissance, pas eu à se plaindre de mon travail, mais ne m'avait jamais non plus fait aucun compliment. D'une manière générale, il était avare de mots aimables et toute forme d'encouragement était, chez lui, exclue.

Il était assis sur le rebord de la fontaine dans la cour et se chauffait le dos au soleil. Il avait sorti de sa besace un morceau de pain et du fromage et s'apprêtait à casser la croûte. Il m'accueillit froidement :

— Que veux-tu Pinel ? grommela-t-il. J'ai le droit à ma pause, moi aussi…

— Je sais bien, monsieur, mais je n'ai pas d'autre moment où je peux vous parler…

— Bon, ça va… Qu'est-ce que tu veux ?

— Monsieur, voilà plus de deux mois maintenant que je suis décocheur.

— Oui… et alors ?

— J'espère que vous êtes satisfait de mon travail ?

— Si ça n'avait pas été le cas, tu ne serais plus là pour en parler.

— Bon. C'est bien. Voyez-vous, je voulais vous faire savoir que je sais écrire, compter, calculer et tout un tas d'autres choses. Donc, si vous avez besoin de quelqu'un à un autre poste, je voulais vous faire savoir que je suis volontaire.

Il me regarda d'un air dubitatif.

— Tiens, voyez-vous ça ?

— Eh bien, je m'y connais aussi un peu en chimie et en calcul mathématique.

— Ben voyons ! Je n'y entends rien à tout ça, moi. Je ne vois pas trop ce qu'on en ferait ici. Et puis, qu'est-ce qui me prouve ce que tu avances ?

— Rien, effectivement. Il faudrait me mettre à l'essai.

— Oui, eh bien, oublie ça pour l'instant. En fonderie d'art, on n'a pas besoin de tout ça. Un peu d'expérience, beaucoup de savoir-faire pour obtenir une bonne coulée, un bon tour de main pour faire le moule, des gestes sûrs pour décocher et voilà tout.

— Oui, Monsieur. Mais… ils auraient peut-être besoin de quelqu'un comme moi au nouveau convertisseur ?

— Ah, ça, c'est pas mon secteur. Faut que t'en parles à Delorme ou à Morin.

— Pensez-vous qu'ils accepteront de m'écouter ?

— Oh, ça pour t'écouter, peut-être, oui. Mais ne te fais pas d'idées. Tu travailles plutôt vite et tu n'abîmes pas les pièces en décochant, ce qui est plutôt rare pour un gamin. Tu n'es jamais en retard et tu ne parles pas, ne fumes pas, ne bois pas, ce qui est encore plus rare. Si tu continues, tu feras un bon ouvrier et tu pourras peut-être même devenir contremaître dans dix ou vingt ans. Mais tu n'es encore qu'un gamin… tu viens seulement de démarrer, alors il faut de la patience, mon garçon.

Bien sûr, j'aurais pu m'en douter : que pouvais-je espérer en lui parlant de chimie, lui qui savait à peine lire et écrire ? J'avais été maladroite. Dans les jours qui suivirent, je décidai d'une autre approche.

L'atelier de fonderie d'art se trouvait à l'opposé de l'atelier de laminage où le convertisseur avait été implanté, à plusieurs centaines de mètres de distance. Un matin, à la pause de neuf heures, je traversai l'atelier vide, seule, pour aller voir la nouvelle machine. Tous les ouvriers étaient sortis pour prendre leur pause, et personne ne chercha à savoir où j'allais.

Il avait été complètement assemblé. Cet étrange équipement, en forme de poire avec un bec incliné en son sommet, faisait environ six mètres de haut et trois de large. La roue dentelée dont j'avais pu observer le montage était maintenant accouplée à une crémaillère, le tout assemblé sur l'axe de rotation du convertisseur. Une forêt de tuyères de métal avait été rajoutée pour l'alimenter, en air chaud certainement. Une sorte de hotte géante avait été montée au-dessus du convertisseur et débouchait, telle une cheminée, au-dehors. Un système de palans laissait pendre à environ quatre mètres au-dessus du sol une goulotte d'acier, d'environ cinq mètres de long, qui pouvait être déplacée à volonté. Celle-ci pouvait servir à alimenter le convertisseur avec la fonte brute qu'un autre système de poutres et de palans pouvait transporter dans un énorme creuset jusqu'ici. Ces opérations devaient certainement être guidées par un homme se tenant sur la mezzanine de charpente métallique qui se trouvait là, à quatre mètres au-dessus du sol. Par terre, devant le convertisseur, se trouvait maintenant une sorte de manège circulaire comportant un receveur cylindrique monté sur un bras de métal pouvant tourner autour de l'axe central du manège et, en dessous, posés au sol, alignés en cercle telles les heures sur une horloge, des moules pour lingots d'acier. Je supposais que le « receveur » devait recueillir la coulée d'acier produite par le convertisseur et permettait de remplir les moules les uns après les autres.

J'en étais là de mes pensées, à essayer de deviner le fonctionnement de l'ensemble, lorsqu'une voix derrière moi me fit sursauter :

— Vous n'avez rien à faire ici. Dehors !

Je fis volte-face et me retrouvai face à une grande ombre noire dans la pénombre de l'atelier. Elle fit un pas en avant et passa dans un rai de lumière tombant de la verrière. Il s'agissait de cet Anglais, M. Wallace. Fidèle à lui-même, sévère et peu avenant.

Je bredouillai une excuse en prenant soin de contrefaire ma voix, après avoir rabaissé la visière de ma casquette.

— Désolé, patron. Je travaille à la fonderie d'art, mais j'ai entendu parler de cette nouvelle machine… J'ai voulu venir voir…

— Je ne veux pas d'ouvrier autour du convertisseur sans surveillance.

Il se tut quelques instants en semblant réfléchir. Je m'apprêtais à repartir lorsqu'il laissa tomber :

— Pourquoi cela t'intéresse-t-il ?

— Eh bien : je connais le principe de fonctionnement… et je suppose que vous en êtes encore à la phase de mise au point. Je suis décocheur. Ce n'est pas un mauvais emploi, mais ce n'est pas bien passionnant, voyez-vous. Je me disais que j'aimerais bien travailler ici.

— Tu n'es pas qualifié pour cela.

— C'est exact, Monsieur, et je n'en ai pas la prétention. Mais j'apprends vite. J'ai de solides notions de physique et de chimie, Monsieur. S'il en avait été autrement, je ne me serais pas permis de venir.

Il partit d'un rire méprisant.

— C'est grotesque !

Un nouveau silence.

Il me scrutait de haut en bas comme s'il cherchait dans ma physionomie la réponse aux questions qu'il se posait. Je baissai les yeux de peur qu'ils ne trahissent ma véritable identité. À ce moment-là, j'espérais que le noir que j'avais aux joues camouflerait suffisamment mon visage et que M. Wallace aurait oublié notre rencontre, un an auparavant.

— Ton langage dénote une certaine éducation… Mais la question ne se pose pas en ce moment, finit-il par dire. Il n'y a pas de poste vacant. Mais j'y réfléchirai lorsque l'occasion se présentera.

— Merci, Monsieur.

— Ton nom, gamin ?

— Pinel. Constant Pinel, Monsieur.

Je le saluai et m'enfuis, courant presque, en le laissant là avec son cher convertisseur sur lequel il semblait veiller jalousement.

Ma patience fut mise à rude épreuve : je restai à l'atelier de fonderie d'art deux mois entiers encore. Gabriel me sermonnait sur mon impatience. C'était celle d'une petite fille gâtée, selon lui. Dans son monde, cela ne marchait pas comme cela… On entrait à l'usine enfant, on faisait de petites tâches ingrates pendant au moins cinq à six ans, puis on avait un jour la chance d'accéder à un vrai travail d'adulte, payé le double ou le triple. On pouvait garder ce travail dix ans, quinze ans, sans jamais en changer. Le corps lui-même en venait à se déformer pour s'adapter au travail : toujours le même, tous les jours, pendant treize ou quatorze heures.

L'ambition de beaucoup d'ouvriers était de se faire embaucher par un artisan ou de devenir artisan eux-mêmes. Ils étaient nombreux : les sabotiers, horlogers, boulangers, meuniers, chiffonniers, à faire rêver des armées d'ouvriers à une vie meilleure. Ceux-là se savaient au plus bas de l'échelle sociale. Méprisés par les paysans ou les domestiques, chassés des beaux quartiers des villes, les ouvriers était souvent assimilés à des malfrats. Le livret ouvrier avait été créé à cette fin : il fallait contrôler cette population des villes qui se mélangeait trop souvent aux criminels. La misère, l'alcool, la faim les poussaient fréquemment à venir grossir les rangs des voleurs. Fort heureusement, mon sort fut bien différent… Ma fortune advint, comme souvent, aux dépens de celle d'un autre.

Ma logeuse, Mme Brugères, avait trois petits-fils. L'aîné, Gustave, était un rustaud d'une vingtaine d'années lourd comme un bœuf, solide comme un roc et mauvais comme une teigne. Ouvrier depuis sa tendre enfance, cet homme avait mis à profit sa force car l'intelligence lui faisait manifestement défaut.

Enfant, il avait résisté à tout, m'avait dit sa grand-mère : les logements insalubres, la nourriture insuffisante, les treize heures de travail par jour. Il n'en était malheureusement pas sorti grandi. Outre ses accès de violence au sein même de la cellule familiale, il passait maintenant pour un ivrogne notoire et une forte tête. Gustave Brugères récoltait fréquemment des amendes de son contremaître : un sou par ci pour un retard, deux sous par là pour des mots un peu hauts ou des pauses trop longues. Mme Brugères se désolait du manque d'ardeur au travail de son petit-fils… Ils avaient tant besoin de son salaire à la maison !

Au début du mois de mai, c'en fut trop pour M. Delorme, contremaître à l'atelier du convertisseur. Gustave venait de déclencher une énième bagarre à l'atelier de laminage : il était aux environs de huit heures trente lorsqu'il se rua sur un certain Poirier qui l'avait, disait-il, regardé de travers. Ledit Poirier ne faisait pas le poids face au colosse Brugères et s'en sortit avec un bras cassé. Delorme les sépara, avec peine, et mit Brugères dehors sur-le-champ. Or, Gustave Brugères occupait un poste assez peu technique et sans réel intérêt, mais à un endroit stratégique : il manœuvrait le manège qui recueillait la coulée d'acier au sortir du convertisseur pour la répartir dans les différents moules en forme de lingot. C'est ainsi que dès le lendemain de cette bagarre, Camus m'aborda, bourru, dès la prise de poste :

— Pinel, tu es transféré au convertisseur. Va te présenter à Delorme sur le champ.

Je n'en croyais pas mes oreilles, mais contins mon émotion. Je traversai le bâtiment, long de plusieurs centaines de mètres, presque en courant, passai les deux hauts-fourneaux, les fours de puddlage, les ateliers de laminage, pour arriver au convertisseur. Delorme s'était lui-même mis à la manœuvre pour ne pas arrêter la production. Je fus mal reçue :

— Tu commences mal, Pinel, t'es en retard pour ton premier jour !

Je n'aurais guère pu traverser l'atelier plus vite. Supposait-il que j'avais été prévenue de ma nouvelle affectation dès la veille ? Je bredouillai une excuse, mais Delorme ne m'écouta pas. Il héla un gros homme rouge qui observait les flammes sortant du convertisseur, debout, accoudé à une grande barre de fer qui semblait être un levier.

— Oh ! Martel, viens ici, cria-t-il. Tu vas expliquer au gamin ce qu'il faut faire jusqu'à la pause de neuf heures. Après, il aura intérêt à savoir se débrouiller tout seul.

Delorme prit la place du gros homme et s'empara du levier. Je ne trouvai aucune difficulté technique à mon nouveau travail : il s'agissait de transvaser du receveur la bonne quantité d'acier fondu, à la bonne vitesse, en limitant les pertes d'un moule à l'autre. C'était néanmoins éprouvant : la manipulation s'opérait sur une masse en fusion, certes en quantité limitée, mais à une température de 1 300 °C. Il m'était arrivé d'avoir une ou deux fois des vertiges, ce qui pouvait avoir d'importantes conséquences sur mon salaire. Une forte amende pouvait m'être appliquée si je faisais déborder un moule, ou si je faisais couler le précieux liquide sur le sol.

Toujours aussi peu stimulant pour mon cerveau, ce travail me permettait cependant d'observer de temps en temps le fonctionnement du convertisseur : voilà qui me maintenait en éveil…

Les différentes combustions – ou réactions chimiques – se manifestaient au niveau du goulot du convertisseur par des flammes d'intensité et de couleur différentes : une fois la fonte brute amenée dans le convertisseur par la grande tuyère que j'avais vue suspendue au plafond, un ouvrier ouvrait les vannes qui amenaient l'air chaud dans le convertisseur. Pendant cette montée en température, de violentes étincelles jaunes accompagnées de courtes flammes orange jaillissaient du goulot. Ces étincelles s'avéraient très dangereuses si l'air était amené trop vite ou bien si l'on avait versé trop de fonte brute dans le convertisseur. Au bout d'une dizaine de minutes, de longues flammes d'un blanc éclatant éclairaient très nettement tout l'atelier, puis dans les dernières minutes de l'opération, des flammes jaunes accompagnées de fumées brunes apparaissaient. Au bout de vingt minutes, l'opération était terminée et l'homme qui manœuvrait l'arrivée d'air allait aider celui qui était en charge de faire basculer le convertisseur à l'aide d'un système de chaînes et de palans pour remplir d'acier le receveur.

Je n'avais malheureusement, dans ma fuite, emporté aucun des cahiers de Papa qui m'eût permis de comprendre ce qui se passait : combustion, oui, mais de quels éléments ?

Nous avions la visite de temps à autre de M. Wallace qui observait le déroulement des opérations. Il donnait de nouvelles consignes, emportait un lingot pour analyse, demandait d'augmenter la température de l'air chaud, de diminuer la durée totale de l'opération, etc.

J'avais toujours réussi à être très discrète : je maintenais la visière de ma casquette baissée, m'affairais à mon travail tête rabattue et ne pipais mot. Une fois, M. Wallace était venu me demander si j'étais « content » de ce travail. Je lâchai un « oui » bourru et timide et ne l'invitai pas à me questionner plus avant en retournant à mon travail. Je regardais mes pieds obstinément. Malheureusement, il semblait vouloir me faire la conversation ce jour-là :

— Alors, dis-moi, Pinel, que trouves-tu d'intéressant, ici ? demanda-t-il.

Je pris ma voix la plus grave possible :

— Eh bien, j'essaie d'observer le travail de Martel et Boisgibault. Et j'essaie de comprendre ce qui se passe dans cette machine.

— Ah ! Très bien, petit. La curiosité est en général un vilain défaut, mais pas quand il s'agit de science. La curiosité est la source de toutes les grandes découvertes, le savais-tu ?

— Oui, Monsieur.

— Évidemment… Et c'est tout ?

— Pardon ? demandai-je, en redressant la tête pour regarder mon interlocuteur dans les yeux.

— Tu observes et c'est tout ? insista-t-il.

— Oui, Monsieur, confirmai-je en baissant de nouveau les yeux vers le sol.

— Bon. Mais fais attention à ton travail. Nous n'avons pas besoin d'un gamin rêveur mais bien d'un ouvrier qui suive la cadence sans perdre une goutte d'acier.

Il me tourna le dos et quitta l'atelier en glissant sa grande silhouette noire entre les creusets et les coulées de fonte rougeoyantes.

Deux mois plus tard, c'était l'été. Un véritable enfer dans l'atelier de fonderie. Un jour de juillet particulièrement chaud, alors que j'étais sur le point de partir en pause pour le déjeuner, essoufflée et en sueur, M. Wallace vint me demander de mettre de côté le dernier lingot d'acier pour effectuer des mesures. Je supportais mal cette chaleur : une douleur vrillait mes tempes et j'étouffais dans cet enfer de métal. Lui était en bras de chemise de lin blanc et ne semblait pas encore, à cet instant, souffrir de la chaleur, même si le fin tissu blanc commençait à coller par endroits à son dos. Ses avant-bras luisaient à la lumière de la coulée brûlante et ses mains laissaient apparaître à leur surface tout un réseau de veines et de tendons qui jouaient sous sa peau, sculptant ses doigts fins et le dessus de sa main comme dans une planche d'anatomie. Il prenait des notes dans un carnet : mon regard resta accroché par le mouvement de ces doigts habiles. Je fus troublée une fraction de seconde avant de me reprendre. Je m'exécutai et poussai le petit chariot contenant le lingot jusqu'à l'endroit dédié.

On mettait de côté tous les jours un ou deux lingots que M. Wallace prélevait ensuite pour les analyser. Il cherchait encore à perfectionner le processus pour améliorer la qualité de l'acier produit. Il avait cessé de noter dans son carnet et me regardait faire, les bras croisés à présent. Il me jeta, d'un ton monocorde :

— Pinel, tu m'as demandé ce poste, mais tu sembles trop faible pour en supporter la chaleur. Tu risques de nous faire perdre des lingots si tu as des étourdissements.

— Non, Monsieur, pas du tout, répondis-je en me redressant, piquée au vif.

— Tu souhaites rester ici, malgré tes difficultés ?

— Oui, Monsieur. Je n'éprouve aucune difficulté, Monsieur.

C'est alors qu'il se rapprocha de moi, m'empoigna fermement le bras et approcha son visage du mien. Il souffla tout bas à mon oreille :

— Ce n'est pas raisonnable, Mademoiselle. Ne vous imposez pas un travail qui n'est pas compatible avec votre constitution. Je n'y vois aucun intérêt, ni pour la fonderie, ni pour vous.

Il me relâcha le bras presque aussitôt et reprit ses distances tout en me scrutant de ses yeux verts, clairs comme de l'eau. Tout à coup, j'eus l'impression que mes pieds se dérobaient sous mon poids. Je résistai à cette sensation irrésistible de chute dans le vide et le regardai droit dans les yeux, d'un air de défi. Il me sembla vain de nier.

— Comment avez-vous su ? soufflai-je.

— Un peu d'observation. Je me moque de vos motivations, cela ne me regarde pas. En revanche, cette supercherie risque de nuire au bon fonctionnement de l'atelier !

Son visage était fermé et ne montrait aucun signe éventuel d'indulgence.

— Non, Monsieur, répondis-je. Je vous promets que non. Je ne crée aucun problème.

— Pas encore, Pinel, pas encore… dit-il, sûr de lui.

— Monsieur, je vous en prie, laissez-moi ce travail. Je souhaite comprendre le fonctionnement du convertisseur et contribuer à sa mise au point, si je le peux.

— Entêtement ridicule !

— Je vous en prie. J'ai déjà appris beaucoup, vous savez. J'ai même fait quelques observations qui pourraient vous intéresser…

— Tiens donc ?

— Écoutez, insistai-je, consciente que se jouait peut-être là mon avenir : j'ai observé les successions de flammes et d'étincelles et en ai déduit que le débit d'air chaud joue énormément sur le résultat de la transformation. Il faudrait pouvoir mieux le contrôler, car pour l'instant, le débit d'injection est dépendant de l'adresse et de la précision de Martel et on peine à reproduire d'une coulée à l'autre exactement la même réaction.

Il ne répondit pas et restait impassible, les bras croisés sur sa poitrine. Il finit par dire avec un sourire en coin :

— Pinel – ou quel que soit votre nom – vous étalez votre science avec maladresse.

Il semblait s'amuser à mes dépens.

— Pensez-vous donc réellement pouvoir garder ce poste et tromper tout le monde ?

— Monsieur, je vous en prie ! Laissez-moi essayer…

Son visage restait cruellement inexpressif et je sentais mon avenir m'échapper. J'ajoutai, désespérée :

— *This should cost you nothing, Sir!*[1]

— *God damned!* jura-t-il. Maintenant vous souhaitez me montrer que vous parlez ma langue… Je dois admettre que vous ne manquez pas de ressources…

1. Cela ne vous coûtera rien, Monsieur !

— Monsieur, ce que je vous ai dit est vrai. J'ai même l'idée d'un mécanisme pour contrôler l'arrivée d'air. Je peux le dessiner et vous le proposer très rapidement. Il serait tout à fait réalisable à la fonderie d'art !

Il était intrigué. Son front était plissé et ses yeux semblaient regarder à travers moi. Après quelques instants de réflexion, il jeta :

— Vous êtes vraiment prête à tout pour garder ce travail, on dirait... *Fine*[1]. Proposez-moi votre mécanisme, Pinel. Demain, apportez votre dessin.

— Oui, Monsieur, vous l'aurez ! criai-je presque.

Il tourna les talons et disparut comme à son habitude en se glissant entre les différents équipements. Alors qu'il s'éloignait, je sentis mes forces m'abandonner... Il me faudrait pourtant tenir mon poste, sinon Delorme n'allait pas tarder à se rappeler à mon bon souvenir.

La fin de la journée fut particulièrement pénible. Je souffrais terriblement de la chaleur. J'attendais avec impatience que sonne la cloche de dix-neuf heures pour me précipiter dans ma mansarde, ôter mes vêtements lourds de poussière et collants de sueur et, surtout, me rafraîchir à grande eau. Ce que je fis. Je ne supportais plus ma peau poisseuse : j'avais macéré dans la poussière et la sueur toute la journée. J'étais allé chercher de l'eau fraîche au puits commun et, aussitôt rentrée, retirai ma chemise et commençai à laver mes cheveux au-dessus de la bassine. L'eau froide coulait de mes cheveux sur mes épaules et me procurait une sensation revigorante. La fraîcheur semblait faire s'évanouir cette sensation de fatigue de tous mes membres et dissipait enfin le mal de tête lancinant qui m'avait fait souffrir une bonne partie de l'après-midi.

C'est alors que la porte de ma chambre s'ouvrit dans un grand fracas. Un rai de lumière traversa la pièce sombre et m'éblouit un instant. Je distinguai la silhouette d'un homme dans l'embrasure de la porte. Gustave Brugères se tenait sur le seuil. J'étais debout, penchée au-dessus de ma bassine, en pantalon, le torse nu, mes longs cheveux noirs dégoulinant d'eau. Ma surprise ne dura qu'un instant. Je me jetai sur la serviette posée sur la commode et cachai immédiatement mon torse dans un geste de pudeur toute féminine. Brugères, qui, au moment d'ouvrir la porte

1. Bien.

affichait un visage déformé par la haine et la colère, était décontenancé. Son regard allait et venait de la bassine à mes cheveux, de mon torse dénudé au pantalon masculin, puis revenait à mes cheveux. Il semblait que son cerveau peinait à comprendre ce qu'il avait devant les yeux. Constant Pinel ? Une inconnue ?

Je repris mes esprits la première et lui hurlai de sortir de ma chambre en usant de toute l'autorité dont je pouvais être capable : « Dehors, Gustave ! Je te demande de sortir immédiatement ! » Malheureusement, Gustave Brugères était dans l'un de ces jours où l'alcool abrutissait son esprit. Cela le rendait à la fois audacieux et méchant. Sa colère s'était muée en surprise, puis en profonde satisfaction :

— Mais… qu'est-ce que c'est que ça… ? dit-il, un sourire mauvais en coin. C'est'y pas qu'on dirait que not' Constant Pinel est une fille ?

— Je t'ai dit de sortir ! Dehors ! hurlai-je à nouveau.

Il souriait de toutes ses dents à présent, une lueur malfaisante dans les yeux.

— Ah, pour sûr, je vais pas sortir maintenant… c'est très joli tout ça… Figure-toi, Constant, que j'étais venu pour demander réparation…

— Comment ça, réparation ? jetai-je, furieuse.

— Ben, oui : tu m'as pris ma place à l'usine ! À cause de toi, j'ai plus de travail, dit-il en me pointant du doigt. Mais ça, fit-il, désignant mon torse à demi-nu… Ça change tout, dis donc !

Il pénétra dans ma chambre d'un pas mal assuré. Il était vraiment saoul. Il reprit :

— Ouais, je crois que non seulement j'ai trouvé une idée pour me dédommager, mais du coup, ça va résoudre aussi mon problème, dis donc… Viens par là, fillette ! dit-il, tendant sa main sale vers moi.

Il s'approchait dangereusement en me fixant d'un air à la fois menaçant et satisfait. Il se tenait toujours entre moi et la porte de ma chambre. Je jugeai que c'était le moment ou jamais. Je lâchai ma serviette, quitte à me dénuder à nouveau devant cet odieux personnage, et me jetai sur lui afin de le pousser hors de ma chambre de toutes mes forces. J'étais aussi grande que lui et, même si j'étais beaucoup plus frêle, je réussis à le faire tituber jusqu'à ce qu'il tombe à la renverse à l'extérieur, dans le petit escalier. Je ne cherchai pas à savoir s'il tombait jusque sur le sol du jardin en dévalant l'escalier sur le dos, mais retournai dans mon logis en refermant la porte à clef derrière moi.

Haletante, je plaquai mon oreille contre le bois de la porte. Je guettai les bruits de l'autre côté. Un râle sourd monta de l'escalier, puis un chapelet de jurons et d'insultes. Des pas se firent entendre et, quelques instants plus tard, la porte du rez-de-chaussée se referma dans un fracas assourdissant. J'en conclus qu'il n'était pas blessé et qu'il avait abandonné la partie pour aujourd'hui. J'avais commis l'imprudente erreur de ne pas fermer à clef ma porte en rentrant de l'usine. Bien mal m'en avait pris. J'étais maintenant découverte par le pire des individus. Épuisée, malmenée, apeurée, je m'écroulai sur le sol de ma chambre, me demandant comment ma situation pouvait maintenant s'améliorer.

19

L'impasse

Ce soir-là, mon sommeil fut agité. Des images entremêlées se succédaient dans mon inconscient et je naviguais entre angoisse, fierté et peur. L'angoisse de voir ma situation précaire s'écrouler d'un jour à l'autre si Brugères révélait tout, la fierté d'avoir su tenir tête au patron et la peur de ce même Brugères, où de ce qu'il aurait pu tenter. Mon cœur s'emballait, la sueur m'inondait mais j'étais tout à fait impuissante à chasser ces images de mon esprit : la vision de Brugères si proche revenait sans cesse pour me torturer.

Je me réveillai en sursaut en pleine nuit, vers quatre heures du matin : « Mon Dieu, le plan du régulateur de débit ! » Je venais de me souvenir que je m'étais engagée à fournir le jour même un plan à M. Wallace. J'avais encore cette chance à tenter et même si mon identité risquait d'être révélée au grand jour, je n'allais pas faire faux bond à M. Wallace. Ma parole était en question et je tenais plus que tout à montrer que je savais tenir un engagement. Je me levai donc et m'attablai à la lumière de ma lampe à huile devant une feuille de papier à lettres.

Papa m'avait expliqué, schémas à l'appui, le fonctionnement du manomètre de Bourdon, dont le brevet avait été déposé une dizaine d'années auparavant. Le principe en était simple : la forte pression du gaz vient déformer un tube en acier en forme de C, et l'infime mouvement des extrémités de ce C repousse, par l'intermédiaire d'une bielle, un segment de roue dentée. Un pignon denté de petit diamètre est en prise avec l'aiguille du cadran, ce qui permet de démultiplier l'amplitude de lecture.

Mon idée était la suivante : rajouter, juste derrière la vanne de réglage, un manomètre de Bourdon qui permettrait de régler la pression et rajouter sur ladite vanne de réglage une roue dentelée et une crémaillère qui permettrait de fixer les paliers de pression. Je décrivis le principe de fonctionnement que j'avais en tête : une vue en perspective et une vue en coupe suffiraient. Il était déjà cinq heures du matin lorsque j'eus fini. J'avais le temps d'aller voir Gabriel pour lui faire part des incidents de la veille et prendre conseil auprès de lui sur la façon d'écarter le danger que représentait maintenant Gustave Brugères.

À cinq heures trente, je frappais à la porte de Gabriel. Il était encore ensommeillé et m'ouvrit la porte sans prononcer un mot avant de s'asseoir devant un bol de café fumant. Je lui jetai mes préoccupations à la figure sans ménagement :

— Gustave Brugères m'a découverte. Il ne connaît pas mon identité, mais sait que je ne suis pas un homme.

— Hein ? répondit Gabriel en relevant la tête de son bol.

— Hier soir, il a forcé ma porte au moment où je faisais ma toilette.

Il lâcha un profond soupir.

— Allons, bon… Forcé votre porte, vous dites ? Que lui est-il passé par la tête ?

— Ce n'est pas tout. Il… Il a failli m'agresser, Gabriel.

Le bol fumant se figea à quelques centimètres de la bouche de Gabriel. Ses yeux s'animèrent et le voile de sommeil qui les assombrissait disparut :

— Quoi ? comment ça ? Qu'a-t-il fait ? bondit-il, tout à fait réveillé cette fois-ci.

— Il est venu me demander réparation : il me tient pour responsable de la perte de son emploi à la fonderie, car c'est moi qui occupe sa place à présent. Cela n'a aucun sens, évidemment. Il a perdu sa place parce qu'il ne sait pas se tenir, bien sûr, mais l'alcool lui embrouille l'esprit. Je crains qu'il n'ait imaginé, en me voyant, se dédommager… comment dire…

— Arrêtez, ça va, j'ai compris. Ah, le scélérat ! maugréa-t-il.

Ses yeux jetaient des éclairs et les mâchoires serrées, il se leva brusquement de sa chaise, les poings sur la table.

— Êtes-vous indemne ? Pas blessée ? Comment vous en êtes-vous sortie ?

— Non, tout va bien. Il était tellement ivre que je n'ai pas eu beaucoup de peine à le repousser hors de chez moi. Il a dû tomber dans l'escalier et n'a pas demandé son reste.

— C'est pas bon du tout, ça. Le croyez-vous capable de revenir ?

— Certainement. Je pense que cet homme est incontrôlable quand il est sous l'emprise de l'alcool.

— Comme beaucoup, malheureusement. Je peux lui donner une correction qui lui passe l'envie de vous embêter, ça, c'est facile.

— Merci. J'avoue ne pas me sentir en sécurité avec un tel individu dans les parages.

— Mais le croyez-vous capable aussi de vendre la mèche ?

— C'est-à-dire ?

— De raconter à qui veut l'entendre que vous êtes une fille…

— Je pense qu'il y verrait son intérêt en s'imaginant reprendre sa place à l'usine. Cela ne changerait rien à l'affaire : M. Morin refusera d'embaucher un ivrogne. En revanche, me concernant, le mal serait fait.

Il se laissa à nouveau tomber sur sa chaise, comme si sa colère soudaine l'avait épuisé.

— Constance, ça ne pouvait pas durer, de toute façon… Je suis même étonné que vous ayez pu berner tout le monde pendant plus de six mois. En ce moment, avec les chaleurs, vous auriez eu du mal à garder vos chemises fermées avec une cravate qui vous monte jusqu'au menton sans élever les soupçons. Écoutez, je vous propose de coincer Brugères aujourd'hui, avant qu'il n'vous cause des ennuis et que l'on n'ajoute au tableau une arrestation pour travestissement illégal. Je vous rappelle que vous risquez une amende, voire de la prison, pour ça…

Tout cela m'avait semblé si peu probable avant l'incident de la veille… Mon inquiétude soudain devint plus pesante. Les dangers s'accumulaient et je ne me sentais plus la force, à cet instant, de les combattre seule.

— Je pense à moi aussi, vous savez, reprit Gabriel. S'il parle, je serai mis en cause, car c'est moi qui vous ai présenté comme mon cousin. Vous devez donc préparer votre départ dès aujourd'hui : la situation n'est plus tenable. Vous avez dû économiser suffisamment pour pouvoir gagner une autre ville et prendre un nouveau départ, non ?

— Oui, je le pense. J'ai en tout et pour tout quatre-vingt-dix francs.

— C'est plus qu'il n'en faut. Vous avez été particulièrement économe, dites-moi, me dit-il avec un sourire en coin.

J'étais effectivement satisfaite de moi. Presque six mois de travail acharné sans aucune dépense superflue et une vie de séminariste m'avaient permis d'économiser cette coquette somme, alors que tant d'autres ouvriers laissaient filer leurs sous à l'estaminet, au jeu ou malheureusement par nécessité pour nourrir de nombreuses bouches qui ne pouvaient travailler. Mon engagement auprès de M. Wallace me revint à l'esprit.

— Gabriel, je dois aller à l'usine avant tout. Je me suis engagée auprès de M. Wallace à lui montrer une idée de mécanisme pour contrôler l'arrivée d'air dans le convertisseur.

— Oh, excusez du peu ! M. Wallace ! répondit-il en prenant un air précieux et un ton ampoulé.

— Oui, Je ne te l'ai pas dit, mais lui aussi s'est rendu compte, seul, de ma véritable condition. Je crois que j'ai réussi à le convaincre de me garder, pour l'instant, et peut-être même de me laisser lui expliquer ce que je sais faire…

— Ben dites donc, Constance, je vous reconnais bien là ! Quand vous voulez quelque chose, vous y allez pas par quatre chemins… Vous avez trouvé le moyen de montrer vos talents au patron, chapeau !

— J'ai eu de la chance. Il se trouve qu'il couve son convertisseur comme un bébé et vient régulièrement prélever des lingots d'acier pour effectuer des essais. J'ai seulement saisi l'occasion d'une discussion pour lui proposer mes services.

— C'est bien ce que je dis, Constance, vous êtes habile. Il est en plus très bel homme, ce qui ne gâche rien, non ?

— Gabriel ! Il n'est pas temps de badiner !

— Oui et nous ne devrions pas tarder : il est presque six heures moins dix. Il va falloir que je trouve ce Gustave ce soir : je ne pourrai pas avant.

— Espérons qu'il ne sera pas trop tard pour éviter le scandale.

Nous quittâmes la chambre de Gabriel pour nous rendre à l'usine. En ce mois de juillet, le jour était levé depuis longtemps à cette heure et le réveil était moins difficile pour les ouvriers. La douceur du matin d'été était agréable. Les sabots raclaient moins lourdement le sol et les mines étaient moins grises. Je pris mon poste comme chaque matin à six heures sonnantes. Durant les vingt premières minutes, je vidais les lingots restants de la veille et balayais le sol devant le convertisseur avant la première coulée. Seul le haut-fourneau n'était jamais éteint : cela permettait de démarrer dès la première heure avec la fonte qui était restée en fusion toute la nuit.

Ce matin-là, je craignais le regard des autres ouvriers. Je me demandais si Brugères avait eu l'occasion de parler à l'un d'eux ou non. Martel, le gros homme aux joues rouges qui était à la manœuvre pour envoyer l'air chaud dans le convertisseur, me regardait fixement. Ou du moins me l'imaginais-je, car il reprit son travail comme à l'accoutumée dès que le convertisseur fut chargé en fonte.

Aucun incident notable ne vint perturber la matinée, à mon grand soulagement. Juste avant la pause de midi, M. Wallace vint à l'atelier mais ne resta pas, comme à son habitude, à observer le convertisseur. Il s'adressa à moi directement :

— Pinel, suivez-moi dans mon bureau. Camus, remplacez-le.

Je laissai le poste à M. Camus qui s'exécuta sans un mot. Je suivis M. Wallace hors de l'atelier. Nous gravîmes l'escalier menant aux bureaux et il ouvrit cette porte sur laquelle était indiqué, sur une plaque de laiton verni : « Sir S. Wallace ». La pièce était de belles dimensions, garnie d'un large bureau impeccablement rangé (ce qui contrastait, dans mon souvenir, avec celui de M. Prieur), de deux grandes bibliothèques et d'une étrange table en plan incliné dont la pente semblait être réglable. Elle était équipée d'un système de règles et de rapporteurs complexes. Je n'avais jamais vu de table similaire.

M. Wallace s'assit à son bureau et m'indiqua d'un geste de la main une des deux chaises face à lui. Son visage était sans expression : ni avenant, ce qui m'aurait surprise, ni particulièrement sévère.

— Alors, Pinel, je vous écoute, lâcha-t-il simplement.

Je sortis alors de la grande poche de mon pantalon le papier à lettres que j'avais plié en quatre afin de le protéger au maximum durant la matinée. Je le lui tendis d'une main sale et noire, contrastant avec la blancheur du papier. Je pris conscience, lorsqu'il prit la lettre, de mon aspect déplacé dans ce bureau : j'étais en sueur, sale et certainement malodorante. Je me recroquevillai sur ma chaise en appréhendant sa réaction.

Il déplia le papier à lettres et en déchiffra le contenu.

— Ne restez pas muette, voyons, dit-il d'un air impatient. Expliquez-moi ce que vous avez schématisé…

Je m'éclaircis la voix.

— Pour contrôler le débit d'air chaud arrivant au convertisseur, il faut au préalable rajouter un manomètre. J'ai représenté le principe d'un manomètre de Bourdon. J'imagine que vous en connaissez le fonctionnement.

— Oui, bien sûr, lâcha-t-il comme une évidence.

Sans me désarmer, je poursuivis en pointant de mon doigt crasseux les éléments successifs que je mentionnais.

— Le manomètre permet de faire des relevés de pression afin d'identifier celle qui sera la plus adéquate. Ensuite, j'ai représenté ici un système de roue dentée qui permet de contrôler la pression par palier. Au lieu de tourner la vanne sans exactement savoir où l'on en est, il suffira de marquer le palier choisi.

— C'est très clair, en effet. Cela va m'être totalement inutile, mais le fonctionnement décrit est tout à fait pertinent et juste.

— Cela va être inutile, Monsieur ? lâchai-je, tout à coup affligée.

— Oui, évidemment ! Vous vous doutez bien que l'installation n'est pas complète et qu'il a toujours été prévu de rajouter un principe de mesure et de contrôle de ce genre. Nous n'avons pas attendu qu'un ouvrier ignorant nous indique la voie. Des systèmes du même principe, mais plus élaborés, sont fabriqués en série en Angleterre et ils seront installés sous peu.

Je m'effondrai presque dans le fauteuil. Je me sentais honteuse. J'avais naïvement cru proposer un aménagement auquel ils n'avaient pas pensé. M. Wallace venait de me remettre à ma place et mon orgueil était blessé.

— Pourquoi m'avez-vous donc fait venir, Monsieur ?

— Par curiosité. C'était un moyen comme un autre de mettre à l'essai les capacités dont vous ne cessez de me rebattre les oreilles.

Je baissai les yeux. Quelle honte ! J'étais apparue vaniteuse, naïve et inutile, le tout couronné par le fait que je me présentais à ce patron en guenilles, sale et repoussante.

— Votre travail, s'il est encore naïf, poursuivit-il, n'est pas dénué de bon sens, ni de notions de base en mécanique. Il vous manque de la rigueur et de la méthode, mais vous pourriez postuler à un emploi d'aide ingénieur sans paraître ridicule.

Je relevai les yeux et le dévisageai.

— Vous joueriez-vous de moi, Monsieur ?

— En aucune façon.

Je restai muette. Je venais de me rappeler que ma situation ne pouvait me permettre d'accéder à un tel poste dans l'immédiat et surtout pas dans cette ville.

— Je crains malheureusement que ce soit impossible ici et maintenant, Monsieur. Je dois quitter Bonneval sur-le-champ.

— Ah ! Et pourquoi donc ?

Je baissai à nouveau les yeux sans répondre.

— Vous faites preuve d'inconstance, Mademoiselle. Pourquoi êtes-vous donc venue me présenter votre croquis, si c'est pour m'annoncer votre départ ? Cette offre ne se présentera certainement pas deux fois.

— J'en suis consciente, Monsieur.

J'étais acculée. Je ne pouvais révéler mon identité au grand jour, car les gendarmes me ramèneraient immédiatement chez mon oncle. Je ne pouvais continuer non plus à dissimuler ma véritable nature, car elle serait révélée sous peu, bien contre ma volonté, par Gustave Brugères. Je devais donc quitter cette ville immédiatement. Si ce n'était aujourd'hui, ce serait demain au plus tard.

— C'est regrettable, dit-il, se calant dans son fauteuil.

— Oui, Monsieur.

Il se leva, contourna le bureau et m'indiqua la porte :

— Mademoiselle, il apparaît que nous n'avons plus rien à nous dire.

— Sans doute, répondis-je en me levant à mon tour.

— Au revoir, Mademoiselle. Je vous souhaite néanmoins bonne chance.

Il me tendit la main. Je la saisis et appréciai sa poignée de mains franche et vigoureuse. Je l'interprétai comme un sincère encouragement.

Je le quittai non sans regret. J'étais consciente de devoir dire adieu à la seule personne qui, jusqu'à ce jour, à part mon cher et regretté Papa, m'avait donné une chance de réaliser mon destin. Je devais reconnaître à M. Wallace une ouverture d'esprit dont peu de ses semblables pouvaient se vanter.

Rassembler mes affaires fut rapide, mais néanmoins plus long que lors de ma fuite de l'institut, quelque six mois plus tôt. Je n'avais alors emporté que mon petit sac de voyage, deux robes et un nécessaire de toilette. Je ne pouvais rien mettre de plus dans mon sac. Depuis, j'avais fait l'acquisition de mes vêtements d'homme, d'une couverture et d'une lampe à huile. Je décidai de laisser la couverture et la lampe à Gabriel, en dédommagement de toute l'aide qu'il avait pu m'apporter. Il pourrait les revendre aisément.

Je me confectionnai un baluchon de mes vêtements supplémentaires et me jugeai prête. Je me rendis chez ma logeuse, Mme Brugères, dont l'odieux petit-fils devait au même instant se trouver en de bonnes mains (celles de Gabriel). Je lui réglai le loyer de la semaine en cours et lui fis mes adieux.

— Allons, bon, c'est bien dommage que tu t'en ailles, mon garçon, me dit-elle. Sont pas tous comme toi, tu sais. Jamais un bruit, pas de fille, pas de mauvaises fréquentations et pis, le loyer toujours payé à l'heure ! J'suis bien malheureuse de te voir partir. Et où vas-tu donc comme ça ?

— Je pense aller à Paris, Madame

— Donne-moi encore du « Madame », flatteur, t'es bien le seul… Mais quelle idée, aller à Paris ? Que crois-tu trouver de mieux là-haut ?

— Du travail, Madame.

— Eh, bien, celui d'ici ne va t'y pas ?

— Je ne peux plus rester ici, mais je ne peux vous en dire plus.

— Bon, c'est bien dommage, bien dommage. Surtout que le patron est bon ici. T'auras du mal à trouver mieux, j'te le dis…

Elle avait, pendu à ses jupes, le petit garçon de sept ans dont elle avait la charge. Silencieux, l'enfant me regardait avec de grands yeux inquisiteurs. Les enfants ne devinent-ils pas mieux les choses que les adultes ? Il me semblait à cet instant que l'enfant voyait à travers mon déguisement ma vraie nature.

Une fois dans ma mansarde, je pris le temps de repasser dans ma tête mon projet : passer à l'usine annoncer à M. Morin mon départ, percevoir le reste de ma paie, me rendre au centre-ville pour prendre, pour la première fois de ma vie, le train en direction de la capitale. Cette extraordinaire machine allait m'emmener vers Paris en seulement huit heures au lieu de deux jours par la malle-poste ! Je me faisais une joie de cette aventure. En revanche, une fois à Paris, mon projet était plus incertain. Ma première pensée était pour Eugène Prieur, la seule personne de ma connaissance dans cette grande ville. Son adresse se trouvait sur les lettres qu'il m'avait envoyées. Il saurait certainement m'aider à m'orienter, voir me conseiller sur les endroits à éviter ou au contraire les employeurs potentiels à démarcher. Gabriel m'avait aussi parlé des fabriques les plus connues ou je pourrais certainement trouver de l'ouvrage sans avoir à dissimuler mon identité, cette fois-ci : les manufactures de coton employaient des femmes, les imprimeries aussi. Beaucoup d'incertitudes demeuraient cependant et ce n'était pas aussi sereinement que je l'aurais souhaité que j'abordais ce nouveau départ vers l'inconnu.

Ce n'est que vers dix heures du soir que Gabriel frappa à ma porte. Il avait du sang sur sa chemise et le nez enflé, mais dans l'ensemble semblait ne pas avoir trop souffert de sa rencontre avec Gustave Brugère. Épuisé cependant, il se laissa tomber lourdement sur une chaise.

— Dites donc, Constance, il a été coriace l'animal !

— Raconte-moi Gabriel… que s'est-il passé ? Comment vas-tu ?

— Ça s'est passé comme je m'y attendais. À mon arrivée au troquet, il était déjà rond le bestiau ! Et malheureusement, il s'était déjà vanté d'avoir découvert une affaire « juteuse » comme il disait. Je ne crois pas qu'il ait prononcé votre nom. Je l'ai provoqué un peu pour le faire sortir dehors… ça n'a pas été bien difficile : il a l'alcool mauvais.

— Et ensuite ?

— Comme prévu, je lui ai mis une dérouillée.

— Tu ne l'as pas blessé au point qu'il porte plainte auprès des gendarmes ?

— Non. Il fallait qu'il garde toute sa tête pour me jurer de ne pas se vanter de ce qu'il avait vu et de ne pas chercher à vous importuner. Je l'ai menacé de revenir illico lui en remettre une et avec des amis cette fois. Je ne suis pas sûr qu'il tienne sa langue longtemps, mais au moins ça vous laisse le temps de filer correctement, sans scandale.

— Merci… je ne sais pas comment je m'en serais sortie sans toi.

— Bah, c'est rien, Constance… (Il me regarda avec un sourire dans les yeux.) Ça sert à ça, la famille.

Mon cœur se serrait. Je pris ses mains dans les miennes.

— Dans cette nouvelle fuite, Gabriel, c'est toi que j'abandonne à nouveau.

— Constance, je vous dois cette bonne place à la fonderie alors ce coup de main, ce n'est que juste retour des choses. Et puis, ne vous en faites pas pour moi… Le contremaître m'aime bien et je crois que je vais rester ici. Il y a même quelques filles qui me retiennent de partir… Tout va pour le mieux.

— Je suis très heureuse pour toi. J'espère que Gustave Brugères ne te cherchera pas d'ennuis.

À ce moment, il m'apparut évident que j'allais le quitter, non pas pour toujours, mais les chances que nous nous revoyions dans un futur proche étaient infimes. Même si j'avais l'intention de lui écrire, je me rappelais combien lui rechignait à cet exercice. Lui avec qui j'avais grandi, qui m'avait appris tant de choses, était le plus proche parent qui me restait. Comment supporter l'idée de risquer de le perdre ?

— Nous reverrons-nous bientôt, Gabriel ?

— Je serai toujours là pour vous, vous savez. Vous pourrez compter sur moi si vous avez un coup dur.

— Je te fais la même promesse, Gabriel, répondis-je, émue.

Il se leva, gêné par le silence qui s'installait. Il s'éclaircit la voix, avant de dire :

— Bon, c'est pas le tout, mais je travaille, moi, demain. Je vais me coucher. Alors… Adieu, Constance ?

— Adieu, Gabriel.

Je ne résistai pas à l'envie de le serrer dans mes bras. Notre étreinte fut courte : nous étions tous deux gênés de montrer l'émotion qui nous saisissait. Puis il partit.

Le lendemain, à l'heure de l'embauche, je demandai à voir M. Morin. Je lui annonçai mon intention de quitter Bonneval le jour même et lui demandai donc de remplir mon livret ouvrier et de me donner le solde de ma paie. Il me conduisit à son petit bureau au fond de l'atelier.

— Eh bien ! Tu ne sais pas ce que tu veux, Pinel. Tu as fait des pieds et des mains pour aller travailler au convertisseur et un mois plus tard, tu pars ! Fais attention, tu n'iras pas très loin comme ça. Les ouvriers non qualifiés, on en trouve à la pelle. Pour un qui part, il y en a dix qui attendent à la porte.

— Oui, Monsieur.

— Comment ça, « oui, Monsieur » ? Non, tu n'as rien compris. Ça me désole de voir que tu gâches tout. Tu es sérieux et appliqué. Tu pourrais apprendre, si tu prenais ton temps et devenir un bon ouvrier, avec un vrai savoir-faire. Mais, non, Monsieur a la bougeotte... Je ne te félicite pas...

— Voulez-vous bien remplir mon livret quand même, Monsieur ? insistai-je.

— Oui, je ne suis quand même pas chien. Tu ne mérites pas d'avertissement. Mais tu fais une erreur, je te le dis.

— Ce sont des raisons personnelles qui me poussent à partir, Monsieur. Bien contre mon gré.

— Bon, ça va. Je te le remplis, ton carnet. Voilà ton solde, dit-il en me tendant neuf francs.

C'était la paie d'une semaine complète.

— Merci, Monsieur, mais c'est trop. Je n'ai travaillé que quatre jours. Vous ne me devez que six francs !

— Voilà encore un défaut que tu dois corriger, Pinel. Trop naïf, trop honnête. Tu vas te faire dépouiller si tu ne changes pas. Garde ces neufs francs et va-t'en.

— Merci beaucoup, Monsieur, dis-je, touchée par l'attention. Au revoir, Monsieur.

— Ah, attends ! J'allais oublier ! cria-t-il alors que je quittais son bureau. J'ai une lettre du patron pour toi.

— Une lettre de M. Prieur ?
— Non, l'autre. M. Wallace.

Il me tendit un pli cacheté. Je le mis au fond de ma poche sans le lire, maintenant impatiente de quitter les lieux pour toujours.

De retour à ma chambre, je décachetai le pli, curieuse tout de même de ce qu'il pouvait bien contenir. En voici la teneur :

« Miss Pinel,

One additional thought came to me after our last conversation. I understand that you are not able to stay anymore in Bonneval. Please be informed that I am the owner of two other castings factories: one in England, in Newcastle, and the other one in Edinburgh, Scotland. If you have the opportunity to travel to the United Kingdom, I would be pleased to recommend you for work in either of these facilities. You can write to me at the following address if you are interested:

Sir S. Wallace
Wallace Steel Co.
Fourth St, Newcastle upon Tyne,
United Kingdom.

With my Best Regards,
Samuel Wallace. »

Voilà que M. Wallace tenait décidément à devenir mon bienfaiteur ! J'étais flattée et honorée qu'une personne de cette importance daigne se soucier de mon devenir. Je décidai de garder précieusement cette lettre. On ne sait jamais… Cette offre serait peut-être un jour une ultime planche de salut, même si l'Angleterre semblait lointaine et inaccessible et si j'espérais bien pouvoir trouver une situation honorable à Paris. Pour l'heure, je devais me rendre à pied à la gare avec mon baluchon et mon sac de voyage. Constant Pinel quittait Bonneval avec son livret ouvrier en règle, son sac à l'épaule, quatre-vingt-dix francs en poche et le cœur gonflé d'espoir…

Troisième partie

20

Les temps difficiles

Après maintes tentatives – et autant d'échecs – je ne peux finalement me résoudre à vous décrire, cher lecteur, les deux années qui suivirent ce départ de Bonneval. Cette période de ma vie a été, et reste à ce jour, une plaie ouverte sur de profondes souffrances. Il m'est encore trop pénible de me remémorer mon cheminement dans les méandres de la capitale, à travers la succession d'événements qui mirent à rude épreuve mon optimisme acharné et ma ténacité à conquérir mon destin.

Ce fut pourtant chargée d'espoirs que je quittai Bonneval ce jour d'été 1860, presque à l'aube de mes dix-huit ans, mes quatre-vingt-dix francs en poche et armée d'une confiance inébranlable en mes capacités. J'étais alors portée par les encouragements de Gabriel et par mes premiers succès. Je me sentais capable de tout affronter, puisque, sans expérience aucune, moi, jeune fille de petite bourgeoisie, jusqu'alors couvée par un père très aimant, puis mise à l'abri des tumultes du monde derrière les murs d'un pensionnat de jeunes filles bien nées, j'avais trouvé la force de quitter une existence confortable et sûre pour affronter, seule, la dure condition ouvrière. Cette première expérience avait été rude, mais couronnée d'un franc succès, et c'est avec fierté que j'avais pu rassembler suffisamment d'économies pour tenter ma chance à la capitale, tout en ayant réussi à éveiller l'intérêt d'un patron industriel d'envergure. Je m'étais prouvé que je pouvais subvenir à mes besoins et que je pouvais assumer mes décisions et mes choix. J'avais alors foi en ma destinée et rêvais de conquérir la capitale à la force de mon travail et grâce à la qualité de mes compétences.

Je m'imaginais alors, comme l'éducation prodiguée par mon cher Papa me portait à le croire, qu'une alternative au destin triste et étriqué d'épouse, de mère de famille et de maîtresse de maison était possible. Mon objectif était de me préparer à passer le concours d'entrée aux grandes écoles d'État, afin d'obtenir un diplôme d'ingénieur et d'exercer un métier qui me passionnerait. Je n'avais pas ménagé mes efforts depuis que j'avais quitté notre cher Bourg-le-Vieil et avais continué à étudier âprement lors de mon séjour au pensionnat. Las, ces projets furent réduits à néant avec le décès de Papa, la volonté de mon oncle de me marier au plus vite et ma fuite dans le quartier ouvrier. J'avais vite compris que les longues journées de travail à la manufacture ne me permettraient plus d'étudier et avais donc dû modifier mes projets. Toujours armée d'un optimisme indéfectible, il me semblait possible d'acquérir de nouvelles compétences et, en faisant la démonstration de mes talents, de pouvoir accéder à des métiers qui, finalement, combleraient mes espérances. De fait, il me semblait presque y être parvenue avant mon départ, et ce, grâce à l'ouverture d'esprit et à l'aide tout à fait inattendue d'un actionnaire de la manufacture : M. Wallace.

Cette période de ma vie, dans les rangs du Saint-Esprit puis à la fonderie, avait représenté, à maints égards, des années de confort et d'insouciance. Je me rappelais maintenant avec ironie ce sentiment de frustration que j'avais ressenti à mon arrivée à l'École, assimilant ce pensionnat de jeunes filles à une prison, l'horloge régnant en maître, les règlements dictant notre conduite tout au long de la journée, nos libertés étant réduites à néant.

Quelle erreur ! Je devais reconnaître à présent que cette routine, ce cadre donné à ma vie, avait apporté un confort indéniable à mon existence. Outre les bienfaits de manger tous les jours à ma faim, de dormir dans des draps propres, d'avoir les moyens décents de me laver quotidiennement, cette vie pourtant monotone m'avait comblée. J'avais pour compagne ma précieuse Susanne, pour nourriture de l'esprit les enseignements variés de l'institut et les irremplaçables cahiers de Papa, et pour soutien l'amitié fidèle d'Eugène et de Gabriel. Mon esprit se développait, s'enrichissait et grandissait dans cet environnement stimulant. Je ne réalisais pas alors l'étendue de ma fortune. Ce n'est que plus tard que je pris conscience des profondes qualités des personnes qui avaient toujours constitué mon entourage. De la campagne de Bourg-le-Vieil à la bonne société de Bonneval, en passant par les pensionnaires du Saint-Esprit, je n'avais que très rarement été confrontée à des esprits vils et, au grand jamais, à la sombre brutalité de la bêtise et à l'obscurantisme de la misère. Même les plus frustes élèves du Saint-Esprit, dont j'avais pu me plaindre auprès d'Eugène, connaissaient leur devoir : se comporter en bonnes chrétiennes et, si ce n'était par bonté naturelle, du moins en apparence, faire le bien autour de soi était un impératif. Les mauvaises intentions se cachaient derrière un paravent de tempérance, d'humilité et de bonnes manières.

J'étais alors convaincue de la bonne nature de l'être humain, principe cher aux Lumières et à Papa. On m'avait appris à juger les personnes sur leurs qualités de cœur bien plus que sur leur naissance ou leur place dans la société. On m'avait aussi appris la prévenance, l'écoute de l'autre, et incitée à proscrire toute violence qui pourrait nuire à la plénitude de l'existence. Et, jusqu'alors, je n'avais jamais ressenti le besoin de me comporter autrement. Même lorsque j'étais employée à la fonderie de Bonneval, je m'étais si peu mêlée aux ouvriers, je m'étais si peu exposée au monde extérieur, que je n'avais, outre l'intrusion de Gustave Brugère, qui fut de loin l'expérience la plus violente que je vécus jusqu'alors, jamais été confrontée aux pires noirceurs de l'âme humaine, de celles que seule la plus dure des misères peut engendrer.

Imaginez combien le choc fut terrible pour moi, alors que j'avais été tant préservée, alors que j'étais bercée de tant d'illusions, lorsque je fus projetée dans la misère des faubourgs parisiens : les pauvres hères qui peuplaient ce monde avaient perdu tout espoir, toute bienveillance, et la violence constituait l'essence même de leur quotidien. Ce monde était en tout point différent de la cité ouvrière de ma petite ville de province : misère, faim, crimes, rien ne me fut épargné. J'en ressortis, au bout de deux ans, blessée dans mon âme et dans ma chair. J'y avais tout perdu : une bonne partie de mes maigres économies, ma santé, mais surtout mon innocence et ma foi indéfectible en la bonté de l'âme humaine.

Au début cette année 1862, après un deuxième et terrible hiver dans cette misère, j'avais formulé le constat qu'aucune chance ne me serait donnée de sortir de cette triste condition ouvrière. Je me refusais pourtant obstinément à y appartenir pour le reste de mes jours. À la suite d'un événement plus terrible que les autres, me blessant irrémédiablement au plus profond de mon âme, une évidence m'apparut : il n'y avait aucun avenir pour moi dans cette ville. Elle ne m'avait apporté que misère, souffrance et désespoir. Ma résolution était prise : je devais tenter ma chance ailleurs, et ce serait à Newcastle, pour en appeler à l'aide de M. Wallace.

Oui, j'avais pris Paris en horreur. Je ne rencontrai en cette ville ni l'accueil, ni l'entraide, ni l'ouverture d'esprit dont j'avais bénéficié à Bonneval. L'afflux de travailleurs de toutes les provinces, l'anonymat et la rude compétition à laquelle se livraient les industriels favorisaient l'embauche des travailleurs les plus expérimentés et ne laissaient que très peu de place à l'apprentissage. J'avais tenté ma chance sous l'identité de Constant Pinel à mon arrivée, en utilisant mon livret ouvrier comme sésame d'entrée, mais je fus jugée insuffisamment forte et rapide à la tâche en comparaison d'autres travailleurs masculins. Je tentai alors ma chance sous ma véritable identité, et c'est là que je m'enfermai dans la condition féminine ouvrière qui était, à bien des égards, inférieure à la condition masculine. Le salaire deux fois inférieur, la simplicité des tâches assignées : tout semblait concourir à reléguer la femme ouvrière au rang de simple d'auxiliaire et certainement pas l'amener à acquérir un savoir-faire, des compétences techniques ou quoi que ce soit qui puisse contribuer à lui faire gravir les échelons. La femme ouvrière restait maintenue sous le joug de son mari, sans le salaire duquel elle ne pouvait vivre et devait se soumettre à la hiérarchie implacable imposée par les patrons, hiérarchie dans laquelle elle occupait, à n'en pas douter, le niveau le plus bas. Outre les dangers et la misère auxquels il exposait les femmes, ce statut d'« ouvrière » n'était en aucun cas évolutif et me fermait nombre de portes.

À aucun moment je ne rencontrai de contremaître ou de patron ayant assez d'ouverture d'esprit pour me confier un travail quelque peu complexe, ou me laissant espérer mieux à moyen terme. Était-ce que la France s'était enfermée dans des principes arriérés, imposant la condition masculine comme prérequis à toute carrière dans l'industrie ? Était-ce que cette ville trop grande, charriant des flots de miséreux comme la Loire charrie au printemps troncs d'arbres et branchages, jetait sur le monde ouvrier un terrible anonymat, transformant cette marée humaine en main-d'œuvre sans âme et, du même coup, faisant de ces contremaîtres de sombres gardiens de troupeau sans cœur ? Non, décidément, il n'y avait plus rien pour moi dans cette ville.

J'avais, aussi, exclu tout retour en arrière. Malgré la souffrance quotidienne que m'imposait ma condition, l'amenuisement de mes moyens de subsistance, j'étais, certainement à tort, trop fière pour appeler à l'aide et trop orgueilleuse pour envisager de retourner chez mon oncle. J'avais envisagé de rejoindre Gabriel, pour un temps. Puis, je pensai à mon oncle qui me cherchait peut-être encore, malgré les deux années qui s'étaient écoulées. Les gendarmes auraient tôt fait de me retrouver si je me cachais chez Gabriel sous ma véritable identité. Aurais-je accepté de retourner chez mon oncle après tant d'épreuves ? Certainement pas. Je n'avais pas fait tout cela, enduré toutes ces souffrances, pour retourner à mon point de départ. Il était hors de question de retrouver cette famille d'adoption pour me voir mariée au premier prétendant ridicule qui en ferait la demande, m'enfermant dans un avenir qui assurerait, certes, mon confort matériel, mais aussi la mort de mon âme. J'avais, bien évidemment, aux plus sombres heures de cette période, songé à tout cela, à maintes reprises. Chaque fois, mon orgueil, impérieux, imposait sa volonté à ma raison et à mon corps qui se plaignait de ses diverses carences, du froid et de la fatigue. Et puis Bonneval n'était pas sans danger pour moi : je pensai à Gustave Brugères, aussi, qui serait peut-être encore en ville et qui constituait une réelle menace. Non, décidément, rien n'était plus possible à Bonneval.

J'avais également pensé en appeler à Eugène, plusieurs fois. Je supposais qu'il se trouvait toujours à Paris, pour ses études. Mais comment l'appeler à l'aide, deux ans après ma fuite, alors que je n'avais même pas daigné lui donner de mes nouvelles durant tout ce temps ? Ne l'avais-je pas trahi, en m'en allant sans même lui écrire une lettre pour lui expliquer mon choix de disparaître ? N'avait-il pas, de son côté, été extrêmement généreux, allant même jusqu'à me proposer le mariage pour m'éviter une union avec un homme qui promettait de me cantonner dans un rôle dont je ne voulais pas ? Prise par la nécessité de survivre au quotidien, tout devenant très compliqué lorsque l'on n'avait plus aucun moyen, j'avais cruellement négligé mes amis. Ils devaient me haïr maintenant. Comment justifier de rompre aussi brutalement une amitié aussi fidèle en gardant un silence absolu sur ce que j'étais devenue alors que, de leur côté, eux m'avaient témoigné tant d'affection et de compassion ? J'aurais été bien mal avisée de leur demander leur aide après tout ce temps, alors que de mon côté je m'étais montrée si ingrate.

Régulièrement pourtant, je pensais à eux. Au début, je m'étais promis de leur écrire pour les rassurer, les convaincre que j'avais pris la bonne décision, leur décrire comment j'avais pu réussir à trouver une situation tout à fait acceptable, les imaginant soulagés à la lecture de ma lettre. Or, j'étais loin de me trouver en mesure de leur communiquer mes succès en la matière et, au fur et à mesure que le temps passait, je m'enfonçais dans le dénuement le plus total et je dois avouer que je ne tenais pas à montrer à Eugène à quel point j'avais échoué dans mon entreprise. Là encore, je fus victime de mon orgueil.

C'est donc à l'été 1862 que je reprendrai mon récit.

J'allais bientôt avoir vingt ans et je n'avais pas encore perdu toute combativité, malgré les deux années particulièrement difficiles que je venais de vivre. Je venais de traverser la Manche, ce mardi du mois d'août, et avais dû faire appel à toutes mes ressources pour supporter la traversée, la mer étant suffisamment grosse pour retourner l'estomac de tout l'équipage.

Ma première rencontre avec la mer avait été un véritable choc. Je venais d'arriver au quai Henri IV, au sud du port de Dieppe, poumon économique de cette région côtière du nord de la France, fourmillante d'activité, lorsque j'aperçus ces immenses bateaux d'acier, dressant fièrement au ciel deux immenses cheminées qui crachaient une fumée blanche. Tout était nouveau pour moi, en ce lieu insolite : l'impressionnante taille de ces fameux « steamers », la multiplicité des langues que l'on pouvait entendre autour de soi et, surtout, derrière, au loin, l'immensité verte de la Manche. Je n'en pris la réelle mesure qu'une fois que notre bateau eut quitté le port.

Le steamer était de ces nouveaux bateaux à vapeur rapides, capables de traverser la Manche en quelques heures seulement. Symbole de modernité, cette machine d'acier et de tôle, longue de quatre-vingts mètres et large de neuf ou dix mètres, s'ornait de deux cheminées blanches et noires inclinées vers l'arrière, comme si la vitesse du bateau les avait couchées lors d'un précédent voyage, et deux mâts, l'un à l'avant et l'autre à l'arrière, arborant fièrement des drapeaux triangulaires de couleur comme pour célébrer une fête populaire. La coque du bâtiment était constituée d'un assemblage de plaques de tôle épaisse dont on pouvait voir les coutures : ces énormes rivets disposés en rangée tous les deux mètres environ, comme des boutons sur un habit soigné. Le paquebot, flambant neuf, était orné d'une rangée de balustrades blanches permettant aux passagers, si le temps le permettait, d'admirer le paysage pendant la traversée.

Ce jour-là, le ciel était gris, le vent soufflait fort et l'orage menaçait. J'étais fascinée par cette immensité qui ne semblait pas avoir de fin et je regardais au loin, à la fois impressionnée et quelque peu inquiète, la taille des vagues qui se couvraient d'écume en leur sommet. Lorsque le bateau quitta la rade de Dieppe, je me retournai pour admirer une dernière fois la côte française que je laissais derrière moi, me demandant quand mon destin me ramènerait à nouveau dans ce pays. Ayant appris à ne plus faire de projets dans un avenir trop lointain, constatant que je ne maîtrisais pas toutes les cartes de mon destin, je ne souhaitais pas penser à un prochain retour en France qui serait peut-être la conséquence d'un nouvel échec. Je me tournais vers l'avenir, me laissant griser par la beauté et l'immensité du ciel et de la mer. Le vert profond de l'eau, virant parfois au gris lorsque le ciel était noir, ne faisait que renforcer l'impression de puissance dégagée par cet animal mouvant que nous chevauchions. Notre bâtiment, pourtant gros comme dix fois nos fûtreaux de Loire, glissait sur le dos des vagues, se hissait à leur sommet puis grinçait lorsque nous retombions de l'autre côté. Cette puissance sauvage me semblait démesurée et, n'ayant aucune expérience des voyages en mer, je crus notre dernière heure arrivée plus d'une fois. Cette pénible traversée dura six longues heures.

Lorsque les côtes anglaises apparurent, je fus surprise de constater qu'elles étaient en tous points similaires à nos côtes françaises. Je devinais au loin un port, entouré de grandes falaises, bordé de plages de galets, très semblables aux falaises que j'avais pu voir six heures plus tôt, à Dieppe. Deux longues jetées courbes protégeaient l'accès au port et notre bâtiment s'engagea dans ce chenal menant au quai de débarquement.

C'était Newhaven. J'avais acheté un billet Paris-Londres qui comprenait le voyage en train de Paris à Dieppe via Rouen, la traversée en steamer de Dieppe jusqu'à Newhaven et, enfin, le trajet en train de Newhaven à Londres. Le tout en douze heures. Mon billet, un aller simple de troisième classe, m'avait coûté un tiers de toutes mes économies de l'époque : vingt-trois francs et vingt centimes. Il me restait en tout et pour tout quarante francs et j'espérais que cela suffirait à payer le voyage de Londres à Newcastle, ma destination finale. Je n'avais cependant aucune certitude sur ce dernier point. Le fait d'avoir dû travailler en tant qu'ouvrière avait considérablement réduit mes possibilités de faire des économies. Je savais que, dorénavant, je devrais compter chaque sou dépensé.

Après avoir quitté Paris le lundi à dix heures du matin, j'étais descendue du train au port de Dieppe six heures plus tard, et, souhaitant conserver mes économies pour aller jusqu'au bout de mon voyage, avais demandé à dormir dans la paille d'une auberge non loin du port, pour quelques sous. Peu rassurée pour ma sécurité, je dormis très mal et abordai la traversée du lendemain avec une grande fatigue. Mon épreuve n'était cependant pas terminée.

Nous débarquâmes à Newhaven en milieu d'après-midi et, après l'épreuve du passage des douanes, il me restait à prendre le train pour Londres une heure plus tard de l'autre côté du port. Les horaires indiquaient que nous atteindrions la capitale sur le coup des dix-huit heures, après seulement une heure et demie de trajet en train.

Ce n'était pas sans appréhension que je songeai à mon arrivée dans la capitale britannique : il me faudrait trouver à me loger pour la nuit dans cette grande ville, dans l'attente de trouver un train pour le lendemain à destination de Newcastle. Mon unique petit sac de voyage avec lequel j'avais quitté le Saint-Esprit, deux ans plus tôt, m'accompagnait toujours et un baluchon était venu le compléter avec quelques achats supplémentaires que j'avais pu réaliser : des affaires de toilette et mes affaires d'hommes. C'était donc légèrement chargée que j'avais entrepris ce voyage et sans réel bien de valeur à protéger. Néanmoins, je me méfiais de tout. Surtout de ces pauvres hères qui hantaient les grandes villes comme Paris ou, je le craignais, Londres. Ils étaient prêts à tous les crimes pour un bout de pain ou un verre d'absinthe. Ce monde-là ne m'était plus si étranger et je savais de multiples dangers tapis dans les recoins sombres de ces grandes cités, là où les réverbères modernes ne venaient jamais éclairer la fange, là où seuls les criminels ou les crève-la-faim osaient s'aventurer. J'avais appris qu'il était plus sûr, lorsque l'on était sans ressource, de fuir la ville pour aller trouver refuge dans une ferme, une écurie d'auberge, ou même dans une forêt, bien loin des grandes tentations que pouvaient représenter les richesses de nos grands centres urbains.

C'était donc avec ces peurs au ventre que je montai dans un wagon de troisième classe pour Londres et m'installai sur l'un des bancs de bois rudimentaires fixés au sol. Mon entrée n'avait pas été tout à fait discrète car j'avais, pour le voyage, choisi de porter la plus élégante de mes robes qui n'aurait rien eu à envier aux toilettes des passagères des secondes ou même de première classe. Même si elle était simple et avait déjà quatre ans, cette robe grise me seyait particulièrement et était de très bonne qualité. Elle avait été l'un des derniers achats dont Papa m'avait fait cadeau, avant mon départ pour l'école du Saint-Esprit. Il m'était donc difficile de me fondre dans le décor de ce wagon de troisième classe, encombré de ballots de chiffons, de cages à poules et peuplé de figures toutes plus caricaturales les unes que les autres.

Il y avait là une mère de famille encombrée de trois marmots pleurnichant, d'une saleté repoussante, le nez dégoulinant d'une matière visqueuse à la couleur indéfinissable, l'un écroulé sur le sol aux pieds de sa mère, les deux autres dans ses bras, essayant d'attraper tout ce qui passait à leur portée. La mère, les traits tirés, les cheveux roux ramenés sous un bonnet qui avait dû être blanc un jour lointain, avait les joues rouges des journées de grand vent et le nez violacé et gonflé par l'abus de gin et de ale. Cette petite troupe était sans doute la plus bruyante du wagon. Si j'avais dû choisir le personnage le plus repoussant, j'aurais sans hésitation désigné cet homme à qui je ne donnais pas moins de soixante ans, deux rangées devant moi, à côté duquel personne n'avait voulu s'asseoir, malgré la foule entassée dans le wagon. Son visage ridé, de couleur brune, était à n'en pas douter celui d'un marin qui avait perdu l'habitude, si jamais il l'avait eue, de la toilette quotidienne. Sa barbe hirsute, grise et jaune sale, sans forme, lui mangeait la moitié du visage. Il semblait tenir des propos incohérents, du moins si l'on pouvait qualifier de propos les beuglements ou gémissements qu'il poussait de temps à autre. Je devinai, malgré la distance, l'odeur épouvantable qui se dégageait de sa personne.

La foule des voyageurs était constituée de travailleurs plus ou moins sales, tous à la mine plus ou moins sombre, souvent mal rasés, peu lavés, les plus jeunes parlant haut et riant beaucoup, les plus âgés dormant déjà à moitié avant le départ du train. Dans les premiers instants, je ne comprenais pas un traître mot de ce qui se disait autour de moi et ne réussis pas non plus à identifier de compatriote dans mon wagon. Je dus me concentrer, essayer de passer la barrière des divers accents afin de deviner ce que pouvaient se raconter mes compagnons de voyage, pour un résultat assez médiocre. Il m'avait pourtant semblé maîtriser parfaitement cette langue au bout de l'année et demie que j'avais passée au Saint-Esprit. Bien sûr, je devrais enrichir mon vocabulaire, mais je conversais alors en toute aisance avec Mlle McCormick, notre professeur d'anglais. L'accent que je découvrais dans ce wagon de troisième classe était très étrange : ils mangeaient la moitié des mots et en déformaient la moitié restante ! Cela n'était pas de très bon augure pour la suite de mon voyage et mon installation dans ce pays…

Soudain, le train s'ébranla et les voix se turent. Le voyage en train de troisième classe était, certes, beaucoup plus rapide que par la malle-poste mais s'avérait par bien des aspects plus inconfortable. Si les rails nous épargnaient les nombreux cahots de la route, les bancs de bois et la promiscuité des passagers achevaient d'augmenter mon inconfort. Voilà que la fatigue aidant, je devais subir les assauts répétés de légères nausées, incommodée par les odeurs d'alcool ou de poisson émanant d'autres passagers.

Je décidai de concentrer mon attention sur l'observation du paysage britannique. Après tout, je vivais à l'instant l'une des plus grandes aventures de ma courte vie : l'exploration d'un pays étranger. Les grandes capitales européennes avaient longtemps nourri mon imaginaire, alors que je n'étais qu'une enfant, et mon intérêt pour les voyages avait grandi au fil des ans. Ce jour-là, dans ce train pour Londres, je réalisai que je vivais un instant privilégié et je me devais à moi-même, mais aussi à l'enfant rêveuse que j'avais été, de savourer cet instant, quoi que me réservât l'avenir.

Le sud de l'Angleterre se révélait pour l'instant assez semblable à la Normandie que je venais de quitter. Un paysage de bocage défilait devant les vitres du train, alternant de douces collines, de vastes pâturages et de jolis bosquets. Le seul élément du paysage que je trouvai typiquement britannique fut le style des maisons, exclusivement de briques rouges et sans volet aux fenêtres. La région que je traversais semblait riche et prospère : les villages défilaient les uns après les autres dans une succession de vallons cultivés, entourés de haies parfaitement taillées, les pâturages ponctués çà et là de magnifiques manoirs de pierre rouges, entourés de parcs verdoyants aux paysages élaborés et entretenus avec soin. L'ensemble, harmonieux, était un vrai régal pour les yeux et contribua à diminuer mon anxiété. À mesure que nous approchions de Londres, l'urbanisation se faisait plus dense sans pour autant, au contraire de Paris, perdre en attrait : les maisons de briques rouges se faisaient plus étroites, tout en hauteur, collées les unes aux autres, les jardins restaient coquets et joliment arrangés, de jolis parcs ponctuaient çà et là les ensembles urbains.

Je trouvai difficile de distinguer la fin de la campagne et le début de Londres : les villages se rapprochaient les uns des autres, les champs se réduisaient à des jardins, les chemins devenaient rues, et, sans m'en rendre compte, il me sembla être déjà dans les murs de la cité. À ceci près qu'au contraire de Paris, cette cité n'avait pas de murs.

Notre gare de destination serait la gare Victoria, baptisée en l'honneur de l'impératrice éponyme. À l'arrivée, il me sembla débarquer au cœur du monde moderne. Le bâtiment, flambant neuf, accueillait les voyageurs dans un décor magnifique : une immense voûte de fer forgé et de verre abritait les quais, plusieurs centaines de mètres avant l'arrêt du train, garantissant un abri par temps de pluie. De fines colonnes d'acier élancées soutenaient cette voûte en dentelle de fer, sans aucun mur de soutènement qui pourrait boucher la vue d'un quai à l'autre. Le sol des quais n'était ni en terre, ni en sable, mais avait été recouvert de cette nouvelle matière que l'on trouvait également dans les plus beaux quartiers : le fameux asphalte, noir et lisse, qui évitait la boue et les bosses. Londres n'était-il pas le haut lieu du développement industriel et économique de cette époque ? Cette année-là devait s'y tenir pour la seconde fois l'Exposition universelle, où le monde entier se pressait pour venir admirer les toutes dernières inventions et les fantastiques machines industrielles… Je ne pouvais cependant me laisser aller à cette exaltation, alors que je descendais de mon wagon de troisième classe : il était maintenant temps pour moi de trouver le moyen de me rendre à Newcastle.

Je progressai avec difficulté parmi la foule sur le quai, suivant le flot des voyageurs débarquant du train de Newhaven. Une fois dans le hall, j'étais désorientée. Il me fallait demander mon chemin pour la gare de King's Cross, d'où partaient les trains pour le nord-est de l'Angleterre. Je n'avais aucune idée de la façon de m'y rendre, ni si je pouvais faire le trajet à pied en un temps raisonnable.

Je choisis dans la foule une dame qui me parut respectable afin de me renseigner. Je fus agréablement surprise de découvrir que l'anglais de cette dame était beaucoup plus compréhensible que celui de mes compagnons de voyage de Newhaven. Elle m'indiqua très aimablement où trouver un plan de la ville pour cinq pence et me précisa que je pouvais faire le choix de m'y rendre en coach en vingt minutes ou bien à pied, la promenade étant fort agréable en cette fin de journée d'été, en une heure et quart environ. Je trouvai dans la gare un bureau de change et convertis mes quarante francs en une livre et quinze shillings. Toute ma fortune résidait dans cette somme.

Le petit plan du centre de Londres que je m'étais procurée me permit d'atteindre King's Cross en une heure en pressant le pas. Je m'inquiétais de tout dans cette ville immense et inconnue : quels quartiers devrais-je traverser ? Quels dangers risquais-je d'affronter ? Je réalisai vite que je me faisais un sang d'encre à tort : les rues de cette partie de Londres étaient aérées, les maisons qui les bordaient étaient cossues et les promeneurs de la meilleure société. Je traversai un ravissant parc, croisai une foule de promeneurs, longeai le palais de Westminster et continuai vers le nord.

Le ciel s'était dégagé et le soleil de cette fin d'août était toujours haut lorsque j'atteignis King's Cross. Cette gare, tout aussi moderne que Victoria, s'ouvrait sur une immense place encombrée de calèches, de voyageurs débarquant leurs malles de diligences et d'une foule de badauds. La façade de la gare était monumentale : une horloge centrale, juchée sur une colonne de plus de dix mètres de haut, était flanquée de deux immenses arches de verre et d'acier surplombant elles-mêmes les arches de pierre sous lesquelles nous devions passer pour entrer dans la salle des pas perdus. J'y pénétrai et me dirigeai vers le guichet afin d'y acheter mon billet pour Newcastle. Mon cœur battait, car j'allais dans quelques instants savoir si je pouvais m'offrir le trajet complet jusqu'à Newcastle, ma seule et unique promesse d'avenir.

Le préposé au guichet ne daigna pas me regarder alors que je lui demandais le prix d'un aller simple pour Newcastle. Il offrait à ma vue un crâne glabre entouré d'une fine couronne de cheveux bruns, alors qu'il scrutait avec attention son registre. Il m'annonça : « vingt-neuf shillings, dix pence ». Je poussai un immense soupir de soulagement et lui tendis mon unique livre sterling et dix shillings. Je pouvais atteindre Newcastle sans encombre !

Je demandai au guichetier la date et l'horaire du prochain départ : il m'annonça qu'il y avait un départ tous les jours à huit heures du matin, pour une arrivée à dix-huit heures environ à Newcastle, après un arrêt pour le déjeuner à York. Rassurée, mon billet pour le lendemain en poche, je comptai l'argent qui me restait : cinq shillings et deux pence. J'osai lui demander s'il connaissait une auberge propre et bon marché proche de la gare. Il leva les yeux par-dessus ses lunettes rondes et, après m'avoir observée avec attention, jugeant mon allure et ma condition, il m'indiqua la pension de Mme Walter sur Crestfield Street, dans laquelle je trouverais une chambre propre pour seulement deux shillings. Ce fut effectivement une adresse tout à fait correcte : j'y trouvai une petite pension tenue par une jeune veuve offrant de petites chambres très modestes, mais impeccablement tenues.

Je me passai de dîner ce soir-là, voyant mes économies fondre comme neige au soleil : il ne me restait que trois shillings et deux pence. Le lendemain, je montai dans le train à sept heures trente, ne souhaitant rater le départ pour rien au monde. Je m'étais acheté une pomme pour calmer le grondement de mon estomac et me préparai à ce trajet de plus de dix heures jusqu'à Newcastle upon Tyne.

21

Newcastle upon Tyne

Mon wagon de troisième classe était somme toute assez calme et plus confortable que celui de Newhaven : les bancs de bois avaient été remplacés par des banquettes capitonnées et la physionomie des voyageurs était très différente de ceux qui m'avaient accompagnée entre Newhaven et Londres.

L'éloignement de la destination, son prix aussi, tout concourait à réserver ce long voyage à des membres de la petite bourgeoisie ou de la classe moyenne qui rendaient visite à un parent éloigné ou qui, comme moi, se dirigeaient vers un nouveau destin. Ce fut avec plaisir que je constatai les bonnes manières de mes compagnons de voyage, contrastant avec la rudesse des ouvriers et des marins de Newhaven. En écoutant les conversations, je pus apprendre qu'il y avait là autour de moi un modeste clergyman et ses deux filles, un marchand de draperies, une gouvernante et une femme de chambre. Les messieurs qui se trouvaient un peu plus loin dans le wagon avaient pour la plupart l'allure de fermiers plus aisés que la moyenne ou de modestes bourgeois choisissant par économie la troisième classe.

Je partageais ma banquette avec l'une des filles du clergyman et avais en face de moi le susdit homme d'église et son autre fille. L'une d'entre elles, très avenante, prit rapidement la parole, une fois que je fus sortie de ma torpeur, pour me faire la conversation. Les deux jeunes filles se nommaient Lucy et Margaret Owens. Âgées respectivement de vingt-trois et dix-neuf ans, elles étaient tout à fait charmantes : l'image même que l'on pouvait se faire en France de ces demoiselles anglaises à l'éducation impeccable. Elles étaient toutes deux frêles et de petite taille, étriquées dans des robes sombres et très simples, portant la même coiffure aux cheveux tirés et tressés, ramenés en arrière dans un chignon couvrant leurs oreilles. Je trouvai cette coiffure fort peu seyante, ajoutant à la pâleur de leur visage et à la rigueur de leur toilette : tout dans leur mise visait à renforcer le sentiment d'humilité et de modestie, allant même jusqu'à effacer leur beauté. Lucy, la plus âgée, blonde comme ma chère Susanne, bénéficiait de traits assez fins et de grands yeux noisette dans lesquels on devinait une grande sincérité. Elle avait une nature plus bavarde que sa sœur. Elle m'apprit rapidement qu'elles avaient étudié le français et l'allemand, en sus du dessin, de la musique et de la littérature britannique, et qu'elles étaient ravies de trouver en moi une rare occasion de pratiquer leur français.

J'étais, de mon côté, ravie de pouvoir converser avec des personnes ayant un tant soit peu d'éducation et de conversation. Plaisir dont j'avais été, durant les deux années passées, totalement privée. Lucy prenait plaisir à s'exprimer dans la langue de Molière et faisait la conversation. Elle se montra curieuse de tout ce qui touchait à la France :

— Dites-nous tout de votre contrée, Miss. Orléans, comment est-ce ? Nous avons lu tant de merveilles sur la Loire et ses châteaux. Est-ce aussi beau qu'on le dit ?

— Miss Owens, lui répondis-je en français, il me serait difficile d'être objective. Néanmoins, je peux vous dire que de nombreux Parisiens ont une maison de villégiature en Sologne ou en forêt d'Orléans, ce qui prouve l'attrait de la région. La forêt de Sologne est giboyeuse, ce dont ces messieurs raffolent, et les promenades le long de la Loire ravissent les dames. Les étés y sont assez chauds et l'on se baigne souvent, du moins les enfants, sur les plages de sable qui bordent le fleuve. Si vous vous intéressez aux oiseaux, vous aurez aussi le loisir d'observer de nombreuses espèces : des mouettes, des cormorans et de nombreuses aigrettes…

Lucy Owens buvait mes paroles et voulait en savoir plus. Nous conversâmes plusieurs heures durant, nos pensées quittant assez vite les bords de Loire pour évoquer la littérature française, partageant nos connaissances en la matière et, nous trouvant des goûts communs, savourant nos échanges. J'appréciais particulièrement d'avoir trouvé, au hasard d'un voyage, un esprit aussi éveillé et si proche du mien. Je retrouvais la finesse des échanges que j'avais pu, il y avait longtemps déjà, avoir avec ma chère Susanne.

— Miss, reprit-elle ensuite, que diriez-vous de Paris ? Votre capitale a la réputation d'être le haut lieu de tous les plaisirs... Saviez-vous que nombre de nos jeunes Britanniques choisissent Paris pour leur première excursion à l'étranger, ce qui concourt à sa réputation en Angleterre ?

— Sur ce point, je ne saurais vous renseigner... Je crains, au contraire, de n'avoir pas vu Paris sous son meilleur jour et j'y restai pourtant deux longues années. Ne vous fiez pas à moi en ce qui concerne Paris, je n'ai pas su en profiter...

Un silence embarrassé s'imposa et Lucy Owens ne savait visiblement trop comment poursuivre notre conversation. Je me dévouai.

— Mais dites-moi, Miss Owens, de quelle partie de l'Angleterre êtes-vous originaire ?

Un large sourire revint instantanément sur son joli visage.

— Newcastle ! Notre père y est clergyman depuis plus de trente ans déjà. Nous sommes sur le chemin du retour pour regagner notre maison de Northumberland Street, au nord de la ville, après plus de deux mois d'absence. Je vous avouerai que je suis autant attachée à Newcastle que vous l'êtes à votre région des bords de Loire. C'est une région au climat certainement moins doux que la France, mais la côte et la lande sont d'une rare beauté. Et, tenez-vous bien : la ville a bénéficié de récents embellissements et elle a maintenant la réputation d'être l'une des plus jolies d'Angleterre !

— Vous m'en voyez ravi, Miss Owens ! Je ne connais pas encore votre ville, mais je souhaite de tout cœur avoir la chance de la découvrir. J'ai quitté définitivement Paris pour Newcastle où j'ambitionne de trouver un travail à la Wallace Steel Company. J'ai eu la chance de rencontrer M. Wallace à Bonneval, il y a plus de deux ans maintenant et il m'avait alors offert cette possibilité.

Elle ouvrit de grands yeux étonnés.

— Vraiment, Miss ? Quelle coïncidence ! M. Wallace est de nos amis ! Newcastle n'est pas une si grande ville, après tout... même si la population a doublé en cinquante ans pour presque atteindre cent mille âmes à présent ! Nous aurons donc certainement l'occasion de nous croiser à l'avenir.

Elle s'arrêta un instant, semblant réfléchir, puis reprit de plus belle :

— Dites-moi : je serais ravie d'être votre guide si vous souhaitez découvrir notre ville et ses environs… Où logez-vous donc ?

Je fus embarrassée.

— Ma foi, je ne le sais pas encore. Ce point me cause d'ailleurs quelque anxiété. Je ne connais pas la ville et mes moyens sont réduits, n'ayant pas encore de travail. Pourriez-vous m'indiquer une pension modeste mais honnête qui ne se trouverait pas trop éloignée de l'usine Wallace ?

Elle se redressa d'un coup et fit à nouveau des yeux ronds :

— Oh, Miss Deschanel, je vous interdis ! Il est de mon devoir de vous inviter à loger chez nous, sur Northumberland Street, tant que vous n'aurez pas trouvé un logement décent. Je ne saurais laisser une personne de votre qualité aux mains d'une quelconque logeuse de la basse ville !

À cet instant, Miss Owens se tourna vers son père qui somnolait à moitié à son côté.

— Papa, s'écria donc Miss Owens, cher Papa, éveillez-vous, je vous prie !

Monsieur Owens, un homme d'une cinquantaine d'années, grommela dans son sommeil. Il avait de commun avec ses filles cette allure frêle et sa petite taille. Il affichait une certaine maigreur, creusant son visage mais n'altérant pas ses traits, réguliers et fins. Ses cheveux gris, pas encore clairsemés par la calvitie, étaient extrêmement fins. Si ses membres étaient maigres, laissant trop d'ampleur au tissu de son habit noir de pasteur, un léger embonpoint à l'emplacement de son estomac venait tendre son veston. Il ouvrit les yeux et je les découvris d'un bleu gris et froid, embués de sommeil.

— Qu'est-ce à dire, ma fille ? Que se passe-t-il ? Sommes-nous arrivés ? balbutia-t-il.

— Non père, répondit Miss Owens. Nous n'arriverons que dans une paire d'heures. Papa, je vous ai éveillé pour une affaire d'importance !

L'homme d'Église se redressa sur la banquette.

— Papa, il nous faut accueillir Miss Deschanel à la maison, dès notre arrivée !

— Ah ? Tiens donc ? répondit-il, m'adressant un regard curieux.

La détermination de Lucy ne semblait pas étonner le vieil homme placide.

— Oui, père ! Miss Deschanel vient pour la première fois à Newcastle ce soir et n'a pas encore réservé de logement ! Je me refuse à lui indiquer une quelconque pension en ville et la prie d'accepter de venir loger chez nous, le temps que nous puissions lui trouver un logement décent. Me soutiendrez-vous dans cette démarche, père ?

Il leva un sourcil et fit une moue fataliste, mais amusée :

— Oh, Lucy, je me garderais bien de m'interposer lorsque vous avez une idée aussi précise en tête ! dit-il.

Puis, s'adressant à moi :

— Mademoiselle, c'est donc avec grand plaisir que nous vous accueillerons ce soir et les soirs suivants, tant qu'il vous plaira.

J'étais à nouveau embarrassée...

— Monsieur, Miss Owens, je ne saurais accepter... Je ne dispose que de peu de moyens, il est vrai, mais j'ai de quoi payer une pension pour quelques jours, le temps de trouver un emploi et de pouvoir m'offrir un logement décent. Je ne supporterais pas de débuter mon séjour à Newcastle en abusant de votre hospitalité.

Lucy prit un air autoritaire et posa sa main sur la mienne :

— Miss Deschanel, c'est décidé ! Nous vous emmenons avec nous. Il ne s'agit absolument pas de charité et nous comptons bien profiter de vous pour perfectionner notre français, Margaret et moi. Considérez que vous nous dispenserez des cours gratuits !

— Allons Mademoiselle, je souscris à l'idée de ma fille, reprit le pasteur. Je pense effectivement que travailler leur français leur fera le plus grand bien. Acceptez, je vous prie. Refuser serait maintenant nous offenser, ajouta M. Owens.

Je devais me rendre...

— Monsieur, Mademoiselle, je ne sais comment vous remercier. Vous m'ôtez toute l'inquiétude d'arriver seule dans une ville inconnue. Sachez que je ferai mon possible pour participer aux besognes de la maison le peu de jours que je séjournerai chez vous. Je compte bien dès demain me mettre en recherche d'un logement.

— Rien ne presse voyons, souligna Miss Owens. Nous serons, encore une fois, ravis de vous avoir avec nous et de faire entrer dans notre maisonnée un peu de votre culture française.

Je les remerciai avec chaleur, jugeant inespérée ma fortune. Je venais non seulement de faire connaissance avec de charmants compagnons de voyage, mais aussi de trouver un hébergement sûr pour ma première nuit à Newcastle. Ma bonne étoile serait-elle revenue après m'avoir abandonnée pendant plus de deux ans ? Je me pris à reprendre espoir et à envisager la possibilité de sortir enfin de cette période de ma vie où seule la nécessité de survivre occupait toutes mes pensées.

Nous passâmes les deux dernières heures du voyage à discourir sur la complexité de la langue française puis sur les différents accents auxquels j'avais été confrontée depuis mon arrivée sur le sol britannique. Ma nouvelle amie me promettait de me faire progresser en anglais, alors que je prenais de mon côté l'engagement de l'aider en français.

Vers dix-huit heures, après toute une journée passée dans ce train sur des banquettes qui s'avéraient, au bout de dix heures, d'un confort insuffisant, nous arrivâmes en gare de Newcastle upon Tyne. Je collai, telle une enfant, mon visage aux vitres du train, alors que nous approchions du centre urbain. Cette gare avait une configuration particulière et paraissait somme toute imposante, même si elle était sans commune mesure avec la gare de King's Cross ou Victoria. Miss Owens me pressa de ne pas perdre de temps : il fallait descendre avant que le train ne reparte pour Édimbourg, son terminus.

Lorsque je descendis du wagon à la suite de mes nouveaux amis, je découvris un immense toit en arche de métal et de verre, soutenu par d'élégantes colonnes d'acier. La structure était fine et haute et, ce qui était encore plus remarquable, entièrement courbe : le toit et les voies décrivaient un arc de cercle de plusieurs centaines de mètres de long. La gare comportait deux voies d'arrivée et de départ et quatre voies additionnelles de garage. La richesse, la modernité et l'élégance de cette gare trahissaient la prospérité de la ville et étaient de bon augure.

Miss Owens m'invita à la suivre à travers la foule des voyageurs qui descendaient du train, alors que son père faisait quérir leurs malles par deux porteurs. Nous nous dirigeâmes vers le hall principal de la gare. Tout en longueur, ce bâtiment moderne de pierre blanche était en tout point semblable aux nouveaux immeubles de Londres : de style classique épuré, il arborait de grandes arches soutenues par des piliers de style moderne. Nous le traversâmes et nous rendîmes sur la large place bordant la gare ; nous dûmes nous frayer un chemin dans la cohue des fiacres et des diligences, évitant les cochers à la recherche de clients.

M. Owens s'adressa à un cocher qui, le voyant, sauta de sa berline pour le saluer et lui prendre ses bagages à main. Les porteurs chargèrent les malles alors que Miss Owens et Margaret m'invitaient à monter en voiture.

— Mon Dieu, quelle cohue ! s'exclama Lucy. C'est habituel ici : l'arrivée du train de Londres attire toujours le badaud et les marchands de toutes sortes, sans compter les familles qui viennent chercher les voyageurs. Je suis impatiente de retrouver le calme de la maison et une bonne tasse de thé !

Elle me jeta un regard rassurant :

— Ne vous inquiétez pas, Miss, nous sommes presque arrivés. Notre maison est proche de la paroisse de Papa, au nord de la ville, à environ un demi-mile de la gare. Nous y serons en quelques minutes…

M. Owens renchérit, trop heureux de pouvoir énumérer les qualités de sa paroisse :

— Miss, nous avons la chance d'habiter en lisière du centre-ville, ce qui nous permet de profiter des commodités urbaines, sans en avoir les inconvénients. Ma paroisse est située dans un quartier rénové dans les années trente. Les vieilles constructions de bois ont pour la plupart été éliminées du centre-ville et laissent la place à de magnifiques immeubles classiques, et les ruelles étroites et insalubres ont été remplacées par de larges avenues et des places aérées. Vous aurez l'occasion, sur le trajet, d'admirer quelques-unes de ces avenues.

— Sommes-nous éloignés du fleuve ? demandais-je, soucieuse d'apprendre à m'orienter dans cette nouvelle ville.

— La rivière Tyne est au sud de la *Central Station*, à environ deux cents mètres. Nous remontons actuellement vers le nord et nous en éloignons donc.

— Savez-vous où se situe la Wallace Steel Company ?

— Bien sûr : elle se trouve entre la gare et la rivière, adossée à la fabrique de locomotives de M. Wellington. Vous connaissez, j'imagine, la réputation de Newcastle en matière de production ferroviaire, Mlle Deschanel ?

— Je dois avouer que non, M. Owens…

— Allons donc. Ne savez-vous pas que Newcastle est le centre incontesté de production de locomotives pour les chemins de fer du monde entier ?

— Je l'ignorais en effet.

— Ma chère, l'industrie est à l'origine de la prospérité de notre ville et de deux fleurons particulièrement : les locomotives Wellington et nos chantiers navals !

— Voilà qui est prometteur…

— Absolument. Vous aurez certainement l'occasion de visiter ces entreprises si vous travaillez pour M. Wallace. Ses fonderies fournissent bien sûr les meilleurs aciers à Wellington.

— Je l'espère, Monsieur.

— Mais nous voilà déjà arrivés ! annonça M. Owens en jetant un regard dans la rue.

En descendant, il s'adressa à sa fille aînée :

— Lucy, il faudra que tu écrives un mot à Mrs Prescott pour la remercier de nous avoir prêté son fiacre.

La maison qu'occupaient M. Owens et ses filles était située sur Northumberland Street. Cette avenue, large et moderne, s'avérait entièrement pavée et bordée d'immeubles de trois étages, en briques rouges virant au brun foncé. Les façades des immeubles étaient variées, certaines très ouvragées aux fenêtres de style néogothique avec une colonne centrale et des arcs de cercle au-dessus des fenêtres. D'autres, beaucoup plus simples, plus modernes, avaient ce style classique en pierre blanche, mais sans décoration particulière. L'ensemble était harmonieux et agréable, même si ces briques sombres attristaient quelque peu l'impression générale.

Nous pénétrâmes dans l'un de ces immeubles qui se révéla, avec son entrée unique, être une maison particulière de deux étages. Le rez-de-chaussée comportait un salon qui donnait sur la rue, une salle à manger et une cuisine. Les pièces étaient de taille tout à fait agréable et cette maison me rappela par bien des aspects notre maison de ville de Bourg-le-Vieil, rue d'En Bas. Elle était confortable et d'une surface suffisante, même si d'aucuns l'auraient trouvée modeste.

On m'installa au salon et on appela un domestique pour qu'il m'apporte une tasse de thé alors que la famille donnait des directives pour monter telle malle, laisser une pièce au cocher, ranger des manteaux, etc. En un quart d'heure tout fut réglé et mes hôtes me rejoignirent au salon. On apporta à nouveau du thé. Tout le monde s'accorda à dire que, même si le train avait amélioré de manière incomparable la qualité des voyages, ces longues journées restaient éprouvantes.

Lucy souhaita connaître mes premières impressions sur la ville et je lui fis part de mon admiration quant à la modernité de tout ce que j'avais vu jusqu'à présent. Je m'inquiétai de savoir comment me rendre à la Wallace Steel Co. dès le lendemain, combien de temps de trajet cela me prendrait, etc. C'est alors que M. Owens m'informa à nouveau que M. Wallace était de ses amis et que je ne pouvais mieux choisir mon futur employeur. Les fonderies étaient prospères et M. Wallace prenait à cœur de traiter correctement ses ouvriers, ce qui n'était pas vrai pour toutes les industries de Newcastle.

Que M. Owens fût un ami de M. Wallace ne m'étonna guère : comme j'avais déjà pu l'observer à Bonneval, les notables de ces petites villes de province se connaissaient tous. Industriels, aristocrates, membres du clergé, institutionnels, tous faisaient plus ou moins partie des mêmes cercles. C'est ce qui, à mon sens, rendait beaucoup plus de choses possibles dans ces petites villes. A contrario, j'avais pu expérimenter combien l'anonymat des grandes villes pouvait compliquer tant la vie quotidienne que l'élévation sociale. Chacun y était plus méfiant, moins accessible, moins accueillant. Était-ce pour se protéger de l'afflux de provinciaux qui arrivait chaque jour à la capitale pour trouver une situation et s'établir ? Était-ce en vue d'un avenir meilleur si difficile à obtenir qu'il faille l'arracher à d'autres ? Peu importait : les nantis déjà établis fermaient leurs portes et se voulaient inaccessibles.

M. Owens chercha à en savoir plus sur la façon dont j'avais pu faire la connaissance de M. Wallace, mais aussi sur ma famille et mes origines. Je lui parlai de Papa, de ses passions qui devinrent les miennes, de mon passage au Saint-Esprit.

— Vous ne parlez pas de votre Maman, mon enfant ? s'étonna-t-il.

— Elle nous a quittés il y a plus de sept ans maintenant. Je garde d'elle le souvenir d'une personne d'une grande douceur et d'une extrême finesse.

Lucy prit un air atterré :

— Ma pauvre Constance, vous vous êtes donc retrouvée seule à la mort de votre père, voilà trois ans déjà ?

— Pas tout à fait... J'ai encore un oncle et une tante à Bonneval, au sud d'Orléans, avouais-je.

Un éclair passa dans les yeux gris du vieux pasteur :

— J'y suis, Miss ! C'est à Bonneval que M. Wallace a investi une partie de son capital dans une fonderie, il me semble. C'est là-bas que vous avez fait sa connaissance ?

— Effectivement...

Je restai volontairement évasive sur les circonstances de ma rencontre avec M. Wallace. Comment expliquer que j'avais fui la seule famille qui me restait ? M. Owens plissa les yeux, Lucy resta interdite. Margaret, toujours aussi discrète, baissait les yeux. Ils hésitaient à me demander plus de détails... Je ne savais comment serait accueillie ma rébellion et craignais d'effrayer mes hôtes par ma trop grande indépendance. Je tentai une diversion.

— C'est à Bonneval que je décidai de travailler dans l'industrie, repris-je. Une passion héritée de Papa.

— Comme c'est original ! constata Lucy, enchantée. Avec votre éducation, tout vous prédisposait à devenir gouvernante ou maîtresse d'école. Cela ne vous a pas tentée ?

— Je reconnais bien volontiers que c'eût été la voie toute tracée pour moi. Malheureusement, je n'ai aucune facilité avec les enfants, ni aucun goût pour m'occuper d'eux, je dois bien l'avouer. C'est pourquoi je me suis tournée vers l'industrie. Voilà comment j'ai fait la connaissance de M. Wallace.

— Et vous voilà donc à Newcastle upon Tyne, aujourd'hui même.

— Absolument.

— Mademoiselle, reprit M. Owens, nous méritons tous un bon dîner et une bonne nuit de sommeil.

Il s'arrêta un instant, levant le nez en l'air.

— Ne sentez-vous pas le fumet de ce lard ? Il me semble aussi sentir le porridge ?

Il m'adressa un sourire enthousiaste :

— Vous ai-je dit que nous avions une fameuse cuisinière ? Mrs Dawson fait des miracles. Il sera intéressant d'avoir l'avis d'une Française sur sa cuisine !

Nous passâmes à table sans plus de cérémonie et j'eus l'occasion de goûter le premier porridge de ma vie. Cette bouillie d'avoine et de lait, sucrée et parfumée à la cannelle par Mrs Dawson, était un vrai régal. Je n'en appréciai que mieux le confort de la maison et dormis profondément ce soir-là, trop heureuse que ma première soirée à Newcastle se soit déroulée dans un cadre aussi amical et serein.

22

La Wallace Steel Co.

Ma priorité était de me rendre dès que possible à la Wallace Steel Company. Cependant, mes nouveaux amis ne l'entendaient pas ainsi : mes hôtes, d'une prévenance exemplaire, m'avaient convaincue de découvrir tout d'abord la ville en leur compagnie. Lucy et Margaret, désirant âprement travailler leur français avec mon aide, avaient obtenu que je reste toute une semaine en leur maison de Northumberland Street, leur prodiguant des cours de français le matin, et offert de me faire découvrir la ville l'après-midi. Elles avaient fait valoir leur déception de me voir commencer un travail si tôt, me prenant tout mon temps, ne me laissant guère d'opportunité de leur donner des cours.

Mes excellents hôtes, que j'avais jugés loin d'avoir de larges moyens au premier abord, au vu de leur sobre mode de vie, jouissaient cependant de confortables revenus : j'appris au détour de nos discussions qu'attachés à cette cure se trouvaient de nombreuses terres cultivées au nord de la ville qui rapportaient un large revenu à M. Owens. Celui-ci, cependant, n'en gardait qu'une faible partie pour lui-même et ses filles, et distribuait la plus grande part à différentes œuvres de charité. Il avait acquis, par cette pratique, une solide notoriété d'homme de bien à travers toute la ville. Cela ajouta à l'admiration que je portais aux Owens qui, sans méfiance aucune, et sans préjugé, m'avaient accueilli en leur sein, aussi naturellement que si nous avions été d'anciennes connaissances. Beaucoup, dans la même situation, se seraient bien gardés d'en faire autant, de peur de voir une étrangère profiter de leurs bontés et de ne pouvoir s'en défaire au bout de quelques jours. C'est du moins ainsi que j'aurais moi-même réagi, constatai-je, non sans un certain sentiment de culpabilité. J'eus ainsi la chance de découvrir la ville en toute sérénité, accompagnée de Lucy. Margaret, elle, s'excusa, préférant ses lectures et l'étude à de fatigantes sorties en plein air.

La ville de Newcastle était bordée au sud par la rivière Tyne qui se jetait quelque huit miles plus loin vers l'est dans la mer du Nord. Au sud du fleuve se trouvait le quartier de Gateshead, moins développé que Newcastle, et communément assimilé à une extension de la première cité. La ville était peu vallonnée, et seules quelques collines boisées au loin coupaient l'horizon. Son attrait résidait principalement en quelques vestiges des temps passés : le château dont la ville tirait son nom qui, bâti en 1080, avait remplacé un château précédent non loin des rives de la Tyne, puis la « Blackgate », tour de défense faisant face au château. Cette tour présentait un intérêt historique certain mais ne se visitait pas : elle se trouvait dans un quartier très pauvre, mal fréquenté et assez dangereux. Enfin un mur d'enceinte, que l'on disait contemporain du célèbre mur d'Hadrien, était encore visible par endroits. Lucy fut un excellent guide : elle m'indiqua certains quartiers à éviter comme les docks ou les abords immédiats de la Tyne et de la Blackgate et m'emmena dans les nouveaux quartiers flambant neuf aux larges avenues, telles Grey Street, Pilgrim Street ou Grainger Street, dotées de magnifiques constructions comme le Grey Monument, le Théâtre royal, l'Emerson Chambers Building sur Blackett Street, etc.

Je fus dans l'ensemble émerveillée par cette ville nouvelle et moderne. Durant toute cette première semaine, telle une touriste en voyage d'agrément, j'oubliai presque l'angoisse de savoir si j'allais pouvoir enfin m'établir sereinement ici. Souhaitant vivement, et au plus tôt, pouvoir trouver une situation stable et correcte sans avoir en tête cette inquiétude permanente du lendemain, il me tardait de me rendre à la Wallace Steel Co. Je m'en ouvris à Lucy qui suggéra de m'y accompagner dès le jour suivant.

La manufacture de M. Wallace se trouvait au sud-ouest de la Central Station. Ce quartier de Newcastle, essentiellement industriel, n'avait pas bénéficié des travaux de rénovation du centre-ville. Il était sinistre mais sans être délabré : tous les bâtiments étaient faits de cette brique si triste, de couleur rouge sombre virant au brun foncé. Les rues étroites, boueuses et non pavées, fourmillaient de livreurs en tous genres, de voitures chargées de matériel, de la cohue des ouvriers allant et venant, de passants et de badauds.

La Wallace Steel Co. se cachait derrière d'immenses murs de briques sombres, ponctués d'une multitude de fenêtres toutes en hauteur. Après avoir longé ces longs murs, nous atteignîmes une grande porte que Lucy m'indiqua comme étant l'entrée principale menant aux bureaux de la direction. C'était de ces larges portes à double battant par lesquelles rentraient les marchandises avec, découpé dans le battant droit, une porte plus petite pour piétons. L'ensemble était surmonté d'une grande enseigne fraîchement peinte. Des lettres d'or sur fond noir indiquaient: «Robert Wallace & Son Steel Company». Lucy souhaita m'accompagner, saisissant ainsi l'occasion de présenter ses hommages, au nom de son père, à M. Wallace qu'elle n'avait pas vu depuis plusieurs semaines.

Nous franchîmes cette grande double porte de bois par laquelle rentraient et sortaient des hommes aux moustaches broussailleuses et aux casquettes à large visière, aux tuniques de toile sombre à la couleur indéterminée. Des yeux curieux nous dévisageaient ouvertement. Lucy se dirigea vers un escalier intérieur à rambarde de fer forgé sur notre gauche et nous montâmes au premier étage. Là, elle s'adressa à un homme en costume de toile grossière portant de lourds dossiers sous le bras. Elle indiqua que la demoiselle ici présente, moi en l'occurrence, demandait à être reçue par M. Wallace. L'homme souleva un sourcil, me dévisagea un instant et demanda, peu avenant:

— Avez-vous un rendez-vous, Miss?

— Non, nous n'avons pas pris rendez-vous, répondit Lucy. Je suis Miss Owens. Et voici Mlle Deschanel qui nous arrive de France pour rencontrer M. Wallace.

— Monsieur, indiquai-je à mon tour, j'ai avec moi une lettre de M. Wallace me recommandant de venir lui rendre visite à mon arrivée en Angleterre.

Je lui tendis la lettre que j'avais précieusement gardée depuis deux ans en cas de nécessité. L'employé prit la lettre, la lut, puis me la rendit presque aussitôt, impassible. Il nous demanda de le suivre et nous entraîna dans un dédale de couloirs au décor simple et purement fonctionnel.

Nous passâmes quelques portes grises sans attrait puis l'inconnu s'arrêta devant une large porte à deux battants de bois verni, ornés de poignées de laiton rutilantes. Il fit quelques pas de plus et ouvrit une autre porte plus petite sur la droite.

Un homme fort élégant en complet gris clair se tenait derrière un bureau impeccablement en ordre. Lucy se présenta et il se leva immédiatement pour venir à sa rencontre. Il s'agissait du secrétaire particulier de Sir Samuel : M. Gardiner. Cet homme d'une trentaine d'années, grand et fin, portait une fine moustache à la mode Napoléon III, du même châtain que ses cheveux qu'il portait courts. Sa physionomie était agréable et ses yeux marron clair d'une grande douceur.

Il nous indiqua qu'il fallait patienter, car Sir Samuel ne serait pas disponible avant une bonne heure. Nous fûmes invitées à nous asseoir dans la pièce attenante, aménagée de quelques chaises et de deux canapés. M. Gardiner vint prendre de nos nouvelles au bout de quinze minutes, nous demandant si nous souhaitions un thé ou un verre d'eau. Il s'attarda quelques instants en notre compagnie, et je sentais bien que nous piquions sa curiosité. Ce M. Gardiner avait tout de l'image que je me faisais d'un gentleman à l'anglaise : outre son élégance naturelle, il était prévenant et tout en délicatesse. Ayant épuisé toutes les formules de politesse et n'y tenant visiblement plus, il finit par nous demander ce qui amenait deux si jeunes dames à rendre cette visite impromptue à M. Wallace. Du moins, ajouta-t-il, si nous jugions que cela n'était pas trop indiscret. Il précisa que sa fonction le poussait à une telle indiscrétion : étant le secrétaire particulier et l'avocat de Sir Samuel, il se devait d'être mis au courant de toute affaire touchant de près ou de loin à la manufacture. Lucy le rassura en lui confirmant que les motifs de sa visite étaient d'ordre exclusivement privé et qu'elle ne souhaitait que présenter les hommages de son père à Sir Samuel, celui-ci s'étant fait rare ces derniers temps à Northumberland Street.

— En revanche, ajouta-t-elle, l'objet principal de notre visite est l'arrivée en ville de Miss Deschanel, qui a en main une invitation de M. Wallace à venir se présenter à la manufacture.

— C'est exact, Monsieur, ajoutai-je en lui tendant ladite invitation.

— Je vois, conclut M. Gardiner, une fois qu'il eut fini de lire le billet.

Il me considéra avec un nouvel intérêt, ses yeux marron comme pétillant d'une lueur nouvelle et me demanda :

— Ce n'est pas tous les jours qu'une jeune dame étrangère franchit la Manche et parcourt les deux cent quatre-vingts miles qui nous séparent de Londres pour venir nous offrir ses services. Je suis surpris que notre manufacture ait soulevé un tel intérêt chez vous…

— Sans avoir voulu vous induire en erreur, Monsieur, je n'ai fait que suivre l'invitation de Sir Samuel.

— Bien sûr, dit-il sans être visiblement convaincu. Puis-je vous demander dans quel domaine exactement vous avez de l'expérience ?

— J'ai travaillé pour la Fonderie de Bonneval pendant quelques mois. C'est là que je fis la connaissance de M. Wallace. Par la suite, j'ai pu découvrir différentes industries à Paris durant les deux dernières années. J'ai pu en étudier les aspects techniques et l'organisation du travail. J'ai nombre d'idées de productivité…

— Intéressant, me répondit-il avec un sourire poli.

Il ne put cacher son scepticisme mais je n'eus pas le temps de le convaincre plus avant car la grande porte à double battant venait de s'ouvrir. Deux messieurs entre deux âges, en habit noir et chapeau haut de forme, sortirent avec quelques dossiers sous le bras. Je pouvais, de ma chaise, observer l'allure de ces messieurs : des hommes qui auraient pu être de riches banquiers ou d'importants clients de M. Wallace, leur habit de grande qualité allant de pair avec l'élégance de la coupe de leur chapeau et la finesse des motifs du pommeau de leur canne.

M. Gardiner se redressa :

— Mais voilà que le rendez-vous de Sir Samuel se termine. Laissez-moi vous annoncer, Miss.

Il se glissa dans l'entrebâillement de la porte et disparut quelques instants. De là où nous étions, nous ne percevions rien de la conversation qui devait se tenir dans le grand bureau à la double porte.

Au bout de quelques minutes, M. Gardiner réapparut et nous invita à entrer. La double porte s'ouvrit sur une pièce de grande taille dont les murs étaient couverts de riches panneaux de chêne. Elle était meublée avec goût, comportant des bibliothèques, un vaste bureau, une table de travail agrémentée d'une dizaine de chaises et un ensemble de fauteuils et canapé Chesterfield disposés autour d'une table basse.

M. Wallace était assis à son bureau et se leva à notre entrée. Je le trouvai semblable en tout point au souvenir que j'avais gardé de lui : sa silhouette noire à la fois élancée et large d'épaules, son allure hautaine et son regard d'acier, ses cheveux châtain clair, toujours aussi longs malgré la mode du moment, cachant en partie ses yeux verts et obscurcissant son regard. Une barbe naissante mangeait ses joues, creusant son visage. Il avait toujours cet air détaché qui avait tant déplu à Eugène et qui détonnait dans les milieux feutrés des salons de Bonneval.

Il contourna le large bureau et s'avança vers nous, saluant d'abord Lucy, s'inclinant devant elle. Ils échangèrent des amabilités, Sir Samuel promettant de venir rendre visite très bientôt à M. Owens et s'inquiétant de sa santé, et Lucy le remerciant de ses prévenances. Elle indiqua ensuite souhaiter attendre dans la pièce attenante le déroulement de l'entretien que j'aurais avec M. Wallace, n'entendant rien aux discussions d'affaires et préférant ne pas y participer. Sir Samuel la salua et elle prit congé, suivie de M. Gardiner qui referma la porte à double battant derrière lui.

M. Wallace me prêta alors toute son attention. Il contourna à nouveau son bureau pour prendre place dans son fauteuil de cuir noir, m'invitant d'un geste de la main à m'asseoir sur l'une des deux chaises qui lui faisaient face.

— Mademoiselle Deschanel, dit-il en français. Je découvre à la fois votre véritable nom et votre vrai visage. Quand nous sommes-nous vus pour la dernière fois ?

Je m'assis en face de lui.

— Il y a déjà deux ans, Monsieur.

— Et vous étiez alors noire de graisse et en pantalons.

— C'est juste, Monsieur.

— Je ne pensais plus ni à cette lettre, ni à la possibilité de vous voir atteindre Newcastle un jour. Qu'avez-vous donc fait pendant ces deux années ?

— J'ai travaillé dans différentes industries à Paris et dans les environs.

— En qualité de… ?

— J'ai occupé différents emplois d'ouvrière, Monsieur.

— Ouvrière ? s'étonna-t-il, haussant un sourcil. N'avez-vous donc pas réussi à mieux utiliser vos compétences et faire valoir vos talents ?

— Je…

J'hésitai un instant : comment allais-je lui présenter mes échecs successifs ?

— Je me suis heurtée à de nombreux refus, Monsieur. Les contremaîtres ou les directeurs qui m'ont reçue alors ne m'ont jamais prise au sérieux.

Il garda le silence, me dévisageant. À l'encontre des bonnes manières qui auraient dû lui être dictées par son éducation, il examina l'ensemble de ma physionomie avec insistance. J'en étais gênée et gardai les yeux rivés sur le cuir vert foncé du sous-main de son bureau. Il arrêta son regard sur mes mains.

— Vous portez effectivement les marques d'une vie de durs labeurs, grommela-t-il.

Je rougis et regardai ces mains qui m'avaient permis de survivre. Elles n'avaient plus rien des douces mains blanches de jeune fille que j'avais pu avoir par le passé et portaient de visibles stigmates. Mes ongles trop courts, la corne qui ornait la base de mes doigts et surtout, les deux cicatrices visibles qui venaient enlaidir l'une la paume de la main droite, l'autre le dessus de la main gauche, en faisaient des mains bien laides. Je les rassemblai sur les plis de ma robe, tentant de les dissimuler dans les pans du tissu.

— Que s'est-il passé ? demanda-t-il d'un air indifférent.

— L'une est une brûlure de fonte, répondis-je en ouvrant la paume de ma main droite. Un creuset s'est renversé et j'ai eu la stupide réaction de vouloir le rattraper. Quant à l'autre, c'est un accident d'une tout autre nature, dont je ne souhaite pas parler, si vous me le permettez.

Il se redressa dans son fauteuil et s'y adossa, comme s'il prenait du recul par rapport à la situation.

— Mademoiselle, je ne fais pas œuvre de charité. Je suis un homme d'affaires et je n'emploie que les gens dont j'ai besoin. Ce sont les règles du business.

— J'en suis bien consciente, Monsieur.

— Dans quel domaine pensez-vous donc pouvoir apporter une contribution à l'essor de la Wallace Steel Company ? me demanda-t-il d'un air de défi.

— Monsieur, j'ai trois années d'expérience dans l'industrie et, même si cette expérience s'est résumée à des postes subalternes, j'ai pu observer et comprendre les clefs de la réussite d'une manufacture. Ce qui, allié à mon éducation et à mes connaissances techniques, me permet d'imaginer des solutions tant techniques qu'organisationnelles améliorant la productivité.

— Hum... vous semblez réciter une leçon, Mademoiselle... remarqua-t-il, toujours aussi réservé. Je vous avouerai que j'ai quelque peu oublié ce qui m'a poussé à vous écrire ce billet voilà plus de deux ans, dit-il en brandissant la lettre que je lui avais remise.

— Monsieur, vous aviez remarqué ma créativité, si je puis me permettre. J'occupais un poste de manœuvre dans l'atelier du convertisseur Bessemer et je vous avais proposé un système de vanne permettant de mieux contrôler la pression dans le convertisseur pour améliorer la stabilité de la transformation.

Il resta silencieux quelques instants, semblant réfléchir.

— Je n'ai actuellement pas besoin d'assistant ou d'aide ingénieur supplémentaire, Mademoiselle.

J'accusai le coup par un soupir et, fermant les yeux, je me concentrai afin de contrôler mes émotions, sentant la déception me gagner à nouveau. Je me levais, m'apprêtant à quitter M. Wallace, quand celui-ci releva les yeux de son bureau et, paraissant surpris, m'arrêta :

— Je ne vous ai pas dit que je ne vous proposerais rien d'autre, Mademoiselle. Veuillez vous asseoir.

Il se cala à nouveau dans son fauteuil alors que je me rasseyais.

— Voyez-vous, je suis confronté à un problème de taille depuis quelques mois. Vous n'êtes certainement pas sans savoir que cette fonderie est le fournisseur principal en acier de la manufacture Wellington, notre voisin direct.

— Oui, Monsieur.

— Pour répondre à la demande de l'expansion du chemin de fer et, par là même, à la demande de locomotives et de rails, il nous faut améliorer drastiquement la cadence de production de nos aciers, sans en détériorer la qualité. La demande de Wellington est de plus en plus pressante et il m'a déjà annoncé devoir se tourner vers la concurrence pour compléter ma production si je ne trouvais pas un moyen de suivre ses besoins. Le directeur de notre usine en poste actuellement est un ingénieur de grande qualité, mais quelque peu conservateur, et ne m'a pas proposé de solution pour l'instant, hormis d'investir des milliers de livres sterling dans de nouvelles machines, mais sans avoir d'emplacement dans ces bâtiments pour les implanter. Un œil neuf permettrait peut-être de dégager de nouvelles idées. Vous pourriez être cet œil neuf, Miss. Cela vous intéresse-t-il ?

Je n'étais pas sûre d'avoir bien compris ce qu'il me proposait, mais c'était tout bonnement inespéré !

— Mais, tout à fait, Monsieur, m'écriai-je. C'est même inespéré dans ma situation, dis-je, sans arriver à dissimuler ma surprise et mon émotion. D'après ce que j'en comprends, c'est une importante responsabilité que vous me confiez là ?

— Ne vous enflammez pas, Mademoiselle… dit-il, levant la main pour calmer mes ardeurs. Je vous ferai un contrat de quelques mois, au bout desquels vous devrez nous proposer des solutions à moi-même et au directeur de production. Si aucune n'est retenue, vous devrez quitter la Wallace Steel Co. Dans le cas contraire, vous resterez pour implémenter ces solutions.

— Cela me semble honnête, Monsieur. Je ne pouvais rêver mieux, lui répondis-je, enthousiaste. Quand puis-je commencer ?

— Soyez ici même lundi à sept heures. En sortant, passez voir mon secrétaire, M. Gardiner, qui vous fera signer votre contrat.

Je me levai, pour de bon cette fois.

— Merci Monsieur, dis-je, en lui tendant la main afin de sceller notre accord.

Il accepta le geste volontiers et me donna une poignée de main ferme. Je quittai Sir Samuel le cœur bondissant, peinant à dissimuler mon exaltation.

C'est dans cet état que je rejoignis M. Gardiner. Il m'invita à m'asseoir face à lui alors qu'il mettait la dernière touche à un document d'une longue page manuscrite.

— Miss, je finis votre contrat. Encore quelques lignes et je suis à vous. Nous pourrons le relire ensemble, afin que vous en compreniez bien les termes.

Je ne comprenais pas.

— Mais… comment cela ? m'étonnai-je. Je n'ai pas vu M. Wallace venir vous informer qu'il souhaitait me proposer un travail ?

M. Gardiner me sourit.

— Sir Samuel anticipe toujours les choses, Miss. Il m'a demandé de rédiger ce contrat avant de vous recevoir, alors que je venais de lui annoncer votre visite et de lui montrer ce billet que vous m'aviez confié.

Je souris à mon tour. Mon nouvel employeur me sembla bien plus facétieux que je ne l'aurais imaginé…

— Voilà, Miss, dit-il, en me tendant le document. Souhaitez-vous le lire tout d'abord ?

— Volontiers, Monsieur.

À la suite de ma lecture, M. Gardiner attira mon attention sur la nature du contrat qui me liait maintenant à la Wallace Steel Co. Le salaire serait versé mensuellement et non de manière hebdomadaire, mais une avance pouvait m'être octroyée ce mois-ci. Ce contrat était de deux mois, renouvelable à la demande de l'employeur uniquement. Je réalisai que je venais de lire le montant de la somme qui me serait allouée sans jamais avoir évoqué ce point avec M. Wallace. M. Gardiner, une fois que nous eûmes discuté du contrat, me souhaita la bienvenue :

— Miss, je suis ravi de vous savoir parmi nous. Il est bien rare de recruter, dans notre comté de *Tyne and Wear*, une employée de cette qualité. Vous apportez un brin d'exotisme dans le nord-est de l'Angleterre et j'espère que vous vous plairez à travailler pour cette compagnie.

Je le remerciai de son accueil décidément très chaleureux et rejoignis Lucy qui m'attendait depuis plus d'une heure maintenant. Elle se réjouit de la nouvelle tout en déplorant de devoir dorénavant se passer de ma compagnie six jours par semaine.

De retour à Northumberland Street, Lucy et moi étions bien décidées à profiter des trois jours qui nous restaient à passer ensemble. Nous prîmes un thé. Il faut bien avouer que chez nos voisins anglais, tout est prétexte à prendre une tasse de thé : un événement heureux comme un événement malheureux, une froide journée d'hiver comme une chaude journée d'été, un départ comme une arrivée. Nous prîmes donc une tasse de thé, conviant M. Owens et Margaret à partager la bonne nouvelle de mon embauche à la Wallace Steel Co. Après le dîner, alors que nous étions tous quatre au salon, Lucy occupée par une broderie, Margaret avec un roman et M. Owens travaillant à son prochain sermon, je me permis de questionner le clergyman sur mon nouvel employeur.

— Oh, je le connais depuis sa plus tendre enfance, Constance (M. Owens avait consenti à m'appeler Constance et non plus Miss Deschanel depuis quelques jours maintenant). Sa famille est très ancienne dans le Northumberland et y possède le domaine de Nordham Hills, à une cinquantaine de miles au nord. Il n'y va presque jamais, je crois... Il préfère consacrer son temps à ses manufactures. Il est le seul héritier de sa famille. Sir Robert Wallace est décédé en 1857 si je me rappelle bien... Sir Robert, son père donc, fonda la manufacture d'acier Wallace en 1827, pariant sur l'essor du chemin de fer dans le monde. Pari réussi, si l'on compte la fortune générée par cette manufacture aujourd'hui. Il racheta une seconde manufacture en Écosse, à Édimbourg, dans les années trente et fit prospérer ces deux usines jusqu'au milieu des années quarante. La dernière décennie fut plus difficile pour Sir Robert et la profitabilité des manufactures s'en ressentit. Sir Samuel reprit les rênes à la mort de son père, voilà cinq ans déjà, et s'établit à Newcastle. Il habite actuellement sur Grainger Street, l'une des plus belles avenues de la ville, dans l'hôtel particulier de famille.

J'avalai une gorgée de thé avant de demander :

— Et... que diriez-vous de son caractère, M. Owens ? Je le trouve particulièrement, comment dirais-je... sombre, ou taciturne, si vous préférez. Je crains de trouver ce trait de caractère fort répandu à la manufacture. Comme vous le savez peut-être, une entreprise est avant tout le reflet du savoir-faire et du « savoir être » de son patron.

— Ah, voilà une idée intéressante, jeune fille ! Je n'avais pas envisagé les choses sous cet angle. Mais, maintenant que vous m'en parlez, et à bien y réfléchir, on doit effectivement trouver à la Wallace Steel Co. quelques traits de caractère de Samuel.

— C'est-à-dire ?

— Je dirais : de la détermination, une grande exigence vis-à-vis de soi-même et parfois quelque violence dans les propos, mais un grand sens de la justice. Vous verrez certainement qu'il est impulsif et que ses excès de colère sont craints par nombre d'employés. Samuel Wallace est un homme bon mais qui n'en a pas conscience, je le crains. C'est peut-être à l'origine de nombre de ses contradictions.

— Diriez-vous que c'est un bon patron pour ses employés ?

— Sans aucun doute, Constance. Ses manufactures sont sa passion. Il n'en a pas d'autre, et c'est bien dommage. Il gagnerait à trouver des dérivatifs, comme tout homme équilibré. Tout dans sa vie tourne autour de ses manufactures. Remarquez, ses ouvriers ne s'en plaignent pas. Il leur assure de bonnes conditions de travail, dans l'unique but de garantir la prospérité de ses usines. Il a en effet compris qu'un ouvrier qui ne meurt pas de faim ou qui ne se blesse pas réalise un travail de meilleure qualité qu'un crève-la-faim ou un estropié, ce qui se rapproche, sans l'être vraiment, d'un sentiment chrétien.

— Vous me rassurez, M. Owens. Je dois avouer qu'il n'est pas, au premier abord, très avenant. On l'a même considéré, dans les meilleurs milieux de Bonneval, comme un rustre, voyez-vous. Il semblerait qu'il ne tienne pas à respecter les codes de la bienséance et la bonne société française le lui a vertement reproché.

M. Owens soupira.

— Je m'en doutais. Ici, nous connaissons son histoire et beaucoup de choses lui sont pardonnées. Mais je conçois que sa brutalité puisse choquer dans un milieu différent.

— Son histoire ? Que voulez-vous dire, M. Owens ?

— Oh, c'est une trop longue histoire pour ce soir, Constance. Elle est, de plus, assez personnelle et je doute que Sir Samuel souhaite la communiquer en dehors du cercle fermé de ceux qui l'ont connu plus jeune.

— Pardonnez-moi. Je ne souhaitais pas être indiscrète. Vous avez raison. Monsieur, cela me fait réaliser qu'il se fait tard. Permettez-moi de me retirer.

Je saluai M. Owens et ses filles, gagnée tout à coup par la fatigue d'une journée bien remplie. Je me couchai heureuse ce soir-là, et l'esprit chargé de projets : j'avais un but, une tâche importante à accomplir et cela m'avait rendu ma force et mon enthousiasme.

23

M. James Gardiner

Ce lundi 4 septembre 1862, à sept heures précises, je me trouvais devant le bureau de M. Gardiner. Il m'y attendait. Il m'accueillit comme il se devait et m'invita à le suivre dans les ateliers. Je devais faire la rencontre du directeur de la production. M. Gardiner devait être à peu près de ma taille mais pourvu de jambes bien plus grandes, car j'avais du mal à le suivre, courant presque, à travers le dédale de couloirs. Nous descendîmes l'escalier à rambarde de fer forgé, traversâmes le bâtiment qui donnait sur la rue, puis une large cour intérieure et entrâmes dans un bâtiment immense, similaire à celui que je connaissais de la fonderie de Bonneval : un long hangar au sol en ciment, aux murs de briques noircies, couvert d'une toiture de fer et de verre, soutenue par une charpente en bois et de fines colonnes d'acier élancées, formant des arcs de voûte en leur sommet. L'ensemble aurait pu constituer une cathédrale moderne, temple érigé à la gloire de l'industrie, s'il n'avait tant ressemblé à l'enfer.

L'immense atelier sombre, tout en longueur, était envahi par les bruits assourdissants des marteaux-pilons, des coulées de fonte qui crépitaient, de la matière que l'on martelait. Des gueules des hauts-fourneaux coulait la fonte, telle la lave rougeoyante d'un volcan des enfers, projetant de mortelles gerbes lumineuses au-dessus des hommes. Malgré tout, cette vision me fascinait. C'était là que je voulais être.

Les hommes de l'atelier, si petits devant la puissance écrasante des machines, étaient pourtant ceux qui les manœuvraient et, si la multitude des ouvriers qui fourmillaient au pied de ces machines n'était là que pour alimenter ces monstres à l'appétit sans fin et recueillir précieusement ce qu'ils voulaient bien recracher, c'était quand même bien l'intelligence de l'homme qui avait créé tout cela.

Au fond du bâtiment se trouvait une structure de bois et de verre, en hauteur, dominant toute la surface de l'atelier. C'était une sorte de mezzanine permettant à ses occupants d'observer ou de contrôler tout ce qui se passait en bas. C'est là que M. Gardiner me conduisit. Nous gravîmes l'escalier de fer qui y menait, accroché au mur de briques rouges. Une fois à l'étage, on débouchait dans un long et étroit couloir au sol parqueté, coincé entre le mur de briques du bâtiment et une enfilade de pièces donnant sur l'atelier. Du couloir, on pouvait voir tout ce qui se passait dans cette sucession de bureaux : les murs de brique s'arrêtant à mi-hauteur laissaient place, en partie supérieure, à des parois vitrées à structure métallique. Et à travers les bureaux, en fond, on voyait l'atelier. Quel concept moderne d'architecture en transparence !

Dans une première grande salle au parquet ciré se tenait un groupe d'une dizaine d'ingénieurs ou de techniciens affairés sur leurs planches à dessins, entourés d'une multitude de plans en rouleaux et de registres. La pièce était spacieuse et lumineuse, notamment grâce à la peinture blanche dont le plafond était recouvert et à l'éclairage de puissantes lampes à gaz. Dans le bureau suivant, semblable en tout point à la pièce précédente avec son beau parquet, ses baies vitrées et sa charpente blanche, pas de plans, mais beaucoup de dossiers empilés sur les bureaux, des armoires entières de registres et une vingtaine de messieurs dont je devinais la fonction à la quantité de classeurs et de courriers entreposés : approvisionnement, achat de matières premières, planification de commandes clients. Ensuite se trouvait le bureau des contremaîtres. Ils étaient au nombre de quatre. On les reconnaissait à leur grande blouse grise, signe d'appartenance au monde de l'atelier. Tous les contremaîtres que j'avais connus portaient ce type de blouse grise, signe distinctif de leur niveau hiérarchique parmi les ouvriers. Tout au fond du couloir, enfin, se trouvait le bureau du directeur de production. La plaque sur la porte indiquait « Mr J. Philips, Production Manager ».

Nous pénétrâmes dans une pièce de taille moyenne, fort encombrée de paperasse, registres, pièces de fonderie en tous genres traînant au sol. L'homme qui trônait derrière le large bureau vieillissant, au centre de la pièce, était âgé d'une quarantaine d'années. Il était grand et très corpulent, sans être difforme, et je devinai que ce colosse ne devait ni monter ni descendre les escaliers avec beaucoup d'aisance, à cause de son embonpoint. Le sommet de son crâne luisait sous l'éclairage de la lampe à gaz. Il était complètement chauve mais portait une large moustache noire broussailleuse qui, alliée à son regard tout aussi noir, lui donnait un air plus que sévère. Il leva les yeux à notre entrée mais ne daigna pas se lever, se contentant de renverser son énorme corps dans son fauteuil, d'un air satisfait.

— Gardiner, que m'amenez-vous là ? grommela-t-il.

— M. Philips, cette jeune personne est Miss Deschanel. Comme vous l'a annoncé M. Wallace, elle est ici pour étudier les possibilités d'augmentation de cadence.

— Allons donc ! jeta-t-il, avec un rictus de mépris. Je n'ai pas pris M. Wallace au sérieux lorsqu'il m'en a parlé samedi. Je voudrais bien savoir comment une jeune… demoiselle, sans vouloir vous offenser, Miss, y entend quoi que ce soit.

— Comme vous le savez M. Philips, c'est la volonté de M. Wallace et cela ne se discute pas. Je vous laisse donc tous deux. Je compte sur vous, M. Philips, pour réserver le meilleur accueil à Miss Deschanel.

— Bien, sûr, bien sûr… Vaquez donc à vos occupations, Gardiner, et laissez-moi aux miennes, répondit Philips, mettant un terme à leur discussion de manière abrupte.

Le ton était donné et il était loin d'être cordial. M. Philips, une fois M. Gardiner parti, s'adressa sèchement à moi :

— Eh bien, Miss, allez-vous rester comme une « ainsi soit-il » au milieu de ce bureau ? me dit-il, me fixant de ses yeux noirs. N'avez-vous pas une mission à remplir pour notre patron ?

— Monsieur, c'est-à-dire… je supposai que j'allais avoir un bureau où je pourrais travailler. Pourriez-vous me l'indiquer ?

— Comment donc ? Je crains que nous n'ayons pas de bureau vacant. Il vous faudra travailler où vous pourrez. Vous trouverez une chaise dans le bureau des contremaîtres si vous le souhaitez, mais on ne vous paie pas pour vous reposer. Adressez-vous aux contremaîtres pour les détails. Et, maintenant, laissez-moi, je vous prie.

Il replongea sa grosse figure dans un registre qu'il lisait avec assiduité. Je restai interdite, debout, au milieu du bureau de M. Philips.

— Monsieur, devrai-je me présenter moi-même aux contremaîtres ?

Ses gros yeux ronds se levèrent à nouveau, et à regret, du registre :

— Eh bien ! Oui, quoi. Débrouillez-vous, ma fille, me répondit-il sur un ton agacé. Si M. Wallace vous a engagée, c'est bien parce que vous savez vous débrouiller, non ?

— Bien, Monsieur. Au revoir, Monsieur.

Je quittai sur le champ cet horrible personnage qui avait de l'ours non seulement la stature mais aussi la grossièreté, pour tenter ma chance auprès des contremaîtres. Ils n'étaient plus que trois, l'un d'entre eux ayant déjà quitté le bureau pour l'atelier. Les deux plus âgés étaient plongés dans leurs tâches administratives et ne levèrent la tête vers moi qu'à regret, eux aussi. Le troisième, d'une trentaine d'années seulement, était plus avenant. Il se présenta le premier :

— Bonjour Miss. Bienvenue à la Wallace Steel ! Vous devez être Miss Deschanel, n'est-ce pas ?

Il vint à ma rencontre, un sourire cordial aux lèvres.

— Je me présente : Rivers, contremaître depuis deux ans ici…

J'acquiesçai et nous nous serrâmes la main.

Les deux autres restèrent dans leur coin. Du fond de leur chaise, ils émirent un bref salut, limité à un « Miss », suivi de leurs patronymes, Button et Wilkinson et ils replongèrent leur nez dans leur paperasse.

Wilkinson était un petit homme à la peau mate, aux yeux et cheveux noirs, sec mais vigoureux. Button, de petite taille également, avait un air renfrogné. Presque chauve, il portait une barbe de trois jours lui mangeant le visage et lui donnant un air fort peu soigné. Je leur donnais tous deux un peu plus de quarante ans. Wilkinson et Button étaient, comme je l'appris par la suite, deux anciens ouvriers, qui, à force de travail, avaient démontré leur expertise dans leurs métiers respectifs et avaient réussi, à l'aube de la quarantaine, à accéder au statut tant convoité de contremaître d'atelier.

M. Rivers me parut immédiatement le plus intelligent des trois : il avait un œil vif, une allure un peu plus dégagée que les deux précédents et, surtout, un sourire sur les lèvres à mon entrée. J'appris plus tard qu'il avait bénéficié d'une meilleure éducation. C'était le fils d'un fermier aisé qui, par suite d'un revers de fortune, avait dû chercher du travail en ville au lieu de prendre la succession de son père à la ferme familiale. Il avait rapidement fait preuve de savoir-faire dans le commandement des hommes et, à trente ans à peine, était devenu contremaître. Outre son air avenant, ce jeune homme châtain, au physique assez commun, de taille moyenne, de corpulence moyenne, avait néanmoins cet air de bon sens et de franchise naturelle que l'on trouvait chez les fermiers éclairés. Je m'adressai donc naturellement à lui.

— M. Rivers, M. Philips m'a envoyé vers vous, mais sans instruction précise, je le crains. Je dois étudier de manière précise le fonctionnement de l'atelier pour déterminer…

— … comment augmenter la production, sans ruiner notre patron ! Je sais… Pour M. Philips, faudra vous y faire, Miss. Il est parfois brutal, mais c'est son naturel. Il est compétent et expérimenté et on le respecte pour ça.

— Évidemment, je comprends, répondis-je.

— Il faut dire que c'est pas commun d'envoyer une dame, et aussi jeune de surcroît, pour travailler sur un sujet que même notre directeur a du mal à résoudre, grommela Button. Faut le comprendre, notre directeur.

— Bien sûr, répondis-je à Button. J'ai bien conscience que j'ai tout à apprendre de votre manufacture, Monsieur. Je ne suis cependant pas sans expérience…

— Ah, bon ? Et qu'est-ce qu'une jeune fille de bonne famille sait d'une fonderie, hein, Miss ? dit-il d'un air de défi.

— Cela fait trois ans que je travaille dans l'industrie, Monsieur. La fonderie, les filatures de coton, la clouterie, la savonnerie même… Tout cela m'a permis de bien comprendre la différence entre une manufacture performante et les autres… M. Wallace n'a choisi de me prendre à l'essai que si je peux démontrer que je vous apporte quelque chose.

— Grand bien vous fasse, Miss, répondit Button. Il a des idées bizarres le fils Wallace, moi je vous l'dit. De notre côté, on a déjà beaucoup à faire, sans que vous veniez nous déranger.

Button, ayant prononcé ces mots, me salua brièvement en portant la main à sa casquette puis quitta le bureau pour se rendre dans l'atelier. Je ne me décourageais pas : durant les deux années précédentes, j'avais eu à faire face à de pires situations. On m'avait ri au nez, on m'avait bousculée pour me mettre dehors, on m'avait insultée, même. Tout cela parce que je dérangeais l'ordre établi auquel ces messieurs tenaient tant : une femme n'est bonne qu'à s'occuper de son foyer, ou à faire des tâches simples : blanchisseuse, porteuse d'eau, repasseuse. Et pourquoi, m'avait-on dit, frappais-je à la porte des fonderies, des fabriques de biens manufacturés, au lieu de prendre des travaux de piquage, de montage, ou de couture d'une manière générale, comme tout le monde ? Oui, décidément, l'accueil froid de Button n'était rien en comparaison de ce que j'avais pu subir ces deux dernières années. Je ne m'offusquai pas et décidai de mettre à profit l'accueil favorable que m'avait réservé M. Rivers.

Je lui demandai de me faire visiter l'atelier, si son emploi du temps le lui permettait. Ma première intention était, comme me l'avait appris Papa, de bien comprendre l'état actuel des choses, avant tout. Comme il me le disait souvent, un problème est résolu à quatre-vingt-dix pour cent une fois que l'on a correctement décrit les hypothèses de départ et la situation souhaitée à l'arrivée. C'était selon lui le secret d'une bonne analyse. Mon esprit rationnel et mon bon sens seraient, dans cette entreprise, mes meilleurs atouts et rien n'était impossible avec une analyse appropriée de la situation.

La Wallace Steel Company produisait la majeure partie des pièces de fonderie nécessaires à l'assemblage d'une locomotive : roues, tirants, pistons, pièces de chambre de combustion, etc. En revanche, les grandes tôles d'habillage ou de carter de moyenne et fine épaisseur étaient, elles, produites par une autre compagnie, à Bedlington. Il y avait dans cet atelier trois hauts-fourneaux, huit fours à puddler, un convertisseur Bessemer, un marteau-pilon actionné par une machine à vapeur et des laminoirs. L'ensemble de la Wallace Steel Company employait plus de quatre cents ouvriers.

M. Rivers me guida à travers les ateliers, me donnant une vue d'ensemble des lieux et me permit de me repérer. Avec méthode, je décidai de commencer par une cartographie d'ensemble de la fonderie, décrivant les étapes et la capacité de production de chaque machine. La tâche était lourde et je n'avais, à la fin de la première journée, cartographié que l'atelier des hauts-fourneaux. Je prenais soin, tout au long de la journée, alors que je questionnais les ouvriers, de me présenter en tant que nouvelle employée, chargée d'une étude sur la capacité de l'usine. Je recevais la plupart du temps un accueil mitigé : les anciens grommelaient, certains paraissaient fiers d'exposer ce qu'ils faisaient et combien de pièces ils réalisaient en une journée de travail, quant aux jeunes, ils avaient toujours tendance à s'amuser de ma présence, hésitant cependant à badiner, car après tout, j'avais été missionnée par le patron lui-même. M. Gardiner me précisa que je devrais lui faire un rapport de vive voix sur mes progrès toutes les semaines, si son emploi du temps le lui permettait, ainsi qu'à M. Wallace. Le rendez-vous serait fixé le samedi en fin de journée, dans le bureau du patron. Il me demanda mes premières impressions sur la manufacture et si mes premiers contacts avec les ouvriers avaient été fructueux. Je lui fis un retour tout à fait positif, me gardant bien de me plaindre de l'attitude du directeur, M. Philips.

Ma première semaine fut donc consacrée à compléter, de manière la plus exhaustive possible, la description des flux de matière et de produits dans les ateliers de la Wallace Steel. J'identifiai la capacité de chaque machine par journée, puis par heure, énumérai les stocks de produits entre chaque étape, notai si je voyais des ouvriers attendre qu'une opération se déroule sans pouvoir en commencer une autre, etc. Je présentai ce premier bilan à M. Gardiner le samedi suivant. Un rituel qui se reproduisit chaque samedi, à dix-sept heures, pendant tout le mois de septembre. Au fil des semaines, j'appris à apprécier M. James Gardiner. Il se montrait tout à la fois fortement intéressé par l'objet de mon étude mais aussi exigeant sur mon travail : il questionnait ma méthode, mon raisonnement et, usant de son bon sens, m'aidait à progresser. C'était aussi l'occasion pour lui de s'intéresser à mon installation dans cette nouvelle ville. À la fin de la troisième semaine, après que nous eûmes revu ma première analyse de la situation, il me demanda si j'avais pu trouver un logement convenable. Il m'offrit un thé et me proposa de rester quelques minutes pour bavarder.

— Vous restez une énigme pour beaucoup de gens, vous savez, Miss Deschanel, commença-t-il. Beaucoup se demandent ce qui a pu pousser une jeune fille française, seule et sans famille, si loin de chez elle.

— Je suis certainement un peu aventurière dans l'âme, Monsieur Gardiner, plaisantai-je. Je vais là où me porte mon intérêt et l'Angleterre m'a parue très prometteuse. Trouvez-vous cela inconvenant ?

— Du tout, Miss. Original, tout au plus. Vous savez, rien ne nous étonne de la part des Français, s'amusa-t-il. Nous vous croyons portés à l'émotion et bien plus passionnés que nous autres Britanniques, c'est certain. L'histoire nous a démontré que vous étiez bien plus révolutionnaires, aussi ! Votre démarche serait inconvenante et malvenue si vous étiez anglaise, mais elle est tout au plus audacieuse pour une Française.

— Me voilà vraiment exotique, donc ?

— En quelque sorte, oui. C'est d'autant plus original que vous n'avez pas choisi un métier féminin pour tenter l'aventure. Vous auriez pu être gouvernante, tout simplement…

— C'est amusant : Miss Owens m'a fait la même remarque que vous. Je vous répondrai la même chose qu'à elle : je n'ai aucune prédisposition pour m'occuper des enfants et, je le crains, fort peu de pédagogie…

— Ah… C'est ennuyeux.

— Tout à fait.

— Et cette attirance pour l'industrie, d'où vous vient-elle ?

— Un héritage de feu mon père, ingénieur de formation.

— Mais pourquoi l'Angleterre ?

— Ah, ça, pour le savoir, il faut vous adresser à la dizaine de patrons français qui m'ont fermé la porte au nez, ou qui m'ont cantonnée dans des emplois d'ouvrière sans jamais me proposer d'alternative.

— Vous voilà donc tentant votre chance de l'autre côté de la Manche, espérant que nous autres, Britanniques, serons plus ouverts d'esprit.

— N'est-ce pas le cas ? M. Wallace n'en est-il pas la preuve ?

— Je crains que non. Je ne pense pas qu'il faille généraliser le cas de Sir Samuel. Cet homme aime les expériences, voyez-vous. Vous n'êtes pas la première expérience qu'il tente et certainement pas la dernière. Il a une démarche scientifique en toutes choses et aime expérimenter, même si le succès n'est pas garanti. Comme il me le dit souvent : il faut essayer à moindre coût, sur une échelle de temps courte, afin de ne pas prendre trop de risques. Si l'expérience échoue, vous minimisez ainsi la perte. Si elle réussit, vous pouvez investir plus, afin d'obtenir des résultats à plus grande échelle.

— Je serais donc une expérience, M. Gardiner ? Dois-je mal le prendre ? m'inquiétai-je.

— Non, pas du tout. Vous êtes une expérience, mais dans le sens noble du terme, Miss. C'est pour cela que Sir Samuel ne vous a fait un contrat que de quelques mois, alors qu'il emploie ses ingénieurs à l'année.

— Mais qu'expérimente-il au juste ?

— Lui seul le sait. Est-ce l'emploi d'une femme dans un métier technique, sur une tâche dévolue à un directeur ou un ingénieur ? Cela en soi est déjà une innovation. Est-ce simplement que nous sommes face à un défi pour lequel nous n'avons pas encore de solution, et que nous n'avons donc pas grand-chose à perdre à vous demander de réaliser une étude ? Peut-être un peu des deux, je ne saurais le dire.

— Puis-je vous demander quelle autre expérience il aurait déjà tenté ?

— Bien sûr. Il n'y a là rien de confidentiel. Il s'agit de M. John Rivers. Voyez-vous, les contremaîtres de l'usine sont d'ordinaire exclusivement issus de l'atelier. Ce sont des hommes qui ont fait preuve de dévouement, de compétence technique et dont le savoir-faire est reconnu par les autres hommes, ce qui leur donne une légitimité naturelle dans leur rôle de chef. La Wallace Steel Company existe depuis plus de quarante ans maintenant, et les contremaîtres ont toujours été issus de cette population ouvrière. Or, M. Wallace a osé expérimenter un profil différent en embauchant John Rivers.

— Qu'est ce qui l'a poussé à tenter cette expérience ?

— La compétence de nos contremaîtres, même si elle leur donne un ascendant naturel sur les autres ouvriers, n'en fait pas des meneurs d'hommes pour autant. Certains éprouvent des difficultés évidentes à faire appliquer les règles de discipline tout en motivant les ouvriers pour obtenir un meilleur rendement.

— Alors que M. Rivers, lui, n'éprouve aucune difficulté sur ces points ?

— C'est ça. L'atelier de M. Rivers est le mieux tenu, le plus productif et les ouvriers s'y sentent bien traités.

— M. Rivers n'a donc pour autant aucune expertise technique en fonderie ?

— Aucune. Mais il sait s'appuyer sur d'excellents ouvriers, développant leur autonomie et leur donnant, par là même, de plus grandes responsabilités.

— Je vois. Je me sens moins froissée de faire l'objet d'une des expériences de M. Wallace. Je trouve même cela plutôt flatteur…

— Vous pouvez, Mademoiselle. Si Samuel a choisi de tenter cette expérience, c'est parce qu'il pense qu'elle a des chances de réussir. Ses intuitions sont souvent les bonnes.

— Et vous, M. Gardiner, quelle est donc votre histoire, si vous me permettez cette question ?

— Je vous permets. Votre audace fait votre charme, Miss, et cela vous va à ravir, me dit-il avec un franc sourire.

Cher lecteur, j'ai toujours pensé que la valeur d'un compliment se mesure à la qualité de la personne qui le dispense, et M. Gardiner était un homme de qualité. Il avait cette prévenance et cette délicatesse du gentleman britannique qui surpassait largement les meilleurs gentilshommes français en bonnes manières. Son air fin et élégant, très londonien, me faisait accorder la plus grande importance à son opinion. Cultivé, homme du monde, il avait un goût juste en nombre de choses. Ce compliment me toucha donc particulièrement.

Il reprit :

— Que voulez-vous donc savoir ?

— Eh bien, je devine à votre accent que vous n'êtes pas de Newcastle. De quelle partie de l'Angleterre êtes-vous originaire ?

— Londres. Je suis issu d'une vieille famille du West End où mon père tient un cabinet d'avocats. J'y ai fait mes études de droit, avec la perspective à terme de prendre la suite de mon père. Mais lorsque la guerre de Crimée éclata, je m'y engageai, y voyant une occasion de voir du pays. Je quittai l'Angleterre durant trois longues années, de 1853 à 1856. C'est là-bas que je fis la connaissance de Samuel. À son retour en Angleterre, en 1857, il me proposa de devenir son secrétaire particulier et son avocat, ce que j'acceptai. Je ne le regrette pas car j'ai depuis lors passé cinq années passionnantes en sa compagnie.

M. Gardiner frisa sa moustache, comme pour s'assurer de sa forme parfaite.

— Comment était-ce, la Crimée ? me risquai-je.

— La guerre n'est pas un voyage d'agrément, Miss. Ce fut une épreuve pour tous les hommes envoyés là-bas. J'ai, de mon côté, eu la chance de ne participer qu'à des batailles de second rang, et j'en revins fondamentalement changé, mais somme toute entier et la tête sur les épaules. Beaucoup d'autres n'ont pas eu cette chance.

— Votre famille est restée à Londres ? demandai-je, souhaitant changer de sujet. C'est bien loin, n'est-ce pas ?

— Oh. Je ne suis pas marié, Miss, et quant à mes parents... cet éloignement est plutôt une bénédiction. Mr et Mrs Gardiner me rendent visite deux fois l'an en s'arrêtant sur la route de leur propriété dans le Northumberland et je trouve cela bien suffisant. De mon côté, il m'arrive fréquemment, au moins une fois par mois, de devoir me rendre à Londres pour les affaires de M. Wallace. Le lien n'est donc pas rompu. J'ai aussi une jeune sœur, un peu plus âgée que vous, qui s'est établie à Londres aussi, et que je visite lorsque je me rends à la City.

— Londres vous manque-t-il lorsque vous êtes ici ?

— Un peu, oui.

— Aimez-vous la région de Newcastle, néanmoins ? Ai-je des chances de m'y plaire, selon vous ?

— La réponse à cette question est plus complexe qu'il n'y paraît, Miss. En premier lieu, tout dépend de ce que vous y ferez. Pour ma part, mon temps est presque exclusivement dévolu aux affaires de M. Wallace, et comme je vous l'ai dit précédemment, cela me passionne. En ce sens, je ne regrette pas de vivre à Newcastle, proche de lui. En revanche, sur le plan culturel et mondain, il faut bien avouer que cette ville n'a rien de commun avec Londres et que le faste de la capitale me manque parfois. La région alentour ne manque pas d'attrait, cependant : l'embouchure de la Tyne dans la mer du Nord offre de magnifiques paysages et le Northumberland, à une dizaine de miles au nord, est une des régions les plus fascinantes d'Angleterre. Il m'arrive fréquemment d'y effectuer des excursions. Et vous, Miss... ?

— Pardon ? demandai-je, ne comprenant pas.

— Êtes-vous plutôt champêtre ou plutôt citadine ? reprit-il.

— J'aime le calme de la campagne. Et puis, la ville ne m'a apporté que le malheur... alors, mon choix est vite fait.

— Ne regrettez-vous pas les plaisirs du théâtre ? de la danse ? des bals ?

— Je n'y ai jamais goûté. Je crains que la vie mondaine ne soit pas faite pour moi, Monsieur. Je m'y sentirais inadaptée et gauche.

— Vous semblez pourtant si sûre de vous... Vous ne vous laissez ni impressionner, ni décontenancer.

— C'est parce que vous ne m'avez vue évoluer qu'ici, à la manufacture. Abandonnez-moi dans une salle de bal, et vous changerez d'opinion !

Il sourit.

— Miss, je pense sincèrement que Samuel a été bien inspiré en vous faisant venir jusqu'ici, conclut-il.

Il se faisait tard et il m'invita à terminer notre entretien. Il voulait m'éviter la traversée de Newcastle dans la nuit noire. Nous nous quittions d'ordinaire vers dix-neuf heures et je rentrais à Northumberland Street après une bonne demi-heure de marche à travers les rues désertes de la basse ville.

Je n'avais toujours pas quitté la famille Owens. Il était fort indélicat de ma part d'abuser ainsi de leur hospitalité, allez-vous me dire, cher lecteur, et je serais de votre avis. Lucy avait tellement insisté pour que je prolonge mon séjour chez eux, même une fois que j'eus les moyens d'emménager dans un petit meublé, que je n'avais pu faire autrement que de céder. Je n'acceptai cependant qu'à la condition de leur verser une pension, équivalente au prix du loyer d'une chambre et du couvert. Je trouvais cet arrangement fort commode, car il me semblait retrouver une vie de famille comme j'avais pu la connaître à Bourg-le-Vieil. Cette sécurité du foyer m'avait beaucoup manqué durant les trois années précédentes. Nous nous retrouvions le soir dans le salon, M. Owens nous faisant la lecture, Lucy et Margaret brodant le plus souvent, moi apprenant à dessiner ou ayant repris quelques études mathématiques. M. Owens faisait preuve d'une grande culture et nous discutions aussi bien philosophie que science ou géographie. Cette année-là, M. Baker explorait les affluents que le Nil recevait d'Abyssinie, et M. Owens suivait tout particulièrement les articles de presse qui relataient ses avancées.

Le dimanche après-midi, quand le temps le permettait, nous partions tous les quatre en fiacre vers la côte. Le littoral, à cet endroit, était vierge de toute activité humaine : très peu de promeneurs, encore moins de pêcheurs, tous les ports étant situés à l'intérieur des terres sur les rives de la Tyne. C'était une succession de plages désertes entre falaises et rochers de granit, face à une mer du Nord glaciale mais magnifique. Nous nous sentions seuls au monde, face aux éléments, le vent se déchaînant sur notre petite troupe, cinglant notre visage jusqu'à arracher des larmes à nos yeux pourtant secs. Je me risquais souvent à courir jusqu'au bord de l'eau, escaladant les rochers à marée basse alors que M. Owens et ses filles restaient en retrait, prudents. Je pensais alors à Gabriel qui m'aurait, lui, certainement accompagnée dans mes explorations.

Ces après-midi au grand air constituaient la grande excursion de la semaine : une heure de trajet en fiacre, deux heures de promenade, et une heure de trajet retour. Nous rentrions vers dix-huit heures à Northumberland Street pour un thé fumant et réconfortant. Le quatrième dimanche de septembre, nous eûmes la surprise d'avoir à notre retour la visite de Sir Samuel Wallace.

24

L'atelier

Nous venions à peine de nous installer pour le thé, les joues encore rouges de l'air frais de la côte, lorsque le carillon de la porte d'entrée retentit. Georges, l'homme de charge, annonça Sir Samuel. Si M. Owens était ravi de recevoir son ami, il ne le montra que par un pudique sourire. Lucy et Margaret, de leur côté, explosèrent de joie en toute simplicité. M. Wallace s'était apparemment fait trop rare ces derniers mois à Northumberland Street et son absence avait déçu les demoiselles Owens.

Le gentleman entra au salon après s'être défait de son pardessus. Égal à lui-même, Samuel Wallace était vêtu de noir, dans un habit qu'on aurait pu jurer l'avoir vu porter la veille – ainsi que tous les autres jours précédents – tellement il me semblait que toute sa garde-robe était identique. Il faisait partie de ces gentlemen pour qui on aurait dit que seul importait le fait d'être habillé correctement et d'être propre. Le choix de tel habit ou tel autre n'était probablement pour ces messieurs qu'une perte de temps tout à fait superflue et donc, en toute logique, autant ne posséder que le même habit, mais en plusieurs exemplaires, ce qui faisait gagner un temps considérable au moment de se vêtir chaque matin. Ce n'étaient que des conjectures sur le caractère particulier de Sir Samuel, mais il me semblait bien avoir vu juste.

Dans ce contexte amical, il avait quelque peu mis de côté son air sombre habituel et salua très cordialement M. Owens ainsi que Margaret et Lucy qui le connaissaient manifestement de longue date. Je fus saluée avec la même amabilité, bien plus cordialement que ce à quoi m'avait habituée mon patron. M. Wallace prit place sur le sofa à mes côtés. On servit du thé pour le nouveau venu et on amena de ces petits gâteaux ressemblant aux madeleines de Lorraine que nos voisins britanniques affectionnent tant et qui se nomment « muffins ». Après les traditionnelles amabilités d'usage, M. Owens s'étonna de l'absence de notre visiteur à l'office du dimanche alors que ce dernier avait apparemment promis de faire un effort de présence. Sir Samuel, le nez dans sa tasse de thé, eut un sourire amusé.

— Je m'attendais à ce reproche en venant vous voir aujourd'hui, mon ami. Cela ne m'a pourtant pas dissuadé. Laissez donc cela, Gregory. La période n'a pas été propice à de tels efforts. J'ai dû choisir d'autres priorités.

— Ah, Samuel, parviendrai-je jamais à vous rallier à cette cause, mon ami ?

— Je crains que non. Mais passons, ne me faites pas regretter ma visite, voulez-vous. Donnez-moi plutôt des nouvelles de votre famille...

Puis, se tournant vers moi et me dévisageant ouvertement, il ajouta :

— Je vois que vous avez une pensionnaire supplémentaire depuis ma dernière visite.

— N'est-ce pas ? répondit l'homme d'Église. Un nouveau membre de la famille que vous connaissez bien, il me semble. Constance a été tout à fait adoptée par Lucy et Margaret dès son arrivée à Newcastle, Samuel. Son excellente éducation et sa connaissance évidente de la langue française l'ont rendue indispensable au bien-être de mes filles.

— Je confirme, Papa, répondit Lucy, ravie. Nous n'avons jamais autant pratiqué notre français ! Mais bien plus encore... ajouta Lucy, laissant sa phrase en suspens.

— Oui ? demanda M. Wallace, curieux.

— Savez-vous à quel point notre Constance est singulière, Samuel ? Pouvez-vous imaginer, chez une même personne, une connaissance des grands auteurs philosophiques et un goût immodéré pour l'histoire, ce qui, je vous l'accorde, est assez répandu, mais, ce qui l'est moins, c'est ce don pour les mathématiques qui lui fait passer une partie de ses soirées à résoudre des équations ?

— Des équations mathématiques ? demanda-t-il, levant à peine un sourcil étonné.

— C'est cela même, répondit Lucy, ravie. J'ai essayé de m'y intéresser, mais c'est bien trop rébarbatif à mon goût... Margaret et moi nous contentons, lorsqu'elle se perd dans ses lignes de démonstrations, d'attendre patiemment qu'elle parvienne à la résolution du problème pour pouvoir entamer une discussion et enfin pratiquer notre français...

— C'est tout à fait singulier, en effet, répondit Sir Samuel. Votre nouvelle amie serait-elle douée en tout de la même manière ? demanda-t-il, s'adressant à Lucy tout en attendant visiblement ma réponse.

J'étais, jusque-là, restée muette. Mais à cette question, je répondis, le plus sérieusement du monde :

— Oh, je n'ai pas cette prétention, Monsieur, loin de là. Je ne suis certainement pas plus parfaite que vous-même, Monsieur. J'ai de nombreuses lacunes qui sont de véritables défauts pour ma condition.

— Je vois, répondit-il d'un ton monocorde : la modestie légendaire de toute jeune fille bien éduquée... Nous y voilà, vous n'échappez pas à la règle... N'est-ce qu'une modestie de façade ou bien connaissez-vous réellement vos défauts ? Me les avouerez-vous, Miss ?

— Certainement. Je ne les cache pas, au contraire, Monsieur. Je pense qu'il est important de connaître ses défauts et ses qualités, non pas pour paraître modeste, comme vous venez de dire qu'il sied de le faire, mais afin d'être capable de choisir sa voie.

— Choisir sa voie ? s'étonna-t-il. C'est certainement un luxe que très peu peuvent s'offrir, ne croyez-vous pas ?

— C'est possible. Cependant, j'ai reçu une éducation qui a donné toute son importance au libre arbitre et à la capacité de chacun de pouvoir choisir son destin.

— Voilà qui pourrait être qualifié de grave erreur dans une éducation féminine de qualité, répondit-il, dubitatif. À défaut de vous aider à développer un caractère modeste, je crains que cette éducation ne vous ait dotée d'un esprit subversif.

Lucy et Margaret échangèrent à cet instant des regards inquiets en voyant la tournure peu amicale que prenait la conversation.

— C'est possible, repris-je... Un esprit subversif et indépendant, confirmai-je. Est-ce si grave ?

— Je ne me suis pas encore fait mon opinion… répondit-il.

— C'est d'ailleurs cet esprit subversif que vous avez vous-même choisi d'employer au sein de votre manufacture. Auriez-vous pris trop de risques, Monsieur ?

— Ma foi, au moins, vous n'avez pas la langue dans votre poche…

Le début d'un sourire se forma sur ses lèvres.

— Monsieur, cela me désolerait de découvrir que la modernité vous effraie, repris-je. Il m'avait semblé comprendre qu'il en était autrement, puisque vous avez consenti à m'offrir un emploi.

Je replongeai mon nez dans ma tasse de thé. Cela ne le désarçonna pas et, au contraire, il s'en amusa :

— Ah ! Gregory, je crois que j'ai piqué votre petite protégée au vif !

— Samuel, vous vous amusez à ses dépens, répondit doucement le vieil homme, contrit. Je vous ai connu plus charitable…

M. Wallace changea alors de sujet :

— Miss, il me semble là que vous avez été accueillie par la meilleure des familles de Newcastle. Savez-vous que le révérend Owens et ses filles sont notoirement connus pour leurs bonnes œuvres à travers toute la ville ?

— Oui, j'ai appris cela, Monsieur. Cette famille est un modèle de piété et de charité pour le commun des mortels, comme vous et moi.

Je sous-entendais clairement par là que je ne me supposais pas moins charitable que mon interlocuteur. Il comprit parfaitement l'allusion :

— Nous sommes donc tous deux conscients qu'il nous faut protéger nos amis des importuns. Notamment ceux qui verraient là un foyer prodiguant volontiers nombre de largesses et dont il serait facile de profiter…

Je rougis, surprise d'être si ouvertement accusée de profiter de la bonté de M. Owens.

— Samuel ! le gronda le clergyman, visiblement courroucé de l'insinuation à peine déguisée de M. Wallace. Vous vous oubliez… Constance n'est notre hôte que parce qu'elle n'a pas réussi à vaincre l'insistance de mes filles, malgré ses demandes répétées de trouver un logement qui lui serait propre. Ôtez-vous donc de l'idée qu'elle abuse de notre hospitalité en toute conscience !

M. Wallace sourit et, gardant le silence quelques instants, changea de physionomie pour se radoucir :

— Pardonnez-moi, Gregory. Vous me connaissez, je suis d'une nature suspicieuse et parfois abrupte. Miss, veuillez accepter mes excuses. J'ai été certainement soupçonneux à tort et maladroit de plus, me dit-il respectueusement.

Je gardai le silence quelques instants, avant de répondre :

— Vous avez été maladroit, c'est certain. Comment ne pas m'étonner de ces soupçons à mon encontre, alors que vous venez juste de m'offrir un emploi ?

— L'un n'empêche pas l'autre… Je vous ai offert un travail parce que vous me semblez intelligente, pragmatique et que rien ne semble vous effrayer, pas même la condition ouvrière, malgré votre éducation. Au moins, vous ne reculerez devant aucun obstacle…

— Mais aujourd'hui ? demandai-je.

— Aujourd'hui, je n'ai pas changé d'avis. Seulement, je vous retrouve chez mes amis les Owens qui sont, je vous l'ai dit, un modèle d'intégrité et de bonté. Je m'assure juste que vos intentions sont tout autant charitables.

Lucy intervint :

— Mes amis, peut-être pouvons-nous retrouver un peu de légèreté et…

Je la coupai :

— Monsieur, vos motifs sont magnanimes. Je tiens à vous rassurer : je ne désespère pas de trouver un appartement décent à courte distance de la manufacture et de Northumberland Street.

— Miss, si vous le souhaitez, M. Gardiner peut vous assister dans cette recherche, répondit-il, sur un ton égal.

— Je vous remercie. Son aide sera, une fois de plus, très appréciée. Vous avez là un soutien précieux en la personne de M. Gardiner.

— J'en suis tout à fait conscient, Mademoiselle.

Samuel Wallace s'adressa alors à M. Owens et à ses filles, changeant tout à fait de sujet, et prit des nouvelles de leur famille dont il semblait connaître plusieurs membres. Furent évoquées la sœur de M. Owens qui s'était établie à Londres, dont le mari était banquier, et chez qui ils passeraient certainement une quinzaine de jours pour les fêtes de fin d'année, mais aussi une certaine Mrs Prescott, une dame influente de Newcastle, propriétaire des terres dont M. Owens tirait les revenus de sa cure, et qui était une parente éloignée de Sir Samuel.

Vers vingt heures, M. Owens proposa à notre invité de se joindre à nous le dimanche suivant pour l'excursion sur la côte, si le temps le permettait. Celui-ci accepta volontiers et, après quelques tasses de thé et quelques muffins, prit congé alors que la nuit tombait déjà.

Ce mois d'octobre 1862 se poursuivit comme il avait commencé : mon travail à la Wallace Steel progressait grandement et occupait toute mon attention. Je passais le plus clair de mon temps auprès des ouvriers, jugeant qu'ils étaient le plus à même de m'expliquer le cœur du métier et des tâches de la fonderie. Je n'avais, il me semble, pas d'autre choix, M. Philips me battant froid, M. Gardiner ne connaissant pas le détail des opérations et M. Rivers étant extrêmement pris par sa fonction.

Je m'estimai assez vite acceptée par ces ouvriers. Certains d'entre eux comprirent rapidement que je respectais leur connaissance du métier et que mon objectif n'était pas de les faire travailler plus vite et plus dur, dans un unique but de rentabilité au profit du patron. Mon expérience en tant qu'ouvrière m'avait ouvert les yeux quant aux conditions de travail de cette population laborieuse. Sans vouloir peindre un tableau idéal du dévouement et de la bonne volonté des travailleurs, loin de moi cette idée, il fallait reconnaître que, dans la plupart des manufactures, les conditions de travail imposées par les patrons étaient impitoyables et qu'il fallait être armé de courage, ou bien être acculé à mourir de faim, pour affronter cette vie au quotidien.

À l'autre extrémité de la hiérarchie, il y avait le patron dont souvent l'unique but était de s'enrichir au détriment de cette masse silencieuse et docile. Cependant, M. Prieur à Bonneval et M. Wallace, ici, à Newcastle, n'étaient pas de ceux-là. J'avais pu mesurer l'abîme qui existait entre les conditions de vie des ouvriers dans ces deux fonderies et ce que j'avais pu vivre à Paris. La manufacture de Sir Samuel, si elle n'offrait pas de logement comme j'avais pu le voir à Bonneval, avait néanmoins plusieurs avantages : on n'y employait pas d'enfant, tout d'abord, les plus jeunes ouvriers ayant une quinzaine d'années. Ensuite, la journée de travail ne comptait que douze heures, alors que nombre de manufactures étaient encore à treize heures par jour et, avantage rare, les heures supplémentaires étaient payées en sus du temps normal.

Il y avait une salle de repos pour les pauses, permettant de quitter la fournaise de l'atelier, meublée de chaises et de tables, où les ouvriers se rendaient par groupe de cinquante, par un système de rotation horaire. Cette salle était aérée en été, et chauffée en hiver, ce qui était un luxe tout aussi rare. Néanmoins, comme toujours, nombre d'entre eux ne s'estimaient pas satisfaits du traitement dont ils faisaient l'objet et voyaient mon intervention comme une menace d'augmentation des cadences. Je leur avais expliqué la problématique : la concurrence était rude. Si l'on voulait que la manufacture reste prospère et leur garantisse un emploi, il fallait trouver une solution pour augmenter la capacité de l'usine et éviter que Wellington ne fasse appel à un concurrent pour compléter la production de la Wallace Steel Co. Certains restaient obtus, mais quelques autres semblaient croire en mes bonnes intentions. Il y avait notamment parmi les puddleurs un grand garçon rouquin nommé Jeremy Abbott et quatre ou cinq de ses amis qui s'étaient particulièrement intéressés à mon étude. C'étaient des hommes jeunes avec qui, je l'avoue, j'avais eu au début quelques difficultés : il avait fallu passer outre certaines flatteries et autres regards appuyés pour enfin parler fonderie.

Jeremy était de ceux-là. Ce grand gaillard de vingt-cinq ans était très doué de ses mains : puddleur depuis trois ans, il était le plus rapide de tous. Il manipulait la loupe de fonte brute comme personne dans le four à 1 300 °C, retournant et brassant les scories afin d'obtenir l'acier le plus pur. Ses acolytes et lui se lançaient régulièrement des défis d'adresse, notamment battre le record du nombre de lingots de fonte affinés à l'heure et Jeremy en sortait souvent vainqueur. Comme il me l'expliquait, il fallait bien se distraire pour se donner du cœur à l'ouvrage.

Il y avait aussi, parmi ceux qui s'intéressaient à mon étude, certains anciens qui, gardant un respect immodéré pour Sir Robert Wallace, ayant travaillé toute leur vie dans cette fonderie et leur père ayant démarré l'aventure avant eux, souhaitaient se battre pour continuer à faire prospérer la manufacture. J'avais notamment beaucoup appris de Patrick McNally qui était à la commande du marteau-pilon de trente-cinq tonnes et qui avait été puddleur, lamineur, ébarbeur, etc., en plus de vingt ans. J'avais donc développé un réseau de plusieurs personnes qui participaient activement à mon étude, me donnant des indications sur les risques de telle ou telle opération, les temps nécessaires à telle autre, ou les conditions indispensables à la qualité de l'acier. Cela n'était pas toujours du goût des contremaîtres, surtout Wilkinson et Button qui me voyaient détourner les ouvriers de leurs tâches en les questionnant. Et c'était sans compter le fait qu'avoir une femme dans l'atelier, tournant autour des travailleurs, faisait baisser les rendements.

Ces deux contremaîtres s'étaient plaints auprès du directeur Philips de mes pratiques et j'avais dû lui en répondre. John Philips n'était décidément pas d'un abord facile. Il me fit convoquer alors que je réalisais des mesures de temps sur l'opération de puddlage. Il m'attendait derrière son bureau, renversé dans son siège de cuir.

— Deschanel… lâcha-t-il en me voyant entrer dans son bureau.

Je refermai la porte derrière moi, me doutant que l'entretien ne serait pas agréable

— Depuis combien de temps travaillez-vous ici ?

— Cinq semaines, Monsieur.

— Cinq semaines ? Et qu'avez-vous produit ?

— Comment ça, Monsieur ?

— On vous paie un salaire pour produire un travail. Je vous demande donc ce que vous avez produit, dit-il, en haussant la voix, qu'il avait très forte.

— J'ai presque terminé l'étude de capacité de la manufacture, Monsieur.

— Tiens donc, et pourquoi ne me l'avez-vous pas présentée ?

— Vous ne me l'avez pas demandée. Je présente l'avancement de mon travail tous les samedis à M. Gardiner.

Cette réponse, que j'aurais certainement dû rendre moins abrupte, le fit se lever d'un bond. M. Philips était vraiment impressionnant : il devait faire à peu près la même taille que M. Wallace, c'est-à-dire environ dix centimètres de plus que moi, mais peser le double du poids de son patron. Tout était large chez cet homme : son visage, son torse, ses mains, ses bras puissants qui me semblaient pouvoir abattre un arbre. Il se posta devant moi, usant manifestement de son impressionnante carrure.

— Le directeur, ici, c'est moi ! entonna-t-il. Il est hors de question qu'il se passe quoi que ce soit dans cet atelier sans que je sois immédiatement informé ! Gardiner n'a aucune compétence pour juger des affaires relatives à l'atelier.

J'attendis que l'orage passe dans le mutisme le plus complet.

— Vous avez suffisamment perturbé le travail des hommes comme ça ! Il ne vous suffit pas d'agiter votre joli minois sous leur menton, il faut en plus que vous les questionniez. Dorénavant, je ne veux plus vous voir dans l'atelier, Deschanel. Me suis-je bien fait comprendre ?

Il me congédia sans ménagements et c'est ainsi que mes relations avec M. Philips achevèrent de se détériorer.

Je n'osai en référer à M. Gardiner sur l'instant, mais me promis d'évoquer l'incident lors de notre prochaine entrevue, le samedi suivant. J'avais certainement suffisamment de données pour compléter mon étude et présenter un rapport construit et me fis donc une raison, ne mettant plus les pieds dans l'atelier de la semaine.

J'eus l'agréable surprise, quelques jours plus tard, à la fin de la journée de travail, de trouver Jeremy Abbott qui m'attendait à la sortie. Il était adossé au mur de la fabrique, à quelques mètres de la grande porte principale, et semblait patienter, les bras croisés, la casquette inclinée sur son nez. À mon approche, il se redressa et souleva sa casquette avant de venir à ma rencontre :

— Miss Deschanel !

— Jeremy, que faites-vous là ? Le travail est fini depuis un bon quart d'heure dans les ateliers…

— C'est vous que j'attendais, Miss.

Je m'arrêtai, attendant la suite.

— En quoi puis-je vous être utile, Jeremy ?

— Ben, on est plusieurs à se demander pourquoi vous venez plus nous poser toutes vos questions… Vous allez partir, Miss ?

— Non, Jeremy. J'ai eu, comment dirais-je… une mise au point avec M. Philips, qui ne veut plus me voir dans l'atelier. Il se trouve que je peux boucler mon étude dès à présent sans plus avoir besoin d'y descendre.

— Ah. On s'est bien dit que Philips vous avait causé des problèmes. Il vous a pas brutalisée, dites ?

— Comment ? Bien sûr que non, Jeremy ! Quelle idée !

— Bon, Bon, tant mieux. Méfiez-vous-en, Miss. Il a pas bonne réputation parmi nous autres, vous savez. Il en a battu plus d'un, et pas toujours à raison. Et encore, je vous dis pas tout, pour pas vous effrayer, me dit-il d'un air mystérieux.

— Allons donc, Jeremy. M. Philips a eu un comportement irréprochable jusqu'ici. Ne craignez rien. Je ne me laisse pas faire non plus.

— Ça, je veux bien vous croire. Mais, pardonnez l'expression, vous ne feriez pas le poids, Miss… Bon, j'voulais juste m'assurer que vous alliez bien. On était plusieurs à s'inquiéter. J'vous souhaite le bonsoir, Miss.

Je le saluai en retour et rentrai à Northumberland Street. Sans que cette mise en garde parvînt à m'inquiéter, elle me contraria néanmoins pour quelques jours, suffisamment pour que je cherche à éviter M. Philips.

Au bout de six semaines, après maints tâtonnements et les conseils éclairés de M. Rivers, je me sentais prête à faire deux propositions à mes employeurs. Je n'étais pas peu fière de ne pas avoir eu besoin des deux mois impartis pour réaliser cette tâche.

25

Une proposition audacieuse

Tout d'abord, cher lecteur, il me faut vous donner la teneur des observations que j'avais pu faire au cours des six semaines passées à observer l'atelier.

Première constatation : les équipements étaient considérables. Cependant, les trois hauts-fourneaux, les huit fours à puddler, le convertisseur Bessemer et les laminoirs n'avaient pas les mêmes capacités : les hauts-fourneaux pouvaient produire une fois et demie plus de fonte brute que ne pouvaient en traiter les fours à puddler et le convertisseur, et il en était de même pour les laminoirs. On voyait régulièrement dans l'atelier les hommes entretenir seulement la chaleur d'un haut-fourneau, sans que celui-ci produise de fonte. De plus, il fallait entretenir cette chaleur sans discontinuer, car rallumer un haut-fourneau, une fois qu'il était éteint, prenait trop de temps et usait bien trop de combustible. Des hommes étaient donc missionnés à l'entretien des hauts-fourneaux tous les jours et toutes les nuits, y compris le dimanche.

Ensuite, il était évident que les fours à puddler traitaient la fonte beaucoup plus lentement, et en bien moindre quantité, que le convertisseur Bessemer. L'usage du convertisseur était malheureusement limité à l'emploi d'un minerai rare et cher provenant de Norvège, ne comportant pas de trace de phosphore comme dans le centre de la France. Nous étions toujours à la merci de cette incompatibilité entre la fonte phosphorée et l'affinage par combustion à l'air. Or, l'Angleterre ne disposait pas d'un tel minerai sur son sol et il fallait s'en procurer à l'étranger, ce qui augmentait considérablement les coûts de production.

Seules deux solutions s'offraient à nous. La première reposait uniquement sur les hommes. En effet, le constat que les hauts-fourneaux devaient être entretenus toutes les nuits mais que, dans le même temps, les autres ateliers restaient vides m'amena à la conclusion qu'il serait opportun de mettre en place une équipe de nuit. Il fallait utiliser tous les équipements déjà disponibles. Cette pratique de l'équipe de nuit était, somme toute, fort peu usitée dans les manufactures, mais néanmoins connue. J'ignorais les raisons de son manque de succès, mais il me semblait que dans le contexte auquel nous étions confrontés à la Wallace Steel, cette solution serait la plus rapide à mettre en place, sans investissement supplémentaire. Bien sûr, nombre de détails seraient à mettre au point et j'avais bien l'intention d'en discuter plus avant avec M. Gardiner et M. Wallace. La seconde solution me semblait plus hasardeuse et plus coûteuse. Il s'agirait de rééquilibrer la capacité de transformation de fonte en acier dans les fours à puddler avec celle des hauts-fourneaux. Mais pour cela, il faudrait investir dans de nouveaux fours à puddler, du moins tant que l'on n'avait pas trouvé de solution pour utiliser de la fonte phosphorée dans les convertisseurs Bessemer.

J'annonçai donc à M. Gardiner que j'étais prête à présenter mes propositions à M. Wallace et nous fixâmes l'entretien au samedi suivant. Je me présentai comme à mon habitude à dix-sept heures devant la grande porte du bureau de M. Wallace. Je frappai à cette grande porte le cœur rempli d'appréhension et les bras chargés des rapports que j'avais préparés.

La voix forte et ferme de Sir Samuel retentit de l'autre côté de la porte pour me sommer d'entrer. Les deux hommes étaient installés dans les deux canapés formant un L dans l'angle gauche de la pièce, tous deux penchés sur des papiers étalés sur la table basse. Deux tasses de thé posées sur cette table fumaient encore. Ces deux gentlemen se levèrent immédiatement à mon entrée et M. Gardiner se précipita à ma rencontre :

— Miss Deschanel ! Venez donc ! Nous sommes impatients de vous entendre, me dit-il, avec un sourire chaleureux.

— M. Gardiner, je vous avouerai que j'ai quelque appréhension aujourd'hui, lui dis-je à part, avant de rejoindre M. Wallace.

— Ne vous inquiétez pas, Constance, murmura-t-il en m'appelant pour la première fois par mon prénom.

Il me prit délicatement le bras pour me mener auprès de Sir Samuel. Ce dernier avait retrouvé son air habituel, égal et froid, et je m'attendais à un examen sans complaisance de mon rapport.

— Miss, nous vous écoutons... souffla-t-il.

— Monsieur, j'ai passé beaucoup de mon temps dans vos ateliers, ces six dernières semaines, afin d'en comprendre le fonctionnement. Comme me le disait souvent mon père, la résolution d'un problème tient en grande partie à la qualité de la description de ce problème.

— Votre père était fort avisé, salua-t-il.

— Il était donc crucial de commencer par décrire dans les moindres détails les flux de production de vos ateliers en donnant, pour chaque opération : la durée de l'opération par pièce (ou par quantité de fonte produite, dans certains cas), les points particuliers qui concourent à la qualité de la production (comme le temps nécessaire à l'extraction de scories dans les fours à puddler, par exemple) et, afin de comparer les différents ateliers, noter les quantités de produits en entrée et en sortie, ce qui donne une nette idée des ateliers à la capacité insuffisante.

— C'est une approche que j'ai trouvée pleine de bon sens et très scientifique, Samuel, ajouta M. Gardiner, visiblement enthousiaste.

— Poursuivez, conclut M. Wallace, impatient.

— Ceci constitue donc la première partie de mon rapport, Monsieur. La conclusion de ces observations est la suivante : premièrement, il existe effectivement un décalage de capacité entre les ateliers, qui vous empêche d'utiliser tout le potentiel des hauts-fourneaux. En second lieu, vos équipements sont dans l'ensemble sous-utilisés car ils sont disponibles tous les jours entre vingt heures et six heures du matin, mais ne produisent rien.

— Vous ne m'apprenez rien, me dit-il d'un air indifférent, mais il est intéressant de voir que vous avez pu dresser ce constat aussi clairement et rapidement.

— Si vous connaissez ce constat, la première solution ne vous saute-t-elle pas aux yeux ?

Il souleva un sourcil interrogateur :

— Je vous écoute ?

— Mettez en place une équipe de nuit qui prenne ses fonctions à vingt heures et termine à six heures, au petit matin.

Il souffla à la fois de surprise et de déception :

— *Mademoiselle*, dit-il en français, cette solution a été imaginée par d'autres avant vous et n'a pas été retenue. Le personnel actuellement en place effectue une journée de travail de douze heures, plus un repos total de deux heures, réparti en deux pauses d'une demi-heure et la pause déjeuner d'une heure. Le temps de présence est donc de quatorze heures au total, ce qui ne laisse que dix heures de présence pour une équipe de nuit et donc un temps de travail insuffisant. C'est d'ailleurs une des raisons majeures pour lesquelles le travail de nuit s'est si peu développé malgré l'avantage évident de mieux rentabiliser les machines investies.

Voilà. Nous abordions le cœur du sujet. J'étais dans mon domaine et avais pris confiance en moi.

— Monsieur, il ne faut pas balayer cette idée d'un revers de main, répondis-je. Plusieurs facteurs plaident pour cette solution dans notre cas. Premièrement, nous pourrions aménager le travail de l'équipe de jour différemment, n'accordant qu'une heure de pause à midi, mais les faisant commencer une demi-heure plus tard et finir une demi-heure plus tôt, ce qui ne changerait pas leur temps de travail effectif total. Avec cette astuce, vous gagneriez une heure pour l'équipe de nuit.

— Admettons… Poursuivez, dit-il.

— Ensuite, l'équipe de nuit ayant un temps total de travail plus court, vous pouvez réduire leur temps de pause à une heure seulement, réparti en deux demi-heures, ce qui vous amène à un temps effectif de travail, pour cette équipe nocturne, de dix heures.

— Soit. Cela reste néanmoins deux heures de travail de moins que l'équipe de jour. En appliquant le même tarif horaire, je ne trouverai aucun employé voulant être en équipe de nuit.

— Pouvez-vous les payer le même tarif à la semaine ?

— Cela me reviendrait trop cher. J'augmenterais mathématiquement le coût de l'acier produit de nuit et personne ne l'achèterait.

— C'est ici qu'intervient un raisonnement auquel vous n'avez peut-être pas pensé, Monsieur, si je puis me permettre.

Je le vis hausser les sourcils et décelai un sourire sur ses lèvres.

— Dans le calcul de votre prix de vente, vous comptez le coût de la part matière de l'acier, le coût de main-d'œuvre, l'amortissement de vos machines, quelques coûts de structure et votre marge. Est-ce correct ?

Il hocha la tête en guise de réponse.

— Bien. Le calcul d'amortissement de vos machines se fait aujourd'hui uniquement sur cette production de journée et elle suffit seule à rembourser vos investissements selon un échéancier déjà établi, n'est-ce pas ?

— Exact, dit-il, semblant maintenant fortement intéressé par mon propos.

— Eh bien, dans le coût de revient de l'acier produit de nuit, ne comptez pas la part de remboursement des investissements, mais un coût horaire de production plus élevé, lié au nombre d'heures réduites de l'équipe de nuit. J'ai réalisé ce calcul et vous l'ai détaillé dans mon rapport. Cela s'équilibre à peu près et vous pourriez même vendre votre acier produit de nuit moins cher...

M. Gardiner guettait la réaction de M. Wallace, un sourire d'exaltation non dissimulé aux lèvres. Celui-ci ne réagit pas immédiatement. Il se leva, prit un exemplaire de mon rapport sur la table basse et le feuilleta, tout en faisant quelques pas dans la pièce. À l'insu de son patron, M. Gardiner m'adressa un large sourire satisfait et rassurant. Une voix s'éleva du fond du bureau :

— Miss Deschanel, cela se tient ! s'exclama Sir Samuel. Cela mérite en tout cas d'être étudié en détail...

Il franchit la pièce pour nous rejoindre en brandissant sa main tendue et grande ouverte. Ses yeux jetaient des éclairs et il semblait animé d'une énergie nouvelle. Je me levai pour saisir cette main tendue, ne comprenant pas immédiatement ce qu'il allait m'annoncer :

— Mon instinct ne m'avait pas trompé, Miss. Considérez que vous êtes définitivement embauchée et étudiez plus précisément les modalités de mise en œuvre de votre idée. Ce ne sera certainement pas aussi simple que vous l'imaginez, sinon cette pratique se serait considérablement développée chez nos confrères. Néanmoins, je vous donne mon accord pour que vous passiez à la phase d'exécution.

— Merci, Monsieur.

— Aviez-vous d'autres pistes à proposer ?

— Oui, mais non exploitables en l'état, sans investissement supplémentaire. Il serait nécessaire de renforcer l'atelier de puddlage, tant que les ingénieurs n'ont pas trouvé la solution pour convertir la fonte phosphorée.

— Effectivement. C'est tout à fait juste. Il se trouve que c'est une piste sur laquelle j'ai travaillé personnellement d'ailleurs, l'année dernière. J'y travaillais avec deux universitaires dans un petit laboratoire que j'ai monté à Londres. Mais cela n'a rien donné. Certains essais étaient pourtant très prometteurs…

— Vraiment ? Peut-être devriez-vous reprendre ces travaux, Monsieur. Je sais que M. Bessemer continue de se heurter au problème, d'après les journaux. Celui qui découvrira le moyen de transformer la fonte phosphorée dans un convertisseur aura un impact majeur sur toute l'industrie de l'acier.

— Oui, j'en suis convaincu aussi… Bien, coupa-t-il, semblant impatient de mettre fin à notre entretien. Miss, sans vouloir paraître grossier, il me faut maintenant terminer l'étude d'un autre dossier avec M. Gardiner…

— Bien sûr, Monsieur, répondis-je en faisant ma révérence. Merci encore de l'écoute favorable que vous avez accordée à ma proposition. Bonsoir, Messieurs.

Voilà. J'avais réussi. Un sentiment de satisfaction m'envahit alors que je quittais le bureau de M. Wallace. Était-ce aussi simple que cela ? Comment était-il possible d'avoir réussi en six semaines là où j'avais échoué en plus de deux ans à Paris ? N'avais-je pas d'autre épreuve à passer ?

J'éprouvais quelque difficulté à me dire que je touchais enfin au but. Un emploi digne de moi… Digne de ce qu'avait pu imaginer Papa pour moi. Puis, en un instant, je réalisai que je devais ma bonne fortune à un homme : M. Wallace.

Mon ressentiment à son égard s'était envolé et je me jurai alors de lui pardonner ses futurs écarts d'humeur, ou son manque de cordialité. Il serait dorénavant l'homme qui, à la suite de mon père, m'aurait permis d'accéder au statut auquel je me destinais, celui de femme indépendante, autonome, subvenant à ses propres besoins par l'excellence de son travail, gardant la possibilité de choisir sa situation, sa ville, son employeur, enfin, son mode de vie.

J'annonçai le soir même la bonne nouvelle à la famille Owens. S'ensuivirent de chaleureuses félicitations : Lucy assura ne pas douter de l'excellence de mon travail et, connaissant Samuel Wallace, affirma avoir prédit l'issue positive de cette collaboration fructueuse. Quant à M. Owens, il souligna qu'il n'était que justice que l'ardeur que je mettais au travail soit récompensée. C'est alors que je leur annonçai ma ferme intention de prendre un appartement le plus rapidement possible. Je n'avais que trop abusé de leur bonté. Bien sûr, cela jeta un léger froid, mais mes amis reconnurent bien volontiers que cette situation devait avoir une fin et que ce moment était arrivé.

Il était temps de préparer la journée du lendemain : M. Wallace serait des nôtres pour notre sortie en bord de mer et il s'agissait de ne pas commettre d'erreur logistique. Furent abordés l'horaire précis de départ, le choix du lieu exact de promenade, mes amis connaissant les lieux de prédilection de notre hôte et portant leur choix sur un endroit qu'il affectionnait tout particulièrement. Puis Lucy se lança dans la liste des préparatifs. Elle s'occupa du menu détaillé du pique-nique et de ce qui devait être présenté pour le thé du retour.

Le lendemain, nous quittâmes Northumberland Street à onze heures du matin, à la fin de l'office du révérend Owens. M. Wallace nous avait rejoints à cheval et ferait le trajet à nos côtés, alors que nous étions tous les quatre, M. Owens, Lucy, Margaret et moi-même, dans le fiacre prêté une fois de plus par la très généreuse Mrs Prescott, dont j'entendais beaucoup parler, mais que je n'avais encore jamais rencontrée.

Le trajet dura à peine une heure. Nous atteignîmes la côte au lieu-dit « St. Mary's Island » aux alentours de midi. À cet endroit, la côte sablonneuse laissait place à un rivage de granit sombre battu par les vagues. À marée haute, une île émergeait des flots à une centaine de mètres du rivage, reliée à la terre par une unique et étroite bande rocheuse abritant en son sommet un sentier trop peu large pour qu'une voiture à chevaux l'emprunte. À marée basse, la mer découvrait complètement le rivage et l'île devenait péninsule. Au pied de la langue de terre surélevée, les fonds marins offraient aux promeneurs une multitude de petits points d'eau où il était particulièrement aisé d'observer la faune marine : crabes, crevettes, couteaux, étoiles de mer et autres bigorneaux retrouvaient l'air libre pour quelques heures. Pour assister à ce spectacle, il fallait néanmoins accepter de marcher sur un sol parfois mouvant, fait d'algues spongieuses, de rochers ou de sable dans lequel nos pieds s'enfonçaient jusqu'aux chevilles.

Le fiacre resta stationné sur les hauteurs des dunes et nous descendîmes, la famille Owens et moi-même, sur la plage pour atteindre ces rochers. La lande déserte et les dunes étaient balayées par le vent froid de l'automne. La mer, agitée ce jour-là, était d'un vert tendre éclairé par le soleil, avec quelques taches émeraude ici et là, reflets des quelques nuages blancs qui peuplaient le ciel. Le pique-nique serait soumis aux bourrasques maritimes, chargées de sel et d'humidité, mais resterait agréable si le soleil daignait continuer à briller pour le restant de l'après-midi.

Sir Samuel descendit sur la plage à dos de cheval et mit pied à terre une fois que nous atteignîmes les rochers : le terrain devenait bien trop glissant pour les sabots de sa monture. Le chemin menant à l'île, sur l'arête de la langue rocheuse, était sec. La famille Owens s'y engagea avec à sa suite M. Wallace, menant son cheval par la bride. Je préférai, pour ma part, comme à mon habitude, aller explorer le monde marin en contrebas, escaladant les rochers, contournant les minuscules aquariums naturels, cueillant des algues et observant au passage les habitants de ces microcosmes marins. Bien entendu, mon goût pour ces petites bêtes me laissait à la traîne et je me retrouvai bien vite seule. Lorsque je me redressai, interrompant mon observation d'un crabe en pleine transhumance quittant une flaque pour une autre, je constatai que la famille avait déjà atteint le centre de la petite île de quelques centaines de mètres de diamètre. Mon regard croisa alors celui de Sir Samuel qui s'était arrêté à mi-chemin, tenant son cheval au mors. Il m'observait, immobile. Sa silhouette noire, élancée et dressée sur cette digue rocheuse au milieu de la mer, semblait sortir tout droit d'un tableau de Caspar David Friedrich. Cette ombre masculine aux proportions parfaites dont le peintre aurait pu se servir comme modèle, tenant fièrement son cheval noir, contrastait avec le bleu du ciel, le vert de la mer et le doux jaune du sable en toile de fond. C'était un tableau au contraste saisissant. Ses longs cheveux masquaient son visage et ne laissaient apparaître ses yeux que furtivement au gré du vent, ajoutant au mystère du personnage et achevant de faire de cette peinture une œuvre ténébreuse.

Nous échangeâmes un long regard silencieux puis il reprit sa marche à la suite de la famille Owens. Je m'arrachai à ma contemplation. Je rejoignis la petite troupe sur le plateau de l'île quelques instants plus tard. Nous nous installâmes sur la surface herbeuse qui se trouvait au centre de cette île lilliputienne : le cocher étala au sol la couverture, apporta les paniers chargés de victuailles et Lucy, Margaret et moi-même disposâmes les pâtés, le pain, les salades, les fruits et la viande froide dans plusieurs assiettes, afin de constituer un buffet des plus charmants.

— Cet endroit n'est-il pas magnifique, Constance ? me demanda Lucy alors que nous commencions notre dégustation.

— Absolument.

J'inspirai l'air marin à pleins poumons.

— C'est exaltant, ajoutai-je. La lande balayée par le vent, la mer agitée : ce spectacle dégage une puissance fascinante et sauvage. J'ai même cru voir il y a quelques instants un tableau de Friedrich, dis-je, ne pouvant m'empêcher de jeter un regard de côté à M. Wallace.

— Comme tu es amusante, s'étonna Lucy. J'aurais de mon côté tout simplement dit que cet endroit était fort joli !

— Ma fille, c'est la nature passionnée de Constance qui s'exprime… répondit le sage M. Owens d'un air flegmatique.

— Est-ce l'un de vos endroits préférés de la côte, M. Wallace ? demandais-je.

Il me jeta un regard et se tourna vers l'horizon :

— Oui. J'aime l'endroit. Les vagues ici s'écrasent avec plus de puissance que partout ailleurs sur la côte de Sunderland ou du Northumberland. Les tempêtes y sont fantastiques et créent parfois des gerbes d'eau de plusieurs mètres de haut.

— Ce doit être magnifique, répondis-je.

— Mais très dangereux, conclut M. Owens. Il ne s'agit pas de s'aventurer sur cette péninsule un jour de tempête, vous pourriez être happée par une de ces vagues.

— Je crois être une excellente nageuse, M. Owens. Cela me sauverait-il ?

— Probablement pas. Les vagues projettent les corps contre les rochers et ne laissent aucune chance de survie aux malheureux qui se laisseraient emporter, tout bons nageurs qu'ils fussent.

— Mais où as-tu donc appris à nager, Constance ? me demanda Lucy. Ce n'est pas commun…

— Dans la Loire, avec mon ami Gabriel. Tout jeunes, nous pêchions en Loire et avons appris naturellement, au fil des ans. Je savais traverser la Loire en quelques minutes, alors. Nous nous amusions régulièrement à faire des courses, mon ami et moi.

— Parlons de vous, Lucy, continua M. Wallace. Votre action pour venir en aide aux pauvres de la Blackgate progresse-t-elle ?

— Oh, oui, Samuel. Je suis notamment aidée par Mme Smith. Vous savez, cette veuve âgée qui est bénévole aux œuvres de la cathédrale. Nous avons pu distribuer cinquante repas mardi dernier, grâce aux dons récoltés lors de la dernière vente de charité.

— Fort bien. Je trouve, M. Owens, que vous et vos filles êtes devenus indispensables à cette communauté, comme je ne le serai jamais, conclut-il.

— Ne dites pas cela, Samuel, répondit M. Owens. Notre action est bien peu de chose en regard des centaines d'emplois que vous offrez aux indigents.

— Peut-être, Gregory. Cependant, je reste persuadé que des gens comme vous, Gregory, ainsi que Lucy et Margaret, sont bien plus indispensables à la création. Ne trouvez-vous pas, Miss Deschanel, que nous autres, car je devine que votre nature est fort proche de la mienne, qui ne sommes pas dévoués corps et âme à notre prochain, et qui trouvons notre salut ailleurs, si nous le trouvons un jour, sommes bien moins utiles à la communauté ?

— Je ne saurais le dire, Monsieur. Je n'ai encore jamais réfléchi à cette question, répondis-je, embarrassée.

— Eh bien, prenez donc le temps d'y réfléchir, Miss, conclut-il, moralisateur.

Tout à coup, il se redressa et se mit debout :

— Mes amis, je vous propose une petite marche pour explorer ce bout du monde. Qu'en pensez-vous ?

— Je me vois dans l'obligation de décliner votre invitation, Samuel, répondit M. Owens. Ce délicieux pâté m'appelle irrésistiblement !

— Nous souhaitons nous reposer, Margaret et moi, répondit Lucy. Mais emmenez donc Constance, c'est la première fois qu'elle vient ici. Il faut lui faire découvrir les secrets de ce rocher.

Il parut déçu l'espace d'un instant.

— Bon… je vois que ma proposition n'emporte pas les suffrages. Je ne souhaite pas imposer à Miss Deschanel une promenade dont elle n'a aucune envie. Que souhaitez-vous faire, Miss ? demanda-t-il sur un ton abrupt.

— Je marcherais volontiers, M. Wallace. Montrez-moi donc ce qu'il y a à voir sur ce rocher, je vous en prie.

Nous nous dirigeâmes vers l'extrémité est de l'île qui s'avérait plus longue que je ne l'aurais cru. Sir Samuel s'arrêta au bord de cette étendue plane et émergée de l'île, pour contempler la mer. Il se redressa de toute sa hauteur, gardant les mains dans le dos et inspira profondément l'air marin.

— J'ai repensé depuis hier à votre raisonnement, Miss Deschanel, me dit-il.

J'attendis la suite en silence.

— D'où vous est venue cette idée ? demanda-t-il en gardant les yeux rivés sur l'horizon.

— J'ai travaillé en équipe de nuit dans une manufacture à Paris, Monsieur. J'ai trouvé tout simplement très astucieux de pouvoir utiliser les mêmes machines, mais pendant deux fois plus de temps. Sans aucun investissement supplémentaire, ou presque, la production peut être doublée.

— Bien sûr. Mais avez-vous pensé aux difficultés de mise en place ?

— Pour l'avoir vécu, je sais que le rythme de travail de nuit est particulièrement éprouvant pour les plus jeunes. Il est donc hors de question d'employer des enfants de nuit. Je m'y refuserais catégoriquement. En dehors de cette question des enfants, le travail de nuit ne présente pas de danger particulier pour la santé, comme certains ecclésiastiques ont pu essayer de le faire croire. Il est néanmoins certain que les ouvriers préfèrent travailler de jour plutôt que de nuit, du moins si la paye n'est pas plus intéressante.

Il tourna vers moi un visage incrédule :

— Miss, je vous demande quelles sont les difficultés de mise en place et vous me parlez de la santé des employés ? s'étonna-t-il.

— Bien sûr, Monsieur. Oui. Cela vous étonne-t-il ? La réussite de ce projet tient essentiellement au facteur humain, Monsieur. Les machines, nous les avons. La matière première ne sera pas un problème. Tout va reposer sur les hommes que nous allons choisir, et comment nous allons améliorer leurs compétences.

— Hum. Soit, j'en conviens. Continuez...

— Au-delà de la fatigue et de leur santé, il ne faut pas négliger la motivation des ouvriers, Monsieur. L'entreprise ne peut survivre que si elle a de bons employés et ne peut se développer que si ses employés sont en bonne santé et mettent du cœur à l'ouvrage. Je suis profondément convaincue qu'un shilling investi dans le bien-être des employés vous est rendu au triple ou au quadruple en productivité...

Il se retourna à nouveau vers moi, intrigué. Il marqua un temps de silence avant de me demander :

— Vous me semblez proche des ouvriers, Miss... M. Gardiner m'a décrit la façon dont vous vous êtes employée à rentrer dans le détail du fonctionnement des ateliers, en observant et questionnant directement les travailleurs. Pourquoi ne vous êtes-vous pas adressée à M. Philips ?

— Pour deux raisons. Tout d'abord, M. Philips ne m'a pas accordé le meilleur des accueils et je n'ai pas pour habitude de m'imposer là où je me sens indésirable. Ensuite, pour savoir ce qui se passe, il faut aller « au cœur de l'action », si je puis me permettre, Monsieur.

— Et cela ne vous dérange pas ? Le contact avec ces gens, parfois indigents, souvent grossiers, ou pire ?

— Non, du tout. Vos employés ne sont pas si rustres que cela, vous savez. J'ai connu bien pire... Vous n'avez pas à vous plaindre : beaucoup sont jeunes, volontaires et, surtout, la plupart sont sobres !

— Intéressant... Ainsi, j'aurais de la chance ?

— Tout à fait ! Il faut vous dire que j'ai moi-même, par la force des choses, dû vivre et travailler avec ces gens, comme vous le savez. Oui, il est vrai que ces hommes sont frustes, souvent grossiers, violents parfois. Mais nombre d'entre eux font preuve de simplicité et de bon sens et n'ont pas un mauvais fond, vous savez. Je vous accorde que je n'aspire pas à évoluer dans ce milieu toute ma vie, et que j'apprécie plus que tout l'amitié de personnes plus élevées comme les Owens. Cependant, les ouvriers ne me rebutent pas, ni ne me font peur. Vous pourriez, vous aussi, vous intéresser à eux, si vous le souhaitiez.

— Je n'en éprouve ni le besoin, ni l'envie, Miss. Je dois faire prospérer trois manufactures, et il n'y a pas de place dans ma vie pour quoi que ce soit d'autre. Je compte sur les bonnes âmes, comme nos amis les Owens, pour se charger des indigents. Chacun doit connaître son rôle ici-bas, et le mien n'est pas celui-là.

— Bien, Monsieur.

— Mais poursuivez, dit-il. Dites-m'en plus sur votre idée.

— Avec plaisir... Pour reprendre mon raisonnement, à mon sens, cette équipe de nuit pourrait être un succès si nous réunissions trois facteurs : le premier est que les employés de nuit doivent toucher la même paye que les employés de jour, malgré ces deux heures de travail en moins, afin d'attirer de bons candidats. Le deuxième repose sur la qualité des chefs que nous y mettrons, le troisième tient à l'éclairage de l'atelier.

— L'éclairage de l'atelier ? Qu'entendez-vous par là ? L'atelier est déjà suffisamment éclairé...

— Nous disposons d'un nombre important de becs de gaz, mais cela reste insuffisant à certains endroits. J'ai noté particulièrement qu'aux laminoirs, il fait très sombre tôt le matin et après la tombée de la nuit. J'ai aussi observé que la productivité est en baisse à ces mêmes heures en ces endroits. Sans avoir réalisé la démonstration d'un lien de cause à effet, j'ai là une corrélation troublante.

Il eut un large sourire.

— Mademoiselle, vous tenez parfois des raisonnements très surprenants.

Puis, après un silence, il ajouta :

— Reprenons notre promenade, voulez-vous ?

Cette promenade promettait d'être assez courte si nous nous limitions à l'étendue herbeuse, mais, répondant à une demande que je n'avais pas formulée, Sir Samuel m'entraîna dans l'escalade descendante des rochers jusqu'aux vagues qui s'écrasaient contre l'île. Je compris pourquoi ni Lucy, ni M. Owens, et encore moins Margaret, n'avaient répondu favorablement à la proposition de M. Wallace : connaissant les lieux, ils se doutaient de la nature de la promenade en question. En revanche, celle-ci correspondait tout à fait à mes attentes : sortir des sentiers battus, escalader, frôler les vagues, tout cela m'exaltait.

J'observais chez mon guide une agilité surprenante, moi qui l'avais vu la plupart du temps stoïque, observant le monde de loin avec une froideur dédaigneuse. Il avançait d'un pied sûr, choisissant les rochers posément mais néanmoins suffisamment vite pour avancer avec célérité. Il se retourna plusieurs fois afin d'observer ma progression et, visiblement rassuré, prit de la vitesse, sautant presque de rocher en rocher. Je suivais sans peine, grisée par le vent et les embruns, l'exercice physique éveillant mes sens.

Nous arrivâmes là où les vagues s'écrasaient en force sur un pic, à la proue du navire immobile que constituait cette petite île. À cet endroit, j'avais la sensation d'être au milieu des flots déchaînés : les vagues nous éclaboussaient et nous étions entourés d'un brouillard de gouttelettes d'eau salée.

— Voilà, annonça fièrement M. Wallace. Le bout du monde de l'île Sainte-Mary !

Il se retourna afin de juger l'effet que produisait sur moi ce lieu exceptionnel. Il m'offrit un large sourire, comprenant que, comme lui, j'en ressentais la force et que j'aimais ce sentiment, loin d'en être effrayée ou craintive. Ses cheveux et son visage ruisselaient à présent d'eau de mer et, le regard perdu dans le lointain, il resta à contempler la mer du Nord de longues minutes.

Je ne restai pas en place quant à moi et cherchai à escalader encore plus loin. J'observais de magnifiques algues géantes bercées par le flux et le reflux des vagues et décidai d'en rapporter une à Lucy. Je pris alors un risque que je ne jugeai pas inconsidéré sur le moment, mais qui faillit me coûter cher. Je m'avançai jusqu'à un rocher plat qui n'était découvert que lorsque les vagues se retiraient, sortant ces magnifiques algues géantes de l'eau. Je bondis alors qu'une vague venait de se retirer, essayant d'attraper un de ces longs colliers marron foncé luisant au soleil. Je m'appliquais à le détacher de son rocher lorsque je sentis de larges mains me saisir la taille et me tirer violemment en arrière, m'écartant à temps de la vague monstrueuse que je n'avais pas vu menacer de s'abattre sur moi. Je tombai à la renverse sous la violence du mouvement, entraînant M. Wallace dans ma chute et proférant un juron révélant mon peu de foi chrétienne. Alors que je me retrouvais sur mon séant, assise sur un tapis d'algues et de varech, M. Wallace se redressa d'un bond et, gardant un genou à terre, me fit face, les yeux emplis de stupeur.

— Êtes-vous donc inconsciente ? hurla-t-il par-dessus le bruit des vagues, luttant pour se faire entendre malgré le vent et les embruns qui couvraient son cri et le trempaient jusqu'aux os.

Il se retourna, regardant à nouveau l'endroit où je me tenais l'instant précédent, balayé par la puissante vague et noyé à présent sous une vingtaine de centimètres d'eau.

— Bon sang ! Mais que vous a-t-il donc pris de courir un tel risque ? cria-t-il à nouveau, les yeux noirs de colère.

— Je... je suis désolée, bredouillai-je, assise dans l'eau, grelottant maintenant que ma robe était détrempée.

J'avais agi sans plus de discernement qu'une enfant de dix ans. C'était bien moi, ça ! Il fallait toujours que j'aille plus loin, comme lorsque nous étions enfants, Gabriel et moi. Je ne pouvais m'empêcher, par orgueil ou par simple jeu, de prendre des risques et cela m'amusait. Il se redressa et me tendit une main que je saisis pour m'aider à me relever.

— Miss Deschanel, reprit-il ayant retrouvé son calme : vous êtes surprenante à bien des égards et vous faites preuve d'un discernement remarquable pour votre âge et votre condition, mais tempérez donc cette témérité, ou cela vous jouera des tours ! me réprimanda-t-il, laissant paraître durant un instant, aussi furtif qu'éphémère, une pointe d'inquiétude.

— Oui, Monsieur, répondis-je, contrite, essorant les pans de ma robe détrempée.

— Laissons cela, voulez-vous.

Il reprenait manifestement le contrôle des événements.

— Rejoignons nos amis.

Nous reprîmes notre marche en sens inverse mais Sir Samuel allait plus lentement et se retournait sans cesse sur moi, comme inquiet de ma progression. Il finit par ralentir tout à fait et resta à mes côtés, assurant ma protection contre une éventuelle chute.

Aucun de nous ne rompit le silence jusqu'à ce que nous atteignîmes le campement. Lucy se leva d'un bond et s'alarma :

— Mon Dieu ! Constance, es-tu tombée à l'eau ? Regardez-moi ça ! Vous êtes tous deux trempés jusqu'aux os !

Nous étions effectivement tous deux dégoulinants. On nous passa des couvertures pour nous sécher au plus vite. Margaret s'émut du fait que nous pourrions attraper la mort, selon ses termes, si nous ne nous séchions pas tout à fait immédiatement. Le calme ne revint dans notre petit groupe qu'une fois que nous eûmes rassuré tout le monde, emmitouflés dans nos couvertures, profitant de la chaleur des rayons du soleil de cette mi-octobre.

Je ne pus cependant, jusqu'au soir, malgré la suite de la journée qui fut fort agréable, détacher mon esprit de cet incident et passai une fort mauvaise nuit, entre l'angoisse des conséquences que pourrait avoir mon attitude inconsciente et un sentiment de honte dont je n'arrivais à me défaire.

26

Et la lumière fut

J'avais repris mes esprits malgré cette nuit agitée et étais à pied d'œuvre de très bonne heure le lendemain. Je traversai la ville de Newcastle avec un regard neuf, au point du jour, pour me rendre à la manufacture Wallace. Je quittai Northumberland Street vers six heures, me jetant ainsi dans la rigueur de ce matin d'automne. C'était une journée humide et sans soleil, comme il y en a tant à cette période de l'année dans le Tyne and Wear. Un brouillard humide traversait les manteaux, glaçant les passants jusqu'à l'os. Le ciel, gris, brumeux, ne laissait pas voir l'horizon. C'était pourtant l'un des plus beaux jours de ma vie. Peu m'importait la tristesse des cieux ce jour-là. Je tenais enfin une situation sûre, un emploi valorisant, à ma mesure. Rien ne pourrait altérer ma bonne humeur. Pas même les pavés sales, humides et froids qui étaient sur ma route.

Je commencerais ma journée par discuter des modalités précises de mon embauche avec M. Gardiner. Je n'avais pas de rendez-vous, mais jugeai ne pas le prendre au dépourvu si j'allais le voir en milieu de matinée. J'eus effectivement la chance de le trouver disponible. Il m'offrit un large sourire, avenant, comme à son habitude :

— Miss, s'écria-t-il… Constance. Puis-je vous appeler Constance, maintenant que votre présence parmi nous s'inscrit dans la durée ?

Je lui serrai la main, comme c'était la coutume, et lui demandai, en toute sincérité, si cela répondait aux convenances car après tout, je n'étais pas au fait des pratiques anglaises :

— Prenez place tout d'abord, je vous en prie, me dit-il, en m'indiquant une des deux chaises face à son bureau. Eh bien, c'est effectivement admis, sans heurter les convenances ou les esprits les plus conservateurs, du moins si cela ne vous met pas mal à l'aise, Miss.

— Bien, cela ne me gêne pas…

— À la bonne heure…

— Bien. Monsieur Gardiner, j'ai souhaité vous voir pour m'enquérir de mon nouveau contrat, puisque j'imagine que nous allons devoir en signer un nouveau, n'est-ce pas ?

— Absolument, Constance. J'ai rédigé votre contrat en bonne et due forme ce matin à la première heure. Voyez, me dit-il, en me tendant un document de trois pages manuscrites. Il y est précisé votre fonction, vos missions, ainsi que vos émoluments annuels et un rappel des éléments que vous connaissez déjà, comme les horaires, etc.

— Merci, Monsieur Gardiner. Puis-je prendre quelques minutes pour le lire ?

— Faites donc.

Je lus ces trois pages avec attention, découvrant ainsi que j'étais employée en tant *qu'attachée à la direction, en charge de la productivité* et que me serait versé un salaire annuel de deux cents livres. Je fis immédiatement le calcul : cette somme représentait six mille francs ! Je n'en revenais pas et décidai de questionner M. Gardiner à ce sujet :

— Monsieur, je crains qu'il n'y ait une erreur. Il est indiqué que le salaire serait de deux cents livres annuelles, ce qui est une fois et demie ce que vous me versez actuellement.

— Ce n'est pas une erreur, Constance. M. Wallace a décidé de vous rémunérer au même tarif que les jeunes ingénieurs qu'il emploie actuellement. C'est loin d'être incohérent, vous savez. Si vous menez à bien votre idée, vous allez ramener bien plus de bénéfices à cette compagnie qu'une dizaine d'ingénieurs. Samuel est gagnant et de loin, je puis vous l'assurer.

— Bien, Monsieur. Je vous remercie. Tous deux.

— Ne nous remerciez pas, c'est un contrat qui, je le pense, est avantageux pour les deux parties.

Après un court silence, il reprit :

— Je dois vous faire part des instructions de Sir Samuel. Il sera absent dans les semaines qui viennent. Premièrement, il m'a chargé de faire un suivi de la mise en place de l'équipe de nuit avec vous. Je vous propose donc, si cela vous convient, de continuer de faire un point hebdomadaire le samedi.

— Bien sûr. Pour ma part, je ne saurais me passer de vos précieux conseils, M. Gardiner.

— Oh, je ne suis guère utile dans votre domaine technique, Constance.

— Mais nos discussions m'aident beaucoup. Comme je n'ai guère d'appui auprès de M. Philips, nos rendez-vous me sont devenus indispensables.

— Ah, s'exclama-t-il, l'air contrarié. Je me doutais de l'accueil que vous réserverait John. Non seulement il n'est pas toujours d'un abord facile mais il a, de plus, beaucoup de points de désaccord avec Samuel. Ce vieil ingénieur, fort brillant au demeurant, a travaillé une bonne partie de sa carrière avec M. Wallace père qui lui a donné la direction de la manufacture il y a plus de dix ans maintenant.

— Il est donc très expérimenté… commentai-je.

— Ça, oui. Mais cela ne fait pas tout. Dès que Samuel a pris la direction des manufactures, voilà cinq ans déjà, les conflits entre les deux hommes ont commencé à éclater.

— N'est-il pas indiscret de vous demander pourquoi ?

— Je crains qu'ils ne soient fondamentalement trop différents. Samuel ne jure que par l'expérimentation, la nouveauté, l'essai de nouvelles solutions et ne supporte pas le statu quo. Or, Phillips, de son côté, ne jure que par les bonnes vieilles techniques éprouvées, que ce soit dans la gestion des hommes, de l'entreprise, ou bien en technique. Le résultat est une guerre quasi permanente entre eux.

— Je ne comprends pas. Si la tension est si forte, pourquoi Sir Samuel ne s'en sépare-t-il pas ?

— Samuel est souvent par monts et par vaux : il prospecte régulièrement de nouveaux clients en Angleterre et à l'étranger et se consacre au développement des deux autres manufactures : Édimbourg et Bonneval. Il a donc besoin d'un relais sûr, ici, à Newcastle, qui puisse faire tourner la manufacture de manière fiable, à défaut de la moderniser.

— Il s'appuie donc sur l'expérience de M. Phillips ?

— C'est exact. Pour l'instant. Ces deux hommes se supportent, mais ne s'estiment pas et j'irai même jusqu'à dire qu'ils n'éprouvent guère de respect l'un pour l'autre.

— Je vois. Je me retrouve au milieu de ce conflit, bien malgré moi.

— M. Philips ne vous a pas importunée, au moins ?

— Oh, nous avons eu quelques mots mais rien de bien sérieux, ne vous inquiétez pas. En revanche, si j'osais soulever auprès de vous un détail…

— Faites, Constance, je vous en prie.

— M. Gardiner, voyez-vous… je suis gênée de soulever un point aussi ridicule, mais je n'ai en fait pas d'endroit où travailler. J'ai rédigé mon rapport chez M. Owens, mais si je suis amenée à rester, je souhaiterais pouvoir profiter d'un endroit où je puisse laisser des dossiers, mes études, etc.

Il ouvrit de grands yeux furieux :

— Comment ?! Voulez-vous dire que M. Philips ne vous a octroyé aucun bureau, Constance ?

— J'en ai peur.

— Ma foi, c'est un peu fort ! s'exclama-t-il. Ah, ça ! Cela dépasse tout ce à quoi je m'attendais… Quel mufle ! Miss, je vais vous trouver un bureau bien à vous, dans ce bâtiment même. Notre proximité vous permettra de me contacter plus aisément et de soulever le moindre problème !

— Je vous remercie, Monsieur.

— Venez donc me voir demain matin à la première heure. Ce problème sera réglé.

— Il y a autre chose, si je puis me permettre.

— Oui ?

— Comme vous le savez, je suis hébergée depuis mon arrivée à Newcastle chez le très généreux révérend Owens. Vous le connaissez peut-être ?

— Ma foi, très peu. J'en ai beaucoup entendu parler, mais je n'ai guère eu l'occasion de faire plus ample connaissance avec le révérend. J'ai rencontré Miss Owens lorsque vous êtes venue ici pour la première fois toutes les deux.

— C'est une famille extraordinaire.

— Je n'en doute pas. Mais, que puis-je pour vous ?

— Il est temps pour moi de les libérer de ma présence. Je n'ai que trop abusé de leur bonté. Sir Samuel a eu la gentillesse de m'adresser à vous pour m'aider à trouver un appartement en ville.

— Ah ! Mais bien sûr ! Voilà qui est tout à fait dans mes cordes, voyez-vous. J'ai un très bon carnet d'adresses en ville et je pourrai vous recommander et vous conseiller sur les rues et les quartiers à privilégier. Je vois d'ailleurs tout à fait ce qu'il vous faut…

— Je vais donc devoir vous remercier une nouvelle fois, Monsieur.

— C'est une habitude dont je ne vous tiendrai pas rigueur, croyez-moi… dit-il avec un sourire bienveillant.

C'est ainsi que je m'installai à la Wallace Steel Company et dans la ville de Newcastle upon Tyne. Ce fut avec joie que j'y posai mon baluchon et mon petit sac de voyage. Non que je me crusse tirée d'affaire : non, je ne connaissais que trop bien la fragilité du bonheur. Ma situation restait trop précaire et mon expérience trop récente pour que je relâche mon attention et que je baisse ma garde. J'étais loin d'avoir réellement fait mes preuves et j'avais été embauchée… je ne savais encore trop par quel miracle ! M. Wallace semblait suivre ses instincts plutôt que de réels éléments probants dès qu'il s'agissait de ses employés et je me félicitais d'avoir bénéficié de cette foi qu'il semblait avoir en moi, tout en restant bien décidée à rester sur mes gardes. Tant que je n'aurais pu asseoir ma situation, que je ne me serais pas constitué de confortables économies, assurant ainsi mon avenir, je ne me considérerais pas comme établie.

M. Gardiner, en précieux conseiller, me trouva effectivement un appartement dans Clayton Street, quelques semaines plus tard. L'emplacement était idéal : proche du grand marché couvert, à mi-chemin de la maison des Owens sur Northumberland Street et des manufactures de Fourth Street. Il m'y conduisit un mardi soir. Nous nous y rendîmes à pied à travers la ville, à la lumière des becs de gaz qui éclairaient les jolies avenues du quartier au nord de la « Central Station ».

C'était un des plus jolis quartiers de la ville, rénové quelques années plus tôt. Les façades des maisons modernes, les trottoirs propres, la rue pavée, tout donnait un sentiment de sécurité et était agréable au regard.

L'appartement se situait au second étage d'un immeuble classique très récent, de pierre blanche. Il me convenait tout à fait, comme me l'avait promis M. Gardiner : un salon charmant donnant sur Clayton Street, une chambre, un bureau et un office donnant sur la cour, le tout meublé d'une élégante modernité.

Mon nouvel ami avait trouvé ce qui me correspondait. Je lui demandai comment il avait réussi à dénicher cette merveille pour un prix si modique, mais il voulut garder le secret, arguant qu'un gentleman se devait de conserver une part de mystère… Je me contentai de savourer ma chance, sans plus d'explication.

J'emménageai début novembre, alors que l'hiver s'installait dans le Nord de l'Angleterre. C'était un hiver humide, froid et triste, mais je ne me laissais pas gagner par l'ambiance maussade de la saison et appréciais au plus haut point ma nouvelle indépendance matérielle. À présent, seule dans mon appartement, ne souffrant plus ni de la faim ni du froid comme quelques années auparavant, je goûtais à cette indépendance confortable et tant désirée. Je découvrais la liberté de me lever seule, à l'heure de mon choix, de quitter la manufacture quand je le souhaitais, sans la contrainte de devoir rejoindre la maison pour l'heure du souper. J'appréciais mes soirées solitaires aussi. Elles étaient souvent courtes : je ne quittais la manufacture qu'une fois la nuit tombée depuis longtemps, vers vingt et une heures. Je retrouvais alors avec bonheur le confort de mon petit appartement entretenu avec soin. Lors de ces soirées, je redécouvrais la quiétude de la lecture et m'attelai à enrichir ma culture de langue anglaise Dickens, Brontë, Gaskell étaient mes compagnons.

Mais ce qui me tenait en haleine avant tout, c'était la manufacture Wallace. Je me jetai corps et âme dans la mise en place de cette équipe de nuit. Je devais mener de front plusieurs batailles, dont certaines pour lesquelles il me faudrait négocier avec M. Philips. Je commençai par le plus simple : l'éclairage. J'établis un plan des endroits de l'atelier où il faudrait rajouter des becs de gaz en nombre suffisant, sélectionnant avec l'aide de M. Cooper, en charge de l'entretien des bâtiments, le matériel le plus adéquat. Un mois plus tard, les becs de gaz étaient en place, donnant à l'atelier un tout autre visage une fois la nuit tombée.

Jeremy Abbott, le puddleur, m'en félicita. Il était venu me voir un soir, alors que je supervisais la pose des becs de gaz aux endroits appropriés, une fois les travailleurs tous partis. Il faisait nuit noire en cette fin novembre et nous avions procédé à l'installation des tuyaux d'alimentation les jours précédents, si bien qu'il ne restait ce soir-là que la mise en place des becs eux-mêmes et leur raccordement à effectuer. M. Cooper et quatre hommes étaient à l'œuvre et, quant à moi, j'étais perchée sur une échelle, vérifiant l'alignement des lumières dans la perspective du bâtiment. Je poussais le perfectionnisme jusqu'à faire de cet atelier, autant que possible, un endroit non dépourvu d'esthétisme. C'est alors que j'entendis une voix familière derrière moi :

— Ah, bon sang, ça va ressembler au Crystal Palace ici, Miss !

Je me retournai du haut de mon échelle pour découvrir à mes pieds ce grand gaillard rouquin d'Abbott.

— Jeremy ! Vous m'avez fait peur ! m'écriai-je.

— Qu'est-ce que tu fais là, toi ! grommela M. Cooper, quelques mètres plus loin. Tu n'as rien à faire ici, ta journée est finie depuis longtemps !

— Laissez, M. Cooper. Je connais bien M. Abbott, dis-je, en descendant de mon échelle.

Je le saluai, lui serrant chaleureusement la main, heureuse de le revoir après plusieurs semaines. Je lui fis part de mon embauche et de mon emménagement dans un appartement bien à moi.

— J'suis bien content pour vous, Miss, me répondit le grand rouquin. (Il prit sa casquette dans ses mains.) J'étais au courant, vous savez. Tout se sait très rapidement ici.

— Ah…

— C'est bien, ce que vous faites, Miss. La lumière, ça change tout.

— Merci, Jeremy, répondis-je, flattée.

— Dites, je voulais vous voir, parce qu'il court des rumeurs, et je voudrais en avoir le cœur net.

— Des rumeurs ? De quelle nature ?

— Ben, on dit que vous allez mettre en place une équipe de nuit, ici, à la Wallace Steel.

— On vous a bien informé, Jeremy. C'est exact. J'y travaille et, comme vous le voyez, une des premières conditions au travail de nuit est un éclairage correct des ateliers !

— Ben alors, si c'est ça, j'veux en être, Miss.

— Je vous remercie de cette proposition, Jeremy. Mais, dites-moi, les conditions ne sont pas encore établies. Comment savez-vous qu'elles vont vous convenir ?

— Ça, c'est vrai, j'sais pas encore si ça peut m'aller, pour la paye et les horaires, je veux dire. Mais si je suis intéressé pour travailler de nuit, c'est parce que j'aurais besoin de mes après-midi pour un autre boulot, voyez-vous.

— Eh bien, quel forcené de travail ! Il ne faut pas négliger de vous reposer, tout de même.

— Oh, vous inquiétez pas pour ça, Miss. Cinq ou six heures de sommeil, ça me suffit largement. Et puis, c'est parce que je veux pas rester ouvrier toute ma vie, voyez. J'ai de l'ambition, moi.

— Félicitations. Le courage et l'ambition, voilà qui peut vous mener loin. Cela m'a bien amenée jusqu'ici, moi, si loin de mon village du centre de la France ! Bien, pour le travail de nuit, je penserai à vous. Rien n'est fait pour l'instant. Comme vous vous en doutez, il faudra que je négocie avec M. Philips sur le choix des personnes qui passent de nuit.

Il me remercia chaleureusement, puis, sur le point de me quitter, revint sur ses pas pour me dire :

— Miss, soyez courageuse, ne vous laissez pas faire par M. Philips. Et surtout, faites attention à vous. Ne lui faites pas confiance.

— Allons, Jeremy, que cette mise en garde est solennelle !

Puis, curieuse, j'ajoutai :

— Il faudra que vous m'expliquiez un jour ce qui vous pousse tant à me prévenir des agissements de ce Monsieur.

— Écoutez mes conseils, Miss. Peut-être qu'un jour, j'aurai besoin de vous affranchir dans le détail.

Et il me quitta pour de bon cette fois-ci, sans se retourner.

Ce soir-là, M. Cooper, ses autres hommes et moi-même terminâmes l'installation des nouveaux éclairages sur le coup de onze heures. C'était une heure bien trop avancée pour que je rentre seule par les rues désertes. M. Cooper me fit raccompagner par l'un de ses aides, ce qui me rassura tout à fait et me permit de rentrer sans encombre.

Le lendemain, j'étais à l'atelier à cinq heures trente, épuisée, mais heureuse. J'avais fait allumer les becs de gaz et, même s'il l'on n'y voyait pas comme en plein jour, loin s'en faut, l'ensemble de l'atelier ainsi éclairé avait un tout autre aspect. Les conditions de sécurité s'en trouvaient améliorées, car chaque espace, chaque allée, chaque poste de travail était suffisamment éclairé pour voir au sol telle poutrelle, tel outil, ou tel stockage de pièces. La qualité du travail, avant et après le lever du soleil, devait aussi s'en trouver améliorée, car là où auparavant il était malaisé de détecter des défauts de surface à la sortie des laminoirs, on pouvait maintenant y voir clairement.

Je tenais particulièrement à assister à la reprise du travail ce matin-là, afin d'observer l'arrivée des travailleurs, espérant bien les voir réagir positivement à cette amélioration. Je me postai à l'entrée de l'atelier principal, là où se trouvaient les fours à puddler et le convertisseur, et attendis.

Vers cinq heures quarante-cinq, les premiers ouvriers arrivèrent. Ceux-là étaient les plus assidus à la tâche, ceux qui voulaient démarrer leur machine ou mettre en ordre leur poste de travail avant la cohue générale. Je ne cachai pas ma satisfaction en entendant les premiers commentaires :

— Eh ben, c'est le grand luxe, ici, j'y vois mieux que chez moi, dis donc !

— Ça, pour sûr, ça réveille, les gars !

— Eh, Allistair, tu pourras plus te planquer pour faire la sieste, ah, ah !

— Au moins, tu tomberas plus quand tu te prends les pieds dans les lingots, Mike !

Jeremy était de ceux-là, ainsi que Patrick McNally :

— Eh ben, Miss, c'est vous qu'avez fait ça ? me dit-il.

— Bonjour Patrick. C'est exact. Comment trouvez-vous l'atelier ?

— Ben écoutez, c'est sûr qu'on y voit plus clair. On se croirait dans une maison de bourgeois… c'est pour notre confort que vous avez fait ça ?

— Oh, pas seulement, vous vous en doutez, Patrick.

— Bien sûr. J'ai entendu parler de l'équipe de nuit. Ben, c'est une bonne chose. Avec cet éclairage, vous aurez plus de candidats qui auront envie de venir la nuit.

— C'était bien l'effet attendu, lui dis-je, avec un grand sourire.

— Vous êtes une maligne, vous, hein ? me répondit-il, d'un air complice. Vous inquiétez pas pour votre équipe de nuit, j'en connais plein qui sont prêts à tenter l'aventure, surtout les jeunes, ceux qu'ont pas de famille à charge. Moi, je suis trop vieux, voyez. Ça me fatiguerait de trop. Mais je l'aurais bien fait, rien que pour vos beaux yeux, Miss…

— Vous êtes gentil, Patrick…

Je ne prenais pas mal sa remarque quelque peu audacieuse. Ce vieil homme de cinquante ans n'était pas d'une nature malicieuse.

— Allez Patrick, il est l'heure de prendre votre poste. Bon courage pour la journée, lui dis-je, l'invitant à reprendre le travail.

Puis arrivèrent les contremaîtres et M. Philips, sur le coup de six heures. M. Rivers me félicita pour cette transformation. Il me confirma que cela devrait encourager les ouvriers à la tâche avant le lever du soleil et réduire le nombre d'accidents. Il s'enfuit ensuite rapidement pour mettre en place son équipe et démarrer la journée, faisant le point sur les effectifs, répartissant les charges, remuant les moins dégourdis. C'était un plaisir de voir un tel meneur d'hommes lancer son équipe. Tout lui semblait si facile : il n'avait nul besoin d'élever la voix, donnait ses instructions clairement, avec entrain, ayant un bon mot pour certains, plaisantant avec d'autres, insistant sur des points particuliers qui lui paraissaient importants ce matin-là. Il me semblait qu'il devait être agréable de travailler sous ses ordres.

M. Philips me salua sèchement mais poliment et me demanda :

— Alors, Deschanel, vous êtes satisfaite ?

— Oui, Monsieur, effectivement. Le résultat est spectaculaire, n'est-ce pas ? demandai-je avec enthousiasme.

— Le seul résultat que je vois pour l'instant, c'est que vous augmentez les coûts en utilisant plus de gaz, sans compter les frais d'installation de ces becs un peu partout.

— C'est une façon de voir les choses, Monsieur. Je ne suis pas de cet avis. Cela va concourir à augmenter la productivité et la qualité. C'était un prérequis avant de parler d'équipe de nuit, comme vous le savez.

— Il faut qu'on en parle, effectivement, Deschanel. Vous vous doutez bien qu'il est hors de question que nous fassions des transferts de l'équipe actuelle pour que vous bâtissiez une équipe de nuit. Vous devrez vous débrouiller par vous-même.

J'en restai sans voix quelques instants.

— Monsieur, cela sera discuté avec M. Wallace, répondis-je. Nous devons faire ce qui est le mieux pour la manufacture.

— C'est ça… comme vous dites. Je vous salue, Deschanel, conclut-il, se dirigeant vers son bureau.

M. Philips ne voyait pas l'équipe de nuit comme une solution au problème que m'avait posé M. Wallace, c'était évident. Sans cette compréhension commune, il me serait difficile de négocier avec lui et encore plus difficile d'obtenir de lui un accord sur les ouvriers à transférer en équipe de nuit.

Durant ce mois de novembre, je m'étais consacrée, en parallèle à l'installation de la lumière, à vérifier avec M. Gardiner le cadre juridique auquel devraient se conformer les horaires de travail, la durée des pauses, leur fréquence, etc. La réglementation du travail était assez souple et je ne rencontrai aucun obstacle juridique aux aménagements d'horaire que j'avais envisagés. L'enjeu résidait donc uniquement dans le choix des hommes et dans leur motivation. Créer une équipe supplémentaire revenait à presque doubler les effectifs de l'usine à terme. Cela comportait plusieurs risques : si nous n'engagions que des ouvriers inexpérimentés pour cette équipe de nuit, il ne pourrait alors y avoir de compagnonnage entre les travailleurs, et nous partirions de zéro. D'un autre côté, j'étais consciente que vider l'équipe de jour de trop de travailleurs expérimentés pourrait être dangereux pour la productivité de cette même équipe de jour.

M. Rivers avait été de très bon conseil dans ce domaine. Ce contremaître, malgré son jeune âge, avait une très bonne pratique du terrain et, lorsque je lui avais fait part de mon projet de mettre en place une équipe de nuit, il m'avait immédiatement prodigué de nombreux conseils : constituer une première équipe réduite, d'un haut-fourneau, de deux puddleurs tout au plus, d'un seul laminoir et des cinq hommes nécessaires, d'une dizaine de manutentionnaires, ce qui porterait le tout à un total d'une trentaine d'hommes au maximum. Il faudrait un contremaître de nuit de toute confiance aussi. Une fois cette équipe formée et autonome, seulement alors, envisager d'élargir les effectifs pour augmenter la capacité de puddlage et de laminage.

J'avais en tête quelques noms d'ouvriers de qualité qui pourraient constituer cette première équipe, dont celui de Jeremy Abbott, mais je me heurtais au problème du contremaître. J'avais pensé à demander à M. Rivers de tenter l'aventure, mais j'étais encore une fois partagée entre la nécessité de mettre toutes les chances de notre côté pour l'équipe de nuit, et le risque d'amputer l'équipe de jour de son meilleur contremaître. De plus, M. Rivers ne s'était pas proposé pour faire partie de l'aventure. J'appréhendais aussi le refus net de M. Philips de transférer l'un des contremaîtres de journée. Néanmoins, après avoir tourné et retourné cette question, je ne trouvai pas d'autre solution que de tenter de convaincre M. Rivers et je me résolus enfin à lui en parler.

M. Rivers était encore sans famille à charge et consacrait la majeure partie de son temps à la Wallace Steel, tout comme moi. Je n'eus donc aucun mal à le trouver encore dans l'atelier, une fois ses ouvriers partis, à contrôler des pièces, un soir dans la semaine. Surpris de me voir aussi tard, il m'accueillit cordialement :

— Miss, bonsoir ! Je constate que vous aussi, vous avez du mal à quitter nos bons vieux ateliers à cette heure…

— Que voulez-vous, M. Rivers… cela tient certainement au confort et à l'ambiance chaleureuse !

M. Rivers sourit. Il m'invita à prendre un thé dans son bureau, ce que j'acceptai volontiers. J'abordai donc le sujet pour lequel j'étais venue, devant une tasse de darjeeling brûlant.

— M. Rivers, je présume que vous vous doutez de l'objet qui m'amène ?

— Je le devine, Miss. Vous recherchez un contremaître pour votre équipe de nuit ?

— C'est cela.

— Je crains de ne pas vous répondre favorablement, Miss. Je suis sur le point de m'établir, voyez-vous, et le moment est mal choisi.

— Oh… M. Rivers, c'est une excellente nouvelle ! répondis-je, une fois la surprise passée, tout à fait heureuse d'apprendre ses fiançailles. Enfin, je parle du fait que vous êtes engagé, M. Rivers. Évidemment, mon problème reste entier…

— Je vous remercie, Miss. Je me doute que j'aurais pu être un sérieux appui pour vous… Je crains aussi que les trois autres contremaîtres ne soient guère en faveur de votre projet et n'acceptent pas de vous aider.

— Je le crains aussi.

— Miss, je vois bien quelqu'un qui serait capable de prendre ce rôle, du moins au début, le temps de former un ouvrier qui sortirait du lot.

— Vrai ? Dites-moi, M. Rivers, à qui pensez-vous donc ?

— Eh, bien, Miss… À vous-même !

— Je vous demande pardon ? lâchai-je, éberluée.

— Je ne connais personne qui serait plus enthousiaste à la réussite de cette équipe, Miss. De plus, vous connaissez bien l'atelier, vous maîtrisez les techniques, vous connaissez nombre de nos ouvriers. Il vous reste à vous essayer à la conduite des hommes.

— M. Rivers, vous vous moquez…

— Absolument pas.

— Mais enfin, je n'ai aucune idée de la façon de procéder. Je vous ai observé, M. Rivers. Vous faites cela avec une facilité déconcertante et vos hommes vous respectent. Je ne crois pas avoir la fermeté nécessaire, ni l'autorité…

— Vous vous méprenez sur vous-même, Miss, je vous assure.

— Mais je n'ai jamais commandé d'hommes…

— Essayez, vous verrez…

Sans réussir tout à fait à me convaincre, M. Rivers insinua suffisamment le doute dans mon esprit pour que notre entretien se termine par ma promesse d'y réfléchir. Je ressortis perturbée de cette discussion, car je n'avais à aucun moment envisagé cette possibilité. Mon appréhension résidait avant tout dans la réaction des hommes et dans ma capacité à leur faire faire ce que je souhaitais. Je n'étais ni terrifiante comme M. Phillips, ni expérimentée comme M. Button. M. Rivers avait, de son côté, une autorité naturelle que je peinais à expliquer…

Quel serait mon atout ? Sans réussir à identifier la réponse à cette question, je ne pouvais nier que l'idée de relever ce défi était grisante. Maintenant que cette solution avait été abordée, je devais concéder que je la trouvais de plus en plus séduisante. Ce serait la façon la plus concrète de mettre en place mon projet. N'avais-je pas, de toute façon, envisagé d'être présente au démarrage de cette équipe pour m'assurer de sa productivité ?

À la fin de la semaine, lorsque j'arrivai devant le bureau de M. Wallace, mon opinion était faite : je devais diriger cette équipe de nuit. J'arrivai cependant à ce rendez-vous avec d'autres soucis, car, comme vous pouvez vous en douter, cher lecteur, ma négociation avec M. Philips ne s'était pas bien passée. J'avais construit mon plan pour cette première équipe d'une trentaine de personnes. Elle serait constituée pour moitié d'effectifs expérimentés et pour moitié de nouvelles embauches. Cela permettait de ne pas trop affaiblir l'équipe de jour, tout en m'assurant que les nouveaux employés soient suffisamment encadrés par les anciens. En revanche, il me fallait des ouvriers expérimentés et capables d'enseigner le métier à des novices, ce qui me dirigeait naturellement sur des ouvriers particulièrement performants de l'équipe de jour.

M. Philips avait tout d'abord, à mon grand étonnement, fait preuve d'ouverture d'esprit en reconnaissant que, malgré sa première réaction, cette proposition de constitution de la nouvelle équipe était tout à fait raisonnable. En revanche, nous ne réussîmes pas à tomber d'accord sur les noms des ouvriers à sélectionner et la violence de son tempérament se manifesta au bout d'une demi-heure de discussion. Il se leva, tapa du poing sur la table, menaça de me faire entendre raison par la force, allant jusqu'à arguer que jamais il ne se laisserait dicter sa conduite par une « femelle » qui ferait mieux de se trouver un mari et de le laisser travailler en paix.

Comme à mon habitude, je restai stoïque pendant son accès de fureur, ce qui finit par le désarmer et lui répondis, en le quittant, que ce n'était pas en me manquant de respect qu'il obtiendrait des résultats, et que je n'allais pas en rester là. Ce que je fis donc, le samedi suivant, déterminée à demander l'aide de M. Gardiner sur ce sujet. Quelle ne fut pas ma surprise lorsque je constatai que M. Gardiner n'était pas seul à m'attendre ce samedi-là, mais que M. Wallace était aussi présent. Il était rentré à Newcastle l'après-midi même, après trois semaines d'absence. Son humeur était, de manière surprenante, plutôt enjouée…

— Mademoiselle Deschanel! s'écria-t-il à mon entrée. Apportez-nous donc des nouvelles de votre équipe de nuit, me dit-il, m'enjoignant d'un geste de la main de m'asseoir dans l'un des fauteuils disposés autour de sa table basse. Il me tarde de la voir démarrer, voyez-vous, car mes clients s'impatientent!

— Sir Samuel, saluai-je d'une révérence. C'était bien là mon intention.

Après avoir pris place, comme lui et M. Gardiner, dans l'un de ces confortables fauteuils, j'entrepris donc, comme tous les samedis, d'informer mes employeurs sur les progrès de mon projet. J'avais hâte de les aviser du choix que j'avais fait concernant le contremaître:

— Tout d'abord, sachez que les travaux d'éclairage sont terminés et que le résultat est conforme à mes attentes. Plus d'endroit où se cacher la nuit, plus de risque d'accident dû à la pénombre. Vos ateliers sont sûrs pour l'équipe de nuit.

— Bien, répondit M. Wallace. Et pour les recrutements? Avez-vous trouvé un contremaître?

— Oui. Cela n'a pas été une mince affaire. Et j'espère que ce choix emportera vos suffrages. Mrs Rivers m'a conseillé sur ce point.

— Rivers est un homme très avisé dans ce domaine, répondit M. Wallace. Alors, qui est-ce?

Je ne pus réprimer un sourire, comme si ce que j'allais leur annoncer était une excellente nouvelle, ce qui aurait été bien présomptueux de ma part.

— Ah ! Samuel, je ne connais que trop bien ce sourire, annonça M. Gardiner : il annonce que notre Miss Deschanel a trouvé une solution dont elle n'est pas peu fière…

— Oh, fière, je n'irai pas jusque-là, complétai-je sans pouvoir réprimer ledit sourire. Ce choix est à la fois audacieux, car cette personne est peu expérimentée en la matière, mais aussi un atout, de par sa motivation et sa connaissance de vos ateliers.

— Vous m'intriguez… dit M. Wallace, intéressé. Eh bien… j'attends ?

— Je vous propose de prendre cette fonction moi-même, Monsieur.

Il resta sans voix quelques instants, manquant de s'étouffer avec son thé avant de reprendre :

— Je vous demande pardon ?

— Je souhaite être ce contremaître d'équipe de nuit, Monsieur, répétai-je.

— Ah ça, j'avais bien compris, dit-il. Mais…

Il s'enfonça dans son fauteuil, joignant ses mains sous son menton et me dévisagea avant de reprendre :

— Expliquez-moi donc pourquoi vous pensez réussir, *Mademoiselle.*

M. Gardiner, lui, semblait moins surpris et gardait le silence.

— En fait, c'est très simple, Sir. J'avais tout d'abord demandé à M. Rivers de prendre ce rôle, mais il se trouve qu'il est sur le point de se fiancer et un travail de nuit ne serait pas compatible avec sa future situation. Ensuite, aucun des trois autres contremaîtres, pas plus que M. Philips d'ailleurs, n'est favorable à ce projet. Il me semble que je suis la personne la plus motivée à la réussite de cette équipe et vous pouvez compter sur mon engagement total afin de la rendre productive au plus tôt.

— Mais saurez-vous commander une trentaine d'hommes, à vous seule, pendant dix heures, sans aucun soutien ? reprit M. Wallace.

— Je connaîtrai la moitié d'entre eux. Et je choisirai sur qui m'appuyer. Cela me semble tout à fait réalisable.

M. Wallace gardait maintenant le silence.

— Voyez cela, Samuel ! s'écria James Gardiner, nous allons avoir le premier contremaître féminin de toute l'Angleterre ! N'est-ce pas extraordinaire ? Ce défi me plaît, dit-il enthousiaste.

La réaction de M. Wallace fut plus mesurée, comme à l'habitude. Il se leva pour faire quelques pas, manie que j'avais pu observer lorsqu'il réfléchissait.

— Comme vous dites, James, c'est un défi. Réalisez-vous que nous sommes sur le point de remettre le fonctionnement de notre usine, durant dix heures chaque jour, entre les mains d'une jeune demoiselle ? Avec tous les risques que cela comporte : accidents, explosions, sans compter le fait de laisser une jeune fille de… quel âge avez-vous, Miss ?

— Vingt ans, Monsieur.

— Vingt ans, bon sang ! Donc, laisser une jeune fille de vingt ans tout juste, seule, toutes les nuits, avec des hommes dont on sait qu'ils ne savent pas tous se tenir… et, bien évidemment, aucune expérience du commandement. Nos contremaîtres avaient tous une expérience significative avant de diriger nos hommes et nos machines.

— Monsieur, si je puis me permettre, cela se tente quand même, non ? insistai-je. Je vous en prie. Donnez-moi cette chance.

— Samuel, Constance n'est pas n'importe quelle jeune fille, convenez-en, répondit M. Gardiner.

Le regard de Sir Samuel me quitta quelques instants pour consulter James Gardiner, puis revint se poser sur moi.

— J'en conviens, dit-il.

Ses yeux changèrent alors de teinte pour devenir étincelants.

— Miss, vous avez peu en commun avec vos semblables, dit-il, si ce n'est une chose : plus on vous en donne, plus vous en voulez !

Satisfait de son bon mot, il retourna s'asseoir dans son fauteuil. Puis, après un court silence :

— Ainsi, vous seriez prête à consacrer vos nuits à diriger nos hommes ?

— Oui, Monsieur. Du moins, si j'arrive à obtenir les hommes en question.

— Ah ! Notre Philips fait des siennes ?

— On peut dire cela, Monsieur, répondis-je.

— James, je ne vais pas passer plus de cinq minutes sur ce point. Que Miss Deschanel fasse une liste des ouvriers qu'elle estime nécessaires et je ferai une lettre à Philips lui intimant l'ordre de lui fournir les noms qu'elle aura indiqués.

— Bien, Samuel, répondit James.

— Maintenant Miss, faites vite. J'exige que l'équipe démarre sous sept jours, au plus tard. Nous avons suffisamment attendu et il me faut des résultats, à présent.

27

La première équipe de nuit

Dès le lendemain, j'avais en mains la lettre de M. Wallace donnant pour instruction précise à M. Philips de me laisser rencontrer une quinzaine d'ouvriers parmi le personnel actuel de la fonderie. Entre les suggestions de M. Rivers et celles de Jeremy Abbott, j'avais pu choisir parmi les ouvriers expérimentés des hommes jeunes, que je savais sans famille à charge, à qui le travail de nuit ne faisait pas peur et qui y voyaient pour la plupart une occasion de trouver un second revenu dans la journée.

Sans surprise, M. Philips jeta la lettre à peine lue sur son bureau et me gratifia d'un rictus méprisant :

— Je suis informé. Je sors d'un entretien avec le patron.

J'étais postée respectueusement debout face au gros homme affalé dans son fauteuil de cuir.

— Fort bien, Monsieur.

— Vous n'avez pas pu vous empêcher d'aller vous plaindre au fils Wallace, hein ?

— Je dois mettre en place cette équipe de nuit au plus tôt, Monsieur, et vous m'en empêchiez…

Il cracha sur le sol.

— Peuh ! Ce n'est qu'une fumisterie ! Nous allons perdre des milliers de livres, entre la perte de productivité en journée et une équipe supplémentaire d'incompétents la nuit… Il a perdu la tête, le fils Wallace, je vous le dis, moi !

— Non, je ne pense pas, Monsieur.

— La bonne blague ! répondit-il en riant. Comme si on demandait aux femmes de penser, maintenant…

— Je vous prie de ne pas m'insulter, Monsieur, répondis-je, impassible.

— Oh, mille pardons, Madame, dit-il, avec une grimace odieuse.

Il reprit :

— Alors, vous allez me prendre mes hommes, hein ? Comme c'est facile… vous allez prendre les meilleurs ! Et le contremaître, c'est qui ?

— Je ne vous prendrai personne pour ce rôle.

— Ah ? Ce sera qui ?

— Moi.

Il en resta abasourdi un instant :

— Non ? Elle est bonne, celle-là ! Alors, là, je suis tranquille pour la réussite de cette équipe de nuit !

Il ne put retenir un rire tonitruant.

— D'un côté, tant mieux ! Je reverrai bientôt mes hommes…

Puis, crachant sur le sol à nouveau, à droite de son bureau cette fois-ci, il ajouta avec mépris :

— Faites ce que vous avez à faire, Deschanel, et débarrassez-moi le plancher.

Ce que je m'empressai de faire. Je me demandais bien comment un tel individu pouvait avoir obtenu la direction de la manufacture et gardé cette fonction aussi longtemps. M. Wallace manquait-il de discernement sur ce point ? Ces questions ne me préoccupèrent que peu de temps, car je devais à présent entrer en action.

Je m'organisai pour recevoir les candidats dans la même journée. Jeremy fut le premier, bien entendu, et je lui fis part des termes de la proposition : prise de poste à dix-neuf heures trente, deux pauses d'une demi-heure à vingt-trois heures et à trois heures du matin, et une fin du travail à six heures trente. Le salaire serait le même que l'équipe de jour pour seulement dix heures de travail effectif. Les nuits seraient travaillées du dimanche soir au vendredi soir inclus, la nuit de repos étant celle du samedi au dimanche. Les autorités ecclésiastiques locales avaient été intraitables sur ce point : il fallait permettre aux ouvriers d'être reposés afin d'assister à l'office du dimanche matin.

Jeremy n'en revenait pas. Il ne s'attendait pas à toucher la même paye que l'équipe de jour pour moins d'heures et était ravi.

— Pour sûr, vous n'allez pas manquer de candidats, Miss ! Ça va faire du bruit dans toute la ville !

— Je compte bien là-dessus, Jeremy. Nous avons besoin des meilleurs.

— C'est bon pour moi. Qui sera notre chef, Miss ?

— Moi.

Lui aussi me fit des yeux ronds étonnés.

— J'vous demande pardon ?

— Ne prenez pas cet air éberlué, Jeremy. Je serai le contremaître de nuit. Du moins pour un temps.

Il resta interdit quelques instants, bouche bée.

— Ben ça, une femme contremaître dans une fonderie, c'est déjà fort. Mais seule, de nuit, avec nous aut'… vous avez pas peur, dites donc !

— De quoi aurais-je donc peur, Jeremy ? lui demandai-je d'un air pincé.

— Ben, des hommes, pardi !… c'est pas comme si vous étiez une matrone, je veux dire. Pardonnez-moi d'oser vous dire ça, mais vous êtes aimable, bien jeune et rudement jolie, et ça va pas être facile pour vous. Il se peut qu'ils vous respectent pas tout de suite… en tant que patron, je veux dire. La journée, il y a les autres contremaîtres, alors ils se tiennent correctement, vous voyez ?

— Je vous remercie de me mettre en garde. Je compterai donc sur votre appui, en cas de besoin…

— Ça, vous pouvez en être sûre, j'veillerai sur vous comme sur ma propre vie, dit-il respectueusement.

Les conseils de M. Rivers et de Jeremy s'avérèrent fructueux, car la plupart des candidats me convenaient et tous acceptèrent de passer en équipe de nuit le jour même. J'avais donc mon équipe d'hommes expérimentés. Même si tous avaient été surpris, aucun n'avait franchement avoué être gêné par le fait d'être commandé par une femme. Tous entre dix-sept et vingt-cinq ans. Je n'avais donc pas d'homme d'âge mûr et très expérimenté, mais tous avaient travaillé plusieurs années à leur poste actuel.

Il me restait trois jours pour trouver la seconde moitié des effectifs : une quinzaine d'hommes qui, je l'espérais, seraient expérimentés et auraient entendu parler de cette formidable aubaine. Le recrutement m'occupa entièrement les trois jours suivants. Je reçus une quarantaine d'hommes au total, de tous âges, de toutes professions, attirés d'une part par la réputation de la Wallace Steel, que je pris plaisir à découvrir très bonne, et par la paye offerte. Comme me l'avait dit Jeremy, toute la ville avait eu vent de cette équipe de nuit au tarif de jour et les candidats affluaient.

Je n'eus pas de mal à faire mon choix, n'en retenant qu'une quinzaine. C'était évidemment plus risqué : je ne connaissais ces hommes ni de réputation, ni par leur compétence, mais n'avais pas d'autre choix. Je vérifiai rapidement par missive leurs références auprès de leurs précédents employeurs lorsqu'ils étaient de Newcastle, et demandai à M. Rivers et à Jeremy s'ils connaissaient tel ouvrier ou tel autre, afin de m'assurer de leur moralité et de leur caractère. En trois jours, j'avais enfin une liste de noms prêts à démarrer le dimanche soir suivant avec moi, à la Wallace Steel.

Ce soir-là, le dimanche 7 décembre 1862, j'arrivai à la manufacture vers dix-neuf heures, avec le sentiment d'avoir entre mes mains les clefs de la manufacture, du moins pour les nuits à venir, entre dix-neuf heures trente et six heures trente du matin. J'étais consciente de la responsabilité que l'on m'avait accordée et devais faire en sorte que les trente salaires que j'allais payer deviennent un bon investissement.

Cela ne commença pas tout à fait bien. Si la majorité des ouvriers, Jeremy en tête, arriva entre dix-neuf heures vingt et vingt-cinq, une dizaine d'hommes arrivèrent à dix-neuf heures trente tout rond et trois manquaient tout simplement à l'appel. Il me fallait jeter les bases des règles que je souhaitais voir appliquer, avec fermeté. Il était évident que ceux qui ne s'étaient pas présentés devraient retrouver du travail ailleurs et je commençai la nuit par sermonner les présents.

—Messieurs, c'est donc moi votre patron pour les nuits à venir. Tout d'abord, je vous demanderai à tous d'être ponctuels. Pour démarrer le travail à dix-neuf heures trente, il ne faut pas arriver à trente, mais au plus tard à vingt-cinq. Je compte sur vous pour respecter les horaires sans quoi je ne pourrai faire autrement que de retenir le temps perdu sur salaire. Les pauses sont à vingt-trois heures et trois heures. Je veillerai strictement au respect de ces horaires. Tout retard de reprise du travail sera mis à l'amende. Les règles du travail sont les mêmes qu'en journée : pas de bavardage, une personne à la fois aux lieux d'aisance et on ne lambine pas. Maintenant, Smith, Butcher, Jameson et Rollins, allez prendre votre poste aux haut-fourneau. Rogers l'a entretenu allumé toute la journée et vous attend. Abbott, prenez les puddleurs avec vous et chauffez vos fours. Les autres, suivez-moi.

Je menai le reste des hommes pour les répartir qui à la manutention des creusets au sortir du haut-fourneau, qui aux laminoirs, qui à la manœuvre des ponts déversoirs. Je fis ensuite le tour de chaque poste, désignant pour chaque partie de l'atelier des responsables qui étaient en charge de former les nouveaux, comme Jeremy aux fours à puddler, et Jameson à la conduite du haut-fourneau.

Le métier de contremaître était prenant : il fallait s'assurer à chaque instant que la production se déroulait correctement, détecter les défauts sur les pièces, les faire reprendre, surprendre les ouvriers qui ralentissaient et les remettre au travail et, enfin, résoudre tous les problèmes qui pouvaient se présenter : une casse d'outil, un dérèglement de machine, une matière première de mauvaise qualité, etc. Je sortis de ma première nuit complètement épuisée. La productivité n'avait pas été très bonne : seulement la moitié des quantités dont pouvait s'enorgueillir l'équipe de jour avait été réalisée. Mais pour un premier jour, ce n'était pas si mal. Il me fallait rester une demi-heure de plus afin de faire le point avec M. Philips et lui donner le bilan de la nuit.

Je passai outre ses sarcasmes sur les faibles quantités produites et rentrai chez moi au petit matin, à travers les rues glacées de Newcastle. Le trajet de retour me parut une éternité : mes jambes ne me portaient qu'au prix de pénibles efforts.

Je m'effondrai sur mon lit, ne prenant pas même le temps de délacer mes bottines ni de défaire ma robe et sombrai dans un sommeil lourd en un instant. Je ne me réveillai que huit heures plus tard, à quinze heures, avec une faim de loup au ventre. Je réchauffai un bouillon que j'accompagnai de pain et de fromage pour calmer les souffrances de mon estomac mais découvris bientôt que c'était la fatigue que je confondais avec la faim. Je ne pouvais détacher mon esprit du résultat de la nuit précédente : comment améliorer la production ? Le petit miroir de ma chambre me renvoya l'image d'une Constance épuisée aux yeux cernés de noir. Je portais les stigmates de la fatigue de ma première nuit.

Je passai ainsi trois longues semaines, luttant contre ce rythme qui ne m'était pas naturel, dormant presque tout le jour et travaillant à améliorer la productivité de mon équipe pendant les nuits. Je continuais à rendre visite tous les dimanches à mes amis les Owens pour le thé, mais ne prenais plus le temps de les accompagner en bord de mer, la fatigue me pesant trop.

Les fêtes de fin d'année arrivèrent bientôt, sans que j'en prenne conscience. Les Owens quittèrent Newcastle à la mi-décembre pour rejoindre leur famille de Londres. Je me coupai un peu plus du monde. Mon quotidien se résumait à un réveil tardif aux alentours des quinze heures suivi d'un déjeuner frugal et, invariablement, d'une visite chez l'épicier sur le pas de ma porte. J'y trouvais de quoi dîner avant de repartir, trois heures plus tard. Je restais cloîtrée dans mon appartement. Je lisais, un peu, somnolais, beaucoup, jusqu'à dix-huit heures trente, heure à laquelle je me mettais en marche pour la fonderie. Je retrouvais alors mes ouvriers : mes seuls contacts avec l'extérieur pendant plus d'un mois.

Je passai les fêtes seule cette année-là, dans mon confortable petit appartement. Je n'avais pas le temps de me laisser aller à la tristesse ou à la mélancolie : j'étais investie d'une mission d'importance et elle occupait toutes mes pensées.

Arriva le mois de janvier. Je commençais à prendre le rythme de cette vie. Je n'avais pas eu de mauvaise surprise quant à l'attitude des ouvriers, même si je dus en renvoyer deux dès le deuxième jour pour cause de comportement déplacé à mon égard. À mon grand étonnement, je n'eus aucun mal à gérer cette situation, même si je ne pus empêcher ma voix de trembler au moment crucial, traduisant la colère qui m'étreignait.

Un soir de fin janvier, alors que l'équipe était au travail depuis deux heures déjà, le rythme de production atteignit pour la première fois celui de l'équipe de jour. Je m'étais installée dans le bureau des contremaîtres afin de faire un point sur le décompte des heures des ouvriers et d'établir leur paye de la semaine, lorsque je vis apparaître une silhouette noire au bout du couloir. C'était Sir Samuel Wallace. Il longea le couloir vitré jusqu'à atteindre le bureau dans lequel je me trouvais et s'arrêta sur le seuil.

— Bonsoir, Miss.

Je ne l'avais pas vu depuis plus de deux mois, depuis ce jour où il avait consenti à me donner la responsabilité de l'équipe de nuit. Je l'accueillis avec mon sourire habituel, ravie de cette visite.

— Bonsoir, dis-je en me levant d'un bond.

— Je suis passé dans l'atelier et j'ai pu constater que vos hommes sont acharnés à la tâche… M. Gardiner m'a informé que le rendement est bon ?

— Oui, Monsieur. Vous avez bien choisi votre jour pour venir nous rendre visite : pour la première fois, le rendement est supérieur à l'équipe de jour, dis-je fièrement.

— Voilà une bonne nouvelle… Faisons quelques pas, voulez-vous ?

Nous descendîmes dans l'atelier, au cœur du bruit des machines. M. Wallace, de sa haute silhouette noire, déambulait tel un magistrat devant les troupes de la garde civile. Sa stature, son air sévère, mais aussi sa position sociale, tout contribuait à faire fuir vers le sol les regards que nous croisions. Nous nous arrêtions devant chaque poste de travail, observant le travail de chacun.

— Alors, parlez-moi des deux premiers mois de votre équipe de nuit. Comment cela s'est-il passé ?

— Le mieux du monde ! répondis-je, sincère. Le plus difficile a été de s'adapter à cette vie nocturne… Mais je n'étais pas seule dans cette épreuve.

— Ah ?

— Oui, j'ai été soutenue par les hommes de l'équipe…

— Soutenue ? Vraiment ?

— Ils sont fiers, vous savez. Je leur ai lancé un défi dès le début, et ils ont pris à cœur de le relever. L'objectif est de produire plus que l'équipe de jour et leur fierté a fait le reste !

— Vraiment ? Est-ce aussi simple ?

— Vraiment ! Ces hommes sont formidables.

— Quelle passion vous mettez… dit-il, songeur.

— Enfin…, repris-je, je me laisse certainement emporter… mais sans leur motivation, rien n'aurait été possible, Monsieur.

— Certainement. Mais d'où vient cette motivation, Miss ?

Je réfléchis un instant.

— Je dirais… le défi, avant tout. Un esprit d'équipe qui s'est développé au cours des semaines, aussi. Cela ne s'est pas fait tout seul. Bien sûr, il a fallu que je m'attaque à certains problèmes et nous avons trouvé des solutions ensemble. Il y a dans cette équipe certains meneurs sur lesquels je m'appuie…

J'ajoutai, voyant son intérêt pour le sujet :

— Voulez-vous que je vous les présente, Monsieur ? Ils seraient extrêmement fiers de vous montrer leur savoir-faire et le résultat de leur travail. Les meilleures idées de productivité ne viennent pas de moi, mais d'eux.

— Vous semblez tellement fière d'eux… Je vous remercie, mais non. Peut-être une autre fois. Mais poursuivez donc. Donnez-moi des détails…

Nous échangeâmes sur les problèmes que j'avais rencontrés. Sans en prendre conscience sur le moment, je crois que je le noyai dans les détails de notre aventure, à mes hommes et moi. J'étais emportée par l'exaltation… Au début, il fut surtout intéressé par nos idées techniques d'amélioration de productivité. Puis, au fur et à mesure, il voulut en savoir plus sur les raisons de cette passion que je mettais à la réussite du projet :

— Je ne saurais vous dire exactement, Monsieur. Comme vous me l'avez déjà fait remarquer, il s'agit sûrement d'un excès d'orgueil qui me pousse à me dépasser.

— Peut-être. Mais les femmes de votre âge et de votre éducation trouvent en général bien d'autres façons de se dépasser que de passer leurs nuits entières avec une trentaine d'ouvriers grossiers et malodorants dans une fonderie !

J'y vis presque une pointe d'humour. Il se tut un instant alors que nous traversions toujours l'atelier illuminé. J'en profitai pour l'interroger sur un sujet qui m'occupait l'esprit depuis quelque temps.

— Monsieur, puis-je vous poser une question ?

— Je vous le dirai, Mademoiselle, une fois que vous me l'aurez posée.

— Êtes-vous satisfait de mon travail, Monsieur ?

Il me jeta un regard impassible.

— Vous êtes encore là, il me semble. Si cela n'avait pas été le cas, vous ne seriez plus dans cet atelier ce soir.

— J'aimerais en savoir plus, Monsieur.

— En savoir plus… et sur quoi donc ?

— Eh bien, voyez-vous, le fait que vous ayez décidé de m'employer sur un sujet si stratégique pour cette manufacture, puis que vous ayez bien voulu me confier cette équipe de nuit, tout cela reste un mystère pour moi…

— Hum… Ne m'avez-vous pas donné raison par vous-même ?

— Comment cela ?

— Vous n'avez eu besoin de personne, ou presque, pour trouver une stratégie, la mettre en place et, aujourd'hui, les résultats sont là.

— Cela est-il suffisant pour répondre à la demande de Wellington ?

— Non, pas encore. Cependant, les volumes ont augmenté de 15 %, ce qui n'est pas négligeable, et sans aucun investissement supplémentaire.

— Vous n'avez cependant pas répondu à ma question, Monsieur.

— Attention, vous devenez impertinente.

Un léger sourire apparut sur son visage.

— Mais précisez donc votre question ?

— Je me demande toujours à quoi est due mon extraordinaire fortune de travailler ici, Monsieur, et je pensais que vous pourriez m'éclairer. Mon expérience en France m'a montré que trouver une telle situation pour une femme n'est tout simplement pas possible et même si M. Gardiner m'a expliqué votre goût pour l'expérimentation et votre audace en la matière, cela ne me suffit pas. Je suis une personne rationnelle qui aime comprendre la logique des choses… Pour m'en servir ensuite.

— Cela, je l'avais constaté. Cependant, que voulez-vous dire par « vous en servir ensuite » ?

— Monsieur, rien n'est jamais acquis et l'avenir est tout sauf certain. Si je devais un jour quitter la Wallace Steel, j'aimerais savoir ce qui pourrait constituer une recommandation me concernant.

Il s'arrêta net et me fit face :

— Envisagez-vous de nous quitter, Constance ?

C'était la première fois que je l'entendais prononcer mon prénom.

— Absolument pas ! Cependant, on ne sait jamais ce que l'avenir nous réserve.

À demi rassuré, il reprit sa marche et détourna le regard.

— Constance, vous ne pouvez quitter la Wallace Steel. Vous appartenez à cette fonderie, maintenant.

Je fus choquée et m'immobilisai instantanément.

— Vous appartenir ? Pardonnez-moi, Monsieur, mais je n'appartiens à personne !

Il souleva un sourcil avec son flegme habituel.

— Bien sûr... Bien sûr. Appartenir est un mot trop fort. Je voulais dire par là que vous m'êtes devenue indispensable, et que rien ne pourrait justifier que vous nous quittiez. À ce jour.

Puis, après un silence, il reprit :

— Je ne saurais répondre à votre question, cependant. Il ne faut parfois pas chercher de cause rationnelle là où il n'y en a pas, voyez-vous. Et puis, il me faut garder un certain mystère sur ce sujet si je veux éviter que vous ne soyez tentée de partir...

— Oh, je ne le suis pas... Je sais que je vous dois tout, à vous et à M. Gardiner, et je suis persuadée que jamais je ne trouverai meilleur employeur ni meilleur travail. Et j'ai avec moi une équipe d'hommes exceptionnels. Je perdrais beaucoup si je devais les quitter...

— Sur ce point, je crains que vous ne trouviez de l'extraordinaire là où il n'y en a pas. Mais vous êtes ainsi, Constance. Vous trouvez de la couleur là où je ne vois que des nuances de noir ou de gris.

Puis, après un nouveau silence, comme s'il réfléchissait à voix haute :

— Le gris et le noir constituent mon horizon depuis bien trop longtemps maintenant. Le rouge du sang a brûlé mes yeux et je suis incapable à présent de voir autre chose que de la cendre.

Je ne répondis rien pendant un long moment, puis, alors que nous arrivions au laminoir :

— Je crains de ne rien entendre à votre discours, Monsieur.

— Bien sûr. Je ne m'attendais pas à ce que vous compreniez.

À cet instant, nous étions revenus à notre point de départ, au pied des bureaux. Il enfila ses gants de cuir.

— Constance, je suis satisfait de ce que j'ai vu ce soir. Envisagez, maintenant que l'équipe atteint les objectifs, de l'élargir. Je vous rappelle que nous devons doubler la production au plus vite pour Wellington. Trouvez aussi parmi vos ouvriers de confiance un futur contremaître de nuit. Vous ne pourrez rester indéfiniment à ce poste.

— Oui, Monsieur.

Puis, alors qu'il m'avait déjà saluée, annonçant ainsi son départ, il s'arrêta de nouveau et se retourna vers moi :

— Constance…

— Oui, Monsieur ?

— Vous êtes précieuse. N'en doutez pas.

Je fis une révérence, trop abasourdie pour le remercier. Sir Samuel disparut à l'autre bout de l'atelier.

28

Confessions

Au cours des semaines qui suivirent, M. Wallace vint plusieurs fois nous visiter en pleine nuit. Il apparaissait toujours aux alentours de vingt-deux heures et demandait à faire quelques pas dans l'atelier. Nous conversions une bonne heure durant sur des sujets aussi variés que nos progrès en productivité, les recherches qu'il avait reprises sur la fonte non phosphorée, ou les qualités que je devais trouver chez l'ouvrier qui me remplacerait en tant que contremaître de nuit. Une fois seulement, durant cette période, il me parla de lui et leva quelque peu le voile sur son histoire. Le mois de février s'était installé alors, et avec lui un froid saisissant, mais sec. Le soleil égayait nos courtes journées, sans pour autant réchauffer le fond de l'air. Alors que nous supportions depuis plus d'une semaine un vent soufflant tout droit du Grand Nord, la ville semblait engourdie par les glaces. La nuit, les rues étaient plus silencieuses que d'ordinaire : peu ou pas de passant, pas d'ivrogne abandonné sur un banc à la sortie d'une taverne, pas d'éclat de voix aux abords des gargotes. Pas même un chat ou un chien errant : ils se terraient tous quelque part à l'abri du froid et fuyaient le pavé glacé. Les cheminées sur les toits fumaient en silence et dans le clair de lune se formaient des ombres fantomatiques s'élevant dans le ciel sombre.

C'est par une nuit plus glaciale que les autres que Sir Samuel me rendit visite un peu plus tôt que les autres fois. Il avait ce soir-là quelque chose de différent dans le regard. Un « je-ne-sais-quoi » de cordial, presque familier, et une candeur que je ne lui avais jamais vue. Comme s'il avait quelque peu relâché l'emprise qu'il avait d'ordinaire sur lui-même… À tel point que je me demandai s'il n'avait pas bu trop de vin avant de venir nous rejoindre à la manufacture. Il arriva vers vingt et une heures, alors que j'étais aux laminoirs, cherchant à résoudre un problème de réglage d'épaisseur des tôles. Contrairement à son habitude, il parlait haut :

— Miss Deschanel ! s'écria-t-il. Je viens ce soir vous faire la conversation... Nul besoin de visiter les ateliers cette nuit ! clama-t-il.

Il nous surprit, les ouvriers et moi, sortant de l'ombre tel un diable. Il nous salua tous d'une main portée à son chapeau puis me prit par le bras et m'emmena vers les bureaux d'un pas rapide. Il s'adressa aux ouvriers sur un ton presque enjoué :

— Messieurs, je vous l'enlève... !

Au lieu de m'emmener vers mon bureau, il traversa prestement l'atelier et la cour intérieure de l'usine, me traînant toujours à sa suite, pour se diriger vers le bâtiment de la direction, jusqu'à son bureau. Il sortit une clef de sa poche, déverrouilla la grande porte à double battant que je connaissais bien et m'invita à prendre place dans l'un des deux canapés Chesterfield. Il n'alluma que les deux lampes basses encadrant le canapé, laissant le reste de la pièce dans la pénombre. Il se défit de son manteau et de son chapeau, puis s'assit à mes côtés.

— Miss, commença-t-il... Constance, reprit-il, un ton plus bas. Que me racontez-vous ce soir ?

— Je ne sais pas... Monsieur, répondis-je, décontenancée. Vous m'avez interrompue alors que nous étions sur un problème de concentricité sur le laminoir... mais je ne pense pas que cela vous intéresse, si ?

Puis, après un silence, je repris :

— C'est peut-être vous qui avez quelque chose de particulier à me dire, Monsieur ?

Il leva un doigt tremblant vers le ciel. Cela confirma mes soupçons d'ébriété.

— Ah ! Comme votre intuition est fine, Constance... C'est exact. Enfin, non, pas tout à fait... Je n'ai rien de concret à vous dire. C'est plutôt que j'ai besoin de parler à une personne dont je sais l'esprit ouvert et bienveillant. J'ai pensé à vous, me dit-il, ses yeux plongés droit dans les miens... Cela vous surprend ?

Le timbre de sa voix n'était pas habituel non plus. Trop direct, trop énergique, pas assez mesuré.

— Oui, un peu.

— Pensez donc ! Vous êtes la seule personne que je connaisse qui soit disponible à une telle heure, sans être à moitié ivre, affalée sur le comptoir d'une taverne ! N'y voyez aucun favoritisme, dit-il, tout à coup sérieux. Je suis pragmatique : je vous sais libre et les sens en éveil, même à cette heure tardive...

— C'est un fait, répondis-je quelque peu déçue par son pragmatisme.

Il reprit :

— Voyez-vous, ce jour est particulier pour moi, Constance. Et cela affecte mon humeur. J'ai bien essayé de commencer la soirée avec quelques bons brandys dans une taverne où j'ai mes habitudes et j'ai même imaginé causer un peu avec le cabaretier affable... Mais ce bougre d'imbécile aurait été incapable de tenir une conversation intelligente. J'avais l'impression d'avoir face à moi un bœuf au regard vide... c'est vous dire !

Il s'arrêta quelques instants et s'installa plus confortablement dans son canapé avant de continuer :

— C'est un triste anniversaire, le 13 février... Mais j'y pense, dites-moi, où étiez-vous donc, vous, le 13 février 1854 ?

— Le 13 février 1854 ? Cela fait bien longtemps, Monsieur... il y a neuf ans...

— Oui. Déjà neuf ans... répéta-t-il, pensif.

— Je ne saurais le dire précisément. J'étais une enfant de onze ans alors. Ma mère était encore de ce monde...

— C'est vrai, vous êtes si jeune... j'avais oublié. Heureuse innocence...

— Et vous, où étiez-vous donc, si je puis me permettre ?

— J'étais ici, en Angleterre, à Londres.

— Mais alors, que vous est-il arrivé le 13 février 1854, Monsieur ?

— J'ai pris une mauvaise décision, ce jour-là...

— C'est de cela que vous souhaitez me parler ce soir ?

— Pas forcément. Pas tout de suite, en tout cas. Non, je préférerais que vous me changiez d'abord les idées, pour tout vous dire.

— Pardon ?

— Parlez-moi de votre équipe, ou d'autre chose...

— Maintenant ? Pensez-vous que ce soit le moment ? Ne pensez-vous pas que l'équipe de nuit...

— Laissez-les là où ils sont, dit-il, balayant ces soucis d'un revers de main. Ce ne sont pas des enfants, tout de même. Et puis, vous ne vous rendez coupable de rien, tant que vous êtes avec moi... Alors, ce soir, Constance, j'ai envie d'en savoir plus sur vous... ajouta-t-il, avec un sourire malicieux.

— Monsieur, vous êtes décidément étrange ce soir... Auriez-vous trop bu de ce brandy ? osai-je demander, inquiète.

Cette question le surprit et le fit rire à gorge déployée.

— Peut-être un peu, oui... et d'autres substances illicites aussi... Mais je n'en dirai pas plus, jeune fille. Allons, j'insiste, Constance. Racontez-moi...

— Que voulez-vous savoir, Monsieur ?

— D'où venez-vous, d'abord ?

— D'une petite ville en bord de Loire.

— Oh... j'imagine d'ici le petit village tranquille, au bord de ce magnifique fleuve... Avez-vous aimé cet endroit ?

— Terriblement.

— Je m'en doutais. Mais pourquoi en être partie, alors ? Et comment diable vous êtes-vous retrouvée à la fonderie de Bonneval ?

— C'est une histoire que je ne suis pas encore prête à révéler, Monsieur.

— Ah ! Auriez-vous quelque crime à cacher, Mademoiselle ? demanda-t-il, plissant les yeux.

— Non pas. Mais nous ne nous connaissons pas encore suffisamment pour que je devine quelle sera votre réaction à mon histoire. Je préfère donc la garder pour moi. Pour l'instant.

— Que de mystères... Si vous refusez de lever le voile sur cela, que pouvez-vous me raconter d'intéressant, alors ?

— Je ne sais pas... Ma courte vie n'est certainement guère intéressante pour un homme tel que vous, qui avez déjà vu le monde.

— Peut-être... Certainement, même, à la réflexion... Essayons autre chose, alors. Voyons : si je vous demandais de répondre à quelques questions disons... un peu personnelles, de celles qu'un ami pourrait vous poser... me répondriez-vous ?

— Je ne sais pas trop, Monsieur. Vous n'êtes pas dans votre état normal, ce soir.

— N'ayez crainte, je ne cherche qu'à étudier un peu mieux votre caractère…

— Essayez toujours, alors. Je ne répondrai pas aux questions qui ne me conviennent pas.

— À la bonne heure ! Alors, Constance, voici ma première question : comment vous définiriez-vous ?

— Voilà une étrange question…

— Exercice difficile, mais riche d'enseignements, en général. Tant sur vous-même que sur votre propre perception de vous-même.

— Je vois.

Je pris quelques instants pour réfléchir, puis repris :

— Je dirais que je suis déterminée. C'est cela qui m'a amenée jusqu'ici. Ensuite, je suis certainement orgueilleuse, un peu. Et trop émotive, aussi.

— Extrêmement honnête, Mademoiselle. Assez clairvoyant, aussi. Vous avez une bonne perception de vous-même, mais vous êtes trop modeste. Vous oubliez votre intelligence, votre ouverture d'esprit, et votre bienveillance.

— Merci, Monsieur.

— Je n'ai pas dit cela pour vous faire plaisir. C'est un fait, affirma-t-il avec sérieux.

— Vous prêterez-vous à l'exercice aussi ? demandai-je.

— Je n'avais pas prévu de le faire…

— C'est malhonnête de votre part, si vous me permettez. Si vous me demandez de dévoiler ce que je pense de moi-même, vous devez en faire autant. Ne serait-ce que par équité.

— Voilà un principe bien français, hérité de votre Révolution…

— Cela vous dérange ?

— Non. Je vais vous répondre… Voyons, dit-il, d'un air sérieux : je pense être exigeant, et souvent intransigeant. Taciturne aussi, même si je n'ai pas toujours été comme cela…

— Pourquoi ?

— C'est une longue histoire. Mais tout d'abord, dites-moi : suis-je suffisamment clairvoyant ? Que diriez-vous de ma description ?

— Elle est juste, mais incomplète. Vous êtes trop modeste à votre tour, Monsieur.

— Tiens donc !

— Oui. Je compléterai ainsi : même si pensez ne pas l'être, vous êtes un homme bienveillant. Vous êtes extrêmement moderne, et d'une rare ouverture d'esprit. Vous êtes audacieux aussi.

— Ma foi, que d'éloges, Miss…

— Ce ne sont des éloges que parce que vous tenez ces traits de caractère pour des qualités. Cela n'est peut-être pas le cas pour tout le monde.

— Et vous, qu'en pensez-vous ? demanda-t-il, les yeux brillants.

— Je pense aussi que ce sont des qualités… Mais je n'avais pas fini… repris-je.

— Continuez, donc.

— J'ai constaté que vous êtes souvent indifférent à ceux qui vous entourent. Est-ce simplement de la négligence ? Je ne saurais le dire. Je ne crois pas que ce soit à dessein. C'est peut-être parce que vous vous êtes aussi construit une sorte de forteresse d'austérité et de froideur qui vous permet d'éloigner les curieux. On ne peut pas dire de vous que vous soyez affable et accueillant.

— Je reconnais là que c'est certainement vrai…

— Cela vous convient-il ?

— Quoi donc ?

— Que l'on vous perçoive ainsi ?

— Oui, tout à fait. Nous sommes entourés d'une foule d'hommes et de femmes tous plus affables et accueillants les uns que les autres en apparence, mais pas le dixième d'entre eux ne l'est vraiment.

— Peut-être… Mais reconnaissez que cela peut faciliter les choses dans bien des situations. Vivre ensemble, c'est aussi savoir feindre certains sentiments pour garantir la paix.

— Cela m'est égal. Je n'aime pas perdre mon temps en ronds de jambe, répondit-il, s'affalant dans son canapé.

— Bon… concluais-je.

Nous étions dans une impasse et le silence s'était installé. Au bout de quelques minutes, je repris :

— Allez-vous me parler du 13 février 1854, qui, je suppose, est lié d'une façon ou d'une autre à votre humeur actuelle ?

— Vous êtes bien curieuse à votre tour… et perspicace.

— Il me semble, Monsieur, que vous êtes d'humeur bavarde, ce soir. C'est suffisamment rare pour que je saisisse cette occasion d'en savoir plus.

— Cela vous intéresse donc ? demanda-t-il, ses yeux rivés dans les miens.

— Comme vous l'avez dit, je suis d'une nature curieuse.

— Bien… dit-il, souriant. Vous abusez de la situation, ajouta-t-il, malicieux : je ne suis pas en possession de tous mes moyens, à cause de ce foutu brandy !

Il prit une longue inspiration.

— Le 13 février 1854… Cela me semble être un siècle en arrière. Je venais d'avoir vingt-trois ans, et j'avais une incroyable foi en moi-même. J'avais devant moi une existence sans nuage. Je venais de terminer de brillantes études à Londres, et n'avais en tête qu'amours et plaisirs. J'étais un bon vivant alors… Peut-être même plus que cela. On pouvait déjà percevoir chez moi cette attirance pour l'aventure et cette inclination à m'embarquer dans de sombres histoires facilement, pour un joli visage, une partie de cartes perdue, ou simplement pour préserver ce que je croyais être mon prétendu honneur. Mon père se désolait du peu de cas que je faisais de la morale qui lui était si chère…

À ce moment, il me jeta un regard comme pour évaluer ma réaction. Je me gardai bien d'en avoir une. Puis, il reprit :

— Pour tout vous dire, je cherchais l'aventure à tous les coins de rue : je me jetais dans les bagarres plus souvent qu'à mon tour, abusais certainement du vin, des femmes, et… d'autres choses… Puis, comme en réponse à mes errements, le Royaume-Uni menaça d'entrer en guerre contre la Russie, en réplique à des mouvements de troupes russes dans les principautés danubiennes. Je pris cela pour une bénédiction, idiot que j'étais. Rien ne m'obligeait à m'engager si ce n'était ma soif d'aventure et de gloire. Mon père était, bien entendu, contre cette idée. Cela ne fit que renforcer ma détermination, par pur esprit de contradiction.

— Vous vous êtes donc engagé ?

— Oui. Le 13 février 1854, je fus parmi les premiers à partir pour la Crimée, alors même que la guerre n'était pas encore officiellement déclarée.

— Je ne comprends pas, Monsieur… En quoi cette date fut-elle funeste ? Vous partiez vous battre pour l'Empire, on ne peut pas trouver d'action plus noble.

— Certes. Quiconque ne verrait en moi que le jeune officier prêt à mourir pour sa patrie pourrait dire cela. Mais ce serait sans savoir quel feu m'animait…

— Que voulez-vous dire ?

— Cette guerre, Constance, m'a révélé tel que je suis. Et cela n'a pas été beau à voir… mais je ne suis pas sûr que vous désiriez vraiment le savoir… Vous pourriez prendre peur.

— Monsieur, je travaille ici depuis plus de six mois maintenant et si je devais avoir découvert des choses qui me déplaisent, ne les aurais-je pas déjà découvertes ?

— Je ne saurais le dire, à la vérité…

Il enfouit son visage dans ses mains, soudainement abattu. Puis, me regardant fixement :

— La guerre révèle le meilleur et le pire de l'homme, Constance. Dans mon cas, ce ne fut que noirceur et violence. Mais le pire de tout…

Il fit une pause pour prendre une profonde inspiration. Il semblait attendre mon assentiment pour continuer son récit, et je m'empressai de le lui donner :

— Oui, Monsieur ?

— Le pire, c'est que j'ai tellement aimé cela… À un point tel… que je ne rentrai pas immédiatement en Angleterre une fois le traité de Paris signé et la guerre finie. Je restai dans les Balkans pour continuer cette vie de violences et de crimes…

Il me regarda avec gravité. Je restai muette, ne comprenant pas vraiment de quoi il pouvait s'agir. Il poursuivit :

— Puis-je continuer, Constance ? me demanda-t-il, ajoutant à son sérieux une certaine tristesse. Je vous crois capable de compassion… mais je vous sais aussi intransigeante… Je suis donc intimement persuadé que votre regard sera juste. Votre opinion compte beaucoup à mes yeux.

— Je serais heureuse de vous la donner, Monsieur… si je le peux, bien sûr.

— Fort bien. Imaginez donc… Imaginez un pays exotique comme nous les aimons, nous autres, Britanniques. La Crimée. Riche d'une histoire mouvementée, elle compte de nombreux vestiges grecs, mais aussi chrétiens orthodoxes, nichés dans un décor délicieusement méditerranéen. Imaginez une mer d'un bleu vertigineux, transparent, bordant des rivages clairs, baignés de soleil. Les plages de sable blond succèdent aux montagnes rocheuses, nues et arides, où s'accroche une végétation rase et sèche, plongeant dans cette mer turquoise. À l'intérieur des terres, sur les flancs des collines, ruissellent les vignes, impeccablement alignées sur leurs piquets, créant des courbes de niveaux comme sur une carte topographique. De grandes steppes désertes, plateaux nichés dans l'arrière-pays, laissent la douce brise méditerranéenne caresser le voyageur, le rafraîchissant pendant l'été étouffant… Quel décor paradisiaque, n'est-ce pas ?

Cette question s'accompagnait d'une grimace.

— Je n'ai fait qu'entr'apercevoir cette Crimée-là. Après le traité de Paris. Mais avant cela… La guerre fut officiellement déclarée le 27 mars, alors que mon bateau voguait déjà en Méditerranée. J'avais embarqué avec fougue sur un navire puant, chargé de bleusaille prête à en découdre. J'étais de ceux-là. Fiers de porter l'habit rouge et de représenter l'Empire britannique. Nous venions défendre les Turcs et les Balkans contre l'infâme envahisseur russe. Notre navire mouilla dans le port de Gallipoli en mai et, alors que de nombreux bateaux français et britanniques nous rejoignaient chaque jour, nous nous armions de patience, attendant notre heure. Le 1er juin enfin, Lord Raglan, commandant une flotte de six mille hommes, ordonna le mouvement des troupes vers Varna, en Macédoine. Mais à ma grande déception, ce n'était toujours qu'une base arrière… Les troupes grossirent pendant tout l'été à Varna, mais nous ne menions toujours aucune action. La seule bataille que nous eûmes à mener dans cette ville ancienne et chargée d'histoire fut contre le choléra qui arriva début juillet. Nous dûmes attendre encore jusqu'au mois de septembre pour enfin déclencher une action sur les côtes de Crimée. L'attente devenait insupportable. Il n'y a rien de pire que l'ennui pour réveiller les pires instincts chez les soldats. C'est là que je me découvris un talent pour organiser certaines choses... Les hommes piaffaient, ruminaient et avaient besoin de distraction. Les bagarres étaient quotidiennes et on commençait à perdre des hommes aussi bien à cause de blessures à l'arme blanche que du choléra, sans avoir livré la moindre bataille. Ayant manifesté plusieurs fois mon intérêt pour explorer la ville, mon commandant, voyant en moi un garçon débrouillard, me chargea de trouver de quoi occuper ses hommes dans les bas quartiers de la cité. Je devais trouver tout ce qu'il leur fallait pour améliorer leur quotidien – moyennant finance bien sûr – et en oubliant tout sens moral, bien entendu. J'étais plutôt doué pour ça et je développai un certain talent en la matière... J'étais à mon aise dans ces bas quartiers : j'appris vite quelques mots du vocabulaire local, développai un réseau de connaissances plus ou moins utile pour mon petit commerce. J'étais accueilli à bras ouverts, vous pensez : un bataillon d'hommes à distraire, à qui fournir tabac, alcools, opium, femmes, etc. Je représentais, avec quelques autres parmi les bataillons français et anglais, un potentiel commercial énorme. J'adorais cette plongée dans l'exotisme local. C'était aussi pour moi un moyen de fuir le plus souvent possible le campement, l'ennui et, surtout, le choléra... Êtes-vous familiarisée avec cette maladie, Constance ?

— Non. Je n'en connais que le nom et la réputation de forte mortalité.

— L'ignorant est un homme bienheureux... Cette maladie est abjecte : fulgurante, avilissante et... nauséabonde. Je me souviens surtout de l'odeur... les malades entassés dans des conditions innommables, se vidant de tous les côtés, baignant dans leur fange contaminée et leurs cris, mon Dieu, leurs cris...

Il avait les yeux écarquillés, perdus dans le vide. Je lui touchai le bras, ce qui le fit sortir de sa torpeur. Reprenant conscience, il passa une main hésitante dans ses cheveux mi-longs et, accusant la fatigue, s'allongea de tout son long dans son canapé.

— Je vous l'avais dit, reprit-il, d'une voix douce. De mauvais souvenirs... Où en étais-je, déjà ? Ah, oui, l'attente à Varna... Cette attente prit fin au bout de quatre longs mois, en septembre, lorsque quelques navires, dont le mien, furent chargés de débarquer en Crimée, à Alma, et de prendre ce port. Ce fut notre première victoire. Une victoire trop facile qui ne répondait pas à ma soif d'en découdre. Fin septembre, nous avions un nouvel objectif : Sébastopol, le port d'attache de la flotte russe en mer Noire. Nous encerclâmes la ville par la mer et par les terres, grâce à la percée effectuée un mois avant à Alma. Nous nous installâmes pour tenir le siège… Malgré deux autres victoires, à Balaklava le 25 octobre et à Inkerman deux semaines plus tard, le tsar Nicolas ne voulut pas se rendre, nous contraignant à maintenir le siège de Sébastopol. C'est alors que l'hiver s'installa, à notre grande surprise. Nous qui nous imaginions profiter du doux climat méditerranéen… Cet hiver fut plus froid encore qu'ici, dans le Nord de l'Angleterre. Les températures chutèrent dans la seconde moitié de novembre et frappèrent nos troupes britanniques durement, car nous n'avions pas prévu de tenue chaude. La famine, le scorbut, le choléra décimèrent les troupes entassées dans les tranchées au pied de Sébastopol. Sur vingt-cinq mille Britanniques, seuls onze mille passèrent ce dramatique hiver.

Sir Samuel, à ce point du récit, ferma les yeux. Il semblait tellement las, allongé ainsi dans son canapé Chesterfield, les yeux clos. Il poursuivit néanmoins.

— Nous étions transis de froid dans ces tranchées. Pour nous occuper, on nous faisait creuser et creuser encore. Du moins ceux qui tenaient encore debout. Je crois que pendant ces longs mois d'hiver, les alliés, c'est-à-dire les Français et nous, les Britanniques, creusèrent plus de cent kilomètres de tranchées. On pourrait en rire… L'armée britannique transformée en vulgaire terrassier ! En mon for intérieur, je ne pouvais me résigner. Un feu intérieur me consumait. La bataille tant attendue ne venait pas. Et au lieu de cela, on me faisait creuser des tranchées… ! J'étais prêt à tout pour arrêter de creuser. C'est alors qu'il me vint l'idée de sortir de là, de traverser les lignes ennemies, et d'aller me rendre compte par moi-même de la situation chez les Russes. Tout plutôt que l'inaction ! Je n'étais alors qu'un gamin inconscient, vaniteux et irréfléchi…

Un sourire s'afficha sur son visage aux yeux clos. Il garda le silence quelques instants et soupira avant de me dire :

—Je me demande souvent si, maintenant, avec l'âge, je referais les mêmes erreurs… Cet instinct auquel je laissai alors libre cours me semble quelque peu endormi à présent, mais pour autant, ne serait-il pas prêt à refaire surface à la moindre occasion ?

Il soupira à nouveau et garda le silence un long moment.

—Je suis tellement las, maintenant… finit-il par murmurer.

Je voyais bien qu'à ce moment du récit, M. Wallace avait perdu sa verve et ne demandait qu'à se laisser glisser doucement dans un sommeil profond. Je n'en saurais pas plus ce soir-là.

—Reposez-vous donc, Monsieur, dis-je doucement. L'horloge affiche déjà minuit.

Il me répondit par un acquiescement silencieux, toujours sans ouvrir les yeux. Je me levai et me dirigeai doucement vers la porte, sans bruit, pour ne pas perturber son sommeil naissant. Lorsque je refermai discrètement la porte, je pouvais voir que son sommeil était déjà profond.

Je rejoignis mon équipe dans l'atelier.

29

Un malheur n'est jamais bien loin

Cette étrange soirée en compagnie de mon patron me laissa une curieuse impression. Notamment sur les effets de l'alcool : ses vapeurs pouvaient changer fondamentalement la nature d'une personne… ou bien en révéler la nature profonde, mon idée n'était pas encore fixée sur ce point. M. Wallace n'aborda plus jamais avec moi son histoire d'une manière aussi ouverte, occultant complètement cette soirée et reprenant ses visites nocturnes habituelles comme si celle-ci n'avait jamais eu lieu Était-ce tout simplement qu'il ne s'en souvenait pas ? L'alcool avait, paraît-il, parfois cet effet. Je n'osai pas, de mon côté, le questionner, de sorte que je ne pus savoir ce qu'il en était réellement. Il reprit donc ses visites quelques jours après et, comme auparavant, s'intéressa à tout ce qui pouvait toucher notre progression en productivité.

Il avait fini par accepter que je lui présente mes meilleurs ouvriers, Jeremy Abbott en tête. Il me semblait même qu'il avait appris à apprécier la conversation du jeune homme, trouvant chez lui une ambition et une rage de vivre dignes d'intérêt.

À la fin février, j'osai, alors que nous essayions, avec l'aide de Jeremy, un nouveau mélange de scories dans les fours à puddler, devant notablement améliorer la qualité de la fonte affinée produite, les convier tous deux à prendre le thé dans mon bureau. J'étais sur le point de sonner la pause de vingt-trois heures, et c'était l'occasion rêvée de réunir Jeremy et Sir Samuel autour d'un thé. Jeremy accepta avec enthousiasme :

— Ah, ça, bien volontiers, Miss Constance ! répondit-il avec ardeur. Mais avant, je vais aller me rafraîchir, si vous voulez pas que je dégouline sur vos chaises.

— Faites donc, Jeremy, lui répondis-je.

Puis, me tournant vers M. Wallace :

— Sir, accepteriez-vous de goûter au thé d'une Française ? osai-je.

— Bien sûr, Miss Deschanel. Comme vous le savez, les expériences les plus insolites ne me font pas peur, répondit-il, avec quelque sarcasme.

— À la bonne heure, répondis-je. Jeremy, rejoignez-nous vite, car, rappelez-vous, la pause ne dure que trente minutes, et je ne tolère aucun retard.

— À vos ordres Miss, s'inclina Jéremy, respectueusement.

M. Wallace m'emboîta le pas, et, après quelques volées de marches, nous nous retrouvâmes dans le bureau des contremaîtres, installés sur des chaises de bois brut dont le confort était tout à fait sommaire, mais cela ne sembla pas le gêner. Alors que je versais l'eau chaude dans trois tasses, M. Wallace lâcha, sans préambule :

— Ce Jeremy Abbott vous admire, Constance.

— Croyez-vous ? demandai-je étonnée, tout en lui présentant une tasse.

— C'est évident. Je ne pense pas que ce soit mon respect qu'il recherche, mais bien le vôtre.

— Jeremy est un excellent ouvrier, et intelligent de surcroît. Je pense qu'il est le meilleur candidat pour me remplacer à la tête de l'équipe de nuit.

— Je suis du même avis que vous, mais vous éludez la question de l'admiration qu'il vous porte, insista-t-il, avec un sourire.

— C'est que je ne saurais qu'en faire, Monsieur, dis-je, sur la défensive.

— J'imagine seulement que, comme toutes les jeunes filles de votre âge, vous devez apprécier le fait d'avoir un admirateur.

— Non, Monsieur, je n'en ai que faire. Cela me désole même, car je crains que cette admiration ne se transforme en inclination, comme cela arrive souvent, et alors je le rendrais bien malheureux.

— C'est entendu, il est bien en dessous de votre condition, conclut M. Wallace.

— Non, ce n'est pas cela, Sir Samuel.

— Ce n'est pas cela, Constance ? répondit-il, étonné.

— Non. Je ne me considère pas tellement différente de lui, vous savez.

— Enfin, jeune fille, reconnaissez que vous êtes de fait au-dessus de sa condition. Vous avez de l'éducation, occupez un emploi qui, j'en suis certain, n'est qu'un tremplin vers des fonctions plus élevées. Vos aspirations en matière de mariage pourraient être bien supérieures.

— Je n'en ai cure, Monsieur. Pour deux raisons. Tout d'abord, Jeremy est suffisamment respectable pour prétendre avoir l'amitié d'une personne de ma condition, et il ne me viendrait pas à l'esprit de le traiter en inférieur. La condition ouvrière est loin de m'être étrangère, vous rappelez-vous ? Je suis étonnée que vous me prêtiez de tels sentiments.

— Fort bien, *Mademoiselle*. Je prends note de votre étonnement. Quelle serait la seconde raison ?

— Je n'aspire à aucun mariage. Mon travail à la manufacture me comble tout à fait.

— Ah ! Nous y voilà. Vous envisagez donc de renoncer à vous établir ?

— Tout à fait.

— C'est pourtant l'objectif de toute femme que de trouver un mari.

— Je n'ai pas besoin d'un mari. Je suis aujourd'hui à Newcastle, à travailler pour vous, mais dans cinq ans ? Dans dix ans, qui peut dire où je me trouverai ? J'aime à me dire que je reste maîtresse de mon destin et que je n'ai à négocier avec personne ni mon avenir, ni mes choix.

— Je vois. L'indépendance avant tout, c'est ça ?

— Cela doit être à peu près cela, oui.

Il y eut un court silence pendant lequel il sembla réfléchir, puis répondit :

— Je peux le concevoir. C'est une question que nous, les hommes, ne nous posons jamais. Depuis le décès de mon père, je n'ai jamais eu à me battre avec qui que ce soit pour décider de l'orientation que je souhaitais donner à ma vie…

M. Wallace se leva, et, me tournant le dos, regarda par-delà les baies vitrées. Jeremy nous rejoignit à ce moment, interrompant notre conversation. Il débordait de son énergie habituelle et s'assit aussi précautionneusement qu'il put, semblant être conscient d'avoir la finesse d'un pachyderme dans une cristallerie. Il dévora son morceau de pain et son fromage, but son thé, tout en faisant la conversation à notre patron.

L'heure de la reprise du travail arriva vite et je dus sonner la cloche. J'enjoignis fermement à Jeremy de retourner à son poste et m'excusai auprès de M. Wallace, devant m'assurer que chaque ouvrier serait bien au travail à l'heure dite, ce qui bien sûr, précipita son départ ce soir-là. Je ne revis plus mon bienfaiteur durant toute la semaine qui suivit.

Le jeudi suivant, c'est une tout autre visite que je reçus. Il était encore assez tôt cette nuit-là, et je m'étais attelée à l'évaluation des stocks de matière première afin de rédiger les bons de commande de réapprovisionnement. J'étais donc dans l'arrière-cour qui longeait les quais de la gare, là où étaient déchargés le charbon et le minerai de fer. Cette arrière-cour ressemblait plus à un terrain vague qu'à une cour de manufacture ordonnée : la terre boueuse, durcie par le gel, se mélangeait au minerai de fer et au charbon, à perte de vue. Aucun éclairage ne venait guider le regard pour aider à distinguer où commençaient les tas de charbon et où finissait la terre battue, et l'ensemble était ainsi noyé dans les ténèbres les plus profondes.

Je distinguais au loin, derrière ces montagnes noires, les lumières de la ville et le toit de ce que je devinai être le grand hall de la gare. Je m'avançais donc prudemment, armée de ma lampe à pétrole, essayant d'anticiper les trous, pierres ou autres pièges que pourrait jeter sous mes pas la malchance.

Nous avions, le mois précédent, réalisé des aménagements afin de mieux anticiper les besoins en matière première, en installant des parois de bois tous les deux mètres sur ce lieu de stockage, créant ainsi des travées. Nous savions précisément que lorsqu'il ne restait que quatre travées pleines, il fallait passer commande. C'était donc ces parois de bois que je recherchais, dépassant les montagnes de charbon. C'est alors que j'entendis du bruit derrière moi. La nuit était noire et glaciale, et je frissonnais malgré le châle que j'avais sur les épaules. Je balayai de ma lampe les ténèbres, sans réussir à distinguer quoi que ce soit. Je soupçonnais un chat, probablement noir de surcroît, de vouloir me rendre visite. Je repris ma tâche et réussis à identifier les premières palissades, commençant donc mon comptage.

Tout à coup, une voix forte, derrière moi, cria : « Alors te voilà, Deschanel ! » Je sursautai, me retournant immédiatement, et découvris la carrure impressionnante de M. Philips, à quelques mètres de moi. Éclairé par ma lampe à huile, il était effrayant : le crâne chauve, son énorme moustache noire barrant son visage, les yeux ronds et mobiles comme ceux d'un dément. Je reculai vivement, demandant :

— Que voulez-vous M. Philips ? Que faites-vous là, en pleine nuit ?

— Ce que je veux ? hurla-t-il, fou de rage. Ce que je veux ? cria-t-il de nouveau. Tu oses demander ce que je veux ? Traîtresse !

— M. Philips, mais calmez-vous donc ! Que vous arrive-t-il ? Mais… vous sentez l'alcool ! Êtes-vous ivre, M. Philips ?

Je continuais à reculer, cherchant à fuir cet homme à la carrure impressionnante et au regard fou.

— Ouais, j'ai bu ! Et alors ! C'est ta faute ! hurla-t-il.

— Enfin, M. Philips, calmez-vous…

— Jeté dehors comme un malpropre, après vingt ans de bons et loyaux services… Viré, tu m'entends… Il va me virer ! Et c'est ta faute !

À ce moment, il me saisit par les épaules et m'empoigna si fort que je crus que mes os allaient se briser sous la pression de ses doigts.

— Je le savais, de toute façon, reprit-il. Avec ton joli minois, tu t'es mis le fils Wallace dans la poche et il a perdu tout bon sens, pour peu qu'il en ait jamais eu… Il veut me mettre dehors et te donner la direction de la manufacture… c'est insensé, hein ? C'est bien la preuve que tu l'as ensorcelé, sorcière !

C'est alors qu'il me saisit le menton de sa main gigantesque, m'empoignant toujours le bras gauche de l'autre. Son horrible visage grimaçant s'approcha du mien et je fus saisie par la puissance des vapeurs d'alcool :

— C'est vrai que t'as un joli minois, dis donc. Faut peut-être corriger ça, pour que tu ne fasses plus de mal à personne !

— M. Philips, je ne vous permets pas ! Lâchez-moi immédiatement, criai-je, me débattant, prise de panique.

— Ben voyons, avec moi tu fais la fière, hein ? Moi, je suis bon qu'à céder la place… Tu n'es qu'une traînée !

À cet instant, mon sang ne fit qu'un tour et je le giflai de toutes mes forces de la main droite qui était restée libre. Par malheur, cela ne contribua qu'à augmenter sa fureur et il répliqua, de toute sa puissance de colosse, par une gifle que je reçus en plein visage. Elle fut tellement forte qu'il me sembla tourner sur moi-même et m'envoler, avant de retomber violemment à terre, le choc déclenchant une vive douleur à la tête. Puis, tout devint noir. Il me sembla entendre, dans une demi-conscience, au loin, les voix de plusieurs hommes, des cris et peut-être des bruits de lutte.

Je revins peu à peu à moi alors qu'on me soulevait délicatement la tête du sol. Je n'avais aucune idée du temps qui s'était écoulé, mais un silence profond régnait alentour. Une voix inquiète, grave, que je ne sus identifier tout d'abord par-dessus l'horrible bourdonnement qui emplissait mes oreilles, m'appela : « Constance… chère Constance, revenez à vous. » On me souleva à nouveau, et je me sentis posée sur des genoux, soutenue par de larges bras, mes jambes restant à même le sol. Un liquide chaud coulait de mon front. Quelqu'un caressa doucement ma joue, m'appelant à reprendre conscience. Je parvins à ouvrir les yeux péniblement et découvris, penché au-dessus de moi, le visage de Samuel Wallace, marqué par l'angoisse.

— Constance, mon… Ne bougez pas, Abbott est parti quérir le médecin. Il ne devrait plus tarder.

— Monsieur ? J'ai mal… ma tête… dis-je, essayant de porter la main à l'endroit où je sentais cette vive douleur, au-dessus de la tempe gauche.

— Ne bougez pas, Constance. Vous êtes certainement commotionnée. Vous avez perdu une bonne quantité de sang, mais la tête saigne toujours beaucoup…

Dans une demi-conscience, je perçus la caresse de ses doigts dans mes cheveux puis je me sentis sombrer à nouveau dans un abîme de ténèbres.

Je ne repris conscience que deux jours plus tard. À mon réveil, je ne reconnus pas l'endroit où je me trouvais. Je tentai de me redresser doucement sur mon séant, mais une vive douleur à la tête m'assaillit violemment. J'étais étendue sous une épaisse courtepointe luxueuse, dans des draps fins, au milieu d'un lit à colonnes d'ébène. Ce lit trônait au centre d'une chambre richement décorée, très haute de plafond, aux murs ornés de tableaux. Le soleil inondait la pièce, entrant par une grande porte-fenêtre à double battant en face du lit. Une coiffeuse et une commode dans la même ébène habillaient la pièce de chaque côté de la porte-fenêtre. C'est alors que je vis, dans un fauteuil à côté du lit, semblant endormi, M. Wallace.

— Monsieur, l'appelai-je doucement.

Il sursauta, et se redressa. Il avait une mine affreuse. Une fine barbe mangeait ses joues et une ombre noire cernait ses yeux qui semblaient creusés par le manque de sommeil. Il était en bras de chemise, et ne semblait pas avoir changé de vêtements depuis plusieurs jours. Il fit un bond, se relevant, et saisit ma main dans les siennes.

— Constance ! Enfin, vous revenez à vous ! Vous nous avez tous fait une grande frayeur. Je vais faire chercher Lucy et Margaret, qui sont au salon, attendant patiemment votre réveil.

— Monsieur, attendez… Ne me brusquez pas, voulez-vous. J'ai extrêmement mal à la tête. Je ne suis pas prête à voir du monde.

— Bien, sûr. Je m'emporte… Je comprends, dit-il, une réelle inquiétude se peignant sur son visage. Votre tête a heurté une pierre en tombant. Vous avez beaucoup saigné et avez été inconsciente pendant deux longues journées.

— Oh… deux jours !

Je reposai ma tête sur l'oreiller, puis regardai à nouveau le décor dans lequel je me trouvais.

— Monsieur…

— Oui ?

— Où suis-je ?

— Vous êtes chez moi, à Grainger Street. Lorsque Jeremy et le médecin arrivèrent, et que nous eûmes l'assurance de pouvoir vous transporter sans dommage, il fallut choisir un endroit où vous emmener dans l'immédiat, et il me sembla évident que vous seriez mieux ici.

— Bien sûr, dis-je, tout en fermant les yeux.

Je me laissai aller contre l'oreiller : la tête me tournait. Après quelques instants durant lesquels je récupérai ma main, gênée qu'elle fût toujours emprisonnée dans celles de mon bienfaiteur :

— Puis-je vous demander, Monsieur… Que s'est-il passé ? Je me souviens d'être tombée sur le sol, puis, plus rien…

— Eh bien, ce soir-là, j'étais venu vous voir comme j'en avais pris l'habitude les semaines précédentes, dans l'idée de vous imposer une date pour abandonner l'équipe de nuit à M. Abbott. C'est d'ailleurs lui qui m'a indiqué où vous trouver. Lorsque je suis sorti dans l'arrière-cour, vous étiez étendue sur le sol, et M. Philips était penché sur vous, hurlant je ne sais quoi. Je fonçai sur lui, le maîtrisant, mais non sans peine. Il est fort, l'animal ! Je suis persuadé que ce vaurien était sur le point de s'acharner sur vous… Ensuite, je suppose qu'Abbott a dû entendre nos bruits de lutte, car il nous rejoignit peu après, et m'aida à maîtriser définitivement le forcené.

— Que va-t-il advenir de lui ?

— Il sera emprisonné et condamné pour agression aggravée.

— Je ne comprends pas ce qui a pu lui arriver… que lui est-il passé par la tête ?

— Je savais depuis longtemps que cet homme était violent, Constance. Cependant, jamais il n'avait passé les bornes, du moins à ma connaissance. Ce qu'il faisait de sa vie privée ne me regardait pas. J'aurais dû cependant me douter qu'il en arriverait à une telle extrémité…

M. Wallace lut dans mon regard que je ne comprenais pas où il voulait en venir.

— Je prends toute la responsabilité de ce qui s'est passé, me dit-il, son regard s'assombrissant d'un coup. Je lui ai annoncé l'après-midi même que j'envisageais de me passer de ses services, et lorsqu'il m'a demandé qui lui succéderait, je lui ai avoué que vous aviez toutes les qualités requises. Je suppose que c'est ce qui l'a poussé à passer plusieurs heures à l'auberge à noyer sa déception dans la bière, puis, par esprit de revanche, et ayant perdu tout son bon sens dans les brumes d'alcool, il se mit en tête de se venger sur vous.

— Mon Dieu…

Je restai songeuse quelques instants, puis, comme un éclair, une évidence me vint à l'esprit :

— Il me semble plutôt que je vous doive la vie, Monsieur.

— Allons, c'est absurde… dit-il, détournant le regard.

— Je vous assure, Monsieur… imaginez un instant ce qui se serait passé si vous n'étiez pas arrivé à ce moment-là.

— Je n'ose y songer, Constance, dit-il, se redressant dans son fauteuil. J'y perdrais moi aussi la raison, et risquerais de commettre l'irréparable, dit-il, les yeux animés soudainement d'un feu sombre, les mâchoires tendues, les poings serrés.

Je restai sans voix, percevant en un instant la violence dont cet homme pouvait être capable. Cette première discussion avait épuisé les faibles ressources qui me restaient, et je ressentis le besoin de m'étendre à nouveau, ce que je fis. M. Wallace retrouva son calme.

— Vous êtes encore faible, Constance, dit-il d'une voix radoucie.

— Oui, répondis-je, comme dans un demi-sommeil.

— Je vais donc vous laisser vous reposer. Il est temps aussi d'annoncer la bonne nouvelle de votre réveil à Margaret, Lucy et Gardiner. Souhaitez-vous voir les demoiselles Owens qui sont ici ?

— Rien ne me ferait plus plaisir, mais je crains de ne pas en avoir la force dans l'immédiat.

— Bien. Reposez-vous, alors.

— Monsieur… ?

— Oui ?

— Merci.

Je l'entendis sortir doucement de la chambre, et sombrai presque immédiatement dans un sommeil de plomb.

Ma convalescence fut plus longue que je ne l'avais présumé, à mon grand regret. Pendant les jours qui suivirent, j'eus le bonheur de voir Lucy, Margaret, Jeremy et James Gardiner me rendre visite, les uns après les autres. J'avais cependant conscience de ne pas être à mon avantage, une horrible tache violacée recouvrant mon œil gauche et toute la partie supérieure de mon arcade sourcilière. Je portais de plus une plaie assez profonde à côté de la tempe qui continuait de me faire horriblement souffrir. Le médecin m'avait précisé que si la plaie avait été quelques centimètres plus bas, la pierre aurait crevé ma tempe, et je ne serais plus là pour me plaindre de mes souffrances. Cela n'eut pas sur moi l'effet réconfortant qu'en attendait le médecin. Le lendemain, je demandai à la femme de chambre de M. Wallace de m'aider à m'habiller, car je ne tenais plus en place. Il me fallait me lever, bouger, et sortir prendre l'air à tout prix. Je me sentais horriblement gênée d'être à la charge de M. Wallace, occupant certainement une des plus belles chambres de son hôtel particulier.

Mes premiers pas hors du lit m'apprirent vite qu'une blessure à la tête donne d'importants vertiges. Je mis plusieurs minutes à pouvoir rester debout sans vaciller, m'agrippant au lit, puis au fauteuil, et enfin à la poignée de la porte de la chambre. Lorsque je l'ouvris, je découvris un long couloir élégant, orné de miroirs finement ouvragés et de tableaux anciens. J'hésitais à prendre la direction de la droite ou de la gauche, ne connaissant pas les lieux, lorsqu'au bout du couloir à droite parut M. Wallace. Me voyant, il se précipita vers moi, m'attrapant par la taille, me soutenant :

— Constance, quelle folie ! Que faites-vous donc debout ? Je vous ramène à votre chambre, me dit-il, sur un ton courroucé.

— Non, surtout pas, s'il vous plaît, Monsieur. Je me sens comme oppressée de n'avoir pu voir autre chose que cette pièce depuis toute une journée. J'ai besoin de marcher et de prendre l'air. Je vous en prie...

— Je vous reconnais bien là, dit-il, un léger sourire atténuant son air sévère. Même à moitié morte, vous ne pouvez rester en place !

— À moitié morte, Monsieur ?

— C'était une plaisanterie.

— Bien sûr. Pardonnez-moi, Monsieur, répondis-je le souffle court. Les quelques pas que j'avais faits m'avaient déjà épuisée.

— Laissez-moi vous aider. Je puis vous conduire au salon, si vous le souhaitez

— Oui, je vous remercie.

Après plusieurs instants, ayant repris mon souffle, je poursuivis ainsi :

— Monsieur, je suis confuse. Je suis une charge pour vous, maintenant. D'autant que j'ai songé...

— Oui ?

— M. Philips parti, moi ici, qui donc est aux commandes de la manufacture, Monsieur ? Il me faut me rétablir au plus vite...

— Calmez-vous... j'ai tout arrangé de façon temporaire. M. John Rivers coordonne les opérations en journée, et notre dévoué Jeremy Abbott a pris en mains l'équipe de nuit. Il est certain que cela ralentit notre plan d'augmentation de la production, mais je suis persuadé que tous deux sauront gérer les urgences actuelles, du moins pour quelques jours.

— Oh, c'est parfait, Monsieur. Reste néanmoins que je suis une charge pour vous. Je souhaite me rétablir au plus vite et rentrer chez moi. Je ne suis pas faite pour rester à ne rien faire.

— Bien évidemment, confirma-t-il le plus sérieusement du monde. Vous souhaitez toujours faire la preuve que vous êtes si forte, Miss Deschanel. Vous devriez admettre, pour une fois, que vous pouvez avoir besoin des autres et que vous puissiez être dépendante de quelqu'un d'autre que de vous-même. Acceptez donc mon aide, Constance.

Je ne répondis rien, car cela eût été au-dessus de mes forces. Même réfléchir à ce qu'il venait de me dire était au-dessus de mes forces. Nous arrivâmes alors dans une pièce magnifique, comme je n'en avais jamais vu. Ce vaste salon, grand comme quatre fois celui de Papa, était tapissé de riches boiseries anciennes, dont les fines ciselures étaient dorées à l'or fin, habillant élégamment le tout. L'ensemble de fauteuils et de canapés, le piano, les dimensions extraordinaires des tableaux, que je devinais représentant les ancêtres de mon hôte, me donnèrent le sentiment d'être dans un château, du moins tel que je l'imaginais. M. Wallace me fit allonger dans une méridienne de velours bleu nuit, et s'assit à mes pieds.

— Constance, comment vous sentez-vous, me demanda-t-il, visiblement toujours inquiet.

— J'ai pris un sérieux coup, Monsieur. Cependant, ce n'est pas la première blessure d'importance que j'ai eue à endurer, et je me remettrai de celle-ci comme des autres. Comme vous me l'avez fait remarquer tout à l'heure, j'ai toujours eu la prétention d'être forte, Monsieur.

— Ma remarque se voulait bienveillante, répondit-il.

Il se leva, fit quelque pas, semblant contrarié, et se rassit dans un fauteuil me faisant face, comme souhaitant s'éloigner de moi.

— Constance, j'ai moi aussi prit un coup, m'avoua-t-il. Cet événement a été tragique à bien des égards.

— Comment donc, Monsieur ?

— Ce qui est arrivé nous lie irrémédiablement. À jamais.

— Oh, Monsieur, c'est certain, j'ai une dette immense envers vous. Je vous serai infiniment reconnaissante. Notez bien, cependant, que j'avais déjà auparavant plusieurs raisons de me considérer comme votre débitrice, mais que le fait que vous m'ayez sauvée, puis recueillie ici, vous acquiert d'une façon irrémédiable et à jamais ma gratitude.

— Je ne parle pas de cela, dit-il, agacé, chassant d'un geste de la main ce que je venais de dire. Vous ne me devez rien. Bien au contraire, j'estime être à l'origine de ce drame.

Puis, après un court silence :

— Mais bien plus encore, il est évident que cet événement a irrémédiablement changé ma vie et, j'en suis persuadé, la vôtre aussi.

— Je ne suis pas sûre de comprendre, Monsieur, lui répondis-je, lui lançant un regard interrogateur.

À ce moment, un domestique fit irruption dans la pièce. M. Wallace parut excédé :

— Quoi encore ? Que se passe-t-il ? cria-t-il.

— Monsieur, Miss Lucy Owens et M. James Gardiner demandent s'ils peuvent être reçus par Miss Deschanel.

M. Wallace s'affaissa dans son fauteuil, et répondit, sur un ton qui se voulait tout, sauf cordial :

— Mais bien sûr, faites-les entrer…

Mon amie fit irruption dans la pièce, James Gardiner sur ses talons. Elle était en tout point semblable à elle-même : son naturel enjoué et volubile contrastait avec sa tenue sobre et terne de digne fille de pasteur. James Gardiner, d'un naturel aussi affable, était vêtu tout à l'opposé. D'une élégance extrême, ce Londonien pouvait en remontrer à n'importe quel dandy parisien.

— Ma chère Constance, s'écria Lucy en me voyant. Mon Dieu, vous êtes sortie de votre lit, mais c'est déraisonnable ! Comment vous sentez-vous ?

— Lucy, venez vous asseoir à mes côtés, je vous en prie, dis-je, lui indiquant le bout de la méridienne sur laquelle j'étais étendue. Je me remets lentement, Lucy. Bien trop lentement à mon goût, mon amie. Ma tête me fait toujours horriblement souffrir, mais je me sens comme un lion en cage, à présent. Il faut que je me force à marcher, ou à sortir, pour accélérer ma guérison, j'en suis persuadée.

— Mon Dieu, Constance, intervint M. Gardiner, seriez-vous adepte de guérir le mal par le mal, en vous infligeant une trop grande fatigue d'un coup ? Vous risquez la rechute !

— Oh, je ne le pense pas, James. Cessez tous de croire que je suis en porcelaine, vous devriez mieux me connaître, dis-je, faisant semblant d'être contrariée.

— Constance, insista Lucy, vous êtes effectivement d'une nature robuste, mais je crains que vous ne connaissiez pas vos limites. Écoutez nos conseils, et gardez le lit encore quelques jours. M. Wallace prend extrêmement bien soin de vous, ici.

— Miss Deschanel, confirma celui-ci sur le ton péremptoire que je ne lui connaissais que trop, il est hors de question que vous quittiez le lit actuellement. Je l'ordonne.

Mon bienfaiteur avait retrouvé son air des plus sombres, visiblement agacé d'avoir été interrompu par cette visite imprévue.

— Mais enfin Monsieur, commençai-je.

— Il suffit maintenant, Mademoiselle, répondit-il, quittant son fauteuil. Je vous laisse avec vos amis, j'ai à faire. Mais j'entends bien vous retrouver dans vos appartements à mon retour, sagement couchée. Lucy, James, prenez soin d'elle jusqu'à mon retour, je vous prie, et remettez-la au lit.

Puis il sortit, sans autre forme de politesse.

— Eh bien, quelle mouche l'a piqué, Constance ? demanda Lucy. L'auriez-vous contrarié d'une manière ou d'une autre ?

— Je ne saurais le dire, Lucy. J'ai depuis longtemps renoncé à comprendre les humeurs de ce gentleman, avouai-je.

— N'y prêtons guère attention, Mesdemoiselles, répondit James. Nous savons tous que notre bon Samuel a parfois des sautes d'humeurs inexpliquées. Mais dites-moi, Constance, que pourrions-nous faire pour égayer votre convalescence ?

Mes amis rivalisèrent alors d'idées pour me distraire : ils me proposèrent de me faire la lecture, de jouer du piano... James me proposa même de m'apporter les relevés d'heures des ouvriers ainsi que les résultats de la production afin que je puisse constater que l'équipe de nuit continuait à être productive. Ils me quittèrent au bout de deux heures, après avoir obéi aux ordres de Sir Samuel et m'avoir remise au lit.

Ce premier après-midi d'éveil m'épuisa et je sombrai dès leur départ dans un profond sommeil jusque sur le coup de vingt heures. Lorsque je m'éveillai, la pièce était plongée dans l'obscurité. Les rideaux n'avaient pas été tirés, et la faible lueur des becs de gaz de la ville créait un ensemble d'ombres projetées sur les murs de la pièce. Je me redressai sur mon lit, cherchant à mieux y voir. C'est alors qu'une voix émergea de l'obscurité, me faisant sursauter.

— Vous avez été raisonnable, Constance. Je vous félicite.

C'était la voix de mon bienfaiteur.

— Monsieur ? Que faites-vous là, dans le noir ? dis-je d'une voix inquiète.

— Je veille, répondit-il, de façon énigmatique.

— Pouvez-vous allumer une lampe, Monsieur ?

— Non. Je préfère rester dans l'obscurité.

— Monsieur, voyons, c'est à votre tour de ne pas être raisonnable. Quelle drôle d'idée ?

— Contrairement à ce que l'on pourrait croire, les idées sont souvent plus claires lorsque l'on est plongé dans le noir. N'avez-vous jamais expérimenté cela, Constance ?

— Je ne crois pas, Monsieur.

— Je suis certain que si, mais sans vous en rendre compte. N'avez-vous jamais trouvé la solution à un problème pendant la nuit ?

Je réfléchis un instant, avant de répondre.

— Si… vous avez raison.

— C'est ce que j'étais en train de faire avant que vous ne vous réveilliez… Un problème sérieux, ou plutôt une situation inattendue… oui, c'est cela ! Une situation inattendue s'est révélée à moi il y a peu, voyez-vous, et il me faut y réfléchir posément.

J'attendis la suite. Plongée dans le noir, dans le silence de cette grande chambre, il me semblait alors percevoir les moindres bruits environnants. Au loin, un bruit de cuisine, des assiettes qu'on empilait, puis plus loin, dehors, des roues sur le pavé, et encore plus loin, si loin que je doutais de la nature du son, quelque chose que je devinai être la plainte d'un chien, hurlant dans la nuit. Plus proche de moi, j'entendais la respiration de M. Wallace. Elle était calme, posée. Il reprit la parole.

— Veuillez me pardonner, Constance.
— Quoi donc, Monsieur ?
— Je me suis emporté, cet après-midi.
— Oh, Monsieur, j'ai compris depuis longtemps que votre nature était ainsi faite.
— Bon. Consentez-vous à rester ici quelques jours de plus ?
— Oui.
— Bien. Alors c'est réglé. C'est la seule décision raisonnable.

Je l'entendis se lever, puis faire quelques pas dans le noir. Il tourna la poignée, et dit : « Bonne nuit, jeune fille », sortant et me laissant seule avec mes pensées.

30

Convalescence

Je fus donc contrainte, sur ordre du médecin et de M. Wallace, de rester dix jours entiers à Grainger Street. Mon visage, durant cette période, passa par toutes les couleurs : du violet au bleu, puis au vert, au jaune, et enfin au gris avant de retrouver une teinte normale. La plaie sur mon front cicatrisa elle aussi, mais le médecin m'indiqua qu'elle ne disparaîtrait jamais complètement. De cela, je me doutais. J'avais en effet sur le corps d'autres cicatrices, datant de mes années parisiennes, qui marqueraient à jamais ma peau.

Si, les premiers jours, il m'était difficile de rester éveillée plus de trois heures de suite, et d'autant plus difficile de marcher plus de quelques instants d'affilée, je cherchai cependant à faire des efforts, afin d'accélérer ma guérison. Il me vint aussi rapidement à l'esprit que j'avais une occasion rare, puisque j'étais, sur ordre du médecin, presque prisonnière de ce magnifique hôtel particulier, de découvrir un lieu exceptionnel et somptueux, et de laisser, pour une fois, mon esprit vagabonder, le temps de ma convalescence. Car, même si mon corps souffrait, mon esprit était en proie à une exaltation que je ne pouvais refréner. J'étais flattée de me trouver dans un tel lieu, et, consciente que ce moment serait probablement unique dans ma vie, je décidai de mettre à profit cette parenthèse qui m'était offerte.

Il me faut vous confesser, cher lecteur, que j'étais alors exaltée pour deux raisons, alors même que ma santé était au plus bas. La première, que je viens de mentionner, était guidée par ma nature profondément contemplative et mon goût des belles choses. J'étais consciente du privilège qui m'était donné d'explorer un lieu aussi prestigieux. La seconde raison, qu'il m'est plus difficile de vous avouer car je crains d'avoir du mal à l'admettre moi-même, était la curiosité et la fascination nouvelle que j'éprouvais pour le personnage de mon bienfaiteur. Il restait à mes yeux un homme énigmatique, que je peinais à comprendre, mais sa nature revêche et sulfureuse, au lieu de m'encourager à le fuir, comme il aurait été raisonnable, ne me dissuadait pas, et le mystère entourant sa personne me captivait et m'incitait à en savoir plus. Plus le temps passait, moins je pouvais croire que cet homme n'était que froideur, brutalité, intérêt et manque total de charité envers son prochain comme il aimait à se montrer à tout un chacun. Je devais néanmoins admettre que cette opinion ne reposait sur aucun fait tangible.

C'est l'esprit ainsi perturbé par ces différentes considérations que j'abordais le troisième jour de ma convalescence. Le médecin me visita, comme tous les jours, à la première heure, pour suivre l'évolution de ma guérison, et mesurer les conséquences du choc que j'avais reçu. Il scrutait la disparition des vertiges, guettait les pertes de mémoire, ou toute incohérence de langage. Il me faisait me lever et marcher, examinant mon équilibre. Dans l'heure qui suivait, la femme de chambre m'apportait un petit déjeuner copieux, que je dévorais seule, dans ma chambre. C'était le petit déjeuner le plus somptueux qu'il m'avait été donné de goûter : brioche, beurre fin, trois sortes de confitures, des haricots blancs, du bacon, etc. Bien trop copieux : je ne pouvais en avaler qu'un faible tiers, chaque matin.

Dès le troisième jour, je demandai à pouvoir m'habiller afin de déambuler décemment dans les différentes pièces de cette magnifique demeure. Je constatai que ma robe avait été lavée, et que la tache de sang sur l'épaule gauche avait disparu, ainsi que toute trace de boue, dont elle avait été pourtant maculée. Je me levai donc, ce matin-là, et entrepris de visiter l'étage où j'étais logée.

Même si je n'étais encore guère vaillante, je supposais que la demeure ne serait pas si grande que cela et que je ne risquais donc pas de me perdre ou de venir à bout de mes forces. J'empruntai le long couloir qui menait au salon, avec l'intention de passer un peu plus de temps à admirer les peintures et les boiseries de cette première pièce. Ce faisant, je passai devant plusieurs portes, identiques à celle de la chambre qu'avait bien voulu m'attribuer M. Wallace, et que je supposai sur l'instant être des chambres identiques à la mienne. Arrivée au salon, je fus de nouveau saisie par la splendeur de la pièce. Je n'avais pas remarqué, la veille, le plafond sculpté, majestueux, décoré de motifs bleu nuit et or, et restai quelques minutes debout, contemplative, devant cette merveille.

Je poursuivis ma visite en essayant, par un examen minutieux, de percer le secret des personnages imposants représentés sur ces portraits de famille, que je datais tous du siècle précédent. Je ne trouvai guère de ressemblance entre ces personnages et mon hôte, et ne pus confirmer leur lien de parenté que grâce à leur nom : Sir Richard Wallace, Sir Henry Wallace, etc. Mon intérêt se porta ensuite sur une porte que je n'avais pas encore remarquée, car elle se confondait avec les boiseries murales ouvragées. Elle avait été manifestement conçue pour se fondre dans le mur, tenant presque de la porte secrète.

Je ne pus résister à l'envie de voir ce qui se cachait derrière, et tournai la poignée, ouvrant l'un des battants, puis entrai. Je me retrouvai alors dans une pièce de la même taille que le salon, ne ressemblant donc en rien à quelque petit cabinet secret. Elle était aussi somptueuse que la première, mais d'une tout autre nature : c'était une immense bibliothèque.

Les livres, disposés sur des rayonnages de chêne, montaient jusqu'au plafond, recouvrant tous les murs. Une cheminée monumentale trônait au centre du mur qui me faisait face. Ses jambages, le linteau, les consoles, tous ces éléments de la cheminée étaient du même chêne sculpté que les rayonnages. Le manteau montant jusqu'au plafond était lui-même de chêne finement ouvragé, faisant ainsi écrin à un miroir rond, d'au moins deux mètres de diamètre, enchâssé dans une somptueuse sculpture classique, aux motifs végétaux. De fines colonnes, réparties de façon harmonieuse entre les rayonnages, se faisaient écho de la cheminée, du même bois et des mêmes sculptures représentant des colonnes classiques sur lesquelles montait un lierre paresseux. Le plafond, enfin, était orné de caissons du même chêne finement sculpté, en harmonie avec le reste de la pièce. Des fauteuils de velours rouges étaient disposés çà et là, invitant à la lecture, et un bureau trônait au milieu de la pièce, flanqué d'un fauteuil de cuir noir qui ressemblait à celui de M. Wallace à la manufacture.

Je me crus au Paradis. Tant d'ouvrages précieux, rassemblés en un même lieu, de toutes époques, de toutes origines, et de toutes langues.

Je parcourus les rayonnages : les œuvres étaient aussi diversifiées que possible : des œuvres classiques anglaises, Shakespeare bien sûr, mais aussi Thomas More, Christopher Marlowe, Daniel Defoe, Lord Byron, puis des récits de voyage, dont certains que je connaissais bien : Chateaubriand et James Cook. Assez peu de poésie, ce qui me convenait, car j'avais horreur de ce genre littéraire, que je trouvais sans intérêt et ne m'apprenant rien sur le monde, mais beaucoup de philosophes, parmi lesquels je retrouvai avec plaisir mes chères Lumières : Rousseau, Diderot, Voltaire, trônaient ici en bonne place, dans leur langue originale.

Tout un rayonnage était consacré à des œuvres romancées plus récentes, dont je connaissais quelques auteurs : Jane Austen, et son portrait caustique de la société anglaise du début du siècle, Charles Dickens, avec ses fresques dramatiques du monde populaire, et nombre d'autres auteurs que je ne connaissais pas encore. Je pris, au hasard, un volume d'un auteur qui m'était inconnu : Edgar Allan Poe, *Histoires extraordinaires*. Ce volume était assez récent, publié une quinzaine d'années auparavant. J'entendis alors derrière moi :

— C'est un excellent choix, Miss. Un peu sombre pour vous, peut-être…

Je me retournai, et vis Samuel Wallace, adossé contre le mur, les bras croisés, à côté de la porte que j'avais laissée entrebâillée.

— Monsieur, bonjour. Je… me suis permis d'entrer dans cette pièce, Monsieur.

— Bah, dit-il sur un ton bougon, quittant son mur d'un coup d'épaule, la nature des femmes est de fouiner, et je me doutais bien que vous n'échapperiez pas à la règle.

— Souhaitez-vous que je sorte, Monsieur ?

— Non.

Il se dirigea vers le bureau qui se trouvait au centre de la pièce.

— C'est ici mon antre, voyez-vous, Mademoiselle Deschanel. Mon refuge, si vous préférez, lorsque je séjourne à Newcastle. Voyez ce bureau. C'était celui de mon père, et de son père avant lui, et ainsi de suite…

Il contourna l'imposant meuble, caressant le sous-main en cuir du bout de ses doigts.

— Je ne pensais pas au début m'en servir, par respect pour ces générations de Wallace disparues ou bien par esprit de rébellion, je ne sais plus trop. Cependant, il m'attirait irrésistiblement. N'était-ce pas, par essence, le lieu de pouvoir de cette lignée ?

Il s'arrêta derrière le fauteuil de cuir, appuyant ses deux mains au dossier :

— J'ai finalement cédé à son appel à mon retour de Crimée.

Je laissai Sir Samuel s'exprimer, gardant moi-même le silence, n'osant l'interrompre, malgré les questions qui me taraudaient : d'où venait sa famille ? Était-elle depuis longtemps installée à Newcastle ? De quand datait cet hôtel particulier ? Il semblait s'adresser à lui-même durant ce monologue, et ne finit par se souvenir de ma présence qu'au bout de quelques minutes :

— Sentez-vous parfois le besoin de vous isoler pour réfléchir, Miss ?

— Non, Monsieur. D'ailleurs, je n'en ai plus guère le temps.

— Allez-vous vous plaindre de votre travail ? demanda-t-il, avec un regard inquisiteur. Est-il trop harassant ?

— Oh, non, ce n'est pas ce que je voulais dire, Monsieur. Pardonnez-moi. Mon travail me convient tout à fait.

— Que vouliez-vous dire, alors ?

— Eh bien… j'ai eu une vie que je pourrais qualifier de contemplative, jusqu'à mes seize ans, Monsieur. J'avais alors tout le loisir de prendre du temps pour la réflexion, pour le rêve, pour admirer les beautés qui nous entouraient, pour apprendre aussi. Ce temps est révolu depuis longtemps.

— Vous semblez avoir eu une enfance heureuse, dit-il, détournant le regard.

— Extrêmement, oui.

— Regrettez-vous cette période de votre vie ?

— Je vais de l'avant, Monsieur, répondis-je fièrement. Rien ne sert de regarder en arrière.

— Constance ! Mais vous ne vous reposez donc jamais ? me demanda-t-il, quelque peu fâché, ses yeux me jetant des éclairs.

— Pardon, Monsieur ?

— Vous cherchez en permanence à montrer à quel point vous êtes dure, volontaire et exempte de sensiblerie… Cessez donc de vous cacher derrière ce masque…

Je fus réduite au silence. Que répondre à cela ?

— Venez près de moi Constance, asseyons-nous et conversons, me dit-il d'une voix radoucie, m'indiquant les deux fauteuils rouges devant la cheminée.

Puis, une fois installé, il reprit :

— Vos facultés intellectuelles sont-elles intactes ce matin, Miss Deschanel ?

— Je le pense, Monsieur.

— Bien. J'ai à vous entretenir d'un sujet important touchant la manufacture.

— Je vous écoute, Monsieur.

— Une conséquence directe du drame que nous venons de vivre a été le départ précipité de M. Philips. Cela faisait partie de mes plans, mais pas aussi rapidement. Il ne vous a pas échappé que je souhaite vous mettre à la direction opérationnelle de la manufacture.

— En effet, Monsieur, mais…

— Ne protestez pas, je vous prie. Laissez-moi poursuivre. J'ai pris cette décision il y a quelques semaines déjà. Je cherchais à me séparer de M. Philips depuis longtemps, pour plusieurs raisons. La première, et la plus importante, est que nous n'avons pas la même vision de ce que doit devenir la manufacture de Newcastle. J'ambitionne de grandes choses pour cette unité de production, et je souhaite en faire un fleuron de modernité, à tous points de vue. M. Philips était, à l'opposé, très conservateur, et rejetait toutes les innovations que je souhaitais tenter. Cela ne pouvait plus durer. Jusqu'alors, je n'avais pas trouvé de candidat ayant la trempe de devenir mon partenaire dans cette aventure. Ce n'est pas faute d'avoir cherché, tant parmi les ingénieurs et contremaîtres actuels que chez mes concurrents.

— Avez-vous songé à M. Rivers, Monsieur ?

— Bien évidemment. M. Rivers est un excellent contremaître. C'est un meneur d'hommes extraordinaire, mais il n'a cependant aucune vision stratégique et ne saurait se projeter plus loin que la semaine en cours pour définir un plan à long terme. J'ai besoin d'une personne qui ait cette capacité.

Il fit une pause, et, semblant réfléchir, se leva pour faire quelques pas, puis revint vers moi et, restant debout, appuyant son bras au linteau de la cheminée, il sembla regarder dans le vide à travers les cendres froides. Il poursuivit :

— Je vous ai beaucoup observée, Constance. Je ne parle pas de nos premières rencontres, alors que vous n'étiez qu'une enfant orgueilleuse, cependant déjà remarquable. Non, je parle de ces dernières semaines, lors de mes visites nocturnes. C'était l'objectif principal de ces visites, *Mademoiselle*. Voyez-vous, cette idée s'est imposée peu à peu à moi, depuis le jour où vous m'avez exposé votre raisonnement sur le calcul des coûts de l'équipe de nuit. C'est de ce genre de raisonnement, sortant des sentiers battus, que j'ai besoin. Savoir regarder une situation sous un angle complètement différent, ne pas avoir peur d'essayer quelque chose de nouveau, quitte à subir un échec, en tirer les enseignements qui s'imposent, puis recommencer. Vous m'avez montré que vous feriez l'affaire pour mes projets. Il me restait à savoir quel meneur d'hommes vous feriez. C'est alors que vous m'avez offert une occasion à laquelle je ne m'attendais pas, encore une fois, en prenant la tête de l'équipe de nuit, ce qui m'a permis de voir comment vous vous comportiez avec les ouvriers. Il me fallait juger de votre capacité à mener ces travailleurs d'une main ferme.

— Et, qu'avez-vous vu ?

— Eh bien, c'est assez différent de ce que j'ai pu voir auparavant, mais cela fonctionne.

— C'est-à-dire ?

— Justement, vous qui vous défendez de toute sensiblerie, vous mettez du sentiment et de l'émotion dans votre façon de les commander, et vous leur donnez envie de vous obéir, au lieu de les contraindre par la peur ou les amendes. Mais là n'est pas mon propos aujourd'hui, dit-il, se tournant vers moi. Je souhaite vous confirmer donc que lorsque vous reprendrez le travail, Miss Deschanel, ce sera à la direction de la manufacture.

— Puis-je poser une question, Monsieur ?

— Faites.

— Aurai-je la légitimité nécessaire aux yeux des autres employés, Monsieur ?

— Ce genre de considération ne rentre pas en ligne de compte. Seul le résultat que vous apporterez en décidera. De fait, vous devrez la gagner par vous-même. Et puis, mes décisions ne sont pas contestables.

— C'est que, Monsieur, M. Philips m'a dit certaines choses, l'autre soir, qui m'ont gênée.

— Qu'a-t-il dit, l'animal ?

— Des inepties sur les raisons de votre choix de me confier cette responsabilité, sous-entendant que votre décision aurait une tout autre origine que mes capacités à exercer cette fonction. Si lui y pense, je soupçonne d'autres d'y penser aussi.

— Je vois. Je ne suis pas stupide au point de ne pas deviner ce dont il s'agit. Nous ne devons pas en tenir compte, Constance. Vous êtes irréprochable, c'est de notoriété publique. Quant à moi…

Il marqua une pause, puis reprit :

— En ce qui me concerne, ils n'oseront rien dire, pour d'autres raisons.

Cette dernière phrase le laissa songeur quelques instants. Il se reprit, semblant se rappeler une chose importante qu'il voulait me dire.

— Constance, cette nouvelle fonction va exiger de votre part de nouveaux sacrifices, et vous exposer à des situations nouvelles. J'ai besoin d'en savoir plus sur votre histoire, afin d'anticiper vos éventuelles carences en la matière.

— Bien entendu, Monsieur. Que voulez-vous savoir ?

— Eh bien, je ne sais en fait rien de vous, Constance, si ce n'est l'étendue de vos talents que j'ai déjà découverts ! Commencez par le commencement.

— Bien, Monsieur. Souhaitez-vous que je vous parle de ma famille ?

— Faites donc, dit-il d'un air impatient.

— Mon père était un modeste ingénieur des mines Monsieur. Il n'a jamais fait fortune, malgré de grandes capacités, car il privilégiait notre vie de famille avant tout, et la recherche du défi intellectuel plutôt que les contrats pécuniairement intéressants. Après le décès de ma mère, il se consacra à mon éducation principalement.

— Quelle éducation familiale avez-vous reçue ?

— Mon père était un adepte des Lumières, Monsieur. Rousseau en tête. Il appliqua à la lettre le traité *Émile ou De l'éducation* en oubliant qu'il avait une fille et non un garçon. Ceci explique une bonne partie de mon regard sur le monde, et de mes carences en musique, en dessin, etc.

— Dont je n'ai que faire à la manufacture, je vous rassure. Et en matière d'éducation générale, et de politique ?

— Je tiens la plupart de mes connaissances de mon père, mais je les complétai pendant deux ans dans un institut de jeunes filles, à Bonneval. C'est alors que je fis la connaissance de la fille de M. Prieur, que vous connaissez bien.

— Bien sûr. Cela vous donne un vernis certain en matière de bienséance et d'éducation, mais en aucune manière des notions de politique ou de négociation commerciale.

— Non.

— C'est bien ce que je craignais. Il va falloir tout faire en ce domaine, dit-il, songeur. Je me chargerai de cela, et ce que je n'aurai pas le temps de faire, M. Gardiner le complétera.

— Est-ce là tout, Monsieur ? N'ai-je rien d'autre à apprendre pour savoir tenir une telle fonction ?

— Mademoiselle, n'est-ce pas vous, la jeune fille qui, voilà déjà plus de six mois, m'a tenu un discours vantant ses trois années d'expérience dans l'industrie, sa créativité, son bon sens, ses idées novatrices en matière d'organisation ? Vous étiez alors sûre de vous, et n'hésitiez pas à croire en vos capacités. Auriez-vous changé ?

— Non, je ne crois pas. C'est plutôt l'importance de la fonction qui est intimidante, Monsieur.

— Bah ! Balivernes, dit-il, chassant mes craintes d'un revers de main. Si c'est la seule objection que vous ayez à formuler, l'affaire est entendue. Maintenant, Mademoiselle, je crains d'avoir abusé de vos forces. Je vais vous faire raccompagner dans votre chambre.

Ce disant, il tira une corde qui se trouvait cachée derrière le manteau de la cheminée, et son majordome apparut, pour me raccompagner.

— À bientôt, Constance, me dit-il, retournant s'asseoir à son bureau.

Je me sentis quelque peu expédiée dans mes appartements, et consignée pour le reste de la journée, car il n'était que l'heure de midi. Je comprenais ainsi qu'il n'avait pas l'intention de me voir le restant de la journée.

Les jours suivants, il fut très pris par ses affaires, et je ne le revis qu'au bout d'une semaine entière. Dans l'intervalle, je fus distraite par les visites de mes amis Lucy Owens et James Gardiner. J'allais alors tout à fait mieux, et j'eus le plaisir de pouvoir les accompagner faire quelques pas dans le jardin qui se trouvait derrière la demeure de M. Wallace, à l'abri du tumulte de la rue. Ce fut avec bonheur que je découvris qu'à cette mi-mars, le fond de l'air sentait l'arrivée du printemps. Ce moment de l'année m'a toujours semblé tout particulier. Un je-ne-sais-quoi dans l'air annonçait les beaux jours. Il me semblait qu'une odeur tangible flottait, sans que je sache réellement la définir. Et tous les ans, à cette même époque, ce mystère recommençait. Je saisis l'occasion d'une de ces promenades pour recueillir l'avis de mes amis sur la nouvelle situation que m'imposait, à défaut de me proposer, M. Wallace. Car même si ma vanité était flattée de ces nouvelles responsabilités, et si mon cœur se gonflait à l'idée d'occuper une telle fonction, il n'en restait pas moins que je n'avais guère le choix, et que, malgré mes craintes et mes réticences, M. Wallace avait vite conclu l'affaire.

James Gardiner s'exprima le premier sur le sujet :

— Je dois vous avouer que ce dénouement m'a surpris, moi aussi, chère amie, et je ne serai pas le seul, une fois que cela sera connu de tous. Il est évident qu'après les événements, M. Philips étant en prison, il nous fallait trouver une solution d'urgence pour le remplacer, mais je ne m'attendais pas à ce que Samuel prenne cette décision aussi rapidement.

— S'était-il ouvert à vous auparavant de cette intention ?

— Vous dire le contraire serait mentir, Constance. Comme vous vous en doutez, nous débattions régulièrement de l'avancée de votre projet, et de vos réussites en la matière. Au cours d'une de ces discussions, il a effectivement évoqué cette possibilité. C'était il y a plus d'un mois.

— Me direz-vous quel a été votre premier sentiment ?

— Bien sûr. Je vous trouve des capacités indéniables, Constance, mais il me semble que c'est vous exposer bien tôt à la meute des loups.

— La meute des loups ?

— Oui. Je ne doute pas de vos capacités à diriger l'atelier : vous connaissez les machines, les hommes, et vous débrouillez toute seule depuis plus d'un mois. Mais avec cette fonction, vous rentrez dans un cercle particulier. Il vous faudra apprendre à être en contact avec nos clients, nos fournisseurs, participer à leur vie mondaine, même si vous n'aimez pas cela, car au contraire de ce que l'on pourrait croire, une grande partie des affaires se négocie lors d'un dîner et non pas dans un bureau à la manufacture. Oh, bien sûr, vous n'y serez pas seule, car vous ne ferez que nous accompagner, Samuel et moi, mais je ne pense pas que vous soyez prête pour ce genre d'exercice.

— M. Philips l'était-il ?

— M. Philips savait apporter sa contribution autour d'un single malt de douze ans d'âge.

— Je ne pourrai rien dans ce domaine, je le crains, dis-je en souriant. Il me semble, à vous écouter, que Sir Samuel a peut-être été trop prompt à prendre cette décision. Il a effectivement mentionné deux domaines dans lesquels je suis complètement ignorante : politique et commerce.

— Vous confirmez mes craintes. Il faut vous préparer à être malmenée par cette meute de loups, les plus féroces d'entre eux étant les femelles.

— James ! s'indigna Lucy. N'avez-vous pas honte de qualifier de louves les dames de la société de Newcastle ?

James Gardiner regarda Lucy avec une douceur que je ne lui connaissais pas auparavant, et lui répondit :

— Ma douce Lucy, votre esprit pur et charitable est à mille lieues d'imaginer les intrigues complexes et retorses que peuvent inventer ces dames.

— James, leurs intrigues ne vont quand même pas jusqu'à influencer les affaires de leurs maris ? demanda Lucy.

— Pas d'une manière générale, non. Mais cela peut arriver…

Nous continuâmes notre promenade dans ce jardin que je trouvai assez différent, même si c'était aussi un jardin de ville, de celui de la pension du Saint-Esprit. Ici, pas de ligne droite, pas de buis taillé de façon minutieuse. Un chemin de gravier serpentait entre les pelouses denses d'un vert tendre, habillées de massifs en bourgeons, et parsemées ci et là, sans qu'aucun ordre de symétrie ou de logique puisse être identifié dans leur disposition, d'arbres d'essences variées. L'effet était des plus naturels, et, sans les murs de pierre barrant notre horizon de tous côtés, on aurait presque pu se croire dans quelque jardin de campagne. Lucy prit alors la parole.

— Pour ma part, Constance, cette annonce m'inquiète pour une tout autre raison.

— Oui ?

— Eh bien, on ne pourra pas empêcher les commérages d'aller bon train. Votre arrivée il y a six mois a déjà suscité beaucoup de questions en ville. Les questions se sont tues au fil du temps, votre conduite ayant été exemplaire, et votre travail étant reconnu par tous. Vous avez surpris tout le monde avec cette équipe de nuit, et de surcroît en vous engageant vous-même dans cette aventure. Cela fit taire bon nombre de rumeurs.

— De quelles rumeurs parlez-vous, Lucy ? Vous ne m'en avez jamais fait part auparavant… j'ignorais que des personnes que je n'ai jamais rencontrées, et dont j'ignore jusqu'à l'existence, puissent parler de moi.

— Cela n'a que peu d'intérêt, et je ne souhaitais pas encombrer votre esprit avec de tels mensonges. C'est comme un point de passage obligé pour quiconque bouscule un tant soit peu les conventions, comme vous le faites. Les choses rentrent dans l'ordre d'elles-mêmes par la suite, pour peu que les actions et la conduite de la personne en question soient irréprochables, ce qui fut votre cas. Vous devinez bien de quoi il peut s'agir…

— J'ai eu l'occasion d'entendre moi aussi ces histoires, Lucy, effectivement, répondit James Gardiner. Elles se sont vite tues. Les dames de Newcastle vous voyaient mariée, si je me rappelle bien, avant la Noël passée, avec moi-même ou pire, entretenue par Samuel comme sa maîtresse, ce qui était parfaitement indigne.

— Effectivement, James, c'est bien là les bruits qui couraient. Voyez-vous, Constance, ces gens ne comprennent pas, et ne peuvent envisager une seconde, que votre seul mérite dans votre travail puisse être à l'origine de votre succès à la Wallace Steel. Une dame ne fait sa place dans la société que de deux manières en Angleterre : l'une honorable, par un mariage avantageux, et l'autre, beaucoup moins honorable, en devenant la maîtresse d'un homme aisé. Bien sûr, nous ne parlerons pas des intrigantes, qui, si elles sont indépendantes financièrement, souvent par veuvage, ont une réputation sulfureuse. Et nous ne parlerons pas non plus des jeunes filles de bonne famille qui deviennent gouvernantes, et qui, telles des ombres, peuplent les demeures anglaises mais ont renoncé, en faisant le choix de cette profession, à jamais paraître en société.

— Eh bien, mes amis, voilà un tableau tout aussi étriqué que celui que j'aurais pu faire de nos familles françaises. C'est tout ce que j'ai souhaité fuir, voyez-vous. Quant à ces rumeurs, elles ne m'ont guère gênée jusqu'ici, et elles ne me gêneront pas plus à l'avenir. Je poursuivrai ma route comme je l'ai toujours fait, en toute honnêteté, et arracherai mon succès à la force de mon travail.

— Que Dieu vous entende, mon amie, répondit Lucy.

— Nous serons là aussi, Lucy et moi, pour veiller au grain, confirma James, souriant.

— À la bonne heure ! dis-je, concluant ainsi ce chapitre sur les dangers éventuels pesant sur la tâche qui m'attendait.

Je revis M. Wallace le 20 mars seulement, alors que je séjournais chez lui depuis une petite dizaine de jours déjà. J'avais retrouvé mon énergie, et avais hâte alors de le revoir pour lui signifier ma totale guérison et mon envie de reprendre mes activités. Je lui avais écrit un billet afin de lui indiquer que je préparais mon départ pour le samedi 21 mars, ce qui m'aurait permis de reprendre le travail le lundi suivant.

De fait, il se présenta au salon ce matin-là, alors que j'y lisais un livre emprunté dans sa bibliothèque. Il me demanda de le suivre dans ladite bibliothèque, et me fit asseoir dans un fauteuil à proximité de son bureau, puis commença par m'annoncer :

— Je suis bien aise de voir que vous avez repris figure humaine, *Mademoiselle*. Il ne subsiste qu'une cicatrice encore légèrement rouge, à ce que je vois.

— Oui, effectivement, ce n'est rien, le rassurai-je. Je crois que je suis passée par toutes les couleurs de l'arc-en-ciel, dis-je amusée…

— Voilà une façon bien enjouée d'admettre que vous avez été défigurée, Miss ! répondit-il, surpris. Cela ne vous affecte donc pas de savoir que cette cicatrice au-dessus de votre tempe va subsister ?

— Oh, non, du tout. J'ai déjà trop de marques sur le corps pour me désoler d'une supplémentaire, lui répondis-je, lui montrant mes mains dont il avait déjà remarqué les stigmates.

— Voilà qui est sage, et porte à votre crédit une totale absence de coquetterie féminine. Mais cessons ces bavardages sur votre apparence, et revenons à l'affaire qui nous occupe, voulez-vous.

— Oui, Monsieur.

— J'ai bien eu votre billet, et je vous accorde qu'il est temps que vous repreniez vos fonctions. Ou plutôt que vous preniez vos nouvelles fonctions.

— Bien, Monsieur.

— Pour cela, je réunirai l'ensemble du personnel lundi matin, à sept heures, afin de leur annoncer votre nomination à la direction. Préparez d'ici là quelques mots de discours que vous leur adresserez.

Voilà un premier exercice auquel je n'étais guère habituée. Je n'avais aucune idée de ce que l'on pouvait mettre dans un tel discours, mais je me gardai bien de protester…

Il poursuivit :

— Ensuite, je vous recommande de planifier des entretiens dans la journée même avec chacun de vos chefs de service et contremaîtres, afin de prendre contact avec chacun de leurs rôles, et d'identifier les urgences à traiter après cette période de flottement de dix jours qui vient de s'écouler.

— Bien, Monsieur. Monsieur, puis-je vous emprunter du papier et une plume, afin de noter tout cela ?

— Bien entendu.

Il se leva et me présenta une écritoire qu'il trouva dans un des meubles de la bibliothèque, puis la posa sur la petite console à côté de mon fauteuil. Studieusement, je commençai à écrire ses instructions.

— Nous nous verrons chaque jeudi, à dix-huit heures, pour régler les affaires courantes. Je vous procurerai mes différentes adresses vous permettant de me joindre lors de mes absences. Bien évidemment, vous pouvez compter sur M. Gardiner pour toute autre question.

— Bien, Monsieur. Est-ce tout, Monsieur ?

— Parfaitement.

Je me levai, et fis une révérence, m'apprêtant à quitter M. Wallace, munie de la feuille comportant ses instructions.

— Eh bien, Constance… Ne partez pas, voyons, me dit-il surpris. Nous devons nous habituer à travailler ensemble. Restez donc. Gardez cette écritoire, et installez-vous non loin de moi. Vous pourriez commencer à travailler à votre discours, alors que moi-même je peaufine ces contrats. Cela vous convient-il ?

— Bien sûr Monsieur, fis-je, me rasseyant.

C'est ainsi que, dans une ambiance studieuse, nous passâmes le restant de la matinée. Au bout d'une grande demi-heure, je n'étais pas satisfaite de ce que j'avais écrit, et ne trouvais toujours pas les mots justes. Je cherchai alors l'inspiration, levant le nez de mon écritoire. J'admirai le décor de la pièce, les rayonnages, les beaux volumes qui les peuplaient. Puis, alors que j'éprouvais toujours quelque difficulté à trouver mes mots, mon regard tomba sur mon compagnon de travail.

Il était absorbé par sa tâche, raturant les manuscrits qu'il avait sous les yeux, les sourcils froncés. Rien ne semblait pouvoir le distraire, à ce moment-là, et je me crus libre de l'observer plus avant. C'était une chose que je n'avais jamais osée, par peur d'être découverte, et de voir se poser sur moi ses yeux réprobateurs.

Je ne crois pas vous avoir encore décrit précisément Samuel Wallace, cher lecteur, et il est temps de corriger cette impardonnable faute. C'était un homme d'une douzaine d'années mon aîné, plus grand que la moyenne, d'allure élancée et larges d'épaules. Il n'était cependant pas de ces hommes à la forte charpente, massifs, qui impressionnent leurs pairs par leur puissance physique, et dont les jeunes filles de nos campagnes raffolent. Non, on sentait chez lui plutôt une puissance nerveuse, explosive, mais contenue. On pouvait dire que son tempérament se lisait dans sa physionomie : si d'aucuns étaient tout en rondeur, leur bonhomie ayant comme façonné leur allure, M. Wallace aurait lui été sculpté par un caractère sec, rude, violent peut-être, sévère et tranchant, certainement.

Ses mains étaient très mobiles, fines et adroites, mais en même temps probablement redoutables de force. J'admirais souvent les veines apparentes qui jouaient sous sa peau, sur le dessus de ses mains et de ses doigts, ainsi que sur ses avant-bras, s'animant au moindre geste, soulignant avec élégance les contours parfaits de ses articulations. Son visage aurait pu correspondre aux canons de la beauté masculine, si ce n'était cet air sévère qui ne le quittait pas. Les traits réguliers, marqués par quelques rides aux coins des yeux et à la commissure des lèvres, et le teint clair, légèrement hâlé par une vie passée au grand air, étaient ceux d'un homme résolument audacieux et déterminé. Tout concourait à créer l'harmonie dans ce visage, encadré de cheveux châtain clair, virant au blond dans la lumière du soleil. Cependant, des cernes attristant souvent son regard, un nez un peu trop grand, dont l'arête n'était pas parfaitement droite comme s'il avait été cassé dans le passé, la mâchoire carrée, toujours teintée de châtain clair par une barbe naissante, tourmentaient son visage et le rendaient intimidant. Des mèches indisciplinées, laissées libres de se mouvoir au gré du vent, cachaient en partie son front et ses yeux, achevant de lui donner un air quelque peu sauvage, ou du moins, fort peu sage. Dans ses yeux enfin, quelque chose d'indéfinissable perturbait cette harmonie. C'était difficile à décrire : un éclat particulier, ou peut-être, à l'opposé, un vide mystérieux, attristait profondément quiconque plongeait dans ces yeux-là. Même si une observation détaillée ne pouvait leur trouver de défaut, car ils n'étaient ni trop petits, ni trop grands, ni trop écartés, ni trop rapprochés, et avaient même une couleur vert d'eau magnifique, ces yeux-là vous glaçaient le sang, au plus profond de votre être. Il m'était difficile de dire en quoi ce regard était si sinistre, et je n'avais toujours pas percé ce mystère. Je retournai donc à l'écriture de mon discours, étant arrivée à cette conclusion, mais ne parvenant pas à aller plus loin.

C'est alors qu'il me sembla, quelques instants plus tard, sans que je pusse l'affirmer complètement, sentir à mon tour le poids du regard de M. Wallace posé sur moi. Je n'osai relever la tête, comme paralysée, ne souhaitant pas affronter ces yeux que j'imaginais sur l'instant inquisiteurs et sans complaisance. Je me demandais si, comme moi, il avait perçu le fait d'être observé pendant les longues minutes qui précédaient, et s'il avait enduré cela sans dire un mot. Je poursuivis donc mon écriture ainsi, pendant un long moment, même si je devrais plus tard reprendre chacune de mes phrases, j'en étais persuadée, car j'étais alors incapable d'écrire quelque chose de cohérent. Je ne me sentis soulagée que lorsque j'entendis à nouveau la plume racler la surface du papier, à quelques mètres de là, sur le bureau, indiquant que ces mêmes yeux étaient à nouveau posés sur son ouvrage.

À cet instant, au vu des émotions qui m'assaillaient et que j'avais peine à contrôler, je me dis que travailler avec lui ne me serait pas aussi aisé que je l'avais imaginé.

Quatrième partie

« Le bonheur est parfois caché dans l'inconnu. »

Victor Hugo

31

J'avais tout à apprendre…

Je sortis de cette expérience fortement troublée, à bien des égards, et retrouvai en mon modeste appartement un espace rassurant, me ramenant progressivement à la réalité. Bien que je ne puisse l'admettre dans l'immédiat, j'avais été bouleversée par mon altercation avec M. Philips, et j'en gardais un fort sentiment de vulnérabilité. Cela ne tenait pas tant à la violence de l'événement, car, dans un contexte bien différent, j'avais vécu un traumatisme bien plus profond et dévastateur au cours de mes années parisiennes, qu'à ma vulnérabilité sur le moment. À Paris, j'étais constamment sur le qui-vive, consciente des dangers qui m'entouraient. La cruauté de l'événement d'alors m'avait dévastée, mais, plongée dans ces bas-fonds à la violence omniprésente, je m'attendais à ce type de dangers, et y étais, en quelque sorte, préparée. J'avais donc pu réagir avec force et énergie, et même si, les tout premiers jours, le désespoir m'avait paralysée, je ne restai pas abattue très longtemps. L'agression que me fit subir M. Philips, elle, me prit au dépourvu, alors que je me sentais enfin en lieu sûr, entourée de personnes de qualité, dont je n'avais aucune raison de me défier, d'amis en qui je savais pouvoir placer ma confiance, et j'étais alors à mille lieues d'imaginer que je pusse être victime de tels désagréments. Il me fallait donc me reconstruire et retrouver cette sérénité perdue. C'est à nouveau la Wallace Steel Company qui m'offrit cette possibilité.

Lorsque je pus reprendre le travail ce lundi matin 23 mars 1863, ce fut pour être emportée par un tourbillon de tâches s'enchaînant les unes aux autres, ne me laissant pas le loisir de m'appesantir sur mon sort. C'était exactement ce dont j'avais besoin. Comme me l'avait annoncé M. Wallace, il avait organisé le rassemblement des employés de la manufacture, du moins les ingénieurs, contremaîtres et employés de bureau, pour leur annoncer ma prise de fonction. J'avais fait un discours bref, qui visait essentiellement à confirmer ma volonté de développer la Wallace Steel en la faisant entrer dans l'ère moderne, avec l'ambition de faire de cette manufacture une place de référence pour ses clients. Ceci, tout en remerciant publiquement M. Wallace de sa confiance. Puis, comme me l'avait recommandé mon patron, j'eus un entretien avec chacun de mes subordonnés : les quatre contremaîtres et le responsable des achats et approvisionnements. Je souhaitai poser clairement les bases des futures relations que j'allais avoir avec mes employés. Certains désapprouvaient ouvertement ma nomination, mais allaient devoir faire avec. J'eus donc avec eux un discours ferme. À ceux-là, je posai un ultimatum : je n'admettrais qu'ils restent à travailler pour moi que s'ils pouvaient me garantir une loyauté indéfectible. Ils se soumettraient, et, plus encore, ils contribueraient avec acharnement à la bonne marche de la compagnie, ou ils partiraient. Une fois ces bases jetées, les tâches quotidiennes et immédiates reprirent leurs droits. Je me sentais comme guidée par les événements.

Très vite, mes appréhensions s'évanouirent, et il ne me resta pas suffisamment de temps pour me soucier de savoir si ma légitimité dans cette fonction était remise en cause ou non. Tout n'était pas facile, loin de là, et si, au début, je supposais que les employés s'attendaient à ce que je trouve réponse à toutes leurs questions, ou bien que je trouve une solution à tout problème, ce qui me tourmenta durant les premières semaines, je retournai bien vite la situation. N'en savaient-ils pas plus que moi ? Ne devais-je pas, au lieu d'essayer de tout résoudre seule, leur demander leur aide et leur avis ? Cette démarche participative les surprit au début, car elle était à l'opposé de ce que pratiquait M. Phillips, évidemment. Les anciens furent les premiers à saluer ma façon de faire : eux qui connaissaient le métier n'étaient jamais avares de conseils. J'apporterais à cette manufacture mon esprit logique de déduction et d'analyse, et je m'appuierais sur le savoir des employés pour l'expérience du métier.

Mes semaines étaient ponctuées d'un point régulier, le jeudi soir, avec M. Wallace, avec qui je passais souvent plus d'une heure. Il me demandait les chiffres de productivité de la semaine, faisait le point sur telle commande particulièrement importante, et me demandait aussi d'être à l'écoute de la moindre rumeur de grève parmi les employés, et de lui rapporter ce que j'entendais. Avec mon enthousiasme habituel, je partageais avec lui mes petites victoires, sur telle amélioration de qualité apportée aux laminoirs, sur telle astuce trouvée par tel ouvrier pour éviter les reprises après forgeage, etc. Il m'écoutait avec intérêt, pensif, renversé dans son grand fauteuil noir, le menton appuyé sur ses mains jointes, ses yeux verts perçants traversés par une suite ininterrompue de réflexions qui s'enchaînaient au fil de nos discussions. Il me semblait alors détendu, apaisé, son regard sombre se muant en un regard plus vif, presque espiègle parfois. Il arrivait qu'il ordonne, sans crier gare, alors que je lui expliquais une de ces réalisations : « Montrez-moi, Constance, sur-le-champ », et, se levant d'un mouvement vif, sans plus de cérémonie, me prenne le bras et me précède dans l'atelier afin que je lui montre ce dont il s'agissait.

M. Wallace mettait à profit ces rendez-vous pour me donner des notions de base en matière de commerce, de droit des affaires, et m'informer sur les différents clients et fournisseurs auxquels la Wallace Co. avait affaire. Il m'expliqua comment, en seulement quelques années, il avait réussi à diversifier la clientèle de la manufacture, ce qui avait été nécessaire pour donner un second souffle à l'entreprise. En effet, lorsqu'il en prit les rênes, six ans plus tôt, il n'y avait qu'un seul et unique client au registre : la Robert Wellington and Company. Je compris alors à quel point cela avait été une erreur stratégique de son père de ne pas diversifier sa clientèle, le rendant complètement dépendant de Robert Wellington, celui-ci dictant ses prix et conditions, et ce, sur trente longues années de partenariat. Sir Robert avait enfermé sa manufacture dans un contrat où les parties ne jouaient pas à armes égales, la Wallace Steel n'ayant guère d'autre choix que d'appliquer les prix décidés par la Wellington. Du jour au lendemain, sur simple décision de M. Wellington, une partie de la production pouvait passer à la concurrence, et cette menace ne pesait que trop dans les négociations. Samuel Wallace s'attacha donc, dès sa prise en mains de la Wallace Company, à trouver de nouveaux clients, et de nouveaux débouchés pour sa manufacture, réduisant de fait la dépendance de la Wallace Co. envers les caprices de Robert Wellington. Il voyagea beaucoup en Europe, ne misant pas seulement sur la prospérité économique anglaise, mais comptant sur l'émergence à venir de l'Allemagne et de la France, et s'attaquant à de nouveaux marchés tels que l'utilisation de la fonte pour les biens de consommation, ou pour les charpentes métalliques de construction, les machines agricoles, etc.

Au fil des semaines, je réalisai à quel point cet entretien hebdomadaire était devenu essentiel à mes yeux. Je le préparais minutieusement, réfléchissant plusieurs jours à l'avance aux sujets que nous allions aborder, essayant d'anticiper ses questions, ou cherchant toujours un résultat positif à lui apporter, ne supportant pas l'idée de le décevoir. Pendant cette période, mon bienfaiteur fut assez peu absent de Newcastle, et d'humeur assez constante. Ses sautes d'humeur aussi soudaines qu'inexplicables avaient diminué, et, plongés que nous étions dans le fonctionnement de la manufacture et les transformations que nous engagions, il me semblait qu'il avait trouvé une certaine sérénité que je ne lui avais pas connue. Une fois, cependant, au mois de mai, un événement vint troubler fortement cette félicité tranquille et ce quotidien qui ressemblait de plus en plus à un début de bonheur. Ce soir-là, j'étais quelque peu en avance, et sachant M. Wallace disponible, me permis de frapper à sa porte un quart d'heure plus tôt qu'à l'habitude. Lorsque j'ouvris la porte, sans attendre son autorisation d'entrer, je le découvris étendu sur l'un de ses canapés, le bras gauche pendant au sol, la manche retroussée. Il ne bougeait plus. Sur la table basse, à côté de lui, étaient posés, sur un mouchoir blanc, une seringue en argent et un lien en caoutchouc.

Avançant dans la pièce, je l'appelai, inquiète :

— Monsieur ? Sir Samuel ? Allez-vous bien ?

C'est alors qu'il prit conscience de ma présence et se releva d'un bond, rabaissant vivement le bras de sa chemise :

— Mais bon sang, que faites-vous là ? siffla-t-il entre ses dents.

— Je vous demande pardon, Monsieur, je… suis quelque peu en avance.

— Oui, eh bien, rien ne vous autorise à entrer ici avant l'heure dite, Mlle Deschanel. Tenez-vous-le pour dit. Ressortez et revenez à dix-huit heures, comme prévu, dit-il d'un ton sec.

J'hésitai quelques secondes, pétrifiée, puis ressortis du bureau, sans demander mon reste. Qu'avais-je donc vu ? Pourquoi avais-je déclenché sa colère ? Que contenait cette seringue ? Était-il malade ? Ces questions restaient sans réponses, alors que je patientais jusqu'à l'heure dite. Je restai dans le couloir tout ce temps, sous le coup des réprimandes que je venais de recevoir, mon cœur déchiré d'avoir pu le contrarier.

Lorsque je rouvris la porte quelque quinze minutes plus tard, il était assis à son bureau, comme à l'ordinaire. Il m'accueillit comme à son habitude, par un « Bonsoir Constance, venez donc me parler de notre manufacture », dans lequel je ne dénotai plus rien de la colère qu'il avait manifestée un quart d'heure plus tôt. Il me demanda, comme à l'habitude, les chiffres opérationnels de la semaine, et aborda les questions que nous discutions ensemble d'ordinaire, comme si rien de notable ne s'était produit. J'y répondis timidement, sans enthousiasme, mais de manière disciplinée. Ce n'est qu'au bout d'un quart d'heure, alors que de mon côté je restais comme obnubilée par l'incident qui s'était produit, qu'il me demanda :

— Constance, vous n'êtes pas vous-même… que se passe-t-il ?

— Rien, Monsieur.

— Si, je le vois bien. Est-ce l'incident de tout à l'heure ?

— Évidemment, Monsieur, lui jetai-je, ne comprenant pas qu'il nie ainsi la gravité de l'incident.

— Bien sûr, acquiesça-t-il.

Puis, réalisant que j'étais obnubilée par la peine que je ressentais, alors que c'était moi qui avais commis une erreur, je repris mon sang-froid et dit :

— Je n'aurais pas dû entrer…

— Effectivement, vous n'auriez pas dû entrer, confirma-t-il, impassible.

— Je vous demande pardon, Monsieur.

— Excuses acceptées. Vous avez vu ce que vous n'auriez pas dû voir. Mais le mal est fait.

Il observa un silence, avant de reprendre :

— Qu'imaginez-vous avoir vu ?

— Eh bien, je suppose que vous devez vous soigner de quelque maladie, et que le traitement impose l'usage d'une seringue.

Un nouveau silence.

— Ce n'est pas si éloigné de la vérité, reprit-il. Après tout, autant que vous sachiez…

— Non, rien ne vous oblige, Monsieur, me défendis-je, malgré une irrésistible envie d'en savoir plus.

— Non, en effet. Cependant… vous êtes maintenant devenue, au même titre que James, un de mes plus proches collaborateurs. Et je dois pouvoir avoir votre soutien dans toute situation.

— Oh, vous l'avez, Monsieur ! Je vous l'assure, m'empressai-je de répondre.

— Bien. Je vais donc vous dire ce que vous avez vu. Il va sans dire que cela doit rester entre nous. Venez.

Il se leva, et m'invita à le suivre. Il se dirigea vers la bibliothèque qui était au fond de la pièce, derrière les deux canapés Chesterfield qui meublaient la partie gauche de son bureau. Il me fit signe de m'y asseoir, puis ouvrit une petite porte dans sa bibliothèque. Alors que je prenais place dans l'un des canapés, il en sortit une petite bouteille de verre contenant un liquide transparent. Il vint s'asseoir à mes côtés, et me tendit la bouteille.

— Voici. C'est de la morphine. Savez-vous ce que c'est ?

— Non, répondis-je.

— C'est une substance chimique qui a été mise au point récemment sous cette forme, mais qui existe sous forme cristalline depuis le début de ce siècle. C'est le principe actif de l'opium. Elle est utilisée sur les champs de bataille pour rendre les opérations chirurgicales supportables aux blessés.

Je ne comprenais toujours pas où il voulait en venir.

— J'en ai pris pour la première fois en Crimée, reprit-il, et son usage m'est devenu indispensable depuis lors.

— Souffrez-vous, Monsieur ? demandais-je.

— Oui, horriblement. Mais pas comme vous l'entendez. Je ne souffre plus d'aucune blessure physique, Constance. Non, je souffre d'autres blessures, des plaies de l'âme, inguérissables, que seule la morphine m'aide à soulager. Cette substance m'éclaircit les idées, et régule mon tempérament, que vous avez pu constater quelque peu volcanique.

Il s'arrêta et plongea son regard dans le mien.

— Cela dit, j'ai trouvé depuis quelque temps un autre remède à mes maux… Ces derniers mois, j'ai réussi à réduire notablement ma consommation de morphine.

À cet instant, il reprit la bouteille de mes mains et se leva pour aller la ranger. Il ajouta, d'un air détaché :

— Notre collaboration m'est devenue indispensable, Constance. Avec vous et James à mes côtés, il me semble que je peux tout réussir. Regardez la transformation que nous avons déjà réalisée. Et ce n'est qu'un début, j'en suis persuadé…

À l'entendre ainsi, mon cœur se gonflait à nouveau.

— Vous savez à quel point travailler ici me comble, Monsieur.

Alors qu'il se tenait debout, derrière moi, il posa sa main sur mon épaule.

— Je sais. Votre attachement à la manufacture et à nos employés est manifeste.

Je sentis sa main se retirer de mon épaule, et il annonça :

— Ce sera tout pour aujourd'hui, Constance.

Il mettait ainsi fin à notre entretien. Je le quittai donc, mais cette fois, plus encore que d'ordinaire, le cœur gonflé d'énergie. Il m'avait, une fois de plus, accordé sa confiance, en me révélant ce secret. Je devinais que cette substance devait être un narcotique puissant, et je comprenais pourquoi son usage devait rester discret. Il m'avait accueilli, au même titre que James Gardiner, dans le cercle privilégié de ses plus proches collaborateurs, et j'en étais extrêmement flattée. J'avais envie de déplacer des montagnes pour cet homme.

Il m'arrivait de repenser à mon accident, à sa prévenance à mon égard, à cette amitié que j'avais cru voir naître, mais je m'interrogeais toujours, n'arrivant pas à percer le secret de ses pensées. Car si je constatais avec bonheur qu'en affaires ou en organisation, nos vues étaient souvent similaires, et nos opinions souvent communes, et que j'avais, me semblait-il, trouvé un partenaire qui non seulement comblait mes aspirations dans tous les domaines techniques, mais, de plus, m'ouvrait tant de nouveaux horizons sur le monde : le commerce, la politique, le droit, etc., malgré tout cela, un mur continuait de se dresser entre nous, que je ne savais pas surmonter. Il restait distant et inaccessible. Au contraire de James, qui m'avait rapidement accordé son amitié en toute franchise, M. Wallace semblait vouloir garder ses distances. Était-ce simplement qu'il souhaitait que chacun restât à sa place, marquant par là le fait que nous n'appartenions pas au même monde, lui l'employeur, l'homme riche et puissant, moi l'employée, issue d'un milieu modeste ?

Ces interrogations ne m'empêchaient pas néanmoins de me consacrer corps et âme à mes nouvelles fonctions. À la fin de ce mois de mai, je me sentais de plus en plus à mon aise dans mon nouveau rôle, et m'accordais à nouveau quelques loisirs. Même si je passais alors près de quatre-vingts heures par semaine entre les quatre murs de la fabrique, et que celle-ci occupait aussi mes pensées nocturnes, je ne négligeais pas pour autant mon amie Lucy. Mes dimanches lui étaient consacrés. Même si je n'assistais pas à l'office que dirigeait le révérend Owens, défection dont le saint homme ne me tenait pas rigueur, je rejoignais les Owens pour le déjeuner de midi à Northumberland Street tous les dimanches. Nous échangions sur les événements de la semaine, moi parlant de la manufacture, Lucy de ses actions charitables, et le révérend de l'actualité des notables de la ville. Lucy était très active, et il ne se passait pas une semaine sans qu'elle rende visite aux pauvres, organise une soupe populaire, ou une vente de charité au bénéfice des nécessiteux, entraînant toujours la silencieuse Margaret dans son sillage.

Après le déjeuner, c'était le moment de la promenade, qui, suivant le temps, pouvait durer seulement une heure ou au contraire prendre l'après-midi entier. Le printemps était particulièrement clément cette année-là, et nous poussions régulièrement nos promenades en bord de mer. De plus en plus souvent, Lucy invitait James Gardiner à nous y rejoindre. James, maintenant un fidèle ami, tant pour moi que pour les Owens, se joignait avec beaucoup de plaisir à notre compagnie, et je soupçonnais avec tendresse que la présence de Lucy n'était pas étrangère à son enthousiasme. De fait, ces après-midi en bord de mer étaient un vrai moment de bonheur pour nous tous. Si, de mon côté, j'étais ravie de pouvoir contempler cette immensité verte, balayée par les vents, m'aérant l'esprit et le corps après une semaine enfermée à la manufacture, j'observais aussi le bonheur naissant de mes amis les plus proches, Lucy et James, qui marchaient de longues heures côte à côte, oubliant jusqu'à la présence du reste de notre petite troupe. La discrète Margaret, de son côté, restait accrochée au bras de son père, qu'elle adorait par-dessus tout, et le simple bonheur de ces escapades familiales suffisait à la combler.

La douceur du printemps me donnait des ailes. Le vent se faisait plus caressant, l'air moins vif, et les jours plus longs prolongeaient ces moments de bien-être. Ces instants privilégiés étaient pour moi propices à la réflexion, et mon esprit s'égarait souvent vers mon énigmatique bienfaiteur, ou vers mon avenir proche. Serais-je réellement à la hauteur de la fonction que j'occupais, et influerais-je sur le destin de cette manufacture, à long terme ? De ma propre initiative, je m'étais aménagé un rendez-vous hebdomadaire à la manufacture avec James, souhaitant conserver un moment privilégié avec celui qui était devenu un ami proche, me prodiguant nombre de conseils tant sur la tenue de ma nouvelle fonction que dans divers domaines comme le droit des affaires, sa spécialité. Il accepta volontiers de me consacrer une partie de son emploi du temps, et nous échangions alors toute une heure durant, les lundis soir, autour d'une tasse de thé.

J'interrogeai James un soir sur mes craintes : comment m'en sortais-je ? Pourquoi n'avais-je pas encore été mise face à nos clients, pourquoi n'avais-je pas encore négocié de contrat avec nos fournisseurs ? Où étaient ces situations délicates que James avait évoquées, auxquelles il me savait peu préparée ? Plus de deux mois s'étaient écoulés depuis ce 23 mars, date de ma prise de fonctions, et mon action s'était concentrée sur, pour ne pas dire limitée à, car je n'en attendais pas plus, la gestion interne et opérationnelle de la manufacture, des rendements, de la qualité des pièces produites, et de la mise en place de transformations significatives dans l'atelier en vue d'augmenter encore la capacité de la manufacture. Je ne fus exposée à aucune négociation commerciale ni à un aucun jeu politique d'influence dans lequel j'aurais eu un rôle à jouer. Même si cette situation se voulait rassurante, cela m'inquiétait. James m'expliqua :

— Constance, n'ayez aucune inquiétude. J'ai réussi à convaincre Samuel que cela n'aurait pas été vous rendre service que de vous exposer si tôt. Il est certain que cela nous posa quelques problèmes, car dans certaines négociations, nous ne vous avions pas sous la main pour calculer les rendements possibles et donc une estimation de coût ou les délais nécessaires pour certaines commandes conséquentes, mais Samuel prenait chaque semaine ces informations auprès de vous et les faisait parvenir aux clients avec un temps de retard.

— Oh, je vois. J'ai donc été en quelque sorte artificiellement préservée ces deux derniers mois ?

— C'est cela.

— Dois-je vous en remercier, ou m'en inquiéter ?

— M'en remercier, seulement… vous remplissez admirablement vos fonctions jusqu'à présent. Il était inutile de vous exposer aux critiques d'impitoyables hommes d'affaires.

— James, vous ai-je déjà dit à quel point je me félicite de vous compter parmi mes amis proches ?

— Non, je ne le crois pas. Mais il n'est jamais trop tard… répondit-il, avec un grand sourire satisfait. Cependant…

— Oui ?

— Je crains que cette période ne soit révolue, justement, Constance. Samuel ne vous en a peut-être pas encore fait part, mais nous aurons la semaine prochaine la visite de Robert Wellington en personne, pour une nouvelle commande particulière. Nous aurons besoin de vous.

— Oh. Je suppose que M. Wallace m'en parlera jeudi…

— Certainement.

C'est ainsi que j'allais faire connaissance du célèbre Robert Wellington, inventeur de son état, et constructeur des locomotives du même nom exportées partout dans le monde, contribuant à la modernisation de l'Europe, des États-Unis et d'une partie de l'Afrique… Il y avait de quoi être impressionnée.

De fait, je l'étais. Cet honorable personnage, de renommée internationale, viendrait accompagné de son directeur d'usine, M. William Perry, et de son ingénieur en chef, M. Joseph Briant. M. Wallace m'exposa l'objet de ce rendez-vous d'importance, auquel je ne pouvais me soustraire. Il s'agissait de la réalisation d'un prototype de nouvelle locomotive, comportant un mécanisme innovant, complexe et confidentiel, pour lequel la qualité de l'acier et la précision de réalisation des pièces seraient primordiales. Les forces mécaniques en présence dans le cylindre seraient les plus élevées jamais connues, et ce nouveau prototype promettait d'être le plus rapide jamais réalisé. Il fallait donc pouvoir organiser la fabrication de ces pièces en acier spécial dans le plus grand des secrets. M. Wallace était animé d'un feu nouveau que j'attribuai à l'ampleur du défi technique à relever, et à l'occasion qui nous était donnée de participer à l'écriture d'une page de l'histoire des sciences et techniques.

Le mardi suivant, lorsque l'heure de ce rendez-vous fut arrivée, nous étions déjà, M. Wallace, James Gardiner et moi-même, installés dans le bureau de Sir Samuel. À l'heure dite, on annonça ces messieurs de la R. Wellington & Company. Furent alors introduits dans le bureau trois hommes, tous en chapeaux hauts-de-forme reluisants et redingote en laine de qualité, avec canne au pommeau en argent. Le plus âgé des trois, que M. Wallace salua en premier, était M. Robert Wellington. Cet homme, qui accusait les soixante ans révolus, portait de grands favoris blancs qui lui mangeaient le bas des joues jusqu'au menton. Ses cheveux gris et blancs, mi-longs, entouraient un visage fin et allongé, aux pommettes saillantes. Des lèvres fines, serrées, et des yeux d'un gris froid ajoutaient de l'austérité au visage de cet homme qui savait manifestement qu'il avait déjà conquis le monde. Son habit était celui que l'on pouvait attendre d'un homme ayant acquis une certaine fortune, sans pour autant choisir de l'étaler ostensiblement. Pour nombre d'hommes d'affaires ou d'industriels, le noir s'imposait largement dans leur garde-robe.

Il était accompagné de deux hommes très différents l'un de l'autre. Joseph Briant, son ingénieur en chef, avait à peu près le même âge que M. Wellington. Il était petit et sec, et son visage, surmonté d'un crâne chauve, disparaissait sous une barbe grise crépue et épaisse. M. Wellington et lui avaient créé la Wellington & Company trente ans plus tôt, et ne s'étaient jamais quittés depuis lors. Quant à William Perry, le directeur de l'usine, c'était un homme auquel j'aurais donné trente ou trente-cinq ans. Il devait faire à peu près ma taille, était élancé, et d'une corpulence moyenne. De belle prestance, cet homme blond, à la coiffure étudiée et soignée, prenait soin de son apparence. Il portait une redingote bleu nuit, au col de velours noir, sur un gilet à l'étoffe de soie rouge et bleue, et un pantalon gris. Son visage, aux traits réguliers, n'était pas particulièrement remarquable, mais était loin d'être désagréable.

Ces messieurs se saluèrent, se dispensant tour à tour des amabilités, nos invités semblant connaître fort bien, et depuis longtemps, Samuel Wallace et James Gardiner.

Vint alors le moment de présenter la sixième personne qui se trouvait être dans la pièce : votre servante, cher lecteur. M. Wallace s'en chargea, avec la sobriété qui le caractérisait :

— Messieurs, je n'ai pas encore eu l'occasion de vous présenter notre nouvelle directrice d'usine, Miss Constance Deschanel.

— Wallace, répondit M. Perry, nous en avons beaucoup entendu parler, mais cela fait plusieurs mois que vous nous la cachez, mon cher !

— C'est qu'elle a beaucoup à faire, répondit Sir Samuel, et ne perd pas son temps en mondanités, *mon cher*, répondit-il, appuyant particulièrement sur ces deux derniers mots.

Je perçus dans cette réponse, non dénuée de sarcasme, une pointe de ressentiment de mon cher patron à l'encontre de ce M. Perry. J'eus droit à des salutations polies, à des félicitations pour ma récente situation, remarquai le peu d'intérêt que portaient M. Wellington et M. Briant à ma personne, et me sentis au contraire dévisagée et détaillée de pied en cap par M. Perry. Il est vrai que j'exerçais la même fonction que ce monsieur et que de ce fait, il devait me trouver un certain intérêt, comme il eût pu en trouver à n'importe lequel de ses pairs. M. Wallace invita ces messieurs à prendre un siège à la grande table de travail qui se trouvait à droite de son bureau, me commandant de m'asseoir à sa gauche et James Gardiner à sa droite. M. Briant sortit des plans d'une sacoche qu'il avait apportée avec lui, et les déplia devant nous.

— Messieurs, dit-il (omettant volontairement ou non le « et Mademoiselle » légitimement dû à ma présence) je vous demanderai la plus grande discrétion quant à ce que nous allons vous montrer.

Il étala devant nous plusieurs plans d'ensemble et de détails de différentes pièces de fonderie : un système de pistons et de chambre de compression, ainsi que des plans de détail de chacune des pièces. M. Wallace les examina assez longuement, puis me les passa, afin que je les regarde de plus près. Il lança un regard entendu à M. Wellington :

— Effectivement, voilà un mécanisme des plus intéressants, dit-il, semblant souligner ainsi la portée de l'idée technique contenue dans ces plans.

— Merci, M. Wallace, répondit M. Wellington. J'apporte la plus grande considération à votre œil avisé.

— Constance, que pensez-vous de ces pièces ? me demanda-t-il en glissant les plans de détail vers moi.

J'étais étonnée qu'il me demandât mon avis devant nos clients, m'exposant ainsi à une critique facile. Je regardai ces plans avec attention et soin, sous l'angle de la fabrication, et non du fonctionnement du système, que je ne comprenais pas. Je ne détectai pas de difficulté majeure quant à la réalisation des moules, mais les tolérances exigées, bien plus serrées qu'à l'accoutumée, me parurent difficiles à tenir.

— Monsieur, répondis-je, les formes des pièces sont réalisables sans grande difficulté. Cependant, les tolérances sont inhabituellement serrées.

— Effectivement, Miss, répondit M. Perry. L'assemblage demandera beaucoup de précision, c'est pourquoi nous avons resserré les tolérances.

— Monsieur, le risque est tout simplement de produire autant de pièces dans les tolérances que hors des tolérances. Elles reviendront deux fois plus cher.

— Nous en sommes à l'état de prototype, Miss... Rappelez-moi votre nom, déjà ? me demanda M. Wellington.

— Deschanel, Monsieur.

— Bien, Miss Deschanel. Nous vous demandons dans un premier temps un unique prototype, afin de valider nos calculs. Êtes-vous capable de faire ça ?

— Bien sûr, Monsieur, répondis-je. Mais le prix dépendra du nombre d'exemplaires que nous serons obligés de fabriquer pour réaliser cet unique ensemble. Si vous souhaitez dans le futur produire ces pièces en série, je ne saurais trop vous recommander de travailler à élargir les tolérances sans affecter pour autant le fonctionnement.

M. Wellington haussa un sourcil, me regarda avec attention en silence, et sourit.

— Bien, Miss. C'est une recommandation avisée, dont M. Briant tiendra compte. Quel serait votre délai pour ce prototype ?

— Deux semaines, Monsieur, annonçai-je.

— Cela nous convient, confirma M. Perry.

— Wellington, intervint M. Wallace, nous devons comme à notre habitude consigner par écrit les conditions de ce contrat. M. Gardiner a préparé à cet effet ceci, dit-il en tendant un document de quelques pages à M. Wellington.

— Bien sûr, mon ami. Laissez-moi quelques instants pour en prendre connaissance. Avez-vous fait des modifications par rapport à nos contrats habituels, James ?

— Oui, Monsieur, précisa James Gardiner. J'y ai ajouté un paragraphe sur la confidentialité de toute information relative à cette commande toute particulière.

— Fort bien, dit-il avant de se plonger dans la lecture dudit document.

Le bureau de Sir Samuel fut plongé dans un silence solennel pendant quelques minutes. Lorsque M. Wellington eut paraphé et signé les documents, Sir Samuel signa le contrat à son tour, et les langues se délièrent. M. Briant souhaita alors m'entretenir à part, me demandant quelle tolérance me posait problème, et M. Perry se joignant à nous, nous entamâmes une discussion technique sur le problème qui se posait. M. Wellington, M. Wallace et M. Gardiner, pendant ce temps, s'intéressèrent au potentiel de cette invention, et des marchés que cela pourrait ouvrir à la R. Wellington and Co., et, par conséquent, pour la Wallace Co. M. Wellington conclut l'entretien au bout d'une demi-heure environ, saluant, dit-il, le plaisir de travailler avec la Wallace Co., connue pour sa fiabilité et la qualité de ses réalisations. Il ajouta, d'une manière inattendue :

— Wallace, je tiens à vous féliciter. Vous avez su trouver une recrue de choix en cette jeune personne, dit-il, me désignant d'un mouvement de tête. C'est un crime que de la garder pour vous. Je compte sur vous pour nous l'amener à notre prochain dîner à Lewis Hall, mon ami.

— Ce sera avec plaisir, Robert, acquiesça Sir Samuel.

Je fus bien évidemment flattée d'une telle marque de considération, mais pensai à ce moment-là que c'en était fini de mon rôle studieux et discret derrière les murs de la manufacture.

32

Mon entrée dans le monde

Je devais donc me faire à l'idée que ma vie tranquille, mais laborieuse, à l'abri des mondanités de la société élégante de Newcastle touchait à sa fin. Cependant, en disant cela, cher lecteur, je dois convenir que je ne suis pas tout à fait honnête avec vous, ni avec moi-même.

Je devais me faire à cette idée, certes, avec une certaine appréhension, essentiellement par absence de pratique, et par ignorance complète des usages et coutumes de ce milieu dont j'ignorais tout. Je pensais sincèrement ne pas être à ma place dans les grands événements officiels où tant d'enjeux politiques pouvaient se trouver exposés, au milieu de personnes aguerries aux jeux d'influence et aux conversations sophistiquées. N'avais-je pas été élevée dans le goût de la simplicité et de la sobriété d'une vie campagnarde ? C'en était devenu une seconde nature. Sous l'influence de Papa, j'avais appris à porter un regard sans complaisance sur le monde de la vanité et du paraître, mais, par voie de conséquence, me trouvais maintenant désemparée face à ses principaux acteurs. Cependant, ma curiosité était piquée, et ma vanité flattée. Ne serait-ce pas, pour moi, une occasion unique d'être mise en présence d'êtres d'exception, de personnages influents, de penseurs parmi les plus raffinés, et d'élever mon esprit ?

C'était donc avec ce mélange d'appréhension et d'exaltation que je me fis une raison, et que je répondis par l'affirmative à l'invitation reçue tout officiellement de M. Wellington. Je n'osai évidemment prendre conseil auprès de Sir Samuel sur les détails logistiques ou pratiques afférant à cette invitation : devais-je y répondre par écrit ? Devais-je m'y rendre seule ? Devrais-je faire des frais de toilette ? Je me tournai naturellement vers mes amis James et Lucy.

Le dimanche à midi, je trouvai James Gardiner confortablement installé au salon de Northumberland Street, à converser avec notre chère Lucy. Bien évidemment, le dîner de Lewis Hall était à l'ordre du jour. James, en homme du monde, abordait la chose en toute simplicité, et se voulait rassurant. Il était tout à fait qualifié pour me prodiguer des conseils avisés. Il me fit l'article sur M. Robert Wellington, son influence à Newcastle, mais aussi à Londres, et sur la qualité des soirées de Lewis Hall. La Wellington Company avait apporté prospérité et faste à la ville, et le rayonnement de cette entreprise ne se limitait ni à Newcastle, ni même au Royaume-Uni, mais s'étendait bien au-delà des frontières de l'Empire. Tout ceci présageait de l'excellente qualité des invités qui seraient présents au dîner : d'influents membres de la chambre des lords, de riches Américains, d'exotiques émirs d'Égypte venaient de loin pour faire affaire avec ce monsieur, et être reçus à Lewis Hall.

James Gardiner m'escorterait pour cet événement, à la demande de M. Wallace. Il avait été chargé de « tout détail pratique relatif à la présence de Mlle Deschanel à cette soirée » par M. Wallace, selon les propres mots de notre maître. James avait missionné Lucy pour m'aider à me faire confectionner une robe pour l'occasion, dépense que je trouvai bien exagérée et par trop dispendieuse, mais dont je m'acquittai avec discipline. Je ne me résolvais pas à porter autre chose que du gris ou du blanc, toute autre couleur étant par trop ostentatoire à mon goût. Le gris avait ma préférence, cette couleur pouvant m'aider à me fondre dans le décor. Il en fut donc ainsi. Je me retrouvai le jour dit dans une robe gris perle, qui était différente de mes robes habituelles par la qualité de l'étoffe, chatoyante, affichant des reflets mauves à la lumière du jour. La coupe du vêtement était pour moi toute particulière : elle laissait largement apparaître mes épaules, que d'ordinaire jamais je ne montrais, et accentuait la finesse de ma taille par une ample crinoline. Je n'avais pas été jusqu'à admettre le moindre ruban, la plus petite dentelle ou un quelconque volant, comme la mode l'imposait alors, par souci de discrétion. Et puis, après tout, j'avais horreur de tous ces frous-frous féminins, et entendais bien le montrer. Je dois avouer que j'étais satisfaite de mon allure. J'étais à la fois assez richement vêtue pour ne pas détonner parmi les belles dames qui seraient présentes, mais tout à la fois affichant sobriété et modestie, ce qui me correspondait tout à fait. Une fois ainsi vêtue, je songeai au bal du Nouvel An de Bonneval, déjà cinq ans plus tôt. Je n'avais alors que seize ans, et l'image de moi-même que me renvoyait le miroir, ce soir de juin 1863, était bien trop différente de celle que j'avais pu y voir en 1858 pour ignorer la transformation. Mon regard tout d'abord était différent. Même si j'avais toujours ces grands yeux marron-vert que papa aimait tant, il y avait maintenant un je-ne-sais-quoi de plus déterminé, de moins innocent aussi, dans ces yeux-là. Ma silhouette était toujours aussi élancée, mais je m'étais quelque peu étoffée et développée, malgré les deux années de privations parisiennes. Mon visage avait perdu cette rondeur enfantine, mais avait conservé un ovale qui adoucissait l'ensemble, et mes lèvres pleines, que Papa trouvait jadis « fruitées », me gardaient un air généreux.

Par malheur, d'autres traces de mon histoire pouvaient se lire sur ma peau : ma cicatrice au-dessus de l'arcade sourcilière était toujours légèrement visible, même si elle s'estompait plus que je ne l'avais espéré, et deux longs traits rouges sur mon avant-bras, ainsi que sur le dos de ma main droite, venaient m'enlaidir. Je les cachai sous de longs gants noirs remontant jusqu'au coude. C'est ainsi vêtue que je me présentai à mon ami James Gardiner, vers dix-neuf heures. Il était venu me chercher en fiacre, lui-même en habit des grands jours. Cet élégant gentleman ne dissimula pas son sentiment lorsqu'il me vit paraître, et je pus lire son étonnement sur son visage, alors qu'il s'exclamait :

— Mon Dieu, Constance, vous me laissez sans voix ! m'annonça-t-il, dans une profonde référence. Une modeste chenille s'est métamorphosée en papillon, chère amie !

— James, vous vous moquez ! répondis-je, embarrassée.

— Du tout ! Vous devriez faire des efforts de toilette plus souvent, Constance : vous illumineriez nos journées, me glissa-t-il, avec un clin d'œil.

— Oh, James, vous savez bien que ce n'est pas dans ma nature... le repris-je, faussement contrariée.

— Oui, Constance, je le sais bien, conclut-il, me tenant la main pour m'aider à monter dans le fiacre. Modeste et laborieuse fourmi que vous êtes ! me taquina-t-il.

L'équipage nous emmena dans l'air doux de ce début juin en une vingtaine de minutes à Lewis Hall. Le manoir se trouvait sur les hauteurs de la ville, au milieu d'un parc arboré de toute beauté. Nous longeâmes une allée de graviers bordée de larges pelouses, et à travers la fenêtre du fiacre, je découvris Lewis Hall, dans toute sa splendeur : une façade imposante se détachait d'un paysage d'ormes, de chênes et de tilleuls en fleurs, peuplant le fond du parc. Au centre, deux grandes colonnes blanches soutenaient un chapiteau à la mode grecque, offrant un cadre imposant à l'entrée de la demeure. De chaque côté de ce porche solennel, le bâtiment se répartissait en deux ailes classiques de deux étages, comportant chacune cinq fenêtres à chaque niveau. Je n'avais jamais rien vu de tel, mais c'était l'image que je me faisais de ce que devait être un manoir d'importance respectable.

Nous fûmes accueillis par un valet en livrée, et montâmes la dizaine de marches qui menait au perron. Le hall était tout aussi majestueux. Cette demeure, que je devinai relativement moderne, datant tout au plus de la première moitié de ce siècle, présentait au rez-de-chaussée une hauteur sous plafond importante dans toutes les pièces, qui se voulaient spacieuses et aérées. Le sol, de marbre blanc, éclairait l'ensemble, alors que les murs étaient habillés de panneaux de chêne sculpté, surmontés de papiers peints aux motifs colorés et modernes. Nous fûmes dirigés, sur notre gauche, dans une salle au sol de marbre noir et blanc, et dont je ne vis que les superbes lustres pendus au plafond, cette salle étant déjà comble de plusieurs dizaines d'invités. J'agrippai le bras de James, impressionnée par tant de magnificence, et lui murmurai : « James, je vous défends de me laisser seule dans cette jungle inhospitalière ! », ce à quoi, amusé, il répondit : « Ne faites pas l'enfant, voyons ».

Je fus présentée à ces messieurs et ces dames dont je ne retins pas le nom, fus saluée toujours par la même retenue guindée et conventionnelle, puis on me sourit avec une politesse calculée, ni trop peu, afin de faire preuve de savoir-vivre, ni trop, eu égard à mon rang, interrompant à peine les bavardages en cours. Je fus, de la même manière, dévisagée maintes fois, examinée de haut en bas, affrontai quelques regards surpris, les dames n'osant être ouvertement dédaigneuses, et, au mieux, concluant au manque d'intérêt que je présentais. Quelques francs sourires masculins confirmèrent que ma tournure ne devait pas être si disgracieuse et, lorsqu'ils furent trop appuyés, me firent baisser les yeux, plus d'une fois. James, de son côté, semblait accrocher le regard de tous, et, suscitant çà et là les salutations entendues des messieurs, se promenait dans l'assistance avec aisance et une allure dégagée. Enfin, je croisai un regard connu, ou presque, car il ne m'avait été présenté qu'une seule fois : William Perry, le directeur de l'usine Wellington, se tenait face à nous, à quelques mètres de là, un verre à la main, conversant avec une dame élégante de deux fois son âge. Nous apercevant, James et moi, il salua son interlocutrice et prit congé afin de nous rejoindre. Il avait, lui aussi, fière allure dans son habit noir, mettant en valeur sa peau pâle, ses traits fins et la blondeur parfaite de ses cheveux.

— Gardiner, mes hommages, salua-t-il. Je vois que vous avez accédé à la demande de M. Wellington en nous amenant cette précieuse personne. Miss Deschanel, dit-il en s'inclinant à demi.

— Perry, bonsoir, répondit James. J'ai effectivement réussi cet exploit, voyez-vous, continua-t-il, plaisantant à demi. Je crains de ne l'avoir convaincue que par la raison, et non par goût. Nous devrons, me semble-t-il, nous employer à faire de cette soirée un souvenir des plus agréables pour Miss Deschanel, si nous voulons avoir la chance de la compter parmi nous à d'autres soirées.

— Voilà une tâche dont je m'acquitterai bien volontiers, répondit l'autre, continuant sur la plaisanterie de James. Enfin, si vous le permettez, Gardiner. Comme nous faisons le même métier, je suis certain de pouvoir trouver des points communs avec Mademoiselle.

— Je vous aiderai bien volontiers dans ce domaine, répondit James, car je crois pouvoir me vanter d'être de ses amis depuis son arrivée en Angleterre, voilà plus d'une année maintenant.

— Messieurs… intervins-je. Allez-vous parler de moi à la troisième personne longtemps ? dis-je, reprenant de l'assurance. Il me semble que si vous souhaitez savoir si je me sens à mon aise, ou bien ce que je souhaite faire ce soir, vous feriez tout aussi bien de me le demander, dis-je sans ambages.

M. Perry parut un instant surpris, puis, semblant se rappeler à qui il avait affaire, se reprit et se confondit en excuses et amabilités. Nous échangeâmes quelque temps des généralités, puis M. Perry souhaita savoir ce qui avait pu amener une Française à diriger une usine de fonderie à Newcastle. J'appris pour ma part qu'il était issu d'une famille de médecins établie depuis plusieurs générations à Manchester, autre ville industrielle du Nord de l'Angleterre, et qu'il avait rompu avec la tradition familiale en suivant des études d'ingénieur. Il me sembla d'un naturel affable, et s'il parut ne pas porter Sir Samuel en haute estime, il ne manquait pas, en revanche, d'amabilités pour James. Nous conversâmes ainsi un bon moment, partageant nos vues sur l'époque que nous vivions, sur la chance que nous avions d'exercer un métier passionnant, mais aussi sur ses difficultés. Nos vues convergeaient souvent, et je trouvai sa compagnie agréable. C'était un homme réservé, simple, sans arrogance, mais néanmoins sûr de lui et de sa place dans la société.

Soudain, un silence se fit autour de nous. Les conversations cessèrent, les voix se turent et quelques murmures, çà et là, se firent entendre. À l'entrée de la salle venait d'apparaître M. Wallace, au bras d'une superbe beauté brune dont l'éclat subjuguait l'assemblée. Vêtue d'une robe écarlate flamboyante, ornée de fleurs du même éclat, mettant en valeur ses épaules et sa gorge aux formes généreuses, elle se tenait fièrement sur le seuil, comme savourant l'effet produit par son entrée. Je lui donnai le même âge que Sir Samuel, à savoir une dizaine d'années de plus que moi, tout au plus. Elle n'en était que plus fascinante. Il fallait voir l'allure de ces messieurs, dont le regard, attiré comme par un mystérieux magnétisme, ne pouvait se détacher de l'ensorcelante créature, et qui, bouche bée pour certains, peinaient à garder leur contenance. Le brouhaha cependant reprit peu à peu, au rythme des conversations qui reprenaient leur cours.

— Votre employeur sait réussir ses entrées, affirma alors M. Perry, d'un air légèrement réprobateur.

— Ah, William, répondit James, dois-je trouver une ponte de jalousie dans cette remarque ?

— C'est mal me connaître, Gardiner ! sourit M. Perry.

— Il faut dire que la personne qui l'accompagne a produit son effet, dis-je avec un sourire gêné.

— Connaissez-vous Mrs Murray, Miss Deschanel ? répondit M. Perry, sur un ton détaché.

— Non, je n'ai pas encore eu ce privilège. Nous ne fréquentons certainement pas les mêmes lieux ?

— Certainement. Vous ne risquez pas de la croiser dans votre usine ! s'amusa-t-il. Mrs Eleonora Murray est une Londonienne fortunée qui vient de temps en temps à Newcastle. M. Wallace et elle sont bons amis.

— Vraiment ? dis-je, certainement plus étonnée que je n'aurais voulu le laisser paraître.

Je n'avais jamais vu, ni même entendu parler de cette personne, alors que je travaillais pour M. Wallace depuis presque un an maintenant. Comment était-il possible que je n'aie même jamais entendu prononcer son nom ?

— Mais, oui, vraiment, insista M. Perry. Vous semblez étonnée…

— Oui, enfin… non. Je ne saurais prétendre connaître les relations privées de mon employeur, bien évidemment, répondis-je, gênée.

— Bien évidemment… confirma M. Perry. Alors, que pensez-vous de ce couple, Miss Deschanel ? Ne sont-ils pas bien assortis ?

— Je ne saurais me prononcer, Monsieur, je ne connais ni l'un ni l'autre suffisamment, répondis-je en baissant les yeux.

— Allons donc. Au moins pouvez-vous concéder que tous deux sont d'une tournure fort avantageuse et ont envoûté les convives des deux sexes. Vous avez devant vous deux fameux prédateurs, Miss Deschanel. Regardez comme ils se comportent en conquérants devant cette assemblée. Le monde est à leurs pieds, et ils le savent…

— Comme vous y allez, William ! intervint James. Vous et Samuel ne vous entendez guère, c'est de notoriété publique, mais n'allez pas mettre de telles idées dans la tête de Miss Deschanel, voyons…

— Oh, je ne pense pas les offenser en disant cela, je vous rassure. Samuel Wallace sait à quoi s'en tenir. Quant à Eleonora, elle joue de son pouvoir sur les hommes en toute conscience. Je la crois absolument au fait de sa réputation sulfureuse, et ne saurais d'ailleurs que trop vous conseiller de ne pas vous mesurer à de tels personnages, Miss Deschanel. Je vous crois encore bien trop honnête et trop modeste.

— Je vous remercie de votre prévenance, Monsieur. Cependant, même si je ne connais pas Mrs Murray, je crois pouvoir répondre de l'honnêteté de mon employeur.

— Ah ! Vous défendez votre employeur ! C'est tout à votre honneur… Mais je crains que dans ce cas précis, vous ne soyez que trop crédule ou trop candide.

— Bah ! intervint James, nous ne serons jamais d'accord en ce qui concerne Samuel, mon cher William, mais je me dois de prendre sa défense, moi aussi. Je soutiens que même si la morale condamne certaines de ses fréquentations, jamais il ne ferait de mal à une mouche !

— Peut-être, James, peut-être. Il n'en reste pas moins un homme aux mœurs douteuses, et je ne saurais que trop conseiller à Miss Deschanel d'éviter de se prendre d'amitié pour son employeur.

— Que voulez-vous dire par mœurs douteuses, M. Perry ? intervins-je.

— N'y prêtez guère attention, Constance, cela ne vous concerne en rien, répondit James. Je suggère que nous changions de sujet : celui-ci pourrait nous contrarier, et je tiens à garder les relations les plus cordiales possibles avec notre meilleur client, annonça James, en s'inclinant devant William Perry.

Celui-ci accueillit le compliment avec un sourire, et la conversation s'orienta de nouveau vers des sujets plus légers.

Je m'excusai auprès de James et de M. Perry et me dirigeai vers le buffet. J'osai, furtivement, observer mon employeur, au bras duquel se tenait Mrs Murray, un peu plus loin, en discussion avec M. Wellington. J'avais moi-même du mal à détacher mon regard de Mrs Murray. C'était sans conteste la plus belle femme qu'il m'ait été donné de voir. Tout chez elle était parfait : la finesse de ses traits, ses grands yeux noirs, sa bouche d'un rouge délicat, ses cheveux d'ébène, son teint de porcelaine, le galbe de ses épaules… le tout dans une harmonie qui accrochait tous les regards. Son attitude cependant venait quelque peu ternir ce tableau si parfait : consciente de sa beauté et de l'emprise qu'elle avait sur ceux qui l'entouraient, elle était visiblement suffisante et semblait habituée à être le centre de toutes les attentions. Elle portait sur tout un chacun un regard qui, dénué de bienveillance, était au contraire celui d'une femme qui s'attendait à pouvoir tout obtenir sur un battement de cils. M. Wallace et elle paraissaient intimes. Ils échangeaient des regards que seuls deux amis de longue date, ou plus intimes encore, pouvaient échanger. Il la tenait délicatement par la taille, et elle, de son côté, posait de temps à autre la paume de sa main sur le revers de son habit, comme pour indiquer à tous que cet homme lui appartenait. Je me sentis remise à ma place, et mon cœur se serra à cette pensée. Mon bienfaiteur, qui avait été si attentionné à mon endroit, et qui m'avait même jugée suffisamment digne de son amitié pour s'ouvrir à moi de certains de ses secrets, ignorait jusqu'à mon existence ce soir, et manifestait une intimité presque indécente avec une créature ensorcelante. Quelle inconstance !

La soirée se poursuivit sans que je fusse présentée à Mrs Murray, et sans que M. Wallace daigne même venir nous saluer, James et moi. M. Perry se montra particulièrement aimable, et me fit la conversation une bonne partie de la soirée. M. Wellington, quant à lui, me fit la faveur de sa compagnie un long moment, m'entretenant de ce qu'il connaissait de la France et des Français, mais sans pour autant s'intéresser à mon opinion sur quoi que ce soit en retour. Je ne m'attendais à guère plus de sa part, et trouvai même assez aimable pour un homme si influent de me consacrer un peu de son précieux temps.

James me rejoignit alors que la nuit était déjà bien avancée, et que la soirée touchait à sa fin. Je m'étais isolée depuis quelques dizaines de minutes près d'une fenêtre ouverte sur le parc, me rafraîchissant dans la douce brise nocturne.

— Constance, que faites-vous là ? demanda-t-il. Cela fait au moins une demi-heure que vous vous tenez seule, silencieuse, auprès de cette fenêtre…

— James… je crois être lasse, répondis-je en soupirant.

— Vous ? dit-il, étonné.

— Oui, pourquoi ? répondis-je, étonnée à mon tour.

— Ce n'est pas dans votre nature, voyons.

— Croyez-vous ?

— Absolument. Vous êtes pure énergie. Depuis que je vous connais, je ne vous ai jamais vue lasse, ou mélancolique. Vous laissez cela aux jeunes filles au cœur fragile…

Je souris.

— Flatteur ! répondis-je.

— Non pas. Allons… un penny pour vos pensées !

Je soupirai à nouveau.

— Vous avez raison, mon ami, elles sont quelque peu mélancoliques.

— Ah ! Qu'est-ce qui vous tourmente ?

— Je ne saurais le dire, à la vérité, lui répondis-je, pas tout à fait sincère.

— Constance, me permettez-vous d'être franc avec vous ?

— Bien sûr, James, comme toujours…

— Vos sentiments sont par trop visibles et on lit en vous comme dans un livre, mon amie. Il est amusant de voir que vous-même n'y parvenez pas.

— Vraiment, James ? lui répondis-je, mettant en doute ce qu'il venait d'affirmer.

— C'est évident. Ne le voyez-vous pas ?

— Non, je ne vois rien du tout… Cessez donc de jouer aux devinettes, et dites-moi ce que vous croyez avoir lu dans mes pensées…

Il scruta mon regard, y cherchant je ne sais quoi, puis détourna les yeux, et dit :

— Non, je me suis peut-être trompé après tout. Si vous ne trouvez pas par vous-même, c'est probablement que je me trompe, ou bien…

— Ou bien quoi ?

— Ou bien il y a certaines choses que vous n'êtes pas encore prête à admettre.

— Vous voilà décidément bien mystérieux ce soir… et moi qui suis si lasse, je n'ai pas la force de résoudre vos énigmes… James, serait-ce trop vous demander de me raccompagner, à présent ? Il se fait si tard…

Il y consentit, bien évidemment, et, lorsque nous fûmes confortablement installés dans son phaéton, peu après deux heures du matin, je ne pus m'empêcher de lui demander à quoi avait réellement servi de m'emmener à cette soirée, car cela m'échappait. Je n'avais conversé qu'avec M. Perry, et n'avais été que vaguement présentée à une foule d'individus dont je ne retiendrais que très peu… Ce à quoi il me répondit :

— Ma chère Constance, il s'agit de construire votre réseau de connaissances parmi les personnages influents de la ville. Vous manquez encore de nuances. Ne vous attendez pas à travailler lors d'une de ces soirées sur un plan avec M. Wellington ou sur le délai d'une commande avec M. Perry. Il s'agit de faire suffisamment connaissance avec les différents acteurs qui peuvent jouer un rôle pour la Wallace Co. : le maire, les investisseurs, nos clients, etc. et un jour, peut-être aurez-vous besoin de l'un d'entre eux, dans une affaire délicate, ou pour gagner un marché, ou que sais-je…

Puis, il conclut :

— Vous avez fait un peu plus connaissance avec M. Wellington et M. Perry ce soir. C'est un premier pas, et c'était bien là tout l'enjeu pour vous.

Je restai silencieuse durant le reste du trajet. Je ne pouvais empêcher mon esprit de vagabonder, et de revenir vers M. Wallace et Mrs Murray, alors que mes entrailles se serraient à me faire mal. Je chassais ces pensées à chaque fois avec véhémence, mais elles revenaient, inlassablement. Nous arrivâmes alors sur Clayton Street, et je souhaitai une bonne nuit à James lorsque je descendis du phaéton. Je me devais de reconnaître que cette soirée, que pourtant j'avais attendue avec impatience, me laissait un goût amer.

33

Un été sur la côte

La semaine qui suivit ce dîner à Lewis Hall me parut morne et triste. Ce mois de juin était pourtant tout à fait agréable : les jours étaient particulièrement longs, et la douceur de l'air alliée à un soleil radieux revigorait tout le monde. Le ciel gris et triste du printemps se faisait rare, et, si un vent frais du nord soufflait encore jusqu'à nous faire grelotter à la tombée de la nuit, balayant le plat paysage du Tyne and Wear, le ciel bleu au-dessus de nos têtes annonçait enfin que l'été était tout proche.

Comme dans mes souvenirs de Bourg-le-Vieil, le mois de juin était le temps des fêtes de village, des longues soirées dans les champs, et, le cœur léger, les hommes entendaient bien profiter du répit apporté par les beaux jours dans ce pays du Nord. Dans nos manufactures, on était moins sensible au rythme des saisons. Bien sûr, c'était plus facile de s'extraire du lit lorsqu'il faisait doux, et lorsque le soleil était déjà haut, pour l'embauche de six heures. Bien sûr, c'était aussi avec plaisir que, lorsque l'on sortait de l'atelier, après plus de quatorze heures passées dans le ventre sombre de la fonderie, on découvrait, une fois passé les grandes portes, le ciel encore bleu au-dessus de nos têtes. Bien sûr, toujours, on ne souffrait plus autant du froid, dans les masures de bois de la basse ville. En France, le printemps marquait une douce pause entre les rigueurs de l'hiver et la chaleur de l'été. Jusqu'en mars, un froid glacial que l'on sentait jusqu'au fond des paillasses nous réveillait au milieu de la nuit, alors que dès le mois de juillet, il fallait endurer la touffeur de l'été, qui transformait les soupentes en fournaises, jetant les familles dans les escaliers, les couloirs, loin des toits brûlants.

Ici, à Newcastle, l'été s'annonçait bien moins chaud, et je supposais que personne ne s'était jamais plaint de la chaleur. Des petits riens, au printemps, rendaient la vie plus douce néanmoins : le bout de notre nez n'était plus gelé tous les matins, et ne coulait plus, et on redécouvrait avec bonheur les senteurs fraîches des fleurs et de la terre, qui exhalait un parfum lourd et riche. Mais, au fond de l'usine, on ne percevait pas le changement de saison. Les fours continuaient de cracher la fonte rougeoyante, les marteaux-pilons faisaient toujours trembler le sol avec la même force et dans un même coup de tonnerre, et les hommes à la manœuvre étaient toujours dégoulinants de sueur et de poussière noire. Pourtant, le printemps qui s'éveillait alentour chatouillait leurs sens, et créait en eux un appétit d'air frais et de soleil. Alors, tout au long de la semaine de travail, plongés dans les ténèbres de la fonderie, ils rêvaient au dimanche qu'ils allaient passer à l'air libre.

Le jour du Seigneur, promesse de repos, de liberté, était aussi l'unique jour de la semaine où l'on pouvait prendre le temps de fuir la basse ville, de sortir des faubourgs, pour aller chercher un bout de printemps au fond d'un vallon, sur une plage de la mer du Nord, ou au bord du fleuve Tyne… Cette liberté, si espérée, ne serait offerte qu'après l'office, bien sûr, pour ceux qui, nombreux, craignant les foudres du clergyman, n'osaient se soustraire au sermon du dimanche matin. D'autres, moins nombreux, habités d'une réelle ferveur religieuse, n'auraient raté pour rien au monde ce rendez-vous hebdomadaire avec le guide suprême. Mais tous, l'après-midi, goûtaient avec le même bonheur la joie de se retrouver enfin loin des ateliers, savourant cet air de printemps.

J'entendais bien, moi aussi, profiter de mon premier été dans le Tyne and Wear. James Gardiner et M. Wallace étaient partis pour Londres la semaine suivant le dîner de Lewis Hall, et y demeureraient pour le restant du mois de juin. Ils m'avaient confié les opérations courantes durant toute la période, restant bien sûr joignables à une adresse dans le West End. C'est avec sérénité et satisfaction que j'abordais ce mois de solitude : je n'étais pas fâchée de me retrouver seule, enfin, après ce printemps mouvementé et bien trop riche en émotions. Même si je m'étais complètement remise de l'agression que j'avais subie au mois de février, la suite des événements m'avait beaucoup plus perturbée que je ne l'avais cru. Bien sûr, j'avais enfin accédé à des fonctions qui dépassaient même toutes mes espérances, et mon cœur se gonflait encore souvent à cette pensée. Cependant, dans le même temps, une foule de nouvelles émotions m'avaient troublée, et j'étais lasse d'essayer de faire le tri dans le brouillard de mes pensées. Me retrouver seule, aux commandes de la manufacture, pour tout le mois qui venait, et m'évader sur la côte, plusieurs dimanches d'affilée, répondrait en tout point à mes aspirations immédiates.

Depuis ma prise de fonctions, en mars précédent, Jeremy Abbott et moi avions pris l'habitude de passer ensemble entre trente minutes et une heure tous les soirs, juste après qu'il avait lancé ses équipes de nuit. Je l'informais des nouvelles commandes, des priorités pour son équipe, puis nous discutions de choses diverses : le quotidien de la manufacture. Nous nous connaissions de mieux en mieux. Il me rappelait mon Gabriel : Jeremy était solide, simple, efficace, et pragmatique. De plus, je ne craignais plus de le voir confondre bonne entente dans le travail et inclination, depuis qu'il m'avait informée de son projet de se fiancer avec une jeune fille du nom de Mary. C'était une blanchisseuse de la basse ville, aussi travailleuse et volontaire que lui, et il en semblait très épris. Cela, en revanche, compromettrait certainement son rôle de nuit, et il nous faudrait y penser sans tarder…

Jeremy voulait absolument me présenter la jeune fille en question. Souhaitait-il avoir ma bénédiction ? Je n'aurais su le dire. Toujours était-il qu'il m'avait plusieurs fois proposé de participer à l'un de ces déjeuners en famille, auquel il inviterait Mary, pour que nous fassions connaissance. La famille Abbott se rendait souvent aux ruines de Tynemouth, à l'embouchure du fleuve Tyne, pour un déjeuner champêtre. Jeremy adorait ce lieu, qui, selon lui, était un des plus beaux endroits des environs, et brûlait de me le faire découvrir. La saison se prêtait à la découverte de nouveaux horizons, et, après tout, je me sentais d'humeur exploratrice.

C'est ainsi que j'acceptai enfin l'invitation de Jeremy, et que, ce premier dimanche de juin, je me retrouvai assise à l'avant d'une charrette chargée de victuailles et transportant toute la famille Abbott. Il y avait là, entassés à l'arrière : M. et Mme Abbott, les parents de Jeremy, sa sœur aînée Martha et son mari M. Emerson, et ses quatre frères et sœur : Jack, Rudy, Jenny et Thomas, le plus jeune, à peine âgé de huit ans. Jeremy conduisait la charrette, et j'étais pour ma part assise à côté de Mary. Tout ce petit monde était endimanché, et bien décidé à profiter de l'unique jour de repos de la semaine sous un soleil radieux. Je retrouvais l'insouciance de mon village de Bourg-le-Vieil : les enfants chahutaient et se chamaillaient à l'arrière, les parents les réprimandaient et Jeremy poussait une chansonnette, accompagné de sa sœur Martha et du mari de cette dernière.

La campagne du « Tyne and Wear » était radieuse en ce mois de juin, mais quelque peu monotone. Cette région était dénuée de tout relief, et mon regard ne pouvait s'accrocher que sur la rivière. Nous la suivions sur la rive nord, par un chemin de terre qui se perdait entre les buissons et les bosquets. Le fleuve Tyne était loin d'être aussi jolie que mon fleuve de Loire : elle coulait gentiment le long de berges herbeuses, sans remous, sans île sablonneuse à contourner, sans que rien de particulier attire le regard sur ses berges ou dans son lit. L'intérêt de la promenade se trouvait à son terme : la mer du Nord nous y attendait. À l'embouchure, rien ne permettait de distinguer la fin de la Tyne et le début de la mer. Les eaux se mélangeaient à l'endroit où la rivière s'élargissait jusqu'à ce que ses berges deviennent des plages de sable et de galets. Au nord se formait une falaise, surplombant la grève : la douce colline verdoyante montant le long de la berge s'arrêtait net face à la mer, semblant s'être effondrée en grande partie sur la plage. Sur cette colline verdoyante, à courte distance du gouffre, se détachaient sur l'horizon les ruines du prieuré de Tynemouth. Ce décor était à la fois majestueux et sinistre. Sur le plateau nu en bord de falaise se dressaient les immenses ruines de ce qui avait dû être le chœur d'une église aux dimensions impressionnantes. De loin, on ne distinguait que les plus hauts murs qui étaient restés debout face aux bourrasques et aux embruns, mais au fur et à mesure que la charrette se rapprochait du lieu, je pouvais appréhender la richesse du site : un mur de fortification, un bâtiment ressemblant à un fort, d'autres bâtiments du prieuré partiellement encore debout, et les restes d'un cimetière. J'appris que les premiers bâtiments furent construits au VIIIe siècle, plusieurs fois détruits par les Vikings et reconstruits avant l'an mil, avant d'être complètement abandonnés au XIVe siècle.

Jeremy arrêta la charrette à quelques centaines de mètres de la falaise, et toute la petite troupe descendit. Mme Abbott et sa fille aînée installèrent des plaids sur l'herbe tendre, alors que les enfants couraient déjà vers les ruines, entamant une partie de cache-cache. M. Emerson et M. Abbott sortirent de quoi bourrer leur pipe, et Jeremy et Mary me proposèrent une visite de l'endroit. Mes compagnons, en fins connaisseurs du site, étaient fiers de pouvoir jouer le rôle de guide. Ils étaient visiblement encore sous le charme des ruines, impressionnés par le poids de l'histoire et par la richesse des décors qui ornaient les bâtiments.

Mary était une personne discrète et charmante, que je sentis quelque peu impressionnée par ma présence. J'essayai de la mettre à son aise du mieux que je pus. Elle était ostensiblement sous le charme de Jeremy, et celui-ci le lui rendait bien, ce qui faisait plaisir à voir. Nous nous promenâmes ainsi jusqu'à l'heure de midi, faisant le tour des ruines, et allant jusqu'au bord de la falaise pour admirer la vue. Je fus frappée par la beauté des lieux, et par la finesse des ornements de certains bâtiments, en regard de leur ancienneté. Je me fis la promesse de revenir pour profiter pleinement de leur charme en solitaire comme j'aimais à le faire, à l'abri du tumulte de la famille Abbott. Nous rejoignîmes le reste de ladite famille pour le déjeuner. Les pâtés, tourtes et viandes froides avaient déjà été sortis par Mme Abbott et nous nous installâmes sur les plaids. Cette mère de famille, d'une bonne quarantaine d'années, avait les joues rouges et rebondies d'une femme pleine d'entrain, croquant la vie à pleines dents, et menant tout son petit monde à la baguette. Elle était extrêmement flattée que son fils eût une relation amicale avec la directrice de l'usine Wallace, et entendait bien faire ma connaissance plus avant.

— Alors, Mademoiselle, me lança-t-elle, qu'est-ce que vous pensez de nos ruines ? Sont-y pas belles ?

— Si, assurément, Mme Abbott. Vous avez là un site tout à fait exceptionnel, répondis-je.

— Vous avez-t'y des choses pareilles en France ? me demanda l'une des jeunes sœurs de Jeremy.

— Oh, certainement, mais je n'ai pas eu l'occasion de les visiter. J'ai, pour tout vous dire, assez peu voyagé en France, et ne connais que mon village, la ville de Bonneval et Paris.

— Oh, mon Dieu, il se dit tellement de choses sur Paris, renchérit Martha, la sœur aînée de Jeremy, tout en me tendant une assiette de viande.

— Ne vous fiez pas à tout ce que l'on dit, vous savez. Je suis passée par Londres pour arriver ici, et je trouve que cette ville est bien plus belle que Paris.

— Vraiment ? questionna Mme Abbott.

— Allons, mesdames, laissez notre invitée goûter aux pâtés que vous avez préparés spécialement… dit M. Abott.

— Merci, Monsieur. Cela ne me gêne pas, vous savez, répondis-je.

Je sentais bien que j'étais une curiosité pour cette famille : une jeune fille française, de bonne éducation, maintenant patronne de l'usine où travaillait leur fils aîné, acceptant de passer tout un dimanche avec une famille aussi modeste. J'avais bien remarqué qu'ils avaient revêtu leurs plus beaux habits pour l'occasion, et avaient pris soin de préparer un déjeuner très copieux pour marquer l'événement. C'était touchant, mais être l'objet de tant d'attentions me mettait un peu mal à l'aise. Il était manifeste qu'ils me considéraient comme quelqu'un d'important.

J'interrogeai Jeremy sur les professions de chacun, m'intéressai à l'histoire de leur famille, que j'appris issue de la paysannerie locale, avant de venir habiter la grande ville et de trouver des emplois mieux rémunérés dans les manufactures. Mme Abbott était fière de m'annoncer qu'une de ses sœurs avait réussi à se faire embaucher en tant que femme de chambre dans une des maisons les plus riches de Newcastle. Cela représentait pour elle le summum de l'ascension sociale, même si cela lui interdisait de fonder une famille tant qu'elle resterait domestique. Elle évoluait dans un milieu privilégié, où l'on mangeait tous les jours à sa faim des restes des maîtres, où l'on portait un beau tablier blanc fourni par la maison, et où tout le monde était propre, poli, et courtois.

— D'ailleurs, vous connaissez bien cette maison, Miss, me précisa alors Mme Abbott, puisque c'est celle de vot' patron : il s'agit de l'hôtel Wallace, sur Grainger Street.

— Oh, oui, bien sûr. J'y ai séjourné quelque temps.

— Ma pauvre demoiselle, oui, Jeremy nous a dit ce qui vous était arrivé ! Quel malheur ! Faut dire, nous aut' on se doutait qu'il arriverait malheur un jour ou l'autre… L'est connu l'animal, vous savez…

— Comment cela ? demandai-je.

— Ben, il fréquentait les *bordels*, M. Philips, répondit M. Abbott.

— Papa, fais attention à ce que tu dis ! le reprit Jeremy.

— Ah, oui, pardon. Enfin, vous voyez… et les filles, qui sont pas méchantes, loin de là, vous savez, disaient qu'il en avait battu plus d'une, par simple plaisir ! Il s'est vu interdire toutes les maisons l'une après l'autre.

— Allons, changeons de sujet, Papa, insista Jeremy.

— Je préférerais, oui, repris-je. Donc, Mme Abbott, vous avez une sœur qui travaille à Grainger Street ? Peut-être l'ai-je rencontrée ?

— Oh, oui, elle nous l'a dit ! Elle nous a dit beaucoup de bien de vous…

— Ah. Vous la remercierez de ma part. Comment s'appelle-t-elle ?

— Jane, Miss.

— Ah, oui, je crois effectivement me souvenir, mentis-je.

— Grâce à elle, nous savons tout ce qui se passe dans le monde, vous savez…

— Maman, je doute que Miss Deschanel soit intéressée par tes potins… l'interrompit Jeremy.

— Oh, Jeremy, vous savez, je n'en reste pas moins une femme… et les potins, vous savez, sont affaire de femme, plaisantai-je afin de mettre Mme Abbott tout à fait à l'aise.

— Ah, tu vois ! répliqua Mme Abbott, donnant une tape sur le bras de son fils.

— Et donc, Jane est-elle heureuse dans cette maison ?

— Oh, oui, c'est sûr. Le salaire est bon, le majordome est exigeant, mais juste, et le maître n'est pas trop extravagant, et surtout, il respecte son personnel. Y en a, vous savez, dans d'aut' maisons, qui sont bien moins lotis. Quand on trouve un bon maître, il faut le garder, qu'elle me dit !

— Bien entendu.

— Vous savez, il se dit beaucoup de choses sur son maître, M. Wallace, votre patron.

— Maman, je ne crois pas qu'il faille…

— Non, Jeremy, laissez, je suis curieuse, répondis-je.

— Bon, reprit Mme Abbott sur un ton plus bas, comme si elle voulait éviter que quelqu'un ne nous entende alors que nous étions seuls au milieu de la colline. Alors, tout d'abord, il se dit qu'il est revenu transformé de la guerre. Avant c'était un beau et bon garçon, y paraît. L'était aussi gourmand de femmes et d'alcool, comme les autres, dit-elle en lançant une œillade à son fils. Mais il aurait vécu quelque chose d'horrible là-bas, en Crimée, et en serait revenu changé : triste, coléreux, bagarreur. Cela dit, Jane n'a jamais été témoin de quoi que ce soit, mais il se dit qu'il sort la nuit, pour aller dans les bas quartiers, faire je ne sais quoi, et revient souvent éméché, quand ce n'est pas pire, au petit matin… Pour sûr, beaucoup de messieurs mènent la mauvaise vie, tant qu'ils sont pas mariés, mais quand même…

— Certainement, répondis-je sur le ton de la confidence.

— Il y aurait pire, continua-t-elle d'un air grave.

— Maman… tu n'as pas honte de colporter tous ces ragots ? insista Jeremy.

— Allons, fiston. Toute la ville le sait. Mlle Deschanel ne peut pas être la seule à ignorer ce qui se dit, tout de même… Je reprends donc. Il se dit, voyez-vous… qu'il entretiendrait une relation hors mariage avec une riche veuve de Londres. Ce serait sa maîtresse, quoi !

— Oh, j'ai déjà entendu cette rumeur, effectivement, répondis-je d'un air détaché. Je crois même avoir rencontré cette mystérieuse personne.

— Jane aussi l'a rencontrée, Mademoiselle. La plus belle femme qu'on ait jamais vue dans notre bonne ville, y paraît. Et je peux vous assurer que pour cette affaire, c'est plus qu'une rumeur… quand on est domestique dans une grande maison, on voit beaucoup de choses, comme les personnes qui rentrent et qui sortent des chambres en tenue de nuit !

La conversation prenait une tournure qui ne me plaisait pas. Je dus l'arrêter.

— Eh bien, votre sœur paraît si bien informée… répondis-je, sans avoir plus à dire sur le sujet. Votre sœur a-t-elle la chance de voyager à Londres avec son maître ?

— Non, elle reste toujours à Grainger Street. Je crois qu'il a sa propre domesticité sur place, à Londres, et il n'emmène que son avocat.

— M. Gardiner. Oui, c'est un très bon ami. Un homme très bien, lui dis-je.

— Oui, c'est ce qui se dit aussi, me dit-elle, avant d'enfourner une grosse bouchée de pâté de viande.

Nous avions épuisé le chapitre des révélations, et Mme Abbott proposa de passer à la dégustation de sa tarte au sucre, ce qui mit tout le monde d'accord. Les enfants réapparurent soudainement à cette annonce, et le silence se fit autour du gâteau, chacun attendant impatiemment d'être servi.

Dans le courant de l'après-midi, alors que nous faisions une dernière promenade en bas de la falaise, sur la plage, Jeremy insista pour excuser les propos de sa mère, qu'il avait conscience d'être indiscrets et tout à fait déplacés. Il connaissait le profond respect que je portais à M. Wallace, et il craignait que toutes ces rumeurs ne viennent ternir l'image que j'avais de la famille Abbott. Ce en quoi je le rassurai. Sa mère n'avait fait que me rapporter ce que tout le monde disait, et il y avait certainement une part de vérité dans toutes ces histoires. Notre patron n'était certainement pas un modèle de vertu, mais ce n'était pas ce que nous, ses employés, lui demandions, n'est-ce pas ? Tant qu'il prenait les bonnes décisions relatives à la conduite de la manufacture, et qu'il dirigeait ses affaires de manière avisée, nous, simples employés, n'avions rien à redire. Je confirmai à Jeremy que je me garderais bien de rapporter tout cela à mon patron, ce qui sembla le soulager pour de bon, et la journée put se terminer en toute sérénité.

Ce premier dimanche de juin en famille m'avait revigorée. Malgré la fraîcheur qui ne quittait pas le fond de l'air, cette saison était agréable dans le Tyne and Wear. Bien entendu, cela n'avait rien de commun avec ce que j'avais pu connaître dans le Val de Loire ou dans le Berry : la chaleur ne se concevait tout simplement pas, mais était remplacée par une certaine douceur dans l'atmosphère. La brise marine continuait de souffler, mais, alors qu'en hiver elle nous transperçait de ses lames acérées et glaciales, elle se muait au mois de juin en douce caresse, apportant les senteurs marines jusque dans les terres. La lumière, si rare en hiver, se faisait intense et vive, lorsque les nuages se dissipaient, mais nos pupilles ne pouvaient s'en trouver blessées, car la douceur des paysages, éternellement verts, n'avait rien de la blancheur aveuglante du Midi de la France. Nulle haute herbe blonde, sèche, balayée par le vent, nul chemin aux cailloux trop blancs, éblouissant le promeneur, nulle chaleur étouffante, nul chant de sauterelles ou de grillons. C'était un été qui ressemblait à un joli mois d'avril ou de mai du centre de la France.

Lucy et moi avions cet entrain et cette énergie inépuisable que peut faire naître la belle saison dans les cœurs de la jeunesse. Chaque dimanche, nous entraînions M. Owens et Margaret sur les chemins de la région, en direction du bord de mer. Il nous aurait été trop pénible de manquer ne serait-ce qu'un seul de ces rendez-vous avec la côte du Tyne and Wear, entre les plages de sable, l'île St Mary's et Tynemouth. J'y retrouvais le plaisir de me promener pieds nus dans le sable, comme j'avais pu le faire toute mon enfance sur les bords de Loire. Le sable de la côte du Tyne and Wear était infiniment plus doux et fin que celui de la Loire, et mes orteils s'y enfonçaient avec délices, alors que les vagues venaient me caresser de leur écume. L'eau était froide, tumultueuse, vigoureuse, et d'une force insoupçonnée. J'osai tout d'abord, malgré les mises en garde de Lucy, y tremper les pieds, puis les mollets, et enfin les jambes jusqu'aux genoux. Je m'émerveillais comme toute personne découvrant la mer pour la première fois : les vagues me poussaient en arrière, massant mes muscles, alors que le froid me saisissait. L'écume, elle, bouillonnait, et lorsque j'y trempais mes doigts, me chatouillait les mains. J'étais tentée, dès nos premières excursions, de m'y baigner, mais je rencontrai à chaque fois l'opposition de M. Owens et de Lucy, me mettant en garde contre la température de l'eau, encore trop fraîche à cette période de l'année. Je n'osai m'y jeter pour la première fois qu'au début du mois de juillet, malgré leur conseil d'attendre août, que l'eau se réchauffe encore.

J'avais, cette fois-ci, anticipé les choses en prenant une robe de rechange, ayant décidé de me baigner entièrement habillée, afin de ne pas heurter les esprits les plus fragiles. Ce fut une expérience rude, mais extraordinaire. Le flux et le reflux des vagues étaient d'une force insoupçonnable, et j'avouai ce jour avoir trouvé bien mieux que mes baignades en Loire. Je ne pouvais y rester très longtemps, de crainte d'être transie de froid, mais y restais suffisamment pour m'amuser tout mon saoul. J'en sortis néanmoins toute bleue. La plage était souvent déserte, et il n'y avait que moi pour profiter ainsi de la mer. Lucy, Margaret et M. Owens restaient alors en haut, sur la colline, comme à leur habitude, lisant ou faisant la sieste, tout en surveillant de loin mes exploits.

C'était dans cette ambiance de villégiature et de quiétude que s'écoulèrent tout le mois de juin et le début du mois de juillet. Aucun souci notable ne vint me perturber pendant cette période : les affaires se portaient bien, et j'eus la chance de ne pas avoir de difficulté majeure à gérer seule, sans les précieux conseils de James, qui se trouvait à Londres avec M. Wallace, les activités opérationnelles de la manufacture. Jeremy et M. Rivers étaient des compagnons sûrs et efficaces, en qui je pouvais placer toute ma confiance, et la rigueur et la discipline que je mettais à l'ouvrage faisaient le reste. Lorsque James et M. Wallace revinrent à Newcastle, à la mi-juillet, j'avais retrouvé ma joie de vivre et ma légendaire bonne humeur.

34

Innovation majeure

L'arrivée du propriétaire de la Wallace Steel Co. fit grand bruit à la manufacture. Le jour même de son arrivée, à la descente du train de dix-huit heures, il demanda à se rendre directement à la manufacture, au lieu de rentrer chez lui, comme tout voyageur épuisé l'aurait fait après plus de dix heures de voyage, et fit irruption dans mon bureau tel un ouragan :

— Constance, j'ai une excellente nouvelle, annonça-t-il, tonitruant et impatient. J'ai besoin de vous, tout de suite !

Il me tendit la main, m'intimant l'ordre de le suivre. Je me levai précipitamment, attrapai à la volée un carnet et un crayon de bois, anticipant le besoin de noter des instructions que j'allais recevoir, et le suivis en courant. Il dévalait les escaliers, bousculait les portes sans ménagement, courant presque, se retournant de temps en temps pour voir si je suivais bien. Nous arrivâmes à son bureau, dont il ouvrit les portes avec grand fracas. Il jeta négligemment sa veste et son chapeau sur l'un des fauteuils à sa gauche avec de grands gestes, se dirigea vers son bureau puis, sans s'asseoir, il s'arrêta net, face à moi, les mains posées sur le sous-main de cuir. Il débordait d'énergie, et l'excitation était visible sur son visage.

— Prenez place, Constance, dit-il en m'indiquant le fauteuil. Alors, vous ai-je manqué pendant ces longues semaines ? demanda-t-il avec un accent de triomphe. J'ai beaucoup pensé à vous de mon côté… surtout depuis que mon expérience a réussi ! Vous allez trouver la solution tellement simple… Laissez-moi vous raconter tout ça…

À ce moment, il se laissa tomber dans son fauteuil et, les coudes appuyés sur son bureau, joignit les deux mains devant son menton, presque en prière, comme à chaque fois qu'il se concentrait sur une problématique ardue.

— Tout d'abord, vous qui connaissez le fonctionnement du convertisseur, vous savez que Bessemer échoue depuis des années avec la fonte phosphorée. C'est l'objet de mes recherches depuis deux ans déjà. J'avais identifié une piste il y a quelques mois, du moins sur le papier, car si les formules chimiques indiquaient que c'était la solution, je n'avais pas encore réussi à reproduire la conversion de manière stable en laboratoire.

— Qu'avez-vous donc trouvé ainsi ? demandai-je, moi aussi à présent touchée par son enthousiasme.

— Eh bien, tout est dans la nature des parois du convertisseur. Que savez-vous de ces parois, ma petite Constance ?

— C'est du sable damé, je crois.

— Exact.

— Mais je ne vois pas le problème ?

— Ce sable damé a des propriétés acides, voyez-vous. Or, pour extraire le phosphore de la fonte, et ainsi le séparer du fer, il faut pouvoir le maintenir sous forme oxydée stable. Pendant le procédé de puddlage, cette oxydation s'opère correctement et la température ne montant guère au-dessus de 1 250 °C, le fer ne rentre pas en fusion et il est facile de séparer les deux composés. Mais dans notre convertisseur, la température de fusion du fer est atteinte en fin de cycle, et le fer fixe alors l'oxyde de phosphore. Il manque donc un composé basique stable qui puisse fixer cet oxyde à sa place.

— Je commence à comprendre, répondis-je. Il s'agirait donc de remplacer le sable damé par une substance basique ?

— Exactement. Je savais que vous comprendriez tout de suite, petite maligne, me dit-il, le regard pétillant.

— Mais quelle matière avez-vous utilisé ? De la chaux ?

— C'est effectivement ce que j'ai essayé pendant quelque temps, mais on ne peut en faire des briques qui tiendraient toute la transformation. De plus, il faudrait en enfourner une quantité importante, ce qui diminuerait la capacité du convertisseur. Alors... une autre idée, Constance ?

À ce moment, il se leva de son bureau, et le contourna pour venir s'asseoir face à moi. Il sortit de son veston un cigare.

— En fait, répondis-je, il faudrait pouvoir remplacer le damage de sable par des briques aux propriétés basiques, et en tapisser tout l'intérieur du convertisseur. Mais je n'ai pas connaissance de roche ou de composé que l'on pourrait à la fois cuire en brique et qui ait une nature basique.

— C'est exactement ce à quoi je me suis heurté moi aussi, dit-il, reposant son cigare sur son bureau et, se penchant vers moi, prenant mes mains dans les siennes : C'est alors que j'ai lu une étude récente sur la dolomie, constituée principalement de carbonate de calcium et de magnésium et qui a la propriété d'être très basique. C'était en février. J'ai mis du temps à m'en procurer en toute petite quantité, et j'ai enfin pu procéder aux essais ce mois-ci, dans mon laboratoire de Londres. Et ça marche ! Oh, ma chère Constance, nous tenons là une avancée majeure...

À présent, il serrait mes mains très fort dans les siennes, puis se pencha vers elles, comme pour les embrasser. Mais au lieu de cela, il se redressa d'un coup, comme si une nouvelle idée venait d'assaillir son esprit et se leva à nouveau. Il tourna sur lui-même pour me faire face, et lança, d'une voix forte :

— Maintenant, il faut passer au test à l'échelle industrielle. C'est là que j'ai besoin de vous. Pour procéder à cet essai grandeur nature, il faut vous mettre en rapport avec les mines Van den Berghe, en Belgique.

Il prit un papier sur son bureau, qu'il me tendit :

— Voici leur adresse. Je vous laisserai le soin de calculer la quantité nécessaire pour tapisser l'intérieur de notre convertisseur et passer commande auprès de ces établissements.

— Bien, Monsieur. Il me faut aussi programmer l'arrêt du convertisseur, et regarder l'impact sur nos commandes en cours.

— Bien entendu... Oui, je n'y avais pas pensé !... Je vous laisse aussi vous occuper de tout cela. Choisissez la date qui convient le mieux.

— Oui, Monsieur. Je m'en occupe tout de suite.

— Merci, ma fidèle, ma chère Constance, dit-il, visiblement heureux. Je sais que je peux compter sur vous pour faire au mieux.

Je quittai ainsi mon patron, et m'employai à nous procurer cette fameuse dolomie dans les meilleurs délais. Avant de quitter la manufacture, je passai par le bureau de James, afin de le saluer et de lui faire part de ma joie de le revoir. Il était là, lui aussi, fidèle au poste. Il m'accueillit avec chaleur :

— Enfin, ma chère amie, comme vous m'avez manqué. Comment allez-vous ? Racontez-moi ces six semaines que vous avez passées sans nous. Avez-vous déjà vu Samuel ?

— James, oui, à l'instant… je suis moi aussi très heureuse de vous revoir, lui dis-je en riant. Nos conversations m'ont beaucoup manqué. Mais, mon ami, je ne pourrai pas répondre à toutes ces questions à la fois, poursuivis-je, amusée…

— Bien, sûr, bien sûr. Mais j'y pense, il est déjà tard, et je vous assomme de questions. Vous devez être affamée et fatiguée. Que diriez-vous de dîner ensemble ? Je suis certain que l'on peut trouver à cette heure une bonne soupe dans Neville Street, non loin de la gare. Cela vous dit ?

Cela m'enchantait. Je suivis donc James ce soir-là, et nous dînâmes dans une auberge, chose exceptionnelle pour moi, qui étais particulièrement casanière. Je lui parlai de mes semaines studieuses à la manufacture, de nos sorties en bord de mer, avec Jeremy, puis avec la famille Owens. Comme je m'y attendais, il prit des nouvelles de Lucy, non sans une pointe d'émotion dans la voix. Puis je l'interrogeai sur Londres, sur ces six semaines pendant lesquelles lui et M. Wallace avait été plongés dans cette vie citadine trépidante. James logeait dans sa famille, occupait ses journées en rendez-vous d'affaires pour M. Wallace, entre banques, investisseurs, son cabinet d'avocat et son cercle, auquel il passait ses fins d'après-midi. M. Wallace, de son côté, logeait en son hôtel particulier du quartier de West End, sur Regent Street. Celui-ci passait une bonne partie de ses journées enfermé dans son laboratoire, qu'il avait aménagé dans une pièce du rez-de-chaussée de son immeuble. Deux universitaires se joignaient à lui pour ses expériences. James, de son côté, avouait ne rien entendre à ces sujets scientifiques et ne prendre aucun plaisir à se rendre dans le laboratoire de M. Wallace. Ils se rejoignaient donc au club, et se croisaient dans quelques soirées mondaines.

Une question me brûlait les lèvres : Eleonora Murray faisait-elle partie de cette vie londonienne ? Mais je n'osai la poser à James, souhaitant afficher le plus grand détachement vis-à-vis de la place de cette personne dans la vie de M. Wallace. C'est alors que James m'annonça qu'une fois l'expérience grandeur nature tentée, et si elle s'avérait être un succès, M. Wallace souhaitait marquer l'événement, afin que sa découverte eût un retentissement maximum. Il pensait inviter des investisseurs, des journalistes, ainsi que ses principaux clients à Nordham Hills Manor, sa propriété du Northumberland, pour une soirée officielle lors de laquelle il ferait, en grande pompe, l'annonce de sa découverte.

Je trouvai cet enthousiasme imprudent. Rien pour l'instant ne garantissait le succès de l'expérience, et il me semblait un peu prématuré de penser à annoncer sa réussite avant même d'avoir pu faire un premier test. J'avais donc compris l'importance de ce projet, et l'impérieuse nécessité de réussir à nous procurer la dolomie le plus rapidement possible. Si ma lettre aux établissements Van den Berghe partit dès le surlendemain matin, l'arrêt du convertisseur ne pouvait se faire qu'au moins trois semaines plus tard. Cela dit, rien ne servait de l'arrêter avant d'avoir reçu la dolomie. Les carnets de commandes étaient pleins, et je dus écrire à différents clients pour savoirs lesquels seraient prêts à différer leur commande de quelques jours par rapport à la date initialement convenue.

Je ne reçus la réponse de Van den Berghe qu'au bout de quatre jours, durant lesquels M. Wallace me harcela pour savoir où j'en étais. Il était comme un lion en cage, et brûlait de mener à bien son projet au plus tôt. La réponse du fournisseur arriva enfin : la dolomie pouvait être livrée un mois et demi plus tard, à la fin août. Cependant, en acceptant d'augmenter le prix du transport, en affrétant un bateau dont la dolomie serait la seule cargaison, nous pouvions espérer gagner deux semaines et la recevoir à la mi-août. Je pris la décision, sans le consulter, d'accepter l'offre de Van den Berghe, anticipant la réaction de M. Wallace. Bien entendu, le délai ne le satisfit pas lorsque je le lui annonçai… C'était encore bien trop long : il fallait attendre quatre semaines supplémentaires ! Cela me laissa le temps d'organiser le report des commandes pour cette semaine-là. J'avais en effet travaillé avec M. Rivers pour estimer le temps qu'il faudrait pour arrêter le convertisseur, le démonter, y fixer au goudron les briques de dolomie et le relancer pour la production. Notre estimation était de cinq jours pleins de travail.

Deux gros clients avaient accepté de repousser certaines de leurs commandes, devant la promesse de bénéficier d'une avancée technologique majeure. M. William Perry, de la Robert Wellington & Co., était de ceux-là. J'avais effectivement pu développer des relations d'affaires tout à fait cordiales avec M. Perry, et avais jugé bon de lui expliquer pourquoi il nous fallait arrêter le convertisseur une semaine entière. Ce en quoi je fus bien inspirée, car M. Perry fut immédiatement séduit par le projet, et analysa son carnet de commandes pour y trouver facilement quelques commandes qui pouvaient être décalées. Je réorganisai donc la planification de la production, et décidai ce que je ferais de la main-d'œuvre pendant ces cinq jours : une partie des ouvriers continuerait à produire grâce aux fours à puddler, mais une autre partie devrait s'arrêter. Je décidai d'employer ceux-là au démontage et au remontage du convertisseur, ce qui permettrait de ne laisser personne sans salaire durant toute une semaine.

Le mois qui suivit fut interminable. M. Wallace se montra particulièrement irascible. Il annula tous nos rendez-vous habituels, s'enfermant dans son bureau pour écrire et récrire ses formules chimiques, puis, ensuite, pour revérifier mes calculs quant à la quantité de dolomie nécessaire à tapisser l'intérieur du convertisseur. Je ne le vis qu'une seule fois durant toute cette période. C'était un vendredi soir de début août. J'établissais alors la paye des ouvriers, qui devait être distribuée le lendemain soir, lorsque je vis apparaître M. Wallace, comme à son habitude, sans bruit ni annonce, devant mon bureau. Je sursautai.

— Allons, Constance, je ne pensais pas vous effrayer à ce point ! dit-il, surpris par ma réaction.

— Oh, pardonnez-moi, Monsieur. C'est que je dois être particulièrement attentive : j'établis la paye de cette semaine. Je tiens à ne commettre aucune erreur.

— Je n'en attendais pas moins de vous, *Mademoiselle*, dit-il en français.

En le regardant, j'eus pitié du pauvre homme. Il était particulièrement pâle, ses yeux étaient injectés de sang, et il portait toujours sa barbe de trois jours qui lui mangeait les joues. Il me sembla qu'il avait un teint malade, et je m'en inquiétai.

— Monsieur, allez-vous bien ? Vous me semblez à bout de forces…

— Ah… vous voyez tout, Constance ! Je suis un peu fatigué, c'est vrai, avoua-t-il… Je travaille probablement trop… Je m'assure de n'avoir pas fait d'erreur dans mes formules.

— Monsieur, si je puis me permettre : vous restez enfermé dans votre bureau toute la journée, voire la nuit, car il ne me semble pas vous voir le quitter tous les soirs. Ce n'est pas très raisonnable, tout cela…

Il sourit.

— Vous souciez-vous de ma santé, Constance ?

— Bien sûr, Monsieur.

— Je n'ai pourtant rien fait pour mériter cela, dit-il, le sourire aux lèvres.

— Mais bien sûr que si, Monsieur. Avez-vous oublié tout ce que je vous dois ?

— Ah ! évidemment. Nous en revenons toujours à ce point. Il me semble maintenant indispensable de vous libérer de cette reconnaissance éternelle, Constance. Cela fausse votre jugement.

— Nullement, Monsieur. Je vous connais maintenant suffisamment pour ne pas me méprendre.

— Croyez-vous ?

Il me fixa de ses yeux inquisiteurs jusqu'à ce que je baisse les miens, ne pouvant soutenir son regard. Puis, je l'entendis émettre un léger gémissement. Lorsque je relevai les yeux, il se tenait la tête, chancelant. Je me précipitai pour le soutenir, et le fis s'asseoir sur une des deux chaises qui faisaient face à mon bureau. Je posai ma main sur son front. Il était brûlant.

— Monsieur, que vous arrive-t-il ? Je vais chercher de l'aide, restez là, dis-je, me dirigeant vers l'extérieur.

Il attrapa mon poignet, m'arrêtant dans mon mouvement, et dit :

— Non, surtout pas. Cela va passer. Restez avec moi. Je n'ai besoin de personne d'autre.

— Mais enfin, vous êtes brûlant ! Vous ne pouvez pas rester comme cela !

— Oh, ne vous alarmez pas… Ce n'est probablement qu'un léger abus de morphine. Les effets vont se dissiper dans quelques instants.

Je m'assis à ses côtés et essuyai son front avec un de mes mouchoirs.

— Cette substance n'a certainement pas que des effets positifs sur votre santé, Monsieur, affirmai-je, renfrognée. Je me suis renseignée, vous savez…

Il leva ses yeux fatigués et cernés de noir vers moi, et retrouva son sourire.

— Vous vous êtes renseignée ? Tiens donc ! Et qu'avez-vous découvert ?

— Eh bien, la morphine est une substance qui entraîne une certaine accoutumance. Cela a pour conséquence de diminuer les effets au fur et à mesure que le patient augmente les doses, jusqu'à créer parfois une dépendance chez certains sujets.

Je marquai une pause, avant d'ajouter :

— Dans certains cas extrêmes de surdosage, elle peut entraîner la mort.

Il sourit à nouveau.

— Vous voilà donc inquiète à mon sujet, c'est cela ?

— C'est bien naturel, non ? avouai-je.

— Je suis touché. Cependant, je vous dispense de cette inquiétude. Je ne suis qu'un consommateur modéré.

— Sauf ce soir, Monsieur, affirmai-je.

— Sauf peut-être ce soir, je vous l'accorde. Mais je savais que je trouverais du réconfort auprès de vous… ou de James. Savez-vous que je me repose entièrement sur vous, maintenant, pour ce qui est de la conduite de la manufacture ?

— Oh, ça, oui, je pense l'avoir réalisé. Cela me convient tout à fait d'ailleurs…

— Bien.

Il repoussa doucement ma main qui appuyait le mouchoir sur son front, puis se leva.

— Merci, Constance. Je crois que je me laisse emporter par mon tempérament. J'ai du mal à supporter d'attendre sans rien pouvoir faire d'autre… et je suis si anxieux à l'idée que cela pourrait ne pas marcher en grandeur nature.

— Monsieur, si cela ne fonctionne pas, vous essaierez une autre solution plus tard. N'est-ce pas vous qui m'avez dit, un jour, que l'important est d'innover, de tester, et si cela ne marche pas, de recommencer ?

— Si, tout à fait... Vous êtes décidément la voix de la raison ce soir, ma très chère Constance.

Il m'adressa un dernier sourire fatigué, puis me salua.

La dolomie arriva enfin, quelques jours plus tard. J'avais trouvé le moyen de faire l'économie de deux jours d'arrêt en commençant le démontage dès que j'eus l'information que la cargaison avait quitté le port d'Ostende. L'opération était délicate, car un convertisseur qui avait servi se déformait. Il s'agissait de ne pas abîmer les éléments constituants au cours du démontage, ce qui compromettrait le remontage.

La précieuse cargaison arriva donc le jour dit, sans encombre. L'opération de tapissage de l'intérieur du convertisseur pouvait commencer. M. Wallace avait souhaité diriger l'opération, et j'avais souhaité être présente pour coordonner mes hommes. Il avait préparé un mélange de goudrons lui-même afin de fixer les briques et d'en assurer la jointure. Trois hommes l'assistaient dans cette tâche, et il prenait soin de vérifier la qualité des jointures que les ouvriers réalisaient, une à une. Je revoyais en lui l'homme qui m'avait impressionnée lorsque j'étais encore une enfant, lors de ma visite de la manufacture de Bonneval, cinq ans plus tôt. Il était assidu à la tâche, précis, concentré, et n'hésitait pas à réaliser les opérations les plus délicates lui-même pour assurer le succès de son projet. L'intervention s'avérait plus longue et plus délicate que prévue, les briques n'épousant pas parfaitement la forme du convertisseur. M. Wallace avait donc décidé de les poncer une à une, en fonction de la forme nécessaire. Cela ralentissait la manœuvre de manière considérable. J'avais fait chercher deux hommes supplémentaires pour s'acquitter de cette tâche, et décidai de prêter main-forte à l'équipe moi-même. À la fin de la première journée, seul un quart de l'intérieur des parois avait été recouvert. Nous avions pris un retard considérable. Lorsque nous décidâmes que nous avions besoin de repos, vers vingt et une heures, Sir Samuel nous renvoya tous dans nos foyers, mais décida, de son côté, de dormir sur place afin de pouvoir être à pied d'œuvre dès l'aube le lendemain.

Comme nous nous en doutions, lorsque nous le rejoignîmes le lendemain matin à six heures, il était déjà au travail. Cette seconde journée fut plus productive : là où la veille les gestes étaient hésitants, nous avions fini par prendre de l'assurance et un certain coup de main, et vers vingt heures, il ne restait plus qu'un quart du convertisseur à recouvrir. Cependant, le temps nous était compté : nous n'avions plus qu'une seule journée pour finir de tapisser le convertisseur et le remonter entièrement. J'avais fait apporter un repas froid le midi à l'équipe, ce qui permit de minimiser le temps de pause, et l'idée me vint de surprendre mon patron en lui faisant livrer un dîner copieux le soir même, au pied du convertisseur. Je le soupçonnais en effet d'avoir été négligent et d'avoir oublié de manger la veille au soir, voire le matin même. De plus, j'avais dans l'idée de passer moi aussi la nuit sur place, afin de l'aider au plus tôt le lendemain matin. Une fois les ouvriers partis, je lui annonçai donc :

— Monsieur, puis-je rester aussi ici cette nuit ? Il ne nous reste qu'une journée pour finir et redémarrer le convertisseur, et plus tôt je serai à pied d'œuvre…

— Constance, il n'en est pas question. Vous avez besoin de vrai repos, me répondit-il, comme écartant cette idée saugrenue immédiatement.

— Oui, je vous l'accorde, mais je pourrai aussi bien me reposer ici, tout comme vous. Et puis, j'aurai beaucoup de mal à dormir si je ne suis pas ici pour commander le travail au plus tôt.

— Vous aurais-je communiqué mon angoisse, Constance ? dit-il en souriant.

— Un peu, oui. Mais je n'ai fait qu'ajouter à mon inquiétude déjà existante. Nos clients comptent sur nous, et je leur ai promis de redémarrer au bout de cinq jours d'arrêt, pas un de plus. Je dois tenir mes engagements. Laissez-moi rester, je vous en prie.

— Soit. Avez-vous prévu de quoi dormir ?

— J'ai commencé par nous commander un dîner, Monsieur.

— Oh, vous êtes pleine de ressources, jeune fille, me répondit-il avec un large sourire.

— Pour le reste, j'irai dormir dans mon bureau, j'ai toujours une couverture là-haut.

— Mais seulement deux chaises, et pas de lit.

— Non, en effet. Je pense dormir par terre, je l'ai fait plusieurs fois par le passé.

— C'est hors de question. Vous irez dormir dans l'un des sofas, dans mon bureau, Constance.

— Merci, Monsieur.

— J'espère que vous ne vous formaliserez pas si je prends l'autre sofa. Je ne vais pas sacrifier une nuit de sommeil aux convenances.

— Je ne me formaliserai pas, Monsieur.

— Je vous en remercie.

Lorsque le dîner arriva, je lus avec satisfaction sur le visage de M. Wallace le soulagement que j'avais souhaité. J'avais demandé à la mère de Jeremy de nous préparer des pâtés et une de ses fameuses tartes au sucre, le tout accompagné d'un vin des plus corrects.

Samuel Wallace dévora ce repas simple mais revigorant. Il fit une pause, se tourna vers moi, et m'annonça, presque solennel :

— Je crois que c'est le meilleur dîner que j'ai fait de ma vie, Constance.

— Merci, Monsieur. N'est-ce pas cependant un peu exagéré ? répondis-je, amusée.

— Je vous assure que non. Non pas que je n'aie jamais rien mangé de meilleur, ce n'est pas cela. C'est plutôt un repas simple, mais qui vient à point nommé après cette journée de travail harassante. Voyez-vous, Constance, je me sens tout à fait bien, ce soir : nous avons rattrapé le retard pris hier, le dîner est simple mais bon, et vous êtes là, avec moi, chère partenaire… je pense que j'ai tout ce dont j'ai besoin, ce soir.

— Il est vrai qu'après une journée pareille, un bon dîner nous remet sur pieds, confirmai-je.

Il ne répondit pas de suite, puis, après un moment de réflexion, me dit :

— Vous êtes très prudente, Constance. Vous esquivez en permanence, dit-il en me regardant avec insistance, sans que je comprenne ce qu'il voulait dire.

Il ajouta ensuite :

— Je pense même que vous n'en avez pas conscience…

Je ne répondis pas, ne sachant sincèrement que répondre, et craignant de passer pour idiote, ne comprenant rien à ses propos. Lui n'insista pas, continuant son repas.

Au bout de quelques instants, je lui souhaitai la bonne nuit, et le quittai pour rejoindre son bureau. Il ne me retint pas, et me souhaita bonne nuit à son tour.

Je dormis assez bien ce soir-là, les sofas du bureau de mon patron étant particulièrement confortables, et la fatigue de la journée fit le reste. Je n'entendis pas Sir Samuel venir dormir dans l'autre sofa cette nuit-là, et me réveillai seule le lendemain matin, si bien que je ne sus dire s'il avait dormi dans son bureau ou non. L'aube était déjà là lorsque j'ouvris les yeux. Je pris quelques minutes pour faire une tresse de mes cheveux et me rafraîchir, avant de descendre dans l'atelier. Comme je m'y attendais, lorsque j'atteignis le convertisseur, Sir Samuel était déjà à pied d'œuvre.

— Bonjour, Monsieur, fis-je, annonçant ainsi mon arrivée.

— Bonjour, Constance, dit-il, levant à peine les yeux vers moi, ponçant une brique de dolomie.

— Avez-vous dormi, Monsieur ?

— Très bien, merci.

Il s'arrêta de poncer la pierre, et m'annonça, avec un grand sourire :

— Vous parlez en dormant, Constance !

— Allons donc, vous vous moquez, Monsieur !

— Absolument pas, vous parlez, et très nettement.

— Et qu'ai-je dit ? Rien de compromettant, j'espère, Monsieur.

— Ça, je ne vous le dirai jamais… me taquina-t-il, avec un sourire radieux.

— Monsieur ! m'indignai-je.

— Allons Constance, rassurez-vous, je garderai bien votre secret, celui que vous avez évoqué cette nuit…

— Je ne vous crois pas, répondis-je, rentrant dans son jeu. Je suis persuadée de n'avoir rien dit, Monsieur.

— Comme vous voulez... Allons, le jour se lève, mettons-nous au travail, dit-il, reprenant le ponçage de la brique qu'il tenait dans ses mains.

Je retrouvai mon sérieux, et m'attelai à la tâche, alors que les trois autres ouvriers arrivaient pour nous prêter main-forte. Nos gestes étaient sûrs, nous avions gagné en précision et en rapidité d'action, et notre petite équipe fut particulièrement efficace. Cette tâche simple, mais harassante, me comblait. Le sentiment d'œuvrer à ce projet effaçait la sensation de fatigue physique, et je me sentais plus forte, plus résistante qu'à l'accoutumée. Au point de ne pas m'apercevoir que je me blessais profondément les mains.

Vers onze heures du matin, nous avions fini. Après une brève pause d'une demi-heure, nous nous attelâmes au remontage de l'ensemble, avec minutie. Quelque deux heures plus tard, j'étais épuisée, et mes mains me faisaient horriblement souffrir. Comme à mon habitude lorsque j'étais prise dans le feu de l'action, je n'avais pas pris soin de me protéger, et mes mains étaient en sang. Les frottements de la pierre pendant deux jours consécutifs avaient presque arraché la peau de mes paumes par endroits. Il me fallait les laver et les panser avec soin au plus vite.

L'assemblage du monstre de métal était déjà presque terminé, et je décidai d'abandonner M. Wallace et son équipe à ce moment, jugeant qu'ils n'avaient plus besoin de moi. Je remontai dans mon bureau, lavai la paume de mes mains afin d'éliminer toute poussière de dolomie, et identifiai plus précisément mes blessures. Alors que je cherchais des mouchoirs pour me faire des bandages, Sir Samuel fit irruption dans la pièce, exultant :

— Constance, nous y sommes ! Le convertisseur est à nouveau opérationnel ! Venez, nous allons le remettre en route ! Il faut que vous soyez là !

Il était sur le point de m'attraper par la main, lorsque ses yeux se posèrent sur lesdites mains, qu'il découvrit ensanglantées, et il s'arrêta net.

— Mais... que vous arrive-t-il ?

— Oh, je ne peux m'en prendre qu'à moi-même. J'ai encore été négligente, Monsieur. En ponçant la dolomie, je me suis arraché la peau à plusieurs endroits.

Il prit mes mains dans les siennes.

— Ma pauvre enfant… Pourquoi vous infligez-vous de telles blessures ?

— Ce n'est rien, Monsieur. Dans une semaine, il n'y paraîtra plus. Et puis, je ne m'en suis pas rendu compte, vous savez. J'étais concentrée sur ma tâche, tout comme vous.

— Mais je ne me suis pas blessé, moi !

— C'est simplement que vous avez la peau plus dure, et ce à plus d'un titre, répondis-je, osant une plaisanterie.

— Probablement… répondit-il, ne relevant pas mon bon mot.

Il posa à nouveau son regard sur mes mains, puis les porta à sa bouche et déposa un baiser délicat au creux de la paume de chacune de mes mains blessées.

— Si cela peut accélérer la guérison… dit-il, c'est le moins que je puisse faire. Après tout, vous vous êtes blessée pour moi et la Wallace Steel !

Je priai pour que l'émotion qui m'assaillait ne soit pas perceptible, et restai comme pétrifiée. Ma poitrine était oppressée et j'étais incapable de prononcer un mot. Quelle était la signification d'un tel geste ? Pouvait-il s'autoriser tant de familiarités seulement au titre de notre excellente collaboration ? Bien sûr, mes questions restèrent sans réponse. M. Wallace rompit ce silence pesant, nous ramenant à l'impatiente réalité.

— Si vous ne souffrez pas trop, pensez-vous pouvoir assister à la remise en route du convertisseur ?

Ma raison reprit le dessus, et je pus répondre :

— Évidemment, Monsieur.

— Bien. Terminez vos bandages et rejoignez-nous, dit-il, me laissant là et retournant aussitôt auprès de son cher convertisseur.

Je m'empressai de m'exécuter et de rejoindre l'atelier. Le démarrage d'un convertisseur était une opération longue et complexe, mais mon patron était rompu à l'exercice. Il ne garda avec lui que deux hommes pour la manœuvre, renvoyant les autres chez eux, après les avoir chaleureusement remerciés pour leurs efforts durant toute cette opération. Je restai avec eux, fidèle au poste, consciente que le moment était crucial. Le soir même, vers vingt et une heure, nous faisions la première coulée de fonte phosphorée qui n'était jusqu'à présent utilisée que dans les fours à puddler.

M. Wallace était impatient de pouvoir analyser les premiers lingots, afin de déterminer si cette modification du convertisseur était l'aboutissement de ses recherches ou, au contraire, si tout serait à reprendre. Il mit donc cinq lingots de côté, prêts à être analysés le lendemain, une fois refroidis. Il congédia les deux hommes qui étaient restés, et conclut, se tournant vers moi :

— Cette fois, ça y est, Constance. Nous aurons le verdict demain matin. Nous ne pourrons plus revenir en arrière…

Ses mots résonnèrent tout particulièrement dans le silence de l'atelier désert. La fonderie était maintenant plongée dans un calme qui me semblait étrange après ces deux folles journées. Nous étions seuls, au milieu de l'immense chantier de machines, de creusets, de palans, de poutrelles et de pièces en cours d'élaboration, presque dans le noir.

— C'est un aboutissement, n'est-ce pas, Monsieur ?

Il ne répondit pas, mais sa physionomie changea, et, en quelques instants, je perçus son abattement soudain. Il s'assit sur le soubassement qui supportait le convertisseur, semblant porter sur les épaules le poids invisible de je ne sais quelle préoccupation.

— Avez-vous peur, Monsieur ?

— Peur ? répondit-il, levant des yeux tristes mais interrogateurs vers moi, comme si cela avait été une question idiote.

Puis, il sembla réfléchir quelques instants, et se ravisa.

— J'allais vous répondre que non, bien évidemment. Mais à bien y réfléchir : oui, j'ai peur. Cette quête m'a tenu en haleine et a été ma raison de vivre depuis plus de deux ans, maintenant. Que va-t-il se passer demain ? Bien évidemment, si l'expérience échoue, dans le meilleur des cas, le convertisseur continuera à produire la même qualité de fonte qu'auparavant, et je devrai poursuivre mes recherches. Dans le pire des cas, la fonte non phosphorée produite n'est plus exploitable. Je devrai alors faire l'opération inverse, mettre quelques clients dans une fâcheuse posture en arrêtant à nouveau le convertisseur pour une nouvelle semaine et le remettre en état. Je perdrais beaucoup d'argent…

Il ponctua cette conclusion par un long soupir et un silence qui me sembla tout aussi interminable, tant je souhaitais en savoir plus sur l'état d'esprit dans lequel se trouvait mon patron. Enfin, il reprit :

— Si l'opération est un succès, nous allons presque doubler notre production, et l'avenir de la Wallace & Co. sera assuré.

— Ce serait la consécration pour votre compagnie, et pour vous, Monsieur ?

— Certainement, oui.

— Cela ne semble guère vous enchanter… ?

— C'est la question que je me pose à l'instant, Constance… Ce soir, alors que cela ne m'avait même jamais effleuré l'esprit, et alors que je touche probablement enfin à l'objectif, j'ai un doute.

— Un doute, Monsieur ?

— Oui. Un doute sur ce qui m'animera par la suite. Imaginez l'impact de cette découverte. Je devrais transformer cette réussite technique en réussite industrielle, certes, mais cela sera beaucoup plus facile. Je ne vois pas où sera la difficulté. Et je m'inquiète de n'y trouver que peu d'intérêt.

— Mais enfin, Monsieur, il vous faudra adapter les autres convertisseurs en votre possession, adapter vos fonderies, revoir l'utilité du puddlage…

— C'est exact… Mais encore une fois, où serait l'enjeu, où serait la difficulté ? Quel est le risque d'échouer ? Il n'y en a aucun. Rien ne m'est plus pénible que lorsque je n'ai aucun défi à relever, aucun objectif suffisamment ambitieux…

Je commençais à comprendre. Cet homme complexe, non content de tout posséder – la santé, la jeunesse, la richesse – redoutait avant tout l'absence de défi, et s'angoissait à la veille de voir aboutir plusieurs années de labeur et de combat.

— Nous trouverons, Monsieur. Je vous aiderai à trouver un autre projet, le rassurai-je.

Il me regarda et sourit.

— Oui, en effet. Il se peut que vous soyez au cœur même de mon prochain projet, Constance. Ma chère amie, je vous remercie pour tout. Rentrez chez vous maintenant. Il se fait tard et demain sera une grande journée, quel que soit le résultat !

35

Nordham Hills Manor, Northumberland

Je m'éveillai en sursaut, bousculée par un cahot plus violent que les autres. Les routes du Northumberland s'avéraient rudes pour les voyageurs fatigués. James et moi étions pourtant à notre aise dans cette confortable voiture de six larges places, généreusement mise à notre disposition par M. Wallace pour effectuer le trajet de Newcastle à Nordham Hills, propriété de la famille Wallace depuis plusieurs générations, au cœur du Northumberland.

Tout cela avait été décidé en un tournemain après le succès de la première coulée de fonte phosphorée, les tests mécaniques et chimiques sur les lingots attestant de l'excellente qualité de la fonte obtenue. M. Wallace avait convoqué James dès le lendemain afin d'organiser un événement d'importance pour célébrer sa découverte, et annoncer au monde que la transformation de la fonte phosphorée était maintenant possible dans un convertisseur Bessemer. Il souhaitait rassembler ses principaux clients, la presse, les représentants officiels de la région et quelques personnages influents de Londres en sa propriété du Northumberland, pour un discours officiel. Quelques agréables à-côtés seraient aussi nécessaires afin d'atténuer la peine que pouvait représenter pour les invités un si long voyage.

La date avait été fixée pour la mi-septembre, avant que les jours ne raccourcissent trop. James Gardiner, en fidèle bras droit, prenait en mains l'organisation de l'événement. La tâche la plus compliquée était le choix des invités : il fallait à la fois choisir les personnes les plus influentes dans leur partie – presse, industriels, politiques – mais aussi ne froisser aucune susceptibilité.

James tria sur le volet des politiques des deux bords, des représentants des principaux journaux de Newcastle et quelques-uns de Londres, sélectionna les clients les plus importants, mais aussi ceux qui pourraient représenter un potentiel pour l'avenir. Il contacta ses meilleures relations sur la place de Londres, afin de commencer à faire courir le bruit qu'une révélation d'importance pour l'industrie de l'acier aurait lieu à Nordham Hills sous quinzaine. En quelques jours, la rumeur enfla, et tous les acteurs importants voulaient en être.

James s'était ainsi assuré toute l'attention nécessaire des personnages ciblés, qui, pensait-il, attendraient leur invitation avec impatience. Afin d'atténuer le désagrément d'un voyage aussi lointain vers le Nord pour la plupart des participants, il avait concocté un programme alléchant : dîner de gala, partie de chasse et concerto de violon. James excellait dans l'exercice. Cet avocat avait les meilleures relations dans le monde, et avait su trouver, en une semaine, les meilleurs prestataires sur la place de Newcastle ou d'Édimbourg pour assurer un événement à la hauteur des attentes de M. Wallace. À mon grand étonnement, mon patron m'avait informé que ma présence serait indispensable à l'événement. Il avait absolument besoin, disait-il, d'avoir avec lui tous les ambassadeurs de sa réussite. Je dus alors prévoir l'organisation de mon absence en moins d'une semaine, ce qui fut plus facile que je ne l'avais cru, Jeremy Abbott et M. Rivers se montrant tout à fait coopératifs.

À travers les vitres de la berline, j'explorais, ce matin d'automne 1863, des terres qui m'étaient inconnues. Le paysage changeait au fur et à mesure que nous quittions le Tyne and Wear et que nous nous enfoncions dans le Northumberland sauvage et inhabité. Les pâtures et les forêts du bord de mer laissaient peu à peu place à de douces collines, parsemées de bosquets et de fermes ici et là, puis, les collines s'affirmaient de plus en plus, devenant presque montagnes, gardant à leurs pieds quelques rares fermes et quelques arbres, le long des rivières.

Après plusieurs heures de voyage, les vallées se creusèrent, jusqu'à ce que, les heures passants, nous nous retrouvions au milieu d'une lande hautement vallonnée de bruyères balayées par le vent, où les arbres se faisaient rares, et le terrain de plus en plus accidenté. Le paysage nu, avec, à perte de vue, de vertes collines teintées du mauve des bruyères alternant avec le gris des rochers, prenait un air grandiose. Cette terre, balayée par un vent que rien ne venait arrêter, pas un village, pas une haie de bocage, pas même un bosquet, déroulait son immensité devant le regard qui se perdait dans le lointain, là où les nuages rejoignaient l'horizon. Cette vue emplissait mon cœur d'un sentiment de puissance que je n'avais pas ressenti depuis longtemps, depuis plus de cinq ans déjà, lorsque le fougueux fleuve de Loire, au printemps, laissait libre cours à toute sa force, emportant tout sur son passage. Je dévorais chaque miette de ce paysage qui s'ouvrait devant moi et aurais voulu que cette contemplation ne s'arrête jamais.

Mon impatience allait grandissant quand à chaque détour du chemin de nouvelles merveilles apparaissaient : une colline mauve, une haute falaise de granit, un lac dans lequel se reflétaient les nuages, nichant au creux d'un vallon… Soudain, alors que nous nous étions enfoncés dans un canyon entre deux imposantes collines rocheuses, remontant le cours d'un ruisseau qui sautait de pierre en pierre dans un tumulte digne d'une fonte des neiges, je découvris au sortir de ce canyon un lac de dimensions imposantes, et, au loin, de l'autre côté de ce lac, se détachant sur l'horizon gris, le profil d'une demeure majestueuse. Je me tournai vers James, qui était toujours assoupi :

— James, réveillez-vous : j'aperçois un château à l'horizon, serions-nous arrivés ?

Il reprit rapidement ses esprits, avant de se redresser et de venir s'asseoir en face de moi afin de voir par ma fenêtre et d'affirmer :

— Ah ! Nous y sommes ! Voilà Nordham Hills, Constance, demeure des Wallace depuis au moins deux cent cinquante ou trois cents ans…

Nous longions à présent le lac, le laissant sur notre gauche, et nous dirigions droit vers la demeure. Elle était entourée d'un ensemble de bosquets, qui se présentaient tel un écrin de verdure, protégeant les bâtiments du vent du nord. Nichés au cœur d'un vallon, le lac, la demeure et les bois environnants semblaient coupés du monde, et l'unique route y menant serpentait au milieu de cet espace clos, au gré des courbes du lac et des pentes des collines. Le voyageur qui souhaitait se rendre à Nordham Hills n'avait ainsi d'autre choix que d'emprunter cette route et avait tout le loisir, au fur et à mesure qu'il se rapprochait de la demeure, d'en admirer tous les détails qui se révélaient peu à peu à lui.

Nous arrivions par la façade sud du château, qui surplombait une cour d'honneur de graviers blonds. Cette cour formait un cercle entouré de parterres de pelouse d'un vert tendre comme on ne pouvait en trouver que dans un pays ou le climat garantissait une absence totale de sécheresse. Un chapelet de magnifiques buis en forme de boule à hauteur d'homme délimitait l'espace entre cette cour d'honneur et les bords du lac, formant un tableau des plus ravissants.

De prime abord, il était difficile de comprendre l'architecture du bâtiment, ou plutôt d'en comprendre l'histoire, car cette demeure semblait avoir été construite peu à peu, au fil du temps. On pouvait deviner plusieurs époques de construction, rien que sur la façade principale. Le centre de la bâtisse toute de pierre grise et rose avait été à l'origine fortifié, et non une demeure de villégiature, mais on l'avait manifestement percé d'une multitude d'immenses fenêtres à une époque ultérieure. Au centre de la façade se détachait une sorte de tour imposante, non crénelée cependant, comme on aurait pu l'imaginer d'un château fort, mais bénéficiant de considérables renforts de part et d'autre d'une immense porte de bois noir, aux colonnes et au fronton d'inspiration gothique, digne d'une entrée d'église. Cette tour devait être l'entrée principale. Le reste de la façade était constitué d'une succession de bâtiments aux toits tantôt pointus, tantôt plat, à grandes fenêtres étroites et souvent ornées de vitraux transparents. Le tout semblait, de l'extérieur, compliqué, et je m'imaginais alors le labyrinthe que devait être l'intérieur de la demeure.

Notre berline s'arrêta devant la grande porte au fronton gothique. Nous descendîmes de la voiture, et eûmes à peine le temps de contourner la berline pour nous présenter devant la porte que celle-ci s'ouvrit sur un homme d'une cinquantaine d'années, solennel, tout de noir vêtu, nous souhaitant la bienvenue à Nordham Hills. James le salua – j'appris ainsi qu'il se nommait Watson – et lui demanda de s'occuper de nos bagages. Il me présenta à l'inconnu, qui s'inclina sans un mot, et de façon imperceptible, en guise de salutations.

Nous entrâmes dans la demeure. Le hall qui se cachait derrière cette grande porte noire était surprenant : il avait été aménagé au goût du siècle précédent, et il ne restait de moyenâgeux que l'arche surplombant la porte d'entrée. La pièce, de forme carrée, se terminant en demi-cercle, était éclairée par un dallage de grands pavements ivoire et noirs. Plus rien ne subsistait de l'origine moyenâgeuse du bâtiment : de magnifiques boiseries de chêne montaient jusqu'au plafond, lui-même décoré de tableaux récents encastrés dans des caissons de chêne finement sculptés. D'imposants rideaux de damas rouge encadraient la porte centrale que l'on devinait menant aux pièces principales de la demeure, et deux bancs modernes capitonnés d'un velours du même rouge étaient disposés de part et d'autre. D'immenses miroirs aux cadres ciselés avaient été accrochés au-dessus des bancs, permettant ainsi aux voyageurs soucieux de leur apparence de vérifier leur tenue avant d'être présentés au maître des lieux. Deux statues de marbre blanc, représentant quelque ancêtre illustre du XVe siècle, trônaient dans les angles, solennels.

Watson ouvrit une des deux portes latérales de ce vestibule et nous fit entrer dans une grande bibliothèque qui tenait lieu de salon. J'y retrouvai la magnificence de la bibliothèque de Grainger Street, mais en deux fois plus grand. La pièce était plus longue que large, et, tout en boiseries, tentures et meubles rouges, était particulièrement chaleureuse. Orientée plein sud, elle bénéficiait de la lumière de ce début d'après-midi. Une curiosité architecturale faisait l'originalité de cette pièce : un espace à six pans de murs, largement éclairé par de hautes fenêtres, formait une avancée sur la cour. Dans cet espace était aménagée une alcôve, constituée de bancs en surépaisseur du mur, garnis d'épais coussins et de rideaux damassés.

M. Wallace se trouvait déjà à pied d'œuvre : il était attablé à un bureau au fond de la pièce, derrière plusieurs rangées de canapés.

Son visage, à notre entrée, s'illumina :

— Ah, enfin ! Voilà mes deux fidèles lieutenants ! James, Constance, vous ne pouviez mieux tomber... sans vous, je suis entouré d'incapables !

— Allons donc Samuel, répondit James, que se passe-t-il ?

— Oh, de menues contrariétés que mon majordome a beaucoup de difficultés à gérer seul, répondit-il, lançant un regard furieux audit majordome, qui quittait déjà la pièce. James, au travail ! Nous devons revoir un certain nombre de détails logistiques sur-le-champ.

— C'est pour cela que je suis là, Samuel, répondit James en s'inclinant.

Celui-ci, malgré la fatigue du voyage, s'attabla face à Sir Samuel sans se plaindre, et tous deux se plongèrent dans les sujets les plus urgents : l'affectation des chambres aux invités, la logistique de la partie de chasse... Je me retrouvai debout, au milieu de la bibliothèque, interdite, et me décidai après quelques instants à questionner le maître des lieux :

— M. Wallace, qu'attendez-vous de moi pour le moment ?

Il prit conscience de ma situation peu confortable.

— Dans l'immédiat, rien, ma chère Constance. Installez-vous dans votre chambre, et repérez les lieux. J'aurai besoin de vous plus tard.

— Bien, Monsieur.

Je m'exécutai, mais encore fallait-il que je trouve ma chambre. J'appris vite que dans ces demeures, on se trouve rarement seul. Je ne pus faire deux pas en dehors de la bibliothèque sans tomber sur un valet de pied, qui eut la bonté de me renseigner. Nous passâmes la porte principale du vestibule, et nous retrouvâmes dans un hall tout en longueur, traversant le bâtiment de part en part, et dont le plafond, extrêmement haut, montait jusqu'au toit. Ce hall distribuait les pièces principales du rez-de-chaussée de la demeure. Aux deux étages, surplombant le vide immense du hall, on voyait un balcon intérieur faisant tout le tour de l'espace. Un escalier majestueux en chêne montait de l'extrémité nord du hall, gagnant les étages au gré des nombreux et immenses tableaux de famille disposés tout du long.

Le valet de pied me conduisit au second étage, et, à travers un couloir assez long, à ma chambre. Elle était, comme celle de Grainger Street, d'une dimension à laquelle je n'étais pas habituée, et d'un luxe que

Papa aurait jugé indécent. J'admirai les tentures vert sombre et or, en harmonie avec les tissus du lit à baldaquin, des tapis beiges et mauves, ainsi que la richesse des meubles mis à ma disposition : une coiffeuse, deux armoires, quelques fauteuils, le tout dans le plus pur style élisabéthain, et surtout, attenante à la chambre, une salle de bains équipée d'une baignoire. Loin d'être intimidée par tant de magnificence, je me résolus à profiter de ces quelques jours privilégiés, et à remplir ma tête de souvenirs exceptionnels.

Après avoir exploré ma chambre, je ne tenais plus en place et étais exaltée à la perspective d'une visite de l'ensemble des lieux. Je souhaitais me repérer tout d'abord, et découvris par la fenêtre de ma chambre qu'elle était, comme la bibliothèque, orientée plein sud, avec vue sur le lac. Je restai quelques instants interdite, découvrant le paysage magnifique qui s'offrait à mes yeux. Les nuages et le soleil se livraient à un ballet d'ombres et de lumière sur les eaux profondes du lac, et teintaient tantôt de vert tendre, tantôt de gris, les pentes herbues des collines qui descendaient doucement jusqu'aux rives du plan d'eau.

Mais rapidement, l'envie de découvrir le reste du site fut la plus forte. Je quittai donc de ma chambre, et décidai de ressortir du bâtiment pour prendre la mesure de la propriété, des dépendances, et de l'architecture d'ensemble. Je fus enchantée par cette visite, qui m'occupa une bonne partie de l'après-midi.

Je découvris un petit paradis sur terre, qui ne ressemblait en rien à ce que j'avais pu connaître alors. Il me faut avouer que mon expérience en matière de châteaux et de manoirs était extrêmement limitée, voire totalement inexistante. C'était, après tout, le premier vrai château que je visitais de toute ma vie. Qu'avais-je donc pu admirer au cours de mes vingt et une années d'existence ? Bourg-le-Vieil, modeste village de bord de Loire, charmant mais sans aucun raffinement, Bonneval, ville d'histoire, à l'architecture riche et classique, les faubourgs parisiens, qui avaient été de loin les plus sordides et les plus tristes lieux de résidence de ma courte vie, et Newcastle upon Tyne, qui, même si la ville haute avait été réhabilitée pour en faire une ville moderne et élégante, n'égalait en rien ce que j'avais maintenant sous les yeux. J'étais littéralement subjuguée. Nordham Hills était un site unique qui alliait l'élégance architecturale à la beauté d'un paysage sauvage, mais aussi au charme et au raffinement d'un jardin harmonieusement aménagé.

Mon exploration m'avait tout d'abord amenée sur les rives du lac, au sud du château, en contrebas de la cour d'honneur. Aucun chemin n'était prévu pour s'y rendre directement depuis ce terre-plein central, et je décidai de dévaler la pente de pelouse tendre en courant, comme exaltée à l'idée de rejoindre la rive. J'y découvris un lac à l'eau claire et pure, dans lequel je pouvais aisément observer les poissons jouant à se cacher dans une multitude de galets. La surface de l'eau était lisse et calme à cet endroit, mais ridée au loin par une légère brise qui soufflait. Je marchai quelque temps le long du lac, cherchant à observer les poissons, savourant le calme et la plénitude de la rive, jusqu'à ce que je croise un chemin de graviers qui, ponctué de quelques marches de granit, serpentant à travers la pelouse, remontait vers le château. Je l'empruntai, et découvris qu'il ne menait pas au château, mais aux jardins qui se trouvaient à l'ouest et au nord de celui-ci. Il était bordé de buis savamment taillés, de rosiers, de bruyères, qui chacun captaient mon attention et m'arrêtaient régulièrement dans ma progression.

Le jardin était légèrement en contrebas du château, occupant l'espace entre celui-ci et le bosquet qui, à l'arrière et à quelque distance du château, marquait la fin de la propriété. À l'ouest, c'était un jardin que l'on disait à l'anglaise : des chemins de pelouse savamment tondue serpentaient au milieu d'un mélange d'herbes hautes et de grandes fleurs, quelques arbres fruitiers ou d'ornement dispensant de l'ombre le long des susdits chemins. Je découvris plusieurs endroits où il faisait bon s'arrêter : des bancs de pierre disposés çà et là, à l'ombre des arbres ou en plein soleil, invitaient au repos, à l'abri des regards. Au nord, c'était un jardin à la française : de longues allées droites, bordées de buis, formant des figures géométriques à admirer depuis les étages du château. Il était constitué de quatre espaces distincts : un premier carré de promenade autour de multiples rosiers, dont chacune des variétés était indiquée sur de petites pancartes d'ardoise. Un second carré formait un labyrinthe de thuyas, dans lequel je me perdis quelque dix minutes avant de trouver la sortie. Le troisième et le quatrième carrés étaient dédiés l'un aux plantes médicinales, l'autre aux différentes variétés de fleurs. J'imaginai que M. Wallace avait une armée de jardiniers pour s'occuper de tous ces différents espaces et les entretenir aussi parfaitement.

Ma promenade dans les jardins se solda par la découverte, au nord-ouest du bâtiment principal, d'une galerie extérieure couverte d'une enfilade d'arcades aux frontons d'inspiration gothique. Les jardins étant en contrebas du château, j'empruntai un escalier de pierre qui séparait les carrés à la française du bâtiment, pour gagner l'entrée de la galerie. Elle avait été aménagée en terrasse d'extérieur, et quelques bancs, tables et chaises étaient disposés, m'imaginais-je, pour le thé en milieu d'après-midi. Plusieurs grandes portes-fenêtres donnaient sur cette terrasse, et je décidai de rentrer dans le château par cet accès. Je pénétrai alors dans un salon immense, où l'on pouvait asseoir tout à la fois une trentaine de personnes, tant les multiples ensembles de canapés et de fauteuils étaient nombreux. La pièce avait été décorée de trophées de chasses, qui alternaient avec les tableaux sur le même thème. Deux magnifiques cheminées blanc ivoire ornaient les deux extrémités de la pièce. Je traversai ce grand salon à la hâte, mal à mon aise avec ces cadavres suspendus sur les murs, et ouvris la grande porte qui semblait indiquer la sortie. À mon grand étonnement, je me retrouvai dans le vestibule qui menait aux étages. La grande pendule indiquait dix-sept heures trente. Il était tard, et il me semblait qu'il serait de bon ton de m'inquiéter des tâches que pourrait me confier Sir Samuel, et je rejoignis donc la bibliothèque, afin de m'en informer. Se trouvaient là de nouveaux arrivants, en les personnes de M. Perry, enfoncé dans un des nombreux fauteuils proches de la cheminée et Mrs Eleonora Murray, assise aux côtés de M. Wallace, dans un sofa de velours rouge.

Embarrassée, je m'excusai d'entrer ainsi sans être annoncée. James, prévenant, se leva pour venir à ma rencontre :

— Constance, vous voilà. Je m'inquiétais de ne vous voir réapparaître. Avez-vous visité la propriété ?

— Oui. Elle est magnifique, répondis-je, quelque peu timidement.

— Vous connaissez M. Perry, bien sûr, mais il ne me semble pas que vous ayez été présentée à Mrs Murray.

— Non, effectivement, répondis-je, observant la resplendissante dame qui se tenait assise aux côtés de Sir Samuel.

Au son de son patronyme, elle détourna à regret son attention de Samuel Wallace pour regarder qui on voulait donc lui présenter. Un exploit que mon entrée dans la pièce n'avait pas réussi à accomplir. Comme dans mon souvenir, elle était absolument magnifique, et il était extrêmement difficile de détourner le regard d'une telle beauté. M. Wallace, au demeurant, n'y parvenait pas.

— Eleonora, annonça James, je vous présente Miss Constance Deschanel, directrice de la manufacture de Newcastle.

Je fis une profonde révérence, alors que la majestueuse dame, consciente de son rang et de l'abîme de condition qui nous séparait, inclina tout juste son auguste et délicat menton. M. Wallace remarqua alors ma présence, et affirma d'une voix haute :

— Constance, ma fidèle partenaire ! Eleonora, il est important que je vous parle de mon second bras droit. Après James, Constance est la seconde personne indispensable aux industries Wallace !

— Vous m'en direz tant, mon cher, répondit la divine créature d'une voix claire. Et comment s'y est-elle prise, pour se rendre si indispensable ? demanda-t-elle, amusée, mais quelque peu dubitative.

C'est alors que mon patron se leva, vint à mes côtés et me prit par le bras, avant d'annoncer :

— Ma chère amie, vous avez devant vous la seule jeune femme que je connaisse capable à la fois d'obtenir que tout un atelier mette du cœur à l'ouvrage sans menace ni sanction, mais aussi d'analyser et de comprendre toutes les techniques industrielles nécessaires à la conduite d'une fonderie. N'est-elle pas extraordinaire ?

— Certainement, convint Mrs Murray du bout des lèvres.

— Faites attention à ce que Wellington ne vous l'enlève, Wallace, annonça M. Perry, qui était jusque-là resté en retrait, confortablement installé dans un fauteuil, et tirant sur un cigare.

Il se leva à son tour, et vint me saluer. M. William Perry était fidèle à lui-même, à savoir d'une franchise parfois déconcertante. Cependant, je l'appréciais pour cette qualité, même s'il pouvait parfois pousser jusqu'à l'indélicatesse.

— M. Perry, je suis ravie de vous voir ici, répondis-je. Au risque de faire s'évanouir brutalement tout espoir chez M. Wellington, je puis vous affirmer que rien au monde ne me ferait quitter la Wallace Steel.

— Quelle fidélité, Mademoiselle. Cela force le respect, dit-il, s'inclinant à nouveau.

Le majordome de M. Wallace, Watson, vint alors annoncer que les chambres de M. Perry et de Mrs Murray étaient prêtes, et qu'il pouvait les y mener s'ils le souhaitaient. Mrs Murray saisit cette occasion de s'échapper en profitant pour exposer à la vue de tous la perfection de sa silhouette, exigeant de chacun des messieurs présents un baisemain, prenant soin de faire tourner sa crinoline dans de gracieux mouvements. C'était un enchantement, et elle le savait. Une fois la dame sortie, un vide s'installa. James et M. Wallace entreprirent une conversation qui se voulait énigmatique mais que je n'eus pourtant aucune peine à décrypter :

— Elle produira son effet, annonça M. Wallace.

— Je vous l'accorde, Samuel. Même si je n'étais pas d'accord avec vous sur ce point, je me range maintenant à votre avis.

— Nous devrons la présenter à Foster, Cunningham et Spencer.

— Oui, répondit James. Je sais que Spencer ne viendra que pour elle, notre sujet ne l'ayant guère séduit, il me semble.

Je me permis d'ajouter :

— Elle est fascinante. En ferez-vous un atout pour rendre plus agréable le séjour de vos invités ?

Sir Samuel et James se tournèrent de concert vers moi, ébahis :

— Constance, reprit M. Wallace, vous êtes décidément d'une perspicacité surprenante. Cette conversation n'était pas destinée à des oreilles aussi innocentes que les vôtres.

— Ne me ménagez pas, M. Wallace. Je suis capable d'envisager toutes les facettes d'un événement comme celui-ci. Et je comprends fort bien le rôle que peut y jouer Mrs Murray. Je crois aussi avoir fort bien compris le rôle que vous souhaitez que j'y joue.

Il se tourna alors vers James, et affirma, ravi :

— Elle me surprendra toujours, mon cher ami…

Ce à quoi James se contenta de répondre par un sourire bienveillant, mais quelque peu inquiet.

36

Un dîner avec Mrs Murray

James nous avait quittés depuis peu, car il se faisait tard, et le dîner serait bientôt servi. Peu d'invités étaient arrivés ce jeudi, veille des festivités organisées au château de Nordham Hills, et seul M. Wallace, William Perry, James Gardiner, Mrs Eleonora Murray et moi-même étions déjà présents. L'ensemble de la compagnie arriverait dans la matinée suivante. Une vingtaine d'invités, dont quelques-uns accompagnés de leurs épouses, avaient confirmé leur présence.

M. Wallace avait voulu me garder quelques instants de plus dans la bibliothèque, après le départ de James, justement pour que nous évoquions ensemble mes tâches dans les jours qui viendraient. Ilsouhaitait faire de moi une ambassadrice technique de son projet. Il me présenterait aux principaux industriels et à divers clients de la fonderie, et me placerait à leurs côtés lors des dîners. Je devrais me rendre disponible pour donner tous les détails techniques à qui le souhaiterait. Je serais certainement questionnée sur certains points précis par les clients, comme l'augmentation du rendement de la fonderie, la date à laquelle l'ensemble de la production serait basculé sur le convertisseur, et si leurs commandes verraient leur délai se réduire, ainsi que, bien évidemment, les prix de vente diminuer.

Je m'étais préparée à tout cela pendant les quinze jours qui s'étaient écoulés depuis la réussite de nos essais et avais bâti le programme d'augmentation du rendement. J'avais aussi estimé nos nouveaux coûts, ainsi que l'impact sur la main-d'œuvre, qui, malheureusement, pouvait s'avérer être le seul point difficile de tout ce projet. Comme à l'habitude, je constatai avec fierté que mes réponses, devançant souvent ses questions, donnaient entière satisfaction à M. Wallace.

Le flot de mes pensées glissa alors doucement, comme cela m'arrivait parfois, dans son bureau de la Wallace Co., vers la tentation de croire que notre relation était privilégiée. Était-il possible, me disais-je, de trouver meilleur partenaire ? À peine formulait-il une idée que j'en saisissais l'essence même à demi-mot, y trouvant l'écho et la concrétisation d'une ébauche que j'avais, moi-même, peine à formuler dans mon esprit. Je la complétais souvent alors par des considérations plus pragmatiques que les siennes, leur donnant corps, et proposais des aménagements les rendant réalisables. À son sourire, pour toute réponse, je comprenais alors qu'il percevait à ce moment-là aussi notre haut niveau d'intimité intellectuelle, et le plaisir que lui procurait, tout comme à moi, notre travail en commun. Ce sentiment ne faisait que grandir en moi, au fil des mois que nous passions à œuvrer ensemble.

Mais, comme toujours, mon esprit rationnel me ramenait sur terre. À la réflexion, me dis-je, écoutant ce penchant logique et cartésien qui me caractérisait, rien n'était plus naturel. Il était somme toute logique que deux personnes travaillant ainsi au quotidien de manière si proche finissent par tellement se connaître qu'elles anticipent les attentes et les réactions l'une de l'autre, jusqu'à donner cette impression de communion intellectuelle. Cette relation privilégiée que j'avais développée avec M. Wallace, du moins le croyais-je, était au cœur de mon attachement pour la Wallace Steel. Bien évidemment, James, ainsi que Jeremy, M. Rivers et nombre d'ouvriers n'y étaient pas étrangers non plus. Je m'interrogeais cependant souvent sur la perception que pouvait en avoir mon estimé patron. Il était manifeste qu'il appréciait mon travail, ainsi que le soutien que je lui apportais, comme il me l'avait confirmé à plusieurs reprises, mais était-ce là tout ? Alors que de mon côté, je prenais peu à peu conscience de la place centrale qui occupait M. Wallace dans ma vie, aucun signe ne pouvait me permettre d'affirmer que ce sentiment était partagé. C'était un employeur encourageant, peu avare de félicitations, et je pourrais même dire que la qualité de notre relation de travail était la preuve d'un profond respect mutuel, et, je l'espérais, le début d'une amitié solide.

Cet homme m'avait tout donné : un travail, un statut plus élevé dans la société, mais, avant tout, sa considération. Lui seul avait cru en moi, et m'avait donné ma chance. Mais je ne devais jamais oublier que je n'étais qu'une employée, après tout. Rien ne pouvait me laisser affirmer qu'au-delà de cette relation contractuelle, il eût souhaité m'accueillir dans le cercle très restreint de ses amis fidèles.

Il interrompit le cours de mes pensées :

— À quoi songez-vous, Constance ? Vous êtes bien pensive ce soir, me dit-il.

— Je vous demande pardon, Monsieur, dis-je, me reprenant.

— Avons-nous donc tout réglé ? me demanda-t-il.

— Je le crois.

— Bien.

Je me levai, car il était temps pour moi de me changer pour le dîner, comme il était d'usage dans ces grandes maisons. Je me serais bien passée d'un tel cérémonial, d'autant que je n'avais pas suffisamment de tenues différentes pour en arborer une nouvelle tous les soirs durant cette courte semaine de festivités.

M. Wallace m'interrompit dans mon élan :

— Constance…

— Oui, Monsieur ?

— J'aime vous savoir ici. J'espère que nous aurons l'occasion de nous promener dans la propriété. J'aimerais connaître votre opinion sur ces lieux.

— Ce sera avec plaisir, Monsieur. J'en ai eu un aperçu cet après-midi, et je peux déjà vous dire que je suis absolument enchantée.

Je crus bon d'ajouter, après un court silence :

— Sincèrement.

Ce dernier mot le fit sourire.

— Je vous sais sincère, Constance. Merci. À tout à l'heure.

Je le quittai donc pour retrouver ma chambre somptueuse. Lorsque je rentrais dans cette pièce, bien trop riche pour moi, je me faisais la réflexion que je devais rester humble, et ne pas oublier d'où je venais. La tentation de s'habituer à tout ce luxe était bien trop forte.

Pour m'aider à garder les pieds sur terre, j'avais pour moi, ancré dans mon cœur, le sentiment de paraître bien pâle ici, dans ce château, dans cette chambre, aux côtés de Mrs Murray. Moi qui n'avais rien d'extraordinaire, qui ne pourrais jamais rivaliser de beauté ou d'éclat avec une telle femme, j'avais décidé de prendre le parti de la modestie et de la discrétion. Je n'avais, de plus, pas les moyens de briller de mille feux. Je choisis de porter une de mes deux uniques robes de soirée. Je connaissais les convives de ce soir, et peu d'entre eux prêteraient attention à ma tenue, et, encore moins, remarqueraient que je portais la même robe deux soirées de suite, du moins en étais-je persuadée.

Je descendis après une courte demi-heure, et eus la surprise de voir que j'avais été plus rapide que Mrs Murray, qui, pourtant, bénéficiait de la présence de sa femme de chambre pour l'aider à se changer. Le majordome m'indiqua que M. Wallace, M. Perry et M. Gardiner se trouvaient au salon de musique, attenant à la salle à manger, et se proposa de me précéder.

Je découvris une nouvelle pièce, à laquelle on accédait par le même vestibule. Plus large que la bibliothèque, ce salon se trouvait lui aussi sur la façade sud du bâtiment. Il bénéficiait du même dallage noir et ivoire que le vestibule, et était meublé dans un style empire quelque peu désuet, mais récemment refait à neuf. Outre les nombreux fauteuils, canapés et méridiennes de velours gris orage, ce salon comprenait un piano et une harpe qui occupaient une extrémité de la pièce. J'imaginai qu'il pouvait être aisément aménagé pour recevoir un concert.

William Perry, James et M. Wallace échangeaient sur les principaux journalistes attendus le lendemain, un verre de vin blanc à la main. Je me joignis discrètement à eux, sans bruit, et m'assis dans un fauteuil derrière James.

— Spencer est la personne à convaincre pour *The Times*, annonça James, mais ce n'est pas gagné. Quant au *Guardian*, nous n'aurons aucun problème : Cunningham est emballé par le résumé que je lui en ai fait.

— Qu'en est-il de Foster, du *Daily Telegraph* ? demanda M. Wallace.

— Il est passionné de technique et convaincu de l'importance de votre découverte, Samuel.

— Fort bien, fort bien. Concentrons nos efforts sur Spencer, donc.

— Quel sera le représentant de la British Science Association ? demanda alors M. Perry.

— Nous avons la chance d'avoir obtenu la présence du président lui-même, Lord Armstrong.

— Diable ! Comment vous y êtes-vous pris, Gardiner ? s'écria William Perry.

Celui-ci sourit, avant d'annoncer :

— Mon cher, c'est dans ce genre de situation qu'il est extrêmement utile de garder de précieux contacts sur la place de Londres. Et je n'en dirai pas plus…

— Je vois. Vous gardez jalousement vos contacts, mon ami…

— Je me dois de les protéger, ils m'ont accordé leur confiance, voyez-vous, affirma James.

C'est alors que Mrs Murray fit son entrée. Au contraire de la mienne qui passa inaperçue, l'apparition de Mrs Murray se devait d'être remarquée. Elle eût été diablement affectée que ces messieurs n'admirassent pas sa robe de soirée et l'effet qu'elle produisait sur elle, ce qui, grâce au frou-frou ample que produisait ladite robe, mais aussi grâce à son insolente beauté, était impossible.

Elle arborait un audacieux décolleté dans une robe de soie bleu nuit, qui, on ne pouvait le nier, aurait troublé le plus sévère des hommes. Radieuse, elle fut accueillie comme il se doit, et comme elle l'espérait. Je restai, quant à moi, volontairement en retrait. C'était son terrain de jeu et non le mien, et je souhaitais lui signifier qu'elle n'avait rien à craindre de moi et que je ne chercherais en aucune manière à ravir l'attention de nos compagnons. Mrs Murray n'avait pas même conscience de ma présence et était très loin de me considérer comme une rivale. Il eût été effectivement fort présomptueux de ma part d'espérer rivaliser avec une femme splendide comme Mrs Murray, et je me devais de garder ma place.

Ils se levèrent tous tel un seul homme. William Perry, James et M. Wallace la complimentant chacun à son tour sur l'élégante apparition dont elle les gratifiait. La conversation changea du tout au tout, pour devenir plus légère, et M. Perry s'inquiéta de l'éprouvant voyage qu'avait dû être le trajet de Newcastle à Nordham Hills pour une personne aussi délicate que Mrs Murray. Celle-ci confirma être épuisée et souhaita passer à table au plus tôt. Ses souhaits devinrent des ordres, et l'on fit servir le dîner immédiatement. Je suivis le petit groupe toujours aussi discrètement, sans qu'il me semble qu'aucun d'eux remarque ma présence.

La salle à manger était une pièce attenante au salon de musique, donnant sur la façade nord du château. Au contraire du vestibule, elle bénéficiait d'un parquet ancien à panneaux et croisillons, donnant toute sa chaleur à cette pièce orientée au nord. Deux cheminées de marbre blanc se faisaient face et éclairaient harmonieusement la pièce toute de boiseries de chêne et tentures du même damas gris orage que le salon de musique. Trois gigantesques lustres, suspendus au-dessus de la table, trônaient au centre de la pièce. Cette table de réception pouvait accueillir une trentaine d'hôtes, et, au vu de notre petit comité, nos cinq places avaient été disposées proches les unes des autres, à l'une des extrémités.

M. Wallace, qui, je le devinai, se tiendrait à l'extrémité de la table, plaça Mrs Murray à sa droite puis m'indiqua de prendre place à sa gauche. M. Perry fut invité à se joindre à Mrs Murray, et James vint à mes côtés. La conversation tourna bien entendu autour de l'événement du lendemain, et des convives que James et M. Wallace attendaient.

— Rassurez-moi, Samuel, commença Mrs Murray, en posant délicatement sa main sur la sienne : dites-moi que vous avez pris soin de ne convier que des personnes de qualité pour demain.

— Je puis vous le garantir, ma chère Eleonora, tout simplement parce que j'ai délégué le choix des convives à James, grand organisateur de l'événement.

— Ah, fidèle James, répondit-elle en lançant maintenant une œillade à mon voisin de table, retirant sa main de celle de M. Wallace. Je suis certaine que vous n'avez commis aucune faute de goût. Je ne connais pas de gentleman londonien plus délicat en ces choses que vous.

— Vous me flattez, Eleonora, répondit James.

— Mais encore ? insista-t-elle. Allez-vous me laisser longtemps patienter avant de me révéler quels invités de marque nous rejoindront demain ?

Je voyais que James s'amusait de son impatience. Il était manifestement certain de tenir là une des raisons principales pour lesquelles la dame avait expressément accepté l'invitation de M. Wallace : rencontrer des personnages importants et étendre son cercle d'influence.

— Je pense, ma chère, que vous serez heureuse d'apprendre que nous attendons Lord Armstrong, président de la BSA, Sir Thomas Hedley, maire de Newcastle, M. Wellington, bien sûr, mais aussi Lord Georges Cleave, siégeant à la Chambre des lords. Quelques journalistes, aussi, du *Times*, du *Guardian*, et du *Daily Telegraph*.

— Mon Dieu, James, répondit-elle, paraissant impressionnée, comment avez-vous pu convaincre toutes ces personnalités de nous rejoindre au milieu des terres isolées du Northumberland ? Vous avez dû leur promettre monts et merveilles…

— Absolument. Nous avons déjà notre merveille… dit-il, lui lançant un regard pétillant, ce à quoi la belle répondit en inclinant gracieusement sa jolie tête.

J'admirai l'art avec lequel James s'attachait les bonnes grâces d'Eleonora Murray. M. Wallace en avait décidé autrement.

— Allons, de qui parlez-vous, James ? intervint-il, presque brutalement. Il me semble que nous sommes particulièrement riches ce soir, car nous avons plus d'une merveille autour de cette table.

Je levai les yeux de mon assiette de soupe, me demandant de qui il parlait. M. Perry renchérit :

— Mais ne prenez donc pas cet air étonné, Miss Deschanel. Doutez-vous qu'il s'agisse de vous ?

— Évidemment, répondis-je, d'un air moqueur. Ne cherchez pas à me mettre mal à l'aise, Messieurs, vous n'y arriveriez que trop bien. Si merveille il y a, je pencherai pour la découverte scientifique de M. Wallace qui, seule, nous a tous rassemblés ici même.

— Vous êtes la voix de la sagesse même, Constance, comme toujours, répondit M. Wallace.

L'attention dont je venais d'être l'objet piqua la curiosité de Mrs Murray :

— Miss, lança-t-elle, je réalise seulement maintenant que je ne sais rien de vous, si ce n'est votre place de choix à la manufacture de notre cher Samuel, que vous avez obtenue, semble-t-il, par miracle…

Une première pique m'était lancée.

— Je ne sais pas si je le dois à un miracle, Mrs Murray, mais certainement à la bonté et à l'audace de M. Wallace.

— Bien sûr, bien sûr… Mais dites-moi, quelle est votre histoire, jeune fille ?

— En quelques mots ?

— Faites donc.

— En quelques mots, j'ai décidé de prendre mon destin en main en travaillant dans l'industrie après un court passage dans une école de jeunes filles trop classique à mon goût. Cela me conduisit à la fonderie de Bonneval, une ville du centre de la France, à Paris, puis à Newcastle.

Mrs Murray resta silencieuse quelques instants, avant de s'étonner :

— Est-ce là tout ?

— Oui, confirmai-je.

— Pas de mari que vous auriez fui, pas d'amour malheureux vous ayant poussée sur les routes ?

— Non, rien de tout cela.

— Comme c'est décevant… Cela n'a rien de très romanesque…

— Cela a tout de romanesque, au contraire, intervint à nouveau M. Wallace. Elle est trop modeste pour l'admettre, mais Constance met tant de passion dans ce qu'elle fait, tant de rage à vaincre les obstacles qui se dressent devant elle, et tant d'obstination à accomplir ce qu'elle croit être son destin, qu'il y aurait largement de quoi écrire un roman.

Mrs Murray resta interdite, tout comme moi, avant de répondre :

— Eh bien, Miss, il semblerait que vous ayez au moins un admirateur.

— Miss Deschanel a toute la considération de l'ensemble des employés de la fonderie, Eleonora, continua James.

Il souhaitait manifestement tempérer les échanges entre M. Wallace et Mrs Murray, mais c'était compter sans l'obstination de celle-ci.

— Miss Deschanel, reprit Mrs Murray, vous m'en avez trop peu dit, et ma curiosité reste insatisfaite. Vos mérites sont, semble-t-il attestés par Samuel, qui est certainement le mieux à même d'en juger, mais, dites-moi, qu'en est-il de votre famille, de vos origines ?

— Ma famille est modeste, Madame. Mon père était ingénieur des mines, et ma mère issue de la petite bourgeoisie d'Orléans.

Son visage restait impassible et il m'était impossible de deviner le cours de ses pensées, ou si cet interrogatoire était bienveillant ou non. Je craignais fort que non.

— Je vois, dit-elle. Vous ne pouvez espérer un mariage avantageux, et votre ambition est donc de vous distinguer par votre travail ?

— Cela pourrait être interprété de cette façon, je le comprends, mais ce n'est pas exactement cela.

— Ah ? Et qu'est-ce donc ? Vous m'intriguez…

— Eleonora… intervint doucement James, ne pensez-vous pas indisposer Constance avec tant de questions ?

— Du tout, mon cher. Ne la croyez pas aussi fragile que cela, je suis certaine que Miss Deschanel saura répondre de manière tout à fait appropriée. Et je suis tellement curieuse d'en apprendre plus sur votre nouvelle protégée, mes amis, dit-elle dans un large sourire adressé aux trois messieurs. Reprenez donc, Miss Deschanel, continua-elle, fermement.

— J'ai fort peu à vous apprendre qui soit d'un réel intérêt, Mrs Murray. Cependant, puisque vous insistez, je puis vous dire que je ne considère effectivement pas le mariage comme un accomplissement, et j'ai donc jeté mon dévolu sur la technique. Il me semble que je ne suis pas si différente des messieurs qui nous entourent.

— Que voulez-vous dire ? demanda M. Perry.

— Eh bien, vous, Messieurs, ne pensez pas qu'à vous marier… Vous avez bien un but dans la vie un objectif qui vous est propre, et qui vous permet d'atteindre un sentiment d'accomplissement. Vous ne vous définissez pas comme M. Untel, époux de…, mais en tant que médecin, industriel, ou homme politique. Vous vous définissez grâce à vos réalisations, pas par le mariage que vous faites.

— Mon Dieu ! s'exclama M. Perry. Voilà qui est très intéressant, Miss… Je n'y avais jamais songé… Ma foi, quelle révélation ! Les femmes pourraient-elles, elles aussi, avoir ce besoin d'un objectif bien à elles, en dehors du mariage et de l'éducation de leurs enfants ?

— Voilà qui est bien présomptueux, lâcha avec mépris Mrs Murray. Est-ce à dire que vous dédaignez le destin auquel la majorité d'entre nous se sont pliées ?

— Non, je ne dirais pas cela. Je respecte profondément celles à qui le mariage réussit et qui sont comblées par la vie conjugale. Je revendique seulement le droit de chacun à choisir son destin.

— Entendez-vous cela, messieurs ? On dirait que le vent de la Révolution française souffle dans ces propos ! s'indigna-t-elle.

— Ou la fougue de la jeunesse, intervint James, bienveillant.

— Je crois que c'est encore autre chose, continua Mrs Murray, reprenant un ton plus posé. En fait, n'espérez tromper personne, ma petite… Il me semble que c'est plutôt le discours d'une femme qui n'a pas encore trouvé chaussure à son pied en amour et qui, par dépit ou par refus de se sentir laissée pour compte, n'admettant pas que le destin de vieille fille soit si pitoyable, s'est inventé un destin tout autre. N'ai-je pas raison ? me demanda-t-elle, avec défi.

— Cela suffit, l'interrompit M. Wallace. Cette conversation prend une tournure qui me déplaît, confirma-t-il sur un ton empreint de fermeté.

Puis, se radoucissant immédiatement, il ajouta :

— Eleonora, dites-moi, ma chère, vous savez que nous prévoyons une partie de chasse samedi. En serez-vous ?

Je vis passer dans les yeux d'Eleonora Murray un voile de colère, qui disparut presque aussitôt, pour laisser place à la jovialité habituelle que l'on attendait d'elle.

— Bien évidemment, Samuel, lui répondit-elle, à nouveau tout sourire. Vous savez que j'en raffole. Mais, j'y pense, depuis combien de temps n'avons-nous pas chassé ensemble ?

S'ensuivit une longue conversation qui occupa les hôtes de M. Wallace durant tout le reste du repas, ces messieurs et Eleonora échangeant sur l'organisation de la matinée du samedi avant de s'orienter sur l'énumération de leurs souvenirs de chasse. Je restai silencieuse, seule avec mes pensées, blessée par la dernière supposition de Mrs Murray. Même si je me refusais à admettre qu'elle eût pu avoir raison, je ne pouvais nier que son attaque avait fait mouche et quelque peu malmené mon orgueil.

Rivalisant de trophées, à qui la bête la plus sauvage, la plus dangereuse, ou la plus futée, les convives mesurèrent alors l'étendue de leurs exploits, égrenant un chapelet de tableaux plus extraordinaires les uns que les autres, où ces messieurs se vantèrent d'avoir risqué leur vie à plusieurs reprises, allant même jusqu'à préciser la gravité des blessures laissées par ces exploits, à qui une cicatrice tracée par la défense d'un sanglier, qui un impact de balle, ou une douleur éternelle dans la hanche après une chute de cheval. Eleonora Murray rayonnait, et distribuait ses sourires savamment, au gré des histoires, comme autant de récompenses que ces messieurs auraient quémandées, tels des enfants réclamant un bon point de leur précepteur. Son rire clair flattait leur vanité lorsque les anecdotes étaient croustillantes, et ses hauts cris à l'énumération de détails sanglants de leurs aventures leur donnait grande satisfaction quant à leur capacité à émouvoir la belle dame.

Je restai, comme à l'accoutumée dans de telles situations, en retrait, écoutant patiemment ces personnes d'un autre monde, d'une autre éducation, et d'une expérience de ces choses tellement plus étendue que la mienne, converser élégamment. Ou plutôt, devrais-je dire, j'apprenais. J'admirais, sans pour autant approuver, et non sans une pointe de ressentiment, l'art qu'avait Mrs Murray de captiver un auditoire masculin, en distribuant des œillades avec parcimonie, des sourires ou des rires aux moments opportuns, sans oublier de s'offusquer de temps à autre devant tant de violence ou de rudesse masculine. Elle était décidément maîtresse en son art, et il fallait lui rendre cette justice.

Cette soirée se termina donc comme elle avait commencé, dans la légèreté. Lorsqu'il fut temps de se retirer et que nous gravîmes tous l'imposant escalier menant aux étages, je remarquai que James, M. Wallace et moi nous dirigions vers le même couloir, alors que Mrs Murray et M. Perry s'arrêtaient au premier étage. M. Wallace précisa à notre attention à tous deux, dans un sourire malicieux :

— Il est important que les lieutenants soient proches de leur capitaine… Bonne nuit, à vous deux.

Il nous devança, et se dirigea vers la porte à l'extrémité de ce même couloir, jouxtant la porte de ma chambre, avant de disparaître à l'intérieur de la pièce que je devinai être sa propre chambre. D'après l'architecture du bâtiment dont j'avais pu comprendre la structure l'après-midi même, je devinai que celle-ci se trouvait dans la grande tour à l'extrémité ouest du manoir. Au vu de l'imposante stature de ladite tour, je me figurais les dimensions de sa chambre, qui aurait sans doute pu en contenir deux comme celle qui m'avait été affectée. James occupait la chambre qui faisait face à la mienne.

L'extraordinaire calme de cette demeure me perturba quelque peu en début de nuit, tant et si bien que je ne m'endormis pas avant minuit. Je guettais le moindre bruit, que ce soit un plancher qui craque, un chien qui aurait aboyé, ou le hululement d'une chouette dans la nuit. Rien de tout cela ne vint rompre le silence nocturne. Sans le sifflement du vent sous les toits, ce silence aurait été absolu. C'est pourquoi, lorsque, peu avant minuit, une lueur passa devant ma porte, laissant filtrer juste un rai de lumière en provenance des escaliers et se dirigeant vers l'extrémité du couloir, je me dressai sur mon lit. Je n'entendis aucun bruit de pas, certainement grâce à l'épais tapis qui meublait le couloir, et ne distinguai même pas le bruit de la clenche d'une porte que l'on aurait ouverte.

Je me fis une raison, supposant que M. Wallace avait demandé qu'on lui portât quelque boisson chaude dans sa chambre, et que la domesticité devait être habituée à ne faire aucun bruit. Sans autre incident, la nuit ne tarda pas à m'envelopper de son manteau lourd, et le sommeil me gagna immédiatement.

37

L'événement

Contrairement à la journée précédente, ce vendredi 12 septembre 1863 s'annonçait être une journée radieuse : lorsque j'ouvris les lourds rideaux de damas vert et or des fenêtres de ma chambre, je découvris un magnifique lever de soleil derrière les proches collines, teintant le lac d'une myriade d'étincelles aveuglantes, au pied du domaine. Il n'en fallait pas plus pour que je sois d'une humeur enjouée. Je m'habillai rapidement, pour ne pas dire que je jetai sur mon dos ce que je trouvai dans l'armoire, dans l'ordre dans lequel je l'avais rangé la veille, et dévalai les marches du grand escalier pour prendre la mesure de la douceur de l'air extérieur.

L'aube se levait à peine, et il me semblait être la première levée. Je fis quelques pas au bord du lac, avant de me décider à rentrer pour remplir mon estomac de ce que pourraient me procurer les cuisines. La grande horloge du vestibule indiquait sept heures du matin. Je me dirigeai vers les cuisines, n'ayant rien trouvé dans la salle à manger ou les salons. On accédait à l'office par une porte dérobée de la salle à manger, à travers un couloir sombre, s'engouffrant ensuite dans un escalier étroit dans les entrailles du bâtiment. Au contraire de l'étage, je découvris qu'à cette heure-ci l'office fourmillait d'activité. Je faillis heurter deux jeunes filles qui montaient l'escalier presque en courant pour nettoyer les cheminées des feux allumés la veille, les bras chargés de seaux à charbon. Un véritable ballet se déroulait sous mes yeux dans la cuisine : une cuisinière et deux aides s'affairaient à démouler des brioches encore chaudes, deux autres dressaient des plateaux de fruits et de gâteaux, une sixième versait du thé bouillant dans une théière en argent, etc.

Soudain, le ballet s'arrêta, tout ce petit monde ayant pris conscience de ma présence. La dame la plus âgée, que je devinai être la cuisinière en chef, me demanda, avec un horrible accent que j'eus beaucoup de mal à comprendre :

— Bonjour ma jeune dame, vous désirez quelque chose ?

— Oui, je souhaiterais prendre un petit déjeuner, s'il vous plaît.

— Bien sûr, bien sûr ! Nos excuses, M'dame, nous n'avons pas l'habitude de servir si tôt. Ces messieurs-dames ne vont pas se lever avant une bonne heure… Nous allons vous préparer un plateau de suite, si vous le permettez.

— Oh non, laissez, ce n'est pas la peine… puis-je manger ici, avec vous ?

Elle regarda autour d'elle, l'air quelque peu perdu, cherchant du regard quelqu'un pour l'aider à prendre cette grave décision. Je supposai qu'elle souhaitait avoir l'avis de Watson, le majordome, qui devait être dans les étages. La voyant dans un tel embarras, je décidai de la mettre à son aise et acceptai qu'elle me prépare un plateau qui serait servi dans la salle à manger. Je devais m'adapter aux us et coutumes de la maison, et manifestement, prendre le petit déjeuner de bonne heure et sans façon à l'office ne faisait pas partie des habitudes. Une fois mon petit déjeuner avalé, et après avoir flâné dans le jardin une bonne demi-heure, je décidai d'aller attendre le maître des lieux dans la bibliothèque, à pied d'œuvre pour recevoir les premiers arrivants de la matinée, et prête à me rendre utile.

Vers dix heures, James et M. Wallace firent leur entrée dans la bibliothèque, alors que j'étais plongée dans un volume de géographie.

— Mais vous voilà, Constance ! clama M. Wallace. Nous vous cherchions justement, James et moi. Pourquoi n'avez-vous pas pris de petit déjeuner avec nous dans la salle à manger ?

— J'ai pris mon petit déjeuner à sept heures ce matin, Monsieur, et vous attends depuis lors ici, répondis-je, sérieusement.

— Ah ? Ma foi, vous êtes bien matinale… Vous devriez profiter de ces quelques jours en dehors de la manufacture pour vous reposer, voyons, dit-il avec détachement.

— J'aime me lever de bonne heure, Monsieur.

— Bien. Je voudrais peaufiner avec vous deux mon discours de ce soir. Aucun des invités ne devrait arriver avant le début de l'après-midi, ce qui nous laisse amplement le temps d'y travailler.

James s'assit à mes côtés dans l'un des grands canapés rouges. Il me demanda, à part, alors que Sir Samuel s'installait à son bureau :

— Alors, Constance, comment allez-vous ce matin ? Que pensez-vous de la vie de château ?

— À vous, je peux l'avouer, James, répondis-je tout bas : cet endroit est bien trop somptueux pour moi. C'est tellement magnifique que j'ai l'impression d'être une tache sombre dans un décor éclatant…

— Quelle drôle d'idée ! Vous êtes trop modeste, Constance, comme à votre habitude. Affirmez-vous, et cessez de penser cela, sinon c'est effectivement ainsi que vous traiteront tous les invités.

— Cela n'a-t-il pas déjà commencé, James ?

— Hum… Vous faites référence à Mrs Murray ?

— Quelle perspicacité, mon ami…

— Allons, vous ne vous en êtes pas trop mal sortie hier soir. Elle n'a pas ménagé sa peine pour vous mettre mal à l'aise, je dois le reconnaître.

— Vous et M. Wallace êtes venus à mon secours, dis-je avec un sourire reconnaissant.

— Et je le referai, si le besoin s'en fait sentir. Mais je suis persuadé que vous n'en avez pas besoin. Vous devez juste avoir confiance en vous, même si ce milieu n'est pas le vôtre et si cet environnement ne vous est pas familier…

De son fauteuil au fond de la bibliothèque, Sir Samuel nous interrompit :

— Que chuchotez-vous tous les deux là-bas ? Venez donc par ici, nous avons du travail !

C'est ainsi qu'une bonne partie de notre matinée fut studieuse. Mrs Murray et M. Perry firent une brève apparition, mais M. Wallace les invita promptement à faire une promenade jusqu'au déjeuner, sans nous, car nous avions à faire. Des chevaux étaient à leur disposition, et le majordome, Watson, se chargerait de les faire seller pour eux, s'ils souhaitaient faire une promenade. Ils disparurent et nous nous retrouvâmes seuls, M. Wallace, James et moi.

Après une heure environ de travail au discours de notre maître, James revenant sur le choix des mots ou les tournures de phrase, moi intervenant sur le fond, insistant pour mettre plus en valeur les possibilités commerciales d'une telle découverte, ou la qualité de la fonte obtenue, James souhaita passer avec nous en revue la liste des invités, afin que nous ayons tous le même niveau d'information sur leurs fonctions, la raison pour laquelle la personne en question avait été invitée, et ce sur quoi il fallait insister lors des discussions avec elle. Ce briefing était principalement à mon intention, bien évidemment.

Le ballet des arrivées commença dès le début de l'après-midi. Se succédèrent pendant plusieurs heures les berlines lourdement chargées de valets, de femmes de chambres et de bagages, nombre de nos visiteurs restant toute une semaine à Nordham Hills. M. Wallace se prêta au jeu de l'accueil, toujours présent à la descente de voiture pour prêter sa main aux dames, qui étaient, pour la plupart, d'un certain âge.

MM. Wellington, propriétaire de la Wellington Co. et Sir William Hughes, fondateur et heureux propriétaire des constructions métalliques du même nom, arrivèrent les premiers, chacun accompagné de son épouse. Mmes Wellington et Hughes se connaissaient manifestement, et s'embrassèrent avant de se féliciter mutuellement pour leurs bonnes mines respectives, puis, de concert, de se plaindre de la longueur et de l'inconfort du voyage, et de leur fatigue. Watson conduisait tout ce petit monde, au gré des arrivées, dans le grand salon pour une réconfortante tasse de thé.

Suivit Joseph Paxton, respectable personnage de près de soixante-dix ans, seul dans sa berline. C'était un célèbre architecte. Sa principale réalisation, le fameux Crystal Palace de Londres, lui avait apporté notoriété et fortune, quelque dix ans auparavant. Son expérience et son influence dans le milieu de l'architecture métallique restaient majeures.

Les trois voitures suivantes amenèrent Lord Ashton, Lord Palmerson et Lord Cleave, de la Chambre des lords, tous trois accompagnés de leurs épouses respectives. M. Wallace aurait certainement besoin de l'appui de ces représentants de la Chambre dans son expansion notamment dans le Sud de l'Europe. Il me sembla, à l'observation de ces vénérables personnages et de leurs épouses, que la fonction politique devait exiger une grande sagesse, car ses représentants accusaient tous un âge avancé, ayant largement dépassé le demi-siècle. Ces dames étaient cependant assez différentes de nature. Si l'on pouvait dire d'elles qu'elles avaient toutes atteint un âge plus que respectable, Mrs Ashton était manifestement taciturne, saluant à peine du bout des lèvres son hôte, souffrant manifestement de la fatigue du voyage, alors que Mrs Palmerson et Mrs Cleave admiraient déjà le château et le domaine, complimentant M. Wallace sur son bon goût dans l'arrangement de la cour d'honneur. Ces deux dernières dames étaient particulièrement volubiles, et passèrent en quelques instants de commentaires admiratifs sur le château à la joie de se revoir, puis se félicitèrent mutuellement de leur bonne santé, pour continuer sur la fatigue excessive que leur procurait, à leur âge, un tel voyage, et conclure enfin de l'absolue nécessité de prendre une tasse de thé réparatrice.

MM. Armstrong, président de la BSA, et Thomas Hedley, maire de Newcastle, arrivèrent en fin d'après-midi, juste pour l'heure traditionnelle du thé. Enfin, alors que la journée touchait à sa fin, MM. Foster, Spencer et Cunningham arrivèrent, le premier à cheval, et les deux autres en cabriolet.

M. John Spencer, journaliste au *Times*, était un grand homme blond d'une trentaine d'années, hautain et froid, qui, à la descente de son cabriolet, cherchait manifestement encore pourquoi il s'était déplacé aussi loin de Londres. M. Douglas Cunningham, de son côté, salua chaleureusement James Gardiner et M. Wallace, montrant son impatience d'en savoir plus sur cette fameuse découverte pour laquelle tous étaient rassemblés. C'était un petit homme rond, quadragénaire, au regard franc et honnête, souriant, qui me fit immédiatement bonne impression. Enfin, M. Arthur Foster, du *Daily Telegraph*, une vieille connaissance de James, fourbu par sa longue chevauchée, disparut presque immédiatement dans sa chambre, souhaitant se rafraîchir et se changer.

Toutes ces arrivées transformèrent l'ambiance du château de manière radicale. Là où la veille régnaient le silence et une impression de vide et d'espace dans un château endormi, il n'y avait maintenant plus d'endroit où l'on n'entende un éclat de voix, le tintement de verres qui s'entrechoquaient ou les murmures d'une conversation. Au salon s'animaient les bavardages, au gré des petits groupes que formaient les convives, répartis dans les différents canapés et fauteuils, les valets de pied s'affairant alentour, à servir ici un thé, là un alcool fort, ou là encore des petits gâteaux. Un va-et-vient incessant occupait le grand escalier et les couloirs, alors que les malles se répartissaient dans les différentes chambres, et que d'autres convives montaient se changer ou descendaient après s'être rafraîchis.

M. Wallace jouait son rôle à la perfection, accordant un peu de son temps à chacun, s'assurant que tous avaient été bien installés, qu'ils ne manquaient de rien, et leur avait présenté Watson, qui leur serait dévoué durant tout le séjour. J'avais, pour ma part, été présentée par James ou Sir Samuel à tout le monde, me voyant gratifiée chaque fois avec fierté du titre de « directrice de la manufacture de Newcastle », suscitant pour quelques instants la curiosité des messieurs, ou la surprise chez les dames. Puis, les convives s'étaient installés au salon, par petits groupes, par affinité, ou par connaissance, et prenaient des nouvelles les uns des autres. Pour ma part, me trouvant à présent esseulée dans un grand fauteuil proche de la grande cheminée de marbre blanc, je résistais vaillamment à l'envie de remonter m'enfermer dans ma chambre.

Prise dans ce tourbillon d'échanges autour de moi, où tous sans exception trouvaient de quoi meubler une conversation élégante, je me sentais horriblement mal à l'aise. Quelque peu honteuse de ma gaucherie, je décidai de me faire violence, et d'entamer une conversation avec M. Douglas Cunningham, qui m'avait fait si bonne impression. Il était alors en compagnie de Mrs Palmerson, qui, je le craignais, l'assommait d'une litanie sans grand intérêt sur les difficultés des voyages pour une dame de son grand âge :

— C'est absolument dramatique, Monsieur. Ces wagons de première classe ne sont pas plus confortables qu'un cabriolet de mauvaise qualité, et mes pauvres os me font atrocement souffrir.

— Certainement, il…

— Mais le pire, reprit-elle de plus belle, reste la qualité du service dans ces voitures, voyez-vous. On ne me fera jamais préférer le train à notre chère malle-poste, qui, au moins, s'arrête toutes les deux heures dans une auberge, où l'on peut se dégourdir les jambes, prendre une collation digne de ce nom, voire demander à pouvoir s'étendre dans une chambre.

— Le progrès cependant, Madame…

— Ça, jamais, voyez-vous, le coupa-t-elle à nouveau. Je préfère encore voyager plusieurs jours en berline plutôt que quelques heures dans ces horribles machines modernes.

Le pauvre homme semblait ne pas pouvoir placer une parole, ni savoir comment échapper à la vieille dame. Je vins à son secours, en prétextant la nécessité de m'entretenir avec ce monsieur du contenu de l'article qu'il rédigerait sur la découverte de M. Wallace. Nous nous excusâmes auprès de la vieille dame, qui rabattit son attention sur les petits gâteaux que lui proposait un valet de pied.

— Vous m'avez tiré d'un très mauvais pas, Miss, me murmura-t-il. Laissez-moi vous servir une tasse de thé pour vous remercier.

— Non, merci. Je n'apprécie guère le thé. Une habitude britannique qui ne m'a pas encore conquise !

— Dites-moi, Miss, puisque je vous tiens, c'est bien vous qu'il faut voir pour obtenir des informations détaillées sur la transformation de fonte phosphorée ?

— Absolument, Monsieur.

— C'est déjà, en soi, extraordinaire.

— Comment cela ?

— Si vous me permettez, Miss, il me semble que votre histoire est tout bonnement extraordinaire. M'autoriseriez-vous à la raconter à mes lecteurs ?

— Que voulez-vous dire ?

— Eh bien, une femme si jeune, à la tête d'une fonderie de quatre cents ouvriers, avouez que ce n'est pas commun… Racontez-moi votre histoire, et j'en ferai un encart dans l'article sur la fonte phosphorée.

— Je ne suis pas sûre, Monsieur… Je préférerais en parler d'abord à M. Gardiner et M. Wallace, répondis-je, décontenancée.

— Bien entendu. Je ne souhaitais pas vous brusquer. Oublions donc cela pour l'instant, mais je vous en reparlerai. Je pense que nous tenons là un très bon sujet, surtout pour un public féminin.

— Merci, Monsieur… Parlons-nous de la fonte ? lui proposai-je.

Il acquiesça, et je lui fis l'article complet sur la genèse de la découverte de M. Wallace, ainsi que sur les techniques de mise en place du concept. Notre conversation fut tout à fait plaisante : ce journaliste prenait soin de comprendre l'aspect technique des choses, tout en reformulant chaque détail pour le rendre compréhensible aux profanes. De mon côté, je m'intéressai à ce qu'il pensait écrire dans son article, et comment il allait présenter un sujet si technique dans un journal à grand tirage.

M. Cunningham était d'une nature affable et avait le don de mettre à l'aise son interlocuteur, ce qui devait certainement l'aider dans son métier. Nous fûmes interrompus par un éclat de voix non loin de nous. C'était Eleonora Murray, qui semblait s'émouvoir d'une conversation qui l'occupait avec Sir Samuel et John Spencer. Je vis l'œil de M. Cunningham pétiller.

— Quelle magnifique créature, n'est-ce pas ? lui lançai-je.

— Oh, certainement, Miss Deschanel. Une magnifique et sulfureuse créature, qui fait souvent parler d'elle sur la place de Londres, dit-il, plus bas.

— Ah ? je n'en savais rien.

— Oh, Newcastle est bien loin de tout cela, et je m'imagine que vous n'êtes pas du genre à vous intéresser aux potins, Miss.

— C'est exact.

— Vous ne me demandez pas de vous en dire plus ?

— Si je ne m'intéresse pas aux rumeurs, il serait logique que je ne vous demande rien, Monsieur.

— Quelle sagesse pour votre jeune âge… dit-il, avec un sourire bienveillant.

À ce moment, Watson fit une annonce au salon, précisant que le dîner serait servi d'ici une heure. C'était le signal qu'attendaient les convives pour monter se changer pour le dîner. En quelques instants, le salon se vida, et le silence reprit ses droits. James vint à ma rencontre avant de regagner, comme les autres, sa chambre.

— Je vous ai vue en grande conversation avec M. Cunningham, Constance. Cela s'est-il bien passé ?

— Très bien, oui. Il a été charmant.

— Vous m'en voyez heureux. C'est un vieil ami de ma famille. Nous nous connaissons depuis des lustres, et Samuel et moi avons toute confiance dans la façon dont il va parler de notre découverte et de la Wallace Steel dans son article.

— Il souhaite écrire quelques mots sur moi, d'après ce que j'ai compris. Je lui ai dit que je souhaitais d'abord en parler avec vous et M. Wallace…

— Vous avez bien fait. Rien ne presse. Montons, voulez-vous. Avez-vous bien apporté une robe de soirée, Constance ?

— Oui, James.

— Bien. Si vous souhaitez qu'une femme de chambre vous aide, vous n'avez qu'à sonner, vous savez…

— Je n'ai pas l'habitude que l'on m'aide à m'habiller, James, lui répondis-je, amusée. Mais je vous remercie de prendre soin de moi.

James était vraiment prévenant, et souhaitait que tout se passe bien pour moi, dans ce milieu qui m'était si étranger. M. Wallace, de son côté, ne s'en préoccupait absolument pas. Je pense d'ailleurs qu'il était à des lieues d'imaginer combien il pouvait m'être difficile de m'adapter à son monde.

Ce soir-là, j'assistai donc à mon premier grand dîner au château de Nordham Hills. La salle à manger avait été magnifiquement dressée, avec force fleurs et chandeliers, quelque peu superflus, car les trois grands lustres brillaient de mille feux. Les convives, au nombre d'une trentaine, avaient pris soin de revêtir leurs plus beaux atours : costume à queue-de-pie pour ces messieurs, robes habillées pour ces dames.

Je fus placée entre Sir William Hughes et Joseph Paxton, qui m'entretinrent de sujets divers comme le rôle de l'acier dans le développement économique de ce siècle, la prouesse technique du Crystal Palace, que M. Paxton nous détailla par le menu, ou encore les raisons de l'avance de l'Angleterre dans l'industrie sidérurgique par rapport à la France et l'Allemagne. Quand je dis que je participai à la conversation, je crains d'exagérer un peu mon rôle, bien entendu. J'écoutais beaucoup, et buvais littéralement les paroles de ces vénérables messieurs, qui me semblaient alors des puits sans fond de connaissance et d'expérience. J'observais de temps à autre, à une dizaine de places de là, mon estimé employeur. Il alternait les conversations avec Lord Armstrong et Robert Wellington, qui étaient en face de lui, mais était souvent accaparé par Mrs Eleonora Murray, qui ne se décidait pas, ou peu, à converser avec M. John Spencer, à sa droite, préférant manifestement la compagnie du maître des lieux. Son jeu de séduction était évident, et M. Wallace se laissait faire. Je me fis la réflexion que James n'avait peut-être pas prévu cela en invitant Mrs Murray. Il avait compté sur elle pour rendre le séjour de M. Spencer agréable, adoucir ses positions vis-à-vis de l'invention de M. Wallace, et ainsi obtenir un article qui serait favorable à la Wallace Steel dans le *Times*. Le retentissement sur la réputation de la compagnie serait considérable.

C'est au milieu du repas, après le plat de viandes, que M. Wallace se leva pour prendre la parole. C'était le moment de son discours officiel. Il fit tinter son couteau contre son verre de cristal, et le silence se fit. Sa belle prestance, autant que son air solennel, captiva l'assistance.

— Mesdames, Messieurs, commença-t-il, après s'être éclairci la voix. Nous sommes tous réunis ici ce soir, au prix, parfois, d'un long voyage depuis Londres, pour officialiser l'annonce d'une découverte essentielle pour l'industrie sidérurgique. Je remercie particulièrement ceux qui ont traversé le pays pour être parmi nous ce soir, et ils sont nombreux…

Un murmure salua cette première affirmation.

— Comme vous le savez tous, reprit-il, la production d'acier à grande échelle a été à l'origine d'un tournant fondamental dans l'économie et l'essor de l'Empire britannique, à l'aube de ce siècle. Depuis lors, non seulement l'Empire reste en tête de la production d'acier en Europe, mais c'est aussi sur son sol que les dernières inventions majeures dans le domaine ont pris corps. Ce contexte donne toute son importance à la découverte que j'officialise ce soir auprès de vous. Car depuis l'annonce de Cheltenham lors de laquelle, voilà sept ans déjà, le 13 août 1856, Sir Henry Bessemer a présenté la transformation de la fonte brute en acier grâce au convertisseur, nous devons admettre que nous piétinons… L'usage des convertisseurs ne peut être généralisé car il ne peut transformer la fonte phosphorée, alors que c'est la forme la plus courante de minerai dont nous disposons. Il devenait donc crucial de continuer à chercher un moyen de bénéficier des avantages du convertisseur, à savoir la rapidité de transformation, le coût moindre, avec le minerai le plus répandu. Et ce soir, je suis heureux de vous annoncer que j'ai réussi. Enfin, la production d'acier va pouvoir doubler, tripler, quadrupler dans nos usines, et à moindre coût.

Lord Armstrong fut le premier à applaudir, ce qui déclencha un tonnerre d'applaudissements des convives. M. Wallace nous intima l'ordre de cesser les applaudissements, d'un geste de la main.

— La solution était simple, mais encore fallait-il la trouver, et la mettre en œuvre… Mes amis, c'est chose faite ! Je puis vous annoncer que le convertisseur de l'usine de Newcastle a bénéficié d'une modification il y a deux semaines déjà, ce qui me permet depuis d'effectuer cette transformation tant attendue de fonte phosphorée en vingt minutes seulement par coulée !

Nouveau tonnerre d'applaudissements.

— Je tiens à cette occasion à remercier les deux personnes sans qui rien de tout cela n'aurait été possible. Il s'agit de James Gardiner, mon fidèle avocat et ami depuis plus de dix ans maintenant, et Miss

Constance Deschanel, directrice de cette usine, qui, par son courage et sa volonté, a rendu possible ce qui ne l'aurait jamais été sans elle.

Nouvelle salve d'applaudissements.

— Enfin, Mesdames et Messieurs, car je sais que vous brûlez de connaître la solution technique qui a permis cette formidable avancée, laissez-moi vous en dire plus…

Il continua sur la description simple de la transformation du convertisseur que nous avions effectuée ensemble et du rôle de la dolomie dans la transformation. À la fin de son discours, et après une dernière série d'applaudissements, les discussions allaient bon train. Peu avaient réellement compris les origines chimiques du miracle, mais tous semblaient comprendre les implications économiques et commerciales d'une telle nouvelle. À la fin du dîner, l'ensemble des convives, du moins ceux dont le grand âge ne leur imposait pas de monter se coucher de bonne heure, se retrouvèrent au salon, pour la dégustation d'un digestif avant le coucher. Sir Samuel y avait fait disposer sur des chevalets des plans du convertisseur que notre équipe d'ingénieurs avait réalisé, expliquant la nature de la modification.

Je fus questionnée sur ce que j'avais pu voir de cette transformation, et certains des invités, comme William Hughes ou Lord Armstrong, découvrant que j'avais moi-même pris part à la réalisation de la modification et que je pouvais, autant que M. Wallace, leur expliquer en quoi elle consistait, trouvèrent un intérêt nouveau à ma conversation. C'est alors, que j'éveillai la curiosité de John Spencer. Ce journaliste du *Times* n'était venu à Nordham Hills qu'à contrecœur et sur ordre de son rédacteur en chef, ami intime de James Gardiner. Avant d'en connaître les détails, il estimait que la découverte de Sir Samuel, même si elle était avérée, ne serait qu'un feu de paille et que cela ne mériterait en aucun cas les gros titres. Nous vivions une heureuse époque où les découvertes fourmillaient dans nombre de domaines, et le public en était friand. Cependant, la quantité était parfois au détriment de la qualité, et John Spencer se donnait pour devoir de faire le tri parmi ces nombreuses annonces toutes plus sensationnelles les unes que les autres, afin de n'écrire que sur les événements qui seraient réellement marquants, et ainsi garantir la réputation du célèbre *Times*. Ce quotidien était en effet le seul journal sur la place de Londres pouvant se targuer d'influencer l'élite de l'Empire britannique par ses articles. C'était donc, par nature, un homme dubitatif et méfiant. Cependant, mon récit de la transformation du convertisseur, la fièvre des quelques jours et nuits de travail à œuvrer à cette transformation, mais aussi ma vision du potentiel de cette découverte eurent tôt fait, à ma grande surprise, de capter son attention.

Ce grand homme froid, méfiant de prime abord, ne voulait, après quelques minutes d'entretien, plus me quitter, et, comme Donald Cunningham, il avait l'intention d'en savoir plus sur cette si jeune directrice d'usine qui avait pu jouer un rôle aussi important dans cette découverte. Au demeurant, je découvris au fil de l'entretien un personnage charmant, prévenant, et délicat, qui me surprit. Nous passâmes donc une bonne partie de la soirée ensemble, et, connaissant les attentes de Sir Samuel à son égard, je cédai à ses demandes, partageant avec lui un peu de mon histoire avec la Wallace Steel.

J'avais remarqué, à l'autre bout du salon, le regard interrogateur, puis inquiet, de M. Wallace, qui, plusieurs fois, s'étonna de me voir converser si longtemps avec M. Spencer. Sur le coup de minuit, alors que la plupart des convives quittaient peu à peu le salon pour aller se coucher, M. Spencer faisant de même, M. Wallace me rejoignit, et, me prenant à part, m'emmena dans la bibliothèque où nous serions seuls. Là, à ma grande surprise, il m'invectiva presque :

— Constance, mais bon sang, pourquoi Spencer ne vous a-t-il pas quittée de la soirée ?

Je fus surprise de son ton agressif, alors que je pensais avoir bien fait.

— Êtes-vous contrarié, Monsieur ?

— Mais oui, bien entendu !

— Pardonnez-moi, Monsieur, mais je ne comprends pas… Ne souhaitiez-vous pas vous attirer les bonnes grâces de ce monsieur, afin qu'il rédige un article dans le *Times* en notre faveur ?

— Si, bien sûr, mais je ne voulais pas vous exposer, vous ! Vous n'avez aucune idée de qui est cet homme, et vous êtes bien trop ingénue et, pardonnez-moi, bien trop crédule pour vous mesurer à lui. Non seulement il est capable de vous faire dire des choses que vous ne voulez pas dire, mais qui plus est, cet homme est un… un fieffé coureur de jupons, Constance ! Il est hors de question que vous passiez un moment de plus avec lui au cours de ce séjour, c'est un ordre !

Je trouvai M. Wallace injuste et déraisonnable… Je gardai, pour ma part, mon calme, et ne cédai pas à la colère.

— Enfin, Monsieur, je pense que vous vous fourvoyez. Il m'a questionnée sur la transformation du convertisseur, puis sur ce qui m'a amenée à participer à l'événement, c'est tout.

— Ça y est ! Nous y sommes, répondit-il, toujours aussi en colère. Je parie qu'il vous a bien plus questionnée sur vous que sur le convertisseur.

— Ce n'est pas faux, mais quel est le problème ?

— Constance, je vous le répète, vous êtes trop innocente de ces choses. C'est bien pour cela que James et moi avions œuvré pour lui faire rencontrer une personne plus expérimentée…

— Mrs Murray, c'est cela ?

— Oui, Mrs Murray, qui sait manœuvrer ce genre de personnage à la perfection.

— Monsieur, Mrs Murray n'a pas semblé remplir la mission que vous lui aviez confiée, d'autre part, elle aurait été bien incapable de lui expliquer votre découverte et les modalités de sa mise en application. Pardonnez-moi, je pensais bien faire.

— Eh bien, la prochaine fois, abstenez-vous ! conclut-il, sur un ton péremptoire qui me blessa profondément.

— Monsieur, vous êtes injuste, répondis-je, à mon tour finalement en colère. Je vous ai obtenu un résultat. Vous aurez un article favorable dans le *Times*. Pour le reste, il n'y a eu aucun mal, quoi que vous vous imaginiez. Et je ne suis pas aussi stupide et candide que vous sembliez le penser !

Vexée, sentant les sanglots me monter à la gorge, je me précipitai hors de la bibliothèque sans autre forme de politesse, laissant là M. Wallace. Je montai presque en courant dans ma chambre et m'enfermai à clef. Révoltée, je laissai alors ma peine exploser, et les larmes inonder mon visage tout en faisant les cent pas. Je ne me calmai que beaucoup plus tard, non sans avoir débattu pendant longtemps avec moi-même de la signification d'une telle dispute. Oui, cela signifiait que M. Wallace me considérait comme une jeune fille gauche, et peut-être même sans finesse d'esprit. « Ingénue et crédule », avait-il dit. Mais comment donc avait-il pu me confier sa manufacture, s'il pensait cela de moi ? Ne lui avais-je pas montré à plusieurs reprises qu'il pouvait me faire confiance ? Je tournai et retournai ces pensées dans ma tête, tantôt minimisant la portée de ses paroles, laissant mon penchant rationnel prendre le dessus, et me faisant une raison, tantôt laissant le désespoir me gagner à l'idée qu'il pouvait ne pas me porter en si haute estime.

Abattue, épuisée, je découvris que j'étais assoiffée, et décidai, même si la pendule de ma chambre indiquait déjà une heure du matin, de descendre chercher un verre d'eau à l'office. Je ne pris pas la peine de me rhabiller, ni de me chausser, comptant faire au plus vite. Sans bruit, je traversai le couloir du second étage, descendis le grand escalier, traversai la salle à manger et me dirigeai vers la porte dérobée menant à l'office, au fond de ladite salle à manger. Les grandes pièces du rez-de-chaussée étaient plongées dans le noir, seul un faible clair de lune éclairait l'ensemble par les fenêtres. C'est alors que j'aperçu une rai de lumière sous les portes, et crus entendre des murmures. Sans bruit, je collai mon oreille contre le bois de la porte.

— Eleonora, ce n'est plus possible, disait une voix masculine étouffée.

— Mon cher, vous serez le premier à revenir vers moi, répondit la voix claire d'Eleonora Murray, en riant. Vous savez aussi bien que moi que vous ne trouverez pas une partenaire qui m'arrive à la cheville avant longtemps.

— J'admire votre modestie, ma chère, répondit la voix masculine. Mais je dois admettre que, sur ce point, vous avez certainement raison.

— Je vous remercie de le reconnaître…

— Mais le point n'est pas là. Je suis prêt à ce sacrifice et à ne plus jouir de vos multiples charmes.

— Mon Dieu, quel air solennel ! Éclairez-moi, mon ami : pourquoi ce sacrifice ? demanda-t-elle d'un air que je devinai détaché. Qui vous le demande ? Notre relation n'est-elle pas idéale, Samuel ? Libre et sans entrave, non exclusive, à égalité, uniquement quand nous le voulons…

J'étouffai un cri, portant la main à ma bouche. Samuel ! Le prénom de l'homme que j'admirais par-dessus tout, pour qui j'aurais sans hésitation donné ma vie, était compromis dans une relation certainement coupable avec Eleonora Murray. C'était le deuxième coup dur de la soirée que je recevais. Je n'eus pas le temps de m'appesantir sur le choc que je venais de recevoir, car il répondait :

— Si, elle est effectivement parfaite. Ou plutôt, elle le fut. Pour un temps. Et pour des êtres qui, comme vous, vivent uniquement dans le présent et se refusent à penser au lendemain. Des êtres pour qui jouir des plaisirs sur l'instant est la seule motivation, et pour qui imaginer un avenir n'est pas une option.

— N'êtes-vous pas vous-même de cette trempe, mon ami ?

— Je le fus, Eleonora.

— Que m'annoncez-vous, là, mon ami ? Auriez-vous un projet particulier en tête ?

— Depuis peu, oui, j'aspire à autre chose, Eleonora. Il est temps pour moi d'envisager ma vie sous un autre angle. C'est peut-être l'âge…

— Allons, ne me dites pas que vous vous sentez vieux à trente-deux ans… Vous commettriez une faute impardonnable envers moi, qui ai le même âge que vous !

— C'est vrai… Pardonnez-moi, c'était indélicat.

— Effectivement…

Un silence.

— Samuel, toute cette discussion me semble bien inutile, en réalité. Comme je vous l'ai dit, nous sommes libres et sans entrave. Cela implique que nous faisons ce que nous souhaitons, sans que cela doive affecter l'autre. Faites ce que bon vous semble, comme je l'ai aussi toujours fait, et comme je continuerai de le faire. Cela m'est complètement égal. N'allez pas croire que je sois affectée le moins du monde, et j'ajouterais d'ailleurs que, comme vous le savez déjà, vous n'êtes pas irremplaçable. Loin de là.

Un nouveau court silence ponctua la conversation.

— Je vous retrouve bien là, Eleonora… Sans rancune, donc ?

— Absolument, mon ami. La nuit dernière était notre dernière nuit… et j'en garderai un excellent souvenir.

— Moi de même, répondit-il, d'une voix suave.

J'en avais assez entendu, et je me précipitai hors de la salle à manger.

38

Une partie de chasse

J'étais remontée sans un bruit, en coup de vent, dans ma chambre, devançant M. Wallace et Mrs Murray, et m'étais jetées à même le lit, le cœur lourd. Ce soir-là, je n'avais plus de larmes, après ma dispute avec Sir Samuel, mais un vide immense semblait s'être creusé au plus profond de moi, abrutissant mes pensées. La fatigue aidant, je sombrai dans un sommeil profond peu de temps après.

Quelques heures plus tard seulement, une femme de chambre fit irruption, ouvrant les lourds rideaux de damas et laissant pénétrer le soleil du matin. Une fois que la souffrance provoquée par le soleil sur mes pupilles fatiguées fut passée, ma première pensée fut pour la scène dont j'avais été témoin la veille au soir, à travers les portes du salon. À la lumière du jour, ce matin-là, tout était maintenant très clair.

En une soirée, j'avais compris que je m'étais lourdement trompée sur moi-même. Au cours de l'année qui s'était écoulée, je m'étais maintes fois questionnée sur la nature de mes propres sentiments, hésitant souvent entre cette gratitude infinie que M. Wallace m'inspirait, à juste titre, car je lui devais effectivement beaucoup, et cette envie permanente de lui montrer que j'étais digne de sa confiance, que je confondais souvent avec mon orgueil excessif. Je refusais d'admettre que de mon côté, mon cœur avait, lui, franchi le pas, et qu'il ne battait plus que pour Samuel Wallace, de manière inconditionnelle et irréversible. Tout ce que j'avais accompli jusqu'alors, et que j'avais mis sur le compte de ma soif d'indépendance et de mon ambition quelque peu dévorante, n'avait été réalisé que pour une seule et unique raison : gagner l'estime de cet homme.

Mais quelle erreur de ne pas avoir vu plus tôt vers quelle pente dangereuse m'entraînait ce cœur jusqu'alors inexpérimenté et vierge de toute pratique en la matière ! Oui, quelle impitoyable erreur ! Il m'avait fallu éprouver la vive douleur provoquée par son mépris, puis, quelques heures plus tard, endurer le déchirement procuré par la découverte de sa relation avec Mrs Murray, pour que la vérité me soit révélée sur la nature même de mes propres sentiments. Cette vérité était nouvelle pour moi, et désespérément cruelle. Bien sûr, je ne pouvais dire que j'étais surprise d'apprendre sa relation avec Mrs Murray. De nombreux signes étaient apparus pour me mettre sur la voie, sans compter le témoignage de la famille Abbott. Mais l'entendre de sa propre bouche, c'était autre chose. Le doute n'était plus possible.

Je n'arrivais pas à lui en vouloir, cependant. Après tout, c'était un homme qui avait pris maîtresse, comme bon nombre d'autres hommes, sans pour autant être malhonnête. Il était même de bon ton, pour tout gentleman, passé un certain âge, les enfants ayant grandi, d'avoir une propriété en Écosse, au moins deux équipages, sa carte de membre dans un club en vue, et, bien entendu, une maîtresse. Non, je ne lui en voulais pas d'avoir eu une ou des maîtresses. Ce qui me blessait au plus profond de mon âme, c'était bien ce que cela impliquait. Cela ne laissait plus de doute non plus quant à la nature de notre relation, et avait fait disparaître en une soirée les doutes déraisonnables et l'espoir fou qui avaient, à mon insu, grandi au fond de mon cœur.

Pourtant, il me faudrait, ce matin-là, malgré cette lourde fatigue et cette sensation de vide immense qui obnubilait mes pensées, participer à l'autre événement majeur du séjour : la partie de chasse, sport favori de l'aristocratie britannique. Malgré mon manque d'entrain, je m'habillai à la hâte, décidée à assumer mes fonctions de manière disciplinée, me mettant au défi de surmonter cette épreuve dans la dignité. Ne devrais-je pas, comme toujours, me montrer forte, et puiser dans mes ressources pour vaincre et étouffer ces émotions qui me rendaient si vulnérable, et dont je ne devais rien espérer ? Tout le chemin que j'avais parcouru jusqu'alors, les multiples épreuves que j'avais traversées, dont j'étais sortie grandie, pour la plupart, ne devaient pas rester vains, et je me devais, par respect pour moi-même, de triompher.

Je quittai donc ma chambre encore confuse et désemparée à la fois, mais aussi avec au cœur une détermination naissante. Je rejoignis dans la salle à manger Lord Ashton et M. Hughes, qui prenaient une collation avec Donald Cunningham. Ils échangeaient, bien entendu, sur le déroulement de la matinée. On m'expliqua qu'on avait choisi pour cette occasion une chasse en battue, qui avait le double avantage de procurer le plaisir d'une promenade à cheval pour certains, de contenter ceux qui affectionnaient le tir au fusil d'autre part, mais aussi d'éliminer des nuisibles notoires comme les renards.

C'était tout un événement sur le domaine : une quinzaine de messieurs participeraient, les dames étant invitées à suivre de loin les exploits de leurs époux, et le personnel du domaine était à pied d'œuvre pour que cette journée soit parfaite. La nuit précédente, plusieurs terriers de renards avaient été obturés par les gardes-chasse, et on avait laissé les chiens suivre les voies des pauvres animaux qui seraient traqués, remontant leur piste. On attela les chevaux de très bonne heure, on prépara les fusils pour les tireurs postés, on distribua les trompes de chasse aux traqueurs, et on posta du personnel à intervalles régulier sur le parcours, avec force munitions et fusils de rechange.

À six heures, juste avant l'aube, le maître d'équipage amena les chiens dans la cour du château, lieu du départ de la grande battue. À sept heures, j'étais dans la cour, observant les préparatifs. La meute était constituée de chiens tous semblables, que j'appris être des chiens français, des poitevins, me dit-on. Ils avaient la gueule fine, l'allure élancée, même si leur taille était somme toute moyenne, et arboraient un poitrail blanc qui contrastait avec une robe beige et noire. Le maître d'équipage, un homme entre deux âges, ne cessait d'invectiver les animaux pour contenir leur fougue avant le départ, chose qui n'était pas aisée car ces chiens savaient parfaitement ce qui se préparait.

M. Wallace avait choisi d'être traqueur et montait un cheval manifestement nerveux, dont la robe noire fumait dans le soleil levant. Eleonora Murray, en amazone sur une magnifique jument à la robe blanche, attirait les regards, comme à son habitude, et James Gardiner, Lord Ashton ainsi que John Spencer l'accompagneraient dans la traque du gibier. Les tireurs postés, qui avaient pris soin d'étudier dès cinq heures du matin les cartes du domaine avec Sir Samuel, le maître d'équipage et quelques gardes-chasse ayant obturé les terriers durant la nuit, avaient choisi un parcours sur lequel il y aurait suffisamment de bois potentiel pour rabattre le gibier, tout en assurant une traque suffisamment intéressante pour les cavaliers. Les promeneurs qui souhaitaient admirer la chasse pourraient sans difficulté suivre la meute et les traqueurs, puis revenir sur leurs pas pour ne pas trop s'éloigner du château. Je ferais partie de ceux-là. Je n'avais aucune connaissance en matière de chasse, mais voyais un intérêt certain à faire cette promenade sur le domaine de Nordham Hills, et la possibilité de m'isoler avec mes pensées dans la campagne pour un long moment m'avait, malgré tout, motivée. Je m'étais équipée chaudement et de manière confortable, anticipant justement de prolonger ma promenade au-delà des limites du domaine.

Comme pour beaucoup d'activités de l'aristocratie anglaise, ainsi que je le découvris par la suite, un ensemble de règles et de codifications encadraient précisément l'événement. Les cavaliers arboraient la redingote rouge, culotte blanche, de hautes bottes de cuir noir et un chapeau haut de forme. Les tireurs, ainsi que les suiveurs et les invités, portaient la redingote noire. Évidemment, ma tenue, trop simple et trop pratique, et ne respectant pas les codes en vigueur, avec mon manteau de laine gris et mes bottes de cuir grossier, détonnait. Cela m'était bien égal ce matin-là, et j'étais bien décidée à parcourir la campagne pour me changer les idées, coûte que coûte. Les plus jeunes de ces dames étaient au rendez-vous, ainsi que M. Cunningham, qui n'affectionnait en rien ce sport, mais qui cependant respectait en tout point les codes exigés, et avait revêtu la redingote noire des suiveurs.

Le départ était sur le point d'être donné. Les chiens rassemblés, jappant dans un vacarme assourdissant, les cavaliers prêts à éperonner leurs montures pour partir au galop, lesdites montures extrêmement nerveuses, tout concourait à rendre la tension palpable dans la cour du château. Les suiveurs à pieds s'écartèrent, et, au son du cor, le maître d'équipage lâcha les chiens, qui s'élancèrent, tel un seul animal monstrueux à plusieurs têtes, vers les collines au nord du domaine. Les cavaliers leur emboîtèrent le pas, lançant leurs chevaux au galop. L'ensemble de la troupe s'élança à l'assaut de la colline la plus proche, au travers du bois qui bordait la partie est du domaine.

Je ne pus qu'admirer l'adresse avec laquelle Sir Samuel, James Gardiner et Eleonora Murray, au coude à coude, prirent la tête de la meute, même si mes pensées ne pouvaient se détacher des événements de la veille. Manifestement cavaliers émérites, ces trois-là distancèrent rapidement le reste de la troupe, sur les talons des chiens de meute, et disparurent de l'autre côté de la colline. Notre groupe de suiveurs à pied, ou tout simplement promeneurs, d'une dizaine de personnes, suivait le garde-chasse qui avait pour tâche de nous mener sur les meilleurs points de vue du parcours. Nous suivîmes nonchalamment le chemin qui contournait l'extrémité est du domaine, à flanc de colline, avant de découvrir l'entrée d'un bois étendu, dissimulé derrière ladite colline, dans laquelle s'étaient engouffrés les traqueurs à cheval.

Le garde-chasse nous expliqua que la chasse pouvait, suivant l'âge, la force et la ruse du renard, durer entre deux et quatre heures. C'est alors qu'il prit l'envie à Lady Palmerson de me faire la conversation. Cette dame d'un âge tout à fait respectable se faisait apparemment une joie de m'entretenir de ses petits tracas quotidiens, s'imaginant, m'avoua-t-elle, qu'avoir l'opinion d'une Française sur ces sujets serait inestimable. Elle entendait ainsi m'assommer de son bavardage inconséquent durant toute la promenade.

— Mon enfant (elle affectionnait de m'appeler ainsi, marquant notre différence d'âge, et une certaine familiarité), il me faut votre avis sur l'usage que nous faisons, nous autres Anglais, du thé. Voyez-vous, mon médecin me recommande de diminuer ma consommation de thé, qui, selon lui, nuirait à ma santé. Mes nerfs, entendez-vous, je dois prendre soin de mes nerfs. N'avez-vous pas de problème de nerfs, Miss ?

— Non, je…

— Il est communément admis que vous autres Français savez profiter de la vie et vous détendre bien mieux que nous autres Britanniques. C'est pourquoi j'ai besoin de vos lumières en la matière. Que faites-vous pour vous détendre en France, si ce n'est boire du thé ?

— Madame, je...

— D'ailleurs, il me semble que vous ne buvez pas de thé, n'est-ce pas ?

— Non effectivement, mais...

— J'en étais sûre. C'est toujours ce que je répète à Archie, mon époux... Pourquoi les Anglais sont-ils tellement épris du thé alors que personne d'autre en Europe ne l'a adopté ? Nous faisons certainement une erreur. Rien ne vaut une vie saine, comme dans le Sud de la France. Êtes-vous d'accord avec moi ?

— Certainement, même si...

— Bien sûr vous êtes d'accord !

Je ne pouvais arrêter le flot de ses paroles, ni vraiment prendre part à la conversation. Elle débitait un monologue de manière continuelle, sans réellement savoir si on l'écoutait, ni si même nous avions quelque chose à dire. Rapidement, l'envie me prit de fausser compagnie à mes compagnons de promenade, et en particulier à Lady Palmerson. J'avais besoin d'être seule avec mes pensées. Je m'accroupis donc comme pour refaire le lacet de ma botte, laissant le groupe me distancer. Croyez-le ou non, Mrs Palmerson, qui pourtant s'adressait à moi dans son monologue, ne remarqua même pas que je n'étais plus à ses côtés. Je bifurquai et quittai le chemin que ce petit groupe suivait, dévalant la pente de la colline, et, souhaitant disparaître au plus tôt de leur vue, m'enfonçai dans le bois.

Ce matin-là, mon humeur sombre ne s'accordait pas du tout à ce que j'avais sous les yeux : la lumière de l'aube automnale éclairait magnifiquement les arbres dont les feuilles jaunes ou brunes n'étaient pas encore tombées, et inondait les taillis encore verts d'une pluie de rayons filtrés par le feuillage. C'était magnifique. Dans toute ma vie, il ne me sembla pas me souvenir d'avoir été, ne serait-ce qu'une fois, déçue par une promenade en pleine nature. Au point que je considérais cela comme une thérapie sans faille contre la mélancolie ou la tristesse.

J'errai ainsi un bon moment dans ce paysage alternant les sous-bois et la lande, mon humeur s'améliorant au fur et à mesure de ma promenade, au gré des tableaux ravissants qui se succédaient sous mes yeux. Au loin, j'entendais les bruits de la partie de chasse : les coups de corne, les aboiements des chiens, quelques cris, quelques tirs, mais encore assez peu. Ils ne devaient pas encore avoir rabattu les renards vers les tireurs postés. Ma progression était lente, car j'avais choisi de ne suivre aucun chemin, mais de couper à travers les taillis ou les bois, suivant les courbes des collines, à la recherche des plus beaux points de vue.

Au bout de quelque temps, il me sembla me rapprocher de la battue, les cris se faisant plus forts. Je devais me méfier : il ne s'agissait pas de prendre une balle perdue... J'étais sur le point d'arriver au sommet d'une colline en sous-bois, lorsque j'aperçus à travers les taillis et les troncs d'arbres, en contrebas, dans un petit vallon, une redingote rouge. Il y avait donc là un traqueur isolé. Il chevauchait au pas entre les arbres du sous-bois, le long d'un ruisseau au creux du petit vallon. Soudain, des coups de feu retentirent non loin de nous. Un cri déchira le silence du sous-bois et le cavalier en redingote rouge s'effondra au sol dans un bruit feutré, sa chute amortie par le tapis de feuilles mortes. Sa monture, prise de panique, se cabra, poussa un hennissement puissant et s'enfuit au galop.

Comprenant ce qui venait de se passer, je dévalai en courant le talus, manquai de tomber plusieurs fois, griffant mes chevilles dans ma précipitation et déchirant ma robe dans les ronces, avant de parvenir enfin au fond du petit vallon, là où le cavalier était étendu. Lorsque j'arrivai sur place, je découvris, horrifiée, M. Wallace allongé dans les feuilles mortes, couché sur le flanc. Je tombai à genoux à ses côtés, prise de panique, appelant au secours, implorant Dieu – chose qui, connaissant mon peu de foi, eût pu paraître ridicule – refusant que ce soit lui qui était étendu là, devant moi, inconscient. Il ne bougeait pas. Frénétiquement, je cherchai la blessure. La redingote était tachée de rouge sombre au niveau de la clavicule gauche, juste au-dessus du poumon. Je déboutonnai l'habit et ouvris la chemise afin de juger de la gravité de la blessure. Sans que j'y prête la moindre attention, ma vision se brouilla et un sanglot étreignit ma gorge. Le sang continuait à couler du trou béant dans la chair. Je pressai mes mains dessus dans une tentative ridicule pour contenir la vie qui pouvait s'en échapper et l'empêcher de quitter le corps de mon bien-aimé. Soudain, dans un gémissement rauque, il reprit conscience. Il se tourna, ne se rendant pas compte de ma présence tout d'abord. Je restai muette, les mains ensanglantées sur mes genoux. Il se tourna à nouveau et réalisa alors qu'il n'était pas seul.

— Ah, bon sang, j'avais oublié à quel point cela faisait mal ! grogna-t-il dans une grimace, à travers ses dents serrées.

Puis, après un court silence, il souffla :

— Est-ce qu'elle est sortie ?

— Pardon, Monsieur ?

— La balle, bon sang ! Est-elle sortie ? maugréa-t-il en serrant toujours les dents.

— Je ne saurais dire, Monsieur.

Son visage se tordait de douleur, mais il parvint à me dire :

— Regardez dans mon dos. S'il y a un trou de l'autre côté, c'est qu'elle est ressortie.

Je m'exécutai avec beaucoup de précaution en évitant de toucher la plaie. La chemise était tachée de sang et perforée au-dessus de l'omoplate.

— Oui, monsieur, il y a un trou correspondant.

— Bon, c'est déjà ça… répondit-il, presque soulagé.

Il respirait péniblement, mais semblait tout à fait conscient et hors de danger. Il s'adossa, non sans mal, à un tronc d'arbre qui se trouvait là, pour reprendre ses esprits. Un flot d'émotion me submergea. Je portai mes mains à ma bouche comme pour la contenir, par pudeur. Ma respiration devint forte et mes yeux s'embuèrent à nouveau.

— Monsieur, j'ai cru… dis-je, presque dans un sanglot.

Il leva les yeux et nos regards s'accrochèrent. Le silence régnait dans le sous-bois et l'on n'entendait plus que nos deux souffles courts. Comme si les arbres s'étaient arrêtés de grincer sous le vent, comme si les oiseaux s'étaient tus soudainement et comme si le vent lui-même s'était arrêté de souffler. Il ne dit rien, mais son visage était par moments traversé par une grimace de douleur. Puis, dans un geste lent, il prit ma main dans la sienne, délicatement, et la serra fort contre son torse. Ses yeux verts magnifiques, graves et tristes, plongeaient toujours dans les miens. Nous restâmes longtemps ainsi, soutenant chacun le regard de l'autre, immobiles et sans un mot. Le temps ne s'écoulait plus. Puis, quelques cris se firent entendre, non loin de là. On appelait Sir Samuel. Il détourna le regard, gêné, et lâcha ma main pour se redresser.

— Ah, ils ont dû retrouver mon cheval. Pouvez-vous crier, pour qu'ils se dirigent par ici ?

Je m'exécutai et appelai à l'aide, signalant que M. Wallace était ici. Arrivèrent alors à l'autre bout du vallon Mrs Murray, James Gardiner et M. Spencer. Le vallon s'emplit du bruit sourd de leur chevauchée sur les feuilles mortes. James et Mrs Murray descendirent immédiatement de cheval. Celle-ci me fit signe de lui laisser la place, précisant, d'un ton impérieux :

— Laissez-moi faire, Miss, poussez-vous !

Je me levai et m'éloignai pour rejoindre James, à quelques pas.

Elle se pencha sur le blessé :

— Est-ce grave ? Montrez-moi, demanda-t-elle.

Comme moi quelques instants auparavant, elle inspecta la plaie, et constata que la balle était sortie.

— Mais qui a bien pu vous tirer dessus, Samuel ?

— Comment voulez-vous que je le sache, Eleonora ? demanda-t-il, irrité. Nous devrons interroger les tireurs, évidemment.

— Mais pourquoi donc êtes-vous venu par ici ? Et elle, que fait-elle là ? demanda-t-elle à son tour, sans cacher son mépris.

— Mais de qui parlez-vous ? lui demanda-t-il, l'air incrédule.

Elle tourna la tête vers moi.

— Cessez donc de m'assommer de questions, lâcha-t-il, furieux. Aidez-moi plutôt à me relever. Puis, s'adressant à James :

— Mon ami, venez lui prêter main-forte.

Il se releva avec difficulté, Eleonora sous un bras, et James sous l'autre. Celui-ci lui proposa de l'aider à monter sur son cheval, lui rentrerait à pied avec moi. James et M. Spencer l'aidèrent, non sans difficulté, et Sir Samuel prit les rênes de sa main droite. Puis, rapidement, ils se mirent en marche. C'est ainsi que disparut, au trot, le petit groupe de trois cavaliers, emportant ainsi le blessé.

James me montra le chemin le plus court vers le château, et nous rentrâmes en pressant le pas.

— On n'est jamais à l'abri d'un accident de chasse, malheureusement, même s'ils sont rares, affirma-t-il, alors que nous quittions le bois.

— Je m'en doute. M. Wallace a dit qu'il avait oublié à quel point cela faisait mal. Cela lui est donc déjà arrivé ?

— Oui, en Crimée.

— Ah, ce n'était donc pas un accident de chasse.

— Non. Il faut dire qu'avec nos redingotes rouges, il est normalement difficile pour un tireur posté de confondre un renard et un traqueur...

— Effectivement.

— D'ailleurs, je pense que Samuel va chercher à en savoir plus et demandera des explications au tireur.

— Vous pensez que ce serait là une cause de discorde ?

— Cela dépend. Du tireur d'abord, et des raisons qui l'ont poussé à commettre cette erreur ensuite.

— C'est forcément un accident, James, repris-je.

— Certainement.

Nous poursuivîmes notre promenade en silence. Je n'étais guère loquace, au contraire de mon habitude et James, au bout d'un certain temps, s'en inquiéta. Je mentis à moitié :

— J'ai très peu dormi la nuit dernière, James, lui répondis-je. Et puis cet accident m'a secouée.

— La vue du sang ?

— Non, j'ai vu plus de blessures que je n'aurais dû. Ce n'est pas cela.

— Qu'est-ce donc alors ?

— C'est compliqué... J'ai moi-même du mal à m'y retrouver. Je suis un peu perdue aujourd'hui.

— Puis-je vous aider ? Je suis là pour ça, vous savez...

Je ne répondis pas, ne sachant que dire.

— Est-ce en rapport avec Samuel ?

Je ne répondis toujours pas et il interpréta mon silence comme un acquiescement.

— Je crois que je devine ce qui vous arrive, ma chère, comme je vous l'ai déjà dit.

— Cela m'étonnerait, James. Pardonnez-moi, mais je ne souhaite pas en parler. N'insistez pas, je vous en prie.

— Bon, je n'insisterai pas. Mais sachez que si vous avez besoin de moi, je suis là.

— Je sais. Vous êtes un véritable ami, lui répondis-je dans un sourire qui ne put s'empêcher d'être un peu triste.

39

Quand Vivaldi s'en mêle…

Il était midi quand l'ensemble des chasseurs et des promeneurs regagnèrent le château. Au salon, tout le monde parlait de l'accident. On était allé chercher le médecin une heure auparavant et il était déjà au chevet de Sir Samuel. Les invités attendaient le résultat du diagnostic avec impatience, mais sans avoir rien cédé à leur bien-être : ils étaient confortablement installés au salon devant une tasse de thé et des petits gâteaux. Une simple blessure par balle n'était pas un événement suffisamment grave pour que l'on renonce au décorum et à une bonne tasse de thé ! Quand enfin il parut hors de la chambre, le Dr Chambers annonça à James que la blessure était belle, que les poumons n'étaient pas touchés et qu'un peu de repos remettrait rapidement M. Wallace sur pied. Cette annonce fut saluée par des murmures de soulagement.

Quelques heures plus tard, nous eûmes la surprise, dans le milieu de l'après-midi, de voir Samuel Wallace descendre au salon. Hormis son bras en écharpe, plus rien n'indiquait qu'il avait été victime d'un accident quelques heures plus tôt. Il était impeccable, égal à lui-même, gardait sa haute stature droite et fière comme à son habitude et ne semblait pas trop souffrir de sa blessure. L'ensemble des convives le félicitèrent, chacun à sa manière : certaines lui reprochèrent de ne pas rester alité, rappelant que le repos était essentiel à son rétablissement. D'autres admiraient sa constitution manifestement robuste mais soulignaient que, quand même, descendre dès à présent n'était pas sérieux. D'autres, enfin, parmi les messieurs surtout, ayant pris part à quelque conflit armé dans leur jeunesse, plaisantaient avec lui sur la nature bénigne de la blessure. Commencèrent alors d'interminables discussions sur les multiples blessures de guerre de nombre des invités. La guerre de Crimée avait manifestement pourvu chacun en anecdotes et blessures multiples.

Le mystère du tireur maladroit fut rapidement élucidé : il s'agissait de Lord Cleave qui, par excès de zèle ou par impatience d'en découdre, s'était mis en tête de tirer la grive, le renard ne montrant pas le bout de son nez assez rapidement à son goût. Il avait donc quitté son poste mais n'avait prévenu personne et avait confondu au loin, et à travers les sous-bois, un plumage coloré avec la redingote rouge de Sir Samuel. Il se confondit en excuses auprès du blessé et promit, en guise de réparation, de l'inviter dans son domaine du Sussex pour une chasse à courre, beaucoup moins dangereuse pour les traqueurs. M. Wallace, magnanime, pardonna sans difficulté et les deux hommes conclurent un accord autour d'un verre de whisky écossais.

De mon côté, depuis mon retour de la battue, je restais discrète et souhaitais fuir la compagnie. Je ne parvenais pas à me défaire de mon humeur maussade et mes idées étaient encore plus confuses que le matin même. J'avais une douleur au ventre qui ne cessait de grandir et chaque apparition de M. Wallace dans mon champ de vision ne faisait qu'aggraver la situation. Je m'isolai dans la bibliothèque pour attendre l'heure du dîner au calme. Quelques instants plus tard, mon ami James Gardiner fit irruption dans la pièce. Il entra alors que je m'étais confortablement installée dans une méridienne, les jambes étendues, les yeux rivés sur le volume de géographie que j'avais commencé la veille.

— Constance, c'est donc ici que vous vous cachiez ? demanda-t-il, dès son entrée. Samuel vous cherchait il y a quelques instants…

— J'ai besoin de me reposer, James. Et besoin de calme, surtout.

— Ah ? Que vous arrive-t-il ? Serait-ce que l'accident vous a secouée ?

— Oui, cela… et la fatigue, probablement…

— Allons, une nature aussi solide que la vôtre ? Vous m'étonnez…

Je ne répondis pas.

— Puis-je me joindre à vous ? Un peu de calme me ferait du bien, à moi aussi.

Il s'assit dans un fauteuil proche du mien et prit négligemment un livre qui traînait, là, sur une table basse. Il tenta de lire quelques lignes puis, au bout de quelques instants seulement, reprit :

— Constance, dites-moi tout.

— Tout, quoi ? demandai-je étonnée, laissant tomber mon livre sur mes genoux.

— Constance, à quoi servent les amis, si ce n'est à vous aider ? Dites-moi ce qui vous tracasse aujourd'hui.

Comme je ne disais toujours rien, il ajouta :

— Regardez-vous, voyons, on dirait même que vous êtes au bord des larmes.

— Peut-être, mais je sais encore garder un minimum de contrôle sur moi-même, dis-je, avec un sourire forcé.

— Je vous reconnais bien là… ne jamais montrer sa faiblesse, n'est-ce pas ?

— Un peu, oui…

Après un court silence, je repris, vaincue :

— Bon, très bien. Oui, j'avoue, je suis perturbée. C'est que… je ne me sens pas à ma place ici. Les choses sont beaucoup plus simples à la manufacture.

— C'est certain. Vous y êtes en terrain conquis. Vous ne risquez pas d'être déstabilisée par une Mrs Murray.

— Oh, Mrs Murray est le cadet de mes soucis…

— Ah ? Mais qu'est-ce donc alors ?

— C'est que je prends conscience que je ne fais pas partie de ce monde – le vôtre et celui de M. Wallace – et cette prise de conscience est quelque peu humiliante.

— Que me dites-vous là ?

— M. Wallace m'a reproché hier d'avoir eu une longue conversation avec M. John Spencer.

— Tiens donc ? Que vous a-t-il reproché exactement ?

— Il soutient que je ne suis pas de taille à affronter ce journaliste, et que ma naïveté et ma crédulité pourraient nous être dommageables.

— Oh… dit-il, prenant un air contrarié.

— De plus, il a ajouté que je ne saurais pas me défendre face à un tel « coureur de jupons ».

— Eh bien ! Rien de moins ? Il n'y est pas allé de main morte…

— Cela m'a suffi.

— Constance, même si ces mots, j'en suis sûr, ont dépassé sa pensée, je ne vois là qu'une intention de vous protéger de ce Spencer.

— Peut-être, mais c'est tout à la fois méprisant et condescendant. Il s'adresse à la personne qu'il a nommée à la direction de la manufacture, enfin ! S'il me pense aussi crédule qu'une enfant de quinze ans, pourquoi m'a-t-il confié ce rôle ?

— Constance, ne mélangez pas tout, voulez-vous. Vous reconnaissez vous-même être parfaitement à votre aise et dans votre élément dans votre atelier, ainsi qu'aux commandes de la manufacture. Vous n'avez plus à faire vos preuves dans ce domaine, et Sam vous a accordé à juste titre toute sa confiance.

J'acquiesçai silencieusement.

— En revanche, vous admettez aussi que vous vous sentez quelque peu perdue ici, parmi des personnes d'une autre éducation, peut-être moins franches et transparentes que ne le sont vos ouvriers et contremaîtres. C'est certainement ce qu'a voulu vous dire Sam. Reconnaissez que votre expérience des hommes du genre de John Spencer est très limitée.

— Peut-être…

— D'ailleurs, je suis certain que vous l'avez trouvé charmant, désintéressé, et tout à fait gentleman.

— Oui, absolument.

— Eh bien, détrompez-vous… Il est retors et extrêmement manipulateur. Sa réputation en matière de conquêtes n'est plus à faire et il a quelques scandales à son actif. Vous seriez une proie facile pour lui, car vous ne vous méfiez pas et vous n'imaginez même pas qu'il puisse vous charmer sans que vous vous en rendiez compte.

— Je ne vois pas pourquoi il ferait cela.

— Ne soyez pas si modeste. Vous êtes une très belle femme. Pour le plaisir de la conquête, c'est évident, mais aussi pour vous faire dire des choses confidentielles sur la Wallace Steel, à votre insu…

— Soit. Admettons.

— Cela ne semble pas vous soulager ?

— M. Wallace et vous me mettez face à mes propres insuffisances… comment voulez-vous que j'appréhende la chose ?

— Mais positivement, voyons… vous êtes trop exigeante avec vous-même. Personne n'attend de vous que vous maîtrisiez tout, que vous soyez rompue aux jeux politiques ou fine calculatrice comme Mrs Murray. Je crois même pouvoir affirmer…

— Quoi donc ?

— Que Samuel, comme moi, n'échangerait pour rien au monde votre candeur contre l'expérience d'une femme du monde. C'est ce qui vous donne votre énergie et votre force.

— Peut-être, répondis-je, pensive.

Il referma le livre qu'il n'avait pas lu, le reposa sur la table et se leva, avant de dire :

— Allons, Constance, mettez de côté ces doutes sur vous-même. Nous avons besoin de vous.

Puis, s'inclinant avec un sourire chaleureux, il me laissa seule avec mes pensées et rejoignit le salon.

Lorsque l'heure du dîner arriva, ce fut encore une fois sans grand entrain que je montai me changer. J'appréhendais de devoir, à nouveau, faire la conversation à ces gens importants, faire bonne figure et paraître enjouée. Le cœur n'y était toujours pas. Pendant le dîner, je restai silencieuse la plupart du temps, jetant de temps à autre un regard de côté, à l'autre bout de la table, me demandant si Sir Samuel était remis, s'il souffrait encore de sa blessure et dans quel état d'esprit il se trouvait. Il me sembla, de loin, qu'il n'avait aucune peine à tenir son rôle d'hôte et que sa blessure ne le diminuait guère, si ce n'est qu'il ne pouvait porter son verre à sa bouche de la main gauche. Il annonça, juste avant le dessert, que la soirée se poursuivrait par un récital de chant accompagné au violon de morceaux choisis de Vivaldi. Mon voisin de table, M. Hughes, en fin mélomane, me fit l'article sur le talent de Vivaldi qui, comme personne, avait transcendé la spiritualité dans son œuvre liturgique jusqu'à sublimer les émotions de l'auditoire. Le choix était, selon lui, hardi et audacieux pour une telle assemblée, car, suivant le choix des morceaux que Sir Samuel aurait fait, le concert nous porterait certainement plus à une certaine langueur qu'à l'allégresse générale. Il ne me manquait plus que cela, me dis-je. Je n'avais nul besoin d'une musique ajoutant à la gravité de mon humeur.

Lorsque nous fûmes invités à passer au salon de musique, je découvris que celui-ci avait été aménagé tout particulièrement pour le concert : une quarantaine de chaises avaient été disposées en arc de cercle face au piano à une distance respectable, par rang de sept. Tout le monde se plaça comme bon lui semblait et ce fut avec un certain soulagement que je vis James Gardiner me rejoindre. Je m'étais placée sur l'un des côtés pour éviter les rangs de devant et laisser les places de choix aux invités de marque.

Une fois tout le monde confortablement installé, Sir Samuel se posta devant le piano et annonça les musiciens ainsi que l'artiste lyrique. Les musiciens étaient au nombre de cinq. C'étaient des hommes jeunes, en habit noir. Deux d'entre eux portaient leur violon au menton, un autre calait son violoncelle entre ses jambes, le quatrième accordait son violon alto. Le cinquième homme, le chanteur lyrique, se tenait droit, le menton haut, une main posée sur le piano. Le nom des artistes ne me dit rien, mais l'assemblée les applaudit et j'en déduisis qu'ils devaient avoir une certaine renommée.

L'un des violonistes se leva pour faire le tour du parterre des spectateurs et distribuer un petit fascicule dans lequel était indiquée la liste des morceaux que nous allions écouter ce soir-là. De retour dans la formation, il annonça solennellement : « Nisi Dominus ». Le silence se fit. J'allais assister à mon premier concert et je ne savais trop à quoi m'attendre. Les premières notes s'élevèrent du violon doucement, presque timidement, comme pour nous accueillir peu à peu dans un univers qui nous tirerait, pour quelques heures, hors de la réalité. La voix du chanteur le suivit de près, tout d'abord délicate, elle aussi, mais tout à la fois puissante et envoûtante.

Cette voix haute, pure, comme en suspens dans l'air, accompagnée des pleurs du violon, me bouleversa. Je retins ma respiration. Je fus très rapidement fascinée puis emportée par la palette de sensations que cette musique captivante, mais tout à la fois grave et triste, créait en moi. Était-ce que, ce jour-là, j'étais particulièrement vulnérable et donc prédisposée à laisser grandir en moi les émotions suscitées par la musique ? Je ne saurais encore le dire aujourd'hui. Les morceaux se suivaient, créant un univers différent à chaque fois : tantôt enjouée, tantôt dramatique, elle déroulait comme un fil invisible entre les convives, accrochant nos cœurs les uns derrière les autres dans un même rythme, vers l'allégresse ou vers la gravité. Puis, au bout d'une heure de concert, s'ouvrit un morceau qui finit de me conquérir. Ma respiration fut coupée par l'émotion, et mon âme se perdit dans cette lamentation divine.

Cum dederit reste encore à ce jour mon morceau favori.

À ce moment, je ne pus résister à la tentation de jeter un regard de côté, là où M. Wallace était assis : à l'autre bout du parterre d'invités, au premier rang. Comme je le craignais, tout en le souhaitant ardemment, nos regards se croisèrent et ne purent, à nouveau, se détacher l'un de l'autre. Je fermai immédiatement les yeux, alors que la voix du chanteur continuait de s'étirer et de nous entraîner au plus haut. Je m'isolai du monde réel, dans le noir de mes paupières closes, me coupant de toute autre sensation, laissant cette voix, seule, pénétrer jusqu'au tréfonds de mes entrailles. Je finis par me demander si ce M. Vivaldi tenait du magicien ou du démon : comment était-il possible de susciter tant de sentiments uniquement en juxtaposant de manière subtile et adroite de simples notes de musique ?

À la fin de ce morceau, les musiciens annoncèrent une interruption d'une quinzaine de minutes avant de reprendre la seconde partie de leur prestation. Les invités se levèrent, dans un brouhaha timide mais admiratif, se frayant un chemin vers le buffet de rafraîchissements. Je souhaitais saisir cette occasion pour, de mon côté, sortir définitivement du salon de musique et m'isoler. Je m'excusai auprès de James, prétextant une grande fatigue. J'avais besoin de retrouver l'air frais, et de reprendre mon souffle. Mes sens vibraient encore de l'émotion suscitée à la fois par le dernier morceau de musique et le regard pénétrant de M. Wallace. Je tremblais, submergée par l'émotion, et souhaitais retrouver un semblant de sérénité et de contrôle sur moi-même.

Je traversai le salon de musique, sinuant à travers les chaises et les convives, pour atteindre la porte donnant sur le vestibule, dans la ferme intention de regagner ma chambre au plus vite. C'est alors que M. Wallace surgit sur le seuil, me barrant le chemin de sa haute stature, et dit simplement : « Suivez-moi. » Il prit ma main dans la sienne, puis m'entraîna à travers le vestibule désert, et escalada, presque en courant, le grand escalier, sans un mot de plus.

Nous passâmes le premier étage, puis gravîmes du même pas empressé la volée de marches menant au second étage. Il se dirigea, me tenant toujours la main, vers la porte du fond du couloir, qui, avais-je toujours supposé, menait à sa chambre. Il ouvrit la porte, et je découvris effectivement une chambre, qui, avec ses dimensions et la richesse de ses meubles, tenait plus de l'appartement cossu que de la simple chambre : il y avait là bien sûr un lit, aux colonnes de chêne richement ouvragées, plusieurs coffres et armoires, mais aussi un secrétaire, et un petit salon, composé d'une méridienne et deux fauteuils dans le plus pur style élisabéthain. Sans s'arrêter, il traversa la pièce jusqu'à un escalier étroit en colimaçon qui, semblait-il, montait à un étage encore supérieur. Cette course silencieuse à travers le château, aussi soudaine que brusque, me laissait sans voix, et à bout de souffle. Lorsque nous atteignîmes le haut de l'escalier en colimaçon, nous débouchâmes dans une grande pièce sous les toits de la tour ouest du château.

Cette salle était de la même dimension que la chambre qui se situait en dessous, à savoir qu'elle occupait toute la largeur de la tour carrée, mais semblait beaucoup plus grande, car elle était entièrement vide. Le plancher non ciré, brut, semblait pluriséculaire, et les murs de granit moyenâgeux avaient été laissés nus, comme à l'origine. Une large et antique cheminée, taillée dans les mêmes pierres grises que les murs, occupait le centre du mur extérieur, face à nous. Elle ne semblait pas avoir servi depuis des années. La charpente de la tour, au-dessus de nos têtes, était apparente, et m'impressionna par la largeur de ses madriers. Les poutres soutenaient un toit en pointe à la hauteur vertigineuse. Il n'y avait pas de plafond, et dans la pénombre, on pouvait deviner l'envers de l'assemblage minutieux de toutes les tuiles.

La lune, pleine, jetait sur le sol une lumière froide, presque bleue, dessinant sur le plancher les lignes droites de la grande verrière qui donnait sur la cour d'honneur. Cette immense baie vitrée faisait au moins quatre mètres de large sur cinq de haut, se terminant en son sommet en arc de cercle. Au pied de l'immense vitrail était disposé le seul et unique meuble de la pièce : un ancien fauteuil à haut dossier, usé par les années. Il semblait avoir été laissé là, face à la verrière, comme un poste d'observation privilégié, presque un sanctuaire, d'où l'on pouvait contempler le lac et ses environs, depuis l'un des endroits les plus hauts du château.

M. Wallace se tourna vers moi, et prit mes deux mains dans les siennes, m'entraînant vers l'immense vitrail, gardant ses yeux rivés dans les miens. Aucun son n'était sorti de sa gorge depuis que nous avions quitté le salon de musique, et j'étais, de mon côté, muette de terreur, à l'idée de la suite que pouvaient prendre les événements. Il rompit enfin le silence, et dit, à voix basse, mais presque solennelle :

— Il me semble que nous avons joué la comédie trop longtemps, Constance.

Il prit alors doucement mon visage dans ses mains, et s'approchant, déposa un chaste baiser sur mon front. Il ajouta, d'une voix ferme :

— Arrêtez-moi maintenant, ou jamais.

J'étais toujours muette, en totale confiance mais tout à la fois pétrifiée d'appréhension. Puis, ses yeux plongeant dans les miens, le silence lui apportant l'assentiment qu'il attendait, il se pencha vers moi et posa ses lèvres sur les miennes, m'enveloppant alors de son bras valide, me serrant tout contre lui. Je perdis pied, mon âme luttant pour garder conscience, mais mon cœur s'abandonnant irrémédiablement. C'était une lutte silencieuse, invisible, mais cruelle qui se livrait en moi : ce contact, une réalité crue, tangible, si ardemment souhaitée, était à la fois redouté, car je ne pouvais plus m'abriter derrière des « peut-être » et des « et si… ». C'était comme si aucun retour en arrière n'était plus possible, et cela m'effrayait. Des larmes roulèrent sur mes joues, sans bruit. Il s'écarta bientôt, me demandant : « Mais… vous pleurez ? » Je ne lui répondis pas, mais déposai à mon tour un baiser sur ses lèvres, renouvelant ainsi notre étreinte. Nous restâmes ainsi une éternité, dans la pénombre, dans les bras l'un de l'autre, ne disant mot, comme si nous avions peur de mettre fin à cet instant.

Au fil des heures, la lune suivit son chemin dans le noir de la nuit, à travers la grande verrière. Alors que nous nous étions installés dans le grand fauteuil, moi, blottie au creux de ses bras, sur ses genoux, lui, déposant de temps en temps un baiser dans mes cheveux, dans mon cou, ou sur ma joue, nous admirions ensemble le lent cheminement de l'astre nocturne à travers le ciel étoilé. J'avais peur de troubler par une parole maladroite ce moment précieux, qui serait peut-être unique dans ma vie. Je crois que je somnolai, un peu, mais, voyant finalement poindre l'aube, au loin, derrière le lac, je rompis le silence, et osai demander :

— Monsieur... Qu'allons-nous faire, maintenant ?

Il prit ma main dans la sienne, puis glissa ses doigts à travers les mien ; nos deux mains ne firent plus qu'une. Il ne répondit pas immédiatement, mais, après un silence qui me parut une éternité, chuchota à mon oreille :

— Je vais vous épouser, mon amour.

Cinquième partie

À Samuel.
Pour l'éternité, et bien plus encore.

Constance

40

L'impossible aveu

Cela faisait maintenant une bonne heure que j'étais immobile, assise au bout du lit à colonnes de ma chambre, fixant mes pieds nus qui pendaient, là, sans toucher le sol.

Je n'avais pas fermé l'œil depuis que nous étions tous deux redescendus dans nos chambres respectives, à l'aube, afin de récupérer un peu de cette nuit émotionnellement mouvementée.

Je restais là, à me demander ce que je devais faire...

La suite d'événements des deux derniers jours se bousculait dans ma tête, et je n'arrivais pas à faire le tri dans mes pensées.

Ou plutôt, pour être plus précise, mes pensées rationnelles n'arrivaient pas à contenir le flot des émotions qui me submergeaient.

Il me semblait avoir vécu, cette nuit-là, les instants les plus décisifs et les plus troublants de toute ma courte vie.

Mais la question cruciale que je me posais alors, face à moi-même, détaillant le dessus de mes pieds, comme si je pouvais y trouver la réponse, était : avais-je droit à ce que m'offrait Samuel Wallace ?

Pour des raisons que je ne vous ai pas encore exposées, cher lecteur, je me torturais à l'idée de ne pouvoir céder à ce bonheur qui me tendait les bras. J'avais pris conscience, la veille, de la véritable nature des sentiments que je portais à Samuel Wallace, et Dieu m'en était témoin, c'était avec délice que mon cœur voulait s'y adonner.

J'aurais tout donné à cet homme, sans condition.

Aurait-il décidé d'aimer une autre femme que j'aurais volontiers passé le restant de ma vie à le servir, modestement, dans mes fonctions à la direction de la manufacture.

Aurait-il décidé de faire de moi une associée, envoyée dans une autre fonderie, loin de lui, mais néanmoins toujours à son service, que j'aurais rempli mon devoir avec bonheur, pour lui. Alors, tout aurait été plus facile. Mais voilà qu'il m'avait choisie, moi, faisant à la fois de moi la plus heureuse, mais aussi la plus désespérée des femmes. C'était tout à la fois inespéré, improbable, merveilleux... et tragique. Pour lui, tout était simple, semblait-il. Il allait m'épouser. Pour moi, la réalité était tout autre. Mon bien-aimé Samuel Wallace ne savait pas à quel point j'étais indigne d'une telle union, et combien l'épouser m'était impossible, même si cela aurait fait de moi une femme comblée, à tous les égards. Cette infortune, ce drame qui m'avait frappée jadis, m'interdisait à jamais le bonheur qu'il voulait m'offrir. Ce secret que j'avais longtemps gardé enfoui, que j'avais caché, même à vous, cher lecteur, me rattrapait maintenant, et rendait mon bonheur, ainsi, hélas, que son bonheur à lui aussi, impossible.

Pouvais-je envisager de ne pas lui révéler cette terrible vérité ? Pouvais-je imaginer devenir sa femme, tout en lui cachant, durant toute une vie, ce lourd secret ? Mais comment me montrer aussi déloyale ? Malhonnête ? Cette idée m'était tout autant intolérable : quoi, l'épouser ainsi, bâtissant notre avenir sur un mensonge insoutenable ? Non, décidément, je ne pouvais envisager de le tromper, et je devrais lui révéler cette infamie qui me rendrait certainement haïssable à ses yeux. Mais n'était-ce pas là, finalement, la solution ? Lui avouer mon indignité serait peut-être l'unique façon de faire disparaître ce sentiment de son cœur, atténuant sa peine, et le libérant de tout attachement à ma personne ? Certainement. Cela réglerait tout. Mais comment trouver la force de faire cet aveu, comment endurer son regard, voir la surprise, la colère, puis certainement, le mépris ou le dégoût, se peindre sur son visage ? Trouverais-je un tel courage ? Je ne pensais pas en avoir la force. Non, en plus de cette indignité, je devais m'avouer que j'étais bien trop lâche pour lui faire face lorsqu'il découvrirait la vérité. Plus les minutes passaient, et plus je me faisais à l'idée que la seule solution était pour moi de fuir. Fuir, encore, mais non sans explication, en lui laissant une lettre dans laquelle je lui avouerais tout : mon amour, ma faute, mon adoration éternelle. Car, malgré tout, je me jurai dans l'instant que la peine que je m'apprêtais à lui infliger, je devrais me l'infliger à moi-même pour le restant de ma vie, et jurer de lui rester fidèle, quoi qu'il arrive, à jamais.

En regardant par la fenêtre, je constatai que le soleil était déjà haut. Je percevais, depuis ma chambre, de multiples bruits, aussi bien à l'étage que dans les salles du bas. Le château, peu à peu, s'animait. Il était temps. Je m'habillai, me rendis présentable, et rassemblai quelques affaires que je souhaitais prendre avec moi. Je mis le reste à la va-vite dans ma malle. Il me faudrait demander l'aide de James pour la faire suivre jusqu'à Newcastle.

Je descendis les escaliers le plus discrètement possible, souhaitant me rendre dans la bibliothèque pour prendre du papier, une plume et de l'encre. Je trouvai aisément tout cela sur *son* bureau, et remontai dans ma chambre pour m'atteler à l'écriture de la lettre. Cette tâche ne fut pas aisée : les larmes brouillant ma vue, le manque de sommeil obscurcissant mes pensées, je parvins néanmoins à écrire quelque chose de satisfaisant, après des multiples ratures et essais, en quelques heures. C'était déjà la fin de la matinée quand j'eus fini. Je ne voulais pas croiser *son* chemin, car je savais que ma volonté plierait devant *son* regard, surpris, interrogateur, lorsqu'*il* verrait que j'étais sur le point de quitter le château, de lui tourner lâchement les talons alors que *lui*, de son côté, venait de m'ouvrir son cœur. Je pliai précautionneusement la lettre, et indiquai « à l'attention de M. Wallace » sur le précieux pli. Je sortis de ma chambre pour frapper à la porte de James, juste de l'autre côté du couloir. Par bonheur, il s'y trouvait et m'ouvrit presque immédiatement :

— Bonjour Constance, dit-il dans un grand sourire, comme à son habitude. Je m'inquiétais de ne pas vous avoir vue au petit déjeuner... Mais, mon Dieu, pardonnez-moi, mon amie, mais quelle mine affreuse vous avez ! Êtes-vous souffrante ?

— Non, pas exactement, James… quoique, on pourrait dire cela… James, j'ai besoin de vous. Je dois rentrer immédiatement à Newcastle. Pouvez-vous me rendre deux immenses services, je vous prie ?

— Mais enfin, que vous arrive-t-il ? Une urgence à la manufacture ?

— Non, non, rien de tout cela. C'est… une urgence personnelle. Ne m'en demandez pas plus, je vous prie.

— Bon… soit, finit-il par dire, insatisfait de ma réponse, mais résigné.

Il reprit :

— En quoi puis-je vous aider ?

— En premier lieu, pouvez-vous faire atteler une voiture pour me conduire à Newcastle dans l'instant ?

— Oui, bien sûr, je vais m'en occuper sur-le-champ. Est-ce là tout ?

— Non. Je voudrais que vous remettiez ce pli à Sir Samuel. C'est très important, James, dis-je en lui tendant ma lettre.

— Vous m'inquiétez, Constance… demanda-t-il avec un regard soupçonneux. Pourquoi ne lui dites-vous pas ce que vous lui avez écrit là ? Je ne l'ai pas encore vu aujourd'hui… Il se repose certainement. Son accident a dû le secouer plus qu'il ne le croyait. Mais, le connaissant, il sera debout d'ici peu, n'en doutez pas.

— Je ne peux pas attendre, James. Je dois partir sur-le-champ.

— À l'instant ? Mais enfin, que peut-il y avoir de si urgent ? Constance, vous ne voulez pas me dire ce qui vous arrive ?

— Non, James, pas maintenant. Vous le saurez bien assez tôt. S'il vous plaît, pouvez-vous faire atteler de suite ?

Là, en cet instant, je réalisai quel ami extraordinaire James Gardiner pouvait être. Il ne chercha pas à en savoir plus, mais, comprenant l'urgence dans laquelle je me trouvais, sortit immédiatement de sa chambre et ferma la porte derrière lui, en ajoutant « Bien sûr », comme une évidence.

Je le remerciai et retournai attendre, enfermée dans ma chambre. Quelques dizaines de minutes plus tard, on frappa à ma porte. Je découvris avec soulagement, en ouvrant, que c'était James, qui venait m'annoncer que le cabriolet était prêt. Il insista pour m'accompagner dans la cour, car, dit-il, je ne lui semblais pas dans mon état normal.

Nous dévalâmes les escaliers, traversâmes le vestibule, par bonheur désert, avant de déboucher sur la cour, où se trouvait le cabriolet. Une fois que je fus installée à l'intérieur de la voiture, il insista une dernière fois avant de me laisser partir :

— Constance, vous m'inquiétez. Vous m'expliquerez, à mon retour à Newcastle, ce qui a pu vous arriver ?

— Je ne saurais le dire encore, James. Je ne peux rien vous promettre. Merci pour tout. Au revoir, mon ami.

— À bientôt, conclut-il, visiblement contrarié et inquiet. Prenez soin de vous.

— Merci. Vous de même, James.

Je demandai au cocher de partir, le plus vite possible, et la voiture s'ébranla. Je m'enfonçai dans la banquette du cabriolet, à bout de forces, et sombrai dans un sommeil profond au bout de quelques minutes, bercée par le bruit des sabots sur le chemin et les cahots de la berline.

Lorsque je m'éveillai, je n'avais aucune idée du temps qui s'était écoulé. Le cabriolet filait toujours sur la route caillouteuse à travers la lande. Le ciel s'était assombri, et une pluie douce mais pénétrante ruisselait sur le paysage. Je me rapprochai de la portière afin de déterminer où nous nous trouvions, mais ne vis rien qui me renseignât dans l'immédiat, si ce n'était que cette lande, vallonnée, battue par la pluie, était encore celle du haut Northumberland. Nous n'avions parcouru qu'une dizaine de miles probablement, et le trajet serait encore long. Combien de temps avais-je dormi ? Certainement pas plus d'une heure… Je pensai à Samuel Wallace.

Samuel.

Il devait avoir découvert ma fuite à présent. Quelle avait été sa réaction ? Était-il furieux ? Me méprisait-il déjà, en ayant découvert mon manque de courage ? James lui avait-il déjà donné ma lettre ? Sa colère avait-elle redoublé ? Regrettait-il l'engagement qu'il avait pris envers moi, à l'aube, le matin même ? Ces questions tournaient dans ma tête sans que je puisse y trouver de réponse, ni aucun soulagement. Ma raison me dictait de ne plus penser à lui, de me concentrer sur ce que j'allais faire en arrivant à Newcastle, et de réfléchir à mon avenir. J'avais maintenant une position établie, et aucune raison évidente de fuir la ville, si ce n'était ce qui pouvait passer pour un grave désaccord avec mon employeur. Mais à peine formulai-je ces pensées que ma peine redoubla et fit voler en éclats toutes mes résolutions raisonnables et rationnelles, pour les noyer dans un chagrin indicible, que je ne parvenais pas à maîtriser.

J'en étais là de mes sombres pensées lorsque j'entendis un bruit qui se rapprochait. D'abord un bruit sourd, lointain, puis de plus en plus clair. Le galop d'un cheval. Je me penchai légèrement par la portière, et devinai, à travers la pluie, à quelques centaines de mètres derrière le cabriolet, un cavalier, qui arrivait sur nous à bride abattue. Je me renfonçai dans la banquette. Le cavalier arriva très vite à notre hauteur, et nous dépassa dans un tonnerre de boue et de pluie, sans ralentir le moins du monde.

Cet événement aurait pu être anodin, et mon trajet se poursuivre sans encombre. Seulement, quelques instants plus tard, le cocher hurla pour arrêter ses chevaux, et je sentis le cabriolet ralentir brutalement, en faisant une embardée sur la droite, comme s'il voulait éviter quelque chose. Je fus quelque peu secouée. Cherchant à savoir ce qui se passait, je me penchai à la portière, abaissant la vitre. Quelques mots furent échangés, au dehors, entre le cocher et quelqu'un d'autre, que je ne réussis pas à entendre. Je voyais la croupe d'un cheval à l'avant du cabriolet, et il ne me fallut guère plus d'éléments pour en déduire que le cavalier que j'avais vu nous dépasser quelques minutes plus tôt nous avait barré la route, nous stoppant ainsi d'autorité.

J'étais furieuse. Il était hors de question que l'on m'arrêtât. Était-il possible que Sir Samuel, dans sa colère, ait envoyé un cavalier me ramener à Nordham Hills ? Je descendis de la voiture, malgré la pluie qui s'était maintenant intensifiée, martelant le toit du cabriolet, et longeai l'attelage, déterminée à exiger que nous repartions sur l'instant, et sans faire demi-tour. C'est alors qu'apparut à mes yeux le dos de ce cavalier, trempé jusqu'aux os, son manteau dégoulinant de pluie, son cheval et ses pantalons chargés de boue, et son chapeau haut de forme luisant sous les trombes d'eau qui se déversaient maintenant sur lui. Il se tourna vers moi. C'était Samuel Wallace. Évidemment… ! Qu'avais-je donc imaginé ? Je restai interdite quelques instants, la pluie m'écrasant au sol, traversant mon léger manteau de laine, plaquant mes cheveux sur mes épaules, roulant sur mon visage, telles des larmes qui n'étaient pas les miennes.

Il descendit de cheval, avec difficulté, son bras en écharpe entravant ses mouvements, et vint à ma rencontre. Le bruit de la pluie emplissait mes oreilles, frappant son chapeau, son manteau ciré, et le sol à nos pieds. Une fois à ma hauteur, me fixant d'un regard vide de toute chaleur, rude et déterminé, il jeta, les mâchoires serrées :

— Qu'avez-vous à me dire ?

La pluie martela plus fort encore, pour toute réponse.

Je finis par demander :

— Avez-vous lu ma lettre ?

— Il est hors de question que je la lise, jeta-t-il, avec mépris.

Puis, il reprit, haussant la voix :

— Mais, bon sang ! Comment avez-vous pu imaginer une seconde que je tolérerais que vous partiez sans vous expliquer ? dit-il, furieux.

Ses yeux me jetaient des éclairs de rage. Je baissai les miens sur mes pieds, nageant dans plusieurs centimètres d'eau.

— Je ne sais pas… J'ai eu peur, répondis-je.

— Mais de quoi, diable ? cria-t-il par-dessus le bruit des cataractes qui s'abattaient sur nous.

Une réponse digne de ce nom à cette question pourtant simple ne pouvait se résumer en un seul mot ou même une seule phrase. Il ne pourrait comprendre ma réaction sans que je lui explique cette histoire, mon histoire, que j'avais mise quelques heures à coucher dans cette lettre qu'il ne voulait pas lire. Immobile sous la pluie battante, il me sembla se radoucir quelque peu et ajouta :

— Constance, parlez-moi… Vous ne pourrez pas fuir. Je ne vous laisserai pas disparaître. Il est trop tard.

Il leva alors les yeux vers le ciel, réalisant l'incongruité de notre situation : immobiles dans la lande battue par le vent et une pluie maintenant torrentielle s'abattant sur nous. Nous risquions de finir transis de froid.

— Ne bougez pas d'ici, m'ordonna-t-il.

Il se dirigea vers le cocher. Je l'entendis lui intimer l'ordre de nous emmener à l'auberge de Crossroad, à deux miles de là. Il attacha son cheval à l'arrière du cabriolet à l'aide de la longe, revint vers moi, et me fit monter dans la voiture. Il m'y rejoignit, s'asseyant en face de moi, gardant ses distances. Il me regardait d'un air de défi, le visage fermé, me fixant comme s'il cherchait par ce moyen à extirper de ma personne muette les explications que je ne voulais pas lui donner. Le trajet fut extrêmement court, mais me parut bien trop long. Nous nous observions en silence, sans oser croiser nos regards. Assise en face de lui, dans cette voiture, alors que nous étions tous deux trempés jusqu'aux os, je m'aperçus que j'éprouvais à la fois de l'inquiétude pour ce qui allait se passer, mais aussi l'immense bonheur de l'avoir retrouvé. En sa présence, je ne pouvais m'empêcher d'espérer qu'une issue soit possible. Quelle illusion, pourtant… Pas un mot ne fut prononcé durant ce court trajet.

J'aperçus, au détour du chemin, à l'avant de la voiture, l'ombre d'un bâtiment. Nous arrivions. L'auberge de Crossroad était un relais de la malle-poste de taille moyenne, comportant seulement cinq ou six chambres, une écurie, et une ferme attenante. Le cadre était très simple, voire rudimentaire, mais au moins on y serait au sec, et nous pourrions y trouver un bon feu de cheminée pour nous sécher. Samuel Wallace y demanda deux chambres, exigea que l'on fît deux grands feux, et demanda à l'aubergiste de nous prêter des vêtements secs.

Au moment où je m'apprêtais à monter par l'escalier étroit qui menait aux chambres, il m'attrapa le bras, sans précaution, m'arrêtant dans mon mouvement :

— Ne vous imaginez pas que j'en aie fini avec vous, dit-il sur un ton impérieux. Changez-vous, réchauffez-vous, et je viendrai vous rejoindre. Vous me devez toujours des explications.

Sa demande était formulée avec trop peu de manières pour que je l'accepte gracieusement. Je montai, sans commentaire, les marches de bois grossier.

Les chambres étaient, bien entendu, petites, modestement meublées, mais suffisamment propres à mon goût. Je m'avisai alors, voyant le feu crépiter dans l'âtre, que je tremblais de froid jusqu'aux os. Je me dévêtis à la hâte et me blottis devant le feu, afin de me sécher dans un premier temps, et tenter de me réchauffer. Je détachai mes cheveux, et essayai de les démêler avec mes doigts, les laissant libres pour qu'ils sèchent plus vite. L'aubergiste me fit porter par une femme de charge une robe grise de coton simple, trop légère pour la saison, mais sèche, dont je me vêtis prestement.

Une fois la femme de charge partie, on frappa à nouveau à la porte, qui s'ouvrit sur Samuel Wallace, entrant sans formalité. Il n'avait même pas demandé si j'étais prête à le recevoir. Il avait perdu tout le savoir-vivre que je lui connaissais, me dis-je. Ou plutôt, il était redevenu le rustre que j'avais connu à Bonneval. De son côté, il ne s'était guère changé, mais avait ôté son manteau de pluie et sa veste, gardant sa chemise à peu près sèche, et son pantalon maculé de boue et de pluie.

Je m'assis sur un tabouret proche du feu et me recroquevillai devant les flammes, approchant mes mains et mes pieds nus au plus près de l'âtre. Je n'étais guère présentable, comme aurait dit mon oncle Charles, avec mes longs cheveux lâchés, mes pieds nus et cette robe de coton chiffonnée. Mais cela m'était bien égal. J'appréhendais l'entretien qui allait suivre, non par crainte de lui déplaire, mais parce qu'il me faudrait lui avouer l'inavouable.

Au coin de ce feu, peu à peu, il me semblait retrouver mon calme, ma sérénité, et mon aplomb habituel. Il se saisit de l'unique fauteuil de la chambre, qui se trouvait face à la petite table derrière lui, et le posta à côté de moi, au coin du feu. Nous avions l'air de deux naufragés devant ce feu, transis, perdus dans cette auberge misérable, au milieu de nulle part. Tout cela parce qu'il n'avait pas voulu m'abandonner, me laisser le quitter, sans un mot d'explication. Cette pensée, à ma surprise, me ragaillardit. Il s'enfonça alors dans le fauteuil, lui aussi projetant ses mains devant l'âtre pour se réchauffer.

— Alors… ? jeta-t-il, le regard perdu dans les flammes.

— Vous êtes têtu, quand vous vous y mettez, dis-je, trouvant finalement amusante notre situation.

— Ah, enfin, j'entends le son clair de votre voix… Oui, je suis obstiné, Constance. Et vous le savez bien…

— Oui, concédai-je.

— Vous avez été bien naïve de croire que j'allais vous laisser disparaître aussi facilement.

Je lui répondis par un timide sourire. Il se pencha vers moi, prenant ma main glacée dans la sienne, guère plus chaude, et ajouta, ses yeux brillants scrutant les miens :

— Parlez-moi, Constance. Je vous en veux terriblement de vous être enfuie, et je ne vous ai pas pardonné pour l'instant. Je suis même profondément furieux contre vous. Mais…

— Je comprends tout cela, le coupai-je.

— Racontez-moi tout, alors, demanda-t-il, comme une prière.

Puis, reprenant de l'assurance, et se renfonçant dans son fauteuil :

— De toute façon, je ne vous laisserai pas partir. Je vous garde prisonnière. C'est décidé, dit-il, un sourire en coin.

— Vous vous moquez… répondis-je, souriant à mon tour.

— Non, dit-il, retrouvant son sérieux.

— Samuel… permettez-vous que je vous appelle Samuel ?

— Autant que vous voulez…

— Samuel, donc, dis-je, me redressant, et retrouvant d'un coup la gravité qui m'avait quittée quelques instants. Êtes-vous prêt à me mépriser ?

— Quelle idée ! Jamais ! jeta-t-il, comme une évidence, me dévisageant.

Je continuais, pour ma part, à fixer les flammes dans l'âtre. Je poursuivis :

— À me détester ?

— Non plus…

— Alors, vous n'allez pas aimer mon histoire…

— Elle ne me fera pas vous détester, ni vous mépriser. Ce n'est pas possible.

— Vous n'en savez rien.

— Permettez-moi de vous détromper. Je vous connais, Constance Deschanel, dit-il, regardant à nouveau les flammes crépiter dans l'âtre. Je vous ai connue presque une enfant, il y a plus de quatre ans déjà. Une enfant magnifique… Vous m'aviez déjà séduit, même si je ne le discernais pas, alors. Je le sais maintenant. Vous êtes orgueilleuse, fière, mais intègre. Intelligente, mais sensible et bienveillante à la fois. Un brin trop émotive, il faut l'avouer… Mais surtout, vous avez en vous cette force, ce courage d'affronter la vie avec toujours ce sourire aux lèvres, qui ne vous quitte pas du matin jusqu'au soir, et qui a transformé ma vie.

Je restai sans voix, comme hypnotisée par les flammes qui dansaient dans ses yeux.

— Alors si, Constance, je sais. J'ai acquis la certitude que jamais je ne vous mépriserai, ni ne vous détesterai.

— Il me faut pourtant vous dire cette histoire qui, j'en suis certaine, altérera l'estime que vous me portez.

— Je sais que votre histoire ne peut être pire que les miennes, mon amour.

— Ne dites pas ça, le coupai-je.

— Quoi, que mes histoires sont pires que la vôtre ?

— Non, l'autre chose.

— Mon amour ?

— Oui, ça.

— Pourquoi ? Ce n'est que la vérité.

Il se pencha à nouveau de son fauteuil vers moi, prenant à nouveau ma main dans la sienne, et la porta à ses lèvres, y déposant un long baiser.

— Ce sentiment disparaîtra bientôt, répondis-je, lui retirant ma main. Bientôt, vous en serez guéri, libéré, une fois que je vous aurai tout avoué.

— C'est ce que vous désirez ? demanda-t-il, grave.

— Oh, mon Dieu, non… dis-je, ma voix s'étranglant, réussissant avec peine à réprimer cette douleur qui soudain m'enserrait la poitrine.

— Constance, voyez… vous vous torturez, et vous me mettez au supplice, moi aussi. Je ne comprends rien…

Je me repris, séchant mes yeux, retrouvant mon calme, et annonçant :

— Bon. Vous avez raison. Cela suffit. Samuel, voilà mon histoire…

41

Souvenirs de Paris

— Vous rappelez-vous le jour où je vous quittai, il y a plus de trois ans, en plein été ?

— Oui. Juillet 1860. Le convertisseur de Bonneval tournait à plein rendement et le carnet de commandes était rempli. Mon investissement dans cette fonderie commençait à être rentable. Je ne vous ai d'ailleurs jamais demandé…

— Quoi donc ?

— Ce qui vous a fait quitter Bonneval si brusquement… ni ce qui vous avait poussée à endosser ce déguisement masculin, d'ailleurs…

— À l'époque, si vous me l'aviez demandé, je ne vous l'aurais certainement pas avoué.

— C'est à ce point inavouable ?

— Non… Mais j'aurais jugé votre curiosité déplacée. Et puis, vous m'impressionniez tellement… Je redoutais le jugement que vous auriez porté sur mon attitude. Tout cela me semble si loin. Et maintenant si dérisoire… dis-je, pensive.

— Je vous écoute.

— C'est une histoire banale que celle-ci. J'avais perdu mon père un an auparavant. La seule famille qui me restait, mon oncle et ma tante, n'avait aucune envie de me garder à sa charge plus longtemps que la bienséance ne l'exigeait. Ils décidèrent donc de me marier au premier prétendant venu. Mais c'était compter sans ma détermination.

Il sourit.

— Quelle grossière erreur de leur part…, ajouta-t-il.

— Absolument ! répondis-je. J'avais des projets, une ambition, et surtout pas celle de me marier à un petit homme insignifiant qui n'aurait rien compris à mes aspirations, et qui m'aurait encombrée plus qu'autre chose !

— Le pauvre ! dit-il, amusé.

— Pourquoi ? m'étonnai-je.

— Vous auriez fait de sa vie un enfer… dit-il avec tendresse.

— À la réflexion, certainement !… C'était donc une bonne action que de refuser cette union qui me répugnait ! affirmai-je, comme ayant découvert une toute nouvelle vérité.

— J'en suis persuadé. Mais qu'avez-vous donc fait ?

— Je me suis enfuie.

— Déjà ? s'amusa-t-il ouvertement. Serait-ce une habitude, chez vous ?

— Samuel… laissez-moi poursuivre, je vous prie, lui demandai-je avec douceur.

— Pardonnez-moi. Je ne résiste pas à l'envie de vous taquiner.

À mon tour, je pris sa main dans la mienne, et déposai un léger baiser dans sa paume, tout à fait en confiance à présent, ayant comme oublié pendant quelques instants la gravité de ce que j'allais lui révéler.

— Je me suis enfuie, donc, repris-je. Je me suis réfugiée chez Gabriel Lelièvre, mon ami d'enfance, qui travaillait déjà à la fonderie. Il avait un petit logement dans le quartier ouvrier, et me cacha quelques jours. Cependant, je ne pouvais supporter l'idée de vivre à ses crochets, lui qui, déjà, ne faisait que subsister. Je me mis donc en quête d'un travail.

— Mais pourquoi en tant qu'homme ?

— Samuel, voyons… On voit que vous êtes très loin de connaître la dure vie des familles ouvrières. Les femmes sont payées deux fois moins que les hommes. Il leur est impossible de survivre seules, avec un loyer à payer, les frais de nourriture, etc. De plus, je voulais travailler à la fonderie.

— Qui n'emploie pas de femme.

— Exactement, confirmai-je.

— Et cela ne vous a pas arrêtée, bien sûr.

— Vous me connaissez, maintenant…

— Évidemment, dit-il, accompagnant ce constat d'un geste indiquant que c'était l'évidence même.

— C'est ainsi que je fis votre rencontre, pour la troisième fois.

— La troisième fois ? s'étonna-t-il. Non, la deuxième, seulement…

— Ah, dis-je avec un sourire… Je pense que vous ne vous souvenez pas de notre première rencontre. Cela n'a rien d'étonnant. J'étais une inconnue dans une foule d'autres inconnus, et, si je ne me trompe, vous veniez d'arriver pour la première fois à Bonneval.

— Mais de quoi parlez-vous donc, Constance ?

— Du bal du Nouvel An, le 31 décembre 1858, au palais de Bonneval.

— Vous étiez présente ?

— Oui. M. Prieur nous a présentés.

— Oh, comment est-il possible que je ne me souvienne pas ? dit-il, confus.

— Ce n'est rien… je vous l'ai dit, j'étais une inconnue parmi tant d'autres. Vous sembliez d'ailleurs préoccupé par tout autre chose, si je me souviens bien.

— Quelle mémoire vous avez !

— Mais je me souviens très bien de vous ce soir-là, Sir Samuel Wallace. Je crois que vous m'aviez quelque peu impressionnée, et peut-être même déjà conquise, à ce moment-là…

— Pardon ?

— Votre prestance, votre air supérieur et mystérieux faisaient de vous un étranger énigmatique… Et puis, comme moi, vous ne sembliez pas goûter les joies de cette soirée. En fait, je ne saurais exactement le dire…

— Vous me comblez… me dit-il avec un regard si doux que je me sentis à nouveau coupable.

— Oh, Samuel, non… ne vous laissez pas abuser, je vous en prie. Il me faut maintenant vous parler de la suite. De ce qui s'est passé lorsque je quittai Bonneval.

— Oui, dit-il, reprenant son sérieux. Mais dites-moi, pourquoi êtes-vous donc partie si précipitamment de Bonneval, *à nouveau* ?

— J'avais été découverte par un autre ouvrier. Il allait me dénoncer, ou pire, il avait même imaginé profiter de la situation. Ne me demandez pas de préciser de quelle façon, je vous laisse deviner…

— Le scélérat ! dit-il avec un rictus de mépris.

— De toute façon, le travestissement est illégal en France. J'aurais certainement fini par être emprisonnée. Je n'avais d'autre choix que la fuite.

— Paris ?

— Oui. On y trouvait du travail facilement, m'avait-on dit.

— Ce ne fut pas le cas ?

— Oh, si… Ce n'était pas le choix qui manquait. Mais quel choix… Pour trouver un travail, il suffisait de se présenter le matin à l'entrée des manufactures, là où les crieurs annonçaient les postes disponibles. Lorsque j'arrivai de Bonneval, j'avais quelques économies, chichement amassées, qui me permirent de me loger d'une manière respectable, du moins dans un premier temps. Je battais le pavé, cherchant les industries mécaniques, les fonderies, les ateliers dans lesquels j'aurais pu mettre à profit mes connaissances. Mais les portes ne s'ouvraient pas à une femme. Un mois entier de refus eut raison de ma persévérance. J'étais réduite à devoir accepter un emploi subalterne, d'ouvrière, ou recourir à nouveau au travestissement. J'écartai vite cette possibilité, devant la menace d'être à nouveau découverte, et le risque de me mettre hors la loi. Je me résignai donc. Je m'essayai dans plusieurs manufactures : dans le centre de Paris, dans une clouterie, puis le long du canal Saint-Martin, dans une filature, et, enfin, à la Villette. Au début, j'étais une ouvrière appliquée, comme vous avez pu le voir à Bonneval : travailleuse, cherchant toujours à mieux faire que les autres, car je voulais sortir du rang. Mais cela ne dura pas, je m'attirai vite quelques jalousies, et quelques ennuis. À la clouterie, notamment, quatre ouvrières se chargèrent de me remettre dans le droit chemin, en me tendant un traquenard un soir, à la sortie de l'usine. Elles me rouèrent de coups, en m'ordonnant de ralentir la cadence et de cesser de me faire remarquer. Vous vous imaginez que je ne me laissai pas faire, mais leur nombre eut raison de ma détermination. Je changeai d'emploi au gré des aléas, des conditions de travail, cherchant toujours un endroit où je pouvais entrevoir une possibilité d'évoluer. Je dus changer plusieurs fois de logement, au fur et à mesure que mes moyens diminuaient, cherchant toujours à préserver mes économies. À la Villette, on m'avait recommandé de postuler à la savonnerie, car les salaires y étaient plus élevés. Je découvris rapidement pourquoi : les procédés chimiques utilisés pour la production dégageaient des vapeurs insupportables. C'était atroce : une odeur pestilentielle étouffait tout le quartier. Entre les abattoirs, la savonnerie et la compagnie du gaz, on ne respirait plus depuis longtemps à la Villette... Le salaire était un peu moins maigre, car personne ne voulait y travailler. Malheureusement, les logements à proximité étaient insalubres. J'échouai dans une soupente glacée, que j'eus beaucoup de mal à rendre propre. Je m'enfonçais dans la misère à ce moment-là : la faim tiraillait mon ventre du soir au matin, la fatigue ne me quittait plus, et la peur était mon quotidien. Les quartiers ouvriers de Paris ne sont pas un endroit sûr pour une jeune femme seule, sans famille ni mari pour la défendre. Mon ardeur ne s'amenuisait pas, cependant, et je continuais à m'imaginer que je pourrais sortir de ce cercle infernal. J'avais encore assez de courage pour continuer à me battre. Je jugeais encore ma situation enviable, en regard du dénuement total dans lequel se trouvaient certaines familles dans mon entourage immédiat. Ces pauvres hères, dès le plus jeune âge, arrachaient leur subsistance au ventre de ces monstres mécanisés qui les avalaient tous les matins, depuis avant l'aube, les recrachant au crépuscule. Les familles entières étaient au travail, sans considération aucune pour la faiblesse des plus jeunes, sans aucun égard pour les besoins vitaux de ceux que l'on mettait, à peine sortis de la plus tendre enfance, au travail. D'ailleurs, cette enfance-là n'avait rien de tendre. Je ne me considérais donc pas encore dans une situation désespérée. Je pensais alors avoir le luxe de plaindre ceux qui étaient plus démunis que moi, car c'était malheureusement possible. J'avais pris en pitié une femme qui, me semblait-il, subissait un sort bien pire que le mien. Elle travaillait, comme moi, à la savonnerie, et habitait sur mon palier, dans une chambre minuscule. Elle y vivait avec son mari et n'avait pas d'enfants. Ou du moins elle en avait eu deux, mais ils étaient décédés en bas âge. Je ne mis pas longtemps à découvrir qu'elle subissait les mauvais traitements infligés par son mari. Celui-ci, abruti par l'alcool du matin au soir, la battait comme plâtre. Je dois vous expliquer, car il me semble que vous êtes loin d'imaginer les conditions de vie dans ces quartiers ouvriers, que non seulement les logements n'étaient pas isolés contre le froid en hiver, ou contre la chaleur en été, mais, de plus, les murs ne sont pas plus épais que de simples feuilles de papier. Vous vivez donc en entendant en permanence les moindres détails de la vie de vos voisins. C'est avilissant.

Samuel me dévisageait, semblant, au fil de mon récit, s'enfoncer, lui aussi, dans la noirceur.

— Mon Dieu, Constance, mais dans quel enfer vous êtes-vous donc enfuie ? dit-il avec tristesse.

— Oui, Samuel, cela ressemblait à l'abîme des suppliciés. L'enfer de la misère, mais aussi l'indicible avilissement de l'être humain. Vous n'imaginez pas, Samuel, l'abrutissement de ces pauvres créatures, dont les besoins se limitent à la survie, qui ont perdu, s'ils en ont jamais eu, toute valeur morale, voire toute notion du bien et du mal. Même l'amour maternel, qui me semblait être l'instinct le plus élémentaire, m'a paru manquer à certaines mères. Je cherchais à survivre, Samuel, mais je me serais bien passée de découvrir ce monde. Je m'étais prise à mon propre jeu. Ma soif d'indépendance m'avait conduite à tomber dans les plus sombres abîmes… Mais je me laisse emporter par ces tristes souvenirs. Reprenons mon récit. Je pris cette femme en pitié, donc, et, révoltée, mais tout aussi inconsciente, décidai d'intervenir un soir où il me semblait qu'elle criait plus fort que d'habitude. J'enfonçai la porte de leur logis, et découvris cet homme, ivre de rage, à genoux sur elle, lui frappant le visage de ses poings ensanglantés. Elle avait la bouche en sang, et ses yeux se tournant vers moi, exorbités de terreur, resteront à jamais gravés dans ma mémoire. Je saisis l'homme par sa veste, le jetant en arrière, lui décochant un coup de poing dont je ne suis pas peu fière, encore aujourd'hui. Je lui hurlai de cesser de battre sa femme, tout en l'invectivant de certains noms d'oiseaux dont je vous passerai la nature. J'emmenai la femme avec moi, jetai une veste sur ses épaules nues, et l'accompagnai au poste de gendarmerie. L'homme fut arrêté dans la nuit et mis aux fers. L'histoire aurait pu en rester là. Mais j'étais bien naïve. Quelques semaines plus tard, l'homme était relâché, après une peine que je trouvai bien légère. Force était de constater qu'il n'était pas si grave que cela, aux yeux de la justice, de maltraiter sa femme. L'histoire ne s'arrête malheureusement pas là... Ma surprise fut plus grande encore lorsque je découvris qu'à son retour, sa femme l'accueillait à bras ouverts, et tout recommença, comme avant. Qu'avait-elle donc dans la tête ? Je découvris cet autre aspect de la misère. La misère de l'âme. Ces êtres, dénués de sens moral, sont aussi dénués de volonté, d'esprit de décision, et de courage. Elle me tint un discours dans lequel elle osa m'affirmer que cela faisait partie de sa vie, que cet homme était le sien, et qu'il avait ses bons jours, et ses mauvais, mais qu'elle avait besoin de lui. C'était tout juste si elle ne me reprochait pas d'avoir fait intervenir les gendarmes... Cette femme, comme tant d'autres, se complaisait dans ce malheur, et n'en voulait pas sortir. Imaginez-vous cela, Samuel ? Je crois maintenant, avec un peu de recul, que nombre de ces créatures, n'ayant jamais connu autre chose que la brutalité et la cruauté, n'imaginent pas qu'une autre vie soit possible, et ne cherchent pas à quitter cet abîme... Mais revenons à mon histoire. De son côté, l'homme n'oublia pas que j'étais intervenue dans son ménage et qu'il me devait quelques semaines de prison.

— Oh, Constance, non... dit Samuel, une pointe d'angoisse dans la voix. Il vous fallait fuir, immédiatement, pour échapper à toute représaille !

— Je n'en avais aucune idée, Samuel. J'étais décidément bien naïve. Un soir du printemps 62, tard, alors que j'étais tombée de sommeil de bonne heure, comme toujours après la journée harassante de travail, un grand fracas me réveilla. Dans la pénombre, je me redressai sur ma paillasse, ne comprenant pas ce qui se passait. Ma porte avait été fracassée, et je distinguai deux hommes pénétrant dans la soupente. L'un d'entre eux alluma une bougie, projetant leurs ombres inquiétantes sur les murs sales. Je me levai, prise de panique, reconnaissant en l'un d'eux le mari violent. Alors, cherchant à les impressionner par ma détermination, je leur demandai avec fermeté ce qu'ils voulaient, et leur ordonnai de sortir de chez moi sur-le-champ. Tous deux étaient des individus à la mine sinistre, effrayants, aux yeux hagards, sans intelligence, abrutis par l'alcool pour au moins l'un d'entre eux. Il n'y avait aucun espoir de les ramener à la raison : ils en étaient dépourvus. Le mari violent fut le seul à parler. Il m'annonça que je devais payer pour m'être mêlée des affaires des autres. Et qu'il avait l'intention de m'apprendre où était ma place. Mes pires craintes s'avérèrent fondées.

À ce stade de mon récit, je marquai une pause. L'horreur de cette nuit-là se faisait trop présente à ma mémoire. Je tournai les yeux vers Samuel, qui s'était recroquevillé dans le fauteuil, les yeux rivés sur les flammes de la cheminée. Son visage montrait une sauvagerie que je ne lui connaissais pas. Il serrait les poings si forts que ses jointures en étaient blanches. Après quelques instants d'un silence lourd de sens, j'ajoutai, reportant mon regard sur les flammes :

— Les outrages que me firent subir ces monstres me laissèrent presque morte.

Samuel m'arrêta :

— Constance, cela suffit, lâcha-t-il d'une voix rauque entre ses dents serrées.

Nous restâmes tous deux silencieux et immobiles un long moment. Lui, comme abasourdi par la révélation que je venais de faire, et moi, reprenant peu à peu mes esprits, évacuant les émotions qu'avait réveillées en moi cet épisode tragique de ma vie. Puis, finalement, comme il me fallait terminer cette histoire, j'ajoutai :

— Je restai prostrée plusieurs jours, ne pouvant m'alimenter, ni même bouger. Il me semblait que chaque parcelle de mon corps était une plaie ouverte. Dans un ultime effort, le deuxième jour, je me barricadai, faisant glisser l'unique armoire de la soupente devant la porte, puis m'effondrai à nouveau, et restai ainsi toute une semaine. Je me rappelle avoir pensé, dès le second jour, que, par mon absence, j'avais perdu mon travail. N'était-ce pas une pensée dérisoire, en regard de ce que je venais de subir ? À la réflexion, il me semblait que j'avais tout perdu, cette nuit-là : jusqu'à l'estime de moi-même. Jusqu'à l'envie de vivre, tout simplement. Je passai une semaine entière cloîtrée. Si, les premiers jours, je me désespérai tout d'abord sur mon sort, comprenant les dommages irréversibles que cet événement allait causer à ma vie, peu à peu, des souvenirs surgirent à ma mémoire : mes moments de bonheur, mes victoires, et les images de ce monde auquel j'avais renoncé bien malgré moi – le monde de Bourg-le-Vieil et de Bonneval – et que je voulais revoir. Enfin, songeant à nouveau à la fonderie de Bonneval, je me surpris à repenser à ce jour où je la quittai, ce jour où quelqu'un avait cru en moi, me donnant une chance. C'était vous, Samuel. Ce souvenir raviva quelque chose en moi. Je me rappelai alors votre lettre, et l'espoir s'insinua à nouveau dans mon cœur. Tout d'abord timidement, presque furtivement. Puis, votre image se fit de plus en plus forte : votre lettre était une main tendue, la seule qui le serait jamais. Je devais saisir cette chance. Ainsi, comme les blessures, comme la douleur, et le dégoût de moi-même, au fil des jours, le sentiment de renoncement s'atténua, puis disparut. L'instinct de survie fut le plus fort. Votre lettre, Samuel, fut mon unique planche de salut. Une fois mes forces retrouvées, je quittai donc Paris, sans attendre.

Samuel se leva, repoussant son fauteuil d'un geste brusque. Sa respiration était forte, et il était agité. Soudain, dans un excès de rage, il frappa de toutes ses forces l'unique miroir de la chambre, accroché au mur, qui s'effondra sur le sol, en mille morceaux. Son poing était ensanglanté. Je me levai précipitamment, craignant qu'il ne se soit gravement blessé, et cherchai des yeux un tissu que je pourrais déchirer pour lui bander la main. Il grogna, et dit :

— Non, ça va, ne bougez pas.

— Mais vous saignez…

— Je vous dis que ce n'est rien, répondit-il d'un ton impérieux.

À cette réponse, je me figeai. Nous y étions. Il ne voulait plus que je l'approche. Il me méprisait à présent, c'était certain. Il était furieux, aussi. Probablement plus envers lui-même qu'envers moi, d'ailleurs. Il avait pensé être suffisamment fort et bienveillant pour ne pas me mépriser, mais mon récit avait manifestement eu raison de sa volonté.

Je lui répugnais, et il s'en voulait terriblement de ne pas pouvoir refréner ce dégoût que je lui inspirais à présent.

Je me rassis sur mon tabouret, silencieuse, lui tournant le dos, et enfouis mon visage dans mes mains. J'étais épuisée. Cependant, je me sentais étrangement sereine. Je m'étais libérée de ce fardeau, et avais avoué mon infamie à cet homme qui était toute ma vie. Samuel restait toujours silencieux, debout, derrière moi. Il me fallait le libérer définitivement, à présent. Je me redressai, assise sur mon tabouret, face au feu crépitant, et dis, d'une voix claire et posée :

— Vous pouvez me quitter à présent. Retournez dans votre chambre, Samuel.

Il ne répondit pas, mais s'agita, faisant les cent pas derrière moi. Je continuai, les yeux toujours rivés dans l'âtre :

— J'insiste, Samuel. Allez-y. Vous pouvez rentrer immédiatement à Nordham Hills. Je continuerai ma route demain matin vers Newcastle. Une fois là-bas, j'aviserai posément de la suite à donner à tout ceci. Adieu, Samuel, ajoutai-je fermement.

Il arrêta soudain sa marche interminable. Aussitôt, se jetant à mes pieds, à genoux sur le plancher, bousculant le fauteuil et l'envoyant promener plus loin, il me saisit les épaules de ses deux larges mains. Ses joues étaient couvertes de larmes, et son regard perdu :

— Mais comment ? Vous vous méprenez ! Vous abandonner ? Maintenant ? Comment pouvez-vous dire une chose pareille, Constance ? Je suis révulsé... Je suis profondément outré par cette... abomination... dont vous avez été la pauvre victime innocente. Bon sang, mais comment est-il possible que Dieu ait pu permettre cela ?

Il émit un cri de rage, et se releva aussitôt, les poings serrés:

— Qui plus est, grogna-t-il entre ses dents, je ne supporte pas l'idée de ne pas avoir été là pour vous tirer des griffes de ces rebuts de l'humanité... Je les aurais occis, au moindre regard menaçant qu'ils auraient osé poser sur vous.

De rage, il émit un nouveau cri, frappant la porte, cette fois.

— Bon sang ! Dieu m'en est témoin, il m'a fallu moins que ça pour en trucider, des gredins !

Je restai prostrée sur mon tabouret, comme captivée par la scène qui se jouait devant moi. Cet homme, si maître de lui-même, dont on peinait d'ordinaire à deviner les émotions, était fou de rage. Soudain, on frappa à la porte :

— Oh là, que se passe-t-il là-dedans ? dit une voix étouffée de l'autre côté.

L'aubergiste s'inquiétait des fracas qui se succédaient dans sa petite chambre.

Samuel sembla prendre conscience de la situation et cria :

— Ne vous inquiétez pas, l'aubergiste. Il n'y a pas de blessé, et je vous paierai le miroir !

— Bon, mais calmez-vous donc, cria à nouveau l'homme à travers la porte. Je ne veux pas de raffut dans mon auberge, Monsieur !

Des pas sur le plancher nous annoncèrent son départ. Samuel se retourna soudainement, comme ayant recouvré ses esprits. Il fit quelques pas vers moi, puis me tendit une main ouverte, telle une invitation silencieuse. Je me levai, et mis ma main dans la sienne. Il m'attira à lui, m'enveloppant de ses bras, protecteur, et déposa un baiser dans mes cheveux. Il murmura :

— Plus jamais je ne vous laisserai me quitter. Vous avez été courageuse de m'avouer cette horreur. Je vous jure d'employer ma vie entière d'époux à vous faire oublier cela, et à faire de votre vie le paradis que vous méritez…

Je levai les yeux vers lui, n'osant croire à ce que je venais d'entendre :

— Comment ? Samuel, vous ne me repoussez pas ?

— Jamais.

— Ne suis-je pas avilie à vos yeux, par cet outrage ? Ne suis-je pas indigne de vous, à tous les égards ?

— En aucune manière.

— Mais enfin, ce n'est pas possible… Réfléchissez… Un homme de votre condition… vous ne pouvez pas vous compromettre à prendre pour épouse une femme de rien, qui plus est déshonorée d'une manière aussi abjecte !

Il s'écarta légèrement, me gardant dans ses bras, mais plongeant ses yeux dans les miens, et annonça, avec gravité :

— Constance. Je vous ai aimée pour la femme que vous êtes : intelligente, bienveillante, et tellement volontaire. Ensuite, pour ce pouvoir que vous avez de me mettre face à mes propres inconséquences, mais toujours avec ce sourire que j'aime tant. Mais maintenant, il faut ajouter à tout cela votre calvaire, votre martyre, qui fait de vous presque une sainte à mes yeux. J'aime à penser que la tâche m'incombe de vous rendre heureuse, malgré ce drame, en prenant soin de vous pour le reste de vos jours. J'ai moi aussi, comme je vous l'ai dit, de sombres histoires à mon actif, et vous m'apparaissez maintenant comme une chance unique de rachat, une occasion de faire le bien, enfin, en apportant un peu de bonheur à une créature parfaite. C'est vous qui êtes ma planche de salut, Constance ! Alors, non, pour toutes ces raisons, je ne vous repousse pas…

Il me garda ainsi, contre lui, longtemps, figé et silencieux, semblant vouloir prolonger éternellement cet instant. Je savourais ce sentiment nouveau de sécurité que me procurait chacune de nos étreintes, comme s'il pouvait faire rempart de son corps contre tout danger qui me menacerait. Quelle ironie ! Moi qui m'étais toujours proclamée indépendante, volontaire, tellement au-dessus de cette condition de femme qui, pour exister et survivre dans ce monde, avait besoin d'une présence masculine à ses côtés. Cela m'était égal, maintenant. J'avais trouvé ma place sur cette terre. Elle était auprès de Samuel Wallace.

— Monsieur ?

— Oui ?

— Vous devriez me laisser me reposer maintenant. Nous sommes tous deux épuisés.

— Oui, vous avez raison, répondit-il, déposant un baiser sur mon front, mais refusant toujours de desserrer son étreinte.

— Monsieur ?… Samuel ?

— Oui ?

— Pour cela, il faut que vous me laissiez…

— Promettez-moi que vous n'allez pas vous enfuir, comme ce matin.

— N'avez-vous pas confiance en moi ? demandai-je, amusée.

— Non, plus maintenant, confirma-t-il, avec un sourire malicieux. Vous venez de m'avouer que la fuite était une de vos spécialités !

— À chaque fois, j'avais une bonne raison… dis-je dans un sourire.

— Et maintenant ?

— Maintenant, je n'en ai plus aucune. De fait, c'est moi qui devrais vous demander de promettre de ne pas vous enfuir.

— Comment ?

— Promettez-moi, Samuel, dis-je.

— Je vous le promets, mon amour, souffla-t-il à mon oreille.

Alors, comme pour sceller sa promesse, il me donna un dernier baiser, pressant ses lèvres sur les miennes, puis, me libérant enfin de son étreinte, me quitta pour rejoindre sa chambre.

42

Un bonheur tout neuf

Je me réveillai le lendemain avec une angoisse nouvelle au ventre, comme un mal inattendu qui se serait mis à ronger mes entrailles pendant la nuit : la peur de perdre l'être aimé. Au moment où j'ouvris les yeux, ma première pensée fut pour lui, me demandant s'il était réveillé, s'il était bien dans sa chambre, à m'attendre, et s'il n'avait pas disparu, par une cruelle magie, ou par un dramatique concours de circonstances. Il n'était pas avec moi, là, sous mes yeux, et je ne pouvais pas vérifier s'il allait bien, ni même s'il était toujours dans la chambre contiguë à la mienne. Alors, je m'imaginai les pires intrigues, même les plus improbables.

Quelle était cette nouveauté ? Quelle était cette nouvelle angoisse, au creux de mes entrailles ? Tout cela était bien déraisonnable... Pourquoi cette inquiétude, alors qu'il m'avait solennellement fait la promesse, la veille au soir, de veiller sur moi pour le reste de mes jours et que rien ne laissait présager un nouveau drame ? Était-ce simplement que, depuis cinq ans maintenant, je n'avais jamais pu me laisser aller, m'abandonner à baisser la garde, restant sur le qui-vive, redoutant à chaque instant de devoir fuir à nouveau, ou de perdre le peu qui m'était donné ? Moi qui avais fini par admettre cet état de fait – vivre dans l'insécurité – je savais que je risquais de devoir quitter ma situation à tout moment, pour une raison ou pour une autre, et que je ne pouvais jouir que de l'instant présent, et en aucun cas m'attarder à m'attacher à un lieu, à une ville ou même à une personne. Pourquoi ce bonheur tout neuf échapperait-il à la malédiction qui me poursuivait depuis que j'avais quitté Bourg-le-Vieil ? Était-il possible que j'en aie terminé pour de bon avec ce sentiment d'instabilité ? Après tout, c'est peut-être ce qui m'effrayait. M'abandonner à un sentiment d'appartenance à un lieu, à une communauté, et bien plus, savoir mon âme et mon cœur irrémédiablement enchaînés à un être qui devenait, ainsi, le centre de ma vie... Tout cela n'allait-il pas entraver ma soif de liberté, l'indépendance à laquelle j'étais tant attachée, et surtout, me mettre en danger, en prenant le risque de souffrir à la perte de cet être aimé ? Que de questions complexes auxquelles je ne pouvais répondre le ventre vide et le cerveau ensommeillé...

Je retrouvai mon calme, prenant le parti de me préparer au plus vite, pour quitter ma chambre dans l'instant et m'assurer de ce qu'il en était. Je me lavai donc le visage à l'eau glacée, m'habillai à la hâte, ma robe de la veille ayant séché tout au long de la nuit, essayai d'arranger mes cheveux pour me rendre quelque peu présentable, même si je ne pus vérifier l'effet produit, l'unique miroir de la chambre ayant été brisé la veille, et sortis précipitamment de ma chambre.

Dans le couloir sombre et étroit de la petite auberge, je frappai à la porte voisine de la mienne, avec empressement. De l'autre côté de la porte, aucun son ne me répondit. La douleur qui me tiraillait les entrailles depuis le réveil se propagea plus haut, au niveau du cœur. Mes pires craintes étaient-elles en train de se vérifier ? Je tournai les talons pour descendre dans la salle commune de l'auberge, dévalant l'escalier branlant. On saurait forcément me renseigner sur un départ éventuel de M. Wallace à l'office.

Je débouchai presque en courant dans la petite salle, comportant quatre vilaines tables de bois brut, à peine éclairées par la lumière du jour qui se levait. Samuel était là, devant une assiette de bacon et d'œufs, seul, pensif.

— Mon Dieu, Constance, quel empressement, ce matin ! dit-il, visiblement surpris et ravi de me voir arriver si précipitamment.

— Samuel ! fis-je, presque dans un cri.

— Venez-vous asseoir avec moi, dit-il, posément.

Je me repris, bien sûr, me trouvant d'un coup stupide et écervelée, comme une jeune fille à la veille de son premier bal.

« Allons, me dis-je. C'est indigne de moi ! » Je le rejoignis dans le plus grand calme, ne souhaitant rien montrer de l'émoi qui m'avait étreinte durant quelques minutes. Il se pencha vers moi, et glissa un baiser sur ma joue, en murmurant un « Bonjour, mon amour » qui finit de me rassurer complètement sur la réalité de ce bonheur que j'avais cru un instant envolé. Puis, appelant l'aubergiste, il me fit servir un copieux petit déjeuner d'œufs, de bacon et de bouillie d'avoine.

— Prenez des forces, Constance, reprit-il. Nous partirons dans une demi-heure, une heure tout au plus. Je vous ramène avec moi à Nordham Hills.

Une montagne de questions me venait à l'esprit.

— Que pensez-vous faire, une fois là-bas ? demandai-je. Me concernant, précisai-je…

— Vous concernant ? dit-il, avec un sourire en coin. Comme je vous l'ai dit, je vais faire de vous ma femme !

— Là ? sur-le-champ ? m'amusai-je. Il me semble que vous oubliez quelque chose, M. Wallace… Vous ne pouvez pas décider de cela seul, d'autorité, le taquinai-je. Vous devez me demander si j'accepte ou non, tout d'abord, ce que, me semble-t-il, vous n'avez pas encore fait…

— Ah ! Je vois ! s'exclama-t-il, un sourire en coin. Vous êtes déterminée à être cruelle ce matin !

— Non, exigeante, tout au plus… répondis-je, avec le même sourire.

— Diantre !

— Voyez-vous, repris-je, toujours sur un ton léger, je ne voudrais pas que vous vous imaginiez que votre vie va être si simple, maintenant. Même si, je l'espère, elle vous comblera…

— Vous me torturez, enchanteresse !

— Je l'espère bien… avouai-je, un sourire en coin.

— Soit, je suis vaincu, dit-il, lâchant d'un coup sa fourchette et son couteau, dans un geste théâtral. Je rends les armes, avant même d'avoir combattu. Je me sais déjà à votre merci !

Il se mit alors à genoux, à mes pieds, au milieu de la salle à manger de l'auberge, vide de clients. Seul l'aubergiste, éberlué, assistait du fond de sa cuisine à cette scène étrange. Samuel prit son air le plus solennel, mais ouvertement moqueur, avant d'annoncer :

— Mademoiselle Constance Deschanel, voulez-vous m'épouser ?

Malicieux, il me prenait à mon propre jeu, et, émue, je pris son visage entre mes deux mains, pour lui murmurer :

— Oui, Samuel, je le veux.

Et à mon tour, je lui donnai un baiser, scellant une promesse solennelle.

— Me voilà sauvé ! dit-il, visiblement satisfait, avant de se rasseoir devant son assiette.

Je le regardai avec tendresse.

— J'aime vous voir aussi enjoué, Samuel… Ce n'est pas si courant.

— Vous continuez à me transformer, Mademoiselle… lança-t-il, l'œil pétillant.

— Samuel, puis-je vous demander sérieusement comment vous envisagez le déroulement de la journée ?

— Nous sommes lundi, n'est-ce pas ?

— Eh bien, oui, il me semble. J'ai quelque peu perdu la notion du temps…

— Bien, les premiers départs n'auront lieu qu'en début d'après-midi. L'ensemble de nos invités sont encore là ce matin, mais seuls ceux qui nous sont proches – ceux qui résident à Newcastle – seront présents ce soir. Je compte donc annoncer notre union au déjeuner, ce midi. Quel délai vous irait, pour la cérémonie ?

— Comme vous y allez, Samuel… Je n'en ai aucune idée ! Il nous faut aussi penser à la manufacture…

— Bien entendu. Mettons… sous deux mois, maximum. Cela ferait mi-novembre. Qu'en pensez-vous ?

— Sur ce point, je me range à votre avis…

— Fort bien. Mi-novembre, alors, c'est dit.

Nous expédiâmes le restant de notre déjeuner, car il était impératif de rejoindre Nordham Hills Manor au plus tôt. Samuel avait manqué à ses devoirs d'hôte toute la journée précédente, et se devait de saluer l'ensemble des invités avant leur départ.

Il prit le parti, après s'être assuré que cela me convenait, de rentrer à cheval, comme il était venu, me laissant le cabriolet pour moi seule. Il souhaitait arriver au plus vite, prendre le temps de se rafraîchir et de se changer, avant les premiers départs. Il avait parfaitement raison: sans cependant qu'il me l'ait reproché à aucun instant, ma fuite, et son départ précipité la veille, auraient pu compromettre cette opération de communication cruciale que James et lui avaient mise sur pied pour assurer le retentissement commercial de la découverte de Samuel. Ces efforts ne devaient pas être réduits à néant. Il partit donc au galop sur la route menant à Nordham Hills.

Mon trajet fut certainement plus long que le sien, et j'arrivai en toute fin de matinée au domaine. La cour était déserte lorsque la voiture s'arrêta, et je montai directement dans ma chambre, souhaitant me rafraîchir tout à fait. Lorsque je descendis le large escalier, propre, coiffée et habillée de neuf, ce fut pour apercevoir James et Samuel, dans le vestibule, tous deux en grande discussion à voix basse. Des tintements de verre et le brouhaha des invités montaient du salon. L'heure du déjeuner approchait, et l'ensemble de la compagnie était sur le point de passer à table. En me voyant descendre l'escalier, Sir Samuel perdit son front soucieux et son visage s'éclaira.

— La voilà, mon ami... dit-il à James.

Je devinai qu'il venait d'annoncer à James l'extraordinaire nouvelle.

— Passons quelques instants dans la bibliothèque, tous les trois, voulez-vous ? dit-il, ouvrant la porte à double battant. Voilà. Nous serons plus à notre aise ici, annonça-t-il d'une voix claire et forte, une fois la porte refermée sur lui. Constance, je viens d'informer James de notre projet... Mais Monsieur l'Avocat a un avis bien arrêté sur le moment et la façon de le communiquer... différent du mien, bien entendu !

James se tourna vers moi, et, dans un élan sincère, me félicita chaleureusement, et m'embrassa sur la joue :

— Constance... vous réussissez le double exploit de rendre Samuel heureux, et de réunir deux de mes plus chers amis par un mariage... je suis tellement heureux pour vous deux.

— Merci, James.

— Mes amis, reprit-il, sur un ton qui se voulait solennel, s'adressant maintenant à Samuel, un tel événement se doit d'être communiqué au bon auditoire et au moment opportun...

— Que voulez-vous dire ? demandai-je.

— Il faut éviter de mélanger les sujets. Je suggère d'attendre le dîner de ce soir pour faire votre annonce. Je crains, si vous la faites ce midi, que les journalistes étant encore là, il n'y ait confusion.

— Balivernes ! répondit Samuel, irrité.

— Samuel, réfléchissez, lui répliqua l'avocat.

Il mima les gros titres des journaux d'un geste de la main :

— « Un riche industriel, de haute naissance, épouse la jeune Française qui dirige sa manufacture depuis un an. Romance dans une fonderie, ou comment le convertisseur Bessemer a réuni, transmanche, deux amoureux de l'acier ! »

— C'est ridicule ! s'exclama Samuel, avec un rictus méprisant.

— Je ne crois pas, non, reprit James. Cette annonce – pardonnez-moi, Constance – en conséquence des origines et de la personnalité de la fiancée, quelque peu aventurière – pardonnez-moi encore – éclipsera celle de votre découverte, Samuel.

Celui-ci s'était planté devant la fenêtre, les yeux fixés sur la cour d'honneur, nous tournant délibérément le dos.

— J'ajouterai, qui plus est, que Spencer pourrait mal le prendre, reprit James. Il a courtisé Constance à plusieurs reprises, et son histoire lui a plu. Il n'en faudrait pas plus pour que son article ne parle pas du tout de votre découverte.

— Courtisé ? m'étonnai-je.

— Constance, je vous en prie, ce n'est pas le moment, m'arrêta James d'un geste de la main.

— Enfin, répondit Samuel, nous avons invité des professionnels, pas des pigistes de la rubrique « courrier du cœur » !

— Samuel, je vous demande de me faire confiance. Et puis, je comprends votre empressement, mais vous n'êtes tout de même pas à six ou sept heures près !

— Il me semble, au contraire, que j'ai déjà perdu de précieux mois, voire peut-être trois années de trop… répondit-il, agacé.

Puis, après de longues minutes silencieuses, il lâcha, enfin :

— Eh bien soit, c'est vous le spécialiste, James… attendons ce soir.

— À la bonne heure ! Venez, rejoignons le reste de la compagnie, et faisons servir le déjeuner.

— James, Samuel, attendez, dis-je, les arrêtant dans leur élan. Comment vais-je expliquer mon absence ? Et mon retour ?

— Nous avons déjà expliqué à ceux qui l'ont demandé qu'une urgence à la manufacture vous a jetée sur la route, mais que tout s'est réglé plus vite que vous ne le pensiez. Un message de Rivers vous aura fait faire demi-tour en chemin.

— Bien, soit. Cela vous paraît si simple… répondis-je, dubitative.

De fait, le déjeuner se déroula sans encombre, et personne ne me questionna sur mon absence, pas même M. Spencer, qui semblait fort accaparé par M. Armstrong, président de la très honorable British Scientific Association.

Comme prévu, les premiers départs eurent lieu dès le début de l'après-midi même, et la valse des berlines dans la cour monopolisa Samuel et James jusque vers quinze heures. Nos trois journalistes, MM. Spencer, Foster et Cunningham, partirent les premiers, suivis de près de M. Armstrong, puis de M. Paxton, Lord Ashton, Lord Palmerson, et Lord Cleave. M. Hughes, M. Wellington et M. Perry, ainsi que M. Hedley, maire de Newcastle, ne quitteraient Nordham Hills Manor que le lendemain matin, à la première heure, tout comme Mrs Murray.

Pour ma part, j'avais décidé d'attendre que toute cette agitation cesse, patiemment, dans la bibliothèque, confortablement installée dans une méridienne, un livre à la main. Mais mon confort était tout relatif. Je n'avais qu'une hâte, c'était que Samuel me rejoigne. Ce que j'avais appelé « bonheur », le matin même, se muait en supplice. J'essayais de lire un livre depuis plus d'une heure maintenant, mais il me semblait buter sur chaque mot, n'arrivant à saisir le sens d'une même phrase qu'après l'avoir relue deux ou trois fois.

Je n'arrivais à me concentrer sur rien d'autre que sur son absence, qui se faisait cruelle, et qu'il me semblait ressentir jusque dans ma chair. Était-ce cela, ce grand mystère que tant d'artistes ou d'écrivains essayaient de transcrire dans leur œuvre ? C'était à la fois délicieux, intense, et douloureux. Seule dans cette bibliothèque, je me levais donc, toutes les dix minutes, pour aller observer à la fenêtre le bal des départs, essayant de deviner si celui qui se déroulait sous mes yeux serait le dernier.

N'y tenant plus, je décidai de sortir faire une promenade dans le jardin, pour m'aérer l'esprit et profiter des derniers beaux jours de l'année, au soleil encore tiède de septembre. Mon choix se porta sur le jardin à l'anglaise, à l'ouest du château, qui m'avait enchantée lors de ma découverte des lieux, quatre jours auparavant. Située sur l'arrière du château, l'entrée de ce jardin me faisait l'effet d'une porte s'ouvrant sur un autre monde : une arche de rosiers en marquait le seuil, s'ouvrant sur un tapis de gazon vert tendre, épais, serpentant entre les massifs de fleurs. La composition d'un tel jardin devait avoir été minutieusement élaborée, car chaque essence de fleur, chaque couleur, chaque buisson était admirablement disposé afin de composer un tableau des plus ravissants où que l'on se place. Il y avait là des amarantes pourpres, des sauges bleues, des graminées toutes plus aériennes les unes que les autres, de grandes marguerites, et à mes pieds de minuscules œillets qui semblaient vouloir s'échapper des massifs pour me rejoindre sur le ruban vert tendre du chemin.

Au centre des massifs, on trouvait des buis savamment taillés, mais aussi des arbustes colorés, vaporeux, comme le fusain ailé, illuminant de son feuillage rouge vif l'allée de verdure. On pouvait accéder, par de minuscules chemins dissimulés au cœur des hautes graminées, à des trouées de verdure, au milieu desquelles se trouvaient parfois un banc de pierre, parfois une simple sculpture, posée là comme pour surprendre le promeneur. Je flânais parmi les massifs, faisant une halte ici ou là, humant le parfum captivant d'une fleur, ou caressant délicatement les pétales d'une graminée, curieuse de sa texture.

Je décidai de m'installer dans l'un de ces îlots de végétation, sur un banc de pierre que je choisis parmi les plus isolés, afin de profiter pleinement de ce moment de quiétude, sans crainte d'être épiée. Je m'y allongeai de tout mon long, sur la pierre dure et fraîche du banc, et fermai les yeux, savourant la caresse du soleil sur ma peau. Je restai ainsi quelque temps, me rappelant combien j'aimais me coucher à même le sol, dans les herbes hautes en bord de Loire, il y avait une éternité, dans une autre vie. Puis je me pris à rêver. Une brise légère me caressait la joue. Je rêvais que Samuel était là, avec moi, sur ce banc, et qu'il s'amusait à caresser cette joue avec une fleur. La sensation me semblait si réelle… ce rêve était étrange.

Un doute m'assaillit, et j'ouvris les yeux. Il était effectivement là, et je ne l'avais pas entendu arriver. Il était au-dessus de moi, debout, un sourire suspendu sur ses lèvres, une fleur dans la main. Je me redressai.

— Quel magnifique tableau vous faites, dans cet écrin fleuri, dit-il, tout bas.

Il saisit ma main, et, m'invitant à me lever, m'attira à lui. Ses bras m'enveloppèrent, et, m'étreignant, il me donna un long baiser ardent qui me bouleversa jusqu'au tréfonds de mon être, comme si une éternité nous avait séparés de notre dernière étreinte, et comme si mon âme, n'y tenant plus, brûlait de sentir à nouveau sa peau contre la mienne.

— Vous m'avez terriblement manqué, dis-je enfin, troublée.

Il sourit, et, sans relâcher son étreinte, m'embrassa à nouveau.

— Redites-moi ça… chuchota-t-il.

— Vous ne m'avez pas manqué du tout ! m'amusai-je à lui répondre.

— Morbleu ! grogna-t-il. Vais-je devoir vivre avec ce démon ? s'amusa-t-il à son tour.

— Oui, toute votre vie… répondis-je, avant de lui rendre son baiser.

— Je préfère cela… conclut-il.

— Gardez-moi dans vos bras, repris-je, grave. Je vous en prie. J'ai besoin de vous sentir contre moi.

— Voilà une demande bien audacieuse… Quelle éducation avez-vous donc reçue ? demanda-t-il, malicieux. Votre père aurait dû refréner ce tempérament, par trop exalté, et à la sensualité bien trop exacerbée…

Puis, reprenant son sérieux, il ajouta :

— Cependant, je m'exécuterai. Vos désirs sont des ordres…

Nous restâmes ainsi un long moment, enlacés, dans ce jardin, perdus dans les hautes herbes et les fleurs ondoyant sous la légère brise, savourant l'instant. Puis, doucement, me libérant de ses bras, il m'invita à faire quelques pas, gardant ma main dans la sienne.

Nous progressions dans le silence, accompagnés seulement par un rare chant d'oiseau au loin, dans les bois, et le doux bruissement des hautes herbes dans la brise. Je rompis le silence, ne résistant pas à m'ouvrir à lui des sensations qui m'étreignaient sur l'instant :

— Quelle plénitude, Samuel… Cela m'évoque de lointains souvenirs, chers à mon cœur.

D'un simple regard, bienveillant, Samuel m'indiqua qu'il était curieux d'entendre la suite…

— Lorsque j'étais plus jeune, poursuivis-je, j'étais amoureuse de mon fleuve de Loire. Sa force, son visage différent chaque jour, sa majesté, tout en lui m'impressionnait, et gonflait mon cœur d'un sentiment puissant. Tous les matins, je commençais ma journée par une marche sur ses berges, jugeant de son niveau, observant le ballet des oiseaux au-dessus des îles, sentant la fraîcheur du sable sous mes pieds nus. Je puisais dans ces promenades mon énergie et mon bien-être.

Je m'arrêtai, prenant une pleine inspiration, déployant mes poumons, afin de mieux sentir en moi les parfums du jardin, puis ajoutai :

— Il me semble retrouver ici, dans ce paysage battu par les vents, une sensation similaire. J'y découvre aussi la délicatesse de la main de l'homme sur la nature. Vous êtes un homme bienheureux de posséder un tel domaine. Mais… pourquoi n'y venez-vous que très rarement ?

— Je n'avais encore personne avec qui partager de tels moments privilégiés, me dit-il… Ce n'est plus le cas maintenant. Nous viendrons ici aussi souvent que vous le souhaitez…

— Je ne serai pas aussi libre que vous, malheureusement, j'ai la manufacture à diriger, répondis-je.

— Vraiment ? demanda-t-il, regardant au loin. Souhaitez-vous continuer à exercer vos fonctions, une fois que nous serons mariés ?

— Absolument, Samuel ! m'écriai-je, arrêtant notre marche, tout à coup alarmée. Je suis même étonnée que vous me posiez cette question ?

Il se mit à rire, prenant mes deux mains dans les siennes :

— Ah ! Je m'attendais à cela… ! Ah, ma petite Constance, dit-il, m'étreignant à nouveau, qui pour rien au monde ne veut se retrouver prisonnière du carcan conjugal, et, je le soupçonne, jusqu'à garder son indépendance financière, n'est-ce pas ?

Je n'osai confirmer, baissant les yeux.

— N'ayez crainte, mon amour, je ne vous étoufferai pas sous le joug d'un mariage trop conventionnel, ajouta-t-il. Je vous sais trop attachée à votre indépendance. Je ne risquerais pour rien au monde d'enfermer votre nature si volontaire dans une vie qui ne vous correspond pas, ni de vous transformer en ce que vous ne serez jamais. Bien entendu, vous pourrez continuer à diriger la manufacture, et, ensemble, nous ferons prospérer la Wallace Steel Company…

Rassurée, constatant avec bonheur combien il me comprenait, je le laissai à nouveau m'entraîner et reprendre notre marche tranquille, alors que le soleil déclinait doucement sur l'horizon.

— Comme les choses vont vite, dis-je, à moitié pensive.

— Que voulez-vous dire ? s'étonna-t-il.

— Nous marier dans deux mois, n'est-ce pas trop rapide ?

— Au contraire, je pense, moi, que nous avons déjà perdu trop de temps, dit-il, grave.

— C'est qu'il y a trois jours, j'étais à mille lieues de penser que ma vie prendrait une telle tournure… et maintenant, imaginer que je serai bientôt mariée ?

— La vie est trop courte, Constance. Qui sait ce qu'il adviendra d'ici six mois, un an ? Je ne supporterais pas que le destin nous sépare à nouveau avant d'avoir pu vous enchaîner à moi pour la vie. Je regrette tellement, si vous saviez… j'aurais dû pressentir que vous m'étiez destinée, il y a trois ans, ou même il y a un an.

— Voyons, vous ne pouviez pas savoir… Personne ne pouvait savoir.

Il émit un profond soupir.

— Imbécile que j'étais… en mon for intérieur, je crois bien que j'ai compris très vite la place centrale que vous prendriez dans ma vie, mais je n'ai pas voulu l'admettre. Je me refusais même d'y penser. Finalement, lorsque vous avez été blessée par Phillips, j'ai compris, comme une évidence, comme un soufflet reçu en pleine figure, que j'éprouvais quelque chose d'inattendu. J'étais profondément déstabilisé. Je luttai fermement contre moi-même. Depuis dix ans, ma vie n'a été qu'une course éperdue, effrénée, vers l'oubli. Il n'a jamais été question de m'arrêter ne serait-ce qu'une fois, pour me laisser émouvoir d'un visage charmant, d'une épaule gracieuse, autrement que pour satisfaire des envies bien moins élevées que celles du cœur.

Il porta son regard au loin, silencieux pour quelques instants, puis reprit :

— Je restai à ce moment-là dubitatif devant les émotions nouvelles qui naissaient en moi. Vous voir ainsi en danger, puis blessée, abandonnée dans mes bras, me révéla mes propres sentiments : c'était un amour profond, entier et inconditionnel que je reçus comme une gifle en plein visage. Mais voilà : je restais persuadé que ce sentiment n'était pas pour moi. Ma nature profonde était incompatible avec une telle passion, et avec tout ce qui pourrait en découler. Je l'étouffai donc, avec rage et détermination, bien décidé à poursuivre comme si elle n'existait pas…

Il fit une pause, comme pour réfléchir, puis reprit :

— Même si, en un sens, maintenant que je connais votre histoire, je suis à présent convaincu que votre chemin de croix fait de vous le seul être capable d'appréhender et d'accepter ma vraie nature.

Je ne comprenais pas.

— Constance, vous avez été courageuse, hier. Très courageuse. Je vous admire… Comme je vous l'ai dit, j'ai moi aussi de sombres histoires que je n'ai pas osé vous révéler pour l'instant.

Il plongea son regard dans l'herbe épaisse qui s'étalait devant nous, à nos pieds, et ajouta :

— Oui, décidément, je pense maintenant que votre martyre vous a rapprochée de moi. Cet événement a certainement fait de vous ce que vous êtes aujourd'hui, si forte, si grave pour votre âge. Vous avez maintenant en vous cette force, ce regard si mûr sur les choses, parce que vous avez entr'aperçu la noirceur de l'âme humaine. Vous êtes capable d'appréhender les pires situations avec une sérénité à toute épreuve, et de sortir grandie d'un drame. Alors, je me prends à espérer que… peut-être…

— Quoi donc ?

— Que peut-être vous comprendriez mon passé, et que vous pourriez avoir sur mon histoire un regard bienveillant, malgré tout.

— Qu'essayez-vous de me dire, Samuel ?

— Je n'ai jamais été une victime de nature, Constance. Mon essence est bien plus sombre et complexe. Ma nature est plus proche de celle du bourreau que de celle de la victime…

Je ne sus que répondre. Il n'avait fait que soulever timidement le voile de son histoire lorsque, sous l'effet du brandy, il s'était ouvert à moi, une nuit, à la manufacture, quelques mois plus tôt. Mais il n'avait finalement fait qu'évoquer l'horreur de la guerre, avant de tomber dans un profond sommeil. Je ne pouvais nier que les mystères qui entouraient son passé, et sa personnalité, riche en contradictions, ne m'avaient pas échappé ; ils contribuaient même à la fascination qu'il m'inspirait. Cependant, je restais persuadée que sa nature profonde était bienveillante, et je ne pouvais croire qu'il ait été un être corrompu, cruel ou malintentionné, malgré ce qu'il souhaitait visiblement m'avouer. Cette dualité restait pour l'instant un mystère à mes yeux.

— Votre silence est éloquent, ajouta-t-il. Vous êtes si intuitive, ma douce Constance, que vous avez perçu certains aspects de mon âme comme personne d'autre. Cela me rassure, en quelque sorte… Qui mieux que vous saura m'élever vers le meilleur de moi-même, sans rejeter pour autant ce que je suis réellement ?

Après un silence, je lui demandai :

— Souhaitez-vous m'en parler ?

— Non. Je le ferai, cependant. Très bientôt, car cela me torture de savoir que vous m'aimez pour l'instant sans savoir…

Il se tourna alors vers moi, le visage grave :

— Car vous m'aimez, n'est-ce pas ? demanda-t-il, presque avec inquiétude.

— Plus que tout, plus que ma propre vie, dis-je avec sincérité, mais aussi avec toute la gravité dont ce sentiment s'accompagnait dans mon esprit.

Un long silence fut sa seule réponse.

— Ne dites pas de telles choses, finit-il par ajouter, solennel à son tour.

Je n'en tins pas compte, et insistai :

— Quoi que vous ayez pu faire jadis, et quoi que vous fassiez à l'avenir.

Puis, me rappelant l'incident deux jours auparavant qui m'avait tant désappointée, j'ajoutai :

— Je vous ai déjà pardonné un écart de conduite qui m'a profondément blessée.

— Ah ?

— Mrs Murray…

— Oh… Mais, que savez-vous donc ?

— Je vous ai entendu, vendredi soir, lui signifier que vous mettiez fin à votre relation…

— C'est exact, confirma-t-il.

Il hésitait à poursuivre notre conversation sur ce terrain, mais ajouta :

— Voilà un exemple de ce que j'ai fait de ma vie ces dix dernières années…

— Que voulez-vous dire ?

— Je n'ai fait que satisfaire les besoins les plus vils de mon être. Il faut que vous sachiez que je ne regrette rien, ne vous méprenez pas. C'est une partie de moi qu'il vous faudra accepter. Vous avez le pouvoir de l'endormir, de faire somnoler ces démons qui sont en moi… Mais je ne peux nier leur existence.

— Je suis forte, Samuel.

— Je n'en doute pas. Si pure, si innocente, mais à la fois si déterminée, et si forte. C'est ce qui fait de vous un être unique… et une partenaire idéale.

Nous restâmes silencieux pour le restant de la promenade, alors que le soleil commençait à se coucher sur l'horizon. Il me mena, à travers le jardin nord, me tenant par la taille, jusqu'à la galerie à l'arrière du château, à partir de laquelle nous accédâmes au grand salon.

Avant de me laisser entrer, il me vola un dernier baiser passionné, à l'abri des regards, derrière les lourds rideaux de damas gris orage, comme pour garder en lui, le plus longtemps possible, le tendre goût de nos étreintes avant de retrouver, une fois le seuil du salon franchi, la contenance et le flegme que l'on attendait d'un gentleman britannique.

43

Le soldat aux mains rouges

L'annonce fut accueillie avec une surprise mesurée et beaucoup de bienveillance. Samuel avait choisi la fin du dîner pour annoncer aux convives encore présents ce soir-là notre mariage à la mi-novembre. M. Perry eut un mot aimable, précisant que nous briserions certainement nombre de cœurs, et nous félicita chaleureusement, du moins autant que ce personnage pût être chaleureux. Mmes Hedley, Wellington et Hughes se réjouirent à l'unisson à la perspective d'un mariage : événement heureux par excellence, annonciateur de réjouissances, qui enchantait les dames d'un certain âge. C'était l'occasion pour elles d'évoquer leurs propres noces, leur jeunesse presque oubliée, ainsi que celle de leurs propres enfants. Elles n'étaient pas avares d'anecdotes, agrémentées de sourires encore malicieux malgré les nombreuses rides et ridules de leurs visages fatigués, elles qui avaient, bien avant les futurs mariés, joué au jeu de la séduction, au hasard des conquêtes, et voulaient à tout prix partager avec l'assistance leur si longue expérience de ce grand mystère de la vie qu'était le mariage. Bien évidemment, elles se réjouissaient moins à la perspective du bonheur des futurs mariés que de l'opportunité de faire valoir leur expérience en la matière.

MM. Wellington et Hedley, en particulier, félicitèrent vivement Samuel, avec force accolades et tapes dans le dos du futur marié :

— À la bonne heure ! s'écria Wellington. Wallace, je finissais par vous prendre pour un célibataire endurci, et de plus en plus taciturne, d'ailleurs ! Voilà qui me réjouit profondément, mon ami. Peut-être va-t-elle réussir à assouplir votre implacable sens de la négociation ? Vous avez trouvé, semble-t-il, la perle rare… dit-il d'un air entendu.

— Georges, répondit le célibataire endurci, ne rêvez pas, je ne vais pas me transformer en agneau non plus… Je vous rappelle qu'elle dirige la manufacture… D'ailleurs, vous serez heureux d'apprendre qu'elle n'a aucunement l'intention d'abandonner ses activités après notre mariage.

— Ah ! Je salue votre coup de maître, mon cher ! Vous faites d'une pierre deux coups : de cette manière, vous vous assurez qu'elle ne quittera pas la Wallace Company pour un autre employeur…

— C'est bien évidemment mon objectif premier… plaisanta mon futur époux.

Le ton de la soirée était donné : dans l'allégresse générale, les discussions au salon furent animées et enjouées.

Mrs Murray joua son rôle à la perfection : ravie, elle nous félicita tous deux pour cette merveilleuse nouvelle, nous souhaitant les meilleures perspectives d'avenir. Elle ne manqua pas cependant, me prenant à part plus tard dans la soirée, de me féliciter dans des termes bien particuliers. Elle m'aborda avec un sourire radieux, sans que je puisse y déceler la moindre ombre de jalousie ou de rancœur, ce qui me surprit quelque peu.

— Miss, commença-t-elle, je comprends mieux une foule de petites choses, maintenant…

— Vous brûlez certainement de m'en dire plus, répondis-je, non sans quelque sarcasme.

— En un sens, oui. Vous m'amusez, Miss Deschanel. Je ne peux effectivement pas résister à l'envie, jeune fille, de vous mettre en face de vos propres contradictions… Vous qui vous défendiez, il n'y a pas trois jours, de rêver au mariage et qui exprimiez si clairement votre refus de la servitude que cela vous inspirait ! Vous voilà prête à vous enchaîner à un homme… N'est-ce pas une délicieuse ironie ?

— Peut-être… Cependant, je crois Samuel l'un des rares hommes à pouvoir comprendre mon besoin d'indépendance et être prêt à le respecter, affirmai-je, piquée au vif.

— Ne soyez pas sur la défensive, Mademoiselle… Je ne vous veux aucun mal, dit-elle, sans que je sache déterminer si elle était sincère ou non.

Elle ajouta :

— J'imagine que vous êtes au fait de… comment dirais-je ?

— Votre relation particulière avec Samuel ? la coupai-je.

— Oui, c'est cela. Vous avez saisi.

— Effectivement.

— Fort bien, cela simplifie les choses. Vous imaginez donc combien je connais intimement Samuel. Mais je ne vais pas vous retirer la surprise de la découverte de votre futur époux. Vous verrez par vous-même… dit-elle d'un air entendu. Je puis seulement vous affirmer que vous n'avez pas choisi le parti le plus simple.

— Sont-ce des félicitations ou bien une mise en garde, Madame ? demandai-je sans ambages.

— Des félicitations, sans aucun doute, confirma-t-elle. Samuel est un être complexe mais exceptionnel à bien des égards, et je ne doute pas un instant qu'il se consacre à faire votre bonheur, malgré…

— Malgré ?

— Encore une fois, je vous laisse le plaisir de découvrir l'étendue de la personnalité de votre futur époux, répondit-elle, gardant un air de mystère.

Puis, décidant de me laisser seule chercher la signification de cette affirmation énigmatique, elle fit une révérence et s'éloigna, avec l'élégance et la grâce qui la caractérisaient.

Lorsque la soirée toucha à sa fin, et que l'ensemble de la compagnie fut sur le point de se retirer, Samuel me rejoignit.

— Constance, dit-il tout bas, retrouvez-moi dans ma chambre, une fois la maison calme.

— Pardon ? dis-je, ayant peur de comprendre, lui adressant un regard effrayé, encore sous l'influence des mises en garde de Mrs Murray.

— Oh ! Voyons, Constance… me réprimanda-t-il doucement. Comment pouvez-vous imaginer que je sois à ce point indélicat ? Non, je souhaite vous parler…

— Oh, bien sûr… dis-je, rougissant et me reprenant, honteuse de ma méprise.

— Venez me rejoindre en haut de la tour ouest. Nous serons mieux pour la discussion que nous devons avoir.

— Bien. Je vous y rejoindrai.

— À tout à l'heure, dit-il en déposant un baiser sur le dos de ma main.

Une heure plus tard, c'est donc sans bruit que j'ouvris la porte de sa chambre, contiguë à la mienne. Le château était plongé dans un sommeil profond, et dans un silence et des ténèbres des plus absolus. Une lampe à la main, je me dirigeai vers le fond de la pièce, là où se trouvait cet escalier en colimaçon menant à cette pièce curieusement isolée du reste de la maisonnée. Je gravis les marches, grinçantes par endroits, annonçant maladroitement mon arrivée. Lorsque je débouchai dans la pièce, je découvris plusieurs changements. Dans l'antique cheminée de pierre brûlait un feu rougeoyant, projetant des ombres dansantes sur les murs, et réchauffant l'air frais de la pièce abandonnée sous les toits. Un second fauteuil, bien plus récent, plus confortable que le premier – qui semblait avoir cent ans – avait été disposé à côté du premier, face à la verrière. Une main reposait négligemment sur le bras de l'ancien fauteuil. Samuel était là, immobile et silencieux.

— Venez, Constance, dit sa voix, émergeant du fauteuil.

Je franchis en une seconde la distance nous séparant, et, me plantant face à lui, regardant le nouveau fauteuil, lançai, heureuse :

— C'est charmant… est-ce pour moi ?

— Bien sûr… dit-il sans un sourire, les yeux perdus dans la nuit au loin, à travers la verrière.

Déçue de sa réaction, je m'assis puis demandai, inquiète devant son manque d'entrain :

— Êtes-vous contrarié, Samuel ?

Il se tourna vers moi, et me dit, triste :

— J'appréhende cette conversation. Je me dois de trouver tant de courage…

Alors, soudainement consciente de ce qu'il pouvait ressentir, je décidai de m'approcher de lui. Je me levai et allai m'asseoir à ses pieds, sur le plancher, et posai mes mains sur ses genoux. Depuis que le bonheur m'avait été donné de sentir ses bras m'envelopper, j'avais goûté au sentiment de sécurité que me procuraient nos étreintes. Je m'imaginai alors, m'approchant de lui, au plus près, pouvoir le rassurer à mon tour.

— Je suis là, Samuel, dis-je, doucement, plongeant mes yeux dans les siens. Comme l'avez fait pour moi hier, je ne vous jugerai pas, mais vous apporterai mon soutien.

Il posa sa main contre ma joue, caressant ma peau de son pouce.

— Oui, vous êtes là… murmura-t-il.

Il prit une profonde inspiration, avant de reprendre :

— Je dois vous parler de la guerre, Constance. Vous en a-t-on déjà parlé ?

— Comment cela ?

— Quelqu'un vous a-t-il déjà dépeint les horreurs de la guerre ?

— Oui, vous… dis-je, étonnée.

— Ah… lors de cette fameuse nuit, où j'avais quelque peu abusé du brandy ?

— Oui.

— Je ne me souviens pas de ce que je vous ai dit… ou très vaguement.

— Vous m'avez brossé le tableau du début de cette guerre, et vous êtes arrêté au moment où commençait le siège de Sébastopol.

— Ah, ce n'est pas étonnant, dit-il, ironique. Je me suis arrêté là où le récit se corse… Mais je n'ai plus le choix, maintenant, il me faut donc poursuivre…

Je m'appuyai alors sur ses genoux, y déposant ma tête sur mes bras repliés, comme si je voulais me laisser bercer au son de sa voix, au gré de son histoire. Il prit une profonde inspiration.

— Sébastopol était en ce temps-là une place forte de choix pour la Russie : c'est là que le tsar avait choisi de baser sa flotte stationnée en mer Noire. C'était un petit port d'à peine dix mille âmes, mais idéalement situé, dans une magnifique baie en eaux profondes, surplombée de montagnes arides plongeant dans la mer. Le camp de base britannique se trouvait à treize kilomètres des remparts, dans les montagnes de Balaklava, au sud de l'embouchure. Nous, dans les tranchées, n'étions qu'à quelques centaines de mètres de ces remparts. Lorsque l'hiver s'installa, et avec lui le froid, la maladie, et la faim, je pressentis que ce siège durerait plus longtemps que Lord Raglan ne l'avait prévu. Nos vaillants soldats s'engluaient au fil des semaines dans la boue glacée, prenant peu à peu la couleur de cette terre si pâle, et laissant disparaître sous la boue notre fier uniforme écarlate. Nous n'avions plus rien de ce fringant régiment de dragons qui avait débarqué quelques mois plus tôt à Gallipoli. De mon côté, je ne pouvais endurer ni l'inaction, ni cette attente interminable. J'avais en horreur ce travail de terrassement que l'on ne nous imposait que pour occuper nos journées.

À ce moment du récit, doucement, il repoussa mes bras avec délicatesse, et se leva pour aller contempler les flammes crépitant dans l'âtre, à quelques pas de là. Comme agité par ces vieux souvenirs, il se posta face à la cheminée, les deux mains agrippant le manteau, telles des serres se refermant sur une proie, avant de poursuivre :

— Ne tenant pas en place, je risquai le tout pour le tout et décidai, une nuit, de me rapprocher des lignes ennemies pour juger précisément de l'état de leurs forces. C'était risqué, et cela allait probablement passer pour de l'insubordination... Mais cela ne me faisait pas peur. Ce ne fut pas une mince affaire, car les collines autour de Sébastopol ne sont recouvertes que de peu de végétation : un maquis sans arbre, avec seulement des buissons ras, ne permettant presque pas de s'abriter des regards aiguisés des sentinelles. Je choisis donc une nuit noire, nuageuse, sans lune, pour cette échappée. Je parcourus avec d'infinies précautions les quelques centaines de mètres séparant nos tranchées des fortifications de la ville. Je parvins – certainement avec beaucoup de chance – au pied d'une des portes de la ville, défendue par un petit bastion équipé de deux canons, gardés ce soir-là par une poignée d'hommes. Comme nous, transis de froid derrière leurs fortifications, ils étaient tous assoupis, même celui qui était censé être de garde. C'était là une occasion unique de faire un coup d'éclat. Je ne m'étais pas encombré de mon fusil pour cette opération, ni même de mon sabre d'officier et, jeune idiot que j'étais, n'avais même pas emprunté ne serait-ce qu'une baïonnette. Mais je ne pouvais repartir bredouille, sans avoir croisé le fer ! Je m'approchai donc le plus discrètement possible de l'homme de garde, endormi, assis à même le sol, le dos contre la roue de son canon. Il était bien plus vieux que moi. Son visage, à la peau claire mais tannée par le soleil de son pays, disparaissait sous une longue barbe brune à l'orientale, et sous un képi de feutre noir. Il portait une longue redingote, que j'appris plus tard être la traditionnelle *tcherkessa* des hommes du Caucase. Barrant son poitrail, cousue à même le tissu de laine de sa redingote, une double rangée de fausses cartouches en ivoire décorait son habit. Sa taille était marquée d'une étroite ceinture garnie de pendentifs et à laquelle était accroché un magnifique poignard caucasien. C'était une longue lame à double tranchant, à la poignée d'argent finement ouvragée et au fourreau de cuir noir…

À ce moment de son histoire, alors que j'étais toujours assise à même le plancher à quelques pas de lui, l'observant déclamer son récit face aux braises crépitantes de l'âtre, il se tourna d'un coup vers moi, les yeux brillants d'une excitation que je ne lui connaissais pas et siffla, les mâchoires serrées :

— C'est alors que je bondis, tel le démon que je souhaitais être, me jetai à son cou, et, lui saisissant la tête entre mes deux mains, imprimant un mouvement violent à son crâne, je lui brisai la nuque d'un geste sec. Il n'avait même pas eu le temps de se réveiller. Je me saisis ensuite de son poignard, dont j'avais la ferme intention de me servir pour la suite des événements… Je m'approchai, arme au poing, du second dormeur, quelques pas plus loin, affalé sur un tas de sacs de sable. Celui-là portait le même uniforme épais, le même poignard, la même rangée de cartouches d'ivoire barrant son poitrail, mais s'était, de plus, emmitouflé dans une longue cape de feutre noir, une *burqa.* Il ne devait pas avoir plus de vingt ans, et ronflait bruyamment, comme si la guerre ne lui avait pas encore appris à ne dormir que d'un œil… J'envoyai voler son képi de feutre d'un coup de main, puis le saisis par les cheveux, et, avant qu'il ne puisse émettre le moindre son, rejetant sa jolie tête brune en arrière, offrant son cou tendre et sans défense à ma lame acérée, je tranchai sa peau fragile, blanche et offerte, d'un geste rapide et sûr, créant un sillon net et sanguinolent sur ce cou délicat. Le sang, lorsque j'atteignis de ma lame l'artère carotide, gicla avec force, noyant mes mains dans une mare écarlate. Il ne se débattit même pas, émettant tout juste un gargouillis immonde avant d'expirer. Cela décupla mes forces, ma soif de sang, et, je peux l'avouer, de meurtre. J'égorgeai de la même manière six hommes cette nuit-là. En silence, mais avec rage et fureur, et, surtout... sans aucun remords. J'éprouvais à chaque fois un plaisir sans nom, abject, puissant, que je ne pouvais refréner. Je n'avais qu'une envie, c'était recommencer. Je gardai précieusement ce magnifique poignard avec moi, et volai une burqa. Elle me protégerait du froid, mais dissimulerait aussi mon uniforme rouge britannique. Je retournai alors dans les tranchées, hors d'haleine, les mains et ma vareuse rouge inondées de sang, exalté par mon forfait. Le lieutenant-colonel Dallas ne manqua pas, le lendemain matin, de me questionner sur le déplorable état de mon uniforme. Je fus fort embarrassé, ne sachant si mon action tenait du coup d'éclat ou de l'insubordination. Je subis un interrogatoire en règle, et finis par avouer. Le lieutenant-colonel et deux de ses majors étaient circonspects. Je les regardais, tel un accusé attendant sa sentence, depuis le fond de cette tranchée, délibérer du sort qu'il fallait me réserver. Contre toute attente, leur conclusion allait me pousser à laisser libre cours à mes instincts les plus vils. Je n'allais pas être sanctionné, ni même réprimandé, mais, au contraire, allais me voir confier des missions derrière les lignes ennemies, d'attaque tactique mais précises, le plus souvent pour mettre hors d'état de nuire des pièces d'artillerie, ou, pire, pour simplement terroriser les troupes adverses. Ils jugèrent du meilleur effet d'offrir aux Russes le spectacle de leurs troupes, au matin, isolées dans leurs petits bastions, ensanglantées. Cela déstabiliserait l'ennemi, dans cette guerre d'usure qu'était un siège, le rendant encore plus insupportable. C'est ainsi que je fus durant tout l'hiver cinquante-quatre le pire cauchemar des Russes de Sébastopol, après la famine, bien sûr. Autour de la ville assiégée, rien ne bougeait de part et d'autre : les canons s'étaient tus, les lignes de combat étaient figées, mais un démon s'amusait à égorger les troupes russes la nuit, dans leur sommeil, en dépit de toute morale guerrière, de toute éthique, fondant sur ses proies sans prévenir, au hasard. Les assiégés étaient désespérés. Dieu les avait abandonnés : en plus de la famine, qui se faisait de plus en plus cruelle, voilà qu'il leur envoyait cette nouvelle épreuve. Plus les mois passaient, plus je sombrais dans cette sauvagerie. Il me semblait avoir oublié qui j'étais. L'Angleterre et sa civilisation n'étaient plus qu'un lointain souvenir… Le jour, j'errais dans les tranchées, évitant les râles des mourants, qui hurlaient dans la fange du choléra, du scorbut ou du typhus, ou qui, au contraire, s'endormaient fébrilement dans le froid et la faim pour ne plus se réveiller. La nuit, je fondais sur mes proies, ne me sentant jamais aussi vivant que lorsque j'ôtais ces vies, me délectant de ce sang qui coulait, encore chaud, sur mes mains. Je me perfectionnais, au fur et à mesure, dans cet art : m'approcher le plus silencieusement possible de mes victimes, procéder à leur exécution avec célérité, précision, et m'enfuir, telle une ombre, à l'abri de ma burqa noire, créant après mon passage la légende d'un démon sanguinaire.

Ainsi passa cet horrible hiver. Les esprits étaient de plus en plus affaiblis, dans les deux camps. Le ravitaillement n'était plus possible depuis deux mois, les montagnes étant devenues infranchissables, nous mettant hors d'atteinte des convois envoyés depuis le camp retranché de Balaklava. Les Britanniques mouraient les uns après les autres dans leurs tranchées, sans que rien puisse enrayer cette hécatombe. Puis, le printemps arriva, salutaire. Les troupes stationnées à Balaklava avaient fait poser une ligne de chemin de fer au tout début de l'année 1855, permettant d'approvisionner rapidement le siège en troupes fraîches, chevaux, canons, et victuailles. Les bombardements alliés sur la ville reprirent à Pâques. Nos estimations des pertes russes, durant le printemps et l'été, étaient d'au moins deux cent cinquante hommes par jour. Cependant, les lignes ne faisaient toujours que des va-et-vient entre les alliés et les Russes, passant d'un camp à l'autre au gré des victoires et des défaites. De mon côté, je continuais mes expéditions sanguinaires, au gré des tactiques de mon commandement. J'étais devenu un être dépourvu de sentiment, de raison, et dénué de toute compassion. Quand, en septembre, vos compatriotes montèrent à l'assaut de Malakoff, les Russes étaient à bout de force. Le 9 septembre, ils fuirent dans la nuit par la rive nord, signant ainsi la fin du siège de Sébastopol et la reddition de la Russie. Dès lors, les batailles se firent plus rares. Il ne s'agissait plus que de prendre les quelques bastions épars qui ne s'étaient pas encore rendus… On commença à organiser le départ des troupes.Un armistice fut signé quelque mois plus tard, en février 1856, mettant fin officiellement à cette guerre. Mais moi, comment pouvais-je retourner en Angleterre ? C'était tout bonnement impossible. Je n'avais plus rien de commun avec ce jeune homme qui, deux ans plus tôt, s'était engagé avec entrain à la recherche d'aventure et de gloire. Je ne pouvais consentir à retourner à cette vie normale, fade, sans danger, morne… Nous étions quelques-uns, parmi les survivants, à ne pas considérer la fin de cette guerre comme une bonne nouvelle. Une poignée d'hommes à laquelle je me joignis quitta donc la Crimée, en quête de nouveaux champs de bataille. Nous abandonnâmes notre uniforme britannique, notre régiment, et partîmes vers le nord de la Crimée, puis vers l'ouest, dans les Balkans. Cette partie de l'Europe orientale était une région encore fortement instable en ce début de l'année 1856, et le reste encore à l'heure où je vous parle, même si la Valachie et la Moldavie ont enfin été unies sous un même gouvernement, formant cette toute nouvelle Roumanie. C'est là que j'errai quelques mois, avec ces hommes, à vendre nos services au plus offrant, au gré des pouvoirs locaux en place. Ce pays, ravagé par les guerres successives depuis plus de cinquante ans, oscillant toujours entre domination russe et ottomane, restait une poudrière. L'anarchie régnait alors, en l'absence de gouvernement, les Ottomans et les Russes ayant cédé le terrain. C'est là que je franchis une limite supplémentaire vers l'horreur, renonçant à me battre pour une cause noble, comme celle qui m'avait amené jusqu'en Crimée, mais louant dorénavant mes talents criminels au plus offrant. Il s'agissait la plupart du temps de propriétaires terriens profitant du chaos pour étendre leurs possessions, ou d'hommes de pouvoir asseyant leur autorité sur la terreur des populations, ayant besoin pour cela d'hommes de main sans scrupule… Dans cette troupe d'assassins mercenaires, issus des armées britanniques et françaises, je perdais chaque semaine un peu plus contact avec le jeune gentleman britannique que j'avais pu être, et me forgeais une cuirasse d'indifférence que rien ne pouvait plus entamer. Le spectacle des champs de bataille était devenu mon quotidien, et le sang, les corps abandonnés, en proie aux charognards, me laissaient de marbre. Les ravages de la guerre sur les populations civiles ne m'émouvaient pas davantage, et pire, je contribuais à leur malheur. Ces peuples opprimés, ruinés, affamés, violentés, souffraient mille morts sous mes yeux secs, incapables de verser la moindre larme. Ce que je ne savais pas, alors, c'est que mon père, sur le point de mourir, et sans nouvelle de moi depuis plusieurs mois – l'état-major étant incapable de conclure à ma mort – avait dépêché deux enquêteurs privés pour me retrouver dans ce chaos. Ces hommes étaient deux brutes, d'anciens policiers reconvertis, mais l'un d'entre eux s'avéra un fin limier. Leur mission était de me ramener en Angleterre et, du même coup, à la raison. Ils finirent par me retrouver, suivant mes forfaits à la trace, semaine après semaine, à travers l'Ukraine, la Bessarabie, la Valachie puis la Moldavie. Notre rencontre fut brutale, et l'un d'entre eux y perdit deux dents… Ils m'avaient tendu une embuscade, attendant patiemment que je me retrouve isolé de mes compagnons d'errance. Je luttai alors de toute ma fureur, sans savoir ce qu'ils me voulaient vraiment, mais je me doutais que cela ne me vaudrait rien de bon… À eux deux, ils réussirent à me maîtriser et me ficelèrent comme un rôti, avant de me jeter sur le dos de mon cheval et de me traîner ainsi à travers la Moldavie… Moi, le meurtrier, le monstre de Sébastopol, imaginez-vous ? Bien sûr, je tentai de m'échapper à plusieurs reprises, mais ces anciens policiers étaient bien plus entraînés à rattraper des prisonniers que je ne l'étais aux techniques d'évasion. Ils eurent raison de ma détermination lorsque, au bout de trois semaines de ce traitement, notre trio arriva en Allemagne. Ils me convoyèrent ainsi, menotté et ligoté, des Balkans en Angleterre, à travers toute l'Europe, pendant deux longs mois. C'est au cours de ce voyage de retour que je recouvrai un semblant de raison… Cette longue itinérance, me faisant renouer peu à peu avec l'Europe occidentale et sa civilisation, me fut salutaire. Entre-temps, mon père décéda, mais cela, je ne l'appris qu'à mon retour ici…

Le silence s'installa à nouveau dans la grande pièce vide, sous les toits de la tour ouest. Le feu, mourant, ne projetait plus que de faibles lueurs rougeâtres sur le visage de Samuel Wallace. Les braises, essoufflées, peinaient à reprendre vie sous le faible courant d'air qui traversait la pièce.

Tout était à nouveau calme et silencieux. Je me redressai, afin de regarder cet homme avec attention, dans la pénombre de cette pièce, au clair de lune. Il avait cette beauté virile, froide et rude que je lui connaissais. Ses yeux clairs exprimaient la complexité de son âme, et ses tourments. Samuel Wallace était tout, sauf un homme insouciant et inconséquent. Je me levai et le rejoignis auprès de la cheminée, et l'enlaçai, passant mes deux bras autour de son torse.

— Vous portez un fardeau bien plus lourd que le mien, Samuel, murmurai-je. Vous gardez tout cela enfoui au plus profond de votre âme, sans que personne le soupçonne…

Il sourit. Sa main desserra son emprise du manteau de la cheminée et vint se poser contre ma joue. Il ouvrit la bouche, comme pour parler, puis finalement se ravisa.

Je décidai de répondre à la question qu'il n'osait formuler.

— Cela ne change rien pour moi, Samuel.

Il émit un soupir.

— Vous me comprenez à demi-mot, à présent, conclut-il. Mais… je doute que vous compreniez les implications de ce que je viens de vous raconter.

— Pourquoi ?

— Je viens de vous avouer que j'ai commis d'innombrables meurtres, Constance.

— Cela, je l'ai compris.

— Mais surtout, que j'y ai pris du plaisir. Il ne s'agissait pas de combats à la loyale, sur un champ de bataille, avec des adversaires qui avaient l'occasion et les moyens de se défendre. Quoique, à cela aussi, j'aie pris un plaisir morbide. Mais j'éprouvais dans ces assassinats, efficaces, rapides, silencieux, une sensation irrésistible, physique, qui prenait le contrôle de mon âme, entièrement, sans que je puisse m'y soustraire. Comprenez-vous ? J'ai en moi ces instincts meurtriers…

— Mais vous avez repris le contrôle, Samuel… Depuis sept ans maintenant, vous menez une vie rangée, ici à Newcastle. Vos forfaits appartiennent au passé. La guerre a certainement créé ce monstre que vous avez été, mais, ici et maintenant, ce monstre a disparu, aussi rapidement qu'il était apparu.

— Croyez-vous ? Qui sait si, un jour, au détour d'un chemin, cette folie meurtrière ne me reprendra pas ?

— Mais que ressentez-vous, ici et maintenant ? Pensez-vous être capable d'éprouver à nouveau cette folie sanguinaire ?

— Ce que je ressens, ici et maintenant ?

Il fit une brève pause, avant de reprendre :

— Ne le devinez-vous pas ?

Il appuya son poing fermé contre son torse, et ses yeux délavés scrutèrent les miens, y cherchant la réponse à cette question, et enfin il énonça, comme une évidence :

— J'éprouve une douleur délicieuse, ici, sous mes côtes, comme une déchirure si cruelle que mes mains en tremblent, mais à laquelle je suis devenu dépendant... Je ressens l'envie et le besoin constant de vous avoir contre moi, de sentir le parfum de votre peau, de me noyer dans la douceur de vos cheveux, de m'enivrer de tout votre être... Mais j'ai aussi tellement peur...

— Peur ?

— Oui, peur de vous perdre, de vous effrayer à un point tel que vous n'ayez d'autre solution que de fuir à nouveau. Vous, si droite, sans fard et sans défaut, comment pourriez-vous ne pas être effrayée par tant de noirceur ?

— Samuel, il n'est pas question...

— Si, coupa-t-il, il est question de peur... la mienne aussi. Peur de vous exposer à d'éventuels dangers, vous, si proche de ce monstre, tapi dans l'ombre, prêt à resurgir à tout moment... Ah, diable ! Comment résoudre un tel dilemme ?

Il avait les mâchoires serrées, et ses yeux brillants exprimaient sa puissante colère, ourdie contre lui-même. Je m'emparai de ses mains, et y déposai un baiser, y mettant tout mon cœur.

— Samuel, vous doutez de vous-même... Mais moi, j'aurai confiance en vous pour nous deux. Je serai votre force, votre appui, résistant à toutes les épreuves du temps, immuable. Je serai le ciment des solides fondations sur lesquelles nous bâtirons notre union. Moi, la femme perdue, et vous, le soldat aux mains rouges de sang, formerons, malgré notre passé, malgré tout ce que la vie a pu nous infliger, l'union la plus solide que cette terre ait pu porter. J'en fais le serment…

Doucement, il saisit mon visage entre ses deux mains, celles-là même qui avaient ôté tant de vies, et d'une si horrible façon, et se pencha vers moi, pour me donner un baiser si doux qu'il en était presque une prière, une supplication. Il m'attira alors à lui, et me garda longtemps ainsi, comme lors de cette première nuit que nous avions passée dans les bras l'un de l'autre, sans parler, mais simplement, l'un contre l'autre, nous rassurant mutuellement à la perspective de notre avenir commun, quel qu'il fût…

44

Trois mois et douze jours

Ma nouvelle vie commença le 15 novembre 1863.

Comme Samuel l'avait décidé, deux mois s'étaient écoulés depuis cette promesse que nous échangeâmes, lui et moi, ce soir de septembre. Ces deux mois furent, à mon goût, interminables. Le jour des noces est connu pour être le plus beau jour de la vie d'une femme. Il me faut vous avouer, cher lecteur, que je ne partage pas cet avis. Au contraire. Cette journée se déroula pourtant parfaitement, selon la tradition de la famille Wallace, et conformément au rang qu'occupait mon époux dans la société de Newcastle. Elle fut solennelle, officielle, fastueuse, et… épuisante. Le lieu choisi était superbe : il s'agissait de l'église Saint-Nicolas – depuis devenue cathédrale Saint-Nicolas, quelque vingt ans plus tard – véritable joyau de l'architecture gothique locale.

Ce fut sans aucun plaisir, malgré la magnificence du lieu, que je me pliai à une étiquette stricte qui m'était étrangère : échanger une promesse devant un prêtre qui ne m'était rien, dans une langue qui n'était pas la mienne, et qui représentait un Dieu en lequel je ne croyais pas. J'épousai cependant sans aucun remords la confession de Samuel et l'église anglicane, n'ayant aucun attachement particulier à l'Église catholique. Toutes les religions ne se valent-elles pas ?

L'engagement que je pris solennellement ce jour-là ne fut pour moi qu'une pâle redite, vide de sens, en comparaison de la promesse que j'avais fait à Samuel, du fond de mon cœur, y mettant toute mon âme, le soir où il m'avait confié son tragique passé. Il me semblait que cette promesse-là serait le fondement de notre union, bien plus que la litanie protestante que l'on me fit réciter ce 15 novembre 1863 en l'église Saint-Nicolas de Newcastle upon Tyne.

Les festivités, elles aussi, étaient empreintes de protocole et de codes qui ne m'étaient pas encore familiers. Samuel fut un guide prévenant tout au long de cette journée, m'orientant dans le dédale des conventions locales. Cependant, je ne pris aucun plaisir à ces cérémonies et aux réceptions officielles qui suivirent : je dus partager mon nouvel époux avec une foule d'inconnus, et, au lieu de l'avoir enfin tout à moi, je devais accorder mon attention à une multitude de personnes qui m'étaient toutes plus indifférentes les unes que les autres. Je n'avais qu'une envie, c'était de retrouver Samuel, seule, et de nous isoler, pour l'éternité.

Non, décidément, ce ne fut pas le plus beau jour de ma vie. En revanche, les cent quatre jours qui suivirent le furent à plus d'un titre. Quand j'y pense, quelle fortune et quel privilège ! Alors que la plupart d'entre nous ne peuvent se remémorer qu'une poignée de jours exceptionnels dans toute une vie, j'eus, moi, le bonheur de vivre cent quatre « plus beaux jours de ma vie ». Chacun de ces jours mon mariage fut inoubliable. Trois mois et douze jours. Je porte depuis chacun d'eux en moi, comme un médaillon que j'aurais accroché à mon cou, autour d'une chaîne, et qui ne me quitterait jamais. Je me réveille chaque matin avec à l'esprit l'un des instants magiques de ces cent quatre jours, et je m'endors, chaque soir, en repensant à moment précis, un échange de regards, un dialogue, une étreinte.

À l'issue des festivités, auxquelles je consentis de bon cœur malgré leur manque d'attrait, Samuel daigna enfin me révéler où il m'emmenait pour les deux semaines qui allaient suivre. Mon cher époux avait souhaité garder secrète notre destination, rajoutant un peu de piment à nos noces. Comme en réponse à mes vœux les plus chers, que je n'avais pourtant pas osé formuler, il m'annonça avoir pris des dispositions pour que notre voyage de noces nous permette de nous isoler du monde le plus longtemps possible. Je montai donc avec lui dans un cabriolet chargé de malles sur le poste arrière, pour une destination inconnue. Je fus bien en peine de deviner la direction que nous prenions, car en ce mois de novembre, en fin d'après-midi, la nuit était déjà d'un noir d'encre.

Dès que je montai dans la berline, je me réfugiai au creux de son épaule, pouvant enfin m'abandonner à la délicieuse sensation de sentir mon époux contre moi. Je n'en profitai guère longtemps, car les cahots de la route eurent tôt fait de me bercer, et je somnolai bien vite sur l'épaule de Samuel. Je sentais de temps à autre, à travers la brume de mon sommeil, son menton effleurer mes cheveux, ou sa main glisser le long de mon bras, dans une caresse silencieuse et rassurante.

Quelque cinq heures plus tard, notre équipage s'arrêta sur un parterre de graviers crissant sous le poids des roues, me réveillant par la même occasion. Nous étions dans la cour du domaine de Nordham Hills. Samuel, avant de descendre du cabriolet, m'embrassa, et murmura :

— Ici, je suis certain que personne ne viendra nous déranger.

Le château était désert et plongé dans les ténèbres. Une tempête s'annonçait. Samuel avait donné un congé de quinze jours à son personnel, et seules étaient restées à notre service une femme de chambre et une cuisinière, qui nous accueillirent modestement. Le minimum vital selon Samuel Wallace. Nous nous retrouvâmes ainsi seuls au monde pour quinze jours, dans la partie la moins peuplée de toute l'Angleterre, sur une terre hostile, déserte et immense. Mais de fait, cette terre était seule capable de faire écho à la force de notre amour et à la violence des émotions qui nous assaillaient.

La tempête éclata la nuit même de notre arrivée. Ce fut d'abord une tension imperceptible dans l'air, sourde, silencieuse, qui s'empara de nous et de la lande, là, dehors. La brise qui soufflait, caressante, d'abord timide, se fit plus hardie, plus téméraire, cherchant à se frayer un chemin à l'intérieur du château, aiguisant subtilement nos sens, et créant un appétit avide et inattendu pour cette tempête qui s'annonçait. Le vent plaquait les volets de bois contre les fenêtres, les gonflant à l'instant, puis, suivant un rythme irrégulier, relâchant par moments son étreinte, faisait l'effet d'une cage thoracique qui se soulevait sous l'effort, avant de retomber, épuisée, mais pas encore comblée. Ce vent respirait, haletait au rythme de nos propres souffles emmêlés. Il s'insinuait dans les fissures, dans les brèches, entre les jointures des portes qui ne se laissaient pas ouvrir, jusqu'à ce qu'à bout de force, celles-ci finissent par céder. Il balaya la lande avec frénésie toute la nuit, emportant tout sur son passage, ne tolérant aucun obstacle, sifflant de rage contre les murs qui osaient encore se dresser contre sa course folle.

Les collines, nues, se faisaient dociles, douces, laissant les éléments se déchaîner sur elles. Le vent, dans sa fureur, épousait leurs formes, comme caressant leurs rondeurs d'une main invisible, alors que la pluie, implacable, martelait la terre, s'évertuant par tous les moyens à pénétrer le sol. Puis, le déluge planta ses hallebardes dans les toits, ruisselant avec force dans les vallons, créant des sillons dans la glaise, dévalant les douces pentes des collines, cherchant avec ardeur le meilleur chemin vers les entrailles chaudes de cette terre. Le calme ne revint, enfin, que lorsque la terre, pleine et repue, regorgea d'eau, et seulement alors, le vent tomba, ne caressant plus que délicatement les herbes hautes ondoyantes, frémissantes encore du souvenir de la tempête.

Cette tourmente s'empara du domaine de Nordham Hills jour et nuit, pendant toute la durée de notre séjour. Elle nous emportait aussi, tous deux, des heures durant. Quelques éclaircies, pendant lesquelles un timide soleil daignait apparaître, donnaient à la lande des moments de répit. À ces moments-là, la vie reprenait son cours : les animaux ressortaient de leurs terriers, grappillaient un morceau de nourriture à l'extérieur, timidement, humant l'humidité de l'air, mais redoutant l'arrivée de la prochaine tempête. L'eau disparaissait lentement dans les tourbes, l'herbe séchait, et on entendait à nouveau les bruissements d'ailes des oiseaux et les petits cris des rongeurs.

Ces moments de calme furent propices aux confidences. Samuel se livra à moi sans retenue, comme s'il avait attendu toute une vie avant de pouvoir se confier à une âme sœur. Je connus ses peurs, ses doutes, ses joies, mais sa force aussi. J'appris ce qu'il aimait, ce qui le laissait indifférent, et ce qu'il haïssait par-dessus tout. Je sus quel homme magnifique il était, et je ne l'aimai que davantage. En retour, je lui donnai tout. Je livrai mon âme, en conscience, et en confiance. Nous prîmes soin l'un de l'autre, comprenant que nos forces apparentes, qui nous avaient séduits mutuellement, cachaient une vibrante sensibilité. Nous construisions alors les souvenirs qui allaient remplir toute une vie. Lorsque nous quittâmes Nordham Hills, notre union était complète et parfaite.

Seize jours plus tard, de retour à Newcastle, j'emménageai à Grainger Street. Je devenais la maîtresse de maison de ce superbe et vaste hôtel particulier, au cœur des beaux quartiers, qui m'avait tant impressionnée presque un an plus tôt. J'appris alors à vivre avec une domesticité importante, qui me gêna au début, entravant ma nouvelle intimité avec mon mari bien-aimé. Égoïstement, je le voulais pour moi seule dès que nous quittions la manufacture, chaque soir, puisque nos journées se devaient d'être consacrées à nos activités respectives, publiques, rationnelles et industrielles.

Chaque jour, j'avais le bonheur de me réveiller à ses côtés, de le contempler dans toute sa beauté, même endormi. Je le suivais des yeux quand il se levait, quand il mettait son habit d'intérieur, quand, avec un tendre sourire, il venait me chercher pour m'emmener dans la salle à manger pour le petit déjeuner, et qu'invariablement, le simple contact de nos mains, l'une dans l'autre, nous entraînait dans une étreinte que nous ne pouvions prolonger.

Il me quittait chaque jour, à regret, lorsque je reprenais possession de l'atelier et de ses quatre cents ouvriers. L'opérationnel reprenait alors ses droits, et, prise dans l'enchaînement des activités de la production, j'oubliais pour quelques heures Samuel, sans qu'il disparaisse jamais vraiment de mes pensées. Je fis connaissance avec l'autre partie de sa vie, celle que je ne faisais qu'imaginer, avant notre mariage. Je le suivais à présent dans ses dîners d'affaires, dans ses soirées mondaines, où le jeu politique avait toute son importance, et où j'appris à paraître enjouée de me trouver là, intéressée par ces discours ennuyeux, et ravie de faire connaissance avec de nombreuses personnalités locales et influentes. Parmi nos clients, je me forgeai une réputation de femme d'affaires juste, mais exigeante. Samuel était à mes côtés, et m'abreuvait de ses conseils. Jamais je ne me sentis seule, prise au dépourvu. Je retrouvais ensuite avec délices notre intimité et l'homme que j'étais la seule à connaître réellement, chaque soir, dans le confort feutré de notre hôtel particulier.

En février de l'année 1864, Samuel m'emmena à Londres. C'était un voyage d'affaires avant tout, mais il souhaitait saisir cette occasion de me présenter à quelques membres éloignés de sa famille, et à certains de ses amis proches.

Je découvris la splendeur de Londres, centre politique de l'Empire britannique, poumon économique de l'Europe, et fleuron de la modernité de l'époque. Je fus étourdie par tant de faste, et admirative devant l'aisance de Samuel dans cette capitale, évoluant avec une élégance et un charisme si éloignés de la brute revêche que j'avais rencontrée à la fonderie de Bonneval, cinq ans auparavant. De mon côté, je pense ne pas l'avoir déçu. Il avait coutume de me dire que je donnais le change à la haute société londonienne avec raffinement et une grâce toute française : subtile et pimentée.

Nous quittâmes Londres un jeudi, à la fin du mois de février. C'était ce même train que j'avais pris avec tant d'espoir au cœur, à l'automne 1862, en quête d'une planche de salut. J'avais alors en mains cette lettre de Samuel Wallace, promesse d'une vie meilleure. Cette fois-ci, c'était avec Samuel lui-même, à mes côtés, que je montai dans ce train, avec au cœur une sérénité nouvelle, et une solide confiance en mon avenir.

Nous arrivâmes en gare de Newcastle upon Tyne le 27 février, à dix-huit heures, dans la nuit froide et humide. James Gardiner devait nous y accueillir avec le cabriolet. Samuel était enjoué ce jour-là. Il n'avait cessé de me taquiner durant le trajet sur un sujet qui me déstabilisait, et sur lequel nous n'étions pas encore tombés d'accord. Debout sur le quai, alors qu'il tenait la porte de notre compartiment ouverte, me tendant la main pour m'aider à descendre du train, il insistait encore :

— Regardez-moi ça, dit-il les yeux rivés sur ma taille. Une silhouette à la fois si fine et si robuste, si parfaite, ne demande qu'à s'arrondir… ne pensez-vous pas ?

Je pris un air renfrogné.

— Samuel, vous insistez encore ?

— Je ne désarmerai pas… même si rien ne presse pour l'instant, je vous l'accorde.

— Non, effectivement, rien ne presse, confirmai-je, rajustant mon manteau.

Il déposa un baiser sur mon front, avant d'ajouter, avec un sourire en coin :

— De toute façon, mère nature sera de mon côté… Venez, rejoignons James qui doit nous chercher dans cette foule.

Sur le quai courbe, la foule se pressait effectivement, nous bousculant presque. Nous cherchions James des yeux, sans parvenir à le trouver. Des familles entières débarquaient, bruyamment, les mères pressant leurs enfants, pour certains en pleurs, en proie à la fatigue du voyage. Les porteurs hurlaient, jetaient sans ménagement les sacs et les valises sur leurs charrettes, bousculant les voyageurs eux-mêmes. Ceux-là cherchaient à se frayer un chemin dans la foule, vers la gare, rencontrant le flot inverse de ceux qui venaient à la rencontre de leurs proches.

La confusion était totale, mais coutumière. Samuel et moi progressions lentement dans cette cohue, main dans la main, comme nous avions coutume de le faire, ne perdant jamais contact l'un avec l'autre, même si cela nous valait nombre de regards réprobateurs. Pensez-vous, il était inconvenant d'étaler ainsi à la vue de tous notre affection mutuelle de manière si ostensible... Mais nous n'en avions cure.

Enfin, au bout de quelques instants, le vide se fit devant nous, alors que le quai se dépeuplait peu à peu. À ce moment-là, un bruit que je n'avais entendu qu'une seule fois auparavant dans ma vie déchira l'air. Je ne réalisai pas tout de suite ce qui venait de se passer. Je me souviens du silence. Comme par magie, les passants se turent, les enfants cessèrent de pleurer, les commis arrêtèrent de décharger les valises, comme figés dans l'espace, et les voyageurs s'immobilisèrent.

Tout s'arrêta.

Je sentis alors un poids de plus en plus lourd dans ma main droite, comme si on me tirait vers le sol. C'était Samuel. Sa main tirait la mienne irrémédiablement vers le macadam du quai. Il s'effondra de tout son poids et nos mains se séparèrent.

Devant nous, à une vingtaine de mètres, je reconnus une silhouette que je n'avais pas vue depuis plus d'un an. Il était méconnaissable mais sa stature, elle, ne permettait aucun doute. Il avait toujours le même crâne chauve, les mêmes énormes yeux ronds, noirs, fous. Son visage avait perdu en rondeur et ses pommettes saillaient là où, auparavant, de grosses joues rouges trônaient comme un signe de réussite sociale. La large moustache noire impeccable de jadis avait été remplacée par une longue barbe hirsute, non taillée. Son manteau, maculé de boue, usé, accusait plusieurs trous, çà et là. Il avait perdu son énorme ventre qui en imposait tant à la manufacture. M. Phillips trônait fièrement devant nous, solidement planté sur ses larges jambes, sur le quai. Il tendait le bras droit vers nous, avec à la main un pistolet dont le canon fumait encore.

Associant les deux événements, mon cerveau engourdi fit le rapprochement. Je restai muette d'effroi, mais, en l'espace d'un éclair, je compris.

Samuel gisait à mes pieds, inerte. Je tombai à genoux, comme quelques mois plus tôt, dans le bois derrière le domaine de Nordham Hills. Cette fois-ci, Samuel était étendu sur le dos à même le macadam, dans son manteau de riche laine noire d'une élégance toute londonienne. Une tache sombre grandissait lentement au milieu de son torse, comme une fleur qui aurait ouvert lentement ses pétales écarlates. Prise de panique, je défis frénétiquement les boutons du manteau, puis de son gilet, arrachai la chemise, pour constater qu'un trou béant était apparu en plein cœur. Un flot rouge vif, dense, visqueux, inondait son torse, son artère coronaire se déversant directement sur les restes de sa chemise blanche. J'apposai, dans un geste dérisoire, mes mains nues sur le trou pour tenter d'endiguer le flot de sang sans pouvoir l'arrêter. J'appelais Samuel, lui demandant de rester avec moi, de tenir bon, mais il ne réagissait pas. Je déchirai un pan de ma robe, en formai une boule, pour mieux essayer de colmater la plaie, dans une tentative vaine et désespérée pour empêcher la vie de quitter ce corps vénéré.

Peine perdue. Samuel, inconscient depuis le coup de feu, ne réagissait plus. Son visage gisait dans une flaque d'eau, à même le sol, inerte et sans vie. Ses yeux verts magnifiques étaient éteints. Hystérique, j'appelai à l'aide autour de moi. Plus loin, sur le quai, comme dans un cauchemar irréel, j'aperçus M. Phillips se débattant comme un diable, cerné par trois voyageurs qui s'étaient jetés sur lui afin de le maîtriser. Deux policiers firent irruption, suivis de près par James Gardiner. L'effroi, puis une peine indicible se peignirent sur le visage de notre fidèle ami, à la découverte du corps de mon bien-aimé.

La suite des événements reste encore floue dans ma mémoire. Il me semble que l'on me souleva, hagarde, et que l'on m'emporta, me séparant pour toujours du corps de Samuel. Je l'avais perdu. C'était fini. Nos mains avaient été séparées pour toujours et nos âmes n'avaient pu échanger ce dernier regard qui, en un éclair, nous aurait permis de nous dire adieu.

Ainsi s'achevèrent les trois mois et douze jours les plus beaux de ma vie.

Épilogue

Ne soyez pas triste, cher lecteur. Je le fus bien assez et pendant très longtemps…

Aujourd'hui, je n'ai plus aucun regret. Certes, j'aurais pu vivre toute une vie à ses côtés. Bien sûr, j'aurais pu espérer savourer aussi intensément que ces cent quatre jours – bien trop courts – les innombrables jours qui suivirent. Nous aurions pu, comme il le souhaitait, et malgré mon manque d'enthousiasme d'alors, avoir quelques enfants… Nous aurions pu découvrir ensemble le monde… Nous aurions pu bâtir un empire industriel, main dans la main… Mais nous aurions pu aussi voir ternir notre bonheur au fil du temps, par habitude, ou par lassitude… Nous aurions pu aussi nous déchirer, car nous étions tous deux d'irréductibles insoumis, si passionnés et si obstinés parfois…

Aujourd'hui, je n'éprouve plus aucune rancœur en repensant à ces événements tragiques qui se sont déroulés ce 27 février 1864. Pas même de haine pour M. Phillips. Il fut exécuté pour son crime un mois seulement après les événements. Cet homme n'avait pas su trouver en lui les ressources nécessaires pour refaire sa vie en dehors des industries Wallace, après un passage en prison de quelques mois pour m'avoir agressée et avait fini par perdre la raison.

Oui, ma peine fut indicible, insupportable, je ne peux le nier.

Je crus mourir dans les semaines qui suivirent. Je souhaitai même ardemment suivre Samuel dans ce sommeil éternel, ne trouvant plus aucune raison de continuer à vivre sur cette terre. Je restai cloîtrée plus d'un mois, refusant de voir quiconque, jusqu'à ce que James Gardiner, accompagné de Jeremy Abbott et de Lucy ne force ma porte, me sortant brutalement de ma torpeur. Peu à peu, avec insistance, ils me ramenèrent à la vie.

Ce fut à nouveau la manufacture qui fut ma planche de salut. Jeremy me traîna aux ateliers qui, abandonnés par moi, commençaient à dépérir. Il fallait prendre d'urgence nombre de décisions pour sortir la Wallace Steel de l'ornière et c'est ce choc qui me fit prendre conscience que je ne pouvais rester ainsi cloîtrée plus longtemps. J'aurais pu souhaiter ne jamais avoir connu Samuel Wallace, ne jamais avoir ressenti ce désespoir de l'avoir perdu, ne jamais avoir éprouvé cette sensation de vide qui fut mon quotidien si longtemps. Mais voilà… J'ai vécu intensément ces cent quatre jours et ils ont rempli toute ma longue vie de bonheur. Je préfère mille fois avoir vécu ne serait-ce qu'une heure de ces instants merveilleux, même si on me l'arracha aussi brutalement et prématurément, et avoir goûté aux délices de cet amour fusionnel que d'être passée, comme beaucoup, je le crains, à côté de ma vie.

Je portai le deuil pendant deux longues années. Ce fut James Gardiner, qui, à l'occasion de son mariage, réussit à me convaincre de quitter ma garde-robe noire. Je traversai ainsi les années, puis les décennies, avec pour tout compagnon le souvenir de Samuel Wallace, qui fut mon inspiration tout au long de ma vie et qui emplit encore mon cœur, à l'heure où j'écris ces dernières lignes.

Je suis si fatiguée à présent. Ma main tremble et tenir cette plume serrée entre mes doigts durant de longues heures me fait souffrir. Je déplie précautionneusement ma main, dénouant mes articulations les unes après les autres, essayant à nouveau de tendre mes doigts, avec difficulté.

La lumière de la lampe électrique inonde le papier crème, me permettant de voir parfaitement grâce à sa surpuissance, incomparable à la faible lueur de nos bonnes vieilles lampes à huile, mais ne soulage pas mes maux de tête. Ils sont de plus en plus fréquents et surviennent souvent lorsque j'ai passé trop de temps assise ici, à mon bureau, concentrée devant ces pages noircies de mon écriture fine et encore élégante. Mes yeux épuisés sont mis à rude épreuve et me trahissent certainement… Je me lève, quittant mon fauteuil, celui-là même que Samuel m'avait offert cet automne-là, à Nordham Hills.

Les rayons du soleil s'étirent déjà jusqu'au fond de la pièce, teintant les murs, les meubles, les livres, et le parquet ciré de rouge orangé. C'est presque le crépuscule. L'envie me prend d'aller contempler le fleuve, au fond du parc, toujours magnifique à cette heure de la journée. Je me dirige vers l'une des trois grandes fenêtres donnant sur le parc, inondant la bibliothèque de lumière au soleil couchant.

De cette fenêtre, je contemple l'un de mes points de vue préférés. Une terrasse de pierres blanches, bordée d'immenses vases à la romaine, portant chacun des buis ou des cyprès de variétés différentes, s'ouvre à mon regard. Elle donne sur une pelouse immense, parfaitement entretenue, plane, et parsemée ici et là d'un magnolia, de lavandes, d'albizzias, et de cerisiers du japon. Et là, au fond du parc, une douce pente descend vers le fleuve, dont je devine la course effrénée. L'instant est trop beau pour que je reste enfermée. Lentement, prenant garde à mes mouvements, de plus en plus hésitants, je traverse la bibliothèque et rejoins le vestibule, avant de sortir par la porte centrale à l'arrière du manoir, donnant sur la terrasse. J'en descends les larges marches, imposantes, et rejoins un petit chemin de gravillons, sur le côté, menant au fleuve. Nous y voilà.

L'eau du fleuve scintille. C'en est presque aveuglant. Elle file vite aujourd'hui. Elle bouillonne, formant des cercles imparfaits par endroits, qui se déforment, s'étirent, et passent à toute allure devant nous, emportés par le courant. Mon fleuve de Loire n'a jamais cessé de me fasciner. Malgré tout ce que le monde avait à m'offrir, malgré l'étendue des beautés que j'avais déjà pu contempler, je n'ai pu m'empêcher de revenir ici, sur les berges de la Loire, à l'est d'Orléans, pour finir ma longue existence. J'habite ce manoir depuis trois ans déjà. C'est une belle propriété, de quelques hectares et trois fermes. J'y suis heureuse. C'est une existence paisible, qui n'a rien de comparable avec ce que j'ai pu connaître auparavant, mais qui me convient.

J'ai quatre-vingt-deux ans. Je suis une vieille dame aux longs cheveux blancs, aux mains tremblantes, aux articulations douloureuses, n'ayant plus guère la force de faire ma promenade quotidienne sur la levée qu'un jour sur deux. Écrire tous ces souvenirs m'a épuisée, mais Dieu merci, j'y suis parvenue.

Voilà que je remercie Dieu à présent... Cela ne me ressemble guère, moi qui ne me suis toujours fiée qu'à moi-même, au cours de cette longue vie. Ce serait une belle ironie, et je dois l'avouer, une toute aussi belle hypocrisie que de m'en remettre à Dieu maintenant, alors que je me sens si proche de la fin et après avoir tant clamé mon peu de foi, tout au long de ces soixante dernières années. Moi, Constance Wallace, propriétaire des sidérurgies Wallace depuis plus d'un demi-siècle, à l'abri du besoin depuis au moins aussi longtemps grâce au profit dégagé par nos cinq usines en France et en Angleterre, ayant, à l'échelle du vieux continent, contribué à la naissance du monde moderne, je me sens maintenant prête à tirer ma révérence.

Mais avant de partir pour le grand mystère de l'au-delà, j'avais ressenti comme une nécessité impérieuse de coucher sur le papier le récit de ces quelques années, cette courte période, à l'aube de ma vie, qui fut fondatrice de toute mon existence. Pourquoi ? D'abord, égoïstement, pour le plaisir de revivre chacun de ces instants, en me remémorant chaque détail, chaque moment, chaque émotion. C'est comme si, par ce moyen, j'avais redonné vie à ceux qui ont aujourd'hui disparu, et comme si j'avais pu revivre une seconde fois les moments les plus intenses de mon existence.

C'est maintenant chose faite.

J'ai traversé plusieurs époques, observé la mutation du monde, en bien comme en mal. J'ai été fascinée par notre course effrénée vers le progrès technique, par les réalisations toujours plus ambitieuses et toujours plus marquantes de nos scientifiques et de nos industriels. J'y ai largement pris part, avec beaucoup d'entrain et de plaisir. À la tête des industries Wallace pendant plus de cinquante ans, j'ai eu le rare privilège de côtoyer de nombreux inventeurs de renom, de rentrer dans les cercles des grands de ce monde. Je fis fructifier la Wallace Steel, en Angleterre, puis en France, mettant à profit tout ce que Samuel avait commencé, et tout ce qu'il m'avait enseigné. Nous diversifiâmes les activités, continuant à faire baisser la part des industries Wellington dans notre chiffre d'affaires. Le monde entier avait besoin d'acier, dans tous les domaines : infrastructures, bâtiment, transports, biens d'équipement. James, mon ami de toujours, prit part à l'aventure, bien entendu, et fut un fidèle compagnon durant toutes ces années. Il épousa Lucy Owens en 1866. Ces deux-là formèrent l'un des couples les plus heureux que je connaisse. Ils eurent une flopée d'enfants, tous plus blonds les uns que les autres, comme Lucy. Margaret, la sœur cadette de Lucy, épousa un clergyman du Sussex et le suivit dans sa cure. Je ne sus dire si elle fut réellement heureuse ou non. Cette femme était mon opposé : toute en discrétion, modeste, et silencieuse. Il m'a toujours été difficile de savoir ce qu'elle avait en tête et ce qu'elle pensait vraiment.

Je ne remis le pied sur le sol français que trois ans après le décès de Samuel. Ce fut l'occasion pour moi de renouer avec Gabriel, qui travaillait toujours à la fonderie de Bonneval, dont j'étais propriétaire à trente pour cent. Gabriel, égal à lui-même, travailleur, ambitieux et dégourdi, était devenu contremaître à la fonderie d'art. Il s'était marié, et était l'heureux père d'un petit garçon. Bien évidemment, mon oncle et ma tante ne lui cédèrent jamais la part d'héritage que Papa lui avait pourtant léguée, et celui-ci n'avait jamais osé réclamer son dû, par modestie, et surtout par crainte des ennuis qu'il aurait pu s'attirer. Moi disparue, personne ne pouvait l'aider dans de complexes démarches administratives.

J'eus bien entendu l'occasion de réparer ce manquement depuis. Je le fis malgré les protestations de mon cher Gabriel qui, par fierté, cherchait à démontrer qu'il n'avait pas besoin qu'on lui fasse l'aumône pour subvenir aux besoins de sa famille. De fait, je ne revis jamais oncle Charles, tante Thérèse et Marie-Isméry. Je n'y tenais en aucune façon. J'entendis dire que ma cousine s'était mariée avec un médecin de campagne, quelque part en Auvergne…

Je fis plusieurs voyages à Bonneval, en tant qu'actionnaire de la fonderie et c'est par l'entremise de M. Prieur que je sus ce qu'il était advenu d'Eugène et de Susanne.

Je ne revis mon amie Susanne qu'une fois, quelque trois ans plus tard. Nos vies avaient pris des routes si différentes que, même si ce fut avec beaucoup d'émotion et de plaisir que nous nous retrouvâmes, nous ne savions, au bout d'une heure, plus quoi nous dire. Elle s'épanouissait dans une vie que je trouvais étriquée, entourée de ses trois enfants et de son lieutenant de mari, dans une petite ville du centre de la France. Sa vie était faite de petits riens quotidiens, et elle trouvait son bonheur ultime dans les yeux de ses trois chérubins.

Eugène, lui, avait embrassé une carrière militaire avec panache, d'après son père, mais je n'eus jamais l'occasion de le revoir. Je ne l'ai jamais cherché particulièrement non plus. Non, j'avais choisi de bâtir ma vie autour des industries Wallace, avec James comme fidèle bras droit, Newcastle pour port d'attache, l'Europe entière pour terrain de jeu et surtout, avec le souvenir de Samuel comme ange gardien. Sans regrets pour ce que j'avais perdu et sans regarder en arrière.

Ce fut bien assez pour remplir toute une vie.

FIN

Table des matières

Première partie

Deuxième partie

Troisième partie

Quatrième partie

Cinquième partie

Cet ouvrage a été imprimé par
CPI Bussière
en mai 2019

Composition :
Soft Office

Dépôt légal : juin 2019
Numéro d'imprimeur : 2045063

Imprimé en France